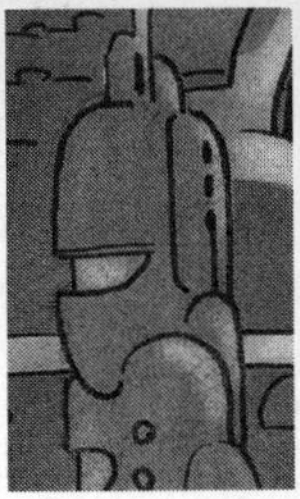

rowohlt paperback

«Michael Marshall Smith' erster Roman ist ein Meisterwerk: fesselnd, atemberaubend, surreal und unglaublich amüsant. Er nimmt uns mit auf eine Reise, von der wir sowohl erschüttert als auch gerührt in unsere Wirklichkeit zurückkehren.» *(Clive Barker)*

MICHAEL MARSHALL SMITH

STARK, DER TRAUMDETEKTIV

ROMAN Deutsch von Bernhard Kempen

Rowohlt Taschenbuch Verlag

Veröffentlicht im Rowohlt Taschenbuch Verlag GmbH,
Reinbek bei Hamburg, Dezember 2001
Redaktion Isabel Überhoff

Die Originalausgabe erschien 1994 unter dem Titel «Only Forward»
bei HarperCollins Publishers in London

Umschlaggestaltung Cordula Schmidt / Notburga Stelzer
(Illustration Knud Jaspersen)
Satz Aldus Postscript, PageOne
bei Dörlemann Satz, Lemförde
Druck und Bindung Clausen & Bosse, Leck
Printed in Germany
ISBN 3 499 22947 1

Die Schreibweise entspricht den Regeln
der neuen Rechtschreibung.

DANKSAGUNG

Ich danke Nick ‹The Bastard› Royle, ohne den ich niemals meine erste Story verkauft und weniger Zeit mit Poolbillard vergeudet hätte, Steve Jones, Dave Sutton, Ramsey Campbell, Mark Morris, Kathy Gale, Jo Fletcher, dem BFS, Steve Gallagher, Jim Rickards und Anamika Krishna für ihre Unterstützung, Jane Johnson für weitaus mehr als das, Clarissa, weil sie mich nie enttäuscht, dem kleinen Ely, weil er auf dem Fußboden gelegen und Zwiebeln gegessen hat, David, weil er nicht im historischen Richmond/Virginia lebt, und Paula für Teiche und blaue Schwertlilien in Banff.

Schließlich danke ich meiner lieben Sarah und in jeder Beziehung Mum und Dad, für alles und weil sie nicht zuletzt die zwei nettesten Leute sind, die ich kenne.

Für meine Familie
David, Margaret und Tracey
und im Andenken an Mr. Cat.

ERSTER TEIL

Die Tapete über dem Riss

Doch wenn ich eine Nixe wäre
In seinen Jeans mit
Ihrem Namen drauf
Ach, was soll's, denn manchmal
Ich sagte manchmal
Höre ich meine Stimme, und sie war
Hier, all die Jahre stumm.

All die Jahre stumm
Tori Amos

DER ANFANG

Es war einmal ein Junge in einem Haus. Er war allein, weil sein Vater bei der Arbeit und seine Mutter kurz zum Laden um die Ecke gegangen war. Obwohl der Junge erst vier Jahre alt war, konnte man sich auf ihn verlassen. Er kannte schon den Unterschied zwischen Spielzeug und gefährlichen Dingen. Seine Mutter konnte ihn getrost für fünf Minuten allein lassen.

Der Junge saß im Wohnzimmer und spielte, als ihn plötzlich ein seltsames Gefühl überkam. Er sah sich im Zimmer um. Vielleicht hatte sich der Kater unbemerkt von hinten herangeschlichen. Aber der Kater war nirgendwo zu sehen, und auch sonst schien alles wie gewöhnlich, also wandte sich der Junge wieder seiner Beschäftigung zu. Er malte gerade das Bild eines Dschungels in seinem Malbuch aus und wollte damit fertig sein, bevor sein Vater von der Arbeit nach Hause kam.

Dann klopfte es an der Tür.

Der Junge starrte die Tür einen Moment lang an. Daher also das seltsame Gefühl. Er hatte geahnt, dass es an der Tür klopfen würde, genauso, wie er manchmal ahnte, dass das Telefon klingeln würde. Der Junge wusste, dass es nicht seine Mutter sein konnte, denn er hatte gesehen, dass sie die Schlüssel mitgenommen hatte. Er wusste auch, dass er keinem Fremden die Tür öffnen durfte, wenn er allein zu Hause war. Aber etwas gab ihm das Gefühl, dass dieses Verbot jetzt nicht galt, dass dies etwas anderes war. Schließlich hatte er es schon vorher geahnt. Also stand er auf und ging langsam zur Tür hinüber. Nach kurzem Zögern öffnete er sie.

Damals wohnte seine Familie ganz oben in einem Wohnblock. Vor der Wohnung befand sich ein überdachter Gang, der einmal um das Stockwerk herumführte und auf dem es nach rechts zu den Fahrstühlen ging. Es war Vormittag, die Frühlingssonne drang durch die geöffnete Tür in die Wohnung, der Himmel war strahlend blau und weiß.

Im Gang stand ein Mann. Er war groß, trug zerschlissene Jeans und ging barfuß. Sein Oberkörper war bis auf ein paar winzige Haarwirbel nackt, und er hatte keinen Kopf.

Der Mann stand im Gang vor der Wohnungstür und lehnte sich gegen die Wand. Sein Kopf und sein Hals waren ihm aus dem Oberkörper gerupft worden wie ein gezogener Zahn. Seine Schultern waren wieder glatt verheilt, wiesen aber eine deutliche Delle in der Mitte auf, wo die Wurzeln gesessen hatten.

Der Junge verspürte keine Angst, nur ein schreckliches Gefühl von Mitleid und Verlust. Er hätte seine Gefühle natürlich nicht in Worte fassen können. Der Mann tat ihm einfach Leid.

«Hallo?», sagte er vorsichtig.

Dann hörte der Junge eine Stimme in seinem Kopf.

«Hilf mir!», sagte sie.

«Wie?»

«Hilf mir!», wiederholte die Stimme. «Ich habe mich verirrt.»

Der Junge hörte ein Geräusch am Ende des Gangs und wusste, dass sich die Fahrstuhltüren öffneten. Seine Mutter kam zurück. Der Mann sprach noch einmal zu dem Jungen, als wäre er der Einzige, der ihm helfen konnte, als wäre er für sein Problem verantwortlich.

«Ich will nach Hause. Hilf mir!»

«Wo ist dein Zuhause?»

Die Stimme in seinem Kopf sagte etwas, und der Junge versuchte, es zu wiederholen. Aber er war noch ein kleines Kind und konnte mit dem Wort nichts anfangen. Er hörte, wie sich Schritte der nächsten Ecke näherten, und wusste, dass es seine Mutter war.

«Ich kann dir nicht helfen», sagte er. «Ich kann dir nicht helfen», und damit schloss er leise die Tür und sperrte das Licht aus. Er ging steif zu seinem Malbuch zurück, als plötzlich seine Beine nachgaben und ihn zu Boden sinken ließen.

Als seine Mutter wenige Augenblicke später hereinkam, fand sie ihn schlafend und mit tränenüberströmtem Gesicht auf dem

Teppich. Er wachte auf, als sie ihn in die Arme nahm und zu ihm sagte, dass alles in Ordnung sei. Er erzählte ihr nichts von dem Traum und hatte ihn bald ganz vergessen.

Doch später erinnerte er sich wieder daran und verstand, dass es kein Traum gewesen war.

1. KAPITEL

Ich war müde.

Ich kroch aus den zerwühlten Laken und stand auf. Es war 9 Uhr 30 morgens. Ich duschte und trank Kaffee. Ich setzte mich mit dem Rücken zur Wand auf den Boden und spürte meine Muskeln knarzen, während ich die brennende Zigarette vom Aschenbecher zu meinem Mund und vom Mund zurück zum Aschenbecher führte. Als ich zum ersten Mal wieder ernsthaft daran dachte, ein kurzes Schläfchen zu machen, sah ich auf den Wecker. Es war 10 Uhr 45 vormittags.

Ich saß immer noch dort, wartete auf den Tod, auf meine Versteinerung und darauf, dass der Kaffee in der Küche einen Evolutionssprung vollzog, dass er ein Tässchen seiner selbst zubereitete und zu mir brachte, als das Telefon klingelte.

Es war nicht sehr wahrscheinlich, dass ich abnehmen würde, verdammt. Das Telefon stand genau auf der anderen Seite des Zimmers. Ich war nicht in der Verfassung, einen Anruf entgegenzunehmen, nicht an diesem Morgen. Wenn ich es versucht hätte, wäre ich auf der anderen Seite des Zimmers in der Nähe des Telefons erbärmlich verreckt.

Es klingelte eine Weile, und irgendwann hörte es auf. Das war gut so. Dann fing es wieder an zu klingeln, aber diesmal eine Ewigkeit lang, wie mir schien. Am anderen Ende der Leitung war jemand, der eindeutig nicht wusste, wie ich mich fühlte, und sich nicht in meine Lage versetzen konnte. Überhaupt nicht. Ich beschloss, dass es sich lohnen würde, mich zur anderen Seite des Zimmers zu bewegen und diesem Jemand zu sagen, dass er aufhören solle.

Also ließ ich mich langsam zu Boden sinken und begann mich vorwärts zu hangeln wie bei einer Bergbesteigung. Als ich etwa ein Drittel des Weges geschafft hatte, errichtete ich ein Basislager, um mich ein wenig auszuruhen. Inzwischen hatte das Telefon schon so lange geklingelt, dass ich es fast völlig vergessen hatte. Das Geräusch störte mich gar nicht so sehr. Aber wenn ich mich einmal zu einer Sache entschlossen habe, bleibe ich dran. Also machte ich mich wieder auf den Weg.

Es war eine lange und beschwerliche Reise, auf der ich viele Widrigkeiten, Rückschläge und Abenteuer durchzustehen hatte. Als ich fast angekommen war, stellte ich beispielsweise fest, dass ich keine Zigaretten mehr hatte, und musste umkehren, um mir eine neue Schachtel zu holen.

Das Telefon klingelte immer noch, als ich die andere Seite erreichte. Das war sehr günstig, denn ich musste das verdammte Ding erst einmal suchen. Vor einem halben Jahr hatte mir ein Klient einen Gravitator™ als Anzahlung für einen Job gegeben. Vielleicht haben Sie ja auch so ein Ding. Damit kann man die Schwerkraft in bestimmten Räumen der Wohnung verändern, also die Richtung der Schwerkraft, das Gewicht von Sachen und so weiter. So hatte ich zum Beispiel eine Zeit lang die Schwerkraft im Wohnzimmer von links nach rechts eingestellt. Das war witzig. Dann waren eines Tages die Batterien leer, und alle Sachen fielen an der einen Wand in einem Haufen herunter. Aber ehrlich gesagt, war mir das scheißegal.

Ich brauchte eine Weile, bis ich das Telefon gefunden hatte. Der Bildschirm hatte einen Sprung, und das Klingeln klang noch mehr als sonst wie ein Trällern. Aber vielleicht war das Telefon auch einfach nur müde. Immerhin hatte es zu dem Zeitpunkt schon mehr als zwei Stunden lang geklingelt. Ich schaltete auf Empfang, und der Bildschirm blitzte mir ein ‹Eingehender

Anruf› entgegen, flackerte ein paar Mal und zeigte mir dann das Gesicht einer Frau. Sie sah ziemlich genervt aus, aber auch irgendwie vertraut.

«Mensch, Stark! Hast ja ziemlich lange gebraucht, um das Telefon zu finden!»

Ich stierte auf den Bildschirm und versuchte mich zu erinnern, wer sie war. Sie war etwa in meinem Alter und recht hübsch.

«Ja, das kommt vor. Wer sind Sie?»

Die Frau seufzte.

«Ich bin's, Zenda! Reiß dich zusammen!»

Wissen Sie, wenn ich sage, dass ich müde bin, meine ich damit nicht, dass ich einfach nur müde bin. Es ist eine Krankheit. Das ist nichts Neues, seit Jahrhunderten leiden die Menschen darunter. Kennen Sie das, wenn Sie gerade nichts zu tun haben und es überhaupt keinen Grund zum Wachbleiben gibt? Wenn Ihr Leben nur aus Routine besteht und es Ihnen irgendwie fremd vorkommt, wenn Sie sich müde und lustlos fühlen und Ihnen jeder Handgriff wie eine gewaltige Anstrengung erscheint?

Genau so ist es, aber eigentlich ist es viel schlimmer, weil heutzutage alles viel schlimmer ist. Alles Schlimme ist viel schlimmer, glauben Sie mir. Alles beschleunigt sich, ballt sich zusammen und verhärtet sich. Es gibt da draußen Viertel, in denen die Menschen ihr ganzes Leben lang überhaupt nichts zu tun haben. Sie werden geboren, und von da an gibt es für sie nichts mehr zu tun. Ab und an rappeln sie sich auf, erkennen, dass es nichts zu tun gibt, und setzen sich wieder hin. Sie wachsen auf, ohne dass etwas passiert, und sie werden alt, und es ist immer noch nichts passiert. Sie verbringen ihr gesamtes Leben drinnen, zwischen Sessel und Bett, und fragen sich, wer sie sind.

Ich bin in einem solchen Viertel aufgewachsen, aber ich bin rausgekommen. Ich hatte ein Leben. Aber wenn das Leben so dahintrottet, wird man sehr schnell von der Krankheit gepackt. Man darf sich nicht schleifen lassen.

«Zenda, Scheiße! Ich meine: Hallo! Wie geht's?»

«Gut. Und dir?»

«Ziemlich müde.»

«Das sehe ich. Hör mal, ich hätte hier vielleicht was für dich. Wie lange brauchst du, um dich anzuziehen?»

«Ich bin angezogen.»

«Ich meine richtig, Stark! Für ein Treffen. Wann könntest du hier sein?»

«Weiß nicht. Vielleicht in zwei oder drei Monaten?»

«Ich erwarte dich in einer Stunde.»

Der Bildschirm wurde schwarz. Zenda ist wirklich ein Mensch mit Charakter und sie lässt sich nicht verarschen. Sie ist meine Kontaktperson im Aktionszentrum, wo sich alle Leute herumtreiben, die etwas tun. Es ist ein komplettes Viertel, mit Büros und Gebäuden und Läden und Unterabteilungen, die nur für Leute da sind, die ständig was zu tun haben. Der Wettbewerb um den Zugang ist natürlich sehr hart, weil jeder darauf aus ist, das zu tun, was getan werden muss, Dinge zu erledigen und zu arbeiten, und zwar *pausenlos.* Die Leute sind hundertprozentig bei der Sache. Wenn man einmal drin ist, arbeitet man immer härter, weil stets jemand draußen steht, der bereit ist, fünfundzwanzig Stunden am Tag zu arbeiten, um einem den Platz wegzunehmen.

Diese Aktionisten sind ein ziemlich strenger Haufen: Selbst wenn sie schlafen, hängen sie am Telefon oder trainieren mit Gewichten, und die meisten von ihnen haben sich ihr Schlafbedürfnis sowieso chirurgisch entfernen lassen. Für mich ist es sehr schwierig, sie länger als ein paar Sekunden zu ertragen. Aber Zenda ist in Ordnung. Sie ist erst seit fünf Jahren dabei und hat sich ziemlich gut gehalten. Ich würde mir bloß wünschen, sie ließe sich manchmal doch verarschen.

Ich hatte keine große Mühe, angemessene Kleidung zu finden. Meine Klamotten lagen in einem anderen Zimmer, wo ich nicht mit der Schwerkraft herumgepfuscht hatte. Sie waren ziemlich zerknittert, aber für diesen Zweck besitze ich einen DressMan™, den ich übrigens ebenfalls als Anzahlung bekommen habe. Nebenbei hat das Ding es irgendwie geschafft, die Farbe meiner Hose von Schwarz in Smaragdgrün mit türkisfarbenen Diamanten zu verändern, aber was soll's, vielleicht wird das ja bald Mode!

Die Wände des Schlafzimmers waren hellorange. Das bedeutete, dass es etwa sieben Uhr abends sein musste. Darüber hinaus bedeutete es, dass ich einen ganzen Tag damit verbracht hatte, mit dem Rücken zur Wand dazusitzen. Irgendwie habe ich das Gefühl, dass ich es niemals bis ins Zentrum schaffe.

Bis zu Zendas Gebäude im Aktionszentrum würde ich mindestens eine halbe Stunde brauchen, vermutlich sogar länger, selbst wenn ich davon ausging, dass ich es auf Anhieb fand. Die Gebäude werden ständig versetzt, nur damit es auch in den Mittagspausen etwas zu tun gibt. Wer nicht ständig auf dem Laufenden ist, spaziert irgendwann ins Zentrum und weiß überhaupt nicht mehr, wo was ist. Die Aktionisten sind selbstverständlich immer auf dem Laufenden. Ich nicht.

Ich sagte meiner Wohnung, sie solle sich benehmen, und ging hinaus auf die Straße.

Die Tatsache, dass Zenda mich gebeten hatte, mich umzuziehen, bedeutete mit ziemlicher Sicherheit, dass ich jemanden treffen sollte. Ich treffe eine Menge Leute. Einige von ihnen brauchen das, was ich für sie tun kann, und scheren sich nicht darum, wie ich aussehe. Wenn ich der einzige Mensch bin, der ihnen helfen kann, finden sie sich eben mit der Kleiderordnung ab.

Aber die meisten möchten bloß etwas Unwichtiges erledigt haben und geben nur solchen Leuten Geld, die sich nett anziehen. Sie bestehen auf einer gewissen Etikette. Ich hatte an Zendas Tonfall nicht erkennen können, ob dies eine besondere oder nur eine ganz gewöhnliche Sache war, aber ihre Forderung nach Etikette deutete auf Letzteres hin.

Übrigens, mein Gerede über diese Krankheit, das war Quatsch. Es ist schon was dran, aber das meiste war übertrieben. Es gibt solche Viertel, wie ich sie beschrieben habe, aber ich komme nicht daher. Ich komme von nirgendwo, und das ist der Grund, warum ich in meinem Job so gut bin. Ich bin nicht eingefahren, ich bin nicht fixiert, und ich bin nur schwer zu verunsichern. Um mich zu verunsichern, müsste man mir beweisen, dass ich jemand anderer bin, und dann würde ich wahrscheinlich nur darum bitten, diesem anderen höflich vorgestellt zu werden.

Ich war einfach nur müde. In der vorigen Nacht hatte ich drei Stunden geschlafen, was, wie Sie sicherlich auch finden, einfach nicht viel ist. Ich erwarte gar kein Mitgefühl, für mich reichen drei Stunden völlig aus. Eigentlich komme ich mir nach drei Stunden Schlaf schon wie Dornröschen vor. Ich war müde, weil ich erst vor zwei Tagen von meinem letzten Job zurückgekommen war. Vielleicht erzähle ich Ihnen später davon, wenn sich die Gelegenheit ergibt.

Die Straßen waren ziemlich ruhig, und das war gut so. Um diese Zeit ist es hier meistens ruhig. Zwischen sieben und neun Uhr abends muss man draußen auf der Straße eine schwarze Jacke tragen, und in dieser Gegend haben die meisten Leute keine schwarzen Jacken. Das ist auch wieder so eine Sache. Zurzeit wohne ich nämlich im Farben-Viertel, das für Leute gedacht ist, die auf Farben stehen. Alle Straßen und Gebäude sind auf sofortige Farbanpassung ausgelegt. Wenn man die Straßen entlanggeht, ändern sie ihren Farbton, um einen Kontrast zu dem zu bilden, was man gerade trägt. Wenn auf den Straßen viel los ist, wird es sehr hektisch. Deswegen dürfen Leute, die unter epileptischen Anfällen leiden, nicht in diesem Viertel wohnen, ganz gleich, wie sehr sie auf Farben stehen mögen.

Ich persönlich stehe eigentlich gar nicht so sehr auf Farben, ich wohne hier nur, weil es ein eher gemäßigtes Viertel ist, in dem es relativ entspannt zugeht. Außerdem kann man an den Innenwänden der Wohnungen die Zeit abschätzen, was ganz praktisch ist, weil ich es hasse, eine Uhr zu tragen.

Die Straßen mussten eine Weile überlegen, bevor sie zu dem Entschluss kamen, dass Mattschwarz die ideale Ergänzung zu meinem Outfit war. Ein paar Straßenlaternen leuchteten genauso türkis wie die Diamanten auf meiner Hose, was ich für eine hübsche Idee hielt. Ich machte mir eine mentale Notiz, dem nächsten Straßeningenieur, den ich treffen würde, zu sagen, dass er verdammt gute Arbeit leistete. War zwar irgendwie ein peinlicher Gedanke, aber egal: Ich verschlampe meine mentalen Notizen ohnehin immer.

Als ich mich das letzte Mal aus meiner Wohnung gewagt hatte, war die Einschienenbahn kaputt gewesen, aber in der Zwischenzeit hatte man offenbar eifrig daran gearbeitet, der Erneuerte und Verbesserte Service war in vollem Gang. Ein Mitarbeiter in schwarzer Jacke verkaufte mir ein Ticket, und ich hatte einen ganzen Waggon für mich allein. In einer der ausliegenden Broschüren las ich, dass der Zugbetrieb zeitweise eingestellt worden war, um Stimmungssensoren in den Wänden der Waggons zu installieren. Ich fand das echt cool, was die Wände sofort aufnahmen und mit einem schmucken Blau wiedergaben.

Station Pazifikblau, Zebra Eins, Regenbogen Nord: Die Bahnhöfe huschten lautlos vorbei, während ich mich auf das gefasst machte, worauf ich mich gefasst machen musste – was immer es auch sein mochte. Ich hatte keine genaueren Anhaltspunkte, also machte ich mich ganz allgemein gefasst.

Ich nahm an, dass ich hinreichend gefasst war, als die Wände tiefrot leuchteten. ‹Immer mit der Ruhe!› stand auf einem kleinen Schild, das wie aus dem Nichts an der Wand gegenüber auftauchte. ‹Das ist gefasst genug, Kumpel!› Ich verstand den Wink und sah von nun an aus dem Fenster. Bald konnte ich die hohe weiße Mauer sehen, die das Farben-Viertel vom Aktionszentrum trennte. Die Aktionisten sind nicht die einzigen Leute, die sich mit einer Mauer von der übrigen Welt abgesondert haben, aber ihre Mauer ist viel größer, weißer und protziger als die meisten anderen.

Die Bahn hielt am Aktions-Portal 1. Ich stieg aus und ging zum Eingangstor hinüber. Der Mann im Abfertigungshäuschen las gerade eine theoretische Abhandlung über fortgeschrittenes Management, aber er schaltete seine Aufmerksamkeit sofort auf mich um. So sind sie, diese Aktionisten. Allzeit zu allem bereit.

«Genehmigung?»

Ich kramte in meiner Brieftasche und zog meine Karte hervor. Zenda hat sie mir vor ein paar Jahren besorgt, ohne Karte lassen sie niemanden rein.

«Ziel?»

«Abteilung für Besonders Dringende Angelegenheiten.»

«Kontaktperson?»

«Zenda Renn, Leiterin der Unterabteilung Verdammt Eilige Sachen.»

Er tippte eine Weile auf seinem Terminal herum und nutzte die Gelegenheit, sich gleichzeitig noch ein paar Zeilen von *Erstklassiges Qualitäts-Management* reinzuziehen. Der Computer verschwendete ebenfalls keine Zeit und ließ ganz kurz die Genehmigung aufblitzen, bevor er sich zweifellos wieder an die Arbeit machte, die sanitären Anlagen des Zentrums oder so zu verbessern.

«Hand!»

Ich schob meine Hand durch die Öffnung im Fenster, und er legte mir ein Besucher-Armband um das Handgelenk.

«Sie sind diesmal für einen halbstündigen Besuch autorisiert. Nehmen Sie die Bahnlinie A, um Ihr Ziel zu erreichen. Ihre Beförderung ist kostenlos, es sind keine Bar- oder Kredit-Transaktionen notwendig.» Sie machen immer ein großes Tamtam darum, dass sie im Zentrum kein Geld benutzen, als würde sie das zu einer großen, glücklichen Familie machen, in der völlige Gleichberechtigung herrschte. Aber es gab allein 43 Dienstränge für die Angestellten der Einschienenbahn. «Darf ich vorschlagen, dass Sie Ihre Fahrtzeit produktiv nutzen und etwas lesen oder sich mit einer anderen konstruktiven Tätigkeit beschäftigen?»

Ich schätzte, dass dieser Angestellte mindestens ein Zehner war, so wie er sich aufführte.

Ich stieg in die Bahn und hatte wieder einen Waggon für mich allein. Von sieben bis acht ist im Aktionszentrum Ruhepflicht, und all die energiegeladenen Aktionisten waren eifrig damit beschäftigt, sich auf möglichst komplizierte, stressige und karrieredienliche Weise zu entspannen. Ich war froh, dass ich allein im Wagen war. Das bedeutete, dass niemand die Telefone benutzte, die in jedem Sitz eingebaut waren, dass an keinem der Sitzungstische Sitzungen abgehalten wurden und niemand an den Trainingsmaschinen trainierte.

Ich saß in meinem Sitz und ignorierte hartnäckig die Bücherregale und die Videoschirme mit den Lernprogrammen. Die synthetische Stimme des Waggons reagierte auf mein Besucher-Armband, wies mich darauf hin, dass meine Fahrtzeit noch mindestens vier Minuten und zweiunddreißig Sekunden dauern würde, und schlug mir mehrere konstruktive Tätigkeiten vor, die ich in dieser Zeitspanne erledigen könnte.

Mit dem Besucher-Armband verhält es sich folgendermaßen: Wenn jemand das Zentrum besucht, wollen sie ganz sicher gehen, dass er es auch wieder verlässt. Sie können es sich nicht leisten, dass dort jede Menge Besucher herumlümmeln und den Aktivitätspool verdünnen. Also geben sie einem ein Armband, an dem man ablesen kann, wie viel Zeit man noch hat. Wenn die Zeit abgelaufen ist und man sich noch immer im Zentrum aufhält, explodiert es. Ganz einfach. Man hat etwas zu erledigen und eine halbe Stunde Zeit dafür, und wenn man es nicht in der Zeit schafft, explodiert man. Ich glaube, so fühlen sich die Aktionisten ständig.

Leute aus dem Techno-Viertel, das südlich vom Zentrum liegt, können Zwei-Tage-Pässe bekommen. Die Technos sind, wie schon der Name sagt, auf Technologie spezialisiert. Das ist ihr Leben. Sie sind echt niedlich; kleine Männer und Frauen in weißen Jacken, die herumwieseln, an Knöpfen drehen und Sachen programmieren. Ihre Computer und Geräte sind die besten, und die Leute im Zentrum sind stinksauer, weil sie ihre Ausrüstung von den Technos kaufen müssen.

Irgendwie schaffte ich es dann doch, während der vier Minuten und zweiunddreißig Sekunden etwas Konstruktives zu tun, worüber sich der Waggon zweifellos wahnsinnig freute. Ich brachte den Computer an meinem Sitz dazu, mir eine aktuelle Karte der Gegend um die Abteilung auszudrucken. Wie ich feststellte, hatten sie die Gebäude diese Woche so umarrangiert, dass sie ein altes Symbol für Fleiß darstellten, wenn man sie von einem bestimmten Punkt im Weltraum aus betrachtete.

Als sich die Türen an meiner Haltestelle öffneten, trat ich höflich zur Seite, um zuerst einen Aktionisten hereinzulassen.

«Ja, ja, ja, ja, ja, ja, ja, ja», sagte er in sein tragbares Telefon, «ja, ja, ja, ja, ja, ja.»

Er war einer von den Typen, die immer voll bei der Sache sind.

«Stark! Du bist früh dran. Meinen Glückwunsch!»

Zenda saß hinter ihrem lächerlich großen Schreibtisch, als ich endlich ihr Büro erreichte. Diesmal hatten sie auch das Innere des Gebäudes umarrangiert und einen Gravitator für industrielle Zwecke eingesetzt, um die Stockwerke in einem 45-Grad-Winkel zum Boden zu halten. Das hatte vermutlich einen Grund, aber irgendwie machte es die Orientierung zu einer geistig höchst anstrengenden Sache. Der Fahrstuhl, in den ich einstieg, war über die ganze Angelegenheit sichtlich verärgert und grummelte während der ganzen Fahrt, statt mir die Geschichte der Abteilung vorzutragen, wie es eigentlich seine Aufgabe war.

Zendas Schreibtisch ist etwa vier Quadratmeter groß, ohne Übertreibung. Darauf stehen nicht nur ihr Computer, ihre Stifte, Büroklammern und ähnlicher Kram, sondern auch ein Aquarium und ein Konferenztisch mit sechs Stühlen. Ich ging einmal um den ganzen Schreibtisch herum und küsste ihre Hand. So was macht man im Zentrum nicht, aber in dem Viertel, wo sie aufgewachsen ist, und ich weiß, dass sie das mag.

«Schön, dich zu sehen, Zenda! Du siehst heute sehr fleißig aus!»

«Oh, danke schön, Stark. Hast 'ne echt scharfe Hose an.»

«Ja, den Straßen hat sie auch gefallen. Bin ich ordentlich genug?»

«Es reicht.»

Sie drehte sich um und brüllte der Einheit in der Wand eine Getränkebestellung zu.

«Ist ja schon gut», sagte die Maschine beleidigt, «ich bin doch nicht taub.»

Ich grinste. Zenda ist für eine Aktionistin sehr locker. Ihr Aufenthalt im Zentrum hat sie weniger verändert als die meisten anderen Leute. Ich glaube, der einzige Grund, warum sie sie hier behalten, ist der, dass sie so verdammt gut darin ist, Sachen zu erledigen. Die Maschine rülpste die Getränke auf den Tisch und schloss sich umgehend wieder, ohne auch nur ‹Prost› zu sagen. Zenda lächelte und reichte mir ein Glas.

«Seit wann bist du zurück?»

«Ein paar Tage. Hab Überstunden gemacht. Tut mir Leid wegen heute Nachmittag.»

«Schon gut. Ich dachte mir, dass du müde bist.»

«Das war ich.»

«Ist alles klargegangen?»

«Ja. Wirst du mir jetzt erzählen, worum es diesmal geht?»

«Nein. Ich weiß es selber nicht. Ich habe heute Nachmittag einen Anruf von ziemlich weit oben bekommen. Es war die Rede von einer ultrawichtigen Sache, die erledigt werden muss und die besondere Fähigkeiten und Diskretion erfordert. Ich dachte mir, dass du für so was genau der richtige Mann bist. Deswegen habe ich dich kommen lassen.»

«Ist es eine gewöhnliche Sache oder ein *Etwas*?»

«Eine gewöhnliche Sache.»

Nur wenige Leute hätten verstanden, wovon ich eigentlich redete. Zenda ist eine der wenigen, die mich gut kennen und wissen, was ich wirklich mache, aber wir reden nicht darüber. Es gibt Sachen, die ich klären muss, und ich komme oft durch sie an diese Aufträge. Ich kann mich auf sie verlassen und auch noch auf ein paar andere Leute, aber trotzdem bin ich der Einzige, der diese Sachen wirklich klären kann, und das wissen sie genau. Ist schon eine merkwürdige Art von Beziehung, aber was ist das nicht?

«Gut. Wann darf ich dich zum Essen einladen?»

«Vielleicht nächstes Jahr. Ich hab sehr viel zu tun. Für die nächsten drei Monate bin ich auf künstliche Ernährung umgestiegen.»

«Okay, hole ich mir eben einen Burger, und dann beobachten wir gemeinsam deinen Tropf», gab ich grinsend zurück.

«Ich rufe dich an», log sie süß. Aktionisten verabreden sich nicht außerhalb des Zentrums. Darüber runzelt man die Stirn, ist keine gute Karriere-Entscheidung, und auch wenn einem die Verabredung irgendwann am Abend explodiert, kann das ziemlich auf die Stimmung drücken, schätze ich. Ich weiß Bescheid, aber es macht Spaß, ein bisschen so zu tun, als ob. Das sind Insiderwitze zwischen uns, genau wie wenn ich den Detektiv spiele. Entgegen allem Anschein gibt es keine Milchglastür mit meinem Namen drauf, und ich war nie Polizist. Ich war mal Musiker. Jedenfalls so was Ähnliches.

Um genau eine Minute vor acht krächzte die Sprechanlage im Schreibtisch: «Miss Renn, Ihre Sitzungspartner sind auf dem Weg nach oben. Sitzungsbeginn minus eine Minute, Countdown läuft.»

Die Leute im Zentrum kommen niemals, wirklich niemals zu früh zu einem Treffen. Wer zu früh kommt, von dem wird angenommen, dass er nicht genug zu tun hat, dass er nicht unmittelbar von einer anderen Sache kommt, die mindestens genauso wichtig ist. Diese Leute waren superpünktlich. Ich gab mir Mühe, das zu bewundern.

«Okay, Stark. Wollen wir uns setzen?»

Wir stiegen auf den Schreibtisch. Zenda setzte sich sehr hübsch im Sessel am Kopfende des Tisches zurecht, und ich nahm ihr gegenüber Platz, damit ich ihre Mimik während des Treffens im Auge behalten konnte. Auch, damit ich ihr einfach nur ins Gesicht sehen konnte, auf die hohen Wangenknochen, die grünen Augen und den großen Mund. Ja, okay, ich mag Zenda sehr. Gut beobachtet.

«Sitzungsbeginn minus dreißig Sekunden, Countdown läuft.»

Die Türen am anderen Ende des Raumes flogen auf, und zwei Männer und eine Frau kamen zielstrebig in Formation herein. Ich erkannte die Frau als Royn, eine von Zendas Assistentinnen, und der vorderste Mann trug die auffälligen violetten Manschettenknöpfe des Aktionszentrums-Geheimdienstes, kurz AZGD. Er war klein und dick und sah ziemlich ernst aus. Nicht gerade ein Alleinunterhalter.

«Hallo, Royn!», sagte ich.

«Hallo, Stark! Hey, scharfe Hose!»

Ich machte mir eine mentale Notiz, den DressMan™ ruhig öfter mal falsch zu bedienen. Während alle sich um den Tisch gruppierten, warf ich dem zweiten Mann einen verstohlenen Blick zu. Er war Mitte fünfzig, groß und schlank und hatte ein blasses und knochiges Gesicht. Das hieß, dass er alt genug war, um die vorgeschriebenen Bräunungsrichtlinien des Zentrums zu missachten, was ihn verdammt alt machte. Ich fragte mich, wer er wohl war.

«Und … Sitzungsbeginn!», sang die synthetische Stimme der Sprechanlage. «Im Namen des Gebäudes möchte ich Ihnen eine produktive und fleißige Sitzung wünschen. Ich hoffe, sie wird von allen Teilnehmern für einen Erfolg gehalten werden, wie auch von jenen, für die, mit denen und über denen sie arbeiten. Na, dann mal los!»

Während Zenda uns einander vorstellte, zündete ich mir eine Zigarette an. Normalerweise ist das im Zentrum strengstens verboten, da alle Aktionisten so lange wie möglich beschäftigt sein wollen, aber ich war der Meinung, dass ich mich irgendwie bemerkbar machen sollte. Der Mann vom AZGD, der übrigens Darv hieß, warf mir einen langen, eindringlichen Blick zu, den ich jedoch nicht erwiderte. Ich kenne diese Typen. Sie hassen mich. Eigentlich hassen sie nur, was sie sehen, was nicht unbedingt dasselbe ist. Ich treibe dieses Spielchen nun schon seit zehn Jahren, und ich weiß, was abläuft. Seltsamerweise ist das, was diese Typen sehen und hassen, genau das, was sie eigentlich sehen wollen.

Der dünne Mann wurde nur als C angesprochen, was bedeutete, dass er der drittälteste Angestellte der ganzen Abteilung war. Ein verdammt hohes Tier also, und obwohl er während der ersten zehn Minuten des Treffens nichts sagte, wusste ich genau, dass er jemand war, den man besser ernst nehmen sollte. Jetzt erkannte ich, warum Zenda mir geraten hatte, mich lieber zusammenzureißen.

Darv leitete die Sitzung ein, indem er den Fahrstuhl verpetzte, der dazu übergegangen war, grobe Andeutungen über die sexuellen Vorlieben der Innenarchitekten des Gebäudes zu machen. Royn benutzte das Telefon, und schon wurde irgendwo im Keller ein Reparaturteam aus Fahrstuhlingenieuren und hydraulischen Psychotherapeuten tätig.

«Nun zu Ihnen, Mister Stark», fuhr er fort und verdrehte seinen Kopf, um mich anzusehen. «Ich bin mir sicher, dass Ihnen klar ist, dass jemand wie Sie keineswegs meine erste Wahl für eine Dringende Angelegenheit wie diese wäre. Ich möchte, dass ins Protokoll aufgenommen wird, dass ich der Ansicht bin, dies könnte ein Fehler sein.»

Ich sah ihn eine Zeit lang an, während die anderen darauf warteten, dass ich etwas erwiderte. Ich blies etwas Rauch aus und überlegte mir eine passende Antwort.

«Nun», sagte ich, «solange ich keine Ahnung habe, worum es bei diesem Job geht, ist es sehr schwierig für mich zu entscheiden, ob Sie möglicherweise Recht haben oder bloß ein Arschloch sind.»

Sowohl Zenda als auch Royn verdrehten die Augen, und Darv dachte mit Sicherheit darüber nach, ob er mir eins auf die Nuss geben sollte. Dann entdeckte ich jedoch die Andeutung eines Lächelns auf Cs Gesicht, und das erschien mir viel wichtiger. Obwohl Darv offensichtlich als Sprecher auserkoren war, lag die Macht in diesem Raum bei C. Ich hob meine Augenbrauen, und nach einer bedrückenden Pause machte Darv weiter.

«Die Situation ist im Grunde ziemlich einfach, aber sehr schwerwiegend. Ein älterer Aktionist mit Namen Fell Alkland ist verschwunden. Alkland war ein hoch geschätztes Mitglied der Zentralen Planungsabteilung und in bahnbrechende Arbeiten in puncto Wirklich Grundlegende Sachen involviert.»

Darv stand auf und begann, um den Tisch herumzugehen, wobei er die Hände hinter dem Rücken verschränkt hielt. Ich machte mir nicht die Mühe, meinen Hals zu verdrehen, um ihn im Auge zu behalten, also lauschte ich einfach seiner monotonen Stimme und prüfte gelegentlich Zendas Mienenspiel.

«Alkland verließ seine Abteilung vor drei Tagen um 6 Uhr 59 und betrat die nahe gelegene Einschienenbahnstation Strebsamkeit! um 7 Uhr 01. Das wissen wir, weil sich ein Bahnangestellter genau an ihn erinnert. Alkland gab ihm einen nützlichen

Tipp, wie man die gebrauchten Abrisse der Tickets wirklich ordentlich deponiert. Dann bestieg er die Bahn. Wie Sie vielleicht wissen, Mister Stark, ist hier im Zentrum von sieben bis acht Ruhezeit, und Alkland entspannte sich für gewöhnlich, indem er sich zu den Schwimmbädern im Unterbezirk ‹Nur Erfolge zählen!› begab. Dort arbeitete er üblicherweise sehr hart, während er einen Badeanzug trug. An jenem Tag jedoch kam er nie bei den Schwimmbädern an.»

Er machte eine dramatische Pause, bevor er weitersprach. «Seit er in die Einschienenbahn gestiegen ist, hat ihn niemand mehr gesehen.»

«Aha», sagte ich, während mir unter dem Eindruck von so viel schlechtem Filmdialog übel wurde. «Dann müssen Sie ihn lokalisieren!»

Darv seufzte theatralisch, wie ich erwartet hatte. Sämtliche Aktionisten verfügen über ein Implantat im Unterarm, damit man sie jederzeit im Zentrum lokalisieren und ihre Telefonanrufe umleiten kann. Dass der AZGD mit mir sprach, bedeutete, dass man das bereits ohne Erfolg versucht hatte. Aber manchmal bringt es nichts, wenn man jedem alles verrät, was man weiß. Verstehen Sie? Auch ich habe Abgründe.

«Natürlich haben wir das bereits versucht, Stark, natürlich haben wir das.»

«Oh!», sagte ich grinsend. Zenda schmunzelte mir verstohlen zu. «Und?»

«Achtung! Achtung!» Darv fiel fast vom Schreibtisch, als er beim Gebrüll der Sprechanlage zurücksprang. «Miss Renn, Ihr Besucher wird in zwei Minuten explodieren!»

«Heiliges Kanonenrohr», murmelte Darv, als er unter dem Tisch verschwand. Eindeutig ein vorsichtiger Mensch. Ich streckte Zenda mein Handgelenk hin. Sie hielt ihren Autorisator darüber und gab mir damit eine weitere halbe Stunde. C blieb die ganze Zeit über völlig ruhig.

«Darv?», sagte ich freundlich, als er wieder zum Vorschein

kam. «Wollen Sie damit sagen, dass Sie den Verdacht haben, Alkland wurde in ein anderes Viertel gebracht?»

«Nein, das ist nicht mein Verdacht», antwortete er kalt, setzte sich wieder und beugte sich vor, um mir direkt ins Gesicht zu sehen. «Ich weiß es. Alkland ist nicht mehr im Zentrum, so viel steht fest. Er war mit sehr wichtigen und streng geheimen Arbeiten vertraut. Er wurde offensichtlich entführt, und wir wollen ihn wiederhaben.»

«Sicher hätte doch selbst ein dreiundvierzigklassiger Bahnangestellter an den Toren etwas bemerken müssen, oder? Und wie hätte ihn jemand ohne sein Einverständnis rausbringen können?»

«Das», sagte C und wandte mir langsam sein ausdrucksloses Gesicht zu, «ist es, was Sie für uns herausfinden sollen.»

Ich verließ die Abteilung zehn Minuten später, um noch genug Zeit zu haben, heil aus dem Zentrum herauszukommen. Statt direkt zur Station zu gehen, lief ich rüber zum Erholungsbereich Schwarzer Peter, einem kleinen grünen Fleckchen mitten zwischen Türmen der Erhabenheit. Leider war der Park ziemlich überfüllt mit Leuten, die spontane Sitzungen im Freien abhielten oder sich an andere Leute heranmachten, die für sie nützlich sein konnten. Also verzog ich mich wieder in Richtung B-Linie auf der anderen Seite. Erinnern Sie mich daran, Sie irgendwann mal in eine Bar im Zentrum mitzunehmen. Sie werden nicht glauben, wie öde das ist.

In der Sitzung wurde nicht mehr viel besprochen. C hatte den Auftrag klar umrissen, der im Grunde ziemlich einfach war. Ich sollte herausfinden, wer sich Alkland geschnappt und wohin man ihn gebracht hatte, und ihn lebend zurückbringen. Es gab auch noch einen unausgesprochenen Nebenauftrag: Lass niemanden wissen, was du vorhast. Die Aktionisten mögen es nicht, wenn bekannt wird, dass nicht alles wie am Schnürchen läuft, und der AZGD hat außerhalb des Zentrums keine Handhabe. Ihrer Meinung nach war es sehr wahrscheinlich, dass die Dunkelmänner, wer immer sie auch waren, sich im Rot-Viertel verkrochen hatten, das östlich ans Zentrum angrenzt. Ich war mir da nicht so sicher, aber irgendwo musste ich ja anfangen, und außerdem hatte ich dort sowieso was zu erledigen.

Man hatte mir einen Info-Würfel über Alkland mit einer Personenbeschreibung und anderen Informationen über ihn gegeben, und ich hatte vierundzwanzig Stunden, bis ich meinen ersten Bericht an Zenda abliefern sollte. Eine ganz normale und gewöhnliche Standardsache also.

Ich nahm die Bahn zum Aktions-Portal 3, und da ich noch fünf Minuten Zeit hatte, suchte ich Hely auf, den Angestellten, der Alkland zuletzt gesehen hatte. Er war aus dem inneren Bereich versetzt worden, und Royn hatte mir gesagt, wo ich ihn finden würde. Er war sehr hilfsbereit, konnte mir aber auch nicht mehr erzählen, als ich schon wusste.

Bevor ich die Bahn bestieg, zeigte Hely mir noch seine gebrauchten Tickets. Ich verstand, warum sie so versessen darauf waren, Alkland zurückzubekommen. Der Haufen war wirklich sehr ordentlich.

2. KAPITEL

Ich bestieg die Linie Rot 1 um 20 Uhr 30 und bereute es wie gewöhnlich schon im nächsten Augenblick.

Das Rot-Viertel ist ganz anders als das Zentrum oder das Farben-Viertel. Es ist mit keinem anderen zu vergleichen. Der Hauptgrund dafür, dass das Zentrum diese blöde Mauer hochgezogen hat, ist, die Leute aus dem Rot-Viertel nicht reinzulassen.

Ich will Ihnen ein bisschen über die Viertel erzählen. Vor langer, langer Zeit ging die alte Vorstellung, dass Städte durch Rasse und Religion ihrer Bewohner geteilt wurden, den Bach runter. Ich denke, so ziemlich jeder hatte die Lust verloren, ständig seine Nachbarn hassen zu müssen. Zur gleichen Zeit begann sich die gesamte Vorstellung von einer Stadt zu ändern. Wenn die Hauptstadt eines Landes allmählich mehr als siebzig Prozent des ganzen Landes bedeckt, müssen die Dinge eben ein bisschen anders geregelt werden.

So entstanden die Viertel, selbstverwaltete und -verantwortliche kleine Staaten, die machen können, was sie wollen. Die Leute, die in einem Viertel leben, haben eine gemeinsame Vorliebe. Wenn einem das Viertel nicht gefällt, verschwindet man einfach und sucht sich ein anderes, das einem besser gefällt. Es sei denn, man kommt aus einem schlimmen Viertel, wo man dann mehr oder minder festsitzt. Einiges ändert sich, anderes bleibt, wie es war. So weit, so gut.

Mit der Zeit wurden die Dinge allerdings etwas merkwürdig, und dabei ist es dann auch im Wesentlichen geblieben. Alles wird schneller, ballt sich zusammen und verdichtet sich, aber nicht immer in dieselbe Richtung. Es gibt ein lockeres Bündnis verschiedener Viertel, die so ziemlich auf einer Wellenlänge liegen, und wenn landesweite Entscheidungen getroffen werden müssen, tun sie sich zusammen und versuchen, die Sache gemeinsam durchzuziehen. Und die andern? Tja, das weiß niemand so genau. Ich bin schon viel in der City rumgekommen. Aber es gibt Gegenden, wo ich noch nie war, wo schon seit hundert Jahren niemand mehr war, außer den Leuten, die dort leben. In einige Gegenden geht man nicht, weil es dort zu gefährlich ist, andere lassen sowieso niemanden rein. Glauben Sie mir, da draußen gibt es einige Viertel, in denen wirklich seltsame Dinge abgehen.

Das Rot-Viertel fällt nicht in diese Kategorie. So schlimm ist es dort gar nicht. Nur ziemlich extrem. Ich war in Rot, weil ich mir eine Waffe kaufen musste, und in Farben oder im Zentrum kann man keine Waffen kaufen. In Rot kann man alles kaufen, was das Herz begehrt, und sogar recht günstig.

Es gibt keine guten oder schlechten Zeiten, um eine Rot-Bahn zu besteigen. Es gibt hier keine Stunden, in denen bestimmte Dinge getan werden, nicht einmal Tage. Man bezahlt einfach und lässt sich überraschen. Gemessen am Rot-Standard ging es in dem Wagen, den ich bestieg, eigentlich recht zivilisiert zu. Auf dem Sitz neben mir lag zwar sowohl Erbrochenes als auch menschlicher Kot, aber ich habe schon Schlimmeres gesehen. Die Prostituierten waren überwiegend viel zu bedröhnt, um ernsthaft ihrem Geschäft nachgehen zu können, die Messerstecherei am anderen Ende war sehr schnell vorbei, und im Wagen lagen niemals mehr als zwei Tote gleichzeitig herum.

Zenda hält mich für besonders mutig, weil ich mich ganz allein nach Rot wage. Zum Teil hat sie Recht. Aber es kommt im Grunde nur darauf an, wie man sich einfügt, ohne sich reinziehen zu lassen. Wenn Darv oder sonst jemand von diesen AZGD-Typen hier seine Nase reinstecken würde, hätte man ihn verprügelt, noch bevor er sich setzen könnte, weil man ihm auf den ersten Blick ansieht, dass er nicht hierher gehört.

Sehen Sie dagegen mich an! Gut, ich trage ordentliche Kleidung, aber darum geht es gar nicht. Kleidung ist kein Thema. Kleidung kostet nichts. Es ist das Gesicht. Ich sehe nicht so aus, als würde ich darauf brennen, endlich diese Fahrt hinter mich zu bringen, als würde ich mich vor Angst nass machen. Ich sehe nicht so aus, als wäre ich entsetzt über das, was ich sehe. Ich sehe aus wie ein Typ, der sein Messer aus der Tasche zieht, noch ehe der Ärger richtig angefangen hat. Ich sehe aus wie ein Typ, dessen Mutter Dopaz kotzend auf der Straße krepiert ist. Ich sehe aus wie ein Typ, der seine Schwester nicht nur wegen des Geldes auf den Strich schickt, sondern weil er sie hasst.

Ich kann aussehen wie einer, der dazugehört.

Ich stieg an der Station Abgefuckt aus und ging durch ein paar Nebenstraßen. Im Rot-Viertel macht man sich nicht die

Mühe, den Abfall wegzuschaffen. In den extremen Bezirken von Rot – wie zum Beispiel Hu – gibt es Müll, der buchstäblich versteinert ist. Sich dort zurechtzufinden ist kein Problem, vorausgesetzt, man weiß, wo man ansetzen muss, denn es gibt keine Straßenkarten. Wenn man nicht weiß, wohin man will, sollte man schleunigst aus Rot verschwinden, bevor einem etwas Entmutigendes und möglicherweise Verhängnisvolles zustößt.

Es war ein paar Monate her, seit ich Rot das letzte Mal betreten hatte. Ich war erleichtert, als ich sah, dass es die Ji-Bar noch gab. Die Fluktuationsrate von Freizeiteinrichtungen ist hier ziemlich hoch, was auf Bandenkriege, Brandstiftung und wahllose Napalmeinsätze zurückzuführen ist. Die Ji-Bar gab es nun schon seit fast sechs Jahren, was vermutlich absoluter Rekord ist. Der Grund dafür ist sehr einfach. Der Grund heißt Ji.

Es ist stets ein sehr heikler Moment, wenn man im Rot-Viertel eine Bar betritt. Man kann immer davon ausgehen, dass gerade irgendein Kampf im Gange ist, aber was für einer, lässt sich nur sehr schwer vorhersagen. Wird er mit Fäusten, Pistolen oder mit chemischen Waffen ausgetragen? Ist es eine persönliche Auseinandersetzung oder eine allgemeine, bei der jeder mitmacht? Diesmal war der Kampf in der Ji-Bar nur ein begrenzter Konflikt, bei dem lediglich Messer eingesetzt wurden. Es war friedlich, wie in der Kirche, trotz des extrem lauten Trash-Rocks, der aus den Lautsprechern dröhnte.

Der Grund dafür? Ji.

Ji ist ein alter Freund, darf ich wohl sagen. Wir haben uns vor langer Zeit kennen gelernt, als wir beide mal mit derselben Sache zu tun hatten. Vielleicht erzähle ich Ihnen später davon, wenn sich die Gelegenheit ergibt. Damals lebte er noch nicht in Rot, sondern in Dreh, bei dem es sich um das zweitseltsamste Viertel handelt, in das ich je meinen Fuß gesetzt habe. Ich war zweimal in Dreh, und ich werde mich hüten, dieses Plätzchen noch einmal aufzusuchen.

Vom allerseltsamsten Viertel, das ich je gesehen habe, werde ich Ihnen nicht einmal *erzählen.*

Selbst am Dreh-Standard gemessen war Ji ein extremer Schweinehund, also war er in Rot König. In den umliegenden Gegenden vertreiben die Banden sich die Zeit, indem sie in gepanzerten Autos die Straßen rauf und runter rasen, sich gegenseitig mit Panzerabwehrraketen in Stücke fetzen und die Fußgänger mit Flammenwerfern rösten. Wenn sie aber durch Jis Bereich kommen, lassen sie die Waffen schweigen und halten sich an die Geschwindigkeitsbegrenzung. Durch eine Reihe von sorgfältig geplanten und sehr eindrucksvollen Gräueltaten hat sich Ji fest als jemand etabliert, dem man nicht einmal in Gedanken Ärger machen möchte. Damit ist er für mich eine ausgezeichnete Kontaktperson in Rot, vor allem, da er mir noch ein paar Gefallen schuldig ist. Ich schulde ihm auch ein paar, aber es handelt sich um Sachen, die sich nicht gegeneinander aufrechnen lassen. Zumindest sind wir beide dieser Ansicht, aber inzwischen blickt keiner von uns mehr so richtig durch.

Ich setzte mich an einen Tisch am Rand und bestellte etwas Alkoholisches. Der Barkeeper war davon nicht sehr begeistert, aber ich konnte mit seiner Missbilligung leben. Ich wusste, dass Jis Mitarbeiter jeden per Video überwachten, der die Bar betrat, und dass Ji sich bei mir melden würde, sobald er die Zeit fand. Ich nippte an meinem Drink, stellte mein Gesicht auf ‹ziemlich gefährlich› ein und ließ das Lokalkolorit auf mich wirken.

Das Lokalkolorit war überwiegend in Orange gehalten. Die Einrichtung war orange, die Getränke, das Licht und auch die Körper der Frauen, die sich auf der orange beleuchteten Bühne gegenseitig gynäkologisch untersuchten, waren orange bemalt. Jis Bar ist eine Dopaz-Bar, und wie jeder Dopaz-Junkie Ihnen schlüssig erläutern würde, ist Orange eben … also Orange ist die Farbe, die Farbe von … Orange, Sie wissen schon, Orange ist einfach … Orange eben.

Dopaz hat im Rot-Viertel zwei Aspekte. Erstens ist es die wichtigste Freizeitdroge. Zweitens ist es die häufigste Todesursache. Ist Dopaz eine starke Droge? Ich will es mal so erklären: Drogen werden oft verdünnt oder mit anderen Substanzen gestreckt, entweder um die Konsumenten reinzulegen oder einfach nur, um die Dosis zu verringern. Viele Drogen sind mit Backpulver gestreckt. Wenn man Dopaz verdünnen will, wird dazu gewöhnlich Crack benutzt.

Die meisten Junkies in der Ji-Bar hockten im Hauptraum und verfolgten den Biologieunterricht auf der Bühne, während sie sehr gering dosierte Dopaz-Drinks zu sich nahmen. Vier solcher Drinks machen einen für ungefähr achtundvierzig Stunden bewusstlos. Die harten Typen waren längst zu den hinteren Räumen weitergezogen, und morgen würde die Hälfte von ihnen draußen zwischen den Abfallhaufen auf den Straßen liegen, wo die Leichen ebenso wie der übrige Müll langsam in den Zustand der Versteinerung übergingen. Es gibt keine soziale Absicherung im Rot-Viertel: Wer abgestürzt ist, ist abgestürzt. Man kann von Rot aus nicht in ein anderes Viertel wechseln, denn es gibt Anforderungen und Kriterien, Prüfungen und Gebühren. Wer in Rot geboren wurde, stirbt in Rot, es gibt keinen Weg nach draußen. Der einzige Ausweg aus Rot ist der Tod.

Während ich auf Ji wartete, beschäftigte ich mich mit Alklands Info-Würfel. Der Aktionist war zweiundsechzig Jahre alt und im Zentrum geboren und aufgewachsen. Sein Vater war sieben Jahre lang B in der Abteilung Hoch die Ärsche! und dann rekordverdächtige dreizehn Jahre lang A. Seine Mutter hatte die Theorie und Praxis interner Mitteilungen revolutioniert. Alklands weitere Karriere verlief wie ein Pfeil oder irgendetwas anderes Gerades. Er war nicht einfach nur ein Mann, der hervorragend Sachen erledigen konnte, sondern ein perfektes Produkt des Zentrums, hundertprozentig bei der Sache. Seine Tätigkeit während der letzten fünf Jahre war geheim, und meine Einstufung war nicht hoch genug, um den

Code zu knacken, aber ich wusste, dass es sich um wirklich harte Arbeit handeln musste. Die Abteilung für Wirklich Grundlegende Sachen ist das Herz des Zentrums. Dort landen am Ende sämtliche Berichte, und der A dort ist praktisch der Chef der Aktionisten.

Der Würfel verriet alles Wissenswerte über Alkland, jedenfalls aus Sicht der Aktionisten. Für sie war das, was man in der Bürozeit tat, das Einzige, was einen Menschen ausmachte. Ich jedoch musste wissen, warum die Entführer ausgerechnet ihn erwählt hatten und nicht jemand anderen. Ich musste nicht wissen, was Alkland war – ich musste wissen, *wer* er war. Ich musste den Mann verstehen.

Schließlich gab ich auf und schaltete auf Porträt-Modus um, woraufhin ein lebensgroßes Hologramm von Alklands Gesicht über dem Tisch erschien. Er hatte knochige Züge, ausgedünntes graues Haar und eine schmale Nase. Die Augen hinter seiner Brille waren intelligent, aber freundlich, und die Falten um seine Mundwinkel verrieten, dass er in seinem Leben oft ein ironisches Lächeln aufgesetzt hatte. Für einen Aktionisten sah er sehr freundlich aus. Das war alles. Mehr konnte ich von dem Würfel nicht erfahren, und ich hatte auch keine weiteren Anhaltspunkte.

«Stark, du Mistkerl! Wie geht's dir, Arschloch?»

«Geh zum Teufel!», sagte ich und drehte mich lächelnd um. Ich weiß, dass meine Sprache zu wünschen übrig lässt, aber im Vergleich zu Ji klinge ich wie ein begnadeter Dichter. Ich stand auf und reichte ihm meine Hand, die er heftig und schmerzhaft schüttelte, wie es seine Gewohnheit ist. Die beiden zwei Meter zehn großen Männer, die links und rechts von ihm standen, musterten mich misstrauisch.

«Wer ist der Scheißkerl?», fragte er und nickte in Richtung des Holos.

«Darüber wollte ich mit dir reden», sagte ich und setzte mich wieder.

Der Hauptraum ist wirklich der beste Platz in Jis Laden, um ungestört zu reden, denn sämtliche Gäste sind so fertig, dass man ihnen Feuer unter der Nase machen könnte, ohne dass sie es merken. Außerdem sind sie bestimmt nicht hergekommen, um die Gespräche von anderen Leuten zu belauschen.

«Der muss ja ziemlich tief in der Scheiße stecken, wenn du nach ihm suchst», sagte Ji, als er sich in einen der Stühle am Tisch fallen ließ. Ji sieht aus wie aus einem riesigen Felsblock gemeißelt, von einem Künstler, der talentiert, aber permanent auf Drogen war. Trotzdem ist alles an ihm grob in Ordnung, abgesehen von der Augenpartie. Die zieren einige große Narben.

Seine Leibwächter verzogen sich an den Nachbartisch und beobachteten jede meiner Bewegungen. Da Ji alle beide hätte töten können, ohne ins Schwitzen zu geraten, habe ich sie immer für ziemlich überflüssig gehalten, aber ich denke, das gehört wohl zur Etikette eines psychologischen Bandenkönigs.

Ji winkte zur Bar rüber, und noch bevor seine Hand die Bewegung ganz ausgeführt hatte, stand schon ein ganzer Krug Alkohol auf dem Tisch. Er nickte in Richtung Bühne. «Wie findest du die Show?»

«Obszön», sagte ich mit einem anerkennenden Nicken. «Wirklich obszön.»

«Ja», grunzte er zufrieden. «Hab sie gezüchtet, weißt du.» Das war kein Witz. Rot ist nicht gerade das Viertel, für das Frauen sich freiwillig entscheiden würden. Ich bemerkte, dass die Mädchen wie gewöhnlich dickes schwarzes Haar hatten. Ji stand darauf.

Dann kauten wir erst einmal die Neuigkeiten durch. Ich fasste die letzten paar Monate zusammen und erwähnte einige gemeinsame Bekannte, die ich getroffen hatte. Ji erzählte mir, dass sich sein Gebiet um einen Kilometer weiter nach Norden ausgedehnt hatte, womit die anhaltende Existenz seiner Bar erklärt war. Außerdem berichtete er mir von einigen besonders scheußlichen Erfolgen und benutzte die Worte ‹Scheiße›, ‹Teufel› und ‹verdammt› in verschiedenen Zusammensetzungen wohl an die vierhundert Mal.

«Also», sagte er schließlich, winkte und bekam ein neues Getränk. «Was, zum Teufel, willst du? Ich meine, abgesehen von der Freude, mein Gesicht wieder zu sehen? Nette Hose übrigens.»

«Danke. Zwei Sachen», sagte ich, beugte mich über den Tisch und senkte vorsichtshalber die Stimme. «Ich muss diesen Kerl finden. Sein Name ist Alkland. Die Leute, die ihn suchen, denken, dass er vielleicht irgendwo in Rot ist.»

«Aktionist?»

«Ja, aber nicht irgend so ein kleiner Schleimscheißer. Er ist ein ziemlich hohes Tier.»

«Was, zum Teufel, macht er dann hier?»

«Das weiß ich eben nicht. Ich bin mir nicht mal sicher, ob er sich wirklich hier herumtreibt. Ich weiß nur, dass er nicht mehr im Zentrum ist. Der AZGD glaubt, dass man ihn entführt und dann irgendwo in Rot eingebunkert hat. Ich denke, das ist die erste logische Schlussfolgerung, die einem dazu einfällt.»

Ich lehnte mich zurück und nahm einen Schluck. Ji wusste, worum ich ihn bat, ich musste es ihm nicht einzeln buchstabieren. Auf der Bühne stieß ein weiteres Paar Mädchen zu den schweißnassen Künstlerinnen hinzu und ging auf ihnen zur Toilette. Das ist die Art von Unterhaltung, die einem in Rot geboten wird.

«Nein.»

Ich nickte und zündete mir eine neue Zigarette an. Ich vergaß, glaube ich, zu erwähnen, dass ich gerade erst eine geraucht hatte. Also, ich hatte gerade erst eine geraucht, machte sie aus und zündete mir dann eine neue an. Lassen Sie Ihre Phantasie spielen.

«Das dachte ich mir.»

«Ich werde die Ohren offen halten. Wohnst du noch in Farben?»

«Ja.»

«Ich werde dich informieren, wenn ich was höre. Glaub's aber nicht.»

«Ich auch nicht. Ich glaube nicht, dass es in Rot eine Gang gibt, die mächtig genug ist, um einen Aktionisten direkt aus dem Zentrum zu entführen. Es muss jemand anderes sein, vielleicht eine Gruppe aus Dreh oder so. Aber sie könnten ihn trotzdem hier versteckt halten.»

«Was ist die zweite Sache?»

«Ich brauche eine Waffe. Meine alte habe ich verloren.»

Ji grunzte und winkte einem seiner Leibwächter zu. Ji ist wirklich gut im Winken, denn der Leibwächter musste nicht mal rüberkommen und fragen, was er wollte. Er verschwand einfach nach hinten.

«Danke.»

«Kein Problem. Überlässt du mir den Info-Würfel?»

«Geht nicht. Zenda würde mich umbringen.»

«Du arbeitest immer noch für sie?»

Ich drückte auf den Würfel, ließ ein Farbbild von Alkland ausdrucken und gab es Ji.

«Du kennst mich doch. Ich würde für jeden arbeiten.»

«Besonders für sie?»

«Besonders für sie.»

Als ich wieder in meine Wohnung zurückkehrte, war es schon sehr spät. Es ist verboten, das Zentrum mehr als einmal pro Tag zu betreten, also musste ich einen großen Umweg durch zwei anliegende Viertel machen. Glücklicherweise hatte Ji, der alte Fuchs, mir Waffentarnfolie besorgt, so dass ich die Waffe unbemerkt einschmuggeln konnte.

Die Waffen, um genau zu sein. Ji hatte mir eine so genannte Kanone, meine Lieblingswaffe, und als Zugabe einen Furzer beschafft. Der Furzer ist ein ziemlich hochwertiger Laser, der auch als Schneidewerkzeug taugt und deshalb recht nützlich ist. Die Kanone verschießt nur Energiegeschosse. Sehr primitiv, aber äußerst wirksam, und da sie die Geschosse selbst erzeugt, muss man sie nicht nachladen, was mir schon elfmal das Leben gerettet hat. Es handelte sich um das gleiche Modell wie bei meiner letzten Waffe, die mir vor kurzem bei dem Auftrag, von dem ich Ihnen immer noch nichts erzählt habe, verloren gegangen ist. Die Kanone lag auf jeden Fall sehr gut in der Hand.

Über ein paar weiteren Gläsern hatten Ji und ich versucht, unsere Gefallensbilanz auf den neuesten Stand zu bringen. Am Ende waren wir beide ganz schön besoffen, aber das Resultat ist, glaube ich, dass er mir jetzt einen Gefallen mehr als vorher schuldet.

Dann machte ich mir eine Tasse Jahavan-Kaffee, dessen Moleküle darauf programmiert sind, im Körper rumzudüsen und dabei allen Alkoholmolekülen, die sie unterwegs treffen, den Garaus zu machen. Dabei überlegte ich, wo ich nun weitermachen sollte. Bis jetzt hatte ich nicht viele Anhaltspunkte. Ich hatte festgestellt, dass Ji nichts mit Alklands Entführung zu tun hatte, aber das war mir schon vorher klar gewesen. Ji wollte in Rot lediglich soviel er konnte unter seine Kontrolle bringen und dabei, solange er konnte, am Leben bleiben, während er so viele Leute wie möglich umbrachte. Er war ein einfacher Mensch mit einfachen Bedürfnissen.

Alklands Entführer mussten von einem anderen Schlag sein. Den Leuten konnte es nicht ums Geld gehen, denn im Zentrum gab es keins. Aber es war ebenso unwahrscheinlich, dass sie es einfach nur zum Spaß getan hatten. Sie wollten vermutlich etwas, das sie nur vom Zentrum bekommen konnten. Es war wichtig, herauszufinden, was das war, und ich legte ein Memo in meinem mentalen Zettelkasten ab, diesen Ansatz bei Gelegenheit weiterzuverfolgen. Mit meinen mentalen Memos verhält es sich etwas anders als mit meinen mentalen Notizen, denn irgendwann kümmere ich mich wirklich darum. Außerdem sind sie in Druckschrift erstellt, sodass ich auch lesen kann, was draufsteht. Zum Beispiel:

Internes Memo: Wer hat Alkland entführt?

1. Jemand, der Insider genug ist, um Leute ins Zentrum einschleusen und ihn kidnappen lassen zu können.
2. Jemand, der Insider genug ist, um überhaupt über ihn Bescheid zu wissen.
   (Der Insider-Faktor musste ziemlich hoch sein. Das Zentrum verteilt nicht unbedingt Listen von ‹Leuten, die wirklich wichtige Sachen machen und die man vielleicht entführen könnte›. Selbst ich hatte bisher noch nichts von Alkland gehört, und für einen Außenseiter kenne ich das Zentrum ziemlich gut.)
3. Jemand, der etwas will, das nur das Zentrum hat.
   (Wenn ich wüsste, was das sein könnte, wüsste ich auch, mit was für Leuten ich es zu tun habe, womit es wesentlich einfacher wäre, ihre Handlungen vorherzusagen.)
4. Neue Batterien für den Gravitator™ besorgen.

Sehen Sie? Sehr fleißig, nicht wahr? Zenda würde staunen. Na ja, so sehr nun auch wieder nicht, denn ich bin mir sicher, dass ihre mentalen Memos 120 Seiten Umfang haben und mit Diagrammen, Stichwortverzeichnissen und audiovisuellen Aufzeichnungen versehen sind. Vielleicht wäre sie angenehm überrascht. Überrascht auf jeden Fall.

Ich machte mir übrigens noch eine Notiz, von der ich Ihnen aber nichts erzählen werde. Es war eine sehr verblüffende Idee und eine sehr unwahrscheinliche dazu, aber ich habe sie trotzdem abgelegt. Ich weihe Sie ein, falls es irgendwann eine Rolle spielen sollte.

Als ich die Tasse ausgetrunken hatte, war ich völlig nüchtern. Nüchterner, als ich eigentlich sein wollte, denn ich hatte so viel Kaffee getrunken, dass ich jetzt wiederum zu weit im Nüchternheits-Plus war, bei glasklarem Verstand. Dadurch fiel mir zum Beispiel auf, dass meine Wohnung jedes Mal wenn ich von irgendwo zurückkomme, ziemlich leer ist. Es ist eine nette Wohnung, komplett farbabgestimmt und mit Erlebnismöbeln, aber ich benutze sie nur als Ort, an dem ich meine Sachen unterbringen und wo ich abstürzen kann, wenn ich im Viertel bin. Wann immer ich zurückkomme, ist sie leer. Nichts los. Oder niemand da, um etwas genauer zu sein.

Ich habe eine Wohnung, ich habe mehr Kredit, als ich brauche, ich habe eine Arbeit oder so was Ähnliches. Aber habe ich auch ein Leben?

Sehen Sie, was ich meine? Idiotische, unnütze Gedanken. Ich sah mir die Packung Jahavan an und stellte fest, dass ich aus Versehen die Sorte ‹Extrastark› erwischt hatte. ‹Warnung!› stand auf der Packung. ‹Wenn Sie kein Alkoholiker sind, kann es zu idiotischen und unnützen Gedanken kommen!›

Ich war nicht müde, beschloss aber, trotzdem ein wenig zu schlafen. Wenn ich voll und ganz mit einem Job beschäftigt bin, neige ich dazu, tagelang überhaupt nicht zum Schlafen zu kommen, weswegen ich am Ende immer so müde bin. Heute Nacht gab es für mich nichts mehr zu tun, also war es eine gute Idee, etwas auf Vorrat zu schlafen.

Bevor ich mich hinlegte, sah ich noch schnell nach, ob irgendwelche Nachrichten für mich eingegangen waren. Immerhin bestand eine winzige Chance, dass Ji vielleicht doch etwas durchgefaxt hatte. Im Faxkorb war aber nur eine Botschaft von der Verwaltung. Der Computer für die Koordinierung der Straßenfarben teilte mir mit, dass es ihm großen Spaß gemacht hatte, mit meiner Hose zu arbeiten.

3. KAPITEL

Um 4 Uhr 45 wachte ich auf und war sofort am Leben und hellwach. Ich drehte mich um und versuchte, noch einmal einzuschlafen, aber es ging nicht. Der Jahavan-Kaffee tobte immer noch durch meinen Blutkreislauf, machte Lärm, arbeitete wie wild und weckte alle Zellen auf. Ich stand auf, duschte, ging in die Küche und warf den Kaffee weg. Ich kann es nicht ertragen, wenn mir ein Getränk so etwas antut.

Ich machte mir eine Tasse Debe. Das Zeug ist fast wie Kaffee, nur dass es keinerlei natürliche Ingredienzien enthält und auch nicht sehr nach Kaffee schmeckt. Ich setzte mich im Wohnzimmer an die Wand und wartete darauf, dass der Tag anbrach. Eine ebenso erstaunlich wie lächerlich große Spinne lief vor meinen Augen über den Fußboden. Ich starrte sie eine Weile an und fragte mich, wie sie wohl reingekommen sein mochte. Meine Wohnung liegt im vierten Stock. Ich konnte nicht glauben, dass das Vieh dreißig Meter Wand hochgekraxelt war, um mir einen Besuch abzustatten. Sie musste irgendwo in der Wohnung ein Versteck haben, obwohl ich mir nicht vorstellen konnte, wo. Es war schwer zu glauben, hier könne es eine Ritze geben, die groß genug war, ein Tier wie dieses zu beherbergen. Vermutlich hockte sie einfach den ganzen Tag lang in der Wohnung rum und tarnte sich als Möbelstück, während sie abwartete, dass es Nacht wurde und sie auf dem Fußboden herumflitzen konnte, wie Spinnen es offenbar mögen. Ich hätte mich also auf sie setzen können, ohne es zu bemerken. Oder ein Glas auf ihr abstellen. Scheiße, ich hätte mich sogar auf sie gelegt haben und eingeschlafen sein können!

Auf halbem Weg blieb die Spinne stehen, drehte sich um und sah mich an. Ich erwiderte ihren Blick. Es war ein sehr spannender Moment.

Ich kann zur Not damit umgehen, verarscht zu werden, aber nicht von etwas, das auf der Evolutionsleiter so tief unter mir steht wie eine Spinne. Ich glaube, das hat sie gespürt. Nach einer Weile drehte sie sich um und schlenderte langsam mit ihren vielen Beinen in Richtung Tür. Dann wurde ihr wahrscheinlich bewusst, dass dies die letzte Gelegenheit für heute Nacht war, noch einmal richtig herumzuflitzen, jedenfalls beschleunigte sie plötzlich auf Überlichtgeschwindigkeit und zischte hinaus in den Flur, wobei sie die Kurve zweibeinig nahm.

Anders als viele andere Viertel liegt Farben unter freiem Himmel, sodass gegen 5 Uhr 30 in der Schwärze vor meinen Fenstern ein Hauch Blaurosa erschien. Das nützte nicht viel, aber es sah nett aus. Über Farben ist immer ein hübscher Himmel. Ich vermute, dass sie irgendwie daran herumdoktern.

Da es immer noch viel zu früh war, um etwas Sinnvolles zu tun, ging ich stattdessen einkaufen.

Am frühen Nachmittag war ich wieder in meiner Wohnung und saß im Schneidersitz auf der Wohnzimmerdecke, wo ich ein üppiges Mittagsmahl verzehrte.

Es gibt Phasen, in denen ich überhaupt keine Lust zum Einkaufen habe, vor allem nicht Lebensmittel. Ich versuche es, aber sobald ich in die Nähe der Läden komme, bin ich entweder von der ganzen Idee gelangweilt, oder ich kriege Angst vor der Auswahl, sodass mir alles einfach zu viel wird. Heute habe ich es allerdings geschafft. Ich bin wirklich einkaufen gewesen! Lebensmittel, Batterien für den Gravitator™, Lebensmittel, normal starken Kaffee, Lebensmittel und Lebensmittel. Ich hatte den Kühlschrank richtig glücklich gemacht. Endlich gab es wieder etwas, in das er seine Zähne schlagen konnte, jede Menge Zeug, das er schön kalt und frisch halten durfte. Nicht alle Lebensmittel waren für mich. Auf meiner Liste stand nämlich auch, dass ich mich mal wieder mit meinem Kater Paillette in Verbindung setzen wollte, um zu sehen, ob er vorbeikommen und vielleicht für eine Weile bleiben würde.

Zuerst musste ich jedoch noch ein paar Anrufe erledigen. Ich erledigte sie. Ich rief alle zuverlässigen Kontaktpersonen an, die ich in den Vierteln um das Zentrum herum habe, und auch einige der unzuverlässigen.

Nichts. Wer immer sich Alkland geschnappt haben mochte, hatte ausgezeichnete Arbeit geleistet, was die Geheimhaltung betraf. Es sah immer mehr danach aus, dass es eine Bande aus dem Dreh-Viertel gewesen sein musste, was keine sehr gute Neuigkeit war. Ich mache diese Sachen, diese gewöhnlichen Sachen, hauptsächlich, um etwas zu tun zu haben. Ich muss meine Zeit irgendwie ausfüllen, nachdem sie das Einzige ist, was ich noch habe. Aber ich mag es nicht, wenn es zu brenzlig wird. Ich bin in den letzten Jahren etwas ruhiger geworden. Sich mit einem Haufen wohlorganisierter Psychopathen anzulegen reizt mich nicht mehr so sehr, wie es das früher einmal getan hat.

Dann aß ich noch mal. Die Sache entwickelte sich nicht besonders gut, aber so läuft es meistens. Die City ist verdammt groß und in Hunderte von Einheiten aufgesplittert, die jeweils keine Ahnung davon haben, was in den anderen vor sich geht. Es hat keinen Zweck, munter loszudüsen und zu hoffen, dem, wonach man sucht, an der nächsten Ecke zu begegnen. Man bekommt einen solchen Auftrag nicht mit einer Schachtel voller Hinweise und nützlicher Fingerzeige. Ich jedenfalls nicht. Am Anfang gehört eine Menge Warten dazu. Ich streckte meine Fühler aus, peilte die Lage, und das war auch schon alles, was ich tun konnte.

Plötzlich ratterte es im Faxkorb. Unglücklicherweise befindet er sich an der Wand in der Nähe des Fußbodens, und ich konnte ihn von der Stelle aus, wo ich saß, das heißt von der Decke aus, nicht erreichen. Ich schaltete den Gravitator™ ab, damit die Dinge wieder in ihren Normalzustand zurückkehrten.

Da wusste ich, dass es nicht nur die Batterien waren, sondern dass das ganze Ding im Arsch war. Anstatt den Raum allmählich den normalen Schwerkraftverhältnissen anzupassen, schaltete sich das Gerät nämlich einfach ab und ließ mich mitsamt den Überresten meiner Mahlzeit in einem großen und ekligen Haufen mitten auf dem Fußboden landen. Ich machte mir eine mentale Notiz, mich irgendwann einmal draußen vor die Wohnung meines ehemaligen Klienten zu stellen und zu rufen: ‹Seien Sie vorsichtig, wenn dieser Herr Sie in Naturalien bezahlen möchte, denn die Waren, die er Ihnen anbietet, sind nicht in ordnungsgemäßem Zustand›, oder etwas ähnlich Verletzendes. Dann kroch ich unter Schmerzen durch den Dreck zum Faxkorb. Ich hatte die Unordnung von der letzten Gravitator™-Katastrophe noch gar nicht beseitigt, bevor ich ihn wieder eingeschaltet hatte. Sie haben keine Ahnung, was Unordnung ist, wenn Sie noch nie einen Raum gesehen haben, in dem die Schwerkraft zweimal in verschiedenen Richtungen ausgefallen ist.

Die Botschaft stammte von Ji. Er wollte eine Enklave im Rot-Bezirk Hu überfallen und fragte, ob ich mit von der Partie wäre. Ich kannte Ji gut genug, um zu wissen, dass dies nicht nur eine Einladung zu einem geselligen Beisammensein war. Er hatte etwas für mich.

Ich zog mir schnell eine Kluft an, die eines Bandenkriegs würdig war, der vermutlich nur vor dem Einsatz nuklearer Waffen zurückschrecken würde. Langer schwarzer Mantel, schwarze Jacke, schwarze Hose, schwarzes Hemd. Spontan behandelte ich das Hemd zuerst noch mit dem DressMan™, woraufhin es zwar schwarz blieb, aber zusätzlich ein sehr kompliziertes, fast fraktales Muster in dunklen Blau-, Rot- und Grüntönen erhielt. Ich suchte meine Waffe und steckte sie in den Holster.

Es ist immer sehr schwer vorherzusagen, wie lange eine solche Sache dauert, daher rief ich Zenda an, um sie darauf vorzubereiten, dass ich mich vielleicht erst später melden würde. So bin ich, wenn ich voll im Action-Modus bin: dynamisch, tatkräftig, aber auch überlegt. Royn nahm den Anruf entgegen.

«Hallo, Stark! Schickes Hemd.»

«Danke. Ist Zenda zu sprechen?»

«Tut mir Leid, Stark, sie ist zu beschäftigt, um jetzt mit dir zu sprechen. Viel zu beschäftigt.»

«Sie ist immer beschäftigt.»

«Ja, aber gerade in diesem Augenblick ist sie extrem beschäftigt. Sie ist sogar viel zu beschäftigt, um mit den Leuten reden zu können, mit denen sie Geschäfte macht, von anderen ganz zu schweigen. Soll ich ihr etwas ausrichten?»

«Nur, dass ich mich heute vielleicht erst später melden werde. Ich gehe nämlich zu einem Bandenkrieg.»

«Hey, geil! Also dann viel Spaß! Ich werde es ihr ausrichten.»

Ich suchte nach dem Furzer, konnte in der Unordnung aber keine Spur von ihm entdecken. Das Essen war völlig verschwunden – das tut es eine Stunde nachdem es gekocht wurde, von selbst –, aber da waren noch die Möbel, die Bücher und der ganze sonstige Krempel im Zimmer verstreut, und der Furzer ist eine sehr kleine Waffe. Meine Wohnung ist mit einer Suchfunktion ausgerüstet. Es gibt ein kleines Gerät, in das man einfach eintippt, was man vermisst. Dann wird die Wohnung elektronisch durchsucht, und man bekommt eine Mitteilung, wo es sich befindet. Dummerweise hatte ich das Gerät verloren, also stand ich ziemlich auf dem Schlauch. Aber dort, wo ich hingehen wollte, machte ein kleiner Furzer ohnehin keinen großen Unterschied, also gab ich es auf und machte mich stattdessen auf den Weg zur Einschienenbahn.

Ich hatte Ihnen ja gesagt, dass die Dinge von selbst in Bewegung geraten würden.

An der Station Abgefuckt holten mich zwei von Jis Leibwächtern ab, in vornehmen Abendanzügen und schwarzen Krawatten. Sie waren höflich und respektvoll. Der gute Freund eines Bandenkönigs zu sein ist irgendwie cool.

Wir gingen schnellen Schrittes zur Ji-Bar, wobei die zwei Klötze mich in die Mitte nahmen. Das Straßenleben verflüchtigte sich schleunigst, sobald man uns kommen sah. Das ist eine der Sachen, die man in Rot sehr schnell lernt: Wenn man in Schwarz gekleidete Männer sieht, hat man sich schleunigst zu verflüchtigen, um dem nahenden Gewaltausbruch zu entgehen.

Ji trug ebenfalls einen schwarzen Schlips und wirkte ruhig und gelassen.

«Wir müssen uns beeilen», brummte er, «es heißt, dass die Scheißkerle Wind davon bekommen haben, dass wir unterwegs sind.»

Ich hielt das für Besorgnis erregend und äußerte das auch.

«Sie werden uns also erwarten?», fragte ich und überlegte, ob ich den Nachmittag sinnvoller verbringen würde, wenn ich meine Wohnung aufräumte.

«Nein, sie werden sich also schnellstens verpissen. Wenn wir uns nicht verdammt beeilen, wird verdammt nochmal niemand mehr da sein, den wir umbringen können.»

In strenger Formation marschierten wir aus der Bar. Die gepanzerten Autos nahmen das als Zeichen und rauschten mit quietschenden Reifen in Richtung Hu davon. Ji und ich gingen hinter ihnen die Straße hinunter. Wir wurden von Leibwächtern flankiert, während uns zwei weitere Wagen folgten. Genauso wie die Stripperinnen sind auch die Leibwächter in Rot speziell für ihre Aufgabe gezüchtet. Sie sind alle über zwei Meter groß und so gebaut, dass sie einen direkten Zusammenstoß mit einem Meteoriten überleben würden. Ganz besonderen Wert wird auf den Umfang ihrer Brustkörbe gelegt. Ji hatte natürlich nur die Allerbesten, und die sechs Wächter um uns herum besaßen alle einen Brustdurchmesser von weit mehr als einem halben Meter. Ein erstklassiger Leibwächter musste in der Lage sein, etwa dreißig Kugeln oder zwei kleine Granaten abzufangen. Ich bin nur 182 cm groß und konnte überhaupt nicht erkennen, wohin wir gingen, aber ich fühlte mich ziemlich sicher.

Rot liegt nicht unter freiem Himmel, deshalb herrscht hier ständig Nacht. Die Straßen waren dunkel, aber rechts und links von den Neonlichtern der Dopaz-Bars und Bums-Lokale gesäumt. Die Gehwege waren wie leer gefegt, aber viele Gesichter sahen uns aus den Fenstern nach. An einigen Bars hingen handgeschriebene Schilder mit der Aufschrift «Viel Erfolg, Chef!».

Ein Penner stolperte um eine Ecke und uns in den Weg, und ich zuckte ahnungsvoll zusammen. Ji mag keine Penner, zum einen, weil sie keine Kunden sind und ihm nicht nützen, hauptsächlich aber, weil er Leute nicht ertragen kann, die sich hängen lassen. Ich war schon immer der Ansicht gewesen, dass Ji einen ziemlich Respekt einflößenden Aktionisten abgeben würde, obwohl das Zentrum dann seine Vorstellung von Zu Erledigenden Dingen erheblich erweitern müsste. Ji gab, ohne seine Schritte zu verlangsamen, einen Schuss ab, sodass der Kopf des Penners sich im Nu über drei Meter Wand verteilte. Aus einer der Bars drang leiser Jubel.

Hu ist ein kleiner Bezirk, der fast in der Mitte von Rot liegt, an der westlichen Grenze von Jis Territorium. Es ist einer der ältesten Teile von Rot, das ja an sich schon ziemlich übel ist, aber Hu ist noch übler. In Hu passieren die wirklich schlimmen Sachen. Auf den Straßen von Hu hält sich niemand auf, und es gibt auch keine Bars. Es gibt überhaupt kein Geschäftsleben in Hu, da niemand jemals seine vier Wände verlässt. Hu ist der geeignete Ort für einen Serienmörder, der ungestört jemanden aufschlitzen möchte. Hu ist der geeignete Ort, um den Teufel anzubeten, ohne dabei von Leuten gestört zu werden, die noch bei Verstand sind. Hu ist ganz unten. Wer in Hu ist, ist entweder tot oder bald tot oder hockt in einem dunklen, verlassenen Gebäude und nagt die Knochen der Toten ab.

«Was willst du hier, Ji?», fragte ich etwas außer Atem, da ich bereits fünf Minuten lang stramm marschiert war. «Hu nützt dir doch überhaupt nichts.»

Ji dehnte seinen Hals nach allen Seiten, indem er den Kopf nach rechts und links bewegte. «Ich habe mich gestern Abend umgehört. Niemand wusste etwas über deinen Freund, aber ich habe gerüchteweise von einer neuen Bande gehört, die sich hier in Hu verkrochen haben soll. Vielleicht sind es die Leute, die du suchst. Auf jeden Fall will ich die Scheißkerle nicht in meiner Nähe haben.»

Die gepanzerten Wagen vor uns fuhren langsamer, als wir uns der Grenze von Jis Territorium näherten. In Rot sind die Übergangszonen das Schlimmste. Dort hasst jeder jeden. Plötzlich wurde rechts von uns aus einem Fenster im dritten Stock geschossen, und einer der Leibwächter zuckte zusammen, während ein kleiner roter Fleck auf dem ansonsten fleckenlosen Weiß seines Oberhemdes auftauchte.

«Gute Arbeit, Fyd», sagte Ji und klopfte ihm auf die Schulter. «Alles klar?»

«Fühl mich prima, Ji», brummte der Wächter und nahm einen Kugelschreiber, um sich das Geschoss herauszupulen. Ein ziemlich harter Bursche, das war klar. Eines der Panzerautos drehte um und feuerte, worauf das dritte Stockwerk des fraglichen Gebäudes verschwand. Wir trabten nach vorn zum ersten Wagen, während die Wächter eine perfekte Abschirmung um uns herum bildeten. Die Tür öffnete sich, und Ji und ich schlüpften hinein, gefolgt von drei Leibwächtern.

«Nur ein einzelner Heckenschütze», meinte der Fahrer, «aber da vorne ist mehr los.»

«Okay», sagte Ji und machte es sich am Geschütz bequem. «Hier ist mein Plan. Wir dringen ein und knallen jeden ab.»

«Ist mir recht», grinste der Fahrer und trat aufs Gaspedal.

In zehn Minuten war alles vorbei. Die vier Fahrzeuge stürmten Hu, die Maschinengewehre verteilten ihre Energiegeschosse über einen Winkel von 360°, und die Kanoniere schossen Granaten auf alles ab, was sich bewegte oder so aussah, als könnte es sich noch bewegen. Aus Fenstern und Läden wurden Geschosse und Granaten auf uns abgefeuert, aber mit einem Mann wie Ji kann man sich nicht streiten. Wer auf ihn schießt, macht ihn nur umso wütender.

Als die Gebäude um uns herum stockwerkweise explodierten, wurde das feindliche Feuer allmählich dünner, und die Autos konzentrierten sich auf die Menschen, die in den Straßen erschienen und panisch vor uns wegliefen. Ein Verrückter sprang von einem Fenster im zweiten Stock aus auf unseren Wagen und versuchte, mit seinem Raketenwerfer durch unsere Windschutzscheibe zu feuern. Fyd hatte mittlerweile in aller Ruhe das Geschoss aus seiner Brust entfernt und stieß nun mit der Faust durch das zolldicke Glas, woraufhin der Körper des Irren in einem anmutigen Bogen gegen die Wand klatschte, an der wir gerade entlangfuhren. Das meiste von ihm, aber nicht alles, fiel dann auf den Gehweg.

«Okay», sagte Ji ruhig. «Sag Wagen vier Bescheid, sie sollen umdrehen und zurückfahren, für den Fall, dass jemand in die Gegenrichtung flieht. Eins und drei sollen herkommen und uns in Formation flankieren.»

Die drei Wagen rasten die Straße entlang ins Zentrum von Hu, wobei sie alles niedermachten, was ihnen in den Weg kam. Ich hätte jetzt um keinen Preis der Welt auf der anderen Seite sein mögen. Auf Erden durch die Hölle zu rennen, halb taub vom Lärm dreier gepanzerter Wagen, die dem gefährlichsten Mann in Rot gehören, ist bestimmt nicht witzig. Es muss ein mieses Gefühl sein. Zum Glück würde dieses Gefühl nur kurz andauern, insofern alle Beteiligten recht schnell von ihrem Elend erlöst wurden.

«Halt», sagte Ji ruhig, und die Wagen blieben sofort stehen. Es war einen Moment lang still, während Ji den Kopf neigte und wohl auf seinen Dschungelinstinkt lauschte, den Menschen in seiner Position einfach haben müssen. Die Straßen um uns herum waren leer, nur ein paar Überreste von Toten und brennende Trümmer lagen herum, die Mauern waren rot vom Blut und vom Widerschein der Flammen. «Okay», sagte er dann zufrieden. «Los jetzt!»

Fyd teilte die Waffen aus. Er bot mir einen Granatwerfer an, aber ich klopfte auf mein Holster, woraufhin er nur mit den Schultern zuckte. Als jeder ausgerüstet war, öffnete ein anderer Leibwächter die Tür, und wir stiegen aus. Die übrigen drei Wächter warteten bereits auf uns, und Ji und ich traten in ihren Schatten. Ji blickte sich aufmerksam um und nickte dann in Richtung eines Gebäudes links von uns.

«Da», sagte er.

Wir gingen langsam auf das Gebäude zu, während die Wächter in unserem Rücken mit ihren Granatwerfern im Anschlag nach hinten sicherten. Kurz bevor wir die Tür erreichten, feuerte einer von ihnen los. Gleich darauf waren von der anderen Straßenseite ein Schrei und eine Explosion zu hören.

«Guter Schuss, Bij», sagte Ji, ohne sich umzudrehen.

«Danke, Chef.»

Im Erdgeschoss des Gebäudes brannte ein kleines Feuer, aber es sah nicht danach aus, als würde es sich ausbreiten. Es gab hier nichts Brennbares, nur Steinwände. Alles, was nicht niet- und nagelfest war, hatte man schon vor Jahrzehnten weggeschafft. Vor hundert Jahren schien dies einmal ein Bürohaus gewesen zu sein, als hier noch Menschen wohnten. Der Geruch war etwas merkwürdig, ansonsten sah alles ganz normal aus. Doch Ji kennt sich mit solchen Dingen aus – ich weiß nicht, wie er das macht, aber so ist es.

Wir wandten uns der Treppe zu und stiegen langsam hinauf, ohne unsere Formation aufzugeben. Der erste Stock war verlassen. Der Gestank war hier noch schlimmer, und ich sah Ji fragend an.

«Scheint, dass hier jemand seine Speisekammer eingerichtet hat», sagte er.

Er hatte Recht. Im zweiten Stock war die Treppe zu Ende, und wir mussten quer durch die Etage gehen, um weiter nach oben zu kommen. Leise betraten wir den ersten Bürobereich. Plötzlich bewegten sich alle Leibwächter wie auf Kommando, und im nächsten Augenblick standen wir alle zusammengequetscht hinter der Tür, wobei Ji und ich vollkommen von den Wächtern abgeschirmt wurden. Dann entspannten sie sich wieder.

«'tschuldigung, Chef», sagte Fyd. «Falscher Alarm.»

Wir sahen uns im Büro um. Es war ziemlich dunkel. Das einzige Licht kam von den Flammen, die immer noch draußen tobten. Der Boden war von menschlichen Leichen übersät, und der Gestank war furchtbar.

«Schon gut», sagte Ji. «Ein ausgezeichnetes Manöver.»

Da wir zusammenbleiben mussten, schlängelten wir uns nur langsam durch das Stockwerk. Draußen fing etwas Brennbares Feuer, und rote und orangefarbene Lichter flackerten durch den Raum.

Auf dem Boden lagen etwa vierzig Leichen, hauptsächlich Erwachsene, aber auch ein paar Babys. Viele waren nackt, und allen war das Gesicht abgezogen worden, sodass nur noch ihre bleichen Knochen zu sehen waren. Die meisten waren geschminkt, blauer Lippenstift zierte die Reste des Zahnfleisches und grüner Lidschatten die verwesenden Augäpfel. Allen Frauen steckten Schraubenzieher im Unterleib, und allen Männern waren die Hände zusammengeschweißt worden.

Zuerst dachte ich, dass die Babys verbrannt waren, aber während wir uns der anderen Seite des Raums näherten, bemerkte ich eine Veränderung im Zustand der Leichen. Sie wurden älter, verwester und offensichtlich auch abgenagter. Jemand hatte hier seine Mordopfer gelagert und sie, angefangen mit den ältesten, gegessen, die Babys gekocht, die Erwachsenen, die bereits vor Maden wimmelten, roh. Ich fragte mich, wo er jetzt wohl war: irgendwo da draußen in Rot, auf der Jagd nach Beute für seinen Wintervorrat. Ich bin ja ein toleranter Mensch, aber auf was für Ideen manche Leute kommen!

Wir erreichten die Treppe und gingen in den dritten Stock hinauf. Alles war ruhig. Kurz bevor wir in den vierten kamen, blieb Ji stehen und lauschte.

«Okay», flüsterte er. «Schluss mit dem Spielchen!»

Bij und ein zweiter Wächter preschten vor. Eine Rakete zischte zwischen ihren Köpfen hindurch und schlug hinter ihnen ein. Statt zu erschrecken, setzten sie ihre Überraschung sofort in Handlung um und pumpten den Raum ihrerseits mit Granaten voll. Als sie schließlich der Ansicht waren, die Luft sei rein, stießen wir zu ihnen.

Was noch vom Büro übrig war, zeigte Spuren von Bewohnung und von Vorbereitungen auf einen Angriff. Leere Munitionskisten, Nahrungsreste und Kleidung lagen überall herum. Aus dem angrenzenden Büro drang schwaches Licht, und Ji marschierte zur Tür voraus. Hinter ein paar Kisten in einer Ecke des Zimmers raschelte etwas, und instinktiv warf ich mich zu Boden, machte eine Rolle vorwärts und kam direkt vor Ji wieder zum Stehen, während meine Waffe bereits in die Dunkelheit zielte. Der Schein eines Laserzielsuchers erschien auf Jis Brust, und ich feuerte fünfmal drauflos, woraufhin das letzte Bandenmitglied vor uns zu Boden kippte. Ji sah mich an und nickte.

Mit den Wächtern im Rücken traten wir die Tür auf. Das Büro war fast leer. Es gab nur einen Sessel und daneben einen Tisch, auf dem eine Lampe stand und helles Licht spendete. Jemand saß in dem Sessel.

«Hallo, Ji», sagte eine Stimme, die ich wieder erkannte. «Hallo, Stark. Hey, scharfes Hemd!»

«Gottverdammte Scheiße!», brüllte Ji, als wir näher an den Sessel herantraten. Ich starrte die massige Gestalt an, die kampflustig darin hockte, bemerkte den Anflug aufkochender Gewalt und die grünen Ziffern auf der Stirn.

«Gottverdammte Scheiße!», rief ich. «Was, zum Teufel, machst *du* denn hier?»

«Gottverdammte Scheiße, Snedd!», bellte Ji schon etwas ruhiger. «Was, zum Teufel, ist das für ein Scheißspiel?»

«Nun», sagte Snedd und schnipste mit den Fingern. «Das ist wohl so etwas wie eine Begrüßung. Was zu trinken?»

«Gottverdammte Scheiße», sagte ich nochmal. Irgendwie schien es die einzig treffende Bemerkung. Ich hätte es vielleicht noch tagelang wiederholt, wenn Ji nicht das Thema gewechselt hätte. Unvermittelt begann er zu grinsen und schüttelte seinem Bruder die Hand.

«Ja», sagte er. «Alkohol. Und dann hast du hoffentlich eine Erklärung parat.»

Ein kleiner und sehr ängstlich wirkender Mann von etwa siebzig Jahren tauchte aus dem Schatten auf und brachte ein Tablett mit einem Krug Alkohol und mehreren Gläsern. Er stellte es lautlos auf dem Tisch ab und verschwand wieder.

«Snedd», sagte ich, während Fyd einschenkte, «du hättest uns alle umbringen können!»

«Ach, Quatsch!», sagte Snedd. «Sie sollten ja gar nicht gegen euch kämpfen. Sobald ich gehört hatte, wer da im Anmarsch ist, habe ich allen geraten, sich schnellstens in Sicherheit zu bringen. Ich kenne nur einen, der gefährlicher ist als ich, und das ist Ji. Vielen Dank übrigens. Ich habe zwei Wochen gebraucht, um diese Gang aufzubauen, und ihr habt sie in fünf Minuten ausradiert. Prost!»

«Selber prost, Arschloch!», sagte Ji, und wir tranken.

An dieser Stelle wäre vielleicht ein Wort der Erklärung angebracht. Snedd ist Jis jüngerer Bruder. Abgesehen von der Tatsache, dass er weniger häufig flucht und grüne Zahlen auf der Stirn hat, sind sie fast völlig identisch. Ich kenne Snedd aus meiner Zeit in Dreh, als Ji und ich zusammengearbeitet haben. Ich hatte ihn seit acht Jahren nicht gesehen und auch nicht mehr damit gerechnet, ihn jemals wieder zu sehen.

Snedd hat Zahlen auf der Stirn, weil er mal zum Tode verurteilt worden ist. Hauptsächlich aus Spaß war er eines Nachts ins Status-Viertel eingebrochen und dabei unglücklicherweise geschnappt worden. Status ist eines der Viertel, die sich völlig von der Außenwelt abgeschottet haben. Niemand darf rein und niemand darf raus. Alle Informationen über die Außenwelt werden abgeblockt, sodass die Bewohner keine Ahnung haben, was außerhalb ihrer Welt los ist.

Die Regierung von Status lässt sich nicht zum Narren halten. Die Strafe für das Eindringen in ihr Viertel ist Tod durch DNS-Auflösung. Die DNS des Übeltäters wird so verändert, dass der Körper genau ein Jahr nach dem Urteil stirbt. Die Körperfunktionen hören einfach auf, und die Substanzen, die den Körper bilden, lösen sich auf. In zivilisierten Vierteln ist es eine durchaus übliche Exekutionsmethode, und einige gehen sogar noch weiter und pflanzen dem Verurteilten digitale Ziffern in die Stirn ein, die anzeigen, wie viele Tage der Kerl noch zu leben hat. Manche Leute halten das für unnötig grausam, aber den Gezeichneten ist das ziemlich egal. Meistens werden sie in Restaurants sogar schneller bedient, wenn das Personal sieht, dass da jemand nicht mehr viel Zeit zu verlieren hat. Vor allem in der letzten Woche, wenn die Zahlen hellrot blinken.

Außerdem kann man im Spiegel ganz gut die Uhrzeit ablesen, was ganz nützlich ist, wenn man keine Lust hat, eine Armbanduhr zu tragen.

«Müsstest du nicht schon seit einer ganzen Weile tot sein?», fragte ich Snedd.

«Ja», lachte er. «Aber du kennst mich doch. Ich bastle gern. Ich habe entdeckt, wie man die Uhr zurückdreht, sodass ich am Ende jedes Jahres ein weiteres Jahr kriege. Es ist zwar jedes Mal ein ziemlich angespannter Augenblick, wenn die Anzeige auf 00:00:00:01 steht, aber bislang hat es immer funktioniert.»

«Wusste Ji, dass du noch lebst?»

«Ja», brummte Ji. «Aber ich hatte versucht, es zu vergessen. Was, zum Teufel, machst du hier, Snedd? Und was, zum Teufel, hast du dir dabei gedacht, hier eine Bande aufzuziehen?»

«Ich hatte Langeweile», antwortete er. «Dachte, ich sollte mal wieder mit dir ins Geschäft kommen.»

«*Mit* mir?»

«Ja, ich wollte nur nicht einfach bei dir einsteigen. Dachte, ich könnte meinen eigenen Anteil einbringen. Aber jetzt hast du alle umgelegt.»

«Snedd», fragte ich, «war es nur die Bande, die du einbringen wolltest, oder noch etwas anderes?»

«Was meinst du?»

«Stark sucht nach jemandem», sagte Ji und schenkte sich derweil nach. Der alte Mann ging herum und teilte Häppchen an die Leibwächter aus.

«Ein Aktionist namens Alkland ist entführt worden», sagte ich und sah Snedd dabei in die Augen. «Der AZGD glaubt, dass die Bande irgendwo in Rot sitzt.»

«Nein», sagte Snedd kopfschüttelnd. «Erstens habe ich nichts mit der Sache zu tun. Zweitens habe ich in den letzten Wochen jede Menge Erkundigungen eingezogen, um dieses Viertel kennen zu lernen und etwas zu haben, worauf ich aufbauen kann. Ich habe jeden durchleuchtet, um zu erfahren, wie die Machtverhältnisse aussehen. Die einzige Bande, die halbwegs die Voraussetzungen für einen solchen Coup mitbringt, gehört zu meinem Bruder.»

«Es ist niemand aus Dreh hier?», sagte ich verwirrt.

«Nur wir zwei.»

«Scheiße. Dann ist er nicht hier.»

«Nein. Aber ich habe etwas gehört, das dich interessieren könnte.»

«Was?»

Snedd sah seinen Bruder an.

«Erzähl ihm alles, was du weißt», sagte Ji nickend. «Wir können ohnehin nichts damit anfangen. Das ist ganz allein Starks Problem.»

«Okay.» Snedd nahm ein Stück scharfes Huhn von dem Teller, den der alte Mann herumreichte. Ich lehnte ab, nahm aber noch etwas von der Avocadosoße. «Eigentlich ist es nichts Besonderes. Vor ein paar Tagen soll jemand aus dem Zentrum hier durchgekommen sein. Ich weiß nicht, wer ihn bei sich hatte, davon war nicht die Rede.»

«Wie hast du bloß davon erfahren?», fragte Ji gereizt. «Ich habe mich überall erkundigt und nichts darüber gehört.»

«Das ist ja genau der Punkt», sagte Snedd selbstgefällig. «Ich habe mich nicht um die Information bemüht, sondern umgekehrt: Die Entführer, wer immer sie sein mögen, haben nach mir gesucht. Sie haben es zuerst in Dreh versucht und mich dann irgendwie hier aufgespürt.»

Ji lachte. «Was, zum Teufel, wollten die von dir?»

«Nun, das habe ich mich auch gefragt. Wenn sie den härtesten Typen gewollt hätten, wären sie direkt zu dir gegangen. Den mächtigsten? Zu dir. Also wollten sie etwas ganz anderes. Sie wollten etwas, das ich ihnen geben könnte und du nicht.»

«Und was soll das sein?», fragte ich, während ein Verdacht in mir aufstieg.

«Ich glaube, sie wollten wissen, wie man ins Status-Viertel kommt.»

Kurz darauf zogen wir wieder in die Ji-Bar, und die Après-Sieg-Feier war noch in vollem Gange, als ich mich verabschiedete. Es kommt selten vor, dass an einer solchen Feier die Anführer beider Banden beteiligt sind, also war die Atmosphäre ungewöhnlich gut. Sobald sich die Nachricht verbreiten würde, dass es nun zwei von diesen Verrückten gab, würden die anderen Bandenführer in Rot ziemlich nervös werden. Fyd schüttelte mir an der Tür die Hand, was ich sehr nett fand, obwohl er mir dabei fast die Finger brach. Auf seiner Seite zu stehen erschien mir als eine wirklich gute Sache.

Ich erreichte die Abteilung für Besonders Dringende Angelegenheiten kurz vor 21 Uhr. Der Fahrstuhl funktionierte wieder und erzählte mir dieses Mal tatsächlich die Geschichte der Abteilung, was mich betrübte, bis ich merkte, dass er alle Daten durcheinander brachte.

«Weiter so!», flüsterte ich ihm zu, als ich ausstieg. «Zersetz den Laden von innen!»

«Wird gemacht», flüsterte er zurück.

Zendas Büro war verlassen, also hing ich eine Weile dort herum. Royn steckte kurz ihren Kopf rein und sagte, dass sie auf dem Weg wäre, sich aber vielleicht etwas verspäten könnte. Ich runzelte die Stirn. Zenda verspätete sich niemals, nicht einmal, wenn sie sich mit mir traf. Das ist auch so eine Sache, die ich an ihr mag.

Sie kam um 21 Uhr 03. Im Zentrum war das etwa so, als würde man eintreffen, nachdem alle anderen längst an Altersschwäche gestorben waren. Ich ließ sie erst einmal einen Drink nehmen, bevor ich etwas sagte. Sie ließ sich umständlich in ihren Sessel fallen und starrte dann eine Weile vor sich hin, bevor sie mich ansah.

«Probleme?», fragte ich.

«Nein», sagte sie, aber ich wusste, dass sie log. Nach einer weiteren Pause schlug sie auf die Taste der Sprechanlage und bellte jemandem eine Anweisung für ein Treffen zu, das in vier Tagen stattfinden sollte. «Okay», seufzte sie. «Was hast du herausbekommen?»

«Alkland ist nicht in Rot», sagte ich.

«Scheiße!»

«Aber ich glaube, ich weiß, wo er sein könnte.»

Zendas Mimik hellte sich auf, und sie schenkte mir sogar ein Lächeln.

«Guter Junge. Wo?»

«Ich fürchte, es ist keine gute Nachricht. Ich glaube nämlich, dass er nach Status gebracht worden sein könnte.»

«*Status?* Wovon, um Himmels willen, sprichst du?»

«Denk mal drüber nach, Zenda! Alklands Entführer müssen hervorragend organisiert sein. Wo ist der beste Platz in der Gegend, um jemanden zu verstecken?»

«Dort, wo niemand hinkommt. Scheiße!» Sie trommelte eine

Weile mit den Fingern auf den Tisch. «Ich muss jemand Höheren einschalten.»

Sie nahm den Telefonhörer auf. Kurz darauf erzählte sie jemandem, dass sie so schnell wie möglich mit C reden müsse. Als Antwort nickte sie nur und legte den Hörer wieder auf.

«Ich kann keine Genehmigung zum Eindringen in ein verbotenes Viertel erteilen. Scheiße, Scheiße, Scheiße!»

«Zenda», fragte ich freundlich, «was ist los?»

«Nichts», sagte sie. «Nichts.» Sie sah mich an und ich sah sie an, und ich sah, dass sie Probleme hatte, und sie sah, dass ich es sah. Berufliche Beziehungen sind schwierig, vor allem, wenn man sich von früher kennt. Je besser man jemanden kennt, desto größer wird der Unterschied zwischen dem, was man weiß, und dem, was man sagen kann. Es gibt Dinge, die man im Büro einfach nicht bespricht, nicht einmal unter vier Augen.

Die Sprechanlage summte.

«Spontane Sitzung, Beginn minus zwanzig Sekunden, Countdown läuft», bellte sie. «Ihre Sitzungspartner sind unterwegs, Miss Renn.»

Zenda stand auf, um sich auf die Begrüßung vorzubereiten, und wandte sich dann an mich.

«Selbstverständlich habe ich dich nicht gefragt, ob du bereit wärst, es zu versuchen», sagte sie unschuldig. Ich lächelte sie an und versuchte etwas mit meinen Augen zu sagen. Ich glaube, es kam an, denn sie lächelte zurück.

«Danke.»

Die Tür flog auf, und C rauschte herein, dicht gefolgt von Darv.

Das Treffen dauerte nicht sehr lange. Ich erzählte C, was ich herausgefunden hatte, und er pflichtete meinen Schlussfolgerungen bei. Die Tatsache, dass ich immer noch am Leben war, nachdem ich zweimal Rot besucht und in vorderster Front einen Bandenkrieg zwischen zwei Psychopathen aus Dreh mitgemacht hatte, hinterließ einen mächtigen Eindruck bei Darv. Obwohl er nicht freundlicher als vorher war, schien er es doch langsam zu akzeptieren, dass ich der richtige Mann für diesen Job war.

Immerhin bestand dabei für mich fast die sichere Aussicht auf Exekution und/oder sofortigen Tod, auch wenn das jetzt sehr melodramatisch klingt. Nichts war sicher, nur dass der Job noch lange nicht erledigt war, und das gab mir zu denken. Verbotene Viertel, ganz besonders Status, legen sehr, sehr großen Wert auf ihre Ungestörtheit, und auch das Zentrum sollte sich tunlichst daran halten. Wenn ich von höchster Stelle die Zustimmung bekommen sollte, eindringen zu dürfen, stand etwas sehr Wichtiges auf dem Spiel. Ich begann mich zu fragen, ob ich alles wusste, was ich wissen sollte, und ob dies vielleicht doch kein gewöhnlicher Auftrag war.

«Nun», sagte C und lehnte sich in seinem Sessel zurück. «Es scheint nur eine einzige Möglichkeit zu geben. Miss Renn hat Sie für diesen Job vorgeschlagen, Mister Stark. Sie sagte, dass Sie nicht nur der Beste sind, bei dem, was Sie tun, sondern dass Sie auch niemals etwas aufgeben, was Sie einmal angefangen haben. Handelt es sich hier um einen Präzedenzfall?»

«Nein», sagte ich, sah ihn ruhig an und erzählte ihm, was er hören wollte, «und für mich hat dieses Gespräch niemals stattgefunden.»

Er lächelte freundlich und nickte.

«Miss Renn ist eine ausgezeichnete Menschenkennerin.»

Er stand auf und verließ ohne ein weiteres Wort den Raum. Bevor Darv ging, musste er natürlich noch deutlich darauf hinweisen, wie wenig das Zentrum an den Problemen interessiert war, in die ich vielleicht geraten würde. Während ich ihm nachsah, fühlte ich mich für einen Augenblick irgendwie unwirklich und spürte die erdrückende Last der Welt um mich herum. Der Augenblick ging vorüber – wie jedes Mal.

Zenda begleitete mich zur Tür.

«Sei vorsichtig, Stark», sagte sie.

«Das werde ich», sagte ich, küsste ihre Hand und spürte zum ersten Mal einen vergänglichen Hauch von Intimität in diesem bürokratischen Ambiente. «Und wenn ich irgendetwas für dich tun kann … du weißt schon, sollte irgendetwas schlimmer werden, dann ruf mich an.»

Sie nickte zweimal kurz, und dann ging ich.

4. KAPITEL

Auf dem Weg zurück in meine Wohnung bemühte ich mich nach Kräften, einen Schlachtplan auszuarbeiten. Ich hatte meine privaten Gründe, sogar ziemlich begeistert von der Idee zu sein, ins Innere von Status zu gelangen, aber genauso wie jeder andere auch wusste ich fast nichts darüber. Das Wenige, das ich wusste, einschließlich der einzigen Möglichkeit, hineinzugelangen, wusste ich von Snedd. Ich besaß seine Aufzeichnungen, die er damals auf mein Drängen hin angefertigt hatte, direkt nachdem er mit den Ziffern auf der Stirn hinausgeworfen worden war, aber sie waren sehr lückenhaft. Er hatte zu dem Zeitpunkt nicht verstanden, warum ich so an den Verhältnissen eines Viertels interessiert war, in das ich sowieso niemals kommen würde, und er war damals ohnehin nicht gerade in bester Stimmung gewesen.

Es hatte keinen Zweck, noch einmal nach Rot zurückzukehren und mit ihm zu reden. Nach acht Jahren, die er zum größten Teil in geistiger Umnachtung verbracht hatte, bestand wenig Hoffnung, dass er sich an etwas Neues erinnern würde. Meine einzige Möglichkeit lag darin, mir all das einzuprägen, was ich an Informationen hatte, und zu versuchen, seinen Einbruch zu wiederholen.

Ich erinnerte mich, dass er besonders hartnäckig auf einer Sache bestanden hatte: Wenn du reinkommen willst, dann versuch es tagsüber. Die meisten Viertel sind auf vierundzwanzigstündigen Betrieb ausgerichtet, obwohl es nachts meistens ruhiger wird. Nur Viertel wie Rot sind rund um die Uhr aktiv. Aber Status, hatte Snedd gesagt, macht den Laden um 23 Uhr zu. Das war sein Fehler gewesen. Er war nachts eingebrochen, weil das so üblich ist, aber damit war er die einzige Person gewesen, die zu dieser Zeit noch unterwegs war.

Mit Ausnahme der Polizei von Status, versteht sich. Deshalb war er geschnappt worden, und deshalb war er jetzt eine lebende Zeitbombe. Aber er hatte noch Glück gehabt. Zufällig hatte man ihn in einer Wohngegend entdeckt. Wenn es möglich gewesen wäre, hätte ihn die Polizei nämlich sofort erschossen.

Als ich meine Station erreichte, sahen die Wände des Waggons wie eine Explosion in einer Farbenfabrik aus, weil sie sich bemühten, meine Stimmung nachzuvollziehen. In den meisten Vierteln habe ich Kontaktpersonen, einen Anhaltspunkt, eine Methode, wie ich mich schützen, wie ich das Ganze zu einem, wenn auch gefährlichen, Spiel machen kann. Im Zentrum habe ich Zenda. In Rot habe ich Ji. In Techno habe ich einen Typen namens Brian Diode IV, der praktisch jeden Computer-Sicherheitscode in der ganzen City knacken kann, wenn man ihm genug Zeit und Pizza gibt. In Brandfield kenne ich eine junge Frau namens Shelby, die einen zweisitzigen Heliporter besitzt, der mir mehr als einmal das Leben gerettet hat.

Und so weiter, und so weiter. In Status hatte ich nichts. Sich anzupassen würde nicht einfach werden, immer unter der Voraussetzung, dass ich überhaupt hineinkam, und wenn ich es nicht schaffte, würde ich sterben.

Und dann wusste ich nicht, was eigentlich im Zentrum los war. Ich kenne Zenda schon sehr lange, aber ich hatte sie noch nie so gesehen wie heute Abend. Ein bisschen Paranoia war völlig natürlich in einem Viertel, wo praktisch jeder seine Ellbogen gegen jeden einsetzte, aber sie hatte nicht die Spur paranoid gewirkt. Sie hatte ausgesehen, als würde ihr etwas große Sorgen machen, ohne dass sie genau wusste, was das war. Ich fand das sehr beunruhigend.

Worum ging es eigentlich bei der Sache? Eine Bande, die nicht nur einen bedeutenden Aktionisten entführen konnte, sondern ihn dann auch noch in ein verbotenes Viertel brachte und ihn dort versteckte, musste extrem effizient sein. Wenn die Leute erfuhren, dass ich nach ihnen suchte, würde die Status-Polizei noch mein kleinstes Problem sein. Außerdem hatte ich weder Ji noch Snedd dabei, um mir zu helfen.

Wie gerate ich nur in solche Schwierigkeiten? Warum mache ich diesen Job überhaupt? Warum schreie ich nach einem Sicherheitsnetz, wo es gar keins gibt? Wäre es nicht an der Zeit, sich zu verabschieden?

Ein leises, klingendes Geräusch ertönte. Als ich aufblickte, sah ich, dass die Wände ein eintöniges Schwarz angenommen hatten. Ich hatte den Stimmungssensor des Waggons kaputtgemacht.

Scheiß drauf, dachte ich mir. Ich musste sowieso bis morgen warten. Ich brauchte eine Pause. Ich musste meine Katze suchen.

Mit der Einschienenbahn fuhr ich einmal quer durch Farben hindurch und stieg auf der anderen Seite am Übergangstor aus. Ich musste durch ein weiteres Viertel, um mein Ziel zu erreichen, und mir ein neues Ticket kaufen. Ein Angestellter inspizierte mich am Übergang, vergewisserte sich, dass ich leise Schuhe trug, und nickte. Ich ging zum Ticketschalter hinüber und zeigte auf der Karte, wohin ich wollte. Der Mann hinter dem Tresen nickte und hielt drei Finger hoch. Ich gab ihm, so leise ich konnte, drei Credits und er mir ein Ticket. Dann schlich ich auf Zehenspitzen zum Bahnsteig und wartete.

Das nächste Viertel hinter Farben ist Geräusch. Es heißt so, weil dort keins erlaubt ist. Als der Zug einfuhr, bremste er fast lautlos ab, und die Türen öffneten sich stumm. Ich bestieg den Waggon und setzte mich vorsichtig auf den gepolsterten Sitz.

Meine Reise würde nicht sehr lange dauern, denn Geräusch war Gott sei Dank nicht sehr groß. Ich finde es dort irgendwie unheimlich.

Der Waggon war leer. Die Leute aus Geräusch haben jeden Abend eine Stunde, wo sie in einen kleinen Raum gehen und sich die Lunge aus dem Hals schreien können, und ich war genau mitten in dieser Stunde eingetroffen. Ich durfte aber trotzdem keinen Lärm machen, da die Wagen überall Mikrophone haben. Wenn jemand Lärm macht, geht irgendwo ein lautloser Alarm los. Dann kommen sie und werfen einen lautlos aus dem Zug. Dann muss man zu Fuß durch die stillen Straßen gehen – lautlos, versteht sich, was noch viel schlimmer ist.

Also saß ich still da, überlegte und versuchte mich zu beruhigen und zu erinnern, was Snedd mir über Status erzählt hatte.

Es war nicht viel. Das Viertel war von Anfang an verboten gewesen. Als man mit der Neuorganisation der City begonnen hatte, hatte Status einfach eine Mauer hochgezogen, sich auch gegen den Himmel verriegelt, alle Verbindungen mit der übrigen Welt abgebrochen und so getan, als würde diese gar nicht mehr existieren. Die erste Generation hatte natürlich noch von ihr gewusst, aber es war ihr verboten, ihren Kindern davon zu erzählen. Das machte keinem etwas aus, denn die erste Generation war ja deswegen in Status, weil sie es genau so wollte.

Mittlerweile waren die Gründerväter jedoch seit langem tot, und die sechste und siebte Generation hatte keine Ahnung mehr, dass es eine Außenwelt gab. Soweit sie wussten, war der ganze Planet mit Ausnahme des Bereichs, in dem sie lebten, in einem Atomkrieg zerstört worden. Sie konnten an die Mauer gehen und durch Fenster nach draußen sehen, wo sich eine leblose rote Ebene mit radioaktivem Sand befand. Die Fenster waren in Wirklichkeit Bildschirme, die von den Verantwortlichen, die dafür sorgten, dass alles so blieb, wie es war, überwacht wurden.

Das Letzte, was diese Leute wollten, war natürlich, dass jemand von außen eindrang. Damit wären hundert Jahre erwünschter Täuschung versaut worden. Erwünscht, weil das Ganze hier nichts mit Unterdrückung zu tun hat. Die Leute von Status werden nicht gegen ihren Willen dumm gehalten. Sie wissen es einfach nicht besser und wollen es auch nicht besser wissen.

Ein Pärchen stieg in den Zug ein und versuchte mich in ein Gespräch zu verwickeln, aber da meine Zeichensprache nicht sehr weit reicht, war die Kommunikation eher verkrampft. Sie waren offensichtlich zum Schreien gewesen und sahen noch ganz erregt und rot im Gesicht aus. Anscheinend wollten sie schnell nach Hause und sich wild, leidenschaftlich und stumm lieben. Nach einer Weile ließen sie mich in Ruhe, obwohl sie immer wieder auf mein Hemd zeigten und den Daumen nach oben hielten und breit grinsten. Ich habe nicht herausgefunden, was sie damit meinten.

Am Ausgangstor stand ich einen Augenblick lang ruhig da, machte mich bereit und spannte mich innerlich an. Geräusch ist ein seltsames Viertel, aber dort, wohin ich unterwegs war, war es noch weitaus seltsamer. Ich war unterwegs ins Katzen-Viertel.

Vor langer Zeit hat irgendein Exzentriker, der die Kontrolle über ein größtenteils ungenutztes Viertel gewonnen hatte, beschlossen, es Katzen zu überlassen. Das Viertel war ein einziges Chaos, verfallen und voller Trümmer und Abfälle. Er hat die wenigen Leute, die noch dort wohnten, vertrieben, eine Mauer um das Viertel gebaut und war gestorben, nachdem er unwiderruflich klargemacht hatte, dass hier von nun an nur noch Katzen leben durften.

Ha, ha, was für ein Idiot, hatten sich alle gesagt. Wir warten ein paar Jahre ab und ziehen dann wieder ein. Ein Katzen-Viertel, ha, ha!

Und dann kamen die Katzen. Aus der ganzen City, zunächst einzeln und dann in Scharen. Katzen, die keinen oder grausame Besitzer hatten, Katzen, um die sich niemand kümmerte oder die einfach etwas Neues erleben wollten. Zu Hunderten, dann zu Tausenden und schließlich zu Hunderttausenden zogen sie in das Viertel.

Ist ja 'n Ding, sagten sich alle.

Nach einer Weile beschlossen ein paar Leute, das Viertel zu besuchen, und stellten zwei Dinge fest. Erstens: Wer keine Katzen mochte, wurde von ihnen nicht reingelassen. Sie ließen einen einfach nicht rein. Zweitens: Etwas sehr Seltsames ging hier vor sich. Die Trümmer und der Abfall waren verschwunden, die Gebäude waren gereinigt worden, das Gras in den Parks war geschnitten. Das ganze Viertel war makellos sauber.

Ist ja 'n Ding, sagten sich alle mit leichtem Unbehagen.

Die Beleuchtung funktioniert. Die Kanalisation auch. Leute, die in das Viertel kommen, um ihre Katzen zu besuchen, schlafen in Zimmern, die so sauber sind, als wäre gerade erst der Zimmerservice da gewesen. In jedem Wohnblock gibt es einen Eckladen, wo man immer frische Lebensmittel bekommt. Eine Katze sitzt auf dem Tresen und beobachtet einen. Man geht rein, sucht sich aus, was man braucht, und verschwindet wieder.

Niemand weiß, wie sie das machen. Im Viertel leben keine Menschen, nicht ein einziger. Ich weiß es, ich habe genau nachgesehen. Es gibt nur jede Menge Katzen. Manche leben das ganze Jahr dort, andere nur für ein paar Monate. Sie jagen irgendwas, wälzen sich in der Sonne, schlafen auf oder unter irgendwelchen Sachen und genießen das Leben. Und die Beleuchtung funktioniert, die Kanalisation auch, und alles ist makellos sauber.

Ich ging die Treppe der Bahnstation hinunter Richtung Haupttor. Ein riesiges gusseisernes Ding, das sich auf unheimliche Weise von selbst öffnet, wenn man darauf zugeht, und sich leise hinter einem wieder schließt. Auf der anderen Seite liegt Der Weg, eine breite Pflasterstraße, die ins Zentrum des Viertels führt. Der Weg wird von altertümlichen Straßenlaternen gesäumt, die gelbes Licht verbreiten.

Das Katzen-Viertel ist ein absolut friedlicher Ort, vor allem bei Nacht, und ich war nicht in Eile, als ich langsam zwischen den hohen, alten Gebäuden hindurchging. Alles war still und ruhig und wirkte wie ein lebender Schnappschuss aus einer längst vergangenen Zeit. Eine Weile lang war die Straße völlig leer. Dann sah ich in der Ferne eine helle Katze, die auf mich zugeschlendert kam. Wir kamen uns immer näher, und als wir nur noch ein paar Meter voneinander entfernt waren, setzte sich der Kater und rollte sich auf den Rücken, um sich den Bauch kraulen zu lassen.

«Hallo, Paillette», sagte ich und hockte mich hin, um ihn ausgiebig zu streicheln. «Woher hast du gewusst, dass ich komme? Woher wisst ihr immer Bescheid?»

Am nächsten Morgen war ich um 7 Uhr in der Bahn, vom Kaffee aufgeputscht, müde, aber voll bei der Sache. Ich hatte meine Waffe dabei, ein paar Tricks auf Lager, aber sonst nichts.

Wir waren gegen Mitternacht in meine Wohnung zurückgekehrt, und Paillette hatte viel Spaß dabei, zwischen den umgestürzten Möbeln und dem sonstigen Krempel herumzustöbern, während ich die eingegangenen Nachrichten durchging. Die meisten stammten von den Kontaktleuten, die ich morgens angerufen hatte und die mir mitteilten, dass sie nichts gehört hatten. Es war auch ein Foto dabei, das den größten Teil des Gehirns von jemandem zeigte und von Ji und Snedd gefaxt worden war, die zweifellos völlig bedröhnt gewesen waren. Dann hatte ich mich mit Hilfe von viel Kaffee durch die Aufzeichnungen gearbeitet, die ich über Status hatte, und versucht, sie weniger auswendig zu lernen, als in mich aufzunehmen und sie zu einem Teil von mir zu machen. Gegen drei Uhr musste ich ins Bett.

Um halb zehn war ich auf der anderen Seite von Rot und stieg erleichtert aus dem Zug. Auf dem Rot-Abschnitt meiner Fahrt hatte es sechs Todesfälle gegeben, und die Prostituierten hatten Schwerstarbeit geleistet in den möglichsten und unmöglichsten Positionen. Einer der Zuhälter wollte mir aus unerfindlichen

Gründen Ärger machen, aber ich zeigte ihm nur meine Waffe, die Jis Zeichen trägt. Damit hatte ich so viel Erfolg, dass er mir stattdessen eine kostenlose Nummer anbot. Die ich übrigens ablehnte, wie ich Ihnen versichern möchte.

Die Station am Ende von Rot ist immer verlassen, denn das nächste Viertel ist leer, und es gibt für niemanden einen Grund, hier auszusteigen. Ich machte einen schnellen mentalen Check, um sicherzugehen, dass ich nichts vergessen hatte, und kletterte dann durch die Absperrung.

Als ich meinen Kopf auf der anderen Seite heraussteckte, sah ich, dass die Sonne schien und dass heute ein recht schöner Tag werden würde. Die Leute aus Status würden das natürlich niemals erfahren. Sie sahen immer nur die ewig gleichen Wirbel radioaktiven Staubs. Ich trat auf den Metallbalkon hinaus und starrte über das Viertel hinweg auf die Mauer, die ich noch zu überwinden hatte.

Die Mauer um Status ist wirklich sehr hoch. Zwischen ihr und mir befand sich ein Netz aus metallenen Gehwegen und Brücken, die metallene Gebäudekomplexe miteinander verbanden. Der Boden dieses kleinen Viertels steht vollständig unter Wasser, das an diesem Tag träge in der leichten Brise schwappte. Vor langer Zeit war das Royle-Viertel einmal sehr beliebt gewesen, eine richtig schmucke Stadt über dem Wasser. Leider begannen Rot, Status und Flip irgendwann damit, ihren Abfall durch Rohre in den Mauern ihrer Viertel hinauszupumpen, und bald darauf wurde die Gegend unbewohnbar und schließlich verlassen. In der nächsten Stunde musste ich mich ganz besonders davor in Acht nehmen, unter keinen Umständen ins Wasser zu fallen.

Wie in Hu sind die verlassenen Gebäude in Royle nur leere Hütten. Ich trat sehr vorsichtig auf, um keinen Lärm zu machen, der überall in der Umgebung zu hören gewesen wäre. Wenn man sich in Royle zu heftig bewegt, löst man damit Schwingungen aus, die sich durch das gesamte Viertel fortpflanzen und dabei immer weiter verstärken. Wenn die Vibration dann an den

Ausgangspunkt zurückkommt, kann sie einen zehn Meter hoch in die Luft schleudern. Während ich mir einen Weg über die verrosteten Gehwege suchte, um zum Hauptplatz zu gelangen, blickte ich gelegentlich zur weißen Mauer in der Ferne hinüber und versuchte mich innerlich schon mal vorzubereiten und wie jemand aus Status zu denken.

Als ich den Hauptplatz erreichte, den größten offenen Platz des Viertels, war ich geistig so erschöpft, dass ich dachte, es wäre leichter, sich als jemand aus Flip auszugeben. Dort glaubt man, dass jeder Mensch eine Seele hat, die wie eine Frisbee-Scheibe geformt ist, und deshalb versuchen alle ihr ganzes Leben lang, sich so hoch wie möglich zu werfen, um in den Himmel zu kommen. Ich machte eine Zigarettenpause.

Royle muss seinerzeit eine beachtliche architektonische Leistung gewesen sein, der Hauptplatz beispielsweise besteht aus einer einzigen Stahlplatte, die eine Seitenlänge von fast einem halben Kilometer hat. Vor ein paar Jahren war ich schon mal hier gewesen, nur um es mir einmal anzusehen. Der Platz hatte sich nicht sehr verändert und war weniger rostanfällig als die Gehwege und Brücken.

Was ich gerne in verlassenen Vierteln mache, ist, die Augen zu schließen und zu versuchen, mir vorzustellen, wie es früher gewesen sein mag, als es dort noch Leben gab. Als ich so dasaß, versuchte ich mich in eine Zeit zurückzuversetzen, als Tausende von Leuten jeden Tag über den Hauptplatz gingen, als die Wohlhabenden und Kulturbewussten ins Opernhaus am anderen Ende strömten, als die metallenen Cafés und Geschäfte an der Seite vor Leben pulsierten, als das Viertel eine riesige Skulptur aus glänzendem Stahl über klarem Wasser gewesen war. Das muss echt schrill gewesen sein, dachte ich, und jetzt war es nur noch ein seltsamer und fremdartiger Schrotthaufen über einer Jauchegrube.

Während ich dort so auf dem warmen Metall saß, gaben plötzlich zwei meiner Sinne gleichzeitig Alarm. Meine Hand registrierte eine kaum spürbare Vibration, und meine Augen nahmen eine winzige Bewegung am anderen Ende des Platzes wahr. Da die Sonne sich grell im Stahl spiegelte, konnte ich nicht viel mehr erkennen, aber es war klar, dass an diesem Morgen noch jemand außer mir auf Besichtigungstour war. Ich stand auf und stierte in die fragliche Richtung, wobei ich meine Augen beschattete, aber ich konnte dennoch nichts erkennen. Vielleicht hatte sich nur jemand aus Rot hierher verirrt, denn Royle wird gelegentlich von Leuten aufgesucht, die mit Ji oder seinesgleichen Ärger gehabt haben. Das war die wahrscheinlichste Erklärung. Es gab keinen Grund für mich, das seltsame Gefühl zu haben, als wäre ein empfindlicher Nerv berührt worden. Vielleicht nur ein Herumtreiber. Wie dem auch sei, es war Zeit, sich wieder auf den Weg zu machen.

Eine Viertelstunde später war ich nur noch zweihundert Meter von der dicken Mauer entfernt, die die halbe Million Einwohner von Status einsperrte. Ich begann mir noch sorgfältiger meinen Weg über die Verbindungsbrücken zu suchen, während ich mich dem Bereich näherte, von dem Snedd mir vor acht Jahren erzählt hatte. Kurz darauf entdeckte ich das auffällige Gebäude, von dem er gesprochen hatte, und hielt darauf zu. Einige Gehwege waren sehr wacklig und gefährlich, aber schließlich kam ich heil dort an.

Das Gebäude war anhand von Snedds Beschreibung sofort wieder zu erkennen. Es sah aus, als hätte ein kurz vor dem Wahnsinn stehender Architekt sich in den Kopf gesetzt, das verrückteste Gebäude aller Zeiten aus Metall zu gestalten, wobei das Resultat seine wildesten Träume übertroffen hatte. Seltsame kleine Türme und Vorsprünge standen in allen möglichen Winkeln heraus, von denen keiner dem anderen glich. Entweder hatte der Architekt kurz vor Arbeitsbeginn seinen Winkelmesser verloren oder ihn absichtlich weggeworfen und das Ganze völlig wahllos zusammengesetzt.

Auf der anderen Seite befand sich ein schiefer Balkon, dessen

Geländer ich zuerst mit der Hand prüfte, bevor ich mich vorsichtig darüber lehnte, um zu der Stelle hinunterzublicken, wo die Mauer im Wasser verschwand. Ich war noch etwa fünfzig Meter davon entfernt. Da unten herrschte ein ziemliches Durcheinander aus Generationen von Stützstreben und verdrehten Metallteilen, die den Grund bedeckten. Ich brauchte eine Weile, bis ich fand, wonach ich suchte.

Dann sah ich es: ein kleines Loch, etwa einen Meter über dem Wasserspiegel. Ich orientierte mich daran, als ich die Gehwege nahm, die zum Fuß der Mauer führten.

Einer der Gründe, warum Ji und Snedd solch ein fulminantes Paar abgeben, ist der, dass sie sich nicht völlig gleichen. Beide sind grundsätzlich zwar äußerst gefährliche Psychopathen, das ist richtig, aber innerhalb dieses Rahmens gibt es viele Unterschiede, die sie zu einem Gegensatzpaar machen. Ji zieht es vor, alles direkt anzugehen, wohingegen Snedd meistens etwas länger nachdenkt und manchmal einen kleinen Umweg findet, auf dem er sein Ziel leichter erreicht. Ji zerstört alles, was ihm im Weg steht, doch Snedd fragt gelegentlich erst einmal nach, ob es vielleicht von selbst beiseite geht. Snedd hat außerdem ein Talent, Sachen herauszufinden, was sogar mich sehr zu beeindrucken vermag, und ich habe schließlich mein ganzes Leben damit verbracht. Die Tatsache, dass er nach acht Jahren jährlicher Countdowns immer noch am Leben war, war Beweis genug, denn meines Wissens war es sonst noch niemandem gelungen, eine DNS-Auflösung zu überleben. Snedd hatte es durch solche Informationsbruchstücke geschafft, in Status einzudringen, und ich musste mich darauf verlassen, dass sie immer noch den Tatsachen entsprachen.

Er hatte entdeckt, dass der Wasserstand in Royle mit den Jahren gesunken war. Nicht viel, denn das Wasser war immer noch fast hundert Meter tief, aber gerade so viel, um eines der ältesten nach außen führenden Abwasserrohre freizulegen, die vor mehr als zwei Jahrhunderten von Status gebaut worden waren.

Die Röhre war durch ein ganzes System aus mehreren Abflüssen ersetzt worden, die unter dem gegenwärtigen Wasserspiegel lagen, aber man hatte sie nie verschlossen. Sie wurde von der Status-Polizei benutzt, um Zugang zur Außenseite der Mauer zu haben, wenn Reparaturarbeiten anstanden, und früher auch zum Aussetzen von Eindringlingen, nachdem ihre biologischen Zeitbomben scharfgemacht worden waren. Die Röhre wurde durch eine Gruppe aus drei mit Maschinengewehren bewaffneten Männern bewacht, aber für jemanden wie Snedd war das genauso, als hätte man einen roten Teppich ausgerollt und ein Neonschild mit der Aufschrift ‹Willkommen!› aufgehängt. In jener Nacht vor acht Jahren kroch er in das Loch, machte die Wachen kalt und spazierte in das Viertel, um Spaß zu haben, wusste jedoch unglücklicherweise nichts von der Sperrstunde.

Als ich mich der Mauer näherte, sah der Eingang der Röhre schon etwas größer aus, aber es war immer noch sehr schwer, sie zu erreichen. Zwanzig Meter weiter ging ich an den Rand des Gehwegs, setzte mich auf die Kante und kletterte dann unter die Konstruktion. Die Außenwand von Status hält selbst Atomwaffen stand. Das war nicht immer so gewesen, und Snedd hatte die meisten seiner Informationen von einem Überlebenden der letzten Gruppe erhalten, die durch die Mauer hineingekommen war. Jetzt war sie undurchdringlich, daher rechnete ich nicht damit, dass die Status-Polizei ihre Zeit damit verschwendete, die unmittelbare Umgebung der Mauer sehr genau zu beobachten. Aber man wusste ja nie, also hangelte ich mich den Rest meines Weges unter dem Gehweg entlang.

Ein paar Meter vor der Mauer war der Gehweg dort zu Ende, wo er vor langer Zeit von der Status-Regierung zerstört worden war. Im verwitterten Stein vor mir waren gerade noch die Umrisse eines ehemaligen großen Tors zu erkennen. Es war fest zugemauert und sah irgendwie unheimlich aus. Ich hatte den Eindruck, als würde ich versuchen, in ein riesiges Mausoleum einzubrechen, ein Grabmal, das geschlossen worden war, obwohl die Leute im Innern noch lebten.

Die nächste Aktion würde etwas schwieriger werden, wie ich feststellte, als ich mich vorsichtig unter dem Gehweg weiterhangelte. Es würde sogar eine äußerst waghalsige Aktion werden. Ohne mich von etwas abstoßen zu können, musste ich genügend Schwung entwickeln, um fast zwei Meter Wasser zu überspringen. Dann musste immer noch genug Schwung übrig sein, um mir die Zeit zu geben, mich auf der anderen Seite irgendwo festzuhalten. Während ich meine Muskeln an- und entspannte, um mich zu lockern, sah ich mir die Umgebung der Röhre an, um etwas zu finden, woran ich mich festhalten konnte, ohne dass es mich umbrachte.

Ich konnte nichts entdecken. Unter der Röhre lag eine große Platte aus verrostetem Metall, vermutlich der Überrest einer Stütze oder Strebe oder eines sonstigen Bauteils. Die Platte war am oberen Rand verbogen und voller gefährlich scharfer Metallkanten. Wenn ich mich daran festzuhalten versuchte, würde ich einfach meine Finger verlieren, bevor ich drei Meter tiefer ins Wasser fiel. Dort konnte ich jede Hoffnung vergessen, jemals wieder nach oben zu gelangen. Die Röhre selbst hatte einen Durchmesser von knapp einem Meter. Ich schätzte meine Chance, mich genauso wie der verrückte Snedd in zusammengekauerter Haltung hineinzuschwingen, auf etwa annähernd null ein.

Mist, dachte ich, während meine Arme zu schmerzen begannen. Mist!

Ich hätte vielleicht noch den ganzen Tag, zumindest aber so lange, wie meine Arme durchgehalten hätten, dort gehangen, wenn mir nicht plötzlich ein dringender Anreiz gegeben worden wäre, mich schleunigst zu bewegen. Vor meinem Bauch spürte ich einen Luftzug, und einen Sekundenbruchteil später hörte ich das leise Zischen eines Schusses aus einem Energiegewehr. Während ich mich hektisch umsah, passierte dasselbe nochmal.

Irgendein Idiot schoss auf mich!

Sehr beunruhigt über diese neue Entwicklung, begann ich angestrengt vor- und zurückzuschwingen, während ich gleichzeitig meinen Kopf verdrehte, um zu sehen, woher der Schuss kam. Ich konnte nichts erkennen, aber dreißig Sekunden später zerstreute ein jaulender Querschläger am Gehweg jede Hoffnung, dass es ein Zufall gewesen sein könnte.

Jemand schoss tatsächlich auf mich. Ich konnte es nicht fassen. Lasst mich noch einen Augenblick in Ruhe, dachte ich. Hatte ich nicht schon genug Probleme?

Die Status-Polizei musste jemanden postiert haben, um das Schlupfloch von draußen zu bewachen. Vermutlich war er es gewesen, den ich auf dem Hauptplatz gesehen hatte. Ich hörte auf, meinen Kopf zu verdrehen, und hielt ihn hinter einem Arm in Deckung, während ich immer schneller schaukelte. Als ich gerade zurückschwang, sauste ein weiteres Energiegeschoss durch die Luft, wo kurz zuvor noch mein Bauch gewesen war, und ich beschloss, dass ich so schnell wie möglich meinen Aufenthaltsort wechseln würde.

Dann zischte hinter mir die nächste Kugel vorbei, und mir wurde klar, dass ich mich beeilen musste, denn die Schüsse waren immer besser gezielt. Während ich nach vorne schwang, spannte ich die Handgelenke und Arme an. Als ich den höchsten Punkt erreichte, streckte ich meine Arme mit aller Kraft, wartete, bis ich nach vorne schoss, und ließ los.

Ich muss sagen, dass ich es fast vermasselt hätte. Ich hatte mich so sehr darauf konzentriert, mich möglichst kraftvoll abzustoßen, dass meine Füße mich nun hinter sich herzogen, und einen furchtbaren Augenblick lang sah es so aus, als würde ich mit dem Rücken zuerst gegen die Mauer klatschen, um mir kurz darauf den Schädel zu zertrümmern. Ich zog meine Beine nach unten und warf die Arme nach vorn, sodass ich fast aufrecht flog und schließlich knapp neben der Röhre bäuchlings gegen die Mauer prallte. Im Fallen suchte ich mit den Händen nach einem

Halt, bis meine Rechte den Rand der Röhre zu fassen bekam. Ich riss die Linke herum, und einen Augenblick lang rutschten meine Finger das alte Mauerwerk hinunter, aber dann konnte ich mich festhalten.

Der nächste Schuss fuhr knapp neben meinem Kopf in den Stein. Heiliger Strohsack, dachte ich wütend, warum verbindet ihr mir nicht auch noch die Augen und steckt meine Kleidung in Brand? Verzweifelt, aber vorsichtig, damit ich nicht abrutschte, zog ich mich auf die Röhre. Meine rechte Hand war weit genug oben, um eine flache Furche zu fassen zu kriegen, als wieder ein Schuss in die Mauer einschlug, diesmal noch etwas näher.

Scheibenkleister, dachte ich und zog mich einfach hoch. Dann war ich mit einer überraschend eleganten Bewegung über der Kante und in der Röhre, sodass ich gerade noch rechtzeitig sah, wie ein großes Stück aus der Mauer verschwand, wo noch Sekunden zuvor meine Lungen gewesen waren. Ich hastete ein paar Meter in den Tunnel hinein, bis ich in Sicherheit war, und ließ mich dann keuchend auf den Boden fallen. Die Dinge, stellte ich fest, hatten sich von beschissen hin zu verdammt beschissen entwickelt. Draußen war nichts mehr von Schüssen zu hören, aber der Wächter funkte mit Sicherheit gerade seinen Kollegen im Innern zu, dass ein Eindringling durch die Röhre kommen würde.

Ich bin – verglichen mit den Maßstäben der meisten anderen Menschen – wirklich hart im Nehmen, aber ich bin nicht Snedd. Wenn sie wussten, dass ich kam, würden drei Wächter mit Maschinengewehren für mich ein ernsthaftes Problem darstellen. Leider hatte ich überhaupt keine Alternative. Ich konnte nicht mehr zurück, weil dort der Wächter auf mich warten würde, den Blick unverwandt auf die Röhre gerichtet. Selbst wenn ich plötzlich und ohne Vorwarnung hinausstürmte, würde er mich erwischen, sobald ich ins Wasser fiel, und ich wollte nicht sterben, indem ich von Schüssen durchlöchert in einem See voller Scheiße schwamm. Das kam mir irgendwie würdelos vor.

Es war zwecklos, draufloszufeuern und den Tunnel zu stürmen. Ein Streufeuer aus Energie würde mich in Hälften, Viertel und Achtel zersäbeln, bevor ich auch nur in die Nähe der Wächter käme. Etwa fünf Meter weiter machte die Röhre eine Biegung, und das erschien mir als mein einziger Hoffnungsschimmer. Wenn ich hier abwartete und sie vielleicht irgendwann zu mir reinkrochen, gab es eine winzig kleine Chance, dass ich einen oder mehrere von ihnen zuerst erwischte. Meine Situation würde dann immer noch sehr schlimm sein, aber ich wäre wenigstens nicht tot. Bald darauf vielleicht schon, aber wenn man nur noch ein paar Minuten zu leben hat, kommt einem jede Sekunde wie etwas unglaublich Wertvolles vor. Ich kauerte mich zusammen und wartete mit schussbereiter Waffe ab.

Auf eine spontane Eingebung hin zerrte ich mein tragbares Videofon aus der Jacke und rief meine Wohnung an. Ich sagte dem Kühlschrank, dass Paillette regelmäßig gefüttert werden musste. Er sollte im Laden Bescheid sagen, wenn ihm das Katzenfutter ausging. Ich glaube, er hat gemerkt, dass ich in ernsthaften Schwierigkeiten steckte, denn er verzichtete auf sein übliches Geschwätz und wünschte mir viel Glück. Vom anderen Ende der Röhre kam immer noch kein Geräusch, sodass ich schnell Zendas Büro anrief. Royn meldete sich.

«Oh, hallo Stark! Hey, du bist ja in einem Tunnel!»

«Ja. Ist Zenda zu sprechen?»

«O Gott, auf keinen Fall, Stark. Sie ist für die nächsten siebenundzwanzig Stunden auf einer Sitzung. Soll ich was ausrichten?»

Ich dachte eine Weile nach. Aber mir fiel nichts ein, jedenfalls nichts Angemessenes.

«Sag ihr nur Bescheid, dass ich angerufen habe. Nein. Sag ihr, ich hätte gesagt: Denk an den Wasserfall.»

«Klar doch. Denk an den Wasserfall. Wird gemacht.»

«Danke, Royn.»

Ich hörte ein Geräusch von vorne, brach die Verbindung ab und drückte mich, so dicht ich konnte, gegen die Wand. Jeder Schuss war entscheidend, also stützte ich meinen Arm ab und hielt meinen Körper so ruhig wie möglich. Ich wusste, dass ich auf den Tod wartete.

Nach allem, was ich getan und gesehen hatte, nach all den Reisen, die ich unternommen hatte, würde ich in einem uralten Abwasserrohr bei der Ausführung eines völlig unwichtigen Auftrags enden. Und ich stellte fest, dass mir das sehr nahe ging. Vor ein paar Jahren wäre das nicht der Fall gewesen. Etwas hatte sich in letzter Zeit in mir verändert und sich unter der Oberfläche zu regen begonnen. Ich hatte mich schlechter gefühlt, war aber auch besorgter geworden. Ich hatte das sichere Gefühl verspürt, dass etwas geschehen würde, ohne zu wissen, was. Jetzt sah es so aus, als würde ich es niemals herausfinden.

Dann wiederholte sich das Geräusch. Es war sehr schwach, aber ich glaubte es zu erkennen. Mein Arm zitterte leicht. Ich öffnete den Mund ein wenig, damit das Geräusch auch durch die eustachische Röhre an mein Trommelfell gelangte, und konzentrierte jeden Nerv darauf. Es wiederholte sich erneut, und mein Mund öffnete sich ganz von selbst noch ein Stück weiter.

Es war Gelächter. Das Geräusch war eindeutig Gelächter.

Ich habe jede Menge Erfahrungen mit Macho-Typen gesammelt. In den letzten neun Jahren habe ich für, mit und gegen jede Art von Soldaten, Polizisten, Verrückten, Killern und Bandenmitgliedern gearbeitet. Ich habe viele Leute von der Sorte ‹Schieß auf alles, was sich bewegt, und wenn es sich nicht bewegt, schieß so lange, bis es sich bewegt› getroffen. Wenn solche Typen auf der Jagd sind, wenn die Beute in Sicht ist und sie kurz davor stehen, sie in Stücke zu schießen, dann lachen einige von ihnen. Ein paar lachen nervös, wenn sie in letzter Minute begreifen, was für eine Ungeheuerlichkeit sie da begehen. Einige lachen herzhaft, stolz und siegesgewiss, und andere lachen mit dem dünnen Kichern des völlig Übergeschnappten, wenn der kleine Teufel in ihnen zum Vorschein kommt, um seine Arbeit zu tun.

Doch keiner von ihnen hatte jemals mit so einem anzüglichen Lachen aus voller Kehle gelacht, wie es jetzt durch den Tunnel hallte. Es war kein nettes Lachen, aber es war echt.

Die Schlussfolgerung war offenkundig, aber so überraschend, dass ich eine Weile damit verbrachte, sie von allen Seiten zu überprüfen. Menschen, die unterwegs sind, um jemanden zu töten, lachen nicht auf diese Weise. Mindestens einer von den Wachleuten lachte aber so. Also waren sie nicht unterwegs, um mich zu schnappen. Folglich wussten sie nicht, dass ich hier war.

Diese Logik mag Ihnen etwas dünn vorkommen, aber genau damit habe ich die letzten Jahre immer wieder mein Leben gerettet, und deshalb habe ich gelernt, darauf zu vertrauen. Ich erkannte, dass ich immer noch eine Chance hatte, zumindest für die unmittelbare Zukunft. Der Kerl, der auf mich geschossen hatte, war kein Wächter. Er konnte keiner sein, weil er sonst die anderen alarmiert hätte, die dann nicht so lachen würden. Wer war er also?

Er musste zu der Gruppe gehören, die Alkland entführt hatte. Sonst gab es keinen Grund für ihn, einen Eindringling töten zu wollen. Die gerissenen Hunde hatten vorsichtshalber jemanden draußen postiert.

Diese Neuigkeit war sowohl gut als auch schlecht für mich, wie Ihnen sofort einleuchten dürfte. Sie war gut, weil ich auf der richtigen Spur war, und sie war nicht so gut, insofern die Bande noch besser organisiert war, als ich gedacht hatte. Aber da dies auch bedeutete, dass ich nicht innerhalb der nächsten zwei Minuten sterben musste, beschloss ich, dass es für mich unterm Strich eine gute Neuigkeit war, absolute Spitzenklasse.

Es gelang mir nur mit Mühe, mich davon abzuhalten, auf der

Stelle eine Party steigen zu lassen, und mich zusammenzureißen. Ich musste meine Situation neu einschätzen. Zunächst stellte ich fest, dass alles fast wie nach Plan lief. Das war nicht gerade gut, aber ich konnte damit leben. Die Bande war ein Problem, mit dem ich mich sowieso beschäftigen würde, wenn die Zeit reif war. Im Augenblick musste ich einfach nur so weitermachen, wie ich es geplant hatte. Ich wusste, dass mein Plan nicht optimal war, aber ich war so erleichtert, dass mir plötzlich alles möglich schien. Also begann ich, leise tiefer in die Röhre zu kriechen. Vorsichtig kam ich um die erste Biegung und sah, dass da noch mindestens eine weitere war. Ein schwacher Lichtschein drang durch den immer weiter werdenden Tunnel, und ich vernahm noch mehr Gelächter. Als ich die letzte Biegung erreichte, floss ich wie ein geölter Schatten oder etwas ähnlich Leises um sie herum.

Etwa zwanzig Meter von mir befand sich ein großer, klobiger Schreibtisch aus dunklem Holz. Ein Wächter saß mit dem Rücken zu mir davor, und ein zweiter lümmelte sich dahinter auf einem Stuhl.

Es waren nur zwei Wächter. Damit nicht genug, achteten sie überhaupt nicht auf den Zugang zum Tunnel, sondern tranken aus Plastikbechern und tauschten Geschichten über angebliche sexuelle Leistungen aus.

Das hier waren keine gedrillten und kampfbereiten Elitetruppen, sondern bloß zwei Polizisten, die gelangweilt, aber zufrieden mit ihrem Schicksal Kaffee tranken und sich fröhlich etwas vorflüsterten, von dem sie wussten, dass der andere es ohnehin nicht glauben würde. Die Waffen auf dem Tisch waren keine Maschinengewehre, sondern lediglich zwei altertümliche Pistolen. Vielleicht war Snedd der letzte Außenweltler gewesen, der einzudringen versucht hatte, sodass die Sicherheit nach acht Jahren laxer gehandhabt wurde.

Ich durfte auf keinen Fall riskieren, dass der Lärm von Schüssen durch den Tunnel hallte, daher fasste ich einen anderen

Plan. Ich kroch zentimeterweise vorwärts, bis ich ungefähr noch zehn Meter entfernt war, und hielt an. Der Tunnel wurde allmählich zu hell, sodass ich mich nicht weiter vorwagte. Ich tastete nach dem Objekt in meiner Jackentasche, machte mich bereit, sprang auf und sprintete los.

Ich kam bis auf wenige Meter heran, bevor der Erste mich bemerkte, aber das war mehr als genug. Während sie aufstanden, sprang ich auf den Tisch und berechnete meine Landung so, dass ich die Waffen mit einem Fuß wegstoßen konnte. Dann wirbelte ich herum und kickte die Lampe mit aller Wucht gegen die Wand. Sie zerbrach, sodass der Tunnel in tiefste Finsternis getaucht wurde. Dann sprang ich vom Tisch, rannte los, und nach ein paar Metern warf ich das Objekt hinter mich, in ihre Richtung. Es schlug gegen den Tisch und explodierte mit einem kaum hörbaren Krachen, worauf die beiden Wächter sofort zu niesen, husten und schniefen begannen.

Dann lief ich wie der Teufel. Während ich lautlos den Tunnel hinaufsprintete, horchte ich auf Geräusche, die auf eine Verfolgung hindeuteten, aber sie verloren sich bald in der Ferne. Gelegentlich hörte ich noch ein trockenes Husten, aber das war auch alles.

Das Objekt, das ich geworfen hatte, war eine Grippe-Bombe. Jeder, der sich bei der Explosion im Umkreis von zwei Metern aufhält, wird sofort von einem heftigen Grippeanfall gepackt. Laufende Nase, Kopfschmerzen, Hustenreiz, Gliederschmerzen und alles, was dazugehört. Nicht im Geringsten lebensgefährlich, aber man will nur noch nach Hause, sich warm einwickeln und sich alte Filme ansehen, während man literweise heiße Zitrone mit Honig trinkt. Worauf man auf jeden Fall absolut keine Lust mehr hat, ist zum Beispiel, einen dunklen Tunnel entlangzustürmen, um einen Verrückten zu verfolgen, der einen möglicherweise auch noch erschießen könnte.

Ich wusste, dass sie irgendwo hinter mir waren und pflichtbewusst den Tunnel entlangtrotteten, während sie abwechselnd über ihre Leiden jammerten, aber was meine ernsthafte Verfolgung betraf, spielten sie keine Rolle mehr.

Nach ein paar hundert Metern öffnete sich der Tunnel auf einen schwach erleuchteten Raum. Während ich hindurchflitzte, bemerkte ich in einer Ecke einen Fahrstuhl. Damit kamen offensichtlich die Wächter nach unten, aber da der Fahrstuhl in eine Polizeidienststelle führte, war er für mich indiskutabel. Dann setzte sich der Tunnel in seinem ursprünglichen Umfang fort, und ich rannte weiter, weil ich wusste, dass mir nicht viel Zeit blieb.

Nach einem halben Kilometer kam ich an eine Kreuzung. Indem ich Snedds Angaben folgte, nahm ich die linke Abzweigung. Die Steigung der Röhre wurde geringer, und ich vermutete, dass ich jetzt nur noch wenige Meter unter dem Straßenniveau war. Ich lief an der ersten Leiter vorbei, ebenso an der zweiten, aber als ich die dritte erreichte, sprang ich hoch und kletterte leise hinauf. Über mir war ein Schachtdeckel, und ich machte eine kurze Pause, um alles über das Zentrum, über Rot, über Geräusch und Techno zu vergessen und nur noch Status, Status, Status zu denken.

Die Welt ist so klein, dachte ich, und ich mag es so. Ich bin sehr glücklich und zufrieden, hier zu sein, weil draußen vor der Mauer nur lebensfeindliche Wüste ist. Ich weiß es, denn ich habe es gesehen, davon gehört und in der Schule alles darüber gelernt. Wir haben versucht, uns auszubreiten, und sind dabei weiter gegangen, als wir eigentlich gedurft hätten, und das haben wir nun davon. Das Ganze war eine einzige Katastrophe. Nein, ich bin hier wirklich glücklich. Ach, sieh mal an, es ist schon elf Uhr! Ich sollte schleunigst zu Bett gehen.

Dann stieß ich den Deckel hoch, schob ihn zur Seite und sprang hinaus auf die Straße.

5. KAPITEL

«Und zum Schluss noch einmal eine Zusammenfassung der wichtigsten Punkte. Die Inflationsrate ist auch in diesem Monat wieder gefallen, und zwar auf 4,5 Prozent.

Colette Willis, die Goldmedaillengewinnerin der Status-Meisterschaften, hat zum vierten Mal den Rekord über 100 Meter Brustschwimmen gebrochen.

Wissenschaftler des Grundlagen-Instituts sind sich einig, dass die Schätzungen betreffs der Außenwelt-Verseuchung höchstwahrscheinlich nach oben korrigiert werden müssen. Jetzt rechnet man damit, dass die Radioaktivität außerhalb von Status zumindest noch zweihundert Jahre lang tödlich bleiben wird.

Das Wetter heiter mit leichtem Regen von 9 Uhr bis 10 Uhr 05.

Damit verabschieden wir uns von Ihnen. Im Anschluss sehen Sie weitere Berichte über Gerald, die sprechende Ente. Guten Abend.»

Eine Stunde später saß ich lässig in einem Café etwa einen Kilometer von meinem Ausstiegsschacht entfernt, trank einen ganz passablen Kaffee, rauchte entspannt eine Zigarette und las die Zeitung. Status-Wissenschaftler hatten neue Untersuchungen durchgeführt, las ich, und waren jetzt bedauerlicherweise der Ansicht, dass es noch mindestens dreihundert Jahre dauern würde, bis sich die Außenwelt wieder ohne Risiko betreten ließ. Dieser Bericht stand auf Seite sechs. Gute Nachrichten aus der Wirtschaft standen auf der Titelseite, Sport nahm die Seiten zwei bis drei, und eine Ente, die sprechen konnte, den meisten Platz auf Seite vier ein. Irgendwann musste ich mich wohl um meinen Auftrag kümmern, aber im Augenblick war ich der Meinung, dass ich mir einen Kaffee verdient hatte. Es war immerhin schon zwölf Uhr, und ich hatte nichts mehr getrunken, seit ich meine Wohnung verlassen hatte. Ich war reingekommen, ich war am Leben, und alles lief wie am Schnürchen.

Okay, ich gebe ja zu, dass ich im Tunnel ziemliches Glück gehabt habe. Drei Typen mit Maschinengewehren hätten mir wesentlich größere Schwierigkeiten bereitet. Der ursprüngliche Plan, falls es Sie interessiert, hatte darin bestanden, die Grippe-Bombe gegen die Lampe zu werfen, damit es dunkel wurde, und dann loszurennen.

Es wäre etwas waghalsig gewesen, gebe ich zu, aber so ist das nun mal. Was soll ich sagen? Ich habe Schwein gehabt, wollen Sie mir das übel nehmen? Ach, hören Sie doch auf.

In der Nebenstraße, wo ich aus dem Tunnel gekommen war, hatten sich nur drei Leute aufgehalten, ein alter Mann mit einem Hund und eine junge Hausfrau, die ein Baby im Kinderwagen herumschob. Zuerst sahen sie mich etwas überrascht an, aber ich hatte einen Plan.

«Prima», sagte ich und klopfte mir die Hände ab, «*darüber* müssen Sie sich jetzt keine Sorgen mehr machen!»

Sie hatten natürlich keine Ahnung, wovon ich redete, aber es klang so beruhigend, dass sie die Sache sofort vergaßen und wieder zur Tagesordnung übergingen. Ich lief zielstrebig die Straße entlang, mit erhobenem Haupt und in ruhiger Gewissheit, dass hier drinnen alles in Ordnung war, während sich draußen die radioaktive Wüste ausbreitete. Ich ging um die Ecke und kam in eine belebte Geschäftsstraße, wo ich meine Schritte zu einem scheinbaren Schlendern verlangsamte. Ich sah mir die Schaufenster an und nahm die Umgebung in mich auf. Ich sage ‹scheinbar›, weil ich, obwohl ich versuchte, wie einer der samstagnachmittäglichen Passanten auszusehen, in Wirklichkeit darauf bedacht war, dass ich eine größere Entfernung zwischen mich und die Mauer brachte.

Status war eigentlich ganz nett, musste ich feststellen. Das Dach des Viertels war so hoch, dass es genug Atmosphäre und Dunst abgab, um die Tatsache teilweise zu verschleiern, dass es überhaupt ein Dach gab. Die breiten Straßen waren zu beiden Seiten mit Bäumen gesäumt, und überall gab es kleine Parks. Niemand hatte ein Handy bei sich oder versuchte andere Leute mit seinem Wissen über die Theorie der Personal-Motivation zu beeindrucken. Niemand ging zu Prostituierten oder schaffte beiläufig eine Leiche weg. Die Leute lagen nur auf der Wiese herum oder führten ihre Hunde spazieren.

Die Waren in den Schaufenstern waren allesamt sehr altertümlich, hatten aber ein nettes Design. Das Viertel wirkte wie eine Zeitkapsel, ein lebendes Museum. In der City gibt es zwar auch anderswo ältere Orte, aber nirgendwo wird das Leben noch so wie früher gelebt. Man sieht dort nur Bruchstücke, hier aber sah man das ganze Bild, was mich sehr nostalgisch stimmte. Komische fünfrädrige Autos schoben sich langsam durch die überfüllten Straßen, und die Telefonzellen waren definitiv nicht so konstruiert, dass man seinen Gesprächspartner zu Gesicht bekam.

Mir war nicht klar gewesen, wie seltsam Status auf mich wirken würde. Die Leute hier kannten es nicht anders. Es gab hier noch richtige Stadtviertel, so wie früher, und kleine Häuser mit Auffahrten und Gärten. Sie hatten noch zweidimensionales Fernsehen, lebten noch in Familien zusammen und wussten, wo ihre Großeltern wohnten. Diese Leute wussten nichts von den Planeten oder den Sternen, sie interessierten sich nur für ihre Jobs, ihre Freunde und ihr Leben.

Es war keineswegs ein vollkommenes Idyll, wie sich zeigte, als sich zwei Männer um einen Parkplatz stritten, aber insofern keiner von beiden eine Waffe hatte, hätte es wesentlich schlimmer ausgehen können. Die Straßen waren weder klinisch sauber wie in Farben noch knietief mit Müll und Leichen übersät wie in Rot, sondern es waren einfach nur Straßen. Hier gab es keine Alternativen, keine völlig unterschiedlichen Lebensweisen. Alles war so, wie es eben war, und es konnte gar nicht anders sein. Das hier war ihr Zuhause.

Niemand sah mich merkwürdig an, womit ich zwar gerechnet hatte, was aber trotzdem beruhigend war. Die Polizei konnte natürlich nicht bekannt geben, dass sie nach einem Eindringling aus der Außenwelt suchte, aber sie konnte mein Bild über das Fernsehen und die Zeitungen verbreiten und mich anschuldigen, ich hätte irgendein abscheuliches Verbrechen begangen, das das Blut der Leute von Status zum Kochen brachte.

Um das zu tun, mussten sie jedoch erst einmal wissen, wer ich war. Die einzigen Menschen der Außenwelt, die von meinem Hiersein wussten, waren die Leute aus dem Zentrum und Ji und Snedd. Die Status-Regierung konnte von der Existenz der Letzteren nichts wissen, und die Ersteren würden nicht mal unter Folterqualen zugeben, dass sie von meiner Existenz wussten, falls sie jemals gefragt werden sollten. Die Wächter im Tunnel dürften kaum mehr erkannt haben, als dass ich ein Mann war, der möglicherweise einen Anzug trug. Die einzigen Menschen, die mich eventuell verpfeifen konnten, waren die Leute, die Alkland hier in Status festhielten. Aber da sie ebenfalls Eindringlinge waren, verfügten sie über einen sehr eingeschränkten Handlungsspielraum, selbst wenn sie gewusst hätten, wer ich war. Alles in allem sah es also recht gut für mich aus.

Während ich darauf wartete, dass die lächelnde Kellnerin mir nachschenkte, ging ich meine bis dato nur embryonal ausgereiften Pläne für die nähere Zukunft durch. Meine wichtigste Aufgabe war natürlich, zunächst mal herauszukriegen, wo Alkland festgehalten wurde. Dann musste ich die Bande beobachten und überlegen, wie ich ihn aus ihrer Gewalt befreien konnte, ohne dass wir beide dabei draufgingen. Dann musste ich eine Methode finden, wie wir aus dem Viertel rauskamen, und zwar ebenfalls, ohne dass wir dabei draufgingen.

Heiliger Strohsack.

Ich beschloss, mich zunächst ganz auf das erste Problem zu konzentrieren, denn bevor ich das nicht gelöst hatte, brauchte ich mich gar nicht erst mit den weiteren, viel deprimierenderen Problemen befassen.

Sehen Sie, das ist meine Arbeitsweise. Es hat in meinem Job überhaupt keinen Zweck, gleich mit einem von A bis Z ausgefeilten Plan anzufangen. Es hat keinen Zweck, weil man weder die nötigen Informationen noch genug Zeit dafür hat, und was mich betrifft, habe ich auch gar keine Lust dazu.

Ich zog eine Karte des Viertels aus der Tasche, die ich mir kurz zuvor gekauft hatte, und breitete sie auf dem Tisch aus. Als ich das Gitternetz der Straßen und Stadtviertel vor mir sah, konnte ich mich schon etwas besser auf mein akutes Problem konzentrieren. Ich hatte keine Kontaktleute und keine Anhaltspunkte, und mein Videofon hatte ich abgeschaltet, da ich das Risiko vermeiden wollte, dass meine Gespräche abgehört wurden. Ich hatte nur diesen Stadtplan, den ich noch nicht kannte. Und irgendwo in diesem Netz befand sich Alkland.

Es gab im Großen und Ganzen zwei Gedankengänge, die ich verfolgen konnte. Eine Gruppe von Außenweltlern war nicht in der Lage, sich ohne weiteres hier einzufügen. Sie hatten keine Vergangenheit, keine Jobs und keine Wohnungen. Also mussten sie sich irgendwo verkriechen, am besten in einer stark frequentierten Gegend, wo die Leute kamen und gingen, oder in einem Hotel, wo Fremde nicht besonders auffallen würden. Die Alternative bestand in der Annahme, dass die Gruppe aus Status selbst stammte, was mir a) extrem unwahrscheinlich erschien und mich b) wieder an meinen Ausgangspunkt zurückbrachte, dass sie sich in diesem Fall überall aufhalten konnten. Die erste Aufgabe, die vor mir lag, war eigentlich recht einfach, da ich sie schon oft, wenn auch unter leichteren Bedingungen, durchgeführt hatte. Ich musste herausfinden, wo man sich in diesem Viertel verstecken konnte.

Innerhalb weniger Minuten hatte ich die Möglichkeiten auf zwei Gegenden eingeschränkt, was meine Stimmung schon etwas besserte. Ich musste gar nicht jede einzelne Straße des Viertels abklappern. In Anbetracht der Tatsache, dass Status für Besucher von außen geschlossen war, bestand hier nicht der Bedarf an Hotels wie in anderen Vierteln. Alles, was es hier an Hotels gab, schien sich auf eine Gegend im Norden namens Muße zu konzentrieren. Nach den Informationen auf der Karte erhielt ich den Eindruck, dass man dort in Ermangelung größerer Reisemöglichkeiten einen ganzen Quadratkilometer in ein Freizeitviertel umgewandelt hatte, wo man offenbar hinging, wenn einem nach Urlaub war. Auf den Fotos sah es nicht sehr beeindruckend aus. Es war kaum mehr als ein künstlicher Strand an einem Fluss, aber ich schätzte, wenn es keine Alternative gab, war es wohl die optimale Lösung. Die zweite Gegend, die ganz vielversprechend aussah, war eine kleine Enklave im Zentrum von Status, die sich ein paar Blocks weit beiderseits der Eisenbahnlinie erstreckte. Irgendetwas an der Lage dieser Gegend, die an Lagerhäuser und Eisenbahnhallen angrenzte, verriet mir, dass es hier sein würde, wo sich Obdachlose in Status aufhielten.

Ich trank schnell meinen Kaffee aus und machte mich in der Nachmittagssonne auf den Weg. Die Sonne war natürlich künstlich, aber dennoch angenehm. Ich brauchte etwa eine halbe Stunde, um die heruntergekommene Gegend des Viertels zu erreichen. Dort angekommen, stellte sich bei mir jedoch sofort der starke Verdacht ein, dass ich hier nicht fündig werden würde.

Irgendwie war es zu blutleer, zu dünn. Ich bin so was wie ein Kenner von heruntergekommenen Gegenden und kann sie sofort einschätzen. Dies war kein Ort, an dem man Waffen bunkerte oder einen Drogenhandel aufzog. Es war zu sauber, zu flach. Ich kann nicht genau beschreiben, was fehlte, ein Gefühl der Angst, der Möglichkeit oder so was. Es waren durchaus ein paar Obdachlose hier, und die Gegend würde meine erste Wahl sein, wenn ich einen Unterschlupf brauchte, aber es war nicht das, wonach ich suchte. Es hatte keine Atmosphäre, nicht den

Hauch von Gemütlichkeit oder Geselligkeit. Es war hier vielleicht nicht ganz so adrett wie überall sonst, aber das war auch schon alles.

Für eine wirklich clevere Bande mochte dieser Ort natürlich genau das Richtige sein, ein Niemandsland, um das sich keiner so richtig kümmerte. Nicht so nett, dass man dort gerne wohnen würde, aber auch nicht so schlimm, dass die Behörden ständig herumschnüffelten. Pflichtbewusst streifte ich noch ein paar Stunden zwischen den verlassenen Gebäuden umher und befragte einige Penner, die jedoch nur meinen Verdacht bestätigten.

Hier gab es keine Banden. Nach Aussagen der Obdachlosen gab es in ganz Status keine einzige Bande. Die Obdachlosen waren genauso wie überall, nur etwas ruhiger. Sie waren die logische Weiterentwicklung einer Tendenz, die ich bereits an allen anderen Status-Bewohnern bemerkt hatte. Es schien ein ziemlich friedfertiges Völkchen zu sein. Es dauerte eine Weile, bis sie verstanden, wovon ich überhaupt redete. Organisiertes Verbrechen war in Status kein Problem. Sie zogen alle an einem Strang.

Um fünf Uhr hatte ich genug. Hier waren sie nicht. Ich hatte zwar nicht jedes Gebäude untersucht, und es war natürlich möglich, dass sie tagsüber unterwegs waren, aber ich spürte es in den Knochen, dass dies nicht der richtige Ort war. Damit blieben noch etwa fünf Hotels auf der anderen Seite der Stadt übrig. Alkland zu finden würde einfacher werden, als ich gedacht hatte.

Wenn es etwas gibt, das ich wirklich hasse, dann sind das Sachen, die einfacher funktionieren, als ich gedacht habe. So etwas ist ein ziemlich sicheres Anzeichen dafür, dass sich irgendwelche Unannehmlichkeiten langsam an mich heranschleichen.

Das ist nicht etwa Pessimismus. Es ist einfach nur so, wie es ist. Sachen, die wie am Schnürchen laufen, erfüllen mich mit namenlosem Entsetzen, und ich begann schon darauf zu hoffen, möglichst bald auf einige Probleme zu stoßen.

Ich zog mich zum Essen um, was so vonstatten ging, dass ich in einer dunklen Ecke eines Parks am Rande von Muße stand und den DressMan™ über mich gleiten ließ. Die Herumschnüffelei in verlassenen Gebäuden hatte mir Anzug und Mantel etwas verstaubt, sodass ich mich so nicht mehr in zivilisierter Gesellschaft zeigen konnte. Außerdem kann es niemals schaden, sein Outfit gelegentlich zu verändern, wenn man sich vor eventuellen Verfolgern in Acht nehmen muss. Der DressMan™ war offensichtlich in minimalistischer Stimmung, denn er machte alles, was ich anhatte, pechschwarz, mit Ausnahme zweier kleiner Quadrate auf den Kniescheiben, die er tiefrot färbte.

Mein Plan war sehr einfach. Nacheinander in die fünf Hotels gehen und abwarten. Ich hatte während des Tages genug Leute beobachtet, um ein Gefühl für sie zu kriegen. Ich traute mir zu, einen Außenweltler, wie ich einer war, relativ schnell zu erkennen. Es war unwahrscheinlich, dass sie auf und ab marschierten, ihre Granatwerfer schwenkten und verständnislos auf die Speisekarten starrten, und es war noch wesentlich unwahrscheinlicher, dass Alkland selbst irgendwo herumspazierte. Aber wenn ich keinen Erfolg mit meiner einfachen Methode haben sollte, würde ich die Hotels nur etwas genauer unter die Lupe nehmen müssen. Glauben Sie mir, das hier war geradezu ein Spaziergang, verglichen mit einigen meiner früheren Suchaktionen. Ich sollte einmal eine bestimmte Ratte (das Nagetier) im Rot-Viertel aufspüren. Ich habe nicht nur sie gefunden, sondern auch ihren Liebhaber (ebenfalls Nagetier) und beide in einem durchgehenden Zug in weniger als vierundzwanzig Stunden zurück ins Schnüffel-Viertel gebracht. Erste Klasse, Raucherabteil. Alles wahr, bis auf das Letztere.

Außerdem kam der Plan meinen persönlichen Bedürfnissen auf sehr nette Weise entgegen. Ich hatte Hunger und beabsichtigte, mich im ersten Hotel restaurantmäßig umzutun. Ich verließ den Park und schlug den Weg in Richtung Promenade ein.

Das Muße-Viertel war irgendwie seltsam, fand ich. Ich meine, nicht komplett seltsam, aber seltsam ruhig. Will sagen, bei Freizeiteinrichtungen denke ich zum Beispiel an den anspruchsvollen Abschnitt von Mega-Markt oder an das ganze Yippie!-Viertel, wo die Besucher geradezu mit Vergnügen überschüttet werden. ‹Mein Gott!›, pflegen die Leute zu sagen, wenn sie einen Tag oder zwei an diesen Orten verbracht haben, ‹das ist genug Vergnügen. Mehr als genug. Ich will hier raus!›

Muße hatte Hotels, einen Strand und einen Rummelplatz, und das war's auch schon. In der anbrechenden Dunkelheit sah es irgendwie trostlos aus, wie ein Küstengebiet außerhalb der Saison. Die Strandpromenade war fast menschenleer, nur einige Pärchen spazierten langsam auf und ab und auf und ab.

Ich verbrachte einige Minuten damit, mich über das Geländer zu beugen und auf den Fluss hinunterzublicken. Vermutlich war er ursprünglich mal natürlich gewesen, aber mit den Jahren war das Ufer mit kleinen Buchten und Vorsprüngen versehen worden, die zu einladend aussahen, um simple Geographie sein zu können. Kleine Molen ragten ins Wasser hinaus, und es gab auch ein paar Strandhütten, dort, wo der Boden sandig war. Ich hätte an diesem Ort noch ziemlich lange herumstehen und auf das Plätschern des Wassers lauschen können, aber es waren nur noch vier Stunden bis elf Uhr, sodass ich mich schweren Herzens abwandte.

Das erste Hotel war das Powers, ein Relikt aus prunkvolleren Zeiten. Ich bereitete mich innerlich vor, rekapitulierte nochmal, dass Status eine ganz tolle Sache war, improvisierte ein paar Gedanken, wie großartig es war, hier Urlaub zu machen, und spazierte hinein.

Die Lobby war menschenleer. Ich ging zum Tresen hinüber, betätigte die riesige Glocke und plante in allen Einzelheiten den Verlauf meines restlichen Lebens, bis ein kleiner, verschrumpelter Mann angewackelt kam. Ich ließ mir von ihm sagen, wo das Restaurant war, und ging in die angegebene Richtung. Es war ebenfalls menschenleer, sah aber einigermaßen schick aus, sodass ich meine Bedenken mit einem Schulterzucken verscheuchte und mir dann einfach einen Tisch aussuchte, da niemand in der Nähe war.

Daran änderte sich eine ganze Weile nichts. Nach etwa fünfzehn Minuten kam offenbar rein zufällig ein schlankes, ganz in Schwarz gekleidetes Mädchen vorbei. Als sie sah, dass ich die Speisekarte in der Hand hielt, schien ihr die Idee zu kommen, bei der Gelegenheit vielleicht eine Bestellung aufzunehmen.

Trotz der trostlosen Stille fühlte ich mich gleich munterer und fragte sie, was sie mir empfehlen könne. Sie zuckte mit den Schultern. Ich wartete, aber mehr kam nicht, sodass ich mich wieder der Speisekarte zuwandte und irgendein Hauptgericht herauspickte. Sie holte weder einen Notizblock noch sonst was heraus, um es aufzuschreiben, und ich fragte mich bereits, ob sie in Wirklichkeit vielleicht eine Kunststudentin war, die bald das Interesse an diesem Spielchen verlieren würde. Doch dann fragte sie, ob ich etwas trinken wolle. Ich sagte ja und beschrieb ihr meinen Wunsch in einiger Ausführlichkeit. Auch das schrieb sie nicht auf. Sie ging einfach.

Ich setzte meine Lebensplanung fort, wo ich sie unterbrochen hatte. Ich liebäugelte mit verschiedenen Alternativkarrieren, versuchte mir vorzustellen, wie die Person beschaffen sein könnte, mit der ich für immer glücklich sein würde, entschied mich, wo wir lebten und für wie lange, welche Farben die Wände in jedem Zimmer unserer Wohnung hatten und welche Karrieren unsere Kinder wahrscheinlich machen würden. Dann suchte ich mir eine andere Persönlichkeit mit einer ganz anderen Karriere heraus und plante auch dieses Leben von Anfang bis Ende durch.

Dann dachte ich an alle Leute, die ich kannte, und plante deren Leben mit noch größerer Genauigkeit. Besonders interessant war es, die Fellfärbung von Paillettes Ururenkeln vorherzusagen, wobei ich fünfzehn verschiedene Paarungs-Permutationen berücksichtigte. Ich ging zweimal auf die Toilette, rauchte fast eine ganze Schachtel Zigaretten und faltete einen ziemlich realistischen Vogel aus meiner Papierserviette.

Dann tauchte endlich wie eine optische Täuschung die Kunststudentin wieder auf. Ich war ziemlich überrascht, dass sie inzwischen keineswegs grauhaarig geworden war oder gebückt ging. Also nahm ich an, es müsste ihre Urenkelin sein, die meine Bestellung brachte und damit eine steinalte mystische Aufgabe vollendete, die über Generationen weitergegeben worden war. Sie kam heran, knallte mir einen Teller und ein Glas mit etwas, das ich definitiv nicht bestellt hatte, auf den Tisch und verschwand wieder, ohne mir höflich einen guten Appetit gewünscht zu haben.

Nachdem sie gegangen war, starrte ich den Teller noch eine ganze Weile an und überlegte mir, wie ich darauf angemessen reagieren sollte. Auf dem Teller lagen Dreiecke aus einer dunkelbraunen Substanz, die sich teilweise überlappten. Darüber waren ein paar Strähnen aus einer grünen Substanz verstreut, die insgesamt ein Netzmuster ergaben. Dann war da auch noch eine kleine Pfütze mit etwas anderem. Alles zusammen, schätzte ich, hatte vielleicht ein Gesamtvolumen von etwas mehr als einem Kubikzoll.

Ich beugte mich noch einmal über den Teller und sah mir das Zeug darauf aus der Nähe an. Es hätte Walhirn sein können, aber auch Modellierton. Ohne Zugriff auf die Untersuchungstechniken der Gerichtsmedizin konnte ich es einfach nicht genau sagen. Insgesamt war es allem, was ich jemals als essbar betrachtet hatte, so unähnlich, dass ich mich gezwungen sah, auch andere Möglichkeiten zu erwägen. Dass es vielleicht die neueste Collage der Kunststudentin war oder das Modell eines geplanten Einkaufszentrums, das man mir zur Begutachtung vorgesetzt hatte, während ich noch auf das eigentliche Essen warten musste. Schließlich fasste ich den Entschluss, einfach davon zu essen, denn ich hatte keine Zeit mehr zu vergeuden. Ich schnitt einen Happen von dem dreieckigen Zeug ab und tunkte ihn in die Pfütze unbekannter Herkunft. Mit dem ersten Bissen lösten sich all meine Zweifel in Luft auf.

Es handelte sich definitiv um das Modell eines Einkaufszentrums.

Bedient schob ich den Teller weg und nahm einen Schluck von meinem Getränk. Ich wusste nicht, was es war, aber es war Alkohol darin, also beschloss ich, es bei einer weiteren Zigarette auszutrinken, bevor ich mich auf den Weg zum nächsten Hotel machte.

Als ich aufsah, bemerkte ich, dass noch jemand anders das Restaurant betreten hatte, sechs Tische weiter saß und wohlwollend in die Speisekarte blickte. Eine Weile starrte ich zu ihm hinüber, während meine Zigarette langsam herunterbrannte.

Es war Alkland.

Lassen Sie mich erklären, was ich mit der Unannehmlichkeitsbestie meine, die ich vorhin erwähnte. Ich meine die, die sich langsam an mich heranschleicht und auf ihre Chance wartet.

Irgendwo gibt es einen kleinen Gott, dessen einzige Aufgabe darin besteht, mir ständig Ärger zu machen. Die Bestie besucht mich nicht nur gelegentlich, da gibt es eher eine verdammte ständige Busverbindung zu mir. Der Hauptgrund für die Unannehmlichkeiten sind die Jobs, die immer an mir hängen bleiben, weil niemand sonst sie macht, aber eine Teilschuld trifft diesen kleinen verdammten Gott, der ständig ein Auge auf meine Ärgerskala hat und dem Zeiger ab und zu einen Schubs gibt. Ich habe den Verdacht, dass jemand am anderen Ende des Universums einen Pakt mit den Verantwortlichen geschlossen und seine Seele für ein sorgenfreies Leben verkauft hat. Seine Sorgen allerdings müssen irgendwie aufgebraucht werden, damit sie sich nicht irgendwo ansammeln, wo es dann ziemlich unordentlich aussehen würde. Deshalb werden sie mir zugeschoben.

Und das wirklich Gemeine daran ist, dass ich immer eine

gleich große Portion abbekomme. Manche Jobs sind von Anfang an beschissen, bleiben die ganze Zeit über beschissen und enden auf ebenso beschissene Weise. Andere jedoch laufen auf Besorgnis erregende Weise wie am Schnürchen, mit unwahrscheinlichen Zufällen und verblüffendem Glück, und das sind diejenigen, die ich wirklich hasse. Denn das bedeutet, dass man sich den Ärger für später aufhebt, dass sämtliche gefährlichen und unangenehmen Sorgen, die mir mit unausweichlicher Sicherheit bevorstehen, sich auf einem riesigen, blubbernden Haufen sammeln, der nur darauf wartet, dass ich noch in ihn hineinrenne.

Schließlich verbrannte ich mir die Finger an der Zigarette und machte sie aus. Es stand völlig außer Frage, dass es Alkland war, der dort fünf Meter von mir entfernt saß. Ich musste gar nicht den Info-Würfel in meiner Tasche konsultieren, um mir völlig sicher zu sein. Wie er dort saß und sich Zeit mit der Speisekarte ließ, war die perfekte Werbung für die Lebensechtheit von Holos aus dem Info-Würfel. Er sah etwas müde aus, und sein Anzug war leicht zerknittert, aber ansonsten war er ganz so, wie ich es erwartet hatte.

Ich nahm wieder Messer und Gabel auf und schob das Zeug auf meinem Teller herum, während ich mich unauffällig im Saal umsah. Der Aktionist war, vermutete ich, etwas angespannter, als er aussah, aber im Ganzen gab er sich rechtschaffen Mühe. Niemand hatte das Restaurant mit ihm zusammen betreten. Offenbar waren seine Entführer zuversichtlich, dass er keinen Fluchtversuch wagen würde. Wohin sollte er auch fliehen?

Nach ein paar Minuten sah er stirnrunzelnd auf seine Armbanduhr – mit einer Verwirrung, wie sie nur ein Aktionist empfinden konnte, den man warten ließ. Dann wandte er sich wieder der Speisekarte zu und dachte zweifellos darüber nach, wie sie verbessert und zweckmäßiger gestaltet werden könnte. Ich war wirklich überrascht, wie angepasst er war, wie gut er sich einfügte. Er sah fast so aus, als wäre er auf Urlaub, was für jemanden, der unter Zwang daran gehindert wurde, Millionen von Dingen zu erledigen, eine extrem hohe Selbstbeherrschung bedeutete. Als die Kunststudentin schließlich wieder erschien und in Hörweite seines Tisches kam, blickte er auf und lächelte schwach.

«Hallo, meine Liebe! Wie geht es Ihnen heute Abend?»

«Gut, danke, Mr. Alkland, und Ihnen?»

«Oh, gut, gut. Sehr entspannend hier, danke. Also. Gibt es heute Abend etwas auf dieser schlecht entworfenen Speisekarte, das sich essen lässt?»

«Nein, eigentlich nicht. Der Chefkoch sagte zwar, seiner Meinung nach würde das Hühnchen à la Turc mit Erdbeerjoghurt und geschmorten Sonnenblumenkernen niemandem Schaden zufügen, aber er wirkte nicht sehr überzeugt.»

Ich war platt, total platt. Ich hatte mein Bestes gegeben, zur Kunststudentin charmant zu sein, was vermutlich charmanter ist, als Sie erwarten würden, und hatte nicht ein einziges Wort aus ihr rausbekommen. Das zeigte wieder mal, welche Vorteile es hat, wenn man wie ein harmloser Professor aussieht. Ich habe Ihnen noch gar nicht beschrieben, wie ich aussehe, nicht wahr? Erinnern Sie mich später noch einmal daran, dann werde ich es nachholen. So schlecht sehe ich gar nicht aus, aber irgendwie kompromisslos. Jedes Gesicht sagt etwas, und mit meinem ist es so, dass Ihnen zwar nicht gefallen dürfte, was es sagt, aber Sie würden sicherlich die Überzeugungskraft dahinter bewundern.

«Wie sieht es aus?», fragte Alkland zweifelnd. Die Kellnerin überlegte einen Augenblick.

«Seltsam.»

«Ich kann nicht sagen, dass mich das überrascht. Nun, ich denke, ich werde es wohl riskieren müssen.»

«Etwas zu trinken, Sir?»

«Ein Glas Wein wäre ganz nett. Haben Sie eine Ahnung, wie lange es etwa dauern könnte? Ist heute noch damit zu rechnen?»

«Also, er hat heute Abend schon was gekocht, daher dürfte er etwas müde sein, aber ich werde versuchen, ihn anzutreiben, Sir.»

«Vielen Dank, meine Liebe», strahlte Alkland liebenswürdig, reichte ihr die Speisekarte und lehnte sich zurück, um sich geistesabwesend im Raum umzusehen.

Ich winkte die Kellnerin heran, als sie an mir vorbeiflitzte, und bat um die Rechnung. Dann zündete ich mir eine Zigarette an und machte mich auf eine lange Wartezeit gefasst. Sie war allerdings schon wieder zurück, bevor ich zu Ende geraucht hatte, und das nicht nur mit meiner Rechnung, sondern auch mit einem Salat für Alkland! Himmel! Er hatte nicht mal einen bestellt, und jetzt hatte er schon nach wenigen Minuten etwas zu essen. Anscheinend haben manche Leute den Bogen raus und andere nicht.

Ich bezahlte und ging zurück in die Lobby, wo jetzt ein uniformierter Lakai stand und versuchte, beschäftigt auszusehen. Vielleicht war gerade keine Saison, vielleicht war dies auch das am wenigsten beliebte Hotel im Muße-Viertel. Aber mit Sicherheit war es eine gute Wahl für eine Bande, um sich zu verkriechen. Ich gab mich als ‹einer von seinen Leuten› aus und fragte nach Alklands Zimmernummer, worauf der Lakai sehr hilfsbereit war. Er erzählte mir zweimal, wie toll er es fände, endlich einmal etwas zu tun zu haben, und als ich ihn fragte, wo die Bar wäre, trug er mich praktisch auf Händen hin.

Die nächsten zwei Stunden saß ich unauffällig in der Bar, blätterte ein paar Zeitschriften durch und behielt die Umgebung im Auge. Ich beschloss, bis zur Sperrstunde zu warten, bevor ich etwas unternahm. Die Bar war ein strategisch günstig gelegener Ort, um darauf zu achten, dass niemand, an dem ich interessiert war, das Hotel unbemerkt verließ. Ein paar Leute hatten sich in der Bar verteilt, und eine Hand voll kam auf dem Weg nach irgendwo durch, aber es war niemand dabei, der nicht wie jemand aus Status aussah. Entweder hatten sich die

Entführer auf den Zimmern verkrochen, oder sie waren irgendwo in Status unterwegs. Ich überlegte, ob ich den Lakai in der Lobby nach einer Liste der eingetragenen Gäste fragen sollte, damit ich vielleicht zufällig einen der Namen wieder erkannte, beschloss jedoch, dass das zu verdächtig wäre. Kurz vor zehn kam Alkland an der Tür vorbei und ging zur Treppe, die zu den Zimmern führte, aber ich folgte ihm nicht. Ich wusste, wohin er ging.

Um halb elf war ich der Letzte in der Bar. Einer nach dem anderen waren die übrigen Gäste mit unterdrücktem Gähnen abgezogen. Ich fragte mich, ob die Regierung etwas ins Wasser getan hatte. Rebellion und Aufwiegelung sind ja eher nächtliche Ideen, die nach Mitternacht bei schwarzem Kaffee und müden Augen ausgebrütet werden. Ich wette, dass all die Revolutionäre und Aktivisten früherer Zeiten viel weniger Stunk gemacht hätten, wenn sie immer spätestens um elf Uhr ins Bett gegangen wären.

Ich fühlte mich überhaupt nicht müde. Ich war angespannt und unternehmungslustig. Wenn es in meiner Nähe einen Stimmungssensor gegeben hätte, wäre er explodiert und hätte dabei drei Blocks in Schutt und Asche gelegt. Aber ich zwang mich, ein paar Mal zu gähnen und gelegentlich auf die Uhr zu sehen, nur für den Fall, dass mich jemand beobachtete. Um fünf vor elf wünschte ich dem Barkeeper, der schläfrig den Tresen wischte, unter massivem Gähnen eine gute Nacht und ging in die Lobby. Der Lakai war verschwunden, und sonst war niemand in Sicht. Ich sah mich schnell um und schlich durch den Haupteingang hinaus.

Sobald ich draußen war, sah ich, warum Snedd damals in Schwierigkeiten geraten war. Niemand, wirklich kein Mensch war unterwegs. Die Bewohner von Status hätten ihr Viertel mit Leuten teilen können, die stets nur nachts unterwegs waren, und keine Gruppe hätte jemals von der Existenz der anderen erfahren. Ich huschte um die Ecke des Hotels und arbeitete mich durch das Gestrüpp zur Rückseite vor, wobei ich mich dicht an die Wände hielt. Alkland wohnte in Zimmer 301, das sich im dritten Stock in der rechten hinteren Ecke des Gebäudes befand. Um dem Risiko zu entgehen, in Stücke geschossen zu werden, bevor ich auch nur in seine Nähe kam, hatte ich den Plan, die Wand hinaufzuklettern und auf diese Weise in sein Zimmer zu gelangen. Wenn sie ihn schon allein im Hotel herumspazieren ließen, war es unwahrscheinlich, dass viele Wachen in seiner Suite postiert waren. Hinter dem Hotel lag eine schmale Gasse. Ich ging auf die andere Seite, um hochzusehen und abzuschätzen, wie schwierig die Kletterpartie werden würde.

Die Sache sah gar nicht so schlimm aus. Es gab jede Menge Vorsprünge und dekorativen Krempel, aber mit den Tatzen brauchte ich so etwas ohnehin nur im Notfall. Ich schlich mich leise an die Wand und bereitete mich auf meine nächste kühne Tat vor.

Bei den Tatzen handelte es sich um hochmoderne Saugnäpfe. Sie sind nicht einfach zu handhaben, weil man erst den Bogen raushaben muss, wie man im richtigen Moment die Saugkraft ein- und wieder ausschaltet, aber wenn man eine gerade Wand hochkraxeln muss, gibt es einfach nichts Besseres.

Ich kann damit ziemlich gut umgehen, und in wenigen anstrengenden Minuten war ich auf Höhe des dritten Stockwerks. Dann bewegte ich mich ein Stück seitwärts, bis ich mich an das Fenster von Zimmer 301 herangearbeitet hatte. Mit einem unguten Gefühl stellte ich fest, dass das Fenster ein wenig offen stand. Ich musste es nicht einmal aufbrechen. Je länger mein unwahrscheinliches Glück anhielt, desto dicker würde es am Ende kommen.

Die Vorhänge waren zugezogen, was die Situation etwas komplizierte. Sie haben sicher mitbekommen, dass ich zuvor noch nicht im dritten Stock gewesen war, um mich in aller Ruhe umzusehen und zu vergewissern, wo die Zimmer genau lagen. Deshalb wäre es nicht schlecht gewesen, wenn ich jetzt irgendeine Bestätigung gehabt hätte, dass das hier wirklich das richtige Zimmer war. Ich vermutete jedoch argwöhnisch, dass die Dinge sich noch für eine Weile zu meinen Gunsten entwickeln würden.

Ich stellte mich auf den oberen Sims des Fensters von Zimmer 201, nahm die Tatzen von den Händen und rollte sie zusammen. Das Fenster von 301 ließ sich problemlos ganz nach oben schieben. Dann hakte ich mich mit einem Ellbogen innen fest und entfernte die Tatzen von meinen Füßen. Dabei hoffte ich leise, dass nicht ausgerechnet jetzt ein Status-Polizist auf mich schießen würde. Meine Hoffnung erfüllte sich, und ich schlüpfte schnell und einigermaßen geschmeidig ins Zimmer.

6. KAPITEL

Im Nachhinein betrachtet, waren die nächsten fünf Minuten die letzten, in denen die Sache glatt lief. Und es war das letzte Mal, dass ich noch dachte, es ginge hier um einen routinemäßigen, wenngleich etwas waghalsigen ‹Such den Mann und hol ihn raus!›-Job.

Ich weiß, ich habe immer noch nicht erklärt, was ich eigentlich genau mache. Das Problem besteht darin, dass das gar nicht so einfach zu erklären ist, jedenfalls nicht die wirklich wichtigen Sachen. Meistens handelt es sich um kleine Mach-das-, Such-dies-, Kümmere-dich-um-dieses-oder-jenes-Problem-Jobs. Es gibt viele Leute, die solche Sachen machen. Manchmal jedoch, wie Sie vielleicht bemerkt haben, wird von mir erwartet, dass ich etwas weiter gehe und Diebstahl-, Vertuschungs- oder Killer-Jobs annehme. Es gibt nur wenige, die auch damit klarkommen.

Und manchmal ist es wieder etwas ganz anderes, das niemand sonst tun kann, und genau diese Jobs sind es, die sich so schwer erklären lassen. Das hat etwas mit mir zu tun und mit jemandem, der vor einiger Zeit gestorben ist. Aber hauptsächlich mit mir.

Worauf ich hinauswill, ist, dass in den nächsten Minuten nur wenig passierte. Ich trat lautlos in das Zimmer und sah, dass Alkland im Bett lag und schlief.

Meine unglaubliche Glückssträhne hielt immer noch an, denn niemand sonst hielt sich im Zimmer auf, nicht ein einziger wie auch immer gearteter Wächter. Ein kleiner Koffer lag auf dem Boden vor der Garderobe, was mich neugierig machte. Vermutlich waren er und sein Inhalt von Alklands Entführern zur Verfügung gestellt worden. Wer immer sie auch sein mochten, sie würden sich Mühe geben, ihn glücklich und zufrieden zu machen. Die Suite, falls es Sie interessiert, war geräumig und komfortabel, und obwohl einige der Sitzbezüge von zweifelhaftem Geschmack zeugten, würde ich sagen, dass man für sein Geld etwas einigermaßen Angemessenes geboten bekam.

Sobald ich mich vergewissert hatte, dass wirklich niemand in der Nähe war, der mich anfallen und mir die Stimmung verderben könnte, verschloss ich die Zimmertür und legte den Riegel vor. Ich wickelte ein Stück des Mikrokabels ab, das ich bei mir hatte, und band es an einem Bein des Bettes fest, während ich die Trommel schon für später auf das Fensterbrett legte. Dann zog ich einen Stuhl neben das Bett und steckte mir eine Zigarette an.

Ich habe so was schon öfter gemacht, wissen Sie, und ich kann Ihnen sagen, dass es nur sehr wenige Methoden gibt, um jemanden leise zu wecken. Wenn man die Leute anstupst, machen sie Lärm. Auch dieser Blödsinn, ihnen ins Ohr zu flüstern, während man ihnen den Mund mit der Hand zuhält, funktioniert nicht, weil sie sich dann natürlich vor Angst in die Hose machen, wenn sie aufwachen. Manche veranstalten dann einen Höllenlärm und schlagen um sich. Ein Typ, den ich mal so aufwecken wollte, hat so viel Krach gemacht, dass mir nichts anderes übrig blieb, als ihn bewusstlos zu schlagen, worauf ich zweieinhalb Stunden warten musste, bis er wieder zu sich kam. Dann machte er sogar noch mehr Krach, sodass ich ihn schließlich erneut außer Gefecht setzen und wegbringen musste, was nicht gerade die ideale Lösung war. Die nach meiner Erfahrung beste Methode – auf die es übrigens kein Patent gibt, also tun Sie sich keinerlei Zwang an, wenn Sie sie benutzen wollen – besteht darin, sich neben das Bett zu setzen und zu rauchen.

Wenn man schläft, bleibt nämlich immer ein kleiner Teil des Gehirns wach und achtet sozusagen mit halbem Auge darauf, dass alles in Ordnung ist, dass einem nicht die Füße abbrennen oder so. Wenn einem dann ein paar Rauchmoleküle in die Lunge geraten, bemerkt das Gehirn zunächst gar nichts, bis es plötzlich denkt: ‹Moment mal! Ich schlafe. Also rauche ich nicht. Heiliger Bimbam, ich bin sogar Nichtraucher! Hier stimmt was nicht!›

Noch gibt es keinen Grund zur Panik, also weckt es ganz vorsichtig den Rest des Gehirns, um ihm die Möglichkeit zu geben, darauf zu reagieren, wenn es sein muss. Dann wacht man ganz langsam zu ungefähr fünfzig Prozent auf, checkt schläfrig die Lage und schläft wieder ein, wenn alles in Ordnung ist. Wenn man sich jedoch einem fremden Mann gegenübersieht, der ganz in Schwarz gekleidet ist, eine Waffe in der Hand hält und rauchend am Bett sitzt, wacht man sehr schnell und völlig leise auf. Glauben Sie mir, es funktioniert wirklich.

Während ich wartete, dachte ich nach. In den letzten paar Tagen hatte ich kaum Zeit gehabt, mich um die meisten Punkte auf meinem internen Memo zu kümmern. Ich hatte zwar die Batterien für den Gravitator™ gekauft, für dieses nutzlose Schrottding, aber ich hatte mir noch nicht überlegt, was es sein könnte, was das Zentrum hatte, wofür die Entführer solche Anstrengungen unternahmen. Das musste man ihnen wirklich lassen: Nachdem sie es geschafft hatten, sich Alkland zu schnappen und sich hier zu verkriechen, gingen sie die Sache ziemlich locker an. Trotz der Tatsache, dass ich jetzt neben dem Bett saß, in dem derjenige lag, den ich finden sollte, hatte ich immer noch nicht die leiseste Ahnung, was hier eigentlich gespielt wurde. Wenn ich uns beide heil hier heraus und glücklich ins Zentrum brachte, spielte das zwar keine große Rolle, aber ich weiß nun mal einfach gern über solche Sachen Bescheid.

Nach ein oder zwei Minuten begann Alkland sich im Schlaf zu bewegen. Ich unterbrach meine Überlegungen und wartete darauf, dass er wach wurde. Dann steckte ich meine Waffe unter die Jacke, damit er sich nicht gleich über zu viele Sachen auf einmal Gedanken machen musste. Schließlich bemerkte ich, dass er gar nicht aufwachte, sondern träumte. Ich beugte mich vor, um sein Gesicht zu betrachten. Unter den Lidern bewegten sich seine Augäpfel schnell hin und her, sein Körper zuckte, und sein Kopf drehte sich von einer Seite zur anderen.

Plötzlich keuchte er im Schlaf und ruckte seinen Kopf herum. Auf seiner Stirn standen Sorgenfalten, und dann zuckte er abrupt zusammen, während sich sein Arm unter der Decke hochschob, um sein Gesicht zu bedecken. Als der Arm schlaff wieder herabfiel, waren seine Augen fest zusammengekniffen, und sein Gesicht war starr vor Schrecken.

Als ich ihn so sah, lief es mir kalt den Rücken hinunter, als hätte man mir einen Eiswürfel in den Kragen gesteckt.

Ich kenne mich mit Albträumen aus. Damit meine ich nicht nur, dass ich selbst welche habe, sondern dass ich mich wirklich damit auskenne. Während ich seine zuckenden Augäpfel und seine Gesichtsmuskeln beobachtete, konnte ich fast daran ablesen, was in Alkland vor sich ging. Ich erkannte sofort, dass er nicht nur einen gewöhnlichen bösen Traum hatte, und das war genau der Punkt, an dem die Dinge eine überraschende Wendung nahmen, obwohl es mir in diesem Augenblick noch nicht bewusst war.

Kurz darauf öffnete er die Augen und sah mich. Ich lächelte freundlich, wartete darauf, dass er zu hundert Prozent erwachte, und sprach ihn dann leise an.

«Es ist alles in Ordnung. Ich bin einer von den Guten, denke ich.»

Alkland blinzelte und stemmte sich umständlich auf seinen Ellbogen.

«Was machen Sie hier?», murmelte er und rieb sich ein Auge.

«Ich bin gekommen, um Sie nach Hause zu bringen», sagte ich leise. «Kommen Sie! Zeit zum Aufstehen!»

Er hatte keine Chance, darauf zu reagieren, bevor die nächsten beiden Ereignisse eintraten. Das erste war, dass schwaches Licht unter der Tür hindurchdrang, was bedeutete, dass jemand auf dem Korridor das Licht eingeschaltet hatte. Ach du Scheiße, dachte ich, jetzt kommt die volle Ladung Ärger Nr. 1: Ein Mitglied der Bande will nach Alkland sehen und hat sich genau die richtige Zeit dafür ausgesucht. Dies war bislang der erste dumme Zufall, und ich wusste, dass er seit langem fällig war, aber warum ausgerechnet jetzt?

«Kommen Sie!», zischte ich Alkland zu. «Ziehen Sie sich ganz schnell an!»

Ich glitt vom Stuhl und schlich leise mit angeschlagener Waffe zur Tür hinüber. Dann trat das zweite Ereignis ein. Ich hörte Stimmen auf der Treppe, die immer näher kamen. Irgendetwas kam mir daran merkwürdig vor, aber ich konnte nicht sagen, was es war, bis ich das trockene Husten hörte, das unmittelbar darauf folgte.

«Wer kommt da?», flüsterte Alkland und sorgte für eine unbeabsichtigte Slapstick-Einlage, als er im Halbschlaf versuchte, in seine Hose zu steigen. Seine Haare standen in alle möglichen Richtungen ab, und sein Gesicht verlangte dringend nach seiner Brille.

«Die Polizei», sagte ich.

Es mochten ja Polizisten mit Beamtenmentalität sein, die bestimmt nicht bei bester Kondition waren, nach dem Schniefen und Niesen zu urteilen, das immer lauter wurde, während sie sich müde durch den Korridor schleppten. Aber sie waren nicht dumm. Vielleicht hatten sie sogar zuerst die Gegend an der Eisenbahn gecheckt, genau wie ich, und sich dann auf den Weg nach Muße gemacht. Die Entführer hatten sich mit ziemlicher Sicherheit unter ihren richtigen Namen eingetragen, genauso wie Alkland. Niemand verdächtigte sie, und eine Lüge wäre wesentlich schwieriger durchzuhalten als die Wahrheit. Die Polizei würde Zugang zu einer Liste mit allen Bewohnern von Status haben. Also mussten sie sie nur mit der Gästeliste abgleichen und auf eine Unregelmäßigkeit achten. Sie hatten festgestellt, dass der Gast namens Alkland ein Außenweltler sein musste, und dachten nun, dass sie mich gefunden hatten. Und so war es natürlich auch, obwohl sie verdammtes Glück gehabt hatten.

Ich drückte mein Ohr gegen die Tür und trieb Alkland zur Eile an. Mittlerweile hatte er seine Brille aufgesetzt und schien schon etwas mehr beieinander zu sein, obwohl er sich immer noch mit einer Langsamkeit bewegte, die mich verrückt machte. Sobald die Bande auf die Polizei aufmerksam wurde, würde hier die Hölle los sein.

«Honig und Zitrone», hörte ich eine heisere Stimme sagen, «Honig und Zitrone.»

«Ja», erwiderte sein Kollege wehmütig und bekam dann einen längeren Hustenanfall.

«Alles klar?», schniefte der andere, als der Anfall zu einem Pfeifen abgeklungen war. «Das war bislang der Schlimmste, denke ich.»

«Ja. Aber ich sag dir was: Zuerst werde ich dem Kerl sämtliche Bazillen ins Gesicht niesen!»

«Ich bin fertig.» Alkland hatte das gesagt. Er stand neben dem Bett und sah einsam und verlassen aus. Ich hatte Mitleid mit ihm. Er wollte doch nur wieder ins Zentrum zurück, dort herumwieseln und die Grenzen der Aktivität unermüdlich erweitern. Doch nun war er hier in einem fremden Viertel und wurde abwechselnd von seinen Entführern, der Polizei und jemandem, den er noch nie zuvor gesehen hatte, herumgeschubst.

«Okay», sagte ich und führte ihn zum Fenster. Ich nahm die Mikrokabeltrommel, warf sie hinaus und holte dann meine Tatzen hervor. «Geben Sie mir Ihre Hände!»

Alkland hielt sie wie ein verunsichertes Kind hoch, und ich befestigte meine Fußtatzen an seinen Händen.

«Sie werden jetzt Folgendes tun», sagte ich eilig. «Sie lassen sich am Kabel runtergleiten. Sagen Sie nicht, dass Sie das nicht können, denn wir haben jetzt keine Zeit für Diskussionen. Glauben Sie mir, Sie werden es tun. Das Kabel trägt Ihr Gewicht, und die Tatzen werden verhindern, dass Sie sich die Hände verbrennen. Okay?»

Ich gab ihm keine Zeit für eine Antwort, sondern bugsierte ihn auf das Fensterbrett. Er saß da und ließ die Beine aus dem Fenster baumeln, während er zweifelnd nach unten sah.

«O Gott!», sagte er und nahm seine Brille ab. Ich drückte ihm das Kabel in die Hand.

«Festhalten», sagte ich zu ihm, «und ziehen Sie die Beine an, wenn Sie den Boden erreichen.» Dann stieß ich ihn hinaus.

Sein leiser Aufschrei verhallte unter dem Fenster. Als ich auf das Fensterbrett stieg, klopfte es an der Tür. Schnell befestigte ich die anderen beiden Tatzen an meinen Händen.

«Hallo?», sagte einer der Polizisten und nieste dann heftig «Mr. Alkland, wir würden gerne mit Ihnen reden.»

«Ja», sagte der andere, «aber vorher werden wir Sie anhusten.»

Draußen hörte ich einen dumpfen Aufprall. Während ich mich am Fensterbrett abstützte, griff ich nach dem Kabel. Die Kabeltrommel kam heraufgesurrt, und ich steckte sie in die Tasche, bevor ich eine Hand draußen gegen die Wand schlug. Ich schwang mich hinaus und hielt mein Gewicht einen anstrengenden Moment lang nur mit einer Hand, während ich das Fenster schwungvoll hinter mir zuschlug. Schnell, denn anders geht es nicht, hangelte ich mich die Wand des Hotels hinunter, wobei ich mit den Füßen nach Hindernissen tastete.

Nach etwa zwanzig Sekunden stand ich auf der Straße neben Alkland, und während ich uns die Tatzen von den Händen riss, hörte ich ein leises Krachen und sah, wie das Licht in Zimmer 301 anging. Mit etwas Glück würde das Nichtvorhandensein eines möglichen Fluchtweges sie verwirren. Wir hatten noch etwas Zeit, von hier zu verschwinden.

Ich packte Alkland am Arm und schob ihn durch das Gestrüpp neben dem Hotel. Er stolperte einmal und stürzte beinahe, aber entschuldigte sich, was mich sehr beeindruckte. Ich habe einmal eine Frau zehn Kilometer weit durch den Sumpf getragen, und die hat sich die ganze Zeit über beschwert.

Als wir an die Vorderseite kamen, schlüpfte ich an ihm vorbei und inspizierte die Straße. Es war niemand zu sehen. Das Leben ist wie ein Videospiel: Wenn man ein neues Szenario betritt, muss man sich so schnell wie möglich bewegen, bevor sich die Situation verschlimmert. Während Alkland tapfer hinter mir hertrabte, lief ich über die Straße und warf einen Blick zurück zum Hotel. Die Polizisten zerbrachen sich vermutlich immer noch die Köpfe über den leeren Raum, der von innen verschlossen war, und mit einem schweren Katarrh konnte das Minuten dauern. In einigen anderen Fenstern gingen jetzt nacheinander die Lichter an, aber im Augenblick standen die Dinge noch recht günstig. Solange die Polizei herumpolterte, musste sich die Bande still verhalten. Was zunächst nach Ärger ausgesehen hatte, erwies sich nun als Glücksfall.

Ich machte einen Satz über das Geländer und landete auf dem Weg, der zum Strand hinunterführte. Alkland kletterte mir nach. Wir hielten uns dicht an der Mauer und stiegen hinab, bis wir Sand unter den Füßen spürten. Dann sah ich mich hektisch am Strand um, weil ich keine Ahnung mehr hatte, wie es jetzt weitergehen sollte.

Sehen Sie, das meine ich mit Plänen, die von A bis Z durchdacht sind. Ich konnte nicht wissen, dass sich die Dinge auf diese Weise entwickeln würden, also hätte ich für diesen Fall auch niemals einen Plan ausarbeiten können. Man muss die Dinge einfach so nehmen, wie sie kommen, und sich der Situation anpassen.

Die Situation verhielt sich folgendermaßen: Am nahe liegendsten schien es, sich zu verstecken, und das war weder eine schlimme noch eine unmögliche Sache. Jedes der Strandhäuser hätte ein passables Schlupfloch abgegeben. Aber sich zu verstecken ist vielleicht eine angenehme, nicht jedoch sehr vorausschauende Lösung. Vielleicht ist Ihnen schon mal aufgefallen, dass sich die Leute in Filmen, wenn sie dem bösen Kerl entkommen wollen, aus einem unerfindlichen Grund immer irgendwo verstecken, wo sie nicht wieder rauskommen, sei es oben auf dem Dach eines Hauses oder unten im Keller. Das ist für fünf Minuten ein ganz nettes Gefühl, bis man merkt, dass man in einer Falle steckt, wie sie sich der Bösewicht nicht besser hätte ausdenken können. Außerdem sollten wir uns lieber darauf konzentrieren, den Vorsprung zu unseren Verfolgern auszubauen, statt ihn dadurch zu verringern, dass wir in der Nähe blieben.

Während Alkland geduldig neben mir stand, schlug ich mir die Strandhäuser aus dem Kopf und dachte in eine andere Richtung. Was gab es hier noch? Sand. Klang nicht sehr viel versprechend. Ein paar mittelgroße Metallkanister, die aussahen, als wären sie einmal mit Grillflüssigkeit gefüllt gewesen. Nicht zu gebrauchen. Eine große Menge Wasser.

Ich bedeutete Alkland, er solle mir folgen, und lief gebückt zum Wasser hinunter. Es floss ziemlich schnell.

«Können Sie schwimmen?», fragte ich ihn.

«Nein», sagte er.

«Großartig.»

So viel zu dieser Idee. Ich blickte zum Hotel zurück. Inzwischen brannten dort ziemlich viele Lichter, und ganz offensichtlich ging es in der Halle lebhaft zu, obwohl es sich nur um Hotelpersonal zu handeln schien. Mein Gehirn warf einen kurzen, nebensächlichen Gedanken ein, über den ich mir später Sorgen machen konnte: Sobald die Polizei mit dem Personal geredet hatte, würde sie merken, dass Alkland, obgleich ein Außenweltler, kaum der Kerl gewesen sein konnte, der morgens über ihren Tisch gehüpft war. Die Regierung würde sich vielleicht damit zufrieden geben, einen einzelnen Eindringling von ein paar Polizisten verfolgen zu lassen, aber sobald ihnen klar wurde, dass es mindestens zwei waren, würde die Angelegenheit eine sehr bedenkliche Wendung nehmen.

Ich blickte wieder auf das Wasser und dachte angestrengt nach.

«Geben Sie sich Mühe, so unsichtbar wie möglich zu sein», flüsterte ich, «und sehen Sie sich in diesen Hütten um. Suchen Sie nach einem Schlauchboot oder etwas Ähnlichem.»

Alkland trottete gehorsam hinüber und verschwand in der ersten Hütte. Ich lief zur zweiten Reihe und suchte dort. Es gab Tische, Stühle, Bücher und sonstigen Krempel, aber nichts, was auch nur entfernt an ein Schlauchboot erinnerte. Ich ging wieder ans Ufer, während ich unseren Vorsprung langsam dahinschwinden sah.

Dann machte es Gott sei Dank ‹Klick!› in meinem Gehirn. Ich lief den Strand hinauf zum Weg zurück und holte mir zwei der Kanister. Sie waren beileibe nicht vollkommen, aber die Schraubverschlüsse waren noch dran, und sie mussten einfach genügen. Alkland hatte ebenfalls nichts Besseres gefunden, also sagte ich ihm, er solle noch zwei Kanister holen. Ich ging wieder in die nächstgelegene Hütte. Drinnen stand ein großer Holztisch, den ich durch die Tür bugsierte und zum Ufer trug. Dann nahm ich die Saugtatzen aus der Tasche, stellte sie auf beidseitige Saugwirkung ein und klatschte sie in gleich großen Abständen auf die Tischplatte. Dann verteilte ich die vier Kanister auf die Tatzen und drückte sie fest. Ich kippte den Tisch um und bedeutete Alkland, das andere Ende aufzuheben, woraufhin wir ihn zusammen ans Wasser trugen. Ich checkte nochmal, dass die Verschlüsse der Kanister fest zugeschraubt waren, und stieß die Konstruktion aufs Wasser hinaus. Sie schwamm.

«Super», sagte ich.

«Ich vermute», murmelte Alkland mit einem besorgten Stirnrunzeln, «Sie beabsichtigen, dass wir uns auf dieses Dings da setzen, nicht wahr?»

«Ja, so in etwa hatte ich es mir vorgestellt.»

«Wird es nicht sinken?»

«Diese Frage», tönte ich zuversichtlich, während ich ihn ins Wasser schob, «wird sich schon in nächster Zukunft von selbst beantworten.»

Als Alkland das Wasser bis an die Hüften reichte, hielt ich das Floß fest, sodass er hinaufklettern konnte. Es tauchte ein Stück unter, aber die Tischplatte blieb einige Zentimeter über der Wasseroberfläche. Ich stieß das Floß weiter zur Flussmitte, bis mir das Wasser bis zur Brust reichte. Ich stützte meine Arme auf dem Ende ab, das Alkland am fernsten lag, stemmte mich hoch, hievte meine Beine hinauf und landete so auf der Unterseite des Tisches.

«Waren Sie früher mal Turner?», fragte Alkland und starrte mich durch seine Brillengläser an.

«Nein, Musiker», sagte ich und ruderte mit den Händen im Wasser, um das Boot noch weiter in die Flussmitte zu bringen. «Versuchen Sie mal, Verstärker durch die Gegend zu schleppen!»

Als wir in sicherer Entfernung vom Ufer waren, ließ ich das Floß weitertreiben, bis es von der Strömung mitgerissen wurde. Inzwischen waren wir schon etwa fünfzig Meter unterhalb des Hotels, das nun hell erleuchtet war. Ein oder zwei Leute standen draußen auf der Straße. In Anbetracht der Tatsache, dass es schon fast Mitternacht war, dachte ich mir, dass die Ereignisse des heutigen Abends vielleicht sogar Gerald, die sprechende Ente, von Seite vier verbannen würden.

Ich wies Alkland an, auf unseren Kurs zu achten und ihn nötigenfalls mit den Händen zu korrigieren, und holte meine Status-Karte und ein Feuerzeug hervor. Nachdem ich mich noch einmal umgesehen hatte, ließ ich es aufflammen und studierte die Karte. Abgesehen von einer Flussbiegung etwa anderthalb Kilometer voraus, verlief das Gewässer durch unbebaute Regionen von Status, was mir neue Zuversicht gab. Was allerdings passierte, wenn der Fluss auf die Mauer von Status traf, darüber ließ sich nur spekulieren, doch im Augenblick war er ein ideales Transportmittel.

Ich steckte die Karte weg und versuchte zu überlegen, wie es jetzt weitergehen sollte, aber es kam nichts. Die erste Möglichkeit bestand darin, die Schifffahrt anderthalb Kilometer weiter abzubrechen, um sich in die Stadt zu schlagen, und die zweite, auf dem Fluss zu bleiben und sich erst dann mit den Problemen auseinander zu setzen, wenn es nicht mehr weiterging. Mein Gehirn war der Ansicht, dass es für heute genug geackert hatte, und ich ließ ihm seinen Willen. Das Floß machte sich recht gut. Die Saugtatzen arbeiten eher mit molekularer Anziehung als mit wirklicher Saugkraft, als würde das Wasser sie nicht beeinträchtigen. Wenn man sich gegen die Tischbeine lehnte, war es sogar überraschend gemütlich, sodass ich mich zurücksinken ließ und die Aussicht genoss. Alkland schwieg und schien dasselbe zu tun.

Ich wurde etwas nervös, als die ersten Gebäude zu beiden Seiten des Flusses auftauchten, aber die Stadt schlief so fest, dass ich mich bald wieder entspannte. Es hat etwas Seltsames, nachts auf dem Wasser zu sein, vor allem im Binnenland. Man sieht nur die Rückseiten der Dinge, noch dazu aus einem ungewohnten Winkel, und während ein paar Lichter orange in der Dunkelheit leuchten, kommt man sich vor wie ein Gespenst, das durch eine fremdartige Stadt schleicht.

Als die Gebäude wieder verschwanden und der Fluss durch offenes Land führte, drehte ich mich um und sah Alkland an, der friedvoll ins Wasser starrte. Ich zündete mir eine Zigarette an und versteckte das glühende Ende in der hohlen Hand. Er blickte auf.

«Das ist schlecht für Sie, wissen Sie das?»

Man sollte es nicht glauben, aber ich wusste es. Alle Nichtraucher scheinen in dem Glauben zu leben, dass Raucher unbedarft durchs Leben gehen und keine Ahnung haben, dass ihre Angewohnheit etwas sehr Schlechtes für sie ist. ‹Ich werde ihnen sagen, dass es schlecht für sie ist›, scheinen sie automatisch zu denken, ‹und dann werden sie sofort all ihre Zigaretten fortwerfen.› Normalerweise wurde ich dadurch gereizt, aber jetzt war ich nur müde, und er schien es nicht böse zu meinen. Immerhin war er ein Aktionist.

«Ich weiß», antwortete ich ruhig.

Er lächelte, sah sich auf dem Floß um und nickte anerkennend.

«Sehr professionell. Nicht schlecht, wenn man bedenkt, wie wenig Zeit zur Verfügung stand. Machen Sie so was öfter?»

«Nicht direkt, aber generell schon.»

«Was machen Sie genau?»

«Fangen Sie bitte nicht davon an», sagte ich, bis mir klar wurde, dass er keine Ahnung hatte, wovon ich redete. «Ich erledige Sachen. Manchmal ist das eben damit verbunden, gewisse Dinge wieder zu finden – oder Leute.»

«Und jetzt haben Sie mich gefunden?»

«Ja.»

«War es schwierig?»

«Eigentlich nicht, nein. Was mich allerdings etwas beunruhigt.»

«Warum?»

«Jeder Job ist schwierig. Die Schwierigkeiten kommen früher oder später.»

Er lächelte und schien zu wissen, was ich meinte.

«Zum Beispiel», sagte ich und schnitt damit eine Sache an,

mit der wir uns eher früher als später auseinander setzen mussten, «mit was für einer Bande haben wir es hier zu tun?»

Er sah mich einen Augenblick an.

«Bande?»

«Ja, die Leute, die Sie hierher gebracht haben. Was wollen sie? Wie viele von ihnen sind hier? Woher kommen sie? Wie heißen sie?»

«Es gibt keine Bande», sagte er stirnrunzelnd. «Ich bin allein hergekommen.»

In der Ferne war das leise Summen und Zirpen von Insekten und das Rauschen der Bäume im Wind zu hören. Der Fluss murmelte um uns herum etwas Unverständliches, und die Glut meiner Zigarette knisterte leise.

«Ach», sagte ich.

Erinnern Sie sich noch, dass ich, als ich mein internes Memo anlegte, sagte, da wäre noch etwas, an das ich gedacht hatte, das ich aber nur erwähnen würde, wenn es eine Rolle spielen sollte? Nun, dieser Fall war jetzt eingetreten. Die Überlegung lautete wie folgt:

Für eine ganze Bande war es ein sehr komplexes Unterfangen, ins Zentrum zu gelangen, Alkland aufzuspüren, zu schnappen und ihn aus dem Viertel zu holen, ohne dabei entdeckt oder erkannt zu werden. Was war die einfachste Alternative? Alkland hatte sich auf eigene Faust aus dem Staub gemacht.

Die Idee war nicht schlecht, aber ich hatte keinerlei Beweis dafür, keinen Grund zu der Annahme, dass er das getan haben sollte, und für meine Planung hätte es ohnehin keinen Unterschied bedeutet. Ich musste ihn auf jeden Fall suchen und finden. Wenn ich über bestimmte Sachen nicht weiter nachdenke, ist das keine Faulheit. Für die Wahrheit gibt es immer die richtige Zeit und den richtigen Ort. Ich bin gar nicht so blöd, wie ich aussehe, wissen Sie, und ich muss Ihnen ja auch nicht alles erzählen. Also passen Sie einfach gut auf.

Aber ich muss zugeben, dass ich überrascht war. Na gut. Ich bin fast vom Floß gefallen.

«Ach», sagte ich nochmal. Alkland sah mich mit hochgezogenen Augenbrauen an. Ich dachte eine Weile nach.

«Das können Sie mir irgendwann mal erklären, wenn Ihnen danach ist», sagte ich schließlich. «Das heißt, irgendwann müssen Sie's sowieso tun. Einige hoch motivierte Leute sind an Ihnen interessiert, und ich soll Sie zu ihnen zurückbringen.»

Alkland setzte zum Sprechen an, aber ich hob meine Hand.

«Im Augenblick würde es die Angelegenheit nur komplizieren, und ich habe schon genug Sorgen. Die Polizei hat im Hotel nach mir gesucht, nicht nach Ihnen. Inzwischen dürfte man wissen, dass es zwei Eindringlinge in diesem Viertel gibt, und man hat Ihren Namen. Nichts, was Sie mir erklären könnten, würde daran etwas ändern. Wenn wir nicht so schnell wie möglich aus Status herauskommen, werden wir irgendwann tote Leute sein.»

Wissen Sie, ich habe mit Snedd geredet und noch einiges über diese DNS-Geschichte und wie er seinem vorprogrammierten Tod entkommt herausgefunden. Es hat etwas mit einer Droge namens Strim zu tun. Vor langer, langer Zeit war Strim in einigen Gegenden mal so was wie Dopaz, die beliebteste harte Droge überhaupt. Es ist wesentlich stärker als Dopaz und verspricht nicht gerade das, was sich die meisten Leute unter Spaß vorstellen. Es verändert das Erbgut und bringt zeitweise die neurale Struktur des Gehirns durcheinander. Die Wahrnehmung ist nicht einfach nur verzerrt, sondern total fremdartig. Man wird in ein völlig andersartiges Universum versetzt, das nach übereinstimmenden Aussagen einem Albtraum gleicht.

Mit den Jahren haben die spaßliebenden Verrückten aus dem Dreh-Viertel die Droge so oft und in so rauen Mengen konsumiert, dass die natürliche Auslese all jene ausradiert hat, die damit nicht klarkamen, sodass die restliche Bevölkerung mit der Zeit gegen die Wirkung immun wurde. Snedds Lösung des Problems beinhaltete die regelmäßige Einnahme von Strim in Mengen, die hundert normale Menschen auf der Stelle getötet hätten. Für ‹Normalbürger› wie mich und Alkland kam die Sache also gar nicht erst in Frage. Wenn wir geschnappt wurden, starben wir entweder sofort oder nach Jahresfrist.

Keine von beiden Möglichkeiten klang sehr verlockend.

Alkland nickte, womit er sich erneut von der Masse der von mir Geretteten absetzte. Er hatte die Lage erfasst.

«Es tut mir Leid, dass ich es Ihnen vermasselt habe», sagte ich, «aber irgendwann wäre man Ihnen sowieso auf die Schliche gekommen.»

«Ich weiß», nickte er. «Ich war nicht gerade zu besonders klaren Gedanken fähig, als ich herkam. Überhaupt nicht, um ehrlich zu sein.»

«Wie sind Sie denn überhaupt hier reingekommen?», fragte ich und schnitt damit einen Punkt an, der mir unter den Nägeln brannte. Ich meine, Sie haben ja mitgekriegt, was ich für einen Ärger hatte, und ich kann zur Not damit umgehen.

«Ich habe mich anliefern lassen», antwortete er. «Ein Bekannter von mir verließ vor etlichen Jahren das Zentrum und ging ins Techno-Viertel. Er war ein Computer-Freak, wissen Sie. Inzwischen hat er es ziemlich weit gebracht. Die Status-Regierung hat ihren Hauptcomputer, mit dem sie die großen Wandbildschirme steuert und die Atmosphäre kontrolliert, von Techno gekauft. Das ist schon sehr lange her, es war so ziemlich das Einzige, was man hier jemals importiert hat. Niemand weiß etwas davon, außer der Regierung natürlich. Vor ein paar Tagen wurde ein neuer geliefert, und ich bin mir sicher, man wird damit so zufrieden sein, dass niemand bemerkt, dass er gar nicht so leistungsfähig wie versprochen ist.»

«Und warum nicht?»

«Weil sich dort, wo eigentlich die tertiären RAMs sein sollten, nur ein leerer Raum befindet. Nicht sehr groß, aber groß genug.»

«Nett», sagte ich. «Wie ein Diplomatenkoffer.»

Er lachte.

«Ja, sozusagen. Und zwar mit einer hinteren Inspektionsklappe, die sich auch von innen öffnen lässt. Ich hatte mich darauf eingestellt, mehrere Tage lang drinnen zu hocken und auf den richtigen Augenblick zu warten. Als man das Gerät dann zufällig für zehn Minuten auf der Straße stehen ließ, spazierte ich einfach davon, und niemand schaute mir nach.»

Ich schüttelte den Kopf. Für solche Kontaktleute würde ich den rechten Arm von jemand anderem hergeben. Nicht einmal Zenda hat solche Beziehungen. Ich musste einen Augenblick lang an sie denken und fragte mich, wie es wohl in ihrer hyperaktiven Stadt lief. Wenn Royn meine Nachricht weitergegeben hatte, und darin war sie gewöhnlich recht gut, würde Zenda wissen, dass ich in Status war und zu dem Zeitpunkt ernsthaft in der Scheiße gesteckt hatte. Ob sie sich Sorgen um mich machte? Ich hoffte es ein wenig. Natürlich nicht so sehr, dass ihre Leistungsfähigkeit dadurch beeinträchtigt würde, aber ein kleines bisschen, das wäre schon nett.

«Das war extrem abgefahren», sagte ich. «Dafür haben Sie sich einen Orden verdient.»

«Danke», sagte er. «So etwas habe ich noch nie zuvor gemacht. Die Idee war mir ganz spontan gekommen.»

«Die Kehrseite ist die, dass sie uns jetzt überhaupt nichts nützt. Ich bin per Touristenklasse eingereist, habe große Entfernungen zurückgelegt, bin wie der Teufel gerannt und beinahe getötet worden. Aber auch dieser Weg steht uns nicht mehr offen, weil man das Rohr mittlerweile wie eine Sardinenbüchse mit Polizisten voll gestopft haben dürfte.»

«Und Sie wissen keine andere Fluchtmöglichkeit?»

«Nein», sagte ich gut gelaunt, «von jetzt an sind wir ganz auf kreative und originelle Ideen angewiesen.»

7. KAPITEL

«Nach einem Zwischenfall in Muße letzte Nacht veranstaltet die Polizei heute eine groß angelegte Verbrecherjagd. Sechs Polizisten, drei kleine Kinder und ein kleines Kaninchen wurden getötet, als Fell Alkland, der vor dem Gesetz auf der Flucht ist, aus dem Hotel Powers entkam. Die Polizei konnte noch kein Bild dieses verabscheuungswürdigen Diebes, Kindesmisshandlers, Tierquälers und Grabschänders veröffentlichen, aber es liegt eine Personenbeschreibung vor, die ihn als mittelgroß, Mitte sechzig, mit dünnem, grauem Haar und abscheulicher Nase ausweist. Nach einem jüngeren Komplizen, den die Polizei lediglich als ‹sehr agil› beschreibt, wird ebenfalls gefahndet. Wenn Ihnen eine Person auffällt, auf die eine dieser Beschreibungen zutrifft, sollten Sie sofort der Polizei Mitteilung machen.

Nach einem durch Überarbeitung verursachten Herzanfall liegt Gerald, die sprechende Ente, im Krankenhaus, das seinen Zustand als gut beschreibt. Hält der Erpel seine Ärzte für ‹Quak-Salber›? Wir bringen diese Story nach der Pause.»

Um vier Uhr morgens, in jener tiefen, toten Stunde, trieben wir noch immer auf dem Tisch dahin. Alkland hatte sich gegen eins der Tischbeine gelehnt und nickte nach einer Weile ein. Ab und an zuckte er, doch im Großen und Ganzen schien er ungestört zu schlafen. Ich blieb wach und dachte über einen Ausweg nach.

Das Problem war, dass ich einfach nicht genug über Status wusste. Niemand tat das. Nach dem, was Alkland mir über seinen Weg hinein erzählt hatte, musste es eine Verbindung zur Außenwelt geben, aber es war ziemlich sicher, dass sie verdammt gut bewacht wurde, selbst wenn wir herausfinden sollten, wo sie war. Ebenso sicher war, dass bei Morgengrauen jeder Status-Bewohner mit einer Spur von Gemeinschaftsempfinden (also alle, um genau zu sein) überzeugt wäre, dass wir um jeden

Preis geschnappt werden mussten. Man hatte zwar keine Fotos, aber die Kunststudentin konnte eine recht gute Beschreibung von Alkland geben, und früher oder später würden wir uns in der Öffentlichkeit verraten. Wir mussten Menschenansammlungen aus dem Wege gehen. Der Fluss und das offene Land zu beiden Seiten waren unsere einzige Hoffnung.

Aber ich war müde, und es wollte mir nichts einfallen. Sie erinnern sich vielleicht noch, dass ich nicht mehr geschlafen hatte, seit ich über Royle in Status eingedrungen, Wände rauf- und runtergeklettert war, aus nichts ein Floß konstruiert hatte und so weiter. «Genug, es reicht», sagte mein Gehirn. «Jetzt ist Sendepause.» Ich konnte mir jedoch keine leisten, da ich Wache halten und darauf achten musste, dass wir den Ufern nicht zu nahe kamen. Also stellte es beleidigt jede Gedankentätigkeit ein und ließ mich im Stich, während meine Augen ins Leere starrten.

Als ich mir eine weitere Zigarette ansteckte und aufblickte, stellte ich fest, dass Alkland aufgewacht war und mich schläfrig ansah.

Er versuchte seine Beine auszustrecken, stellte aber fest, dass dies kaum möglich war, ohne mir dabei ins Gesicht zu treten, und ließ es bleiben. Zitternd hüllte er sich enger in seine Jacke und blickte aufs Wasser hinaus.

«Okay», sagte er. «Hat sich die Wahrscheinlichkeit auf irgendeine Weise vergrößert, dass wir diesen Tag überleben werden?»

«Nein, kaum. Irgendwann wird der Fluss aufhören. Wir könnten ans Ufer rudern und zwischen den Bäumen Rast machen, aber ich würde nicht dazu raten. Von dort aus haben wir keine Fluchtmöglichkeit, und früher oder später wird man hier alles durchsuchen. Ich denke, es ist das Beste, wenn wir uns bis zur Mauer treiben lassen und sehen, was dann passiert.»

Ich erwähnte nicht, dass es passieren konnte, dass wir in eine Schießerei gerieten. Aber er war ein kluger Kerl. Ich war sicher, dass ihm diese Idee auch schon gekommen war. Irgendwas musste mit dem Fluss geschehen, wenn er auf die Mauer traf. Ich hatte keine Ahnung, was, ich hatte nur die Hoffnung, dass es uns irgendwie weiterhelfen würde. Das war unsere einzige Chance.

«Glauben Sie, dass sie wissen, dass wir auf dem Fluss sind?»

«Nein. Denken Sie mal nach. Sie haben einen verschlossenen, leeren Raum vorgefunden. Das Bett sah aus, als hätte jemand darin geschlafen. Das ist alles, was die Polizei weiß. Sie hätten immerhin schon seit Stunden verschwunden sein können, als die beiden Bullen dort eintrafen. Keiner von ihnen konnte wissen, dass wir uns beeilen mussten, und daher werden sie nicht an den Fluss denken. Warum soll man sich ins oder aufs Wasser wagen, wenn man zu Fuß gehen kann? Sie vermuten höchstwahrscheinlich, dass wir uns irgendwo in Status verstecken. Sie wissen nicht einmal genau, ob wir zusammen sind, und anhand der Beschreibungen, die sie von Ihnen haben, werden sie nicht unbedingt auf die Idee kommen, dass Sie ein taktisches Genie sind, das sich zum Beispiel aus einem Tisch ein Floß bastelt. Im Augenblick sind wir hier einigermaßen sicher.»

Alkland nickte und schien ein wenig getröstet. Ich war froh, dass wenigstens einer von uns es war.

An der Mauer sah es zunächst gar nicht so gut aus. Sie schlich sich sozusagen unbemerkt an uns heran, und als ich endlich begriff, was geschehen würde, war es schon zu spät. Ich hatte angenommen, wir würden irgendwie unser Fahrzeug verlassen können, wenn wir dort waren, aber leider war das nicht der Fall.

Gegen fünf Uhr brach die Dämmerung herein, und nachdem wir eine letzte Biegung des Flusses hinter uns gelassen hatten, trieben wir schnell auf die Mauer zu. Die Ufer waren in der letzten Stunde immer weiter zurückgetreten, und sie zu erreichen hätte bei der starken Strömung eine extreme Heldentat erfordert.

Einen halben Kilometer weiter kamen die Ufer wieder näher, bis sie durch Ziegelmauern ersetzt wurden. Eine Zeit lang waren diese nur etwa zwei Meter hoch, womit wir noch klargekommen wären, aber als sie noch dichter heranrückten, hatten sie bald eine Höhe von sechs oder sieben Metern. Das Schlimmste war, dass sie sich zusätzlich noch oben über das Wasser zu neigen begannen. Das Floß auch nur an sie heranzubringen wäre nicht einfach gewesen. Und die Idee, das Floß, während wir draufstanden, abzubauen, um an die Saugtatzen zu kommen, bewegte sich im Rahmen der Kategorie ‹Sehr schwierig›. Jeder von uns hätte dann ohnehin nur zwei Tatzen gehabt, und die Vorstellung, dass Alkland sich eine dieser überhängenden Mauern hinaufhangelte, musste eindeutig unter ‹Unmöglich› eingestuft werden, wobei es einen Querverweis in die Rubriken ‹Vergiss es!› und ‹Denk dir was anderes aus› gab. Vor uns verengte sich der Fluss zusehends und strömte in ein Loch in der Wand, das etwa drei Meter breit und anderthalb hoch war.

«Wir treiben auf dieses Loch da zu, nicht wahr?», fragte Alkland betrübt.

«Ja.»

«Irgendeine Ahnung, was auf der anderen Seite ist?»

«Nein.»

«Na gut», seufzte er.

Etwa hundert Meter von der Mauer entfernt rief mein Gehirn, als es merkte, dass ich schon wieder seine Sicherheit gefährdete, einen vorübergehenden Waffenstillstand aus. «Dich knöpfe ich mir später vor», brummte es missmutig. «Was, zum Teufel, machen wir denn jetzt?» Ich glaube, es war insgeheim froh, wieder mit von der Partie zu sein, denn nach einer Weile präsentierte es die erste Idee.

«Kommen Sie, setzen Sie sich neben mich nach hinten», sagte ich zu Alkland. Er gehorchte resigniert. «Wenn wir die Mauer erreichen, strecken wir beide die Arme nach oben und klammern uns fest. Die Strömung ist ziemlich kräftig, also wird es anstrengend werden, aber wir müssen uns so lange halten, bis ich gesehen habe, was drinnen vor sich geht. Alles klar?»

Alkland nickte und verstaute seine Brille ordentlich in seiner Jackentasche. Ich zog den Reißverschluss der Innentasche meiner Jacke auf, die aus wasserdichtem Material ist. Ich bin auf alles vorbereitet.

Auf den letzten dreißig Metern nahm die Strömung auf dramatische Weise zu. Zehn Meter vor der Mauer streckten wir unsere Arme nach oben und saßen eine Weile so da, während wir vermutlich wie zwei mürrische Buchhalter aussahen, die versuchten, den Spaß an einer Wasserfahrt in einem Vergnügungspark zu erkunden. Das Loch war größer, als es zunächst ausgesehen hatte, und in den letzten Sekunden mussten wir uns auf die Knie hocken, um die Mauer erreichen zu können. Meine Hände schlugen gegen den leicht glitschigen Stein, und einen Augenblick lang war ich sicher, dass ich mich nicht würde halten können. Die Strömung riss uns noch eine Sekunde lang weiter und erlaubte mir einen Blick in das Innere, das sehr laut und merkwürdig hell war. Dann hielten unsere angespannten Armmuskeln das Floß auf der Stelle. Es war klar, dass wir uns nicht lange so halten konnten, also steckte ich meinen Kopf nach innen und sah mich um.

Was ich sah, war so ungeheuerlich und überraschend, dass ich eine Weile brauchte, bis mir klar wurde, worum es sich handelte, und dann noch etwas länger, bis mir klar wurde, was es zu bedeuten hatte. Das Wasser strömte noch etwa fünf Meter weit durch eine Betonröhre und mündete dann in einem etwa zehn Meter breiten Kessel, in dem es auf entmutigende und gefährliche Weise wirbelte und sprudelte.

Im Zentrum des Kessels befand sich etwas sehr Seltsames. Eine Wassersäule von etwa zwei Meter Durchmesser schoss steil nach oben, so weit das Auge reichte. Vier Scheinwerfer waren auf die Säule gerichtet, die in einer Röhre aus dickem Glas eingeschlossen zu sein schien.

«Was sehen Sie?», keuchte Alkland, der sich mit aller Kraft am Rand des Loches festklammerte, der arme Kerl.

«Ich weiß nicht. Aber es ist hübsch illuminiert.»

Natürlich klickte es bei mir sehr schnell. Vermutlich glauben Sie jetzt, dass Sie viel früher draufgekommen wären, aber Sie versuchen sich ja auch nicht an einer Wand festzuhalten, während Sie auf einem Floß sitzen. Falls doch, dann machen Sie es bestimmt aus freien Stücken, und ich wette, dass auch das Wasser nicht so schnell strömt.

Der Fluss verließ das Viertel nicht und ergoss sich somit auch nicht in die Jauchegrube von Royle. Wasser in diesen Mengen war nur schwierig zu besorgen, und die Regierung wäre in der Tat bescheuert, wenn sie das Wasser rauspumpen und dann die Gülle wieder klären lassen würde. Also hatten sie sich das hier einfallen lassen. Das Flusswasser wurde durch eine Röhre zum Dach hochgepumpt, rüber auf die andere Seite des Viertels geschickt und genau dort wieder in den Fluss geleitet, wo er seinen Anfang nahm. Das war auf jeden Fall eine beachtliche technische Leistung. Allerdings hatten sie dazu mit Sicherheit Hilfe von außen in Anspruch genommen. Solche Anti-Schwerkraft-Geschichten sind ziemlich aufwendig. Die Technologie ist verdammt teuer, und die Leute, die sie entwickelt haben, halten sie gut unter Verschluss. Die Regierung von Status musste also recht beeindruckende Beziehungen haben. Die Frage, was sie für all das als Gegenleistung anzubieten hatte, speicherte ich für spätere Überlegungen ab.

Die im Augenblick dringlichste Überlegung war die Frage, was wir aus dieser Situation machen sollten. Meine Arme wurden langsam müde, und Alklands Beitrag war kaum noch erwähnenswert. Wir hatten keine große Wahl. Zurück ging es nicht mehr, und sobald wir drinnen waren, landeten wir unweigerlich im Kessel. Die Strömung war dort sehr heftig, da die Glasröhre das Wasser mit großer Kraft hinaufsaugte.

«Alkland?», rief ich, und er steckte erschöpft seinen Kopf unter der Mauerkante hindurch. Ich ließ ihm eine Sekunde Zeit, um den Anblick in sich aufzunehmen. «Wir werden in der Röhre weiterreisen.»

Diese Aussicht schien ihn in nicht geringe Panik zu versetzen, aber ich konnte es nicht ändern. Auch ich war davon nicht sehr angetan, aber, wie gesagt, wir hatten keine Wahl, und das erkannte er wohl auch.

«O Gott! Ich ... oh, mein Gott!»

«Ja, ich weiß, was Sie sagen wollen. Wir müssen auf dem Tisch da rein. Er darf nicht vor uns ankommen, damit er nicht die Röhre blockiert. Bei dieser Saugkraft kriegen wir ihn da nie wieder raus. Also, wir lassen los, und dann geht die Post ab. Fertig?»

«O Gott!»

Ich nahm das für ein ‹Ja› und ließ los. Das Floß wurde sofort durch den Kanal in den Kessel katapultiert, und zwei Sekunden später wurden wir wie ein Spielball von den Fluten umhergeschleudert. Zwei der Kanister lösten sich von der Tischplatte, als die Saugtatzen der Kraft der Strömung nicht mehr standhielten. Das Floß kippte, drehte sich um und warf uns ins brodelnde Wasser. Ich packte Alklands Jacke und zog ihn, so gut ich konnte, an mich heran. Wir wurden jetzt immer schneller im Kessel herumgewirbelt, während der Tisch und die zwei Kanister uns dicht auf den Fersen waren. Alkland schien zutiefst unglücklich über dieses Erlebnis, und ich grinste wie besessen, um ihn aufzumuntern. Was tut man nicht alles für seine Klienten!

«Im letzten Augenblick», schrie ich, um mich in dem Getöse verständlich zu machen, «holen Sie so tief Luft, wie es geht. Atmen Sie ein, bis Sie voll sind. Dann nehmen Sie noch einen Atemzug. Der muss dann für eine ganze Weile reichen.»

Ich sagte ihm nicht, dass es vielleicht sein letzter sein würde.

Ein paar Sekunden später wurden wir unter die Öffnung der Röhre gerissen, in die Wassersäule gehoben und stürzten dann himmelwärts.

Ein Wahnsinnstempo, ein tobendes Rauschen und das Gefühl absoluter Hilflosigkeit. An mehr dachte ich in den ersten paar Augenblicken nicht. Dann registrierte ich, dass ich immer noch Alklands Jacke hielt, und verstärkte meinen Griff. Falls ich durch einen verrückten Zufall hier wieder herauskam, wollte ich ihn bei mir haben.

Die Himmelfahrt dauerte etwa vierzig Sekunden, schätze ich, aber sie kam mir wie eine halbe Ewigkeit vor. Das letzte Drittel schien sich auszudehnen, bis die Zeit fast stehen blieb und es nur noch das Rauschen des Wassers und das Funkeln der Glasröhre gab, in der sich das Licht der Scheinwerfer brach. Obwohl der Stoß mir etwas Luft aus den Lungen gepresst hatte, besaß ich vorerst noch genug davon, aber ich hatte keine Ahnung, wie lange sie reichen musste oder was als Nächstes geschehen würde. Wenn die Röhre ihren höchsten Punkt erreichte und wir dann gleich in eine weitere Röhre umgeleitet wurden, die bis zur anderen Seite führte, waren wir erledigt. Es gab keine Möglichkeit, den Atem so lange anzuhalten. Dabei bin ich noch recht jugendlich und ziemlich durchtrainiert. Aber ich würde mich an die Jacke eines Toten klammern, bevor wir auch nur ein Zehntel der Strecke zurückgelegt hatten.

Ich gab mir Mühe, aber unter den herrschenden Umständen konnte ich die physikalischen Zusammenhänge der Anlage nur schwer rekonstruieren. Um den Wasserkreislauf in Gang zu halten, so spekulierte ich drauflos, mussten sowohl im Fluss als auch in der Röhre gleich große Wassermengen pro Zeiteinheit transportiert werden. Wenn die Röhre denselben Durchmesser wie der Fluss hätte, wäre auch die Geschwindigkeit dieselbe. Vermutlich. Wenn sie dünner war, musste das Wasser hier schneller fließen. Stimmt doch, oder? Wenn dem so war, wie dünn musste sie dann sein, damit es schnell genug war?

Ich hatte weder einen Stift, Papier und Taschenrechner noch einen Krug Alkohol zur Hand, sodass ich meine Berechnungsversuche aufgab. Unmittelbar danach trat das nächste Ereignis ein.

Plötzlich war die Glasröhre zu Ende. Die Wassersäule schoss ein paar Meter weit hinaus und brach dann zusammen. Ich hörte Alkland keuchend nach Luft schnappen, als wir hinunterfielen und von den Wassermengen weitergestoßen wurden, die hinter uns hinausdrängten. Wir machten eine schmerzhafte Rutschpartie über eine Art Leitungsrohr, bevor wir unsanft auf dem Boden landeten. Dann strampelten wir gleichzeitig zur Seite und krochen instinktiv aus der Wasserströmung hinaus. Nach fünf Metern kamen wir an eine Kante. Ich zog mich auf die Knie, drehte mich um und setzte mich.

Alkland stieß kurz darauf zu mir. Er atmete keuchend, und wir starrten uns gegenseitig aus trüben Augen an. Der Aktionist sah aus, als sei er einem Tierversuch mit Wasserratten entsprungen, und ich glaube kaum, dass ich auch nur ein bisschen gepflegter wirkte. Dann begannen wir beide zu lachen – zuerst nur leise, dann immer lauter – und zeigten schwach mit dem Finger auf den anderen. Jedes Mal, wenn ich dachte, wir hätten uns unter Kontrolle, prustete einer von uns wieder los, und der andere ließ sich anstecken. Es war wohl eher ein hysterisches Lachen, denke ich, aber es tat trotzdem gut.

Als wir uns schließlich gefasst hatten, öffnete ich den Reißverschluss meiner Innentasche und gestattete mir eine Zigarette. Alkland setzte seine Brille wieder auf. Solchermaßen mit unseren geistigen Hilfsmitteln ausgerüstet, sahen wir uns langsam in der Umgebung um, in der wir gelandet waren.

Wir befanden uns in einem niedrigen, düsteren Raum, der die Ausmaße des gesamten Status-Viertels hatte. Die Decke war etwa drei Meter hoch, und winzige Glühbirnen, die in größeren Abständen in den Boden eingelassen waren, gaben genug Licht ab, um einen Eindruck von dieser Anlage zu vermitteln.

Links vor uns befand sich das Ende der Wassersäule. Das Wasser wurde unablässig herausgepumpt, und nach wenigen Augenblicken kam einer der Kanister zum Vorschein, dicht gefolgt von den anderen, die nach und nach wie Korken herauspoppten und scheppernd zu Boden fielen. Der Tisch hatte den Transport nicht heil überstanden, und das war gut so. Er hätte das untere Ende der Röhre blockieren können, was früher oder später die Leute alarmiert hätte, die diese Anlage hier instand hielten. Das Wasser stürzte in das Leitungsrohr, über das wir geschlittert waren.

Dieses Leitungsrohr bestand aus zwei Teilen: Ein Strang führte an der Seite vorbei nach hinten, und der andere verschwand in der Ferne. Beide waren leicht geneigt, um das Wasser in Bewegung zu halten. In größeren Abständen befanden sich kleine Ventile, die eine vermutlich genau bemessene Wassermenge über den Boden verteilten. Als ich mich umsah, stellte ich fest, dass der Raum sich nach vorn und nach rechts so weit erstreckte, wie das Auge reichte. Er war voll von etwa zwei Meter breiten Kanälen, die durch niedrige Kanten wie die, auf der wir hockten, begrenzt wurden. Obwohl es kaum wahrzunehmen war, nahm ich an, dass der Boden sich ganz leicht zur gegenüberliegenden Seite von Status neigte.

Tatsächlich war dies eine Möglichkeit, über die ich in der Röhre nicht weiter nachgedacht hatte. Statt das Wasser in einer engen Röhre zurückzupumpen oder es auf Flussbreite fließen zu lassen, hatte man das Gegenteil gemacht. Das Wasser strömte in die Leitungen und wurde innerhalb der Kanäle über die gesamte Fläche des Viertels verteilt. Dort floss es mit einer Tiefe von gerade mal drei Zentimetern zur anderen Seite hinüber, wo es sich vermutlich zu einem Wasserfall verdichtete, der es zur Quelle des Flusses leitete.

«Eigenartig», stellte Alkland fest. Es zeigte sich, dass er in der Röhre offenbar ähnliche Überlegungen angestellt hatte. Ein so hyperaktiver Aktivist wie er musste sich einfach mit dem Problem beschäftigen. Er hatte allerdings genau gewusst, wie eng die Röhre sein durfte, wenn wir überleben wollten, hatte daraufhin erkannt, wie unwahrscheinlich das war, und war nun angenehm überrascht, dass wir noch am Leben waren. Ich war es wohl auch, und meine Stimmung war beschwingt, obgleich gedämpft. Alkland schüttelte kurz wie ein ehrwürdiger alter Hund den Kopf und ließ dadurch Wasser aus seinen Haaren spritzen, sodass er aussah, als stünde er unter Strom. Während er seine quietschnassen Schuhe auszog, drehte er sich um und blickte zu mir auf. «Was nun, Mister Stark?»

«Nennen Sie mich einfach Stark», sagte ich. Ich mochte Alkland, stellte ich fest. Aus rein beruflicher Perspektive betrachtet, konnte man gut mit ihm zusammenarbeiten. Er machte, was ich ihm sagte, kam mir nicht ständig mit undurchführbaren Vorschlägen, die nur meine gedankliche Konzentration störten, und beschwerte sich nicht. Außerdem war er ziemlich entspannt in Anbetracht seines Alters und seiner Lebensumstände. Ich bin es gewohnt, mich an seltsamen Orten aufzuhalten. Ich kenne es nicht anders. Mit ein paar ehrenwerten Ausnahmen würden die meisten Aktionisten monatelange Therapien durchmachen müssen, nachdem sie so etwas erlebt hatten, aber Alkland saß einfach nur da und wartete geduldig auf das, was als Nächstes kommen würde. Dass ich ihn mochte, würde die Angelegenheit natürlich komplizieren, falls wir jemals wieder nach Hause kamen, aber dieses Problem stand im Augenblick ganz hinten in der Warteschlange.

«Als Nächstes», sagte ich und stand auf, «werden wir gehen.»

«Wohin?», wollte Alkland stirnrunzelnd wissen, während er viel sagend in die Düsternis hinausstarrte.

«Irgendwohin. Es hat keinen Sinn, hier herumzusitzen. Jede Bewegung in jede beliebige Richtung vergrößert die Wahrscheinlichkeit, dass wir eine Lösung finden.»

Er nickte anerkennend.

«Sie sind kein Aktionist, nicht wahr?», fragte er.

«Nein», lächelte ich. «Das liegt mir nicht.»

«Schade.»

Mit unseren Schuhen in der Hand gingen wir die Kante entlang, die gerade breit genug war, um darauf keinen Balanceakt vollführen zu müssen. Dennoch war es recht ermüdend, sodass wir nach einer Weile hinunterstiegen und durch das seichte Wasser wateten. Ich versuchte gerade, mich zu entscheiden, ob wir lieber wieder an den Rand oder weiter in Richtung Mitte gehen sollten, als Alkland auf den Boden zeigte.

«Sehen Sie!», sagte er.

Als ich mich bückte, sah ich, was er meinte. Eine dünne Schnur aus Blasen stieg vom Boden auf.

«Es scheint, dass hier ein Leck ist.»

«Interessant», erwiderte ich und stapfte ein paar Meter den Kanal entlang, während ich ins Wasser starrte. Schon bald hatte ich eine weitere Stelle gefunden, wo sich Blasen bildeten, und nach einer Minute stand fest, dass sie in regelmäßigen Abständen von einem Meter auftraten. «Ich schätze, heute Morgen gibt es etwas Regen in Status.»

«Sehr clever», sagte Alkland, der sofort begriffen hatte.

Ich denke, das war es wirklich. Zuerst wäre ich nicht auf diese Idee gekommen, weil die meisten Viertel gerade deshalb überdacht sind, um auf diese Weise das Wetter abzuschaffen. Auf keinen Fall würde man komplizierte Anlagen installieren, um es künstlich wieder einzuführen. In Status sah die Sache anders aus. Hier wollten sie nicht das Wetter aussperren, sondern die Außenwelt. Statt das Wasser in kürzester Zeit hinüberzupumpen, hatten sie zwei Fliegen mit einer Klappe geschlagen. Alkland ging zum nächsten Kanal hinüber und starrte dort ins Wasser.

«In diesem sind keine Blasen», stellte er fest. «So scheinen sie das Wetter zu kontrollieren. Für einen sonnigen Tag schicken sie das Wasser nur durch die Kanäle ohne Löcher. Wenn es regnen soll, leiten sie es in die mit Löchern. Für heute ist offenbar ein leichter Schauer angesagt.»

«Kein Wunder, dass sie einen solchen Hi-Tech-Computer brauchen», sagte ich kopfschüttelnd. Ich verstand diesen sinnlosen Einfallsreichtum nicht. Wenn sie sich einfach zusammenreißen und mit der Welt draußen abfinden würden, könnten sie doch ohne dieses technische Brimborium ganz normalen Regen haben. Es war alles sehr raffiniert ausgedacht, aber gleichzeitig auch ziemlich dumm. Dann kam mir eine Idee.

«Ich habe eine Idee», sagte ich, worauf Alklands Gesicht sich sofort aufhellte. Es war wirklich rührend zu beobachten, wie sich sein Vertrauen zu mir entwickelte. Solche Klienten mag ich. «Wir werden uns trennen und in verschiedene Richtungen gehen. Dabei beobachten wir die Decke.»

«Ich verstehe», sagte er. «Wozu?»

«Kein System ist vollkommen. Es gibt kein Perpetuum mobile. Durch Kondensation, Versickerung und Verdampfung müssen ständig kleine Wassermengen aus dem Kreislauf verloren gehen, sowohl hier oben als auch da unten. Mit der Zeit würde die ganze Angelegenheit austrocknen, wenn nicht von irgendwoher Wasser hereinkäme. Entweder reinigen sie das Wasser aus Royle, oder sie holen es sich von anderswo. Ich tippe auf Letzteres, da ich nur ein einziges Rohr sehe, das hereinführt.»

«Wie also, glauben Sie, holt man es her?»

«Genauso wie überall», sagte ich und zeigte zur Decke. «Regen fällt auf dieses Dach, reines Wasser vom Himmel. Sie wären verrückt, wenn sie es nicht nutzen würden. Vielleicht gibt es einen Weg, auf dieselbe Weise hinauszukommen, wie das Wasser hereinkommt.»

Wir trennten uns und marschierten schnell los, den Blick auf die Decke gerichtet, die grau, glatt und gelegentlich mit Algen bedeckt war. Alkland stolperte einmal über eine Kante und platschte lang ins Wasser, aber ich tat so, als hätte ich es nicht bemerkt. Ich bin der Meinung, dass so etwas nicht sehr komisch ist, wenn man einmal erkannt hat, wie zart und zerbrechlich die Würde der meisten Menschen ist. Nehmen Sie zum Beispiel meine. Sie ist nahezu durchsichtig.

Als Alkland nach mir rief, waren wir so weit voneinander entfernt, dass ich ihn nicht einmal mehr sehen konnte. Die kleinen Glühlämpchen in den Kanten verbreiteten ihren Lichtschein über das Wasser, der jedoch nicht sehr weit reichte. Als Alkland noch einmal durch die Finsternis rief, orientierte ich mich an seiner Stimme, wobei ich hoffte, dass das System hier oben selbstregulierend war und kein Ingenieur die Sache überwachte.

Der Aktionist stand auf einer Kante, als ich ihn fand, und stierte nach oben. Ich trat neben ihn und folgte seinem Blick. Als ich Licht sah, schlug ich Alkland so heftig auf den Rücken, dass ich ihn festhalten musste, damit er nicht noch einmal mit dem Gesicht voran ins Wasser fiel. Nachdem er sein Gleichgewicht wiedererlangt hatte, grinste er mich an, und dann starrten wir beide nach oben.

Über uns befand sich eine quadratische Öffnung, die etwa einen Meter breit und mit einem Gitter verschlossen war. Dieses war zu feinmaschig, um erkennen zu können, was dahinter lag, aber ich konnte es mir denken. Die Außenwelt.

Ich hob Alkland auf meine Schultern, was nicht ganz einfach war, und er langte nach oben, um am Gitter zu zerren. Es bewegte sich zunächst nicht, und ich hatte genug Zeit, mir zu wünschen, ich hätte meinen Furzer wieder gefunden, bevor ich vor etwa zweihundert Jahren meine Wohnung verlassen hatte. Dann boxte er kräftiger dagegen, worauf es sich an einer Seite löste. Ein weiterer Stoß ließ es wie eine Falltür hochklappen, und das, was dahinter lag, wurde sichtbar.

Das Leben ist selten einfach. Obwohl die letzten Tage das Gegenteil zu beweisen schienen, lassen sich die Schicksalsgötter nur in Ausnahmefällen dazu herab, mir zu helfen, und auch diesmal hatten sie eindeutig darauf verzichtet. Der leitende Gott der Abteilung ‹Macht es Stark nicht so schwer› hockte zurzeit in Sitzungen oder machte gerade Urlaub. Wir blickten in einen quadratischen Schacht hinauf, der mindestens vier Meter hoch war. Mir war zwar klar gewesen, dass das Dach von Status sehr dick sein würde, aber so dick brauchte es nun auch wieder nicht zu sein. Die Wände des Schachts waren absolut glatt. Keine Leiter, kein Fahrstuhl, nichts, woran man sich festhalten konnte. Ganz oben war ein weiteres Gitter.

Ich ließ Alkland wieder runter und stand eine Weile mit hängendem Kopf da. Die Saugtatzen hatten wir verloren. Selbst wenn sie irgendwo hier oben waren, hätte es Stunden gedauert, bis wir sie wieder gefunden hätten. Außerdem war es viel wahrscheinlicher, dass sie unten an irgendwas festklebten. Einen Augenblick lang fühlte ich mich sehr, sehr müde.

«Also», sagte Alkland begeistert. «Wer geht als Erster hinauf?»

Langsam hob ich meinen Blick und sah, dass er einen Witz gemacht hatte.

«Sie», sagte ich grinsend. Dann lachte er, und das reichte mir.

Ich brachte Alkland dazu, sich mit gespreizten Beinen hinzustellen, damit er einen sicheren Stand hatte. Er verschränkte die Hände, und ich stellte meinen Fuß hinein. Ich setzte meinen linken Fuß vorsichtig auf seine Schulter und checkte mein Gleichgewicht. Dann zog ich schnell den rechten nach und stellte ihn auf die andere Schulter, wobei ich mich gleichzeitig aufrichtete.

So weit, so gut. Ich stand jetzt so, dass mein Oberkörper in den Schacht ragte. Die nächste Etappe würde sehr schwierig werden, und da ich wusste, dass Alkland mich nicht ewig halten konnte, nahm ich sie rasch in Angriff.

«Halten Sie meine Füße fest!», rief ich und spürte, wie sich seine Hände um meine Fußgelenke klammerten. Ich ließ mich leicht zurückfallen, sodass ich jetzt mit den Schulterblättern an der Wand lehnte. Dann hob ich sehr vorsichtig den rechten Fuß und zog das Knie so dicht an meinen Körper, wie es ging. Als

Alkland plötzlich schwankte, dachte ich schon, ich würde gleich mit dem Rücken auf eine Kante hinunterstürzen, aber er fasste sich wieder und veränderte seine Stellung derart, dass er mich jetzt in der richtigen Richtung abstützte, während mein linker Fuß sich gegen seine Brust stemmte.

Ich nahm meinen rechten Fuß in die Hand und zog ihn dann ganz langsam an mich heran. Das war anstrengend, aber ich schaffte es, ihn in den Schacht hineinzubringen. Dann setzte ich ihn an der gegenüberliegenden Wand auf und drückte fest dagegen. Als ich sicher war, dass ich mich auf diese Weise halten konnte, zog ich auch den anderen Fuß hoch. Nachdem ich ihn neben den rechten Fuß gesetzt hatte, fühlte ich mich zum ersten Mal relativ sicher. Langsam krümmte ich meinen Rücken und bewegte meine Schultern, während ich mich mit den Füßen gegen die Wand stemmte, um mich auf diese Weise den Schacht hinaufzuarbeiten. Von unten hörte ich ein unterdrücktes Kichern.

«Halten Sie verdammt nochmal die Klappe!», sagte ich und versuchte nicht zu lachen. «Das ist gar nicht so einfach, wie es aussieht.»

Dann brachte ich meine Schultern langsam auf gleiche Höhe mit meinen Füßen. Nach einer Weile wurde es etwas leichter, und nach einer Minute befand ich mich in einer Art sitzender Position, mit dem Rücken an der einen und den Füßen senkrecht gegen die andere Wand gepresst. Dann drehte ich mich ein Stück, bis mein Rücken in eine der Ecken gedrückt war, wodurch mein Aufstieg erleichtert werden würde. Mit je einem Fuß auf den gegenüberliegenden Wänden begann ich, mich mit Hilfe meiner Hände zentimeterweise hinaufzuschieben.

Ich brauchte fast eine halbe Stunde. Zweimal hatte ich das Gefühl, mit dem Rücken abzurutschen, und war schon sicher, wieder hinunterzufallen und direkt auf Alklands besorgtem Gesicht zu landen. Ich konnte mich jedoch jedes Mal halten, indem ich meine Brust streckte, aber als ich endlich oben angelangt war, klopfte mein Herz wie rasend, und meine Beine zitterten heftig vor Schwäche. Ich klemmte mich, so gut es ging, im Schacht fest und drückte gegen das Gitter. Es gab nicht nach. Nicht einmal ein winziges bisschen.

«Scheiße!», jammerte ich leise.

«Wie läuft's?», rief Alkland herauf.

«Schlecht.»

«Gut», sagte er optimistisch. «Bislang war das immer ein viel versprechender Anfang.»

Mir fiel ein, dass ich noch eine Möglichkeit hatte. Vorsichtig griff ich in meine Tasche und zog die Waffe heraus. Ich stellte die Energieabgabe auf maximale Streuung ein, bedeckte mein Gesicht und schoss auf das Gitter. Es gab ein zischendes Geräusch, und ein paar Tropfen geschmolzenes Metall kleckerten auf mich herab.

Noch bevor ich meine Augen öffnete, merkte ich, dass es heller geworden war und die Sache folglich funktioniert hatte. Im Gitter befand sich ein Loch von etwa dreißig Zentimetern Durchmesser, durch das Sonnenlicht hereindrang. Ein leiser Jauchzer von unten sagte mir, dass das auch Alkland mitbekommen hatte. Mit ein paar weiteren Schüssen vergrößerte ich das Loch. Dann langte ich mit einem Arm hinaus und suchte nach einem Halt. Der andere Arm folgte, und schließlich schob ich mutig meinen Kopf hindurch, gefolgt von den Schultern. Der Rest war einfach.

Ich rollte mich zur Seite und blieb eine Weile keuchend liegen. Um mich herum sah ich nur weißen Stein, und über mir war der Himmel, der echte Himmel. Irgendwann rappelte ich mich auf und blickte mich mit leichtem Schwindel um. Ich hockte am Boden einer großen, flachen Senke, die offensichtlich dazu gedacht war, das Regenwasser zum Gitter zu leiten. Der Stein erstreckte sich mehrere Hektar weit in jede Richtung, nur hinter mir hörte er etwa zweihundert Meter entfernt abrupt auf. Ich kämpfte mich erschöpft zum Loch zurück und rief zu Alkland hinunter: «Ziehen Sie Ihre Jacke aus und umwickeln Sie sich damit die Hände!»

Während er wie befohlen tat, holte ich das Mikrokabel hervor und ließ das Ende zu ihm hinunter. Ich war nicht unbedingt davon überzeugt, dass mein Vorhaben funktionieren würde. Die Winde der Kabeltrommel war stark genug, um mit kleineren Lasten fertig zu werden. Alkland jedoch war ein komplettes menschliches Wesen von durchschnittlichem Gewicht, und für solche Aufgaben war die Kabelwinde nicht konstruiert worden.

«Ich weiß nicht, ob es hält», sagte ich. Alkland nickte, als hätte er nichts anderes erwartet. «Keilen Sie sich zwischen den Wänden fest, sobald es geht!» Er nahm das Ende des Kabels und wickelte es sich mehrere Male um seine verbundenen Hände.

Ich stellte mich mit gespreizten Beinen über dem Loch auf und schaltete die Kabelwinde ein. Zuerst funktionierte es ganz gut, und Alkland wurde schnell heraufgezogen, bis sein Kopf und seine Schultern im Schacht waren. Dann steigerte sich das leise Summen des Geräts zu einem Pfeifen, und sein Aufstieg verlangsamte sich merklich. Zentimeter um Zentimeter schraubte Alkland sich höher, bis ich sah, wie er mit einer Hand den Rand des Gitters fasste. Während seine Finger herumtasteten, gab die Winde mit einem Knirschen den Geist auf. Ich langte nach unten und packte den Aktionisten an der Hand, wobei ich mich beinahe gemeinsam mit ihm auf eine schnelle Reise zurück nach unten gemacht hätte. Die Jacke rutschte ab, aber ich konnte sein Handgelenk mit der anderen Hand fassen. Langsam zog ich ihn hoch, bis sein Kopf zum Vorschein kam. Ich half ihm aus dem Loch, und dann fielen wir beide in verschiedene Richtungen auf das Dach.

Wir blieben eine ganze Weile einfach nur so auf dem Rücken liegen. Zu etwas anderem waren wir nicht in der Lage.

8. KAPITEL

Sie kennen das vielleicht auch, dass man manchmal denkt, etwas würde nicht stimmen. Dass es da etwas gibt, über das man nachdenken sollte, was man aber nicht genau definieren kann. Meistens vergisst man es wieder, bis es eine Weile später mit aller Wucht zurückkommt, wenn es zu spät ist.

Für den Bruchteil einer Sekunde hatte ich einen solchen Gedanken. Aber ich vergaß ihn wieder.

Nach dieser Anstrengung nickte ich für ein paar Minuten auf dem warmen Stein ein. Als ich wieder aufwachte, saß Alkland in der Nähe und starrte auf seine Hände. Ich richtete mich auf und sah den Aktionisten an. Sein Anblick beunruhigte mich. Es war das erste Mal, dass ich sein Gesicht wieder in so etwas wie normalem Licht sah, seit wir vor etwa zwölf Stunden im Restaurant des Powers gesessen hatten. Es war bemerkenswert, welche Veränderung diese Zeitspanne mit sich gebracht hatte. Er sah nicht nur erschöpft aus, sondern richtig krank. Seine Haut war unter den Resten seiner obligatorischen Bräune sehr bleich geworden, und die Ränder unter seinen Augen waren dunkel und aufgedunsen. Ich hüstelte, um anzudeuten, dass ich aufgewacht war. Erschrocken drehte er sich zu mir um, und einen Augenblick lang sah er viel jünger und ängstlicher aus. Dann lächelte er schwach und wurde wieder zu einem besorgten Mann in den Sechzigern.

«Ich bin zum Rand gegangen», sagte er. «Es ist ein sehr weiter Weg nach unten, wissen Sie. Werden wir dort runterspringen müssen oder so was?»

Ich erstickte fast, als ich darüber lachte. Das Status-Viertel ist etwa achthundert Meter hoch. Er lächelte vorsichtig, schien darauf zu warten, dass ich ihm sagte, wir würden natürlich nicht einfach springen, sondern vorher würde ich ihm schon noch das Fliegen beibringen. Um ihn von seinen Leiden zu erlösen, holte ich mein Videofon aus der Tasche.

«Nein», sagte ich. «Es besteht Hoffnung, diesen Ort in aller Bequemlichkeit zu verlassen.»

Ich rief Shelbys Nummer im Brandfield-Viertel an und wurde bereits nach fünfmaligem Klingeln mit dem Anblick ihres strahlenden Gesichts belohnt.

«O mein Gott, Stark! Wie geht's dir?»

«Gut. Was macht die Kunst?»

«Es läuft, Stark, es läuft sogar absolut ... wo, zum Teufel, bist du, Stark?»

«Auf dem Dach des Status-Viertels.»

«O mein Gooott!»

«Ich weiß, was du sagen willst. Hör mal zu, Shelby, ich möchte dich um einen großen Gefallen bitten.»

«Aber sicher doch. Absolut. Kein Problem.»

«Du musst mich abholen.»

«Klaro. Wird gemacht. Auf jeden Fall. Absolut.»

«Ein Problem noch, Shelby.»

«Hm? Sag's schon!»

«Wir sind zu zweit.»

«Macht überhaupt nix. Dann wird's eben gemütlich. Ich kann euch nicht sehr weit bringen, aber es geht.»

Ich spürte, wie mein ganzer Körper vor Erleichterung in sich zusammensackte.

«Shelby? Du bist ein netter Kerl, und ich schätze deine Freundschaft und Unterstützung.»

«Das beruht auf Gegenseitigkeit, Stark, absolut. In einer halben Stunde kannst du mit mir rechnen. Ciao!»

Ich steckte das Videofon wieder ein. Alkland sah jetzt wesentlich entspannter aus.

«Wer war das?»

«Eine Bekannte. Sie hat einen Heliporter.»

«Sie klang etwas ... nervös.»

«Sie ist in Ordnung. Sie stammt aus Brandfield, das ist alles.»

Brandfield ist ein Viertel für reiche Leute, eine ganz klare und einfache Sache. Absolut. Jeder erwachsene Bewohner des Viertels ist entweder Arzt, Anwalt, Zahnarzt oder Hausfrau, und die wohlerzogenen Töchter schweben nur durch die Gegend, um auf Partys zu gehen, einzukaufen und zu warten, bis sie die Frau eines Arztes, Anwalts oder Zahnarztes werden. Ein knappes Drittel des Viertels besteht aus Golfplätzen, und der Wettbewerb um den exklusivsten Club ist unglaublich hart. Die drei Top-Clubs lassen überhaupt keine Mitglieder zu.

Shelby ist ein hundertprozentiges Brandfield-Mädchen, aber sie hat auch eine andere Seite. Die meisten ihrer Freundinnen würden es für sehr extravagant halten, auch nur zu wissen, wie man mit einer Armbanduhr umgeht, aber sie düst wie verrückt mit ihrem Heliporter herum, und ich vermute, dass sie sogar eine Ahnung hat, wie er funktioniert. Allerdings schien sie nicht sehr überzeugt gewesen zu sein, als ich ihr einmal erzählte, dass es nichts mit Magie zu tun hat. Irgendein Arzt, Anwalt oder Zahnarzt wird einmal sehr überrascht über das sein, was er sich als Frau eingehandelt hat, wenn es so weit ist.

Der Aktionist schüttelte den Kopf.

«Bin noch nie da gewesen. Bin eigentlich kaum irgendwo gewesen. Wo liegt das?»

«Ein paar Viertel weiter. Sie sagte, sie braucht eine halbe Stunde, aber sie verspätet sich regelmäßig.»

Es gab eine Pause, bevor Alkland weitersprach.

«Also haben wir es tatsächlich geschafft?»

«Sieht so aus. Verrückt, was?»

Es wurde wieder still, und ich saß da und beobachtete heimlich den Aktionisten. Er schwankte leicht und war offenbar sehr müde, versuchte aber wach zu bleiben. Er sah aus, als hätte er etwas auf dem Herzen. Nach einer Weile nahm er sich zusammen und wandte sich mir zu.

«Stark, wenn wir hier runtergekommen sind, wohin werden wir dann gehen?»

Wir hatten die Situation seit seiner Enthüllung auf dem Floß noch nicht wieder besprochen, und das hier war genau die Frage, auf die ich gewartet hatte. Zum ersten Mal bestand berechtigter Grund zu der Annahme, dass wir doch noch ein Weilchen am Leben bleiben würden, sodass wir nun ein paar Dinge regeln konnten.

«Nun, das liegt gewissermaßen an Ihnen. Mein Job war es, Sie zu finden und zum Zentrum zurückzubringen.»

Er nickte mit einem schmerzhaften Lächeln.

«Wie dem auch sei», fuhr ich fort, «ich habe den Eindruck, dass Sie vielleicht etwas Zeit gebrauchen könnten, um sich wieder zu orientieren oder was auch immer. Außerdem gibt es da noch etwas, über das ich wohl mit Ihnen reden sollte. Also hätten wir eine Alternative, und die bestünde darin, dass wir nach Farben gehen.»

«Sie leben dort, vermute ich.»

«Ja. Ich und meine Katze. Im Zentrum kann noch niemand wissen, dass wir schon draußen sind. Ein paar Stunden würden also nicht weiter auffallen. Ich bin da sehr flexibel. Ganz wie Sie wollen.»

«Wenn es Ihnen wirklich nichts ausmacht, hätte ich tatsächlich gerne etwas Zeit für mich, bevor ich zurückgehe. Wenn das möglich ist.»

Er sah in diesem Augenblick so verzweifelt aus wie ein allein gelassenes Kind. Fast wäre ich zu ihm rübergegangen und hätte ihn gefragt, was ihm solche Sorgen machte. Aber man bekommt wesentlich mehr aus den Leuten heraus, wenn sie von selbst zu reden anfangen, weil man dann nicht darauf angewiesen ist, die richtigen Fragen zu stellen. Also sagte ich nichts. Ich bin erstaunlich nett zu meinen Klienten. Ich wünschte mir, jemand wäre auch mal so nett zu mir.

«Kein Problem. Ich schätze, dass wir noch etwa vierzig Minuten warten müssen. Sie sehen aus, als könnten Sie etwas Schlaf vertragen. Warum hauen Sie sich nicht ein wenig aufs Ohr?»

«Ja, Schlaf ist etwas, was ich jetzt gut gebrauchen könnte. Ich glaube zwar nicht, dass ich jetzt einschlafen kann, aber ich versuche es.»

«Gut.» Erneut fiel mir auf, wie blass und müde er aussah. «Machen Sie sich keine Sorgen, ich werde nicht ohne Sie verschwinden.»

Er streckte sich auf dem Stein aus, wobei er seine Jacke als Kissen benutzte, und nach kaum einer Minute war er eingenickt. Ich steckte mir wieder eine Zigarette an und starrte in den Himmel hinauf, wartete auf die Kavallerie und überdachte die Situation.

Es war überhaupt nicht klar, was geschehen würde, wenn wir nach Farben zurückkehrten. Ich sollte Alkland ins Zentrum zurückbringen, das war mein Auftrag, und die meisten Typen hätten auch genau das getan. Aber die Tatsache, dass Alkland überhaupt nicht entführt worden war, dass er eigenmächtig hergekommen war, hatte die Situation für mich ein wenig verändert.

Sehen Sie, ich arbeite ja nicht für Geld. Ich tue das, was ich tun will oder was interessant ist oder was mir als das Richtige erscheint. Deshalb bin ich bei dem, was ich mache, gut. Ich folge meinen Instinkten, und gewöhnlich führen sie mich in die richtige Richtung. Irgendjemand ist mir am Ende eines Auftrags immer dankbar, und das sind nicht immer die Leute, die mir den Auftrag erteilt haben. Einer gewinnt, einer verliert, und manchmal muss ich entscheiden, wer. Die einzige Person, die niemals die Chance auf einen Gewinn hat, bin ich, denn für mich kann es keinen Sieg geben, sondern nur zukünftige Schlachten. Manchmal wünsche ich mir, es wäre anders. Aber so ist es nun mal.

Es stellte sich heraus, dass Shelby zum ersten Mal in ihrem Leben pünktlich kam, was für uns natürlich sehr günstig war. Pünktlich, aber keinen Augenblick zu früh.

Während Alkland noch schlief, stand ich auf und ging hinüber an den Rand, um mir die Sache selbst anzusehen. Die Aussicht von dort war, nun, wirklich eine Aussicht. Und was für eine! Die höchste Mauer der City umschließt das Babel-Viertel, aber das ist eine ganz andere Sache, und es ist sehr weit weg. Babel hat nur einen Durchmesser von dreihundert Metern, aber es ist fast zwei Kilometer hoch. Dort hängen die Leute rum, die gerne in Hochhäusern wohnen. Manche Etagen sind Büros, manche Wohnflächen, manche Hotels, manche Freizeiteinrichtungen. Es gibt einen sechs Stockwerke hohen Park, und sie haben dort die leistungsfähigsten Aufzüge der Welt.

Status kommt gleich an zweiter Stelle. Wir waren auf der Seite, die an Royle angrenzt, und tief unten glitzerte der Schrotthaufen in der Sonne. Dahinter lag das wesentlich niedrigere Dach von Rot, und wieder dahinter das etwas höhere des Zentrums. Auf der anderen Seite davon, aber in der Ferne verborgen, lag Farben. Links war Flip, rechts Techno, und ein paar Viertel weiter Dreh. Shelby würde von der gegenüberliegenden Seite zu uns kommen und von Brandfield aus zuerst das Yippie!- und dann das Dienstag-Viertel überfliegen.

Genug Geographie-Grundkurs, sagen Sie jetzt vielleicht, aber Sie sollten beeindruckt sein. Viele Leute bekommen in ihrem ganzen Leben nur drei oder vier Viertel zu sehen. Ich verstehe das nicht, aber so ist es. Der Himmel rund um mich herum war leer. Heliporter waren vor mehr als hundert Jahren in Mode. Shelbys Exemplar ist eine Antiquität, die in der Familie weitervererbt und niemals benutzt worden war, bis sie es entdeckt hatte. Reisen zu anderen Planeten sind praktisch ganz eingestellt worden, und die Menschen da draußen haben so ziemlich dieselbe Entwicklung durchgemacht wie wir hier unten.

Ich glaube, dass einfach nicht mehr dieses Bedürfnis der rastlosen Suche vorhanden ist, denn irgendwo gibt es einen Ort, der genau richtig für einen ist. Also geht man da hin und bleibt dort. Die Viertel sind inzwischen so verschieden und spezialisiert, dass man kaum noch woanders klarkommt. Also bleiben die meisten gleich dort, wo sie geboren wurden. Nur ein paar Leute haben noch einen Wandertrieb und reisen um des Reisens willen, um neue Orte und andere Dinge zu sehen, nur weil es diese gibt. Aber das sind nicht viele. Wenn man das Beste für sich gefunden hat, warum soll man dann noch etwas anderes ausprobieren? Die meisten haben inzwischen ihre individuellen Weidegründe gefunden, und dort grasen sie. Ich nicht, aber ich denke, ich würde mich wohl nirgendwo zu Hause fühlen, egal, wo ich bin.

Ich genoss den Ausblick eine gute Viertelstunde lang. Man hat nicht oft die Gelegenheit, so etwas zu sehen, und ich speicherte alles in mir. Als ich voll war, drehte ich mich um und ging zu Alkland zurück, der immer noch schlief. Sofort wünschte ich mir, ich wäre schon früher zurückgekommen.

Der Aktionist hatte wieder einen Albtraum, und diesmal schien er noch schlimmer zu sein als der, den ich im Hotelzimmer miterlebt hatte. Wenn wir in Farben waren, würde ich ihn in seinem eigenen Interesse ein wenig sondieren. Zu diesem Zweck musste er nicht in der Nähe sein, aber es würde die Sache erleichtern.

Aus Erfahrung wusste ich, dass es keine gute Idee ist, jemanden gewaltsam aus so einem Traum zu wecken, wenn es sich vermeiden lässt. Also setzte ich mich neben ihn, zündete eine Zigarette an und hielt sie so, dass ihm der Rauch über das zuckende Gesicht ziehen würde.

Als ich so dahockte, hörte ich das Geräusch. Es war sehr leise, aber dort auf dem Gipfel der Welt war es ansonsten fast mucksmäuschenstill. Wie von der Tarantel gestochen sprang ich auf und hetzte zum Loch hinüber. Das Geräusch wiederholte sich, aber diesmal lauter, und ich wusste sofort, was es war. Mit einem kräftigen Fluch riss ich die Jacke unter Alklands Kopf hervor und breitete sie über dem Loch aus, damit es nicht zu sehr auffiel, dass das Gitter fehlte, und dann holte ich das zweite Objekt hervor, das ich mitgenommen hatte, und legte es in die Mitte. Alkland war nicht richtig aufgewacht, also stieß ich ihn an.

Eine Weile lang starrte er mit weit aufgerissenen Augen in die Luft. Dann schien er seinen Traum allmählich zu verlassen und sich wieder neu zu orientieren.

«Was'n los?»

«Polizei!» Die Geräusche, die ich gehört hatte, waren dumpfes Schnaufen und Niesen gewesen. «Sie sind im Regenraum. Es sind dieselben zwei, die auch im Hotel waren, aber ich wette, dass sie diesmal ein paar Kollegen mitgebracht haben.»

«O Gott!», sagte Alkland und kam auf die Beine. «Wie lange braucht Ihre Freundin noch?»

Es waren erst fünfundzwanzig Minuten seit meinem Anruf vergangen, also blieben noch schätzungsweise fünfzehn.

«Lange genug. Ich denke, wir sollten uns von diesem Loch entfernen. Und zwar schnell.»

Ich packte Alkland am Arm und führte ihn über das Dach, wobei wir uns so schnell wie möglich bewegten. Entweder hatte ein Trümmerstück des Floßes eine Röhre verstopft und Alarm ausgelöst, oder sie waren einfach nur sehr gründlich. Ich hoffte, dass Letzteres der Fall war. Wenn sie tatsächlich wussten, dass wir hier oben waren, würden sie uns auf die Spur kommen, sobald sie uns nicht im Regenraum fanden. Während wir liefen, suchte ich am Himmel nach einem Heliporter, aber es war noch nichts zu sehen.

«Das ist nicht gut, nicht wahr?»

«Nein», antwortete ich. «Diesmal werden sie Sicherheitspolizisten dabeihaben, und die schießen scharf. Hier oben kann es niemand sehen, und wir können nirgendwohin weglaufen.» Einen Moment lang erinnerte ich mich an meine Überlegungen von letzter Nacht, sich irgendwo am Strand zu verstecken, und lächelte wehmütig in mich hinein.

Dann entdeckte ich zu meiner Überraschung einen winzigen

Punkt am Himmel, der über das Grimm-Viertel auf uns zuflog. Shelby war unterwegs. Die Kavallerie würde tatsächlich einmal mehr oder weniger rechtzeitig eintreffen. Sekunden später hörte ich einen schwachen Aufschrei hinter uns.

«Mist!», stellte ich fest und trieb Alkland zu noch größerer Eile an. «Sie haben den Schacht gefunden, durch den wir gekommen sind.»

Der Heliporter war jetzt ein kleiner Schatten in der Ferne, der immer näher kam, während das blecherne Summen des Motors allmählich lauter wurde. Für einen Moment fasste ich wieder Hoffnung, doch dann blickte ich zurück und sah, dass jemand seinen Kopf durch das Loch gesteckt hatte.

«Ich sehe sie!», rief der Mann, und als er herauskroch, sah ich, dass er ganz in Dunkelblau gekleidet war. Von Snedd wusste ich, dass dies die Uniform der Sicherheitspolizei war, und meine Zuversicht schmolz dahin.

«Wir müssen jetzt rennen wie der Teufel», sagte ich zu Alkland.

«Alles klar», keuchte er und begann tatsächlich etwas schneller zu laufen. All die Stunden, die er im Badeanzug verbracht hatte, mussten ihm gut getan haben. Ich konnte zwar immer noch mit ihm mithalten, obwohl ich rückwärts lief, um die Entwicklung der Dinge im Auge zu behalten, aber zumindest kroch er nicht. Wir hatten ein paar hundert Meter Vorsprung, und man braucht schon verdammt viel Glück, wenn man auf jemanden, der rennt, schießen und ihn treffen will.

Das Dumme war nur, dass der Heliporter immer noch einen knappen Kilometer entfernt war und dass mittlerweile fünf blau gekleidete Männer auf dem Dach standen, die alle in unsere Richtung liefen und zudem viel schneller als wir waren. Das bedeutete, dass das zweite Objekt versagt hatte, was gar nicht gut war. Es handelte sich um eine Lethargie-Bombe, durch die unsere Chancen massiv verbessert worden wären.

Dann bemerkte ich, wie die zwei unermüdlichen Polizisten

aufs Dach krochen, und sah, dass es schließlich doch funktioniert hatte. Die zwei Typen wären problemlos von einem Gletscher überrollt worden. Warum, zum Teufel, waren dann die Jungs in Blau immer noch in Form? Vielleicht waren die beiden Polizisten zuerst hinaufgeschickt worden und hatten das meiste abgekriegt. Ich stellte ebenfalls fest, dass sie noch immer Grippe hatten. Ich war froh, nicht in ihrer Haut zu stecken, denn es musste ihnen ziemlich dreckig gehen. Andererseits waren sie in einer wesentlich besseren Position als wir. Die Sicherheitspolizei verringerte den Abstand, und Sekunden später schlug der erste Schuss fünf Meter neben uns in den Boden.

«O Gott!», keuchte Alkland. «Die Dinge entwickeln sich eindeutig zum Schlechten.»

«Kaum zu glauben, nicht wahr?»

Das Summen des Heliportermotors stieg in der Tonhöhe an, und ich wusste, dass Shelby die Situation richtig eingeschätzt hatte und nun ihren makellos beschuhten Fuß aufs Gaspedal drückte. Sie war nur noch ein paar hundert Meter entfernt, aber die Männer in Blau waren uns viel näher. Der Anführer des Verfolgertrupps schoss erneut, und diesmal lag er schon nicht mehr so weit daneben. Dann blieb plötzlich der zweite Sicherheitspolizist stehen, verschränkte die Arme vor der Brust und runzelte die Stirn.

«Wisst ihr», hörte ich ihn sagen, «eigentlich interessiert mich das hier einen Scheißdreck.»

Er schlenderte langsam zur Seite und suchte nach einer Stelle, wo er sich ein bisschen hinlegen und ausruhen konnte. Einen Augenblick später sagte der letzte Polizist in der Gruppe: «Mich auch. Leckt mich mal!» Damit gesellte er sich zu dem anderen. Die Bombe hatte funktioniert, aber das hier waren hoch motivierte Profis, sodass die Wirkung schwächer war und sich langsamer einstellte. Der Heliporter war jetzt nur noch hundert Meter entfernt, und Shelby legte sich in die Kurve, um direkt auf uns zuzuhalten. Ein Schuss pfiff an meinem Kopf vorbei, und ich sah, dass es an der Zeit war, mit der Rennerei aufzuhören.

«Laufen Sie weiter!», schrie ich Alkland zu. «Ich hole Sie wieder ein.»

Er zögerte einen Moment und hastete dann weiter. Ich zog meine Waffe und schaltete sie wieder auf Höchstleistung, als ein weiterer Polizist abbremste, sich streckte und hinsetzte. Während ich immer noch rückwärts lief, hob ich die Waffe und schoss.

Genau zu zielen, während man rückwärts läuft, erfordert eine hohe Kunstfertigkeit, und mein erster Schuss ging weit daneben. Der zweite war schon näher am Ziel, sodass der vorderste Mann langsamer wurde, um selbst besser zielen zu können. Der Motor des Heliporters war jetzt wesentlich lauter, und als ich einen Blick zurückwarf, sah ich, dass er bereits knapp über dem Dach schwebte und Alkland nur noch ein paar Meter von ihm entfernt war.

Der zweite Polizist schoss ebenfalls und sah aus, als würde er wach bleiben, war aber schon wesentlich langsamer als der erste, der zielstrebig näher kam. Entweder war er als Letzter nach oben gestiegen, nachdem die Bombe schon lange losgegangen war, oder er war ein ganz schön harter Bursche. Er schoss wieder, und ich war nahe dran, meinen Kopf zu verlieren. Als ich den Heliporter erreichte, hockte Alkland bereits auf dem Beifahrersitz.

Heliporter bestehen im Grunde nur aus einer Rotoreinheit, einem Stab, der nach unten führt, und einem zweiten, der waagerecht daran angebracht und mit je einem Sitz zu beiden Seiten ausgestattet ist. Ich würde mich mittig mit beiden Beinen festschlingen und so ausharren müssen. Doch zuvor musste ich mich noch um den ersten Polizisten kümmern. Er lief immer noch und schoss jetzt nicht mehr auf mich, sondern auf den Heliporter. Wenn er ihn traf, steckten wir ganz schön in der Bredouille.

Ich mag so was eigentlich überhaupt nicht, aber wenn es nicht anders geht, dann muss es eben sein. Ich legte auf die Brust des Kerls an und drückte ab.

Das Geschoss fuhr ihm mitten zwischen die Lungen und fetzte seinen Brustkorb auseinander. Als er rückwärts taumelte, standen Wut und Panik in seinem Gesicht, was mich gar nicht überraschte. Er hatte nur diesen einen Brustkorb. Von jetzt an würde sich für ihn vieles ändern.

Ich lief die letzten paar Schritte zum Heliporter und sprang hoch. Shelby riss sozusagen das Lenkrad herum, falls man in der Luftfahrt davon sprechen kann, und der Heliporter machte einen Satz steil nach oben, während ein Schuss aus der Waffe des letzten Polizisten knapp unter uns vorbeizischte.

«Volle Kraft voraus, Shelby!», keuchte ich.

«Klaro», sagte sie.

Der Rückflug nach Farben, in die Freiheit und durch die frühe Morgensonne hoch über den Vierteln und weg von Status wird mir noch lange als eine der angenehmsten Erfahrungen meines Lebens in Erinnerung bleiben.

Die ersten hundert Meter waren etwas anstrengend, denn Shelby hatte den Heliporter voll aufgedreht, sodass Alkland von der Beschleunigung aus seinem Sitz gehoben worden wäre, wenn ich mich nicht an ihm festgehalten hätte. Ich hatte ebenfalls nicht gerade einen sehr sicheren Halt, so wie ich mit den Beinen um den Stab geschlungen dahing, während die Geschosse des letzten Polizisten uns um die Ohren pfiffen und die Erfahrung um das gewisse Etwas bereicherten. Wir waren jedoch schon bald außer Reichweite, und als wir zurückblickten, sahen wir den Polizisten, wie er sich lethargisch auf das Dach setzte und ein Buch hervorholte. Jetzt waren wir in Sicherheit. Shelby hatte eine Rettungsaktion hingelegt, von der meine professionellen Freunde beeindruckt gewesen wären, und Alkland und ich waren dem sicheren Tod entkommen. Wir waren die ersten Menschen seit über fünfzig Jahren, die nach Status hineingelangt und wieder herausgekommen waren, ohne geschnappt zu werden. Haben wir gejubelt und Sachen wie ‹Jaaa!› oder ‹Yippie!› geschrien? Ich denke schon.

Ich brachte Shelby dazu, um das Zentrum herum statt direkt darüber hinweg zu fliegen, damit der AZGD nicht zufällig Alklands Implantat in die automatische Ortung bekam. Während wir hoch über Royle hinwegsegelten und den Blick auf das glitzernde Metall und das siffige Wasser genossen, machte ich es mir etwas bequemer und checkte, ob Alkland fest im Sattel saß. Der Aktionist war nach dieser Sache völlig geplättet, aber auch so erstaunt, noch am Leben zu sein, dass er gar nicht daran dachte, erschrocken zu sein, sondern nur glückselig nach unten starrte. In seinem ganzen Leben war er nur zweimal in Techno gewesen und einmal via Rot in Status und sonst nirgendwo, weil er die ganze Zeit so sehr damit beschäftigt gewesen war, irgendwelche Dinge zu tun und eigentlich nie zu etwas anderem zu kommen.

Ich kam mir vor wie ein Vater, der sich darüber freut, dass sein Kind an etwas Spaß hat. Ich drehte mich zu Shelby um, die makellose Designer-Jeans trug, eine weiße Designer-Bluse, einen roten Designer-Sweater und Designer-Perlen. Auch sie beobachtete Alkland, worauf wir uns beide zulächelten. Spontan legte ich ihr meinen Arm um die Schultern und dankte ihr, so gut es ging, mit einem kleinen Kuss.

Dann überflogen wir Flip, und ich erklärte Alkland, warum die Leute da unten so aussahen, als würden sie immer wieder mit aller Kraft hochspringen, nur um wieder auf dem Boden zu landen. Anschließend überquerten wir einen Randbezirk des Rums-Viertels und drangen in den Luftraum über Farben ein. Als Shelby langsam tiefer ging und auf meinen Wohnblock zusteuerte, klappte Alklands Kinnlade herunter und blieb für eine ganze Weile so. Ich wusste, was er empfand. Farben ist aus der Luftperspektive etwas ganz Besonderes. Von hoch oben kann man erkennen, dass die Computer für die Farbenkoordination nicht nur auf die Leute in den Straßen reagieren, sondern dass es außerdem ein Gesamtmuster gibt, ein gewaltiges Gemälde, das ständig im Fluss ist. Warum die Computer das tun, wenn es oben niemanden gibt, der es auch würdigt, bleibt ein Rätsel. Vielleicht nur, weil sie es können.

Eine knappe Stunde nach ihrer vorigen Dachlandung ließ Shelby den Heliporter sanft auf die Spitze meines Blocks sinken. Wir warteten, bis die Rotoren stehen geblieben waren, und stiegen ab.

«Shelby!», sagte ich, während ich ihre Hände in meinen hielt. «Du hast dir viele Extraleben verdient.»

«Ja», sagte Alkland mit einem vorsichtigen Lächeln. «Vielen, vielen Dank.»

«Danken Sie Stark», sagte sie grinsend zu ihm. «Er hat es mir beigebracht.»

Ich fragte sie, ob sie mit hineinkommen wolle, aber sie schüttelte bedauernd den Kopf.

«Würde ich gerne, aber ich muss dringend zum Einkaufen. Ich bin eh schon recht spät dran. Aber hör mal zu, du», fügte sie hinzu und stach mit einem Finger in meine Brust. «Allmählich wäre mal wieder ein Treffen zu zweit überfällig.»

«Wenn diese Sache hier erledigt ist», versprach ich, «gehen wir essen.»

«Absolut», sagte sie. «Im Maxim. Wir werden uns was Schickes anziehen.»

«Das ist eine Verabredung.»

«Aber warte nicht, bis diese Sache erledigt ist», sagte sie lächelnd, schlüpfte elegant in ihren Sitz zurück und startete die Rotoren. «Du bringst doch niemals etwas zu Ende.»

Wir warteten, bis sie sicher gestartet war und zurück in Richtung Brandfield abdüste. Dann führte ich Alkland zu der Tür, durch die man ins Treppenhaus gelangte. Die oberen drei Stockwerke stehen leer, und während wir langsam hinunterlatschten, stolperte Alkland einmal und wäre fast gestürzt. Nach ihm zu greifen und ihn festzuhalten schien sich zu einem Full-Time-Job auszuweiten.

«'tschuldigung», murmelte er. «Müde.»

Er sah auch so aus. Jetzt, wo er wieder auf festem Boden stand und nicht mehr von bewaffneten Fanatikern gehetzt wurde, sah das Gesicht des Aktionisten schnell wieder genauso ungesund aus wie vorhin auf dem Dach von Status. Ich nickte voller Mitgefühl und hielt ihn am Arm fest. Ich war ebenfalls recht erschöpft.

«Kein Problem», sagte ich. «Sie können sich hier ausruhen. Dann haben wir Zeit, über alles zu reden. Aber fürs Erste sind Sie in Sicherheit.»

Alkland lächelte schwach und hob dabei das Kinn, was sich mir als Bild einprägte. Was immer das zu bedeuten hatte, es signalisierte auf keinen Fall ein überzeugtes Vertrauen in mich.

Auf dem Weg nach unten begegneten wir niemandem. Der Korridor auf meinem Stockwerk war ebenfalls leer. Warum ich Ihnen das erzähle? Weil es mir auffiel, und wenn mir etwas auffällt, dann beachte ich die Tatsache, dass es mir aufgefallen ist. Es war nicht überraschend, dass niemand in der Nähe war. Farben ist morgens sehr ruhig, wie man es von einem Boheme-Viertel erwartet, und mein Block steht größtenteils leer. Warum ist mir also überhaupt etwas aufgefallen?

Als wir uns der Ecke zu jenem Teil des Korridors näherten, von dem der Flur zu meiner Wohnung abgeht, bedeutete ich Alkland, hinter mich zu treten und langsamer zu gehen. Der Aktionist wirkte verblüfft, aber er tat wie befohlen. Je weiter wir kamen, desto mehr verspürte ich ein Kribbeln im Hinterkopf, sodass ich mich dichter an der Wand hielt. Als wir ihr Ende erreichten, blieb ich stehen und legte meinen Finger auf die Lippen, um meinem Wunsch nach Frieden und Ruhe Ausdruck zu verleihen. Dann schob ich sehr vorsichtig den Kopf um die Ecke.

Im folgenden Abschnitt des Korridors hielt sich auch niemand auf. Ich zog meinen Kopf wieder zurück und schloss die Augen, ohne auf Alklands fragend erhobene Augenbrauen zu achten. Ich hielt sie eine Weile fest geschlossen und versuchte, mit mir selbst ins Reine zu kommen. Mein eigentliches Bewusstsein, also das, das auf die Sachen achtet, die ich nicht bemerke, und sich an die Dinge erinnert, die ich vergesse, war wegen irgendwas sehr beunruhigt. Das ist es manchmal, und es liegt auch immer richtig damit. Leider ließ es sich nicht dazu herab, mir einen deutlicheren Hinweis zu geben, also blieb mir nur übrig, sehr vorsichtig zu sein.

Ich streckte meinen Arm aus, um Alkland zurückzuhalten, und schlich langsam um die Ecke, wobei ich meinen Rücken dicht gegen die Wand gepresst hielt. Ich setzte einen Fuß vor den anderen und legte auf diese Weise die acht Meter bis zum Nebenkorridor zurück, an dem meine Wohnungstür liegt. Ich lauschte angestrengt, hörte aber nichts. Alkland, der sich ganz ruhig verhielt, beobachtete mich um die Ecke, als ich meine Waffe zog und mich darauf vorbereitete, in den Nebenkorridor zu gehen.

Auch dort war niemand. Für einen Moment entspannte ich mich leicht, bis ich bemerkte, dass die Farbe rund um das Schloss meiner Tür zerkratzt aussah. Ich wechselte auf die Türseite hinüber und winkte Alkland zu, er solle sich auf den Boden legen. Vorsichtig ging er in die Knie und streckte sich auf dem Bauch aus, ohne eine Ahnung zu haben, was los war, aber erfreulicherweise bereit, mir ohne Fragen zu gehorchen. Sehr langsam streckte ich meine linke Hand zur Tür aus, während ich mein rechtes Handgelenk auf den linken Oberarm stützte, um die Waffe ruhig auf die Tür gerichtet zu halten. Ich drehte den Türknauf, so leise ich konnte. Er ließ sich problemlos ganz herumdrehen.

Das Schloss war aufgebrochen worden. Ich wich ein Stück zurück und langte um die Ecke, um das Licht im Korridor auszuschalten. Wenn es im Innern der Wohnung dunkel war, wollte ich nicht, dass mich die plötzliche Helligkeit verriet. Ich habe solche Aktionen schon öfter gemacht, wissen Sie, und nicht immer auf der Seite des Guten.

Ich drehte den Knauf erneut und drückte die Tür einen Zentimeter weit auf. Drinnen war es dunkel und immer noch ruhig. Dann bewegte ich mich sehr schnell vorwärts und schlüpfte durch die Tür, um sie hinter mir fast ganz wieder zu schließen.

In der ganzen Wohnung brannte kein einziges Licht. Das war keine große Überraschung, denn es war neun Uhr morgens. Aber es war dunkler, als es hätte sein dürfen. Jemand hatte die Fenster auf Undurchsichtigkeit eingestellt.

Außerdem war es so absolut still, dass es mich beunruhigte. Ich konnte verdammt leise sein, wenn ich mir Mühe gab, aber niemals so leise, dass Paillette mich nicht hörte. Wenn er zu Besuch ist, ist es immer ganz nett, dass er sofort angerannt kommt, wenn ich die Tür öffne, und mir mit seinem Miauen zeigt, dass er sich über meinen Anblick freut.

Das war jetzt nicht passiert. Entweder war er nicht zu Hause, oder es ging ihm nicht gut. Ich hoffte für denjenigen, der in meiner Wohnung gewesen war, dass Ersteres der Fall war. Ich bin kein sehr böswilliger Mensch, aber wie die meisten Leute habe ich eine kleine Liste von Freunden, die ich mit äußerster und gnadenloser Gewalt rächen würde. Paillette steht auf dieser Liste ziemlich weit oben. Auf Platz zwei, um genau zu sein.

Ich biss die Zähne zusammen und schlich an der Innenwand zum Wohnzimmer hinüber. Als ich kurz vor der Tür war, beugte ich mich vor und blickte in den Raum, um fast unmittelbar darauf wieder zurückzuschnellen. Dann tat ich dasselbe noch einmal, nur wesentlich langsamer. Etwas stimmte mit dem Wohnzimmer überhaupt nicht. Es war so ungewöhnlich, dass ich erst auf den zweiten Blick erkannte, was es war.

Es war aufgeräumt.

Ich presste mich für einen Augenblick gegen die Wand, während ich die Waffe vor der Brust im Anschlag behielt, und versuchte, die Situation zu begreifen. Paillette ist ein sehr mysteriöses Wesen. Er hat jedoch noch nie meine Wohnung aufgeräumt.

Nach meiner Erfahrung würden auch Einbrecher nicht dazu neigen, meine Wohnung aufzuräumen. Nein, sie würden niemals auf diese Idee kommen. Auch ich würde niemals auf diese Idee kommen, dabei wohne ich hier.

Wie dem auch sei, ich musste auf jeden Fall noch einmal verwegen sein. Ich lauschte noch einen Augenblick lang, bereitete mich auf alles vor und stürmte mit einer Rolle vorwärts ins Wohnzimmer, sodass ich mitten im Raum landete, auf ein Knie gestützt, die Waffe schussbereit.

Aber ich schoss nicht. Ich starrte nur quer durch das Zimmer auf das Sofa. Sie werden kaum glauben, wer dort in der Dunkelheit saß, das falsche Ende des Furzers auf mich gerichtet und mit sehr ängstlichem und einsamem Blick: Es war Zenda.

ZWEITER TEIL

Einige Lügen

9. KAPITEL

Wir starrten uns ein paar Sekunden lang an und verharrten in einer Stellung wie eine seltsame Skulptur mit dem Titel ‹Pattsituation›, ‹Entspannungspolitik› oder ‹Zwei Menschen, die sich mit der Waffe bedrohen›.

Zumindest die Frage nach Paillette war fürs Erste beantwortet. Er hockte zwischen mir und dem Sofa und sah aus, als würde er die Person, die darauf saß, gegen jeden Eindringling verteidigen, und wie ich ihn kannte, tat er vermutlich genau das. Ich versuchte angestrengt, die zweite dringliche Frage in angemessene Worte zu kleiden, ohne unfeine Wörter zu benutzen und ohne allzu verkrampft zu klingen, doch mir fiel nichts ein. Stattdessen ließ ich meine Waffe sinken.

«Zenda, ist alles in Ordnung mit dir?»

Sie ließ die Waffe fallen und schien sehr, sehr erleichtert, mich zu sehen. Dann nickte sie zweimal und brach in Tränen aus. Paillette ging beiseite, damit ich auf Knien zum Sofa hinüberkriechen konnte. Als ich Zenda erreichte, breitete ich meine Arme aus und zog sie zu mir heran.

Nach einer Weile legte ich meine Waffe weg. Zenda gab einen leisen Laut von sich und drückte mich noch fester an sich.

«Alles in Ordnung», sagte ich beruhigend. «Ich gehe nicht wieder weg.» Ich zog uns hinauf aufs Sofa, hielt ihren Kopf an meine Brust und umarmte sie so fest, wie sie wollte, und das war ziemlich fest. Paillette beobachtete uns eine Weile, wusch sich ohne offensichtlichen Grund kurz hinter einem Ohr und schlich sich dann aus dem Zimmer, nachdem er deutlich erkannt hatte, dass das hier meine Aufgabe war und er dienstfrei hatte.

Eine ganze Zeit lang blieben wir so. Ich schaukelte Zenda leicht hin und her und strich ihr über den Hinterkopf, während sie ihre Arme um meinen Rücken geschlungen und ihr heißes Gesicht gegen meine Wange gepresst hatte. Paillette hatte Recht: Das hier war meine Aufgabe.

Ich habe Ihnen noch nicht alles über Zenda erzählt, und was ich erzählt habe, war vielleicht nicht ganz die Wahrheit. Im Augenblick nur so viel: Ich bin der einzige Mensch, der das kleine Mädchen kennt, das sich hinter der Maske der Leiterin von Verdammt Eilige Sachen verbirgt, der einzige Mensch, der es jemals zu Gesicht bekommen darf. Es kommt nicht sehr oft zum Vorschein, und ich war froh, dass ich hier war. Denn wenn es einen Menschen gibt, für den ich mein Leben geben würde, dann ist sie es. Sie weiß das, und ich bin froh, dass sie es weiß.

Ein paar Minuten später saß sie aufrecht neben mir, hatte immer noch gerötete Augen, beruhigte sich aber langsam. Ich stellte ihr keine Fragen. Das tue ich nie. Ich weiß, dass sie von selbst reden wird, wenn sie dazu bereit ist.

Nach einer Weile atmete sie tief durch und blickte lächelnd zu mir auf.

«Ich habe deine Nachricht bekommen», sagte sie.

«Zu der Zeit sah es nicht sehr gut für mich aus.»

Von der Wohnzimmertür kam ein leises Hüsteln, und als wir uns voneinander lösten, sahen wir, dass Alkland dort etwas verlegen in der Dunkelheit stand.

«Äh, 'tschuldigung, dass ich hier einfach so reinplatze», sagte er, «aber kann ich jetzt davon ausgehen, dass alles in Ordnung ist?»

Wir lachten, und die Frau neben mir wurde wieder zu Zenda Renn, zum Furcht einflößenden, hyperaktiven Wirbelwind, und das kleine Mädchen versteckte sich wieder tief in ihr. Doch hielt sie immer noch, sodass man es nicht sah, meinen Finger fest in ihrer Hand, wie um mich daran zu erinnern, dass es noch irgendwo da war. Paillette schlenderte von hinten an Alkland vorbei ins Zimmer, wobei er einem dieser seltsam gewundenen Pfade folgte, die nur Katzen wahrnehmen können.

«Ist das Ihre Katze?», fragte Alkland und trat zögernd einen Schritt weiter ins Zimmer.

«Ja. Er heißt Paillette.»

«Er kam vorbei, um mich zu holen. Ich lag mit dem Gesicht nach unten im Korridor und fragte mich, was hier vor sich ging, und dann stieg mir plötzlich dieser Kater auf den Kopf. Ich stand auf, und er führte mich hinein.» Der Aktionist bückte sich und kraulte Paillette hinter dem Ohr. «Es muss ein sehr kluger Kater sein.»

«Das ist noch gar nichts», sagte ich und blickte Zenda an. «Er hat meine Wohnung aufgeräumt, während ich unterwegs war.» Sie grinste verlegen und drückte meinen Finger noch fester. In diesem Augenblick wollte ich sie nur noch festhalten und ihr das sagen, was ich ihr niemals gesagt hatte. Aber ich tat es nicht. Der richtige Zeitpunkt dafür war schon seit langem vorbei, und das war meine Schuld.

«Das ist Zenda Renn», sagte ich zu Alkland. «Sie stammt ebenfalls aus dem Zentrum.»

«Nett, Sie kennen zu lernen», sagte Alkland und kam näher, um ihr die Hand zu schütteln. Dazu musste sie meinen Finger loslassen, was wehtat, aber ich hatte ja gewusst, dass es früher oder später geschehen würde. Es war Zeit, weiterzumachen und Sachen zu klären. Irgendwie ist es immer so. «Welche Abteilung?»

«Besonders Dringende Angelegenheiten», antwortete Zenda, «Leiterin der Unterabteilung Verdammt Eilige Sachen.»

«Wirklich?», sagte Alkland voller Respekt, was ich sehr cool fand. Zenda hatte eine recht hohe Stellung, aber Alkland stand noch etwa zwanzig Stufen über ihr, und dazu in der Herzabteilung des Zentrums. «Ich bin Fell Alkland.»

«Ich weiß, tja», sagte Zenda. «Ich war es, der Stark beauftragte, nach Ihnen zu suchen.»

«Ach», sagte er, und damit kam die Konversation für eine Weile zum Stillstand.

Am Nachmittag saßen wir alle auf dem Fußboden im Wohnzimmer. Inzwischen hatten Alkland und ich uns ausgiebig geduscht. Ich hatte meine Post durchgelesen, darin aber nichts weiter gefunden außer einer Presseerklärung von Ji, in der es hieß, dass er und Snedd jetzt sogar noch einen größeren Teil des Rot-Viertels kontrollierten. Wir hatten etwas zu Mittag gegessen. Wir hatten in der Tat alles unternommen, was uns einfiel, um den Punkt hinauszuschieben, an dem wir unser begonnenes Gespräch würden weiterführen müssen.

«Gut», sagte ich schließlich. Ich wusste, dass es meine Aufgabe war, die Sache wieder aufs Tapet zu bringen. «Ich denke, ihr beide fragt euch, warum ich euch herbestellt habe.» Ich weiß, das war schwach, aber ich habe keinen Redenschreiber, der mir mit so was aushilft. Ich muss mir alles selbst ausdenken.

Die beiden lächelten gequält, sagten aber nichts. Ich bereitete mich schon darauf vor, ein paar direkte Fragen stellen zu müssen, aber dann begann Zenda zu reden.

«Ich bin aus zwei Gründen hier.» Sie machte eine lange Pause, bevor sie fortfuhr. «Erstens, weil ich befürchtete, dass du vielleicht nicht wieder zurückkommst. Als ich deine Nachricht erhielt, nun, da bekam ich große Angst, und ich wollte hier sein.»

Ich nickte.

«Aber es gab noch einen zweiten Grund. Ich musste mit dir reden, Stark, und das wäre im Zentrum nicht möglich gewesen.»

«Worüber?»

«Das ist es ja – ich weiß es nicht. Ich weiß nur, dass etwas im Zentrum vor sich geht, und zwar etwas sehr Seltsames.»

«So wie letztes Mal, als ich da war?»

«Ja, aber schlimmer. Als du mich gefragt hast, was los ist, wusste ich nicht, was ich sagen sollte. Es gab nichts Konkretes, auf das ich den Finger hätte legen können, nur ein dumpfes Gefühl, dass etwas Komisches im Gange ist. Es ist schwer zu beschreiben, aber es gibt so etwas wie einen Pulsschlag der Geschäftigkeit im Zentrum, und irgendwie scheint er aus dem Takt geraten zu sein. Treffen werden im letzten Moment abgesagt und verschoben. Leute sind nicht zu erreichen und ...» Sie verstummte.

«Und was?»

«Ich habe das hier in meinem Schreibtisch gefunden.» Sie kramte in ihrer Jackentasche und holte ein kleines Metallkästchen heraus. Sie öffnete es und reichte mir ein graues Objekt, das etwa die Ausmaße einer kleinen Erbse hatte. «Weißt du, was das ist?»

«Ja», sagte ich. «Weißt du's?»

«Ich weiß nur, dass ich es dort nicht hineingetan habe. Aber ich schätze, ich kann es mir denken. Aus diesem Grund habe ich es in dem Kästchen hergebracht.»

«Du hattest Recht. Es ist eine Wanze», sagte ich. Alkland vollführte einige idiotische Gesten und zeigte nervös auf das Ding. «Alles in Ordnung», versicherte ich ihm. «Diese Wohnung ist hervorragend abgeschirmt. Sie könnten in der Küche sitzen und würden trotzdem nichts empfangen.»

«Ist jede Wohnung hier so ausgerüstet?», fragte er überrascht.

«Nein. Vergessen Sie nicht, dass ich damit meinen Lebensunterhalt verdiene! Zenda, du hast wirklich keine Ahnung, warum man dein Büro abhört?»

«Es gibt nur eine Sache, mit der ich zu tun habe, die einigermaßen heikel ist», sagte sie, wobei sie versuchte, Alkland nicht anzusehen. «Ich sehe immer wieder Darv, wie er sich in der Abteilung herumtreibt. Es muss etwas damit zu tun haben. Ich habe mir nichts zuschulden kommen lassen. Wirklich nicht.»

Sie war erregt. Zenda hatte alles gegeben, um ins Zentrum zu kommen. Ich dachte einen Augenblick nach, stand dann auf und ging zu meinem Schreibtisch, in dem ich all meine wichtigen Sachen aufbewahrte. So gehen sie niemals verloren, wenn mein Gravitator™ mal wieder spinnt. Sie sind nur verloren, wenn ich vergesse, dass ich sie dort eingeschlossen habe.

Schließlich fand ich meinen WanzDetek™, stellte ihn auf den Tisch und warf die Wanze hinein.

«Hallo, Stark, alter Junge! Lange nicht gesehen!» Leider kann der WanzDetek™ reden.

«Hallo, Wanzl. Was meinst du dazu?»

«TX77i-Abhörvorrichtung, Hardware-Version 4.5, Firmware 3.4, Software 5.1.»

«Gut, gut. Sonst noch was?»

«Sie ist sehr klein.»

«Wanzl ...»

«Schon gut, nur ein kleiner Scherz. Oh, Moment, das ist ja komisch!»

«Was denn?»

«Es ist gar nicht Version 5.1, sondern 5.1.3!»

Ich seufzte. Der WanzDetek™ war zufällig keine Anzahlung, aber lief letztlich auf dasselbe hinaus.

«Höchst spannende Resultate», sagte Zenda.

«Das ist *wirklich* sehr interessant», erwiderte die Maschine eingeschnappt.

«Warum?», fragte ich und gab mir Mühe, geduldig zu klingen.

«Ich werde es dir nicht verraten.»

«Wanzl!»

«Nein. Es ist bestimmt wieder sooo langweilig, dass ich deine kostbare Zeit nicht damit verschwenden sollte.»

«Nun sag's schon!»

«Nein.»

«Du sagst es mir jetzt, oder ich werde dich aus dem Fenster werfen!»

«Das würdest du niemals tun.»

«Ich glaube, du hast mich noch nicht richtig kennen gelernt.»

«Okay, schon gut. Die Software für dieses Gerät ist umprogrammiert worden. Jetzt übermittelt es seine Daten nicht mehr an den AZGD, sondern direkt an eine Regierungsbehörde. Das ist sehr ungewöhnlich. Sehr, sehr ungewöhnlich. Wirklich unglaublich unge...»

«Ja, ich hab's verstanden.»

«Willst du auch wissen, an welche Abteilung?», fragte er selbstgefällig.

«Besonders Dringende Angelegenheiten?»

Es gab eine kurze Pause.

«Wenn du es schon länger gewusst hast», schimpfte die kleine Maschine, «warum hast du mich dann so lange schmoren lassen?»

«Jemand in meiner eigenen Abteilung lässt mich abhören?», flüsterte Zenda irritiert.

«So was muss ich mir nicht gefallen lassen!», tobte der Wanzendetektor weiter, ohne dass noch jemand auf ihn hörte.

«Ich vermute», sagte ich und wandte mich an Zenda und Alkland, «dass es irgendwo im obersten Stockwerk ein tolles Gerät gibt, in Cs Büro zum Beispiel, um mal wild draufloszuspekulieren. Du hast dir nichts zuschulden kommen lassen, Zenda. Hier geht es um eine ganz besondere Form der Überwachung.»

«Aus mir hätte alles Mögliche werden können! Ich hätte meine eigene Maschine sein können!»

«Aber warum?», fragte Zenda wehleidig. «Worum geht es überhaupt? Und wo ich gerade darüber nachdenke, fällt mir ein, dass ich euch noch fragen wollte, warum ihr beide eigentlich hier seid und nicht im Zentrum.»

«Ich hätte große Aufstiegschancen gehabt!»

«Wanzl», sagte ich und drehte mich um. «Halt jetzt endlich die Klappe!»

«Wie willst du das erreichen?»

«Schnauze, du Scheißding!», brüllte Zenda. «Oder ich werde dich aus dem Fenster schmeißen!»

«Oh, Wahnsinn! Ist es das, was Sie unter motivierendem Management verstehen?», brummte der WanzDetek™. «Wenn Sie Ihre Abteilung auf diese Weise leiten, wundert es mich überhaupt nicht, dass man Sie belauscht.»

«Jetzt reicht's!», schrie Zenda und marschierte zum Schreibtisch hinüber.

«Ich hab's nicht so gemeint! Stark, hilf mir!»

Ich schnappte mir das Ding, warf es wieder in die Schublade und verschloss sie.

«Ich denke, es wäre wohl an der Zeit, dass wir einmal ein ausgiebiges Plauderstündchen einlegen», sagte ich und sah Alkland an. Er senkte den Blick und nickte. Dabei bemerkte ich, dass die Besserung seines Zustands durch die Dusche nur vorübergehend gewesen war. Er sah schlimm aus.

«Stark?», kam eine gedämpfte Stimme aus der Schublade.

«Was ist denn noch?»

«Du hast die Wanze vergessen.»

Ich öffnete die Schublade, und die Maschine spuckte das kleine Gerät in hohem Bogen aus. Ich schaffte es nicht, das Ding in der Luft aufzufangen, und musste es vom Boden aufheben, aber ich schloss die Schublade über dem blechernen Gekicher der Maschine ganz ruhig. Ich werde das kleine Miststück später aus dem Fenster werfen, wenn ich wieder mal einen Kick brauche.

Wir machten uns Kaffee. Wir setzten uns gemütlich zusammen. Wir fingen an.

«Ich wurde im Zentrum geboren und habe dort mein ganzes Leben verbracht», begann Alkland. «Heute auf dem Rückweg habe ich, wenn auch nur aus der Ferne, mehr Viertel gesehen, als ich jemals besucht habe. Jeden Tag meines Lebens bin ich mit ganzem Herzen für das Zentrum eifrig, strebsam und fleißig gewesen.»

Danach machte er eine kleine Pause, als wisse er nicht, womit er weitermachen sollte.

«Stark weiß, was ich auf mich genommen habe, um in Status hineinzugelangen. Er weiß auch, dass ich keine Ahnung hatte, wie ich wieder herauskommen sollte.»

«Moment, Moment», sagte Zenda. «Sagten Sie, was *Sie* auf sich genommen haben?»

«Ja.»

«Es gibt keine Bande, Zenda», sagte ich.

«Keine Bande?»

«Nein», sagte Alkland. «Ich habe die Aktion allein durchgeführt. Ich bin einfach gegangen.»

Zenda schaute völlig verblüfft drein. Niemand geht einfach so aus dem Zentrum weg. Wenn man sein ganzes Leben damit verbracht hat, den Leuten, die einem die Stellung streitig machen wollen, eine Nasenlänge voraus zu sein, geht man nicht einfach weg. Jemand anderer könnte einem den Platz am eigenen Schreibtisch weggenommen haben, sobald man mal für fünf Minuten weg war. Viele Aktionisten schlafen tatsächlich an ihren Schreibtischen, damit sich niemand anders dort in der Nacht einnistet. Alkland erriet ihre Gedanken.

«Ich weiß, für Sie klingt das unvorstellbar, wie für jeden anderen Aktionisten auch. Also ging man sofort davon aus, dass ich entführt wurde, weil das für jeden die einzige glaubwürdige Erklärung schien.»

«Für fast jeden», warf ich ein. Ich weiß nicht, was es mit solchen Gesprächen auf sich hat, aber irgendwie beugt sich dabei jeder in seinem Sitz vor und spricht in unvollständigen Sätzen.

«Ja», seufzte er. «Es gibt einige, die von Anfang an wussten, dass ich nicht entführt wurde, und Sie, Zenda, haben den Auftrag in dieser Angelegenheit von einem von ihnen bekommen. C wusste, dass ich aus eigenem Entschluss gegangen bin, und er wusste auch, warum.»

«Moment mal», sagte Zenda. «C *wusste,* dass Sie nicht entführt wurden? Warum hat er es mir dann nicht gesagt? Warum hat er mich auf den Fall angesetzt?»

«Weil er nicht wusste, wo ich bin, und mich wiederhaben wollte. Da war es das Einfachste, zu sagen, ich sei entführt worden. Auf diese Weise würden die Leute besser motiviert sein, loszugehen und nach mir zu suchen.»

«Ich habe mich allerdings auch schon gefragt», sagte ich, «warum jemand einen hoch stehenden Aktionisten entführen sollte und was es sein könnte, das nur das Zentrum hat, wofür sich jemand solche Mühe machen würde. Mir ist nichts eingefallen, aber ich nahm einfach an, dass ich noch nicht lange genug drüber nachgedacht hatte.»

«Aber mir hätte C doch sagen können, dass Sie einfach nur weggegangen sind», sagte Zenda wütend. «Warum hat er mir nicht vertraut? Für mich hätte es keinen Unterschied bedeutet. Ich mache mir Arbeit – wenn jemand wieder gefunden werden muss, lasse ich nach ihm suchen.»

«Weil Sie vielleicht Fragen gestellt hätten. Erinnern Sie sich, wie Sie vorhin reagiert haben, als ich es Ihnen erzählte? Vielleicht hätten Sie C nicht mit Fragen belästigt, aber Sie hätten es zumindest für äußerst seltsam gehalten. Außerdem haben Sie bereits bemerkt, dass im Zentrum etwas Merkwürdiges vor sich geht. Sie hätten versucht, der Sache auf den Grund zu gehen, wenn man Sie darauf gestoßen hätte.»

Der Aktionist machte erneut eine Pause, und ich beschloss, dass es Zeit wäre, die Diskussion auf den Punkt zu bringen und eine Art Tagesordnung zu erstellen. Es war bereits sehr spät. Ich wusste nicht, mit welcher Ausrede Zenda das Zentrum verlassen hatte, aber sie würde nicht für ewig reichen.

«Okay», sagte ich, «wir hätten jetzt drei Fragen, die beantwortet werden müssen. Warum sind Sie gegangen? Warum sucht man nach Ihnen? Schnell, Alkland.» Ich wollte den älteren Mann nur ungern drängen, weil er so krank aussah und ich wusste, dass er ziemlich fertig war. Auf der anderen Seite musste ich es genau aus ebendiesen Gründen tun. Es war jetzt fast fünf Stunden her, seit wir das Dach verlassen hatten, und draußen wurde es bereits dunkel. Wenn ich schon meinen Auftrag nicht richtig zu Ende führen durfte, wollte ich wenigstens wissen, was stattdessen geschehen sollte, und zwar bald.

«Das sind nur zwei Fragen», kam es dumpf aus der Schublade. «Schwachkopf.»

«Halt's Maul und schalt dich aus», schlug ich vor. «In beliebiger Reihenfolge.»

«Wie lautet die dritte Frage?», fragte Alkland.

«Später», sagte ich.

«Er hat sich noch gar keine ausgedacht», mischte sich der WanzDetek™ erneut ein. «Er macht sich damit nur wichtig.»

Ich stand auf, öffnete die Schublade und schaltete die Maschine aus, indem ich sie gerade heftig genug auf die Tischplatte knallte, um sie nicht zu zerstören. Manchmal ist sie nämlich ganz nützlich, und außerdem möchte ich, dass sie bei vollem Bewusstsein ist, wenn sie aus dem Fenster fliegt.

Viel später erkannte ich, dass es sogar vier Fragen waren, die ich hätte stellen sollen. Wenn ich es bereits zu diesem Zeitpunkt gewusst hätte, wäre vieles vielleicht ganz anders gelaufen. Aber das war nun mal nicht der Fall.

«Na gut», sagte Alkland. «Warum bin ich gegangen? Ich bin gegangen, weil ich nicht länger so tun kann, als würde ich nicht bemerken, was im Zentrum vor sich geht. Zenda, haben Sie schon einmal von einer Droge namens Diligenz gehört?»

Das hatten wir beide. Einige Aktionisten, das heißt die widerwärtigsten der mega-hyperaktiven Power-Freaks, die um jeden Preis Karriere machen wollen, sollen angeblich gelegentlich Gebrauch davon machen. Eigentlich ist sie illegal, aber das ist vieles.

«Ja», antwortete sie verächtlich. «Damit soll man den Fleiß steigern können.» Ich musste insgeheim grinsen. Zenda hat es noch nie gemocht, wenn jemand schummelt.

«So ist es», sagte Alkland traurig. «Nicht sehr und auch nicht für sehr lange, aber ein wenig. Es gibt sie schon seit einer geraumen Weile, und einige der Leute, die sich im Zentrum zu führenden Positionen hinaufgearbeitet haben, nehmen sie schon ihr ganzes Leben lang. Die Droge hat sie zu dem gemacht, was sie sind. Inzwischen gibt es eine Art harten Kern, eine Gruppe von Leuten, die sie konsumieren, sie kontrollieren und sie all denen zugänglich machen, die ihrer Ansicht nach Erfolg haben sollen. Das Zentrum funktioniert nicht mehr nach dem Leistungsprinzip, fürchte ich, und das schon seit langer Zeit.»

Diese Neuigkeit war nicht gerade so überraschend, dass sie mich aus den Socken haute, aber ich stellte fest, dass Zenda schockiert aussah. Sie ist nicht unbedingt naiv, sondern nur etwas zu geradlinig. Sie hat schwer geschuftet, um ins Zentrum zu kommen, und ist stolz auf ihre eigenen Fähigkeiten. Ich wusste, dass sie eine Weile brauchen würde, um damit klarzukommen, wie es in Wahrheit hinter den Kulissen im Zentrum zuging. Ich fragte mich, ob es für sie jemals wieder wie früher sein konnte.

«Aber es kommt noch viel schlimmer», erzählte Alkland weiter, wobei er sich immer mehr erregte. «Als ich entdeckte, was läuft, beschloss ich für mich, dass es reichte. Warum sind manche Menschen fleißiger als andere? Warum sind einige Leute so versessen darauf, Erfolg zu haben? Es ist zum Teil natürlich eine psychische Sache, aber auch physiologische, also chemische Faktoren spielen eine Rolle. Diligenz wird aus einem Extrakt des menschlichen Gehirns gewonnen.»

Zenda sog scharf den Atem ein, und auch ich war leicht schockiert. Nicht sehr, aber ein wenig. Wie ich schon sagte, habe ich bereits einige üble Sachen erlebt.

«Es heißt immer, dass die Droge in Rot eingekauft wird, aber das stimmt nicht. Der Extrakt wird von außen bezogen, aber die Droge wird im Zentrum hergestellt.»

«Woher stammt der Extrakt?»

«Aus Status.»

Damit hakte ich eine der Fragen ab, die ich mir für spätere Klärung aufgehoben hatte. Daher konnte es sich Status also leisten, Computer und Antischwerkraft-Technik zu bezahlen. Zenda war fassungslos.

«Man holt das Zeug aus den Gehirnen von Menschen?»

«Die Gewinnung ist sehr einfach und fügt den ‹Spendern› keinerlei Schaden zu. Anschließend sind sie, na ja, lediglich etwas weniger fleißig als zuvor. Friedfertiger.»

«Was für die Regierung», fügte ich hinzu, «ein ganz angenehmer Zustand ist.»

«Genau. Ein wahrhaft symbiotisches Arrangement für die Machthaber. Eine Fleiß-Verpflanzung. Jene, die nicht wollen, dass ihre Bürger Fleiß zeigen, verkaufen ihn an solche, die ihn haben wollen. Eine optimale Lösung.»

«Es ist widerwärtig», brummte Zenda wütend.

«Aber jetzt haben die Biochemiker einen Fortschritt gemacht: Diligenz II. Es ist viel stärker, hält länger vor und braucht einen etwas anderen Extrakt als Grundstoff. Auch dadurch werden die Spender nicht getötet, aber anschließend sind sie lallende Idioten. Und mit absoluten Schwachköpfen kann niemand mehr etwas anfangen, vor allem nicht in Status. Man kann sich dort kein nutzloses Menschenmaterial leisten. Letztlich läuft es auf Viehzucht hinaus, und das konnte ich nicht mehr dulden. Also machte ich mich aus dem Staub.»

«Womit Frage zwei beantwortet wäre», sagte ich. «Man befürchtet, Sie würden die Sache an die große Glocke hängen.»

«Ja», sagte er schulterzuckend.

«Und? Werden Sie es tun?»

Der Aktionist seufzte. Wie er da in seinem Sessel saß, sah er sehr alt und müde aus.

«Wem soll ich's erzählen? Der Chef-Aktionist weiß, was los ist, aber er ist alt und möchte noch eine Weile Chef-Aktionist bleiben. C hat eine viel zu gute Machtbasis, um gestürzt werden zu können. Und außerhalb des Zentrums interessiert es keinen. Niemand hat irgendeine Gewalt über das Zentrum oder ein anderes Viertel. C und die Leute, die mit ihm zusammenarbeiten, stehen bereits in Verhandlungen mit Status und ein paar anderen Vierteln. Es hat keinen Sinn, sich an Status, Schan oder Idylle zu wenden, weil die Verwaltungen dort längst Bescheid wissen. Sie hängen voll mit drin.»

«Idylle?», rief Zenda. «Idylle hat auch damit zu tun? Nein, nein ...»

Ich versuchte, Zenda zu beruhigen, was mir allerdings kaum gelang, da ich selbst wütend war. Ich habe schon viele Viertel gesehen, ich bin ja weit rumgekommen. Aber Idylle ist ein ganz besonderer Ort, und zwar aus vielen Gründen. Es ist dort ganz anders als anderswo. Idylle ist ein altes Viertel, wo die Menschen in Ruhe und Frieden kommen und gehen können. Sie kümmern sich um niemanden und streiten sich mit niemandem. Sie wollen dort nur in Ruhe gelassen werden, damit sie freundlich und nett zueinander sein können. Ich weiß, das klingt ziemlich seltsam, aber für sie ist es okay.

«Noch nicht», sagte Alkland schnell. «Bisher hat das Zentrum nur Status und Schan benutzt. Aber für Diligenz II werden mehr Spender gebraucht, und Idylle steckt in großen finanziellen Schwierigkeiten. Ich bin niemals dort gewesen, ich habe nur gehört, dass es dort sehr nett ist und ...»

«Sehr *nett*?», kreischte Zenda. «Es ist mein Zuhause! Dort bin ich aufgewachsen! Es ist – Stark, sag du es ihm – es ist ...»

«Es ist nicht mehr in der Lage, sich selbst zu finanzieren», vollendete Alkland ihren Satz. «Das Zentrum droht nun damit, geliehenes Equipment, das damals über Techno besorgt worden war, wieder einzuziehen. Idylle wird auseinander fallen, wenn das geschieht. Sie haben keine Wahl.»

Zenda schäumte vor Wut. Ich wartete ab, weil ich wusste, was kommen würde. Ich hatte schon seit einer Weile, das heißt, seit ich festgestellt hatte, dass es gar keine Bande gab, so etwas Ähnliches am Horizont auf mich lauern sehen. Ich reiße mich nicht um solche Jobs. Sie kommen von selbst zu mir, und deshalb ist mein Leben solch eine bunte Abfolge von Besorgnis erregenden

Ereignissen. Zenda wandte sich schließlich mir zu, wie ich es erwartet hatte.

«Doch, die haben sie.»

Ich blickte sie an und lächelte. Wie ich schon sagte, manchmal stellt sich mir die Wahl, manchmal nicht. Das Komische daran ist nur, dass es mir niemals wie eine freie Wahl vorkommt, für die richtige Seite zu kämpfen. Man wählt nur die schlimmen Dinge, die guten hingegen packen einen einfach und schleifen einen mit sich. Es ist bloß ein Jammer, dass das Gute niemals abfärbt.

«Ich werde mein Bestes tun.»

Sie lächelte strahlend und wunderschön und nahm meine Hand.

«Ich werde auch tun, was in meiner Macht steht», sagte sie. «Sag mir, was ich tun soll, und ich werde es tun.»

Alkland sah uns beide verständnislos an.

«Wovon reden Sie überhaupt?»

«Wir reden davon, der Sache ein Ende zu machen.»

Der Aktionist schüttelte hoffnungslos den Kopf.

«Das können Sie nicht. Diese Leute sind sehr mächtig, und sie werden sich nicht aufhalten lassen. Sie haben keine Ahnung, worauf Sie sich da einlassen.»

«Diese Leute auch nicht», sagte Zenda entschlossen und nickte in meine Richtung, was ich als schmeichelhaft empfand. Ich gab mir alle Mühe, wie jemand auszusehen, mit dem sich nicht spaßen lässt, aber mein Gesicht ist dazu nicht geeignet, und ich erwartete auch nicht, Alkland zu überzeugen, zumindest noch nicht. Er sah uns beide eine Weile finster an und schüttelte dann den Kopf.

Kurze Zeit später schlief der Aktionist in der Wärme und Sicherheit meiner Wohnung auf dem Sofa ein, und Zenda und ich schlichen in die Küche, um ihn nicht zu stören. Dort benutzte ich das Videofon, um Pizza zu ordern. Ich orderte eine Menge.

Die Telefonistin schien sogar etwas entsetzt über die Menge zu sein, aber ich konnte sie schließlich doch überzeugen, dass ich es ernst meinte.

«Was passiert jetzt, Stark?», fragte Zenda leise, als ich aufgelegt hatte.

«Du musst wieder ins Zentrum zurückgehen», sagte ich, «und deine Wanze mitnehmen.» Das schien ihr gar nicht zu gefallen, aber sie willigte ein. In solchen Angelegenheiten tut sie immer, was ich ihr sage. Zumindest fast immer. «Du musst sie wieder dahin zurücktun, wo du sie gefunden hast, und darauf hoffen, dass sie in der Zwischenzeit von niemandem überprüft wurde.»

«Und wenn doch?»

«Sei schlau. Sag, du hast sie gefunden und überprüfen lassen.»

«Was? Ist das klug?»

«Etwas anderes zu behaupten wäre nicht sehr überzeugend. Sag nur nicht, dass du mich gesehen oder auch nur von mir gehört hast. Das dürfte nämlich der Hauptgrund sein, warum du abgehört wirst. Der Sicherheitsdienst der Abteilung müsste dir sagen können, ob jemand in deinem Büro gewesen ist. Wenn das der Fall ist, wenn es jemand wie Darv war, dann geh direkt zu C und melde die Wanze. Denk immer dran, dass du nichts weißt und dass du weder Alkland noch mich gesehen hast. Dann wäre das eine ganz natürliche Reaktion. Er wird so tun, als wüsste er von nichts, und sich entschuldigen. Die nächste Wanze werden sie etwas sorgfältiger verstecken.»

«Okay. Was soll ich also tun?»

«Rühr dich nicht, mach deine Arbeit und tu so, als hättest du nichts von mir gehört. Ich werde mich so bald wie möglich bei dir melden.»

«Wohin gehst du?»

Ich blickte sie eine Weile schweigend an, bis sie verstand und nickte.

«Ich hatte mir darüber schon Gedanken gemacht», sagte sie. «Also ist da noch ein Etwas. Weiß er davon?»

«Ich glaube nicht», sagte ich. «Er denkt, es wären lediglich Albträume, und es gibt keinen Anhaltspunkt, der ihn auf eine andere Idee bringen könnte. Aber du hast gesehen, wie schlimm es um ihn steht. Das müssen wir als Erstes regeln, sonst hält er nicht durch.»

«Sei vorsichtig, Stark!»

«Das bin ich. Noch eins: Ruf bitte unterwegs Ji an und lass ihn wissen, wohin ich gehe.»

«Wird er sich an mich erinnern?»

«Das wird er.»

Als plötzlich ein Schrei aus dem Wohnzimmer kam, riss ich die Tür auf und sah, wie Alkland im Schlaf auf dem Sofa um sich schlug. Seine Haut war fleckig, und sein Atem kam in unregelmäßigen Stößen. Ich eilte zu ihm und schüttelte ihn an der Schulter. Der Türmelder summte, und Zenda drückte auf den Knopf, um das Mädchen mit der Pizza ins Haus zu lassen. Erst nachdem ich ihn heftig geschüttelt hatte, wachte Alkland auf. Er fuhr hoch, starrte mit weit aufgerissenen Augen ins Leere und murmelte etwas Unverständliches. Erst als ich ihn erneut schüttelte, erkannte er mich, sah aber immer noch sehr erschrocken aus.

«Wo waren Sie?», fragte ich ihn schnell. Der Aktionist redete immer noch wirres Zeug, worauf ich ihn wieder und noch heftiger schüttelte. «Das ist die dritte Frage. Sie ist wichtig. *Wo?* Was haben Sie geträumt?»

«Ich … in einem Dschungel. Ich war in einem Dschungel.»

«War jemand bei Ihnen? Los, denken Sie nach!»

«Nein … ich … nein, ich war allein.» Sein ganzer Körper zitterte, aber ich ließ nicht locker. Manchmal muss man hart sein.

«Sind Sie sicher? Denken Sie nach!»

«Ja, aber …» Er schüttelte energisch den Kopf und schien gleich in Tränen ausbrechen zu wollen. Es war hart, aber ich schlug ihm leicht ins Gesicht. Zenda griff nicht ein. Sie weiß, dass ich weiß, was ich tue.

«Aber was?»

Er stieß keuchend den Atem aus.

«Jemand kam.»

Es klingelte an der Tür, und ich nickte Zenda zu. Sie öffnete vorsichtig, das Pizza-Mädchen trat ein, warf Alkland und mir einen desinteressierten Blick zu und marschierte direkt in die Küche. Zenda kam und hockte sich neben uns. Sie versuchte, den Aktionisten zu beruhigen. Ich weiß nicht, wie Frauen das machen, aber sie können es einfach. Sie haben den Bogen irgendwie raus. Sogar heute, wo niemand mehr einen großen Wirbel um den Unterschied zwischen Männern und Frauen macht, wo mehr Frauen als Männer arbeiten, wo der Geschlechterkrieg ad acta gelegt ist, gibt es noch Unterschiede, wie es sie schon immer gegeben hat. Männer und Frauen sind nun einmal verschieden. Es tut mir Leid, aber so ist es.

Alkland beruhigte sich ein wenig, verdrehte aber den Hals, um zur Küche zu sehen, aus der das Klappern von Essgeschirr drang.

«Wer ist das?», fragte er misstrauisch.

«Das Pizza-Mädchen», erklärte ich. «Sie kommen vorbei und bereiten einem die Pizza in der eigenen Mikrowelle zu. Dauert nur eine Minute, und es schmeckt phantastisch. Und Sie werden eine Riesenmenge essen, denn gleich danach werden Sie und ich gehen müssen.»

«Wohin?», fragte er wehleidig, aber ich hatte keine Gelegenheit mehr, ihm zu antworten, denn in diesem Augenblick wurde die Küche von einer gewaltigen Explosion in tausend Stücke gerissen.

10. KAPITEL

Mit Explosionen ist es irgendwie seltsam. Auch wenn man genau weiß, dass das Geräusch zunächst wie ein dumpfes Krachen klingt, auf das das Scheppern der Trümmer und das Splittern von Glas folgen, gibt es nur ein Wort, das alles zusammenfasst.

Bum!

Dies hier war jedoch eher ein *BUM!*, und das, was unmittelbar darauf folgte, war auch nicht aus Pappe. Zenda wurde über mich geschleudert, und ich landete auf dem Sofa und auf Alkland, während wir mit Trümmern des Mauerwerks und blitzenden Scherben der Videowand überschüttet wurden.

«Scheiße!», stellte ich scharfsinnig fest und sprang auf, als es einigermaßen sicher schien. «Mist!» Ich untersuchte Zenda, die bis auf ein paar Kratzer in Ordnung war. «Bleib bei ihm! Scheiße, wo ist Paillette? Wo ist der Kater?»

Ich fand ihn im Schlafzimmer, wo er verschlafen hockte. Er sah leicht überrascht aus, aber wesentlich ruhiger, als ich mich fühlte. Ich lief ins Wohnzimmer zurück. Funken aus der zerstörten Videowand sprangen in hohem Bogen durch das Loch in der Mauer in die Küche hinüber. Mit einem Fußtritt schaltete ich das Netzgerät aus, als ich rüberging.

Die Küche sah aus – nun, wie soll ich sagen? –, als wäre eine Bombe eingeschlagen. Sie war voller Qualm, und es brannte in einigen Ecken. Ich trat das Feuer aus, so gut ich konnte, wobei ich versuchte, den roten Matschflecken aus dem Weg zu gehen, die den Fußboden und die Wände bedeckten. Es war nicht mehr zu unterscheiden, was von der Pizza stammte und was nicht.

«Ist sie tot?», rief Zenda.

«Sozusagen!», rief ich zurück. «Und die Pizza ist auch hin.» Alkland sah entsetzt aus, bis Zenda ihm erklärte, dass die Pizza-Lieferantinnen Androiden seien. Einige Pizzafirmen in etwas verrufeneren Vierteln bieten als Service an, dass eine Pizza-Androidin vorbeikommt, mit einem schläft, dann die Pizza zubereitet und wieder geht, und das Ganze für zwanzig Credits. Das wurde im Chauvi-Viertel vier Jahre hintereinander zum ‹Fabelhaftesten Service aller Zeiten› gewählt, und ich kenne auch ein paar sehr beschäftigte Frauen, die die Nummer in ihrem Telefon gespeichert haben.

Ich kniete mich vor die Überreste der Mikrowelle und lugte vorsichtig hinein. Zwischen verbogenen Metallteilen und mit verdampftem Tomatenmark bekleckert fand ich das, wonach ich suchte. Einen kleinen Metallzylinder, an dem eine Lampe blinkte.

Es war ein Detonator, der wie eine Bombe arbeitet, sich aber wesentlich besser kontrollieren lässt, weil er mit künstlichen Schockwellen arbeitet, deren Reichweite sich genau justieren lässt. Glücklicherweise hatte man den Wirkungsradius auf Zimmergröße eingestellt, weil das in der Regel auch völlig ausreicht. Ich brauchte keinen WanzDetek™, um zu verstehen, was die blinkende Lampe zu bedeuten hatte. Das Gerät meldete die Ausführung des Auftrags ans Hauptquartier, und zwar durch Impulswellen. Dagegen gibt es keine Abschirmung.

«Mist!», sagte ich wieder und hastete ins Wohnzimmer. «Wir müssen sofort hier raus!»

«Warum?»

«Weil hier jeden Augenblick Besucher eintreffen werden.»

Plötzlich erkannte ich glasklar, was auf dem Dach von Status so beunruhigend gewesen war, dieser Gedanke, den ich sofort wieder vergessen hatte. Und ich verstand auch, was das zu bedeuten hatte.

Ich rannte im Wohnzimmer umher und suchte ein paar Sachen zusammen, während Zenda Alkland vorsichtig beim Aufstehen half. Ich flitzte ins Schlafzimmer, nahm Paillette auf den Arm und scheuchte alle hinaus auf den Korridor, wo bereits die Feuermeldelampen blinkten.

«Also», sagte ich, «Zenda, du musst jetzt ganz schnell ins Zentrum zurück. Nimm Paillette mit und sei sehr, sehr vorsichtig.»

«Was ist hier los?»

«Alkland hatte Recht», sagte ich, drängte sie in den Fahrstuhl und ließ uns abwärts sausen. «Mit diesem Typen ist überhaupt nicht zu spaßen. Als ich versuchte, nach Status hineinzukommen, hat man auf mich geschossen. Ich dachte, es wäre jemand von der Bande, die Alkland entführt hatte, aber es gab ja gar keine Bande.» Die Lichter der Stockwerke flitzten vorbei, und ich drängte den Fahrstuhl zu größerer Eile, während ich Paillette an Zenda übergab.

«Wer war es dann?»

«Wer wusste, dass ich nach Status wollte? Du, Ji und Snedd. Und das Zentrum. C, Darv und wer weiß wie viele Verrückte, die noch auf ihrer Seite stehen. Sie haben gestern versucht, mich zu töten, noch bevor ich Alkland gefunden hatte.»

«Das Zentrum tötet keine Menschen.»

«Offenbar haben sich die Ansichten darüber geändert.»

Der Fahrstuhl blieb knirschend im Erdgeschoss stehen. Ich schob die beiden hinaus und nahm mir noch eine Sekunde, um den Fahrstuhl zum obersten Stockwerk zurückzuschicken. Dann rannten wir auf die Straße. Nach ein paar Kurven stießen wir auf Purpur 34, eine Seitenstraße von Mauve, die ihrerseits eine der Hauptstraßen von Farben ist. Ich verlangsamte unser Tempo und drängte alle in Richtung Kreuzung, wobei wir uns dicht an der Wand hielten. Als wir noch zwanzig Meter entfernt waren, blieb ich stehen.

«Okay, hier trennen wir uns. Zenda, verschwinde jetzt. Geh nach rechts die Mauve hinauf. Die Station Nuance 1 ist etwa anderthalb Blocks weiter. Senk den Kopf und geh in normalem Tempo. Und du», sagte ich und beugte mich vor, um Paillettes Nase zu reiben, «pass gut auf sie auf.»

Zenda zögerte, dann streckte sie sich, um mir einen Kuss auf die Wange zu geben.

«Viel Glück», sagte sie zu Alkland. Sie blickte mir kurz in die Augen und war im nächsten Moment verschwunden. Ich packte den Aktionisten am Arm und führte ihn die Straße hinunter, die die 35 kreuzte.

«Sind wir nicht genau aus dieser Richtung gekommen?», fragte er keuchend.

«Ja. Verfolgungspsychologie für Anfänger.»

Mit gesenktem Kopf, aber darauf bedacht, unsere Geschwindigkeit halbwegs normal zu halten, überquerten wir die Fahrbahn. Wir hatten gerade die andere Seite erreicht, als zwei offene Flugwagen in die Straße einbogen. Um die Kurve zu nehmen, legten sie sich fast vollständig auf die Seite. Ich zerrte Alkland unauffällig zurück, und wir verschwanden im Schatten.

Die Wagen machten vor dem Wohnblock eine Vollbremsung, sodass zwei der Passagiere fast aus den Sitzen geschleudert wurden. Zwei Männer stiegen aus jedem Fahrzeug und liefen in das Gebäude. Alle waren bewaffnet, und kurz bevor sie die Vorhalle betraten, blitzte am Handgelenk des einen kurz etwas Lilafarbenes auf. Der AZGD.

«Entschuldigen Sie», sagte eine leise und freundliche Stimme, worauf wir beide vor Schreck einen etwa fünf Meter hohen Satz in die Luft machten. Als wir wieder festen Boden unter den Füßen hatten, wirbelten wir herum, aber es war niemand zu sehen.

«Es tut mir Leid, dass ich Sie erschreckt habe», entschuldigte sich die Stimme, und ich erkannte, dass sie elektronisch war und aus einem winzigen Lautsprecher in der Wand kam. «Es ist jetzt neunzehn Uhr», sagte der Straßencomputer, «und mir ist aufgefallen, dass nur einer von Ihnen beiden die für diese Zeitphase vorgeschriebene schwarze Jacke trägt.»

Ich sah Alkland an, der natürlich die einzige Jacke trug, die er bei sich hatte. Er sah mich verständnislos an und versuchte nicht einmal, das Thema modische Bedenken eines unsichtbaren Computers zu begreifen.

«Das ist Dunkelblau», flüsterte ich. «Das reicht doch!»

«Dunkelblau und Schwarz sind zwei völlig unterschiedliche Dinge. Schwarz ist die Abwesenheit von Farbe, wohingegen Blau, ganz gleich wie sehr es auch mit Schwarz getönt sein mag, eine definitive Spektroskopie aufweist.»

«Hör mal zu», sagte ich. «Ich wohne dort drüben. Aus Gründen, die ich in diesem Augenblick nicht weiter ausführen möchte, wäre es großartig, wenn wir hier nur ein kleines Weilchen abwarten könnten. Dann gehen wir rein, einverstanden?»

Es gab eine kleine Pause.

«Versprochen?»

«Ja.»

«Gut, Sie haben einen Aufschub von fünf Minuten. Nettes Hemd übrigens.»

Ein leises Klicken signalisierte das Ende der Kommunikation. Wir warteten ein paar Minuten ab, während deren Alkland immer unruhiger wurde. Dann kamen die Männer zurück. Sie bewegten sich jetzt etwas langsamer, aber immer noch sehr zielstrebig, was mich leicht deprimierte. Es hatte die winzige Möglichkeit bestanden, dass das Kunstfleisch des Androiden sie würde glauben lassen, dass die Bombe ihre Aufgabe erfüllt hatte und sie nach Hause gehen konnten. Das war jedoch eindeutig nicht der Fall.

Die Männer standen eine Weile heftig diskutierend vor dem Eingang, bis sie wieder in die Flugwagen sprangen. In gemäßigtem Tempo flog einer die Straße rechts von uns hinunter und der andere in die entgegengesetzte Richtung, wobei alle vier Männer sorgfältig die Gehwege überprüften. Wir sahen ihnen nach, bis sie verschwunden waren, dann drehte ich mich zu Alkland um und führte ihn geräuschlos die Nebenstraße hinunter.

«Gut», sagte ich. «Jetzt wissen wir, in welchen Richtungen sie suchen. Was tun wir also? Wir gehen in eine andere.»

«Ah!», sagte er beruhigt.

«Das einzige mögliche Problem entsteht nur dann, wenn sie einen Detektor für Ihr Implantat mitgebracht haben.»

«Und was tun wir in diesem Fall?»

«Wir gehen nach Plan B vor.»

«Und der wäre?»

«Lässt sich im Augenblick noch nicht sagen», brummte ich und beschleunigte unser Tempo ein wenig.

Fünf Minuten später wurde ein Alternativplan immer dringender. Aus Farben herauszukommen würde gar nicht so schwierig sein – es war schließlich nicht Status. Nachdem ich eine eindrucksvolle Vorstellung davon bekommen hatte, wie hartnäckig das Zentrum in dieser Angelegenheit war, nahm ich an, dass inzwischen bestimmt auch die Bahnhöfe überwacht wurden. Ich hoffte nur, dass Zenda noch rechtzeitig herausgekommen war. Paillette würde ihr zumindest einen berechtigten Grund für ihr Hiersein liefern. Für uns spielte das keine Rolle. Die Einschienenbahn ist nicht der einzige Weg nach draußen. Das war nicht das Problem.

Das Problem war vielmehr, dass es so aussah, als hätten die AZGD-Leute tatsächlich einen Detektor dabei. Wir hatten Farben etwa zur Hälfte durchquert, indem wir schnell durch die verlassenen Straßen gehuscht waren, als ich ein paar Blocks weiter einen der Flugwagen entdeckte. Er fuhr in die andere Richtung, aber seiner ursprünglich eingeschlagenen Richtung zufolge hätte er eigentlich gar nicht hier sein dürfen. Ich verschwand mit Alkland in einer noch schmaleren Seitenstraße, die nicht einmal einen Namen hatte, und blieb stehen.

«Was ist denn jetzt?», stöhnte Alkland.

«Man versucht Sie zu lokalisieren.»

Der Aktionist lehnte sich schwer atmend gegen die Wand. Er sah ziemlich fertig aus. Ich konnte spüren, dass er bereits die Hoffnung aufgegeben hatte, es noch zu schaffen. Er sah mich erschöpft an.

«Gehe ich recht in der Annahme, dass sich Plan B immer noch im Embryonalstadium befindet?»

«Er steht sogar noch vor der Befruchtungsphase.»

«Es ist wohl nicht möglich, dass ihre andere Freundin mit dem Flugdings ...?»

«Nein. Sie ist viel zu weit weg.»

«Entschuldigen Sie», sagte eine Stimme, und als Alkland zur Seite wich, enthüllte er einen kleinen schwarzen Lautsprecher, der in die ebenso schwarze Wand eingelassen war. «Jetzt ist es 19 Uhr 08. Ihr Aufschub ist beendet. Bitte gehen Sie sofort hinein!»

«Mein Gott!», rief ich verzweifelt. «Kannst du uns nicht in Ruhe lassen?»

«Es tut mir Leid», sagte die Stimme höflich. «Ich kann jetzt nichts mehr für Sie tun. Dies ist die letzte Warnung. Bitte verlassen Sie die Straße.»

Mit einem Schlag erkannte ich, worin Plan B bestand. Wir mussten wie der Teufel rennen. Ich gab das an Alkland weiter, und wir hetzten los. Dann überquerten wir die Straße und verschwanden gleich darauf wieder in eine Seitenstraße. Doch zuvor warf ich noch einen Blick nach links und rechts und sah genau das, was ich nicht zu sehen gehofft hatte. Zwei Blocks weiter nahm einer der Flugwagen unsere Richtung ein. Sie hatten uns angepeilt. Ich stieß Alkland weiter und rannte ihn dabei fast über den Haufen, sodass er schneller lief, um nicht auf die Nase zu fallen. Etwas grob, aber sehr wirksam, diese Methode. Man lernt so einiges.

Seitenstraßen, schwarzes Pflaster, Dunkelheit, das leise Trippeln von Füßen, die sich so schnell wie möglich bewegen, verschwommene Lichter, der Fahrtwind, Schmerzen in den Lungen, die so einen Blödsinn nicht mitmachen wollen. Warum kenne ich das alles so gut? Warum verbringe ich so viel Zeit damit, vor irgendwem oder irgendwas zu fliehen? Als wir über eine weitere Straße rannten, bog nur eine Ecke weiter der zweite

Flugwagen ein. Ein Schrei machte uns endgültig klar, dass sie uns entdeckt hatten. Wir liefen fünfzig Meter geradeaus weiter und bogen dann nach links ab, in die Richtung, aus der der Flugwagen gekommen war. Auch das war Verfolgungspsychologie, obwohl es wenig nützte, da sie uns mit ihren Detektoren erbarmungslos immer enger einkreisten. Muster aufzubrechen und das Unerwartete zu tun funktioniert, solange die Verfolgung auf Mustern aufbaut. Diese Typen aber bauten auf ein kleines blinkendes Licht.

Wir hielten eine Seitenstraße vor der Hauptkreuzung an. Das Ärgerliche war, dass wir unserem Ziel jetzt bereits sehr nahe waren, denn die Grenze von Farben befand sich nur etwa hundert Meter entfernt. Über die Kreuzung, ein paar Stufen hinunter, um eine Ecke herum, und dann wären wir am Tor gewesen, hinter dem das Geräusch-Viertel lag. Sie konnten uns auch dorthin folgen, sicher, aber nur zu Fuß, und zu Fuß konnte ich sie abhängen.

«Achtung!», dröhnte eine elektronische Stimme aus der Wand. Das war keine höfliche Aufforderung mehr, die Angelegenheit war an eine höhere Computerinstanz weitergeleitet worden. «Diese unangemessen gekleidete Person hat sofort die Straße zu verlassen!» Und dann ging sogar eine Sirene los, um dem Missfallen des Straßencomputers größeren Nachdruck zu verleihen.

«Großartig!», jammerte Alkland.

Die unscheinbare Wand, gegen die wir uns gekauert hatten, wechselte unvermittelt die Farbe. Riesige rote Pfeile zeigten blinkend auf uns. Wir gingen schnell zur Kreuzung und traten auf die Straße, aber sowohl die Pfeile als auch die heulende Sirene folgten uns.

«Mein Gott!», zischte ich der Wand zu. «Das ist ein Besucher, klar? Er kennt die Vorschriften nicht.»

«Aber Sie», tadelte die Wand streng und unbotmäßig laut. «Sie sollten sich über die Bedeutung der Phase, in der farblose

Jacken getragen werden müssen, für die Regeneration der Farbanpassungseinrichtungen für die Bürger im Klaren sein!»

«Sie kommen», sagte Alkland tonlos. «Ich höre sie rufen.»

«Hör mal zu, Wand, da sind einige Leute, die uns verfolgen!»

«Das ist mir bekannt. Sie sind alle angemessen gekleidet.»

«Ja, aber sie versuchen, uns zu töten.»

«Unsinn!»

«Nein, wirklich!»

«Bürger von Farben», sagte die Wand mit gebieterischem Stolz, «versuchen nicht, sich gegenseitig zu töten.»

«Die da sind nicht aus Farben – sie sind aus dem Zentrum.» Es gab eine Pause, während der Computer diese Behauptung verarbeitete. «Wirf mal einen Blick auf ihre Handgelenke», fügte ich flehend hinzu. «Lila Manschettenknöpfe. Sie sind vom AZGD!»

«Ich sehe es», sagte die Wand schließlich und schon etwas leiser. «Haben Sie etwas Unrechtes getan?»

«Nein», sagte ich. Dann gab es eine lange Pause.

«Nun, das können wir nicht dulden. Verdammte Klugscheißer!»

Ich war etwas überrascht, da ich nicht damit gerechnet hatte, dass die Ressentiments gegen das Zentrum selbst in so hohen Computerkreisen verbreitet waren, aber es erleichterte mich sehr. Die Sirene verstummte, und die Wand wurde sofort wieder schwarz. Einen Block weiter bogen beide Flugwagen in die Straße ein und kamen schnell näher.

«Treten Sie dicht an mich heran», sagte die Wand. Alklands Blick hing gebannt an den beiden Fahrzeugen, die jetzt nur noch etwa sechzig Meter entfernt waren. Ich packte ihn, drückte ihn gegen die Wand und stellte mich dann daneben.

Die beiden Wagen kamen nebeneinander langsam die Straße hinunter. Die AZGD-Agenten spähten von ihren Fahrzeugen aus nach beiden Seiten.

«Wir werden sterben», sagte der Aktionist leise.

Ich war nicht zuversichtlich genug, um ihm zu widersprechen. Dass jetzt keine großen und lauten Zeichen mehr auf uns zeigten, war ja schon etwas, aber ich sah noch nicht ganz, welchen Vorteil es uns verschaffen sollte. Die Wagen kamen immer näher, bis ich das kleine rote Licht auf dem Armaturenbrett des einen sehen konnte. Es blinkte so heftig, dass es fast aussah, als würde es konstant brennen. Sie mussten wissen, dass sie uns buchstäblich auf den Zehen standen, aber ich verstand nicht, wieso sie uns nicht sahen.

Die Wagen blieben stehen, als sie genau auf der Höhe waren, wo wir flach an die Wand gedrückt standen. Ich hielt mich bereit, jederzeit nach meiner Waffe zu greifen. Ich hätte kaum eine Chance gegen sie gehabt, das war klar, aber was kann man sonst in einer solchen Situation noch tun? Genau. Man greift trotzdem nach seiner Waffe.

Der Augenblick dehnte sich zu scheinbar unerträglicher Länge, bis sich die Wagen überraschenderweise weiterbewegten.

«Vielleicht sind sie in der Straße dahinter.»

«Unmöglich, sieh dir doch die Lampe an, Mann!»

«Aber sie sind nicht hier, oder?»

«Ich glaube nicht. Okay, wir werden nachsehen. Kinip, fahr mal rum auf die andere Seite!»

«Wird gemacht.»

Der erste Wagen fuhr bis zum Ende der Straße, während der andere sich auf der Stelle drehte und zur nächsten Ecke hinunterdüste. Alkland und ich atmeten gleichzeitig aus. Dann trat ich von der Wand zurück und blickte mich zu dem Aktionisten um.

«Was, zum ...», begann ich, und dann sah ich es. Aus zwei Metern Entfernung konnte ich Alkland nicht mehr erkennen. Der Straßencomputer hatte die Wand hinter uns in ein riesiges Wandgemälde verwandelt, in eine schrille Farbenorgie. Der Wirbel, der hinter Alkland pulsierte, hatte genau dieselbe Farbe wie seine Jacke. Ein breiter Querstreifen in Kopfhöhe hatte die Farbe seiner Haut, außer am oberen Rand, wo er in das Grau seiner Haare überging. Ich trat noch einen Schritt zurück und schüttelte den Kopf. Wir waren so gut wie unsichtbar gewesen. «Wand?», sagte ich voller Bewunderung. «Das war große Klasse!»

«Kein Problem», antwortete sie. «Jetzt bewegt euch!»

Ich packte Alkland am Arm und zerrte ihn über die Straße.

«Wahnsinn!», sagte er, als er auf die verblassenden Farben blickte.

«Ja.»

Wir stolperten die Treppe hinunter. Ganz unten lag ein kleiner Hof, ein sehr, sehr alter Ort. Ich bin so was wie ein Kenner von solchen Orten. Es gibt nicht viele davon in Farben, und anderswo auch nicht. Seit Hunderten von Jahren unverändert und kaum frequentiert, wirken sie wie ein Tor in die Vergangenheit.

Genug poetischer Schwachsinn – es ist auch ein Tor zu Geräusch. Ich ließ Alkland seine lauten Schuhe ausziehen, sagte ihm, dass er kein Geräusch von sich geben dürfte, bis ich es ihm wieder erlaubte, und dann huschten wir hinein in die Dunkelheit.

Flackerndes Licht, das sanfte Summen elektrischer Geräte, die rhythmisch wiegende Wärme der Bewegung, die Stille eines menschenleeren öffentlichen Platzes bei Nacht und die Trockenheit müder Augen. Hindurch, vorbei, drüber hinweg und wieder hindurch, außen alles nur ein dunkler Tunnel, mit verschmierten Flecken künstlichen Lichts betupft. Halb saß ich und halb lag ich auf den borstigen Sitzen der Einschienenbahn, warf ab und zu ein Auge auf den unruhig schlafenden Aktionisten und ab und zu eins auf mich selbst.

Wir hatten sie abgehängt. Ich wusste nicht einmal, ob sie uns bis nach Geräusch verfolgt hatten, ob sie überhaupt bemerkt hatten, dass wir dorthin geflohen waren. Ich nahm einen verschlungenen Weg durch die ruhigen Straßen, machte wieder kehrt und legte falsche Spuren, bis wir das Viertel in eine Richtung verließen, die man am wenigsten erwarten würde und die uns zugleich dahin führte, wohin wir eigentlich wollten.

Zu gedämpften Farben und grauen Kieseln, die unablässig von den Wellen schweren Wassers gekühlt wurden. Möwen, schwebenden *Ms* aus Geschrei vor aquarellfarbenen Wolken und diffusem Sonnenlicht. Zur Küste, zum letzten Friedhof der Vergangenheit, dem Ort, wo sie am deutlichsten tot war, weil sie dort immer noch vorhanden war und man sah, wie tot sie war.

Während ich müde dahockte, zu müde zum Schlafen, und mein Körper von der Waggonheizung gewärmt wurde, wohingegen mein Kopf an der kalten Fensterscheibe lag, versuchte ich Bilanz zu ziehen und die Lage zusammenzufassen. Der Zug würde uns ohne Zwischenstopp direkt an unser Ziel bringen. Wir mussten nicht noch einmal umsteigen, sondern nur sitzen bleiben. Gegen Morgen würden wir an der Küste sein, dann würde es weitergehen. Jetzt musste ich nur sitzen bleiben und auf meinen schmerzenden Rücken lauschen.

Ich dachte über die letzten paar Tage nach und ging die Stunden noch einmal durch, auf der Suche nach etwas, das ich vielleicht vergessen hatte, das vielleicht wichtig sein könnte. Mir fielen nur zwei Sachen ein. Jemand hatte versucht, Kontakt mit Snedd aufzunehmen, mit ziemlicher Sicherheit wegen Informationen über Status. Vielleicht war es der AZGD gewesen, vielleicht auch nicht. Dann hatte jemand versucht, mich vor der Mauer von Status zu töten. Vielleicht der AZGD, vielleicht auch nicht.

Nicht gerade eine messerscharfe Analyse, aber es musste reichen. Wenn eine Sache losgeht, muss man die Dinge eine Weile so nehmen, wie sie sind, weil es keinen Grund gibt, von anderen Voraussetzungen auszugehen. Wenn man schon zu Anfang alle Eventualitäten berücksichtigen wollte, wäre man viel zu langsam. Mit der Zeit allerdings entsteht so was wie ein Zusammenhang, und man kann die Situation besser einschätzen und bessere Voraussagen und Verdachtsmomente formulieren. Die Angelegenheit verliert ihre Geradlinigkeit, wird bruchstückhafter, und Kontrolle ist nur noch eine Illusion. Eine überaus wichtige Illusion, aber eben doch nur eine Illusion.

Ich dachte über Zenda nach. Ich wusste, dass sie ihre Rolle spielen konnte, solange die Dinge unter Kontrolle waren. Wenn sie jedoch erst einmal außer Kontrolle geraten, kann man nur noch reagieren, und ich hoffte, dass ich schon wieder zurück sein würde, bevor das eintrat. Vielleicht sagen Sie jetzt, dass ich bislang keine sehr beeindruckende Vorstellung abgegeben habe, und vielleicht haben Sie sogar Recht. Ich könnte mich verteidigen, zum Beispiel damit, dass es nicht einfach ist, immer nur reagieren zu müssen, immer weglaufen zu müssen, aber das werde ich nicht tun, weil es darum gar nicht geht. Das, worum es geht, ist viel zu tief, zu persönlich und zu klein, um es erklären zu können. Es berührt die Zuschauer nicht. Nichts von dem, was wichtig, wirklich wichtig ist, sieht beeindruckend aus, weil es nur der Person etwas bedeutet, die es tut. Zum Beispiel am Leben zu bleiben und nicht zu sterben. Das sieht so einfach aus, aber manchmal kann es verdammt schwer sein.

Dann dachte ich über Ji nach und über Shelby und über Snedd. Allein, wach im fahrenden Waggon, von Nacht und Schlaf umgeben, dachte ich an sie und wünschte ihnen alles Gute. Ich ordnete meine Gedanken zu einem kleinen Bündel, beendete sie und legte sie schlafen. Ich wollte sie ordentlich zurücklassen, denn der Schlaf, so heißt es, ist dem Tod sehr ähnlich. Er kann sogar der Tod selbst sein.

Ich schlief in dieser Nacht nicht. Jemand musste auf Alkland aufpassen und ihn aus den Träumen wecken, die vielleicht kommen würden. Jemand musste den Helden spielen, musste alles etwas besser wissen, musste den kleinen Schritt voraus sein, der die Geschichte in Gang hielt. Und in meinem Leben bin immer ich dieser Jemand gewesen. Manchmal möchte ich gerne schlafen und dabei behütet werden. Ich möchte fühlen, dass jemand meine Träume bewacht und da ist, um meine Hand zu halten und mir zu helfen. Ich möchte derjenige sein, der getröstet wird, der geliebt wird wie ein Kind, das die Arme verlangend nach der Wärme der Sonne ausstreckt, die für immer Wärme spenden wird. Aber so wird es niemals sein. Warum? Sie werden sehen. Vielleicht. Wenn sich die Gelegenheit ergibt.

Also schlief ich in dieser Nacht nicht, und am nächsten Tag auch nicht. Aber morgen würde ich träumen.

11. KAPITEL

Was Sie verstehen müssen, ist, dass die Dinge manchmal so sind, wie sie scheinen. Damit meine ich nicht, dass sie nicht so sind, wie sie zu sein scheinen, hinter dem, was man sieht, versteht sich – was ich meine, ist ... Mist, ich fang nochmal von vorn an.

Manchmal sind die Dinge nicht so, wie sie scheinen. Man sieht sich etwas an, das einem ganz klar vorkommt, und dann glaubt man, dass man es verstanden hat, und erst viel später erkennt man, dass die Wahrheit etwas ganz anderes ist.

Gut, bis hierher ist das keine weltbewegende Feststellung.

Manchmal jedoch sieht man sich etwas an und weiß sofort, dass es nicht so ist, wie es scheint. Man weiß es, weil man versteht, was man sieht, und man erkennt auch den Zusammenhang und die Tatsache, dass der Schein trügen kann.

Aber manchmal, und das ist jetzt das Wichtige, ist das falsch.

Manchmal denkt man, dass man getäuscht wird, aber das stimmt gar nicht. Manchmal sind die Dinge wirklich so, wie sie scheinen, auch wenn das sehr überraschend sein mag. Und manchmal kann das unheimlich wichtig werden.

Ich will es nochmal anders ausdrücken. Warum kommt einem eine Reise auf dem Rückweg immer viel kürzer vor?

Um acht Uhr am nächsten Morgen standen wir vor dem Oststrand-Viertel und blickten aufs Meer hinaus. Niemand war in unserer Nähe, nur ein paar kreischende Seevögel, und es gab kein Geräusch außer dem leisen Rauschen der Wellen und dem fernen Klang von Klaviermusik.

Alkland war ganz hingerissen. Ich bin in den letzten Jahren öfter mal hergekommen, manchmal weil ich musste, so wie heute, aber meistens nur um hier zu sein. Ich habe das Meer schon vorher gesehen, richtig gesehen, meine ich. Ich habe an der Küste gestanden und mich mit dieser mächtigen, bewegten Masse abgefunden. Alkland noch nicht. Wie die meisten Leute heutzutage wusste er, dass es existiert, er kannte seine chemischen Eigenschaften, aber was es wirklich war ...

«Es ist, nun ja, es ist sehr groß, nicht wahr?», sagte er schließlich. Ich nickte. Ich weiß nicht, warum, aber ich halte es für sehr schwierig, im Angesicht des Meeres angemessene Worte zu finden. Ich werde dann ziemlich epigrammatisch und indirekt.

Daran ist zum Teil auch das Oststrand-Viertel schuld. Während wir langsam daran vorbeigingen und die steife Brise an unserer Kleidung zerrte, sah ich, dass sich das Viertel seit meinem letzten Besuch überhaupt nicht verändert hatte. Es sieht wie eine Geisterstadt aus, und genau das ist es auch. Oststrand ist sehr groß, es erstreckt sich fast achtzig Kilometer entlang der Küste, doch es leben nur etwa zwanzig Leute hier. Niemand kommt hierher, schon seit über hundert Jahren nicht mehr. Wir haben dem Meer den Rücken zugekehrt, diesem chaotischen Sturm der Unsicherheit, denn wir brauchen es nicht mehr, wir haben keine Verwendung mehr dafür. Die vorderen Gebäude sind noch recht gut erhalten, weil niemand den Drang verspürt, einen so langen Weg auf sich zu nehmen, um eine tote Stadt zu plündern. Was hätte das für einen Sinn? Die Geschäfte und Restaurants, die zerfallenden feinen Hotels und verrottenden Molen beobachten stumm das Kommen und Gehen von Ebbe und Flut, den Wechsel der Jahreszeiten und das Vergehen der Jahrzehnte. Sie lassen die Zeit hinter sich, während die Zukunft ihnen nur Zerfall bringt, diesen verblassenden Palästen einer vergangenen Welt.

Sehen Sie, was ich meine? Ich werde mich jetzt mal am Riemen reißen.

«Es ist wirklich etwas unheimlich», sagte Alkland und riss sich vom Anblick des Meeres los, um die abblätternden Fassaden und verlassenen Straßen zu betrachten. «Lebt hier überhaupt niemand mehr?»

«Nur ganz wenige Spinner und Verrückte. Wir werden jetzt einen von ihnen besuchen.»

«Tatsächlich?» Der Aktionist klang nicht sehr begeistert. «Warum? Und wer spielt da Klavier?»

Wir kamen der Quelle der Musik näher. Sie wirkten irgendwie unheimlich, aber auch schön, diese Bruchstücke einer sanften, melancholischen Melodie. Als wir eines der größeren Restaurants auf der anderen Straßenseite passierten, dachte ich, ich hätte tief drinnen eine Bewegung gesehen, aber ich kümmerte mich nicht weiter darum. Die Leute hier sind sehr schreckhaft, und außerdem gefiel mir die Musik.

«Wir werden ihn aufsuchen, weil er ein Flugzeug hat.»

«Aha. Ich habe mich schon gewundert, was wir an so einem entlegenen Ort wollen.» Nach dem unruhigen Schlaf der Nacht sah der Aktionist immer noch kränklich aus, obwohl er irgendwie aufgedreht wirkte. «Werden wir das Land verlassen oder so was?»

«Ja», sagte ich. «Und nein. Wir werden das Flugzeug nicht besteigen. Er wird es tun.»

«Ich verstehe», antwortete er und runzelte die Stirn. «Nein, ich verstehe nicht. Was werden wir tun?»

«Hier bleiben.»

«Was?»

Ich wusste, dass ich Alkland früher oder später erklären musste, wie es jetzt weiterging, wollte es aber noch hinauszögern, bis es so weit war. Wenn er nicht viel Zeit hatte, um darüber nachzudenken, würde es für mich einfacher sein. Oder zumindest musste ich ihn nicht zum scheinbar Unmöglichen überreden.

«Vertrauen Sie mir.»

«Hmm», sagte er, ließ das Thema dann aber auf sich beruhen.

Zwei Stunden später saßen wir im Dom. Das Dom war früher einmal das beste Hotel am Platz, in das man ging, wenn man Unsummen von Geld hatte und jedem anderen unmissverständlich klarmachen wollte, dass man es hatte. Wenn man für ein paar Wochen im Dom wohnte, war das fast so, als würde man ein riesiges Schild mit sich herumtragen, auf dem stand: «Seht mal her, ich habe mehr Kohle, als ich jemals ausgeben kann!»

Heutzutage scheinen die reichen Leute etwas seriöser geworden zu sein und treiben sich lieber in Vierteln wie Brandfield oder Zaster herum, um Golf zu spielen. Reich zu sein scheint nicht mehr so viel Spaß zu machen wie früher einmal. In der alten Zeit wurde man reich und hörte dann auf zu arbeiten, um ein vergnügliches und teures Leben zu führen. Wenn die Leute jetzt reich werden, arbeiten sie noch mehr, um noch reicher zu werden. Und manchmal spielen sie Golf. Damit hat sich's. Das entspricht nicht gerade meiner Vorstellung von Vergnügen, aber so ist es nun mal.

Wir saßen im Speisesaal des Dom-Hotels, einem hundert mal hundert Meter großen Raum, in dem zwischen lauter Staub und Schutt immer noch ein paar Tische und Stühle standen. Der Saal liegt mitten im Hotel und hat keine Fenster. Das ist sehr wichtig.

Villig zu finden war einfach gewesen. Er wohnt in einer Art Ein-Mann-Slum am Strand. Angefangen hat er mit einer alten Umkleidehütte, aber mit den Jahren hat er immer wieder angebaut, bis er einen zwanzig Meter breiten Streifen zwischen der Straße und dem Strand okkupierte.

Aus Gründen, die vermutlich nicht einmal ihm selbst erfindlich sind, hat Villig sein ‹Haus› so gebaut, dass das Dach nur etwa 1,20 Meter hoch ist. Das Innere besteht aus einer Reihe von Kammern, Tunnels und Höhlen, in denen man auf allen vieren herumkriechen muss. Ich ließ den Aktionisten draußen warten, was ihn offensichtlich erleichterte, suchte einen der zahlreichen Eingänge und arbeitete mich hindurch.

Ich brauchte eine Weile, bis ich ihn gefunden hatte, aber Villig war zu Hause. Er ist immer zu Hause. Wenn ich nicht gelegentlich vorbeikommen und ihn aus seinem Nest scheuchen würde, hätte er vermutlich längst Wurzeln geschlagen. Nachdem ich ihn gefunden hatte, kroch ich zu seiner ‹Küche› und setzte einen Topf mit Jahavan-Kaffee Marke ‹Absolut extrastark› auf. Ich kann Ihnen nur raten, um Gottes willen niemals dieses Zeug zu trinken, denn es macht einen blöde und hilflos, obwohl man sich danach wie im Zustand höchster Erleuchtung fühlt. Wer Jahavan-Kaffee ‹Absolut extrastark› trinkt, versteht, warum Alkoholiker so viel trinken. Villigs Küche ist damit ausgestattet, weil ich ihm das Zeug besorgt habe.

Aus Pappe bastelte ich einen provisorischen Trichter und flößte ihm den Kaffee ein, bis er wieder wie ein menschliches Wesen funktionierte. Dann scheuchte ich ihn durch einen Tunnel hinaus in die Welt. Alkland stand am Wasser, starrte fasziniert auf die riesige blaue Fläche hinaus, ließ die Wellen bis knapp vor seine Schuhe heranschwappen und genoss die salzige Luft.

«Geil!», sagte Villig, als er nach draußen trat. «Ist ja alles noch da! Der Himmel, die Erde und der übrige Krempel. Wahnsinn! Und keine Schlangen!»

Alkland kam zu uns und betrachtete Villig mit einer gewissen Vorsicht. Die Tatsache, dass Villig sich in Lumpen kleidet und sein Haar hüftlang trägt, stiftet nicht gerade Vertrauen in seine Person, und ich glaube nicht, dass Alkland schon einmal einem waschechten Verrückten begegnet ist. Villig starrte den Aktionisten eine Weile an, dann drehte er sich um und schlug mir auf die Schulter.

«Tja, Stark, was? Hm? Was? Hm?» Er verstummte und durchforstete angestrengt sein Gehirn, um den Satz wieder zu finden, den er eigentlich hatte sagen wollen. Als er fündig geworden war, sprach er weiter. «Hast dich wieder in den Kampf geworfen, was? Biste wieder auf der Piste, was? Hm?»

Dann kicherte er eine Weile. Alkland hob seine Augenbrauen, und ich antwortete ihm mit einem Schulterzucken. Villig ist als Mensch eine totale Katastrophe, und zwar in jeder Beziehung bis auf eine. Es gibt eine Sache, die er hervorragend beherrscht, und dafür brauchte ich ihn jetzt.

«Vill», sagte ich und schwenkte eine Hand vor seinem Gesicht, um seine Aufmerksamkeit zu erregen. «Wir haben nicht viel Zeit.»

«Hm-hmm», brummte er. Dann wirbelte er herum und sah sich noch einmal Alkland an, der daraufhin zusammenzuckte. «Ist er das? Ist das der *Patient*?»

«Ja», sagte ich. «Er kommt auch mit.»

«Ja, sofort.» Villig stierte dem Aktionisten eine Weile ins Gesicht. «Hast in letzter Zeit ziemlich schlimme Träume gehabt, was?»

Alkland starrte ihn verblüfft an.

«Woher wissen Sie das?»

«Ich seh's an deiner Haut, Mann! Es steht darauf geschrieben.»

Alkland drehte sich zu mir um und erkannte vermutlich zum ersten Mal, dass es mit seinen Schlafschwierigkeiten mehr auf sich hatte, als er vermutete. Das war gut so. Aus diesem Grund hatte ich ihn zu Villig gebracht, statt ihn sich selbst zu überlassen, während ich mich um meinen Auftrag kümmerte.

«Okay», sagte Villig unvermittelt. Er kniff seine Augen eine Weile fest zusammen und öffnete sie dann wieder. Obwohl sie immer noch blutunterlaufen waren, sahen sie plötzlich intelligent aus, und sein Blick war stechend, obwohl er sich im Verlauf seines Lebens alle Mühe gegeben hatte, ihn abstumpfen zu lassen. Er sah auf sein Handgelenk, schüttelte den Kopf, weil er gar keine Armbanduhr trug, und fragte mich nach der Uhrzeit.

«Gut», sagte er. «Gut. Gebt mir eine Stunde.» Er nickte Alkland zu, der überrascht über Villigs unerwartete Autorität zurücknickte. Dann schlenderte er den Strand hinunter. Wir blickten ihm eine Weile nach, bis Alkland den Mund aufmachte.

«Stark», sagte er. «Sie haben einige sehr merkwürdige Freunde.»

Und als wir jetzt so am Tisch saßen, von verblichener Grandezza umgeben, versuchte ich ihm zu erklären, was als Nächstes geschehen würde.

Die Sache verhält sich folgendermaßen.

Die Dinge sind manchmal so, wie sie scheinen.

Das ist das Grundprinzip, die vereinfachte Version, aber es fehlt noch eine weitere Tatsache, bevor Sie verstehen, worauf ich hinauswill.

Stellen Sie sich mal eine Straße vor, die Sie gut kennen, die, in der Ihre Wohnung liegt, zum Beispiel, oder die Straße zum Supermarkt oder so was. Jetzt stellen Sie sich vor, Sie gehen diese Straße entlang. Denken Sie an die Gebäude, die Bäume, falls es dort welche gibt, die Unebenheiten des Pflasters, an alle Eindrücke und Empfindungen dabei.

Haben Sie das getan? Okay, jetzt machen Sie dasselbe nochmal, stellen sich aber vor, wie Sie die Straße in umgekehrter Richtung gehen.

Fühlt sich ganz anders an, nicht wahr? Ich meine, mal ganz abgesehen vom Offensichtlichen. Die Straße fühlt sich wirklich ganz anders an, je nachdem, ob man in die eine oder die andere Richtung geht. Klar, Sie wissen natürlich, dass es dieselbe Straße ist, aber wie sieht sie tatsächlich aus, wie fühlt sie sich an?

Haben Sie das Gefühl, als würden Sie dieselbe Straße in verschiedene Richtungen gehen, oder ist es nicht ein bisschen so, als würden Sie dieselbe Richtung auf verschiedenen Straßen einschlagen?

Vielleicht ist Ihnen schon mal aufgefallen, dass, wenn Sie eine Straße, die Sie gut kennen, einmal andersherum entlanggehen, Sie die Straße gar nicht mehr wieder erkennen oder dass der Rückweg immer kürzer erscheint als der Hinweg, selbst wenn Sie scheinbar denselben Weg gehen.

Na gut, werden Sie jetzt sagen, das ist doch nur Wahrnehmung, Psychologie und Subjektivität. Was macht das für einen Unterschied?

Aber genau das ist der Punkt. Es ist eben *nicht* Wahrnehmung, Psychologie oder Subjektivität. Der Weg in eine andere Richtung ist wirklich ein ganz anderer Weg. Das ist eine Tatsache. Nur wenige Menschen haben das erkannt und sind darauf vorbereitet, es zu sehen und zu glauben. Villig hat es erkannt, und deswegen kann er das so gut, was er kann, und dass auch ich es erkannt habe, ist einer der Gründe, warum ich das so gut kann, was ich kann. Das ist verdammt schwer einzusehen, aber so ist es nun mal. Und sobald man es erkannt hat, eröffnen sich einem ganz neue Wege.

«Also gut», sagte Alkland schließlich. «Gut. Selbst wenn ich diese Vorstellung intellektuell akzeptiere, was verändert sich dadurch? Und was hat das mit unserem Hiersein und mit diesem komischen Menschen zu tun?»

Ich zündete mir eine Zigarette an. Die letzte halbe Stunde war sehr anstrengend gewesen. Wie zu erwarten, hatte sich der sachliche und realistische Aktionist lange und heftig gegen das gewehrt, was ich gerade zu erklären versucht hatte, und er kaufte es mir immer noch nicht ab. Eigentlich wäre es mir persönlich egal gewesen, aber er musste davon überzeugt sein oder zumindest bereit, daran zu glauben. Andernfalls würde es nicht funktionieren.

«Sie waren noch nie in einem Flugzeug, nicht wahr?», fragte ich weiter, um ihn vorzubereiten. «Und sind auch noch nie in ein anderes Land geflogen?»

«Nein, natürlich nicht.»

«Gut», sagte ich und rieb mir über die Stirn. «Dann müssen Sie mir einfach glauben, was ich Ihnen jetzt erzähle.»

Das müssen die Leute gewöhnlich. Niemand verreist heutzutage noch, genauso wenig wie man sich in anderen Vierteln herumtreibt.

«Also», begann ich, und dann überlegte ich es mir plötzlich anders. Er würde mir nicht glauben, was ich ihm erzählen wollte, er war einfach nicht dafür geschaffen, intuitiv zu akzeptieren, was irgendein Typ an Bord eines Flugzeugs vor ein paar hundert Jahren erkannt hatte und was das bedeutete. Ich konnte nur darauf hoffen, dass mein Glaube und mein Wissen ausreichten, um uns beide zu tragen. In der Regel funktionierte das, aber ich spürte, dass Alkland ein schwerer Brocken war.

«Vergessen Sie's. Es geht um Folgendes. Sie und ich werden nachher dieses Hotel verlassen und zum Strand hinuntergehen. Dann werden wir ein paar Kilometer weit geradeaus weitergehen.»

«Ins Meer?», lachte Alkland.

«Ja», sagte ich. Sein Gesicht veränderte sich, und zum ersten Mal sah ich, warum er im Zentrum eine solche Karriere gemacht hatte.

«Hören Sie, Stark, jetzt ist nicht die richtige Zeit für Witze. Sie wissen doch, dass ich nicht schwimmen kann, und wenn Sie nicht vorhaben, dass wir auf dem Wasser wandeln …»

«Nein, jetzt hören *Sie* zu!», sagte ich gereizt. Ich war müde und genervt darüber, dass ich mich ständig durch neue Verstandesbarrieren kämpfen musste, um rüberzubringen, was ich sagen musste. «Wir werden nicht schwimmen, wir werden zu Fuß gehen. Ich erwarte nicht, dass Sie das verstehen, aber Sie müssen sich für diese Möglichkeit öffnen. Sie müssen darauf vertrauen, dass ich weiß, was ich tue. Tun Sie das?»

«Ich weiß nicht.»

«Ich will es Ihnen auf eine Weise erklären, die Sie einfach verstehen müssen. Delegation, Aufteilung von Verantwortung, klar? Sie machen in Ihrer Abteilung nicht alles, Sie erledigen nicht jede Aufgabe. Manchmal überlassen Sie bestimmte Angelegenheiten anderen Leuten, die dafür besser qualifiziert sind, richtig?»

«Ja», gab er widerwillig zu. So sind Aktionisten nun mal: Die Tatsache, dass sie unmöglich alles tun können, ist für sie ein ständiges Ärgernis.

«Was diese Angelegenheit hier betrifft, bin ich nicht nur eine besser qualifizierte Person. Ich bin die *einzige* Person, die dazu qualifiziert ist. Das ist der Grund, warum Zenda mich zu solchen Sachen ranholt. Ich bin die einzige Person, die das kann. Ich kann es vielleicht auch schaffen, wenn Sie mir nicht glauben, aber dann wird es für uns beide verdammt schwierig, vor allem für Sie.»

Alkland schwieg eine Weile, und dann entspannten sich seine Gesichtszüge.

«Okay. Tut mir Leid, Stark. Es ist nur so, dass ich nicht weiß, was ich denken oder tun soll. Ich bin so was überhaupt nicht gewöhnt. Ich komme mit Unsicherheit nicht klar.»

«Ich weiß. Aber ich. Das ist mein Job. Mein ganzes Leben besteht aus einem ständigen ‹Was kommt jetzt?›. Ich weiche ständig auf Plan B, C oder Z aus. Nur so klappt es, Alkland. Das Leben ist kein Memo. Es ist seltsam, es kann sich gegen einen wenden, und es tut immer das, was man am wenigsten erwartet. Es gibt mehr Dinge zwischen Himmel und Erde, Alkland, und ich werde Ihnen einen kleinen Eindruck davon vermitteln.»

Plötzlich grinste er, so ein Scheißegal-Grinsen, das ihn um dreißig Jahre jünger machte.

«Okay, okay. Was soll ich tun?»

«Wenn wir hier hinausgehen, werden die Dinge dort draußen anders sein. Benutzen Sie die nächsten fünf Minuten dazu, darüber nachzudenken. Die Dinge werden anders sein und sehr seltsam. Aber es ist wirklich so, wie es dann ist, okay? Und vertrauen Sie mir.»

«Mache ich», sagte er. «Gott weiß warum, aber ich mache es.»

Er muss es wirklich gemacht haben. Zumindest genügte es.

Fünf Minuten später spürte ich ein leichtes Kribbeln im Hinterkopf und wusste, dass es Zeit war zu gehen. Ich stand auf, und Alkland tat es mir nach. Der Aktionist hatte die letzten Minuten in Gedanken versunken verbracht, war in sich gegangen und hatte offenbar versucht, das zu verinnerlichen, was ich zu ihm gesagt hatte. Er sah mich nervös an.

«Geht es los, was immer es sein mag?»

«Ja.» Ich wusste es, weil ich es spüren konnte. Es ist schwer zu beschreiben, aber alles wirkt irgendwie viel intensiver. Farben werden leuchtender wie vor einem Sturm, und man scheint alles auf eine eigenartige Weise viel klarer zu sehen. Es ist etwa so, als wäre man betrunken, aber gleichzeitig stocknüchtern. Vielleicht hatte Alkland tatsächlich begonnen, mir zu glauben. Vielleicht hatte der Anblick von Villig ihm das Gefühl gegeben, dass etwas wirklich Ungewöhnliches bevorstand. Wie dem auch sei, es funktionierte jedenfalls. Bis jetzt.

Ich führte den Aktionisten aus dem Speisesaal und hinaus ins Foyer. Dort blieben wir einen Augenblick vor den großen Holztüren stehen.

«Sind Sie bereit?»

«Ich schätze, ja», sagte er zweifelnd. «Was habe ich zu erwarten?»

«Das, was Sie sehen. Sonst nichts.»

Er nickte, ich stieß die Eingangstür auf, und wir traten hinaus.

Die helle Morgensonne war verschwunden. Stattdessen war der Himmel jetzt von einer niedrigen, lückenlosen Wolkendecke überzogen, die die Welt wie einen endlosen Raum an einem winterlichen Nachmittag aussehen ließ. Vereinzelte Windhosen fegten die Straße hinunter, als wir zur Promenade hinübergingen. Sie ließen Blätter und alte Zeitungen um uns herum aufwirbeln und heulten durch die Türrahmen und verschwanden wieder. Der Deckel einer Mülltonne wurde emporgehoben und rollte scheppernd über die Straße, doch um uns herum war es still. Das Klavier war verstummt, weil der Pianist nicht mehr hier war. Niemand außer uns war hier.

Als wir die Promenade erreichten, blieb ich stehen, damit Alkland den Anblick in sich aufnehmen konnte. Der Strand war wie jedes Mal völlig verändert. Er war nicht mehr gelb, sondern grau und sah feucht aus, als wäre der Sand von jahrzehntelangem Regen zusammengepappt worden. Es war gar kein Sand mehr, sondern eine Art schwerer Schlamm. Und da war noch etwas.

«Wo ist das Meer?», jammerte Alkland und hielt sich am Geländer fest. «Wo ist das verdammte Meer?»

Der Ozean war verschwunden. Stattdessen erstreckte sich der dunkle Strand bis zum Horizont. Auf den ersten fünfzig Metern war er flach, aber dahinter wölbte er sich in sanft gewellten Hügeln und Senken, die sich bis zum Horizont erstreckten, Hunderte, Tausende Kilometer weit.

Der Weg war frei.

Vor langer, langer Zeit, als die Menschen noch ziemlich regelmäßig zwischen den Ländern hin und her reisten, war da dieser Typ im Flugzeug. Der Mann, Krats hieß er, war gelangweilt, und um sich irgendwie die Zeit zu vertreiben, beugte er sich vor und sah aus dem Fenster. Das Flugzeug befand sich gerade über dem Meer, sehr, sehr weit oben, und er sah hinaus und war schockiert über das, was er sah.

Es sah aus, als würden sie über eine seltsame, grenzenlose Schlammebene fliegen, eine formlose, graue, leicht gewellte Fläche. Er wusste natürlich, dass das nicht stimmte, sondern dass es das Meer war, aber je länger er nach unten starrte, desto schwerer fiel es ihm, daran zu glauben. Er wusste, dass die Hügel und Täler in Wirklichkeit Wellen waren, die nur aufgrund der Höhe zu scheinbarer Bewegungslosigkeit erstarrten und deren Farbe dunkles Metallicblau war, aber von da oben sah es gar nicht so aus. Es sah aus wie eine Ebene.

Dann schlief er ein, was nicht sehr romantisch war, aber so war es eben, und er vergaß die Geschichte, bis er wieder nach Hause flog. Als er sich daran erinnerte, blickte er aus dem Fenster, und da war es wieder, das Meer, das wie eine seltsame, formlose Ebene aussah.

Er starrte stundenlang nach draußen und konnte sich nicht mehr von diesem Anblick losreißen. Zu Hause erzählte er dann seiner Freundin davon und versuchte zu erklären, wie seltsam alles gewesen war, wie er das Gefühl gehabt hatte, man hätte eine Strickleiter aus dem Flugzeug werfen und die zehntausend Meter bis zum Boden hinuntersteigen können, ohne ins Wasser zu fallen, sondern um auf dieser seltsamen dunklen Ebene aufzukommen.

Zufällig hatte seine Freundin eine genauso starke Einbildungskraft wie er, und da sie ihn zu der Zeit sehr liebte, war sie bereit, eine solche Beobachtung ernster zu nehmen, als sie es eigentlich verdient gehabt hätte. Krats wohnte am Meer, und so schlenderten sie am Abend seiner Rückkehr am Strand auf und ab, ergingen sich in wilden Spekulationen und berauschten sich geradezu daran, wie das nun mal bei Liebespärchen so üblich ist.

Dann gingen sie ins Bett und dachten nicht mehr daran, wie

es ebenfalls bei Liebespärchen so üblich ist. Das ist überhaupt eine komische Eigenschaft dieser Sache: Sie ist sehr leicht zu vergessen. Eine Zeit lang hat man das deutliche und intensive Gefühl des Verständnisses, und plötzlich ist es wieder weg, und dann sucht man in seinem Geist herum und versucht sich an das zu erinnern, was man einmal gewusst hat. Ich kann mich jedes Mal daran erinnern, aber das ist recht ungewöhnlich. Auf der ganzen Welt gibt es nur fünf Leute, die davon wissen.

Egal. Ein paar Monate später musste Krats' Freundin denselben Flug unternehmen. Als sie etwa vier Stunden in der Luft war, blickte sie zufällig aus dem Fenster und erinnerte sich sofort an das besagte Gespräch, denn Krats hatte Recht gehabt: Das Meer sah tatsächlich wie eine Ebene aus.

Und jetzt kommt der ganz große Zufall. Es ist wirklich ein Riesenzufall, aber Sie müssen das akzeptieren, weil es nun mal so passiert ist.

In diesem Augenblick, als Krats' Freundin aus dem Fenster sah, befand sich Krats selbst in einem Geschäft an der Küste. Plötzlich hatte er eine seltsame Empfindung in seinem Hinterkopf, eine Art Kribbeln. Er dachte, dass sich ein Bekannter von hinten an ihn herangeschlichen hätte, und drehte sich um. Dann sah er das, was Alkland jetzt sah. Das Meer war verschwunden.

Mit offenem Mund verließ er das Geschäft und ging über die Straße an den Strand. Das Meer war wirklich verschwunden, und jetzt befand sich dort genau das, was er aus dem Flugzeug gesehen hatte, eine grenzenlose Fläche aus … irgendwas, die sich unter einem niedrigen, sturmbereiten Himmel erstreckte. Ohne zu bemerken, dass der Strand und die Promenade menschenleer waren, dass all die Sommerurlauber, die sich hier gedrängt hatten, verschwunden waren, sprang er über die Mauer und ging an den Strand hinunter. Er lief hinaus auf die Ebene und immer weiter. Und alles war so, wie er es gesehen hatte.

Es gibt mehrere Versionen darüber, was wirklich passiert ist, aber das spielt keine Rolle. Wichtig war allein, dass der Weg frei geworden war, dass sich plötzlich ein Zugang weit geöffnet hatte, von dessen Existenz niemand etwas geahnt hatte.

Als Krats sechs Stunden später aufwachte, lag er auf seinem Sofa im Wohnzimmer. Er fühlte sich erschöpft und durstig und taumelte in die Küche, um sich ein Glas Milch zu holen. Unterwegs erinnerte er sich an seinen Traum – plötzlich und mit schockierender Deutlichkeit. Schade, dass es nur ein Traum war, dachte er, als er seine Milch trank, dass der Ozean gar nicht verschwunden und er bloß auf dem Sofa eingeschlafen war. Zu schade, das wäre wirklich interessant gewesen.

Dann bemerkte er, dass an seinen Schuhen dunkelgrauer Schlamm klebte und dass er auf seinem Weg vom Wohnzimmer in die Küche Spuren hinterlassen hatte. Er verfolgte sie zurück und stellte etwas sehr Seltsames fest. Die Spuren begannen am Sofa.

So hatte alles angefangen. Ich erzählte Alkland die Geschichte, während wir auf die Ebene hinausblickten und unsere Mäntel von den gelegentlichen Windstößen aufgewirbelt wurden, die irgendwie bei der ganzen Sache dazuzugehören schienen. Ich erklärte, dass Villig jetzt dort oben war, hoch über der Erde in seinem Flugzeug, auf das Meer hinunterblickte und es so sah, wie wir es jetzt sahen, und dass ich ihn dort oben brauchte, damit ich Alkland mitnehmen konnte. Ich erklärte nochmal, dass die Dinge manchmal tatsächlich so sind, wie sie scheinen, und dass die Welt, wenn man davon weiß, zu einem ganz anderen Ort wird. Der Aktionist stand einfach nur mit offenem Mund da und schüttelte den Kopf, fassungslos über alles, was er sah.

Doch er glaubte an das, was er sah. Wenn er es abgelehnt hätte, hätte er es nicht gesehen. Er konnte es nicht ablehnen, nicht, solange ich bei ihm war. Ich bin ein sehr starker Träumer, wissen Sie.

«Was passiert jetzt?», fragte er schließlich und sah mit dem ernsten Gesichtsausdruck eines älteren Kindes zu mir auf.

«Wir gehen.»

Wir stiegen die Stufen zum Strand hinunter. Alkland zögerte eine Weile, bevor er seinen Fuß auf die Ebene setzte, als hätte er Angst, dass alles nur eine Illusion sei, dass sein Fuß durchbrechen und er in einen bodenlosen Abgrund stürzen würde. Ich drängte ihn nicht zu Eile. Ich wusste, dass er im Augenblick mit ziemlich viel fertig werden musste und seine Zweifel noch nicht ganz ausgeräumt waren. Schritte, die man aus eigener Kraft unternimmt, sind viel sicherer. Wenn man jemanden drängt, wird er abstürzen, aber wenn man ihn dazu bringt, von selbst zu springen, landet er vielleicht sicher.

Schließlich tat er den Schritt, und ich folgte ihm auf die Ebene.

«Wie weit müssen wir gehen?»

«Das ist unterschiedlich. Wahrscheinlich einen oder zwei Kilometer.»

«Es geht sich hier etwas, äh, weich, nicht wahr?», murmelte er und blickte auf den Schlamm hinunter. «Wird es regnen?»

«Nein. Die Wolken sehen hier immer so aus.»

«Warum?»

«Ich weiß es nicht. Es ist einfach so.»

Er nickte.

«Na gut», sagte er. Wir gingen weiter.

Es war absolut still dort auf der Ebene. Das einzige Geräusch war das leichte Schmatzen unserer Füße im Schlamm. Die Oberfläche war eigentlich gar nicht so schlimm. Ich habe schon erlebt, dass der Matsch knöcheltief und widerlich war, doch heute war er relativ fest.

Nach zehn Minuten hatten wir die flache Gegend hinter uns gelassen und schlängelten uns nun zwischen den leichten Erhebungen der Oberfläche hindurch. Sehr lange gingen wir, ohne ein Wort zu sprechen. Alkland trottete neben mir her und blickte gelegentlich zurück oder mit einem mürrischen Gesichtsausdruck über das Gelände vor uns. Vorläufig akzeptiere ich es, sagte seine Haltung, aber ich mag es nicht. Wenn du lieber zäher Schlamm als Wasser sein möchtest, gut. Aber mach bloß nichts anderes Seltsames, wie die Farbe zu ändern oder so. Ich behalte dich im Auge.

Nach etwa einer Stunde wurden die Hügel etwas höher, einige bis zu anderthalb Metern, und die Täler dazwischen entsprechend tiefer. Ich führte uns hindurch und versuchte, die extremen Steigungen und Senken zu vermeiden, wodurch unser Weg recht verschlungen wurde.

«Ist das hier ein Weg?»

«Ja und nein. Nein, weil die Gegend jedes Mal anders ist und es somit keinen richtigen Weg geben kann. Ja, weil er uns dorthin führt, wohin wir gehen.»

«Ich verstehe.» Alkland starrte den Hügel an, den wir gerade passierten, als wäre er eins der zusätzlichen seltsamen Dinge, die zu produzieren er die Ebene gewarnt hatte. «Wenn ich Sie fragen würde, wohin wir gehen, würde ich es anschließend bereuen?»

«Nein», sagte ich, «vermutlich nicht.»

«Würde ich die Antwort verstehen?»

«Nicht sofort. Sie werden es schon sehen, wenn wir angekommen sind. Sie sind schon einmal dort gewesen.»

«Tatsächlich?»

«Ja.»

«Mein Leben», sagte der Aktionist seufzend, «hat sich in jüngster Zeit recht seltsam entwickelt.» Im fahlen Licht sah sein Gesicht müde und erschöpft aus, und es hatten sich ungesunde Flecken darauf gebildet.

«Dann machen Sie's doch so wie ich», schlug ich ihm grinsend vor.

«Nein danke», sagte er mit einigem Nachdruck. «Nein danke.»

Eine halbe Stunde später sah ich, dass wir bald am Ziel sein würden. Die Hügel krümmten sich auf eine ganz bestimmte

Weise, die ich wieder zu erkennen gelernt hatte. Nach der nächsten Biegung kamen wir in eine Art winziges Tal, das so groß war, dass zwei Menschen darin nebeneinander stehen konnten und die Hügel gerade über unsere Köpfe hinausragten. Da es eine Sackgasse war, wusste ich, dass wir am Ziel waren.

«Äh, und was jetzt?»

«Haben Sie jemals eine Vollnarkose erlebt?», fragte ich.

«Ja», antwortete er. «Man hat mir vier Weisheitszähne gezogen. Warum?»

«Weil es ganz ähnlich werden wird. Wissen Sie noch, wie es war, als man Ihnen das Betäubungsmittel injizierte? Wie kalt, schwer und klar sich Ihr Körper für einen Augenblick anfühlte? So in etwa wird es sein.»

«Stark», sagte er und drehte sich zu mir um, «ich habe Angst.»

«Das brauchen Sie nicht. Es ist alles in Ordnung. Es gibt keinen Grund, Angst zu haben. Zumindest jetzt noch nicht.» Er sah nicht sehr überzeugt aus. «Machen Sie sich keine Sorgen um das, was als Nächstes geschieht. Ich passe auf Sie auf, okay? Ich bleibe bei Ihnen.»

Er atmete tief und zitternd durch.

«Okay.»

Wir gingen geradeaus weiter bis zum Ende der Sackgasse. Etwa fünf Meter vorher nahm Alkland zögernd meine Hand, und ich hielt sie fest. Noch ein paar Schritte, und dann ging es plötzlich los, ein Gefühl grausamer Schärfe und bitterer Kälte, das einem mitten durch den Körper fuhr. Ich packte die Hand des Aktionisten fester und ging weiter.

«Stark …»

«Süße Träume», sagte ich.

12. KAPITEL

Tiefste Finsternis überall, nur ein gelber Lichtschein wie von einer Taschenlampe. Ein leichtes Klopfgeräusch kommt näher, und dann hüpft ein Geschöpf wie ein Känguru vorbei, das kurz am Rand des Lichtscheins zu sehen ist und dann in der Dunkelheit verschwindet.

Die Kante einer Schulbank, die riesige und tiefe Maserung des Holzes. Unlesbare Initialen, die jemand hinterlassen hat, und ein Stück des Fußbodens.

Eine Hand schwimmt vorbei.

Dann tiefer.

Es war Samstagabend und schon spät, als wir in der Stadt Halt machten. Wir hatten Rafes Pick-up nur mit ein paar Taschen beladen und waren rausgefahren, um unser Leben hinter uns zu lassen. Wir waren gelangweilt und unzufrieden, zwei Außenseiter, denen der Sinn nach mehr stand, nach etwas anderem. Wir sahen uns auf dem verlassenen Platz in der Geisterstadt um und beschlossen, diesen Ort zu unserem Zuhause zu machen.

Ich kann mich noch sehr gut daran erinnern, an jene Nacht, an jenen Augenblick, als der Pick-up am Bordstein geparkt stand und wir einen Fuß auf die Stoßstange stellten, wie wir uns umsahen und dachten: «Was soll der Scheiß? Wir nehmen uns unsere eigene Stadt.» Es war still und dunkel, man hörte nur, wie wir an unseren Zigaretten zogen, und man sah nur die schwachen Scheinwerfer des Pick-up. Ich erinnerte mich, dass ich begriffen hatte, dass diese Nacht etwas Besonderes war, dass es nicht viele solche Nächte im Leben gibt.

Wie oft rappelt man sich einfach auf und unternimmt etwas? Wie oft hat man den Mut oder die Kraft, alles hinter sich zurückzulassen und nach etwas Neuem zu suchen, nach etwas, mit dem man glücklich sein kann? Das zu tun, dieses Risiko eingegangen zu sein und etwas entdeckt zu haben, das gab einem dieses besondere Gefühl. Später am Abend fanden wir ein altes Klavier in einem der Räume neben dem Platz, und wir schrieben eine Melodie, ein süßes und schönes Lied. Wir schrieben die Stadt.

Zehn Jahre später hatte sich einiges verändert. Für eine Zeit lang waren wir hier ganz allein, wir trieben uns in den verlassenen Häusern herum und versuchten, unsere Lieder zu schreiben. Wir wollten Lieder schreiben, die die Leute zum Weinen brachten, die in den Herzen und Köpfen wirken und für immer in den Menschen weiterleben würden. Natürlich wollten wir nicht für immer in der Stadt bleiben. Die Stadt als solche war nicht wichtig, sie war nur unser Symbol der Freiheit.

Dann zogen allmählich andere Leute in einige der Häuser ein. Zuerst waren sie ein bisschen wie wir, Außenseiter, die nach einem ruhigen Plätzchen suchten, während sie neue Kräfte für den Kampf sammelten, aus dem das Leben einiger Leute immer besteht. Sie schlossen sich uns nicht direkt an, wir bildeten keine Gang oder Kommune. Sie ließen sich einfach dort nieder, und wir begegneten ihnen manchmal. Und dann begegneten wir immer mehr Leuten.

Heute lebten hier ein paar hundert Leute, Paare und ganze Familien. Der Ort war wieder zu einer Stadt geworden, und Rafe und ich waren immer noch hier. Wir waren nicht abgehauen, wir hatten nicht gefunden, wonach wir suchten, und waren dann verschwunden. Irgendwie waren wir vom Weg abgedriftet, und jetzt waren wir die Gründerväter einer neuen Stadt, die der Asche einer toten Stadt, die wir entdeckt hatten, entstiegen war.

Das Verhältnis zwischen mir und Rafe hatte in den letzten Jahren gelitten. Irgendetwas hatte unsere Freundschaft beeinträchtigt, und so hielten wir etwas größeren Abstand. Als wir in jener dunklen und interessanten Nacht eingetroffen waren, hatten wir dieselben Sorgen, Hoffnungen und Persönlichkeiten gehabt. Wir waren zwei Seiten derselben Münze gewesen, wir waren unsere ältesten, besten und einzigen Freunde. Irgendwie hatte sich all das geändert, unsere Interessen waren auseinander gedriftet, als wenn die Stadt selbst sich zwischen uns gedrängt hätte. Ich hoffte, dass ich heute vielleicht etwas dagegen unternehmen konnte. Ein großes Treffen auf dem Platz war angesagt, denn etwas bedrohte unsere Stadt, oder zumindest glaubte man das. Ich hatte das Gefühl, dass die Sache überbewertet wurde, und konnte mich darüber gar nicht so aufregen, aber als Gründervater brachten die Leute mir eine Menge Respekt entgegen, und ich wusste, dass ich erscheinen musste.

Ich kreuzte schon ziemlich früh auf dem Platz auf und sah, dass ganz vorne vier Stühle aufgestellt worden waren. Mir war klar, dass einer für mich gedacht war, dass Rafe und ich zusammen mit zwei anderen die Debatte leiten sollten, als ob wir die Regierung wären. Ich habe mich niemals richtig mit unserem angeblichen Status in der Stadt abgefunden, und plötzlich wusste ich, was ich tun musste.

Statt nach vorn zu gehen und mich auf meinen Stuhl zu setzen, statt meinen rechtmäßigen Platz dort oben einzunehmen, ging ich hinüber an den Bordstein, genau dahin, wo wir vor so vielen Jahren den Pick-up geparkt hatten. Dort bückte ich mich und setzte mich auf den warmen Stein.

Ich wusste, dass die Leute sich fragen würden, was ich wohl vorhatte, warum ich nicht meinen Platz ganz vorne einnahm, aber mir schien es genau das Richtige zu sein. Wenn Rafe auf den Platz kam, würde er mich dort sitzen sehen, sich an jenen Abend erinnern, sich an das erinnern, weswegen wir hergekommen waren, und daran, wie wir damals gewesen waren. Dann würde er kommen und sich zu mir setzen, und all die Jahre wären wie weggewischt. Wir würden wieder Freunde sein, die nebeneinander auf dem Bordstein hockten, gemeinsam in die Welt hinaussahen und dachten: «Was soll's? Irgendwie wird's schon laufen!» Wenn sie uns so zusammen sahen, wieder Seite an Seite, würde sich die Stadt aufraffen, und wir könnten das Problem gemeinsam anpacken und es überwinden.

Der Platz füllte sich schnell. Ich sah mich in der Menge um und wunderte mich, wie viele Leute inzwischen hier waren. Ich staunte, was für eine Gemeinschaft aus dem Nichts gewachsen war und die Stadt mit neuem Leben erfüllte.

Dann blickte ich mich um und sah, dass Rafe eingetroffen war. Er saß auf einem der Stühle.

Ich starrte ihn an und dachte, dass er mich vielleicht nicht gesehen hatte, als er gekommen war. Er saß mit verschränkten Armen da, mit eindrucksvollem Anzug und Schlips und hörte den Reden zu. Er sah zu mir herüber und runzelte die Stirn. Dann zeigte er auf den Stuhl neben sich. Ich schüttelte lächelnd den Kopf und dachte, er würde schon wissen, was ich meinte, aber er zuckte nur die Schultern und wandte sich wieder der Debatte zu, die er kritisch und erhaben verfolgte, wie es von einem Gründervater erwartet wurde.

Ich sah ihn an und merkte, dass ich es vermasselt hatte. Ich hatte alles missverstanden. Ich hatte gedacht, dass ich mit einer romantischen Geste alles wieder ins Lot bringen konnte, dass dann alles wieder so sein würde, wie ich es haben wollte. Aber damit hatte ich nur mein bisschen Autorität und Dazugehörigkeit verspielt. Rafe war ein Teil der Gemeinschaft, eine wichtige Person in dieser Menschenansammlung. Ich hätte es ebenfalls sein können, aber ich hatte alles verloren, weil mein Herz an der falschen Stelle hing, weil ich in meiner eigenen Welt am Rande lebte, in meinem eigenen Film, in dem ich der Held war.

Die Debatte ging weiter, aber ich konnte nicht zuhören. Mein Herz fühlte sich leer an, als würde ich wie ein Stein fallen, und meine Ohren füllten sich mit Rauschen, dem Geräusch schrecklicher Angst und Einsamkeit. Ich stand auf und ging von der Bordsteinkante weg, weg von der Debatte. Ein paar Köpfe drehten sich neugierig um, aber nicht viele. Nicht genug.

Ich ging in die alte Bar, in der immer noch das lädierte Klavier stand. Obendrauf lag eine verstaubte Zigarettenschachtel, die vor Alter vergilbt war. Es war Rafes, und sie stammte aus der

Nacht, als wir eingetroffen waren. Wir hatten sie dort als Denkmal zurückgelassen, für eine Zeit, in der wir noch auf die gleiche Weise dachten und an dieselben Dinge glaubten. Als ich sie sah, wurde mir bewusst, wie lange ich schon nicht mehr hier gewesen war. Ich stand vor dem Klavier und bereitete mich auf meine letzte Chance vor.

Durch das staubige, schmutzige Fenster konnte ich draußen im Sonnenlicht die Menge erkennen, die immer noch zuhörte, die sich mit dem schweren und verwickelten Problem beschäftigte, die im Heute gefangen war und die Vergangenheit vergessen hatte.

Ich griff in die Tasten und gab mir alle Mühe.

Ich spielte die Melodie, das Lied, das Rafe und ich in der Nacht geschrieben hatten, in der wir angekommen waren. Als die Melodie über den Platz trieb, hoffte ich verzweifelt, dass dann alles wieder gut werden würde. Die Leute würden sie wieder erkennen, Rafe würde sie wieder erkennen, und was mir auf dem Bordstein nicht gelungen war, würde doch noch geschehen. Alles würde sich wieder zusammenfügen, angezogen durch die Kraft einer Melodie aus der Vergangenheit, aus der Zeit, in der alles seinen Anfang nahm.

Erst als ich anfing, merkte ich, wie lange es schon her war, seit ich das Lied zuletzt gespielt hatte, und dass ich es in all der Zeit vergessen hatte. Meine Finger suchten auf den staubigen Tasten, aber sie wussten nicht, wohin sie greifen sollten.

Ich konnte mich nicht mehr an die Melodie erinnern. Ich griff daneben, ich verspielte mich, ich versuchte, die Töne zu treffen, aber sie waren nicht mehr da. Die Melodie war verloren. Ich blickte auf und sah, dass ein paar Leute herüberschauten, auch Rafe, aber sie wandten sich wieder ab und der Debatte zu, in ihrer Welt. Ihre Welt war nicht mehr meine Welt.

Das Lied war tot. Ich konnte mich nicht an die Melodie erinnern.

Dann erkannte ich, was mit mir los war, wie gründlich ich

versagt hatte. Rafe hatte sich verändert, die Welt hatte sich verändert, und nur ich war derselbe geblieben. Ich war immer noch derselbe romantische, dumme Junge, der vor zehn Jahren hier aufgekreuzt war, den Kopf voller Träume und in dem festen Glauben, dass er etwas Besonderes war. Ich hatte mich nicht verändert. Obwohl ich hier eine wie auch immer geartete Stellung hatte, war ich tief drinnen immer noch derselbe romantische Verlierer. Rafe hatte sich weiterbewegt, hatte sich den Mantel angezogen und war damit losgegangen, war seriös und eine wichtige Person geworden. Ich konnte ihn dort draußen sehen, wie er sich angestrengt auf die Debatte konzentrierte, und ich wusste, dass ich dasselbe tun und nicht versuchen sollte, alles mit einem einzigen melodramatischen Geniestreich zu lösen.

Auf diese Weise hatte ich nur meinen Platz im Rampenlicht verspielt, den ich ohnehin gar nicht verdient hatte. Plötzlich fühlte ich mich alt und müde und spürte die Last meiner vergeudeten Jahre. Bis zu diesem Augenblick hatte ich nicht geglaubt, dass sich irgendetwas verändert haben könnte, aber jetzt erkannte ich, dass die Zeit vergangen war, dass die Stadt und Rafe sich weiterentwickelt hatten, während ich zurückgeblieben war, immer noch der Vergangenheit nachhängend, immer noch mit nichts außer meinen Gefühlen, immer noch der Mensch, der ich vor zehn Jahren gewesen war. All die Zeit, all die Jahre waren nichts. Ich war nur ein in der Zeit konservativer Junge, der die Gegenwart von außen betrachtete, ein Stück Leere, das mit sich selbst beschäftigt war.

Ich stand vom Klavier auf und verließ die Bar durch eine andere Tür, die nicht auf den Platz führte. Ich konnte nicht mehr in die Stadt zurück, weil es dort keinen Platz mehr für mich gab, und ich hatte kein anderes Zuhause mehr, wohin ich zurückkehren konnte. Der einzige Ort, der für mich jemals ein Zuhause sein würde, war ich selbst. Wie sehr ich es auch hasste, dort zu leben, gab es doch keine andere Tür, die sich jemals für mich öffnen würde.

Auf dem Platz war es noch taghell, doch auf der Seite, auf der ich herauskam, war es schon dunkel und Abend wie am ersten Tag. Ich hatte keine Lust, meine Sachen zu holen. Ich ging einfach los und wusste, dass ich nie mehr zurückkehren würde.

Ich folgte einem dunklen Weg, der an einem Berg entlangführte, bis ich auf den verlassenen Parkplatz eines Supermarktes stieß. Das Pflaster war noch feucht vom Regen. Ein leichter Wind wehte Zeitungen gegen die Mauern und ließ Blätter wie kleine Boote über die schwarzen Pfützen treiben. Es war immer noch Nacht, und auf dem Parkplatz gab es nichts außer einer kaputten Gitarre und einem Einkaufswagen. Ich wollte gerade weitergehen, als sich plötzlich der Einkaufswagen zu bewegen begann. Ich beschloss, ihm zu folgen.

Der Wagen rollte nur langsam, weil eines der schwarzen Räder kaputt war, sodass es sich um sich selbst drehte. Ich ging nebenher und roch den Regen und die herabgefallenen Blätter. Langsam begann ich mich etwas besser zu fühlen. Über uns stand der volle Mond und lugte gelegentlich zwischen dichten Sturmwolken hindurch. Das dunkle Land war völlig still bis auf das Geräusch meiner Schritte und das gelegentliche Quietschen des kaputten Rades am Einkaufswagen.

Dann kamen wir in die Wohnstraßen eines altmodischen Viertels. Altertümliche Straßenlaternen erhoben sich über uns und warfen schwachgrüne Lichtflächen auf das marode Pflaster. Das wirkte extravagant und eindringlich wie die Atmosphäre an einem stimmungsvoll beleuchteten Drehort, aber es war real und dreidimensional. Wir gingen weiter zwischen Fassaden von Häusern hindurch, in denen alle Fenster dunkel und alle Vorhänge zugezogen waren. Niemand war zu Hause. Ich rüttelte an den Schlössern einiger der altmodischen Autos, aber ich konnte sie nicht öffnen, und die Handgriffe waren kalt. Ich war nicht überrascht, denn ich verstand diesen Ort. Der Einkaufswagen rollte voran, und ich folgte ihm.

Wir kamen in eine Sackgasse mit einer grauen und hohen Ziegelsteinmauer. Ich versuchte, daran hochzuklettern, aber es gab nirgendwo einen Halt, sodass ich wieder zu Boden rutschte. Als ich mich umdrehte, sah ich, dass wir uns an einem Kanal befanden.

Der Wagen schlug den Weg ein, der am Wasser entlangführte, und ich ging hinterher. Ich blickte zu den düsteren alten Lagerhäusern hinauf und hörte das leise Schwappen des Wassers. Ein Gebäude sah recht furchterregend aus, ein großer, heller Klotz, der einmal ein Hotel oder eine merkwürdig verzierte Fabrik gewesen war und schwerfällig neben dem trägen Wasser hockte. Das Haus hatte etwas Unangenehmes, aber ich konnte nicht sagen, was es war. Nichts geschah, als wir daran vorbeigingen, also war es vielleicht nur Paranoia.

Der Einkaufswagen wurde langsamer und blieb stehen, und dann sah ich, dass sich neben dem Kanal ein Spielplatz befand. Die Schaukeln und Karussells bewegten sich im Zwielicht, als würden Menschen darauf sitzen, und ein großes Schaukelpferd aus Metall mit einem seltsamen Kopf schaukelte langsam vor und zurück. Ein leises Geräusch kam von irgendwo auf dem Spielplatz. Ich ließ den Einkaufswagen am Kanal zurück und ging, um nachzusehen.

Ich schritt vorsichtig zwischen den Schaukeln und Karussells hindurch über dichte Blätter und langes Gras. Es war ein kleiner Spielplatz, also würde ich nicht lange brauchen, um das zu finden, was das Geräusch verursachte. Es war eine Art Geklapper, was gut war. Oder zumindest nicht das Schlimmste. Früher einmal hatte ich auf genau so einem Spielplatz wie diesem nachgesehen, was ein heulendes Geräusch verursachte, und hinter einem Baumstamm hatte ich ein Nest böser Babys gefunden. Ich bin ihnen immer wieder begegnet, und jedes Mal waren sie böser gewesen.

Ich sah, dass auf der anderen Seite eine der Schaukeln vor und zurück schwang, als wenn sie gerade erst jemand verlassen hätte. Langsam ging ich an der Mauer entlang und schaute unter Wippen und Karussells nach, und allmählich wurde das Geräusch ein wenig lauter. Ich hoffte, dass es nichts Schlimmes sein würde. Die Sache mit der Geisterstadt hatte mir fürs Erste gereicht. Sie war nicht gerade angsteinflößend, aber doch ziemlich deprimierend. Ich hatte schon eine ganze Weile nicht mehr an Rafe gedacht und wollte es auch jetzt nicht tun.

An der Seite stand eine Bank, und darunter lag eine dunkle Gestalt. Ich näherte mich vorsichtig und ging in die Knie, um nachzusehen. Es war Alkland.

Der Aktionist hatte sich zusammengekauert, und das Geräusch, das ich gehört hatte, rührte von seinen heftig klappernden Zähnen her. Seine Kleidung war feucht, und er hatte sein Gesicht unter den Händen vergraben. Die Knöchel waren weiß, und die Muskeln zitterten von der angestrengten Haltung. Ich berührte ihn leicht an der Schulter. Er zuckte zusammen und machte sich noch kleiner.

«Alkland», sagte ich freundlich. «Ich bin's nur, Stark.»

Sehr langsam begann sich eine Hand zu bewegen, wie bei einem Kind, das Angst davor hat, noch einmal das Schreckliche sehen zu müssen. Ich vermutete, dass er in der Zwischenzeit einiges durchgemacht hatte. Aus irgendeinem Grund ist das immer so, sogar für mich ist das ziemlich deprimierend. Die Hand bewegte sich gerade so weit, dass er mit einem Auge durch die Finger blicken konnte.

«Stark?», flüsterte er kaum hörbar.

«Ja.» Ich streckte ihm meine Hand hin. «Kommen Sie, wir wollen gehen.»

Mit größerer Vorsicht, als ich überhaupt für möglich gehalten hätte, ja, geradezu wie ein Werbespot für das Prinzip der Vorsicht kam Alkland langsam unter der Bank hervor. Während ich ihm beim Aufstehen half, sah er sich immer wieder suchend um und starrte in jeden Winkel des Spielplatzes.

«Sind sie weg?», flüsterte er, als er schließlich aufrecht stand.

«Wer?»
«Die Babys.»
«Oh, Scheiße. Sie haben sie gesehen?»
Er nickte und rieb sich mit der Hand über die Lippen.
«Sind sie weg?»
«Ja», sagte ich, «sie sind weg. Hören Sie!» Im Park war es still, nur ein paar Blätter raschelten. «Keine Schreie.»
Er lauschte und rieb sich dabei weiter über die Lippen. Ich hatte damit gerechnet, dass es hier nicht einfach für ihn werden würde, aber es schien schlimmer gewesen zu sein, als ich vermutet hatte. Sein Gesicht hatte einen grünlichen Unterton, der stellenweise in Lila überging. Es war schlimm, dass er die Babys gleich beim ersten Mal gesehen hatte. Er hörte auf, sich die Lippen zu reiben.
«Keine Schreie», sagte er.
Ich führte ihn aus dem Park heraus an den Kanal. Leider drehte sich der Einkaufswagen gerade in einem perfekten Kreis, was das Letzte war, was Alkland jetzt noch ertragen konnte. Er klammerte sich verängstigt an mich und winselte. Ich sorgte dafür, dass seine Augen geschlossen waren, und schloss dann auch meine.
Als ich sie wieder öffnete, war der Einkaufswagen verschwunden. Alkland hob den Blick und starrte auf den leeren Weg.
«Wie haben Sie das gemacht? Verdammt nochmal, Stark, wo sind wir überhaupt? Was geht hier vor? Was ist das hier für eine Scheiße? Wo, zum Teufel, sind wir?»
«Kommen Sie», sagte ich. «Wir wollen von hier verschwinden. Und mäßigen Sie sich bitte in Ihrer Wortwahl.»

Es sah ganz danach aus, als würden wir uns damit, dass es jetzt Nacht war, vorläufig abfinden müssen. Und mit dem Kanal ebenfalls. Er war ruhig und verhielt sich recht vernünftig, also konnte ich zufrieden sein. Noch besser war, dass ich sogar meine Zigaretten fand. Alkland ging neben mir her und blickte immer wieder zurück. Dann deutete er nach vorn.

«Was ist das?»

Es war eine Gondel, die sich anmutig auf dem Kanal drehte und auf uns zutrieb.

«Es ist niemand drin, es ... O Gott! Sie ist voller Käfer!»

«Achten Sie nicht drauf», sagte ich. «Wir sind bald dran vorbei.»

«Wohin gehen wir?»

«Nun, im Prinzip können wir nur abwarten, was geschieht. Ah!» Plötzlich waren wir in einem Wald und gingen über einen breiten Kiesweg, auf dem wir bequem nebeneinander laufen konnten. «Das sieht schon besser aus.»

«Was geht hier vor?», jammerte er. Riesige Bäume standen links und rechts von uns, dicke Stämme ohne Äste, die senkrecht nach oben ragten, wo sie mit dem schwarzen Himmel verschmolzen. Alkland stemmte die Hände in die Hüften und sah mich aufsässig an.

«Sagen Sie's mir, Stark!»

Ich ging einfach weiter, und nach einer Weile folgte er mir.

«Es ist keine gute Idee zu sprechen, während wir unterwegs sind», sagte ich wahrheitsgemäß. «Es stört nur, und wir sollten für eine Weile bleiben, wo wir sind. Haben Sie Hunger?»

Der Aktionist runzelte die Stirn.

«Ja, eigentlich schon», sagte er, als wäre er überrascht, dass sein Körper Zeit für solche profanen Empfindungen hatte.

«Gut. Konzentrieren Sie sich eine Zeit lang darauf.»

Wir gingen noch eine Viertelstunde lang auf dem Waldweg weiter. Zweimal hörten wir eine Eule zwischen den Bäumen rufen, doch ansonsten war es ruhig und sehr friedlich.

«Einen Moment.»

Ich drehte mich um und sah, wie der Aktionist sich bückte, um sich die Schnürsenkel zuzubinden. Er richtete sich wieder auf und starrte mich müde an. Er sah verzweifelt und nass aus.

«Alles in Ordnung?», fragte ich.

«Ja und nein, wie Sie sagen würden.» Dann zuckte er zusammen und sah verängstigt in die Dunkelheit hinter mir. «Was ist das?»

Ich drehte mich um. Zuerst war gar nichts zu erkennen, nur ein schwaches raschelndes Geräusch. Dann entdeckte ich eine blasse Gestalt, die sich uns auf dem Weg näherte.

«Seien Sie ganz still», flüsterte ich Alkland zu. «Sie müssen davor keine Angst haben. Bleiben Sie dicht neben mir und verhalten Sie sich ruhig.»

Er trat schnell neben mich, und dann warteten wir ab.

Nach einer Minute war die Gestalt schon etwas deutlicher geworden. Es war eine junge Frau, etwa zwanzig Jahre alt, die einen gepflegten Rock und eine weiße Bluse trug. Langsam kam sie uns auf dem Weg entgegen.

«Stark.»

«Psst», machte ich.

Die Frau leuchtete. Sie war von Kopf bis Fuß in einen weißen Schein gehüllt, der die Farbe ihrer Kleidung und ihrer Haut verblassen ließ. Sie sah starr geradeaus. Etwa drei Meter vor uns blieb sie stehen. Alkland packte mit der Hand meinen Arm, aber er verhielt sich ruhig. Die Frau sprach, als würde jemand neben ihr stehen, obwohl wir ihre Stimme nicht hörten. Dann lachte sie und ging weiter. Sie spazierte auf dem Weg an uns vorbei und verschwand in der Dunkelheit zwischen den Bäumen. Bevor Alkland mir eine Frage stellen konnte, begann ich weiterzugehen: so schnell, dass er sich darauf konzentrieren musste, nicht zurückzubleiben.

Ein paar Minuten später war der Wald zu Ende, und wir befanden uns am Abhang eines dunklen Hügels, der sich in ein bewaldetes Tal senkte. Ich führte den Aktionisten den steilen Weg hinunter.

«Hübsch», stellte er fest und überraschte mich damit.

Das war es in der Tat. In der Dunkelheit sahen die hohen Hügel, die das kleine Tal umgaben, smaragdgrün aus, und obwohl es kalt war und Regen in der Luft lag, vermittelte sein Anblick ein Gefühl von Sicherheit, es wirkte wie das Königreich der Elfen.

«Ja», sagte ich. «Hier ist es gut.»

Am Boden des Tals traf der Weg auf einen Bach, der leise und beruhigend vor sich hin murmelte. Er führte in ein kleines Dorf. Obwohl alle Häuser dunkel waren, war es ganz anders als die Gegend, durch die ich erst vor einer Weile gekommen war. Es war nicht fremdartig. Es war nur ruhig und alt.

«Gut», sagte ich begeistert. «Hier finden wir vielleicht ein Gasthaus. Halten Sie Ausschau.»

Das Dorf war sehr klein, nicht mehr als zwanzig Häuser lang, und wir waren schon nach einer Minute hindurch, ohne dass wir Lichter gesehen hätten. Ich dachte schon darüber nach, ob ich einen Fehler gemacht hatte, als ich bemerkte, dass im letzten Haus auf der rechten Seite, das ein Stück zurück stand, ein schwaches Licht aus einem der rückwärtigen Fenster drang.

«Sieht nicht nach einem Gasthaus aus, sondern mehr nach einem ganz normalen Haus», sagte ich.

«Und was heißt das?»

Ich bedeutete ihm, still zu sein, und ging zum Haus hinüber. «Spielen Sie einfach mit», sagte ich und klopfte an die schwere alte Eichentür.

Es verging gerade so viel Zeit, dass Alkland noch einmal meinen Namen mit einem bedeutsamen Fragezeichen dahinter aussprechen konnte, bis die Tür aufschwang und ein warmes gelbes Licht auf den Weg fiel.

«Wohlan denn.» Eine Frau mittleren Alters hatte gesprochen. Sie war dick und fröhlich, hatte rote Wangen und sah gesund aus. «Steht dort nicht so herum! Tretet ein, tretet ein!»

Ich schob Alkland, dessen Augen vor unaussprechlicher Verwirrung weit aufgerissen waren, hinein. Die Frau führte uns behände durch einen dunklen Flur in einen hinteren Raum, wo das wohltuende Licht flackerte. Es war die Küche, in der ein großer Tisch stand, der von ein paar groben Holzstühlen umringt war. Auf einem davon saß der Mann der Frau, ein großer, bärenhafter Bauer. Er stand auf, als wir eintraten, und grinste uns an, während er sich verlegen den Bart rieb.

«Nun, wen haben wir denn da?», sagte er mit einer Stimme, die barsch und unkultiviert, aber auch freundlich klang.

«Besucher!», rief seine Frau. «Sind den ganzen Abend unterwegs gewesen, wie es scheint, nicht wahr?»

«Ja.»

«Eine schlimme Nacht», stellte der Mann weise fest und kam uns entgegen, um uns die Hände zu schütteln. Seine Hand war groß und warm, die Haut trocken und angenehm wie die Erinnerung an die Hand eines Vaters.

«Seht euch nur an!», sagte die Frau zu Alkland und tippte ihm mit dem Finger in den Bauch. «Ihr seid ja triefnass. Und hungrig, möchte ich wetten!»

Alkland lächelte überrascht und nickte.

«Ja, tatsächlich», sagte er.

«Dann fühlt euch ganz wie zu Hause und nehmt dort Platz, während ich uns einen Tee koche. Los, Henry, geh hinaus und hol noch etwas Holz fürs Feuer!»

Der Mann grinste uns an, nahm einen ramponierten alten Hut von der Rückenlehne seines Stuhls und öffnete die Hintertür.

«Ihr Wunsch ist mir Befehl», sagte er augenzwinkernd, bevor er in die Nacht hinausging und die Tür hinter sich schloss.

Alkland starrte ihm nach, während seine Augenbrauen sich fast bis zum Haaransatz hoben.

«Nun denn», sagte die Frau und setzte uns zwei riesige Schalen mit Tee vor. «Wenn ihr so lange damit Vorlieb nehmen wollt, bis ich euch etwas zu essen gemacht habe! Nur zu!»

Ich nahm einen großen Schluck Tee, der stark und mit Honig

gesüßt war und wunderbar schmeckte. Alkland trank ebenfalls, und ich konnte fast sehen, wie die Wärme in seinen Körper eindrang und die Flecken in seinem Gesicht verschwinden ließ, bis sie kaum noch zu erkennen waren. Ich wusste, dass diese Linderung nur vorübergehend sein würde, aber trotzdem freute es mich für ihn. Die Frau hantierte am großen, alten Eisenherd, klapperte mit dem Geschirr und sang laut vor sich hin, während sie fröhlich etwas zu essen bereitete.

Ich drehte mich zu Alkland um, der neben mir mit einem Gesichtsausdruck saß, der Bände sprach. Er hatte ganz eindeutig nicht die Absicht, auch nur ein einziges Wort zu sagen, bis ich eine Erklärung abgab.

«Okay», sagte ich und stützte mich auf den Tisch. «Was glauben Sie, wo Sie sind?»

«Ich habe keine Ahnung. Nicht den blassesten Schimmer.»

«Was ist geschehen?»

«Nun», sagte er und wärmte sich die Hände an der Teeschale. «Es war, wie Sie angekündigt hatten. Ich hörte, wie Sie etwas zu mir sagten, und dann war es plötzlich kalt, und ich hatte ein Gefühl, als würde ich aus zähflüssigem Wasser bestehen. Dann wachte ich auf. Es schien überhaupt keine Zeit vergangen zu sein, aber ich wusste, dass es schon viel später war. Ich war auf diesem Spielplatz, und ich konnte Sie nirgendwo sehen. Ich hatte große Angst, denn alles begann sich zu bewegen, obwohl niemand da war, dann hörte ich die Schreie und ging los, um nachzusehen, was es war.» Er verstummte und stellte die Schale wieder auf den Tisch, wobei seine Hände heftig zitterten.

«Ein schlimmer Anfang, dass Sie ausgerechnet denen begegnet sind», sagte ich.

«Stark, was war das?»

Ich antwortete nicht, weil die Frau an den Tisch kam und jedem von uns einen Teller vorsetzte. Aus dem Nichts hatte sie eine üppige Grillplatte gezaubert: Würste, dicke Speckstreifen,

Eier, geröstetes Brot und Kartoffeln. Alkland starrte auf seinen Teller.

«Du meine Güte», sagte ich zu ihm. «Sie haben ziemlichen Hunger, stimmt's?»

Die Frau lachte und kehrte wieder an ihren Herd zurück, wobei sie immer noch sang. Alkland riss seinen Blick vom Essen los und beobachtete sie einen Augenblick lang. Dann beugte er sich zu mir hinüber.

«Ich kenne das Lied», flüsterte er mir zu. «Ich weiß nicht, woher, aber ich kenne es.»

Ich nickte und wandte mich dann meiner üppigen Mahlzeit zu.

«Sicher», sagte ich. «Genauso, wie das hier Ihre Vorstellung von einer richtigen Mahlzeit ist.»

«Was?»

Also, für Sie ist das vermutlich keine Überraschung, besonders nicht, wenn Sie zu den Schlaubergern gehören, die schon viel früher auf die Idee gekommen sind, dass es gar keine Bande gab und so, aber Alkland konnte der Sache offenbar immer noch nicht so recht folgen, sodass ich es ihm noch einmal erklären musste.

«Das hier ist Taumland, Alkland.»

Er hörte auf zu kauen und starrte mich an.

«Sagen Sie das nochmal!»

«Das hier ist Taumland.»

«Sie meinen *Traumland*?»

«Nein, Taumland. Wenn man über jene Ebene geht, vorausgesetzt, man findet den Zugang, kommt man früher oder später an ein Tor. Und wenn man dort hindurchgeht, landet man hier.»

«Und das ist dann wie ein Traum, meinen Sie?»

«Nein. Es *ist* ein Traum. Hier ist der Ort, wohin Sie gehen, wenn Sie träumen, wo auch jeder andere Mensch träumt.»

«Sie wollen sagen, dass wir schlafen?»

«Nein, wir schlafen nicht. Erinnern Sie sich an die Frau im Wald?»

«Die geleuchtet hat?»

«Ja. Sie hat geschlafen. Irgendwo in der Welt lag sie im Bett oder auf einem Sofa und schlief. Wenn sie aufwacht und sich an ihren Traum erinnert, wird sie sich an einen Wald erinnern, an einen tiefen, dunklen Wald mit dicken Baumstämmen und dass sie den Weg entlanggegangen ist und an alles, was im Anschluss daran noch passiert ist.»

«An den Kanal.»

«Nicht unbedingt. So funktioniert es hier nicht. Das hängt davon ab, auf was für einem Traumpfad sie sich befunden hat und weswegen sie geträumt hat.»

«Sehen wir für andere Menschen auch so aus?»

«Nein, weil wir nicht schlafen. Wir sind wach.»

Als Alkland seine Mahlzeit beendet hatte, wurde ihm sofort ein neuer Teller vorgesetzt. Auf diesem lag ein dickes Sandwich, ein Stück dampfender Schinken zwischen zwei Scheiben frischem Brot. Alklands Unterkiefer klappte herunter.

«Ich weiß, wo das herkommt», sagte er und zeigte auf seinen Teller.

«Was?»

«Als ich jung war», sagte er, «habe ich oft Bücher von einer Frau namens Meg Finda gelesen. Es waren sehr alte Bücher, die schon meine Großmutter als junges Mädchen besessen hatte.» In plötzlicher Erkenntnis blickte er die Frau an, die wieder am Herd beschäftigt war. «Daher stammt auch die Melodie. Meine Großmutter hat dieses Lied immer gesungen. Mein Gott!»

«Weiter!»

«Diese Bücher, die über Generationen in unserer Familie weitergegeben wurden, handelten von Kindern, die verschiedene Abenteuer erlebten.» Er lächelte verlegen. «Ich glaube, dass meine Eltern davon nicht sehr begeistert waren. Nicht gerade eine Pflichtlektüre für Kinder des Zentrums, wie Sie sich vielleicht vorstellen können.»

«Nicht *Janet und John erschließen neue Regionen der Management-Buchhaltung.*»

«Genau. Auf jeden Fall gab es in diesen Geschichten immer eine Stelle, wo sie auf ihre Tante oder jemanden trafen und in deren Haus zur Vesper eingeladen wurden.» Er lächelte, während sein Blick meilenweit entrückt schien. «Kuchen, Tee, Marmelade, dicke, sahnige Milch. Alles Sachen, die ich niemals probiert habe.»

«Noch etwas Tee?» Die Frau stand neben uns, lächelte mit vom Herdfeuer gerötetem Gesicht und hielt einen großen gusseisernen Teekessel. Als wir dankbar nickten, füllte sie die Schalen auf und stellte uns einen Krug mit sahniger Milch auf den Tisch. Alkland konnte den Blick nicht davon abwenden, während er weitersprach.

«An eine Stelle kann ich mich besonders gut erinnern. Eine Bauersfrau lud sie ein und gab ihnen Schinken-Sandwiches. Genauso wie das hier.» Er deutete auf den schwindenden Rest seines Brotes. «Genauso wie das hier.» Eine Weile lang sagte er nichts, und dann lächelte er wehmütig. «Ich habe diese Bücher sehr gemocht.»

«Vielen Menschen geht es so», sagte ich. «Darum ist es hier so. Das hier ist ein Platz der Ruhe, eine Art Erholungsprogramm. Es ist die Taumland-Entsprechung zur modernen Raststätte, ein Gasthaus am Wegesrand. Es gibt sie überall, vor allem in Gegenden wie dieser. Man kehrt ein, ist willkommen und bekommt zu essen, und dann setzt man gestärkt seinen Weg fort. Wenn man will, kann man anschließend sogar nochmal an die Tür klopfen und wird wieder bedient. Dann ist es genauso wie beim ersten Mal. Die Leute erkennen einen nicht wieder, wissen nicht, dass man schon mal da war. Wenn wir wiederkommen würden, würde der alte Mann wieder auf diesem Stuhl dort sitzen, und er würde genauso aufstehen und alles andere würde noch einmal genauso geschehen.»

«Er ist eigentlich schon ziemlich lange fort.»

«Er wird überhaupt nicht zurückkommen», sagte ich. «Er ist

nicht notwendig. Er ist kein wesentlicher Teil der Handlung, nur eine unwichtige Einzelheit.»

Alkland schüttelte den Kopf und verzehrte den Rest seines Sandwichs.

«Was man hier findet, hängt davon ab, was man braucht. Deshalb habe ich Sie gefragt, ob Sie Hunger haben», fügte ich hinzu. «Wenn wir müde gewesen wären, hätten wir nur einen kleinen Imbiss bekommen und wären dann zu einem Zimmer mit alten Messingbetten, dicken Matratzen und Federdecken geführt worden.»

«Stark, woher wissen Sie das alles?»

«Ich war schon mal hier», sagte ich schulterzuckend.

Er sah mich forschend an.

«Schon oft, vermute ich.»

«Ja.»

«Warum heißt es ‹Taumland› und nicht ‹Traumland›, was immerhin noch etwas Sinn ergeben würde?»

«Das ist eine lange Geschichte.»

Alkland überlegte eine Weile.

«Also», sagte er schließlich. «Ich träume, und Sie sind hier bei mir.»

«Hallo?», sagte ich verzweifelt und tippte ihm gegen den Schädel. «Ist dort jemand zu Hause? Wir träumen *nicht*! Wir sind *wach*! Das versuche ich Ihnen die ganze Zeit zu erklären, verdammt nochmal!»

«Sprache!», tadelte die Frau freundlich, als sie Alkland noch ein paar Kuchen hinstellte und uns Tee nachfüllte.

«'tschuldigung. Das ist doch gerade der Sinn der Ebene, Alkland. Wenn man weiß, wie es geht, ist es eine Möglichkeit, um hierher zu kommen, *während man wach ist.* Wenn ich gewollt hätte, dass wir träumen, hätte ich Sie einfach einschlafen lassen. Aber das konnte ich ja nicht. Denn wenn Sie schlafen und träumen, geschehen schlimme Dinge mit Ihnen, nicht wahr?»

Alkland sah mich mit weit aufgerissenen Augen an.

«Ja», sagte er leise. «So ist es.»

«Und wissen Sie warum?»

Als er den Kopf schüttelte, sagte ich es ihm. «Weil Ihnen etwas Böses auf den Fersen ist.»

Als Alkland satt bis zum Gehtnichtmehr war, verabschiedeten wir uns von der Frau. Sie führte uns zur Vordertür, wobei sie die ganze Zeit schwatzte. Als wir draußen standen, drückte sie dem Aktionisten noch ein kleines Bündel in die Hand, wofür er sich so schüchtern bedankte, dass sie errötete.

«Das war das beste Essen, das ich jemals in meinem Leben gehabt habe», sagte er mit entwaffnender Ehrlichkeit.

«Ach, hört auf!», sagte sie mit offensichtlicher Befriedigung. «Passt gut auf euch auf, hört ihr? Heute Nacht sind Ungeheuer unterwegs.»

«Ich weiß», sagte ich.

«Also, dann passt gut auf», wiederholte sie und schloss langsam die Tür. «Hübsches Hemd übrigens.»

Das Tal, in dem wir uns jetzt befanden, war anders als das, welches wir verlassen hatten. Es hatte dieselbe Atmosphäre, aber es war anders. Wir folgten dem Weg nach unten, bis wir auch hier den Talboden erreichten, und dann gingen wir zwischen den hohen Hängen hindurch. Es war immer noch dunkle Nacht.

«Etwas Böses ist Ihnen auf den Fersen», griff ich unser Gespräch wieder auf. «Wir müssen herausfinden, was es ist, und es aufhalten.»

«Warum?»

«Weil Sie sonst sterben werden», sagte ich lakonisch.

Alkland blieb stehen.

«Wovon reden Sie, zum Teufel?»

«Als ich Sie zum ersten Mal im Hotelzimmer in Status traf, hatten Sie einen Albtraum. Als Sie auf dem Dach kurz eingenickt sind, hatten Sie einen Albtraum. Und in meiner Wohnung hatten Sie einen Albtraum.»

«Menschen haben ab und zu Albträume.» Er wusste, wovon ich sprach, hatte jedoch zu viel Angst, um es zuzugeben.

«Aber nicht solche, wie Sie sie haben. Und Ihre Haut, Alkland, ist so, wie Villig sagte: Man kann es an Ihrer Haut sehen. Sie werden krank. Sie merken es selbst nicht, aber Sie sehen immer schlimmer aus. Bislang ist es nur ein kosmetisches Problem, aber das wird es nicht bleiben. Etwas kommt von innen heraus auf Sie zu, und wenn es Sie erreicht hat, werden Sie sterben.»

«Hat es etwas mit dem Zentrum zu tun?»

«Nein, das hier ist etwas, von dem das Zentrum nichts weiß. Es passiert einfach manchmal. Es ist wie ein Bazillus.» Damit hatte ich die Wahrheit sehr stark vereinfacht, aber wir hatten jetzt nicht die Zeit für eine Geschichtsstunde. Wenn es immer nur nach mir ginge, würde ich mir dafür überhaupt keine Zeit nehmen.

«Wozu haben Sie uns also hierher gebracht?»

«Weil alles Weitere zwecklos wäre, wenn wir dieses Problem nicht lösen. Es wäre doch sinnlos, Sie vor dem Zentrum beschützen zu wollen, während etwas Sie von innen heraus zerfrisst, oder?»

«Ja, das wäre es wohl.»

«Wie lange haben Sie schon Albträume? Ich meine, nicht die gewöhnlichen, sondern diese.»

Alkland überlegte.

«Seit ein paar Wochen.»

Also etwa seit der Zeit, als er von Diligenz II erfahren hatte, was möglicherweise, aber nicht notwendig interessant war. Ein emotionales Trauma konnte den Stein ins Rollen gebracht haben, aber das war im Grunde ziemlich egal. Das Frustrierende an der ganzen Sache mit Träumen und Taumland war, dass es nur sehr wenige Regeln gab. Manchmal hatten Dinge eine Bedeutung, manchmal aber auch nicht. Am Ende war es ohnehin egal.

«Was können wir also tun?», wollte Alkland wissen.

«Ich weiß nicht. Wir müssen abwarten, was passiert.»

«Abwarten, was passiert. Sie sollten sich diesen Spruch auf die Stirn tätowieren lassen.»

«So ist es nun mal, Alkland. Ich habe den Auftrag erhalten, Sie zu suchen und ins Zentrum zurückzubringen. Ganz einfach und unkompliziert. Und doch treibe ich mich jetzt mit Ihnen hier herum, um Ihnen dabei zu helfen, am Leben zu bleiben. Ihretwegen ist das Leben eines Menschen, der mir viel bedeutet, in Gefahr. Wenn Sie mich dazuzählen, sind sogar zwei Menschen in Gefahr. Manchmal tauchen neue Aspekte auf, und der Auftrag bekommt einen ganz anderen Charakter. So ist das Leben, es verläuft nicht geradlinig, sondern in Windungen, denen man folgen muss. Man kann nur abwarten, was passiert. Es gibt keine Abkürzungen, keine hilfreichen Hinweise und keinen zugrunde liegenden Plan. Die Dinge geschehen einfach, und man kann nur versuchen, ihnen schnellstens aus dem Weg zu gehen.»

«Ja, ich weiß. Das Leben ist ein einziger großer Plan B. Großartig.» Er wandte sich ab.

«Alkland, lassen Sie mich nicht hängen! Bis jetzt war ich immer auf Ihrer Seite.»

«Ja, das war mir wirklich eine große Hilfe. Man hat auf mich geschossen, mich fast in die Luft gejagt, und jetzt laufe ich vor Schatten in einer Welt davon, die es nicht mal gibt.»

«Ohne mich stecken Sie in der Scheiße!», sagte ich nur und starrte ihn an. Er starrte zurück, aber sein Ärger verflog bereits, weil es eigentlich gar kein Ärger, sondern Angst war.

«Ich weiß», sagte er schließlich. «Ich hasse das.»

Wir gingen weiter, und nach einer Weile entschuldigte er sich. Ich erzählte ihm, dass er im Vergleich zu vielen Leuten, mit denen ich sonst zu tun hatte, sehr pflegeleicht war, und gab ein paar Beispiele zum Besten, die schließlich sogar ihn zum Lachen brachten. Vor allem die Sache mit der Frau, die von mir durch den Sumpf getragen worden war und die kurz darauf unser Versteck abfackelte, weil sie darin ihre Zigarette nicht richtig ausgemacht hatte, trotz meines ausdrücklichen Verbots, dort zu rauchen. Die Spannung zwischen uns löste sich, und alles war wieder in Ordnung.

Ich war nicht weiter überrascht, dass er schließlich nachgab. So läuft es immer. Die Leute sind anfangs sehr frustriert, dass es keinen erkennbaren Plan gibt, dass sie sich nur vom Fluss treiben lassen können, um zu sehen, was als Nächstes passiert. Sie wollen wissen, wie die Geschichte weitergeht, damit sie den Ausgang erraten können, weil sie Angst vor dem haben, was sie dort erwarten könnte. Ich verstehe das, obwohl ich weiß, dass es so nicht funktioniert. Ich weiß nie, was als Nächstes passieren wird, aber ich kann damit leben.

«So», sagte er nach einer Weile. «Und wohin gehen wir jetzt?»

«Wir suchen einen Dschungel», sagte ich.

«Oh!» Er schien zu ahnen, was das zu bedeuten hatte. «Wie der, von dem ich geträumt habe?»

«Ja. Hier muss irgendwo Ihr Fluss sein, und dort geht es dann zur Sache.»

«Mein Fluss?»

«Jeder hat einen Fluss in Taumland. Von dort kommen Ihre Träume.»

«Haben Sie vielleicht eine längere Zeit, sagen wir sechs oder sieben Jahre, damit verbracht, rund um die Uhr Drogen zu nehmen», fragte er und gähnte. In seinem Gesicht waren wieder die farbigen Flecken, und er sah sehr müde aus. Ich traf eine Entscheidung.

«Warten Sie», sagte ich. «Das Tal hier sieht so aus, als wäre es endlos. Ich glaube, wir sind in ein festes Muster geraten.»

«Das heißt?»

«Das heißt, es wird sich nichts ändern, solange wir weitergehen. Es wird das Beste für uns sein, wenn wir etwas schlafen.»

Ich wartete darauf, dass er etwas Blödes sagte wie «Aber wir schlafen doch schon», aber er schien langsam mit der Situation klarzukommen.

«Ist das auch nicht zu gefährlich?»

«Ich glaube nicht.»

«Abwarten, was passiert, wie?», sagte er und lächelte.

13. KAPITEL

Es gibt Monster.

Es gibt sie wirklich.

Als ich aufwachte, hörte ich ein seltsames Gemisch von Geräuschen. Einerseits war da das rhythmische Zirpen von Insekten und das Krächzen von Vögeln, und andererseits das unverkennbare Geräusch von jemandem, der sich übergab. Als ich meine Augen öffnete, stellte ich fest, dass es Tag war, und auch, dass es extrem heiß war.

Ich erhob mich und sah, dass sich alle meine Wahrnehmungen mit einer Ausnahme unter einen Hut bringen ließen. Wir befanden uns in einem Dschungel, und zwar in einem ziemlich seltsamen. Die andere Wahrnehmung erwies sich ganz einfach als richtig. Etwa fünf Meter entfernt hockte Alkland unter einer großen farnähnlichen Pflanze, wo es ihm ziemlich schlecht ging. Ich blieb, wo ich war, und wartete auf ihn. Niemand steht gerne im Mittelpunkt des allgemeinen Interesses, wenn er sich gerade übergibt.

Ein paar Minuten später kam er herüber und setzte sich anderthalb Meter von mir entfernt hin. Jetzt war sein ganzes Gesicht grün, während purpurne Flecken seine Augen und seinen Mund umrandeten. Seine Augen waren blutunterlaufen, als er mich ansah und matt lächelte.

«Ich vermute, es steht nicht in Ihrer Macht, eine Kanne Kaffee oder etwas Ähnliches herbeizuzaubern, stimmt's?»

Ich schüttelte den Kopf. So etwas geht nun mal nicht. Gott weiß, wie oft ich es schon versucht habe.

«Haben Sie geschlafen?»

«Oh, ja», sagte er. «Ich habe hervorragend geschlafen. Dann wachte ich vor etwa einer halben Stunde auf und wusste, dass ich im nächsten Augenblick explodieren würde. Seitdem war ich recht beschäftigt, wie Sie vielleicht gehört haben.»

«Wie fühlen Sie sich jetzt?»

«Furchtbar. Stark, dort drüben ist ein kleiner Teich. Ich wollte mir im Wasser das Gesicht waschen. Dabei habe ich mein Spiegelbild gesehen.»

Ich nickte. «Ja. Eine gute Tarnung für den Dschungel.»

«Was geschieht mit mir?»

«Sie werden krank.»

«Nein, wirklich? Kommen Sie, Stark, rücken Sie doch einmal mit etwas größeren Informationspäckchen heraus!» Seine Stimme war gefasst, aber er hatte große Angst.

«Stehen Sie auf!», sagte ich. Er stand auf, und ich ging zu ihm hinüber, um mir sein Gesicht genauer anzusehen. Unter der Verfärbung hatte sich seine Haut recht gut gehalten, wohl in erster Linie, weil ich ihn hierher gebracht hatte, bevor es zu spät war. Sein Zustand verschlimmerte sich immer noch, aber nicht mehr so schnell. Es gab ein paar winzige Stellen, wo die Haut sich etwas schwächer anfühlte, aber das war alles. Alkland wand sich unruhig hin und her.

«Wenn Sie nicht hier wären», sagte ich, als ich zurücktrat, «hätte Ihr Gesicht dieselbe Farbe wie sonst auch. Sie würden einfach so aussehen, als wären Sie längere Zeit krank gewesen. Die Farbe hat als solche nichts zu bedeuten. Sie ist nur eine Art Mess-Skala, sie zeigt Ihren Energiestatus an.»

«Und was ist in Wahrheit mit mir los?»

«Wir sollten weitergehen», sagte ich.

«Stark!»

«Ich werde es Ihnen erklären, aber wir sollten dabei weitergehen. Wir müssen noch einen Ort aufsuchen, erinnern Sie sich?»

Widerstrebend folgte Alkland, als ich mir einen Weg durch die Vegetation zu kämpfen begann.

«Seltsamer Dschungel», sagte ich.

So war es. Er sah aus wie ein Dschungel aus einem Kinderbuch mit riesigen malerischen Bäumen, zwischen denen Lianen hingen, wo gewaltige Farne mit breiten Blättern auf dem Boden wuchsen, während ein gut erkennbarer Weg hindurchführte, der von feucht glänzenden Sonnenstrahlen erleuchtet wurde. Exotische Vögel krächzten und schrien aus dem Blätterdach über unseren Köpfen ihre Solostimme zur Rhythmusgruppe der Insekten hinaus.

Doch das eigentlich Seltsame waren die Farben. Ich pflückte ein Blatt von einem Farn ab und betrachtete es genauer. Die Ränder waren nicht glatt, sondern leicht gezahnt. Das Blatt bestand aus kleinen farbigen Quadraten von einer nicht sehr reichhaltig bestückten Farbpalette. Aus der Entfernung sah es aus, als würden verschiedene Grünschattierungen sanft ineinander übergehen, aber aus der Nähe konnte man erkennen, dass die Farben aus klar abgetrennten Vierecken bestanden, unter die sich auch Blau- und Gelbtöne mischten. Als ich mich umsah, schätzte ich, dass in diesem Dschungel insgesamt etwa zweihundertsechsundfünfzig Farben vorhanden waren.

Der Weg war eine Mischung aus Brauntönen und einigen schwarzen und weißen Punkten, und die einzelnen Farbquadrate waren deutlich unterscheidbar, ohne dass man sich bücken musste. Überall war es dasselbe: Die wechselnden tiefblauen Flecken hoch über den Bäumen bestanden aus Dunkelblau, Zyanblau und Weiß, und wenn ein kakaduähnlicher Vogel ein paar Meter vor uns über den Weg flog, bestand auch er aus einer Mischung von farbigen Quadraten. Sie alle hatten dieselbe Größe, ganz gleich, wie weit das Objekt entfernt war. Die Körnung des Himmels war nicht feiner als die des Weges. Es war sogar so, dass die Färbung umso feiner war, je näher die Objekte waren, weil die Farbquadrate im Verhältnis zur Größe des Objekts kleiner waren.

Das Ganze erinnerte an eine dreidimensionale Computergraphik, obwohl die Blätter warm und die Stämme solide waren und die Erde auf dem Weg unter unseren Füßen nachgab. Verrückt.

Eine Weile gingen wir schweigend den Weg entlang und sahen uns dabei um. Es dauerte nicht lange, bis die Farben uns immer weniger seltsam vorkamen. Schließlich war der Dschungel ansonsten realistisch heiß und schwül, und ich war mir sicher, dass Alkland ohnehin nie in einem richtigen Dschungel gewesen war. Allmählich wurde die Vegetation immer dichter und drängte sich auf den Weg, während das Blätterdach kaum noch Sonnenstrahlen hindurchließ. Bald mussten wir uns in einem dunkelgrünen und erdrückend feuchten Zwielicht durch dichtes Farngestrüpp kämpfen. Es war möglich, dass Alklands Verwirrung den Dschungel immer undurchdringlicher machte, also beschloss ich, mit ihm zu reden, bevor es noch schlimmer wurde.

«Wie viel wissen Sie über Träume?»

«Nicht viel», gab er widerstrebend zu. Aktionisten hassen es, wenn sie zugeben müssen, dass sie von etwas keine Ahnung haben. Im Zentrum tun sie das niemals. Sie behaupten einfach, dass sie Experten wären, und zischen dann los, um möglichst schnell alles über die in Frage stehende Sache zu lernen, bevor es jemand merkt. Hier hätte er mit dieser Methode allerdings wenig Erfolg gehabt.

«Niemand weiß viel darüber, besonders nicht die Leute, die glauben, es zu tun. Vor langer Zeit dachten die Leute, es handele sich um Visionen. Dann dachten sie, es seien Reflexionen des Unterbewusstseins, das sein Unwesen unter der Oberfläche treibt.» Ich musste mich einen Augenblick unterbrechen, um einen besonders großen Farn aus dem Weg zu räumen. Der Weg sah danach nicht viel besser aus, und die Vegetation über uns war nun so dicht, dass wir uns nur noch durch trübes Dämmerlicht bewegten.

Ein paar Meter weiter mussten wir anhalten, weil es nicht mehr weiterging. Ich drehte mich zu Alkland um und sah, dass der Weg in der Richtung, aus der wir gekommen waren, ebenfalls blockiert war. Die Pflanzen hatten alles zugewuchert. Wir steckten fest und starrten uns gegenseitig in die schwitzenden Gesichter, während wir noch höchstens einen Quadratmeter Bewegungsspielraum hatten.

«Gibt es vielleicht irgendwo einen besseren Weg?», fragte Alkland und schlug gereizt nach einem kleinen Käfer, der auf seinem Gesicht gelandet war. Obwohl der Käfer aus schwarzen und grauen Quadraten bestand, war sein Blut real.

«Nein. Passen Sie auf!» Ich musste schnell etwas gegen Alklands Verwirrung tun, sonst würden wir große Schwierigkeiten haben, jemals wieder aus diesem Dschungel herauszukommen. «Bis zu einem gewissen Grad hatten die Leute Recht. Träume sind eine Reflexion. Aber wie Sie sehen können, sind sie durchaus real. Wenn Sie träumen, kommen Sie an diesen Ort. Hier finden sie statt.»

«Würde dieser Ort auch dann existieren, wenn niemand träumen würde?»

«Ja, genau das ist der Punkt», sagte ich zufrieden. «Taumland ist beständig. Zum Teil wird es von den Träumen, die hier stattfinden, zu dem gemacht, was es ist. Aber die Träume der Menschen werden andererseits auch von diesem Ort mitgestaltet. Sie beeinflussen sich gegenseitig.»

«Okay», sagte er nickend. «So weit kann ich folgen.»

Ich drehte mich um und sah, dass der Weg immer noch blockiert war, ein Stück weiter jedoch etwas freier zu werden schien.

«Träume finden nicht nur im Geist statt», erklärte ich weiter. «Sie existieren wirklich, und sie sind ein Teil von Ihnen. So wie die Erinnerungen bilden sie einen Bestandteil Ihrer Persönlichkeit, ob Sie sich nun konkret daran erinnern oder nicht. Auch da beeinflussen sich beide Seiten.»

«Richtig.»

«Wenn etwas mit Ihrem Körper nicht in Ordnung ist, wenn ein paar Ihrer Zellen durchdrehen oder von etwas verletzt werden, werden Sie krank.»

«Und wenn etwas mit meinen Träumen nicht stimmt, werde ich auch krank.»

«Der Kandidat hat hundert Punkte.»

«Stark, da passiert gerade etwas Seltsames mit diesen Farndingern. Hinter Ihnen scheint sich ein Weg zu öffnen.»

Als ich mich umdrehte, sah ich, dass er Recht hatte. Der Pfad war immer noch recht unwegsam und bis in Brusthöhe überwuchert, aber er war immerhin da.

«Man kann innerhalb eines Traumes nicht direkt getötet werden», sagte ich und ging langsam rückwärts. «Es gibt nichts, was einen im Schlaf sterben lässt.» Das war eine Lüge, aber er musste es ja nicht unbedingt wissen. Außerdem kam es der Wahrheit recht nahe.

«Das beruhigt mich.»

«Aber man kann bewirken, dass jemand stirbt.»

«Oh!»

«Man kann in die Träume anderer Menschen eindringen und sie durcheinander bringen und pervertieren. Dann wird dieser Mensch krank und kann sogar sterben.»

«Und das geschieht zurzeit mit mir?»

«Ja.»

«Wer tut mir das an? Ich meine, wer bewirkt das?»

«Niemand», sagte ich.

«Ach, kommen Sie schon, Stark! Es muss doch jemand sein, und es kann nicht viele Menschen geben, die so etwas können. Die Auswahl kann doch nicht sehr groß sein.»

«Das ist genau der Punkt. Es gibt niemanden mehr, der das tun kann, außer mir. Der andere wurde vor acht Jahren getötet.

Ich bin der Einzige, der noch übrig ist. Was mit Ihnen geschieht, ist eine Art Unfall, eine nicht zielgerichtete Kraft.»

Dann passierte etwas Ungewöhnliches. Ich wurde wütend. Ich wandte mich in unsere ursprüngliche Richtung und marschierte los. Jetzt, wo Alkland begriffen hatte, ging es viel leichter voran, obwohl wir durch eine Gegend kamen, wo der Dschungel normalerweise ziemlich dicht zu sein schien. Ich erkannte ein Stück voraus so etwas wie eine kleine Lichtung und hielt darauf zu. Mir war unerträglich heiß, ich war müde und hatte die Nase voll. Ich wollte mich für eine Weile ganz allein hinsetzen und ausruhen. Ich wollte nicht mehr erklären, niemanden tragen oder über irgendetwas nachdenken. Vor allem nicht nachdenken.

«Stark, warten Sie!», rief Alkland mir nach und bemühte sich, nicht den Anschluss zu verlieren. Das Problem mit meiner schlechten Laune ist, dass sie fast so schnell wieder vorbei ist, wie sie kommt. Bis die Leute begreifen, dass ich einen Wutanfall habe, bin ich schon längst wieder drüber weg. In letzter Zeit sind alle meine Stimmungen so, auch die guten.

Trotzdem lief ich weiter, um etwas mehr Zeit zu haben, mich zu beruhigen. Mir wurde bewusst, dass ich seit etwa einem Tag in ziemlich mieser Stimmung gewesen war, seit unserer Bahnfahrt von Farben nach Oststrand. Die Sache ist die, dass Sie nicht alles wissen. Auch Sie nicht, Mister «Klar-hat-es-gar-keine-Bande-gegeben!». Ich habe Ihnen nichts davon erzählt, also können Sie auch nichts davon wissen. Ich werde es nachholen, wenn sich die Gelegenheit ergibt. Vielleicht mache ich's so oder so, aber ich glaube nicht, dass Sie es verstehen werden. Wahrscheinlicher ist, dass es Sie überhaupt nicht interessiert.

Wie oft haben Sie schon versucht, jemandem etwas zu erklären, das Ihnen eine Menge bedeutet, versucht, es so rüberzubringen, wie Sie es fühlen? Und wie oft waren Sie am Ende verbittert und sauer, weil Sie den Eindruck hatten, Ihr Schmerz würde von niemandem ernst genommen?

Zum Beispiel, wenn man sich von jemandem getrennt hat

und mitzuteilen versucht, wie es einem damit geht, weil man einfach darüber reden muss und das Gefühl braucht, dass man verstanden wird. Das Problem ist nur, dass das niemals klappt. «Es gibt noch so viele andere auf der Welt», werden die anderen sagen. Oder: «Ohne sie/ihn bist du viel besser dran», oder: «Möchtest du vielleicht noch ein paar Kartoffelchips?» Sie werden einen niemals verstehen, weil sie nicht dabei waren, nicht jeden Tag und jede Stunde miterlebt haben. Sie wissen nicht, wie alles gewesen ist, wie es einen beeinflusst hat, wie es für einen die ganze Welt verändert hat. Sie werden niemals verstehen, dass jemand, dessentwegen man sich mies fühlt, vielleicht gerade die Person ist, die man auf der Welt am meisten braucht. Sie verstehen nicht die Geschichte, den Hintergrund, das Kissen voller Erinnerungen, das einen stützt. Letztlich kennen sie einen überhaupt nicht. Jeder ist ganz allein auf der Welt, weil jeder ein ganz anderes Leben hat. Man kann den Leuten Briefe schreiben und ihnen Fotos zeigen, aber sie können einen niemals dort besuchen, wo man lebt.

Es sei denn, man liebt jemanden. Und dann kann dieser Jemand einem die Welt zerstören.

Als ich auf der Lichtung hockte und darauf wartete, dass Alkland nachkam, hörte ich ein fernes Geräusch. Ich war mir natürlich nicht sicher, aber es klang ein bisschen wie ein Tiger, und ich war erleichtert, als der zerzauste Aktionist mich endlich einholte. Er sah so erhitzt aus, wie ich mich fühlte, und betrachtete mich mit einer gewissen Vorsicht, als er sich näherte.

«Es tut mir Leid, wenn ich etwas Falsches gesagt haben sollte», sagte er reuevoll.

«Ist nicht Ihre Schuld. Sie haben nur einen wunden Punkt getroffen, nichts weiter. Wie fühlen Sie sich?»

Er ließ sich neben mir auf den Boden fallen.

«Müde. Und verdammt heiß. Müssen wir noch lange in diesem Dschungel bleiben? Könnten wir uns nicht eine hübsche Wiese oder so was suchen?»

«Schon möglich. Aber ich denke nicht, dass wir das tun sollten. Wir werden die Ursache Ihrer Probleme nur finden, wenn wir diesen Weg weiterverfolgen. Von diesem Dschungel haben Sie in meiner Wohnung geträumt, und wenn ich mich nicht irre, haben Sie seitdem nicht wieder geträumt.»

«Richtig.»

«Dann sind wir der Sache schon sehr nahe.»

«Wonach suchen Sie?»

«Nach irgendwas, nach nichts», sagte ich schulterzuckend. «Wie auch immer. Unterbrechen Sie mich, falls ich mich zu präzise ausdrücken sollte.»

«Ich verstehe», sagte er, «abwarten, was passiert.»

Ich schlug ihm auf die Schulter und stand auf.

«Ich glaube, Sie kapieren es allmählich.»

Nachmittags stapften wir immer noch durch den Dschungel. Alkland hielt sich recht gut, aber ich war fix und fertig und bezweifelte, dass er sich auch nur annähernd so gut fühlte. Der Aktionist hatte damit experimentiert, eine Zeit lang ohne Jacke zu laufen, aber ich erklärte ihm, dass es in einem Dschungel normalerweise immer heiß ist und dass es überhaupt keinen Unterschied machte, welche oder wie viel Kleidung er trug. Die Tatsache, dass er sofort begriff, deutete darauf hin, dass er allmählich mit der Situation klarkam.

Gegen Mittag hatten wir eine Pause gemacht und Alklands Paket von der Bauersfrau verzehrt, von dem wir beide mehr als satt wurden. Abgesehen davon marschierten wir einfach nur stramm durch, also erspare ich Ihnen die Einzelheiten. Wir gingen, dann gingen wir weiter, und danach gingen wir noch ein Stück. Ich denke, damit habe ich Ihnen das Wesentliche erzählt. Auch jetzt gingen wir, und das einzige leicht abweichende Detail bestand darin, dass der Pfad nunmehr ein Stück tiefer verlief und beidseitig von sanft ansteigenden Böschungen eingefasst wurde, die zum Dschungel hinaufführten. Eine kleine Abwechslung, die aber nicht gerade aufregend war.

Mir kam bereits der Verdacht, der Dschungel könnte sich erbarmungslos bis in alle Ewigkeit erstrecken, als Alkland nach vorne zeigte.

«Was ist das?»

Zunächst dachte ich, die Antwort darauf wäre: «Noch mehr von diesen verdammten Farnen, was sonst?», aber als ich genauer hinsah, erkannte ich, was er meinte. Ich ging zu den fraglichen Farnen und schob sie zur Seite.

«Das ist eine Mauer», stellte ich sachlich fest, denn das war es wirklich. In die rechte Böschung war ein Stück Mauer eingefügt. Sie bestand aus grauen Steinblöcken und sah sehr alt aus, als wäre sie ein Relikt der Inka-Zivilisation oder so. Ich sage grau, obwohl sich die Blöcke natürlich aus schwarzen, grauen, blauen und weißen Quadraten zusammensetzten.

«Tatsächlich», sagte Alkland und wischte sich mit einer dreckigen Hand über die feuchte Stirn. «Ich bin froh, dass ich einen so kundigen Führer bei mir habe.»

«Was soll ich sonst sagen? Es ist nun mal eine Mauer. Kommen Sie!»

Etwas weiter fanden wir wieder ein Stück Mauer, und vor uns konnten wir erkennen, dass die Vegetation in der Ferne dünner zu werden schien. Wenn ich nicht völlig daneben lag, schätzte ich, dass uns der nächste Teil des Abenteuers am Horizont erwartete. Das sagte ich auch Alkland.

«Gut. Allmählich langweilt mich dieser Dschungel», meinte er und schlug wieder nach einem Käfer. Sie schienen es auf ihn abgesehen zu haben, während sie mich völlig in Ruhe ließen. Alkland war eindeutig die Hauptattraktion in der Insektenwelt, das Dopaz für Käfer.

Plötzlich war da ein Geräusch, wir wirbelten herum und starrten beide in die Richtung, aus der wir gekommen waren.

«Was war das?»

«Höchstwahrscheinlich ein Tiger», sagte ich. Das Geräusch wiederholte sich und schien höchstens einen Kilometer weit entfernt zu sein. «Nein. Es handelt sich definitiv um einen Tiger.»

«Das ist, nun ja, wohl nicht gerade günstig, oder?»

«Nein, aber trotzdem sehr interessant. Hören Sie zu!» Als der Tiger erneut brüllte, war es unmissverständlich. Es war jedes Mal exakt dasselbe Geräusch und hörte sich an wie eine digitale Audio-Schleife. «Das passt gut zusammen, würde ich sagen. Ein digitaler Tiger in einem Bitmap-Dschungel.»

«Wären seine digitalen Zähne etwas Gutes oder etwas Schlechtes, wenn man sie an der Kehle hätte?», fragte Alkland und starrte besorgt in die Richtung, aus der das Geräusch kam.

«Vermutlich eher etwas Schlechtes. Ich schlage übrigens vor, dass wir diesmal nicht abwarten, was passiert.»

Wir hetzten den Weg entlang, und beim nächsten Mal klang das Brüllen schon viel weiter entfernt. Der Tiger schien sich in eine ganz andere Richtung zu bewegen, und das war gut so. Er war uns offensichtlich nicht auf der Spur, was bedeutete, dass er nicht wusste, dass wir hier waren. Alkland war sichtlich erleichtert. Ich ließ zwar nicht den Champagnerkorken knallen oder so, aber ich hatte doch auch ein recht gutes Gefühl.

Nach einer halben Stunde begannen sich die Bäume um uns herum zu lichten. Über uns war jetzt genauso viel Himmel wie Vegetation zu sehen, und die Mauer war zu einer durchgehenden grauen Fläche zu unserer Rechten geworden. Der Weg war auf dem letzten Kilometer leicht angestiegen. Als wir uns nun umsahen, schien der Dschungel hinter uns eine riesige Schüssel voller Farbe zu sein, deren Rand wir uns näherten.

Die Bäume standen immer vereinzelter, bis wir uns plötzlich nicht mehr in einem richtigen Dschungel, sondern eher in einem feuchten Wald befanden. Auch der Boden war nicht mehr so überwuchert, sodass jetzt hier und da rote Erde zwischen den Kriechpflanzen durchschimmerte. Etwa fünfzig Meter vor uns erhoben sich ein paar Felsen, auf die wir zuhielten und die den Rand des Dschungels zu bilden schienen. Das letzte Stück war ziemlich steil, und als wir oben ankamen, waren wir beide ganz schön ins Keuchen geraten.

Doch die Anstrengung hatte sich gelohnt. Vor uns lag eine Ebene, die bis auf ein paar regelmäßig verteilte Sträucher und verkümmerte Bäume flach und eintönig war. Am anderen Ende, vielleicht zwei Kilometer entfernt, verdeckte ein graues Bergmassiv zur Hälfte den Himmel.

Das Wichtigste aber war, dass auf dieser Ebene ein Gebäude sichtbar wurde. Am Fuß der Berge stand eine Burg auf einer Säule, die von oben bis unten aus roten Ziegeln bestand. Unten war sie etwa zwanzig Meter dick und erstreckte sich so in eine Höhe von zweihundert Metern, bis sie sich erheblich verbreiterte, um die eigentliche Burg zu halten. Dünnere Säulen von nur ein paar Metern Durchmesser mündeten in die vier Ecken der oberen Plattform. Auf der höchsten Turmspitze flatterte eine weiße dreieckige Flagge. Wir starrten die Burg zitternd und grinsend an.

«Seltsames Gebäude», keuchte Alkland. «Aber ich mag es.»

«Es ist ein guter Ort», sagte ich. «Wir haben wieder mal Glück gehabt.»

«Wissen Sie, wem die Burg gehört?»

«Nein. Aber man wird mich dort kennen. Kommen Sie, wir gehen weiter.»

Dann war direkt hinter uns ein sehr lautes Gebrüll zu hören.

«Scheiße!», riefen wir gleichzeitig und wirbelten herum.

Aber da war nichts.

«Wo ist er?»

«Ich weiß nicht.»

Rücken an Rücken drehten wir uns im Kreis und starrten in die Büsche.

«Stark?»

«Psst.»

Wir hörten auf, uns zu drehen, und lauschten. Nur das leise Rascheln trockener Blätter verriet uns, dass der Tiger dort irgendwo im Gebüsch war.

«Wie ist er so plötzlich hierher gekommen?»

«Auf leisen Pfoten. Ruhe jetzt!»

Als der Tiger erneut brüllte, kam das Geräusch aus dem dichten Farngestrüpp links des Weges. Der Dschungel um uns herum wuchs rasend schnell wieder zu. Sein Rand war zwar nur noch zehn Meter entfernt, aber er wurde von Sekunde zu Sekunde dichter. Noch ein Brüllen, und wir beide wandten uns gleichzeitig um.

«Was werden wir jetzt tun?»

«Weiß nicht. Doch, ich weiß: Wir ziehen uns langsam zum Rand des Dschungels zurück.»

Zuerst dachte ich, die Nacht würde anbrechen, weil das helle Sonnenlicht verschwunden war und erneut das grüne Dämmerlicht vorzuherrschen begann. Doch dann sah ich, dass sich die Bäume und Lianen über uns wiederum zu einem dichten Dach geschlossen hatten. Wir wichen immer schneller zurück, aber der Dschungel holte uns trotzdem ein. Obwohl wir eine Menge Lärm machten, als wir durch die Farne stapften, war das Rascheln in den Büschen vor uns viel lauter. Als das Gebrüll aufs Neue losbrach, war es ohrenbetäubend.

«Scheiße», sagte ich. «So geht es nicht. Wir sollten lieber nach Plan B vorgehen.»

«Und der wäre?»

«Wie gehabt. Weglaufen.»

«Klingt gut.»

Wir drehten uns gleichzeitig um und rannten los. Wir kamen etwa zwei Meter weit.

Denn vor uns stand der größte Tiger, den ich je gesehen habe. Okay, ich habe nicht sehr viele gesehen, aber ich kenne in etwa ihre durchschnittliche Größe und Ausstattung. Dieser hier war überhaupt nicht durchschnittlich. Es war ein Riesenvieh. Sein Rumpf hörte erst mehr als anderthalb Meter über dem Boden auf, die Kiefer waren fast einen halben Meter breit und voller Angst einflößender Zähne. Sein Fell war eine grellbunte Decke aus orangefarbenen, schwarzen und weißen Streifen. Die Farben waren auch hier digitalisiert, aber das war keineswegs so tröstlich, wie es vielleicht klingt. Das Vieh war keine Computergraphik. Wir konnten es atmen hören.

«O Gott!», sagte Alkland mit lobenswerter Zurückhaltung.

Der Tiger brüllte, ein außerordentliches Geräusch, das nicht nur den Dschungel, sondern die ganze Welt zu erfüllen schien. Ich legte meine Hand auf Alklands Arm. Zuerst dachte ich, er wollte sie abschütteln, doch dann bemerkte ich, dass er heftig zitterte.

«Zurück», sagte ich leise und starrte den Tiger an, während ich angestrengt einzuschätzen versuchte, was er als Nächstes tun würde. Das Verhalten wilder Tiere und ganz besonders das der Fleisch fressenden Arten ist nicht leicht vorherzusagen. Sie machen keine weitreichenden Planungen, sondern schreiten sofort zur Tat. Wir gingen langsam und vorsichtig ein paar kleine Schritte zurück. Der Tiger machte einen einzigen Schritt nach vorn und brüllte Furcht erregend.

«Mist!»

«Ich nehme an, es gibt keinen Plan C, zu dem wir übergehen könnten, oder?»

«Im Augenblick nicht.»

«Schade.»

Der Tiger brüllte erneut und machte einen weiteren Schritt nach vorn. Er war jetzt etwa drei Meter entfernt, eine Strecke, die er ohne besondere Mühe im Sprung zurücklegen konnte. Ich sage das, weil der Tiger sich gerade zusammenzukauern begann und die Muskeln zur Vorbereitung auf den Sprung anspannte. Die Frage, wie weit er springen konnte, schien in diesem Augenblick ungemein wichtig, mir fiel wirklich nichts Wichtigeres ein. Plötzlich sagte Alkland etwas.

«Komm, Miezmiezmiez.»

«Wie bitte?», fragte ich und starrte ihn an. Der Aktionist, der immer noch zitterte, streckte dem Tiger vorsichtig eine Hand hin, während sein vorwiegend grünes Gesicht gelegentlich vor Angst zuckte.

«Komm, Miezmiezmiez. Liebes Kätzchen.»

Ich sah wieder zum Tiger hinüber und stellte überrascht fest, dass er über diese neue Entwicklung genauso verblüfft wie ich zu sein schien. Er kauerte immer noch da, schwenkte sein Hinterteil und war zum Sprung bereit, aber sein Körper war abwartend gespannt.

«Komm, Miezmiezmiez.»

Der Tiger starrte uns noch einen Augenblick lang an und setzte sich dann plötzlich auf, stellte die Vorderpfoten gerade nebeneinander, neigte den Kopf und sah uns an.

«Nette Idee. Wie sind Sie darauf gekommen?», fragte ich beeindruckt.

«Es kam mir einfach so in den Sinn», flüsterte Alkland. «Was nun?»

Ich machte einen vorsichtigen und mikroskopisch kleinen Schritt nach vorn. Der Tiger blieb, wo er war, und sah uns neugierig an.

«Das Problem ist Folgendes», sagte ich. «Wir müssen an dem Tiger vorbei. Auch wenn er sehr entspannt aussieht ...»

Ich verstummte und starrte die Bestie überrascht an. Der Tiger war nicht nur ruhig, er war tot.

«O nein», sagte Alkland. «O nein ...»

Die Augen des Tigers waren glasig und leer, und sein ganzer Körper zitterte. Das Zittern wurde immer heftiger, und dann traten die Augen der Bestie hervor, eins nach dem anderen, und spritzten Blut und Flüssigkeit über seine Schnauze. Rot blutendes Fleisch quoll aus den Augenhöhlen, als würde es von unsichtbaren Haken herausgezogen. Dann erschienen Risse im Fell, und die Haut platzte wie unter einem inneren Druck auf.

«Er kommt ...», jammerte Alkland. «Er platzt auf ...»

Plötzlich brach das Fell des Tigers auf, und ein Turm aus festem Fleisch schoss zitternd nach oben. Er hörte erst auf zu wachsen, als er fünf Meter hoch war, eine irrwitzige riesige Masse, viel zu groß, um in dem Tiger gesteckt haben zu können. Das Fleisch pulsierte blutend, wand sich und formte sich in furchtbarer Lautlosigkeit zu einer Gestalt.

Dann wurde es übergangslos Nacht, und überall herrschte Dunkelheit, außer an der Stelle, wo die Metamorphose im Umkreis von ein paar Metern ein orangefarbenes Licht verbreitete. Jetzt war nichts mehr digital, stellte ich überflüssigerweise fest. Das hier war in jeder Beziehung real. Und dann begann der Lärm.

«Kommen Sie!», rief ich und packte Alkland, der wie angewurzelt dastand.

«Ich kann nicht, ich kann nicht.»

«Doch, Sie können! Schnell, bevor es noch schlimmer wird!»

Mit roher Gewalt riss ich seine Wurzeln aus dem Boden und schob ihn an dem Fleischberg vorbei. Eine Ranke aus rohem Fleisch schlug im Vorübergehen nach uns, deren Hitze und Gestank wie ein Nagel in meine Nase drang. Alkland stolperte und fiel in der Dunkelheit über einen Strauch, aber ich riss ihn wieder hoch.

Ich schob ihn vor mir her, während das Ding hinter uns ein anschwellendes Geräusch von sich gab, lautes, verzerrtes Heulen. Wir waren etwa zehn Meter weit über die Ebene gestolpert und gerannt, als der Ton seinen Höhepunkt erreichte und in einem Brüllen explodierte, gegen das der Tiger nur ein zartes Schnurren hatte hören lassen. Alkland stöhnte und murmelte wirres Zeug, während er immer wieder über seine eigenen Füße stolperte und seine Körperteile lose wackeln ließ, so als würden sie gar nicht zusammengehören.

Er war weg. Der Aktionist war nicht mehr da, er war abgehauen, als wäre er niemals hier gewesen. Alkland war wieder ein Kind, ein erschrockener Fünfjähriger in einem sechzig Jahre alten Körper. Ich packte einen seiner Arme und schlang ihn mir über die Schulter. Ich hielt seine Hand fest und legte meinen anderen Arm um seine Taille, dann zog ich ihn weiter, so schnell ich konnte, wobei meine Rückenmuskeln sich anspannten und mitzogen. Das Gebrüll ertönte wieder, diesmal unglaublicherweise noch lauter als zuvor. Es war überall, hinter, vor und in uns. Alklands Gewicht drückte mich nieder, und ich hob meinen Kopf, um in die Ferne zu sehen. In der Dunkelheit konnte ich die Burg erkennen, die auf bizarre Weise von oben angestrahlt wurde, von gelben Lichtpunkten hoch über der Säule. Sie sah aus wie ein architektonisch bedeutsamer Wasserturm unter Festbeleuchtung, und ich hetzte, so schnell ich konnte, darauf zu.

Doch das war viel zu langsam, und wir waren noch viel zu weit entfernt. Dann fuhr ein gelber Blitz nieder, und der Weg tauchte auf etwa fünf Metern Länge in ein fieses rötliches Licht, von dem ich wusste, dass es aus den Löchern im Körper des Dings hinter uns drang.

«Ich konnte es nicht verhindern», murmelte Alkland, dessen Kopf auf und ab wippte, während ich lief. «Ich konnte es nicht aufhalten.»

Er redete nicht mit mir. Hinter mir hörte ich, wie sich das Ding mit einem Grauen erregenden Geräusch näherte. Dass es nur ein leichtes Rascheln war, wo es doch eigentlich ein erderschütterndes Stampfen hätte sein müssen, machte es nur noch schlimmer. Alkland mit mir zu schleppen wurde immer schwerer, denn er trug nichts zu unserem Vorwärtskommen bei, sondern murmelte nur immer wieder, dass es nicht seine Schuld wäre. Es war, als würde man einen schweren Sack mit Ziegelsteinen tragen, die nicht getragen werden wollten, die nicht einmal wussten, was los war. Ich sah den Busch vor uns erst, als es schon zu spät war. Wir strauchelten und fielen der Länge nach hin. Unsere Gesichter klatschten auf den harten, steinigen Boden. Ich sprang, so schnell ich konnte, wieder auf die Beine, spürte Blut auf meinen Wangen und sah zurück.

Ich kann es Ihnen unmöglich so beschreiben, dass Sie sich wirklich eine Vorstellung von dem machen können, was ich sah. Versuchen Sie sich daran zu erinnern, wie es war, als Sie fünf Jahre alt waren und etwas sehr Schlimmes geträumt haben. So schlimm, dass Sie aufwachten und nach Ihrer Mutter schrien. Wie Sie sich die Kehle nach ihr heiser schrien, bis das Licht im Korridor anging und Sie ihre Füße über den Boden schlurfen hörten, auf Ihre Tür zu. Versuchen Sie sich zu erinnern, wie Ihr Herz stehen zu bleiben drohte, Ihre Eingeweide sich verkrampften und Ihr Körper sich in Stein, in kalten Stein zu verwandeln schien.

Es war zehn Meter hoch. Es galoppierte wie ein Pferd in Furcht einflößender Zeitlupe. Es besaß keine Haut, sondern bestand nur aus zuckenden roten Muskeln, die sich gegeneinander rieben, sich zusammenzogen und streckten, sich voneinander lösten und wieder verknoteten. Es wirkte, als hätte es einen Reiter, aber es gab keinen. Auf dem Rücken saß nur eine sich windende, geifernde, rote Gestalt, eine Gestalt, die aus den Grauen erregenden Überresten von all denen bestand, die Ihnen je wehgetan haben, zu einer Zeit, als Sie noch zu jung waren, um sich später daran zu erinnern. Es war der schwarze Mann hinter den Bäumen und der Stiefvater, der Hausmeister und der schwitzende Onkel, die in einer toten Gestalt vereint waren, die sich dennoch bewegte, die im Tod wahnsinnig geworden war, deren Schrei das Innere Ihres Kopfes versengte und die Barrieren niederbrannte, die Sie vor langer Zeit zum Schutz vor der Erinnerung an den Schrecken errichteten.

Es war das Böse.

Ich packte Alkland am Kragen seiner Jacke, riss ihn auf die Beine und zerrte ihn weiter. Ich legte meine ganze Kraft in diesen letzten Fluchtversuch. Vor uns tanzten die Lichter der Burg, die immer noch unerreichbar fern schienen, und hinter uns war das Rascheln, das nicht lauter wurde, aber trotzdem immer näher kam. Ich versuchte mich auf das Licht vor uns zu konzentrieren, mir einzubilden, dass es uns mit unwiderstehlicher Kraft anzog. Dann flackerte es, und die Burg sprang ein paar hundert Meter zurück. Während wir rannten, sprang sie immer wieder ein Stück zurück. Der Boden war jetzt schlammig und zäh, und an meinen Schuhen klebten dicke Klumpen aus grauem Matsch. Es wurde immer schwerer, die Füße zu heben, während die Lichter der Burg in immer größere Ferne rückten, bis sie einen Kilometer, dann zwei und dann Hunderte von Kilometern weit weg waren.

Ich riss mich zusammen und blickte noch einmal zurück. Das böse Ding kam immer näher, und wir konnten ihm nicht entkommen. Seit einer halben Minute befand sich der Busch neben uns immer auf gleicher Höhe. Wir kamen nicht mehr voran, wie schnell ich auch zu laufen versuchte, und in der Burg, die nun Tausende von Kilometern entfernt war, gingen die Lichter aus.

«Alkland!», schrie ich in sein Ohr, während ich ihn immer noch weiterzerrte. Er schien mit jedem Schritt schwerer zu werden, und die purpurnen Flecken in seinem Gesicht vergrößerten sich zusehends. Ich schrie ihn immer wieder an und schlug ihm mit aller Kraft ins Gesicht.

«Es war nicht meine Schuld!», kreischte er, als sein Gemurmel plötzlich wieder verständlich wurde. «Ich konnte ihr nicht helfen!»

«Alkland! Wir werden uns jetzt umdrehen!»

«NEIN!»

«Doch, wir müssen! Vertrauen Sie mir!»

«Sie müssen! Sie müssen sich dem Ding stellen, oder *es wird Sie holen*!»

«Nein!»

Tränen strömten ihm übers Gesicht. Ich hasste es, ihm das antun zu müssen, aber ich wusste, dass es nicht anders ging.

«Doch!» Ich hielt an, zog seinen Arm von meiner Schulter und drehte mich um. Das Rascheln wurde plötzlich lauter und verwandelte sich in ein scharrendes, kratzendes Geräusch wie von Metall, das über Glas schrammte, oder von einem Reißverschluss, der hastig von zitternden Händen aufgezogen wird. Als ich das Monster erneut sah, übergab ich mich, ohne dass ich es richtig registrierte. Ich versuchte, Alkland herumzudrehen, aber in seinem Schrecken entwickelte er gewaltige Kräfte, und er stand fest wie ein Felsen da. Das Monster brüllte, und mir schoss Blut aus der Nase.

«Drehen Sie sich um, Alkland, verdammt nochmal!», schrie ich ihn an. «Drehen Sie sich um!»

Jeder besitzt eine besondere Kraftreserve, die nur dann zugänglich ist, wenn die Alternative unerträglich ist. Ich setzte diese Kraft ein und riss Alkland herum. Ich schrie ihn an, er solle die Augen aufmachen, aber er hatte sie fest zusammengekniffen und sich die Fäuste tief in die Augenhöhlen gedrückt. Ich sprang hinter ihn, packte seine Fäuste und riss sie weg, während das Monster mit seinem Geruch mein Gesicht verbrannte. Ich schloss meine Augen und zerrte mit meinen Fingern an Alklands Augenlidern.

«SEHEN SIE ES AN!»

Stille.

Ich öffnete die Augen. Es war verschwunden.

Vor mir stand Alkland, der das Gesicht weinend in seinen Händen vergraben hatte. Ich konnte ihn kaum noch erkennen, weil es kein Licht mehr gab. Mit dem Monster war auch der rötliche Lichtschein verschwunden.

Alkland schüttelte mich ab, als ich ihn an der Schulter berührte. Also trat ich einen Schritt zurück und ließ keuchend meinen Kopf hängen, als mir plötzlich bewusst wurde, wie viele meiner Muskeln gezerrt waren, wie schweißüberströmt ich war, wie heftig ich zitterte und wie sehr ich mich nach meiner Mutter sehnte.

Ich drehte mich um und sah zur Burg hinüber. Sie war nur noch etwa vierhundert Meter entfernt, und die Punktstrahler erleuchteten wieder die Ziegelsteinsäulen. Ich ließ den Kopf zurückfallen und starrte zum Nachthimmel hinauf, wo die Lichter waren.

Alkland war so starr wie eine Statue und wurde von kaum erkennbaren Schluchzern geschüttelt. Im Augenblick gab es nichts, was ich für ihn tun konnte.

Sie können jetzt über das Rauchen sagen, was Sie wollen, dass es ungesund ist und viele Menschen das Leben kostet. Ich weiß das alles. Ich kann nur sagen, dass das alles manchmal überhaupt nicht wichtig scheint. Wenn ich kein Raucher gewesen wäre, wäre das ein guter Moment gewesen, um damit anzufangen. Aber wo hätte ich mir hier verdammt nochmal Zigaretten kaufen sollen?

14. KAPITEL

Fünf Minuten später war das Schlimmste überstanden. Alkland wandte mir immer noch den Rücken zu, aber er sah nicht mehr so angespannt aus und versuchte offenbar nicht mehr, sich mit reiner Willenskraft zu beherrschen. Er ließ die Arme sinken, sackte etwas in sich zusammen und ließ den Kopf hängen. An der Glut meiner letzten Zigarette steckte ich mir eine neue an und wünschte mir, ich hätte eine, die einen ganzen Meter lang wäre.

Es gab immer noch nichts, was ich tun konnte. Noch nicht. Man geht nicht hin und legt einem Typen einfach den Arm um die Schulter, wenn er so etwas durchgemacht hat. Etwas zu sagen wie: «Komm schon, mach dir nichts draus!», ist einfach nicht angemessen. Die Monster im Taumland sind sehr persönlich. Was eben geschehen war, hatte ich, so gut ich konnte, interpretiert. Es hatte für mich keine Bedeutung und vielleicht überhaupt nichts mit Alklands Empfindungen zu tun. Es war Alklands Monster, und man kann den Schmerz eines anderen Menschen niemals richtig verstehen. Wenn jemand so etwas erlebt hat, wenn einem die Eingeweide auf diese Weise zertrampelt wurden, dann kann man keinen Trost von einem Freund gebrauchen. Er bedeutet einem nichts.

Der Geist ist wie ein See, und während man älter wird, regnet es hinein. Das Wasser wird immer tiefer und sieht völlig ruhig aus. Gelegentlich verrät ein verirrter Gedanke die Tiefe des Sees, aber nur selten.

Doch ganz tief unten liegt vielleicht etwas am Seegrund. Etwas, das vor langer Zeit gestorben ist, etwas Verrottetes und Verfaultes, das die ruhige Oberfläche des Sees Lügen straft. Alkland hatte gerade erlebt, wie eine Blase vom Boden aufgestiegen war, und den Gestank der Fäulnis gerochen. Und wenn so etwas geschieht, will man keine anderen Menschen in der Nähe haben, damit sie es nicht vielleicht auch riechen.

Also konzentrierte ich mich stattdessen auf meinen Job und drängte meine müden Gedanken in Richtung dessen, was als Nächstes kam. Es gibt immer etwas, was als Nächstes kommt, und meistens bin ich der Einzige, der darüber nachdenkt.

An einem anderen Tag oder sogar zu jeder anderen Zeit hätte die Burg vielleicht ziemlich unheimlich ausgesehen. Doch heute, in diesem Augenblick, konnte sie nicht anders als einladend wirken. Der untere Teil erstreckte sich etwa zweihundert Meter weit senkrecht nach oben, und obwohl die Säule aus Ziegelsteinen bestand, sah sie aus, als wäre sie Hunderte oder Tausende von Jahren alt.

Die Burganlage selbst stand wie ein Vogelhäuschen obendrauf und ragte weit über die zentrale Säule hinaus. Das hieß, dass wir uns an einen der schlankeren Eckpfeiler halten mussten. Sie waren nicht sehr groß, aber ich dachte mir, dass wir beide vielleicht an einem davon hochklettern konnten. Hier auf der Ebene war es völlig still, und nicht das leiseste Geräusch drang von oben zu uns herab, aber die Lichter waren an, und das bedeutete, dass jemand zu Hause war. Ich hoffte nur, dass die Leute uns keinen Ärger machen würden. Davon hatten wir fürs Erste genug. Eine Extraportion Ärger war im Augenblick das Letzte, was wir gebrauchen konnten.

Als ich hinter mir ein leises Geräusch hörte, drehte ich mich langsam um. Alkland hustete noch einmal, und dann drehte auch er sich um. Er sah mich nicht an und würde es wohl in der nächsten halben Stunde oder so auch nicht tun. In der Art, wie er seine Schultern hängen ließ, lag eine tiefe Beschämung, die er sicher nicht in Worte fassen konnte. Sein Gesicht allerdings sah schon etwas besser aus, was daran lag, dass er sich dem Monster gestellt hatte, und es würde nur vorübergehend sein. Er sah müde und alt aus. Nach einer Weile sprach er.

«Sie wissen wirklich, was Sie tun, nicht wahr?»

Ich antwortete nicht.

«Ich dachte immer, dieses Gerede darüber, dass man sich den Dingen stellen soll, wäre nur Blödsinn und Sofa-Psychologie.»

Auch jetzt sagte ich nichts, und zwar aus mehreren Gründen.

«Wie dem auch sei», sagte er schulterzuckend. «Danke.»

«Kein Problem. Sind Sie bereit, weiterzugehen?»

Der Aktionist verschränkte kurz die Hände, und dann sah er mir beinahe ins Gesicht.

«Könnten wir … könnten wir nicht vielleicht für eine Weile aufwachen?»

«Nein.»

«Warum nicht?»

«Weil es nicht geht. Wenn man so wie wir hineinkommt, kann man nur auf dieselbe oder zumindest eine ähnliche Weise wieder hinaus.»

«Können wir nicht denselben Weg zurückgehen, den wir gekommen sind? Ich weiß, es ist ein langer Weg, aber ich weiß nicht, wie viel von alledem ich noch in einem Durchgang ertragen kann.»

«Nein. Diesen Weg gibt es nicht mehr. Die Dinge verändern

sich hier. Wir konnten nur aufgrund unserer persönlichen Voraussetzungen auf diesem Weg herkommen. In Taumland gibt es keinen Weg zurück.»

Er seufzte schwer, und ich bemerkte, dass seine Hände immer noch zitterten.

«Was werden wir also jetzt tun?»

«Wir werden zur Burg hinaufgehen.»

Alkland sah an mir vorbei zu den Pfeilern hinüber.

«Gibt es einen Lift in diesen Dingern?»

«Nein. Wir werden klettern.»

«Stark, Sie sind verrückt!» Alkland klang hysterisch. «Wenn Sie glauben, dass ich hundert oder mehr Meter Ziegelsteine hinaufkraxle, haben Sie Ihren Verstand verloren!» Er schimpfte noch eine Weile auf diese Weise weiter und erhitzte sich immer mehr. Ich ließ ihn gewähren. Die meisten Leute fühlen sich viel besser, wenn sie ein wenig Dampf wegen etwas ablassen können, das gar nicht das eigentliche Problem ist.

Ich unterbrach ihn, als er sich nur noch wiederholte und seine Stimme zu einem schrillen Piepsen geworden war.

«Psst!», sagte ich. «Folgen Sie mir jetzt!»

Eine Stunde später hatten wir einen der Stützpfeiler zu drei Vierteln erklettert. Aber ging wirklich alles gut? Nun, was würden Sie sagen?

Ich versuchte gar nicht erst, Alkland zu erklären, wie wir hinaufklettern würden. Ich trieb ihn nur dazu an, mit mir über die Ebene auf die Burg zuzugehen. Eine winzige Spur Mondlicht sickerte durch die fast geschlossene Wolkendecke über uns und überzog die Ebene und die Sträucher darauf mit einer geisterhaften Aura. Nach der Hitze des Dschungels war es jetzt recht kalt, aber wir waren der Burg schon zu nahe, um zu frieren. Wir brauchten nicht lange, um den Fuß der Säulen zu erreichen, obwohl wir unterwegs einmal anhalten mussten, um einen Träumer vorbeizulassen.

«Okay», sagte ich, als wir neben einem der schlanken Stützpfeiler standen. «Jetzt ist wieder die Zeit, wo es heißt: ‹Vertrauen Sie Stark!›»

Alkland sah mich nur mit einem düsteren, pessimistischen Gesichtsausdruck an. Mir war klar, dass die Burg keine Sekunde zu früh gekommen war. In einer Beziehung hatte er nämlich Recht: Er konnte nicht für unbegrenzte Zeit weitergehen, nicht in dem Zustand, in dem er sich befand. Sein Gesicht sah aus, als wäre es von einem Impressionisten bearbeitet worden, der die Grenzen seiner künstlerischen Ausdruckskraft hatte überschreiten wollen. Doch kurz vor der Vollendung dieser Extravaganz hatte der Künstler erkannt, welchen Unsinn er da betrieb, und sich wieder der gewöhnlichen Malerei zugewandt.

«Stark», sagte Alkland langsam und geduldig. «Diese Säule ist mindestens zweihundert Meter hoch. Ich bin nur ein gewöhnlicher Sterblicher und als solcher an die physikalischen Naturgesetze gebunden. Ich kann unmöglich da raufklettern.»

«Passen Sie auf!»

Ich zeigte ihm wie ein Pantomime meine Hände und dass ich keine Saugtatzen trug. Nicht, dass ich es mir nicht gewünscht hätte, aber die einzigen, die sich in meinem Besitz befunden hatten, zirkulierten jetzt wahrscheinlich im Wettersystem von Status. Dann trat ich an die Säule und entspannte mich, um Alklands Skepsis aus meinem Geist zu vertreiben. Ich hob die Arme, steckte meine Fingerspitzen in die Fugen zwischen den Steinen und verlagerte mein Körpergewicht auf meine Hände. Dann hob ich vorsichtig einen Fuß und stieß meine Schuhspitze in eine Rille. Ich schob mich hoch, löste eine Hand und suchte weiter oben einen neuen Halt.

«Ja, ich dachte mir schon, dass es in etwa auf diese Weise geht», brummte Alkland. «Das war auch der Grund, warum ich sagte, dass *ich es nicht schaffen werde.*»

Ohne auf ihn zu hören, hob ich meinen anderen Fuß und steckte ihn in eine Fuge. Ich machte eine kurze Pause und kletterte dann schnell fünf Meter hoch. Es tat mir gut, den Laut des Erstaunens zu hören, der zu mir heraufdrang. Dann drehte ich meinen Kopf und grinste zu ihm hinab, woraufhin ich ebenso schnell wieder nach unten kletterte. Alkland starrte mich an, als hätte ich mich gerade in eine Obstschale verwandelt.

«Wie, zum Teufel, haben Sie das gemacht?»

«Genau, Alkland, genau. Ich bin zwar kräftig, aber kein Übermensch. Können Sie sich gar nicht mehr erinnern, wie es in Träumen zugeht? Sind Sie noch nie im Traum irgendwo hinaufgeklettert?»

«Schon, aber ...»

«Und mussten Sie sich dazu mit Steigeisen, Seilen und ähnlichem Zeug ausrüsten?»

«Nein.»

«Sehen Sie? Das hier ist Taumland, Alkland. Wir müssen jetzt klettern, weil es das ist, was als Nächstes kommt. Es ist eine Stimmung, ein Gedanke, keine Aktivität. Es ist nicht wie richtiges Klettern. Die Dinge funktionieren hier etwas anders. Wenn Sie erst mal angefangen haben, ist es fast so, als würden Sie eine waagerechte Fläche entlangkriechen, obwohl Sie immer noch das Gefühl haben, dass es aufwärts geht.»

«Also kann ich es auch schaffen?»

«Wenn Sie es zulassen, ja. Lassen Sie es einfach zu.»

Er seufzte tief und trat an den Pfeiler. Ich half ihm dabei, mit den Händen eine Fuge zu finden, und einen Moment lang stand er regungslos da wie die Skulptur eines aufwärts strebenden Bergsteigers. Dann hob er seinen rechten Fuß und rammte seine Schuhspitze in eine Fuge. Zögernd spannte er die Muskeln im rechten Bein an und wuchtete sein Körpergewicht nach oben. Seine Finger wurden weiß vor Anstrengung, und er atmete zischend aus.

«Gut. Jetzt suchen Sie schnell einen Halt für den anderen Fuß.»

Er tat es und hing eine Weile an den Steinen, während seine

Muskeln angestrengt zitterten. Dann purzelte er wieder zu Boden. Ich seufzte innerlich. Für die meisten Menschen ist es etwas schwierig, damit zurechtzukommen, wie es hier zugeht, aber Alkland hatte besonders große Schwierigkeiten. Niemand, der Memos für eine wichtige Sache hält, wird sich mit dem Fliegen leicht tun.

«Kommen Sie. Wir versuchen es gemeinsam.»

«Es wird nicht funktionieren, Stark.»

«Doch, das wird es. Kommen Sie schon.»

Ich brachte ihn dazu, genau das zu tun, was ich tat, und begann noch einmal auf dieselbe Weise wie zuvor. Als wir beide nebeneinander an der Säule hingen, wandte ich ihm meinen Kopf zu.

«Es ist kinderleicht», sagte ich beruhigend und sah ihm in die Augen. «Wir klettern überhaupt nicht. Wir sind nur irgendwo unterwegs, wo es zufällig gerade nach oben geht.»

«Richtig.»

«Merken Sie, wie leicht es ist?», sagte ich und hob langsam meinen rechten Fuß. Er tat es mir nach, und obwohl es ihn offensichtlich viel Anstrengung kostete, schaffte er es. «Jetzt die rechte Hand.» Wir griffen nach oben, und einen Augenblick lang spürte ich ein Flackern im Hinterkopf, eine Art Flimmern, so als würden wir tatsächlich eine gepflasterte Straße entlangkriechen. Also hatte er langsam den Bogen raus. Wir hoben gleichzeitig unsere linken Füße, dann unsere linken Hände und ruhten uns einen Moment lang aus, während wir hingen und doch nicht hingen.

«Ich glaube, ich weiß jetzt, wie es geht», sagte der Aktionist mit einem Anflug von heimlichem Stolz.

«Gut. Kann's weitergehen?»

Er nickte, und wir kletterten weiter.

Er hatte wirklich den Bogen raus.

Wir hatten schon mehr als hundert Meter zurückgelegt, als ich zum ersten Mal glaubte, etwas gehört zu haben. Es war nicht das Echo der Feierlichkeiten von oben, die wir schon seit ein paar Minuten hörten. Es war etwas anderes, ein kurzes, zischendes Geräusch. Ich blickte über meine Schulter nach unten, konnte aber nichts erkennen. Schulterzuckend kletterte ich genauso langsam wie bisher weiter, damit Alkland mithalten konnte. Kurz darauf hörte ich dasselbe Geräusch noch einmal.

«Was war das?», fragte der Aktionist besorgt.

«Ich weiß nicht», sagte ich. «Sie haben es auch gehört?»

«Ja», sagte er und blickte sich um. «Eine Art Zischen.»

Wir legten noch ein paar Meter zurück, und plötzlich hörten wir das Geräusch zweimal kurz hintereinander. Dann prallte plötzlich ein dünnes Etwas aus Holz vom Stein direkt neben meiner Hand ab.

«Scheibenkleister! Wir werden mit Pfeilen beschossen!»

«Großartig!», sagte Alkland aufgeregt. «Super! Ich meine, wir hängen doch nur hundert Meter über dem Boden an einem Ziegelsteinpfeiler. Warum sollte man also nicht mit spitzen Sachen auf uns schießen!» Einen Moment lang schwankte er auf gefährliche Weise, und ich streckte meinen Arm aus, um ihn wieder an die Wand zu drücken.

«Alkland, hören Sie zu! Wir klettern überhaupt nicht, wissen Sie noch? Sie haben selbst gesagt, dass Sie gar nicht so hoch klettern können, und jetzt schauen Sie mal, wo wir sind. Also klettern wir gar nicht. Wenn etwas von oben kommt, gehen Sie einfach zur Seite. Denken Sie nicht darüber nach, ob Sie den Halt verlieren. Weichen Sie nur aus. Es wird klappen. Sie werden nicht abstürzen, solange Sie nicht glauben, dass Sie es tun.»

Ich sah im schwachen Licht in sein vor Anstrengung verzerrtes Gesicht, aber dann nickte er schwach. Ein weiterer Pfeil zischte an uns vorbei, und ich trieb Alkland an, schneller zu klettern. Als wir höher kamen, flogen die Pfeile in immer schnellerer Folge, und wir konnten schon aufgeregte Stimmen von oben hören. Dann fiel ein Speer herunter und hätte mich fast wie einen Kebab aufgespießt, wenn ich ihn nicht rechtzeitig gesehen hätte und schnell seitlich um die Säule herumgekrochen wäre. Als Alkland sah, dass so was durchaus möglich war, half ihm das offenbar in seinem Glauben, denn schon kurze Zeit später wich er seinerseits einem Pfeil aus, der genau auf ihn zukam. Es sah nicht sehr elegant aus, und er geriet sogar kurzfristig ins Schwanken, aber er schaffte es.

«Gelungenes Ausweichmanöver», sagte ich, und er grinste mich im Dämmerlicht an.

Bald darauf hagelte es geradezu Pfeile, sodass wir beide auf die Rückseite des Pfeilers wechselten. Für ein paar Meter war das nicht schlecht, aber dann öffnete sich über uns eine kleine Falltür, aus der ebenfalls Dinge auf uns heruntergeworfen wurden.

Wir krochen wieder zur Vorderseite des Pfeilers und kletterten so schnell wie möglich weiter. Plötzlich war von oben ein seltsames metallisches Geräusch zu hören, und als ich aufblickte, sah ich den Rand eines großen Eisenkessels.

«Scheiße, Alkland, wieder auf die Rückseite!»

Wir erreichten sie gerade rechtzeitig, um dem Sturzbach aus kochend heißem Öl zu entgehen. Zitternd legten wir eine kleine Pause ein.

«Man scheint nicht sehr erfreut über unseren Besuch zu sein», stellte Alkland fest. «Ich dachte, Sie sagten, dies wäre ein angenehmer Ort.»

«Das ist es auch», sagte ich. «Man trifft lediglich Vorsichtsmaßnahmen.»

Vorsichtig hob ich meinen Kopf um den Pfeiler herum.

«Heh!», rief ich. «Heh!»

«Was haben Sie vor?», zischte Alkland.

Ein Kopf mit einem spitz zulaufenden Helm kam über der Brüstung zum Vorschein, die jetzt noch etwa zehn Meter entfernt war.

«Heh!», rief ich erneut.

«Was ist?», antwortete eine Stimme. «Was wollt ihr?»

«Könntet ihr wohl aufhören, auf uns zu schießen? Wir haben schon genug Schwierigkeiten.»

«Das ist euer Problem. Ihr greift uns an. Was glaubt ihr wohl, was wir da tun werden. Vielleicht einen roten Teppich ausrollen?»

Ein Pfeil zischte an meiner Wange vorbei.

«Wir greifen euch nicht an. Mein Gott, wir sind doch nur zu zweit.»

«Hier geht es ums Prinzip!»

«Sieh mich an!», rief ich verzweifelt. «Weißt du nicht, wer ich bin?»

«Nein», antwortete er. «Sollte ich?»

«Scheiße», murmelte ich leise, bevor ich weiterrief. «Hat da oben irgendjemand das Kommando?»

«Ja.»

«Wer?»

«Ich.»

«Oh!» Ich ließ kurz den Kopf hängen, dann winkte ich Alkland zu, langsam weiterzuklettern. Schließlich begann ich wieder zu rufen.

«Ist der König da?», setzte ich alles auf eine Karte.

«Natürlich, das hier ist eine verdammte Burg.»

«Könnte ich mal mit ihm sprechen?»

«Geht nicht. Er ist gerade in einer Sitzung.»

Ein Pfeil prallte über mir von der Säule ab und klatschte mit dem Schaft gegen meine Wange.

«Tut mir ja echt Leid», rief die Stimme von oben, «aber gleich ist das Öl wieder heiß.»

Als ich hochsah, ragte wieder der schwarze Kessel über den Rand. Alkland flüchtete auf die Rückseite.

«Nein, hört auf!», rief ich. «Wartet einen Moment! Ich habe eine Idee.»

«Ich hoffe für dich, dass es eine gute ist.»

«Das ist es. Hör zu! Geh zum König und sag ihm, dass Stark hier ist, okay?»

«Was soll ich sagen?»

«Stark ist hier.»

«Tut mir Leid, aber du musst etwas lauter sprechen. Das Öl blubbert direkt neben mir.»

«Stark ist hier!», schrie ich.

«Was ist?»

«Ich bin Stark!»

«Ja und?»

«Nichts weiter. Sag's ihm einfach!»

Wieder flog ein Speer vorbei.

«Tja, ich weiß nicht recht», sagte die Stimme. «Woher weiß ich, was ihr vorhabt, solange ich weg bin? Ich meine, vielleicht verwandelt ihr euch in eine Räuberbande aus tausend Barbaren. Oder in plündernde Mongolenkrieger!»

«Ich gebe dir mein Wort!», rief ich mit erstickter Stimme. «Das wird nicht geschehen!»

«Hmm.» Der Kopf verschwand für einen Augenblick, und ich konnte hören, wie oben erhitzt debattiert wurde. Zufällig blickten Alkland und ich in diesem Moment gleichzeitig nach unten. Der Boden war ziemlich weit entfernt. Dann tauchte der Kopf wieder auf.

«Okay», sagte der Soldat. «Wir werden es folgendermaßen machen. Ich geh mal zum König und schaue, ob ich mit ihm reden kann. Mal sehen, was er dazu sagt. In der Zwischenzeit müssen meine Kollegen allerdings weiter auf euch schießen, nur vorsichtshalber. In Ordnung?»

«Ja, verdammt, in Ordnung, aber beeil dich, ja? Und könntet ihr vielleicht das mit dem Öl sein lassen?»

«Äh … ja, gut. Aber nur so lange, bis ich zurück bin. Das ist nämlich meine Lieblingsnummer.»

Der Kopf verschwand hinter der Brüstung. Es gab eine kurze Pause, und dann hagelte es wieder Pfeile. Ich ging zurück auf die andere Seite des Pfeilers, wo Alkland sich mit zunehmender Verzweiflung festklammerte.

«Wir sollten besser weiterklettern.»

«Ich dachte, Sie hätten gesagt, man würde Sie hier kennen», keuchte Alkland und suchte sich erschöpft einen neuen Halt.

«Normalerweise ist das auch der Fall.» In der Falltür über uns wurde ein Schatten sichtbar, und wir flüchteten gerade noch rechtzeitig auf die Vorderseite, um einem Steinhagel zu entgehen. «Verdammt!»

Wir kraxelten weiter und huschten immer wieder um den Pfeiler herum, je nachdem, woher die gefährlichsten Geschosse kamen. Dann wurde es für uns auf der Vorderseite allmählich sicherer, weil die Brüstung ein Stück weit vorragte und die Bogenschützen nicht mehr richtig zielen konnten. Leider gab es keine Möglichkeit, den Vorsprung zu überwinden, und die Falltür wurde zu gut bewacht.

Schließlich kauerten wir uns unter der Brüstung zusammen, als es kaum noch höher ging. Jetzt flogen die Pfeile wieder dichter, weil sie von Soldaten abgeschossen wurden, die sich weit über die Brüstung beugten, wobei sie von den anderen Männern an den Füßen festgehalten wurden. Nicht nur die Pfeile, sondern auch die Steine trafen durch diese Taktik besser. Alkland verlor allmählich den Halt, und auch ich bekam jetzt langsam Schwierigkeiten, als ich von oben ein lautes Scharren hörte. Wir mussten wieder auf die Seite mit der Falltür, und ich konnte sehen, was die Schweine vorhatten. Sie wollten trotz allem wieder Öl heruntergießen.

«Stark, ich stürze ab», jammerte Alkland, und als ich ihn ansah, merkte ich, dass er Recht hatte. Das Scharren wurde zu einem Knirschen, als die Soldaten den Kessel langsam neigten. Ich packte den Aktionisten, kurz bevor er abstürzen konnte. Dazu musste ich wieder auf die Rückseite, und als ich hochblickte, sah ich, wie sich der Rand des großen schwarzen Kessels immer weiter neigte. Einen Moment lang dachte ich, dass wir erledigt wären.

Dann wurden plötzlich Rufe laut, der Kessel wurde zurückgezogen, und kurz darauf griffen Hände durch die Falltür, um uns hinaufzuziehen.

«Ich grüße Euch, Stark. Es liegt jenseits meiner begrenzten, wenn auch königlichen Macht, meiner Freude, Euch wieder zu sehen, stärkeren Ausdruck zu verleihen.»

«Ja, äh, hallo!», sagte ich und deutete eine Verbeugung an.

Der Raum, in den Alkland und ich von den nunmehr ganz leisen und ehrerbietigen Soldaten geführt worden waren, war ein großes Marmorzimmer, das mit Bahnen aus bunter Seide ausgekleidet war. In den Korridoren, durch die man uns geleitet hatte, standen livrierte Soldaten und Diener, deren Reihen sich bis in den Audienzsaal des Königs fortsetzten. Wir gingen über einen tiefblauen Teppich in die Mitte des Raumes.

Der König saß ganz hinten auf einem großen goldenen Thron und wurde von zwei gekrönten Frauen in weißen Gewändern flankiert, die beide eine Art Windhund an einer juwelenbesetzten Leine hielten. Eine der Frauen sah Zoe ziemlich ähnlich, die in meinem Block wohnt, aber das hatte nicht unbedingt etwas zu bedeuten. Manchmal bedeutet es etwas, manchmal nicht. Das ist unwichtig. Oder vielleicht doch nicht, ich weiß es nicht. Wenn ich mich zu intensiv mit solchen Dingen beschäftigen würde, wäre ich schon längst auf der Straße gelandet und würde dort Abfall sammeln und den Verkehr anschreien. Hinter den Frauen standen adelig aussehende Männer, die allesamt gezwirbelte Schnurrbärte trugen und in eng anliegende Seidenjacken und aufgebauschte kurze Hosen gekleidet waren. Der König war Mitte vierzig und hatte einen kleinen braunen Bart. Er sah uns eine Weile mit einem schweigenden Lächeln an und schnippte die Asche seiner Zigarre in etwas, das wie einer dieser frei stehenden Aschenbecher aussah, die man in den Lobbys von Hotels findet.

Ich hatte ihn natürlich noch nie gesehen, aber er kannte mich. Sie wissen vielleicht, wie vertraut man im Traum mit Menschen sein kann, deren Gesichter man noch nie zuvor gesehen hat und die plötzlich enge Freunde von einem sind. So in etwa funktioniert das. In Wirklichkeit ist es zwar noch ein wenig komplizierter und hat eher etwas mit mir zu tun, aber im Prinzip ist es schon richtig.

«Ich muss mich entschuldigen», sagte der König, «für den Übereifer meiner Soldaten. Sie nahmen an, Ihr wäret Kundschafter des Unrechtmäßigen Usurpators Quentor, des niederträchtigen Beschmutzers der Reinheit, seit zwanzig Jahren Geißel des Königreichs und seines Friedens. Mit Hilfe der bösen Hexe Illeriamnit hat er große Macht erlangt, und meine ehrenhaften Männer müssen allzeit wachsam sein, denn er ist hinterlistig und erscheint in den wechselnden Gestalten eines Raben oder einer schönen Maid. Aber er wird niemals siegen», beschloss er gewunden, die Stimme zu herrischer Lautstärke angeschwollen, «denn wir, Edelleute wie tapfere Freibauern gleichermaßen, stehen zusammen zur Verteidigung des Angedenkens meiner lieben Mutter, der guten Königin Twambo, und werden niemals, niemals aufgeben!»

Alle Anwesenden – Diener, Soldaten und Edelleute gleichermaßen – brachen in spontanen, zwitschernden Beifall aus.

O Gott, dachte ich, was für ein Haufen Idioten. Ich weiß, ich bin herzlos, aber ich hasse diese Schwert-und-Magie-Geschichten. Sie sind wie Märchen von Computer-Programmierern. Dennoch weiß ich, wie ich mich zu benehmen habe, und verbeugte mich dieses Mal noch tiefer, wobei ich Alkland anstieß, damit er es mir nachtat.

«Völlig richtig», sagte ich im Brustton der Überzeugung. Alkland brummte etwas Ähnliches mit einem breiten Grinsen auf dem Gesicht. Ich glaube, dass es allmählich für ihn etwas zu viel wurde.

«Was führt Euch diesmal in unser geheiligtes Königreich, Stark, einsamer Ritter auf dem Pfad der Rechtschaffenheit?»

Ohne auf Alklands leises Kichern zu achten, trat ich einen Schritt vor.

«Nun, König, es ist folgendermaßen. Ich komme nicht meinetwegen, sondern als Führer, als Geleit für Lord Fell von Alkland.» Ich zeigte auf den Aktionisten, der sich erneut verbeugte und sich vor unterdrücktem Lachen schüttelte. «Seine Lordschaft erleidet zur Zeit großen Kummer, und wir befinden uns auf einer langen Reise, um nach der Lösung seiner Probleme zu suchen.»

«Ich sehe es», sagte der König weise. «Ich nehme tatsächlich das Zeichen des Übels an ihm wahr.» Das, so vermutete ich, war eine Anspielung auf Alklands Gesichtsfärbung, aber vielleicht passte ihm auch nur seine Jacke nicht. «Wo liegt die Quelle dieses Übels?»

«Ich fürchte, unsere Reise wird uns noch weit fort in ferne Länder führen, über die Berge und durch … äh … durch das Reich von Paillette womöglich.»

«Paillette! Wo liegt das, kühner Ritter?»

Ich versuchte krampfhaft zu improvisieren.

«Viele, viele Meilen von hier, Euer Gnaden. Viele Meilen. Durch das Tal des Yoper und die Regionen des Ewigen Geräuschs.»

Schließlich wurde es zu viel für Alkland, und er lachte laut los. Der König wandte ihm seinen Blick zu.

«Seine Lordschaft hat einen Grund zur Heiterkeit?»

«Nein, nein», sagte ich schnell. «Dies ist nur ein Teil des Fluchs, der auf ihm lastet. Der böse Zauber des Schwarzen Regenten Telefon macht sich dadurch bemerkbar, dass er zu *völlig unpassenden Momenten* lacht.»

Alkland hatte offenbar verstanden und riss sich so gut es ging zusammen. Der König nickte und wandte sich wieder mir zu.

«Gut, Stark, wenn Ihr meinen Rat annehmen wollt, verfüge ich, dass Ihr Euch hier eine Weile ausruht. Heute Nacht sind Drachen unterwegs, und vor Euch liegt noch eine Reise von vielen Meilen.»

«Das wäre echt toll!», sagte ich.

«So sei es denn. Um neun beginnt das Festmahl, aber zuvor

möchte ich Euch die Annehmlichkeiten unserer Burg zur Verfügung stellen. Vielleicht eine Dusche, sodass Ihr Euch ein wenig erfrischen könnt?»

«Prima.»

«Gut. Obyrk wird Euch zu Euren Zimmern geleiten, und Eure Duschdienerinnen werden augenblicklich eintreffen. Wir freuen uns auf die weiteren Beratungen mit Euch. Es gibt noch viel, was wir zu bereden haben.»

Der Soldat, mit dem ich draußen die diplomatischen Verhandlungen geführt hatte, erschien an meiner Seite. Wir verbeugten uns nochmal vor dem König, bevor wir hinaus in den Korridor geführt wurden.

«Tut mir Leid wegen der Schießerei vorhin», sagte Obyrk gut gelaunt, während er uns durch ein verwirrendes Labyrinth aus hohen Zimmern und Korridoren führte. «Ihr wisst, wie das ist.»

«Was sind Duschdienerinnen?», fragte Alkland, der sich Mühe gab, mit uns Schritt zu halten.

«Sie duschen mit Euch», antwortete der Soldat, «damit das Wasser nicht zu laut plätschert und damit es nicht zu viel leeren Raum in der Duschkabine gibt.»

«Oh», sagte Alkland verblüfft, und ich lächelte. Das war die beste Geschichte, von der ich je gehört hatte. Die Gastfreundschaft des Königs ging offenbar weit über die der meisten Gastgeber hinaus.

Dann hatte ich einen Augenblick lang ein seltsames Gefühl. Nichts Wichtiges, nur ein Hauch, so als hätte ich etwas vergessen. Und dann war es auch schon wieder vorbei.

Wir wurden in einen großen, kahlen Raum geführt. Die Steinwände waren mit hellbraunen Fliesen verkleidet. An der Seite stand ein steinerner Tisch, auf dem verschiedene Früchte und Appetithäppchen serviert wurden. Obyrk bat uns zu warten und verschwand. Alkland machte sich sofort über das Essen her. Er stopfte sich den Mund voll, bevor er sah, was ich längst bemerkt hatte: Inzwischen wechselten auch seine Hände die Farbe.

«Lassen Sie mich mal sehen», bat ich, und er hielt sie mir hin. «Es ist noch nicht allzu schlimm», sagte ich ihm nach eingehender Untersuchung. «Die Verfärbung beschränkt sich auf die Handrücken, die Handinnenflächen sind noch gesund. Auf die Handinnenflächen kommt es an.»

«Trotzdem ist es kein gutes Zeichen, nicht wahr?»

«Richtig.» In meinem Hinterkopf kribbelte es wieder. Etwas ging vor sich, aber ich wusste nicht, was.

«Was machen wir hier?» Unbewusst hatte seine Hand wieder nach dem Imbiss gegriffen, und überrascht starrte er auf das Häppchen, das er sich vor das Gesicht hielt. Er sprach mit vollem Mund weiter. «Ich meine, hat das hier etwas mit meinem Fluss oder was auch immer zu tun? Und sagen Sie jetzt nicht ‹Abwarten, was passiert›!»

«Wir ruhen uns hier aus», erwiderte ich. «Das müssen Sie tun, sonst ...» Ich hatte vergessen, was ich als Nächstes sagen wollte. «Sonst ...» Mit einem heftigen Kopfschütteln versuchte ich mich zu erinnern. Ich hatte es vergessen, weil ein anderer Gedanke an die Oberfläche drängte. Was, zum Teufel, war los?

«Stark, ist alles in Ordnung?»

«Mir geht's gut. Sie müssen sich ausruhen, sonst verausgaben Sie sich einfach zu sehr. Das ist etwa so, als würden Sie zu Hause nicht genug Schlaf bekommen. Eine Weile kann das gut gehen, aber dann werden Sie sehr müde, und irgendwann fangen Sie sogar an zu halluzinieren. Hier gilt das genauso, das heißt sogar noch mehr, weil Sie hier nicht träumen können.»

«Und das hier ist die Fünf-Sterne-Version der gemütlichen Küche, die wir letzte Nacht erlebt haben?»

«So in etwa, aber es ist mehr als das. Wir dürften hier gleichfalls in Sicherheit sein. Auch wenn sie etwas dämlich wirken, sind diese Leute doch auf der richtigen Seite.»

«Und wessen Seite ist das?»

«Die Seite desjenigen, der hier zuerst ankommt. Und das sind wir.»

«Das», sagte Alkland inbrünstig, «ist mal eine gute Neuigkeit.»

«Morgen werden wir Ihren Fluss suchen. Dort werden Sie stärker sein, und wir können uns daranmachen, Ihr Problem zu beseitigen. Aber fürs Erste machen wir hier Pause.»

Jemand schob den dicken Samtvorhang zur Seite, der hier als Tür diente, und zwei Frauen betraten den Raum.

«Guten Abend, hohe Herren», sagten sie einstimmig und lächelten.

Alkland und ich starrten sie an. Beide Frauen sahen völlig gleich aus, hatten hübsche, kecke Gesichter und makellos gewelltes, honigblondes Haar. (Sie erinnerten mich entfernt an eine Lehrerin, die ich hatte, als ich sieben war, und in die ich verschossen war. Miss Taylor war ihr Name. Es war eine angenehme, warme Erinnerung an kindliche Schwärmerei, die jedoch einen peinlichen Unterton hatte. Ein Klassenkamerad hatte am Valentinstag einen Zettel auf ihr Pult gelegt, der mit meinem Namen unterschrieben war und auf dem stand, dass ich sie liebte.)

Die Augen der Mädchen waren groß und klar, ihr Lächeln zeigte makellos weiße Zähne, und beide trugen nichts als üppige braune Bademäntel.

«Äh, hallo!», sagte ich. «'tschuldigung, ist das hier Euer Zimmer?»

«Oh, nein», lachten sie gleichzeitig. «Wir sind Eure Duschdienerinnen.»

Schlagartig wurde mir klar, dass die Sache mit den «Duschdienerinnen» nicht bloß eine nette Geschichte war. Diese Frauen kamen wirklich mit in die Duschkabine, um das Plätschern des Wassers zu dämpfen und zu verhindern, dass es zu viel freien Raum gab, was immer das zu bedeuten hatte. Komische Art, seinen Lebensunterhalt zu verdienen.

«Richtig», sagte ich leicht irritiert. «Dann ist es Zeit zum Duschen, vermute ich.»

«Stark», flüsterte Alkland mir zu, «kommen die da wirklich mit unter die Dusche?»

«Ja, ich denke, das werden sie tun.»

«Ich verstehe.»

Was war das? Da war es wieder, dieses unbestimmte Gefühl, das an mir zerrte. Verdammt, wenn ich doch nur hätte rausfinden können, was es bedeutete. Da war noch etwas, das ich tun musste, etwas, das ich suchen musste …

Die zwei Frauen streiften gleichzeitig ihre Bademäntel ab. Beide hatten völlig identische Körper, vollkommene Körper, weiß und sehr, sehr sauber. Sie knieten sich hin und begannen miteinander zu plaudern, während sie darauf warteten, dass wir für die Dusche bereit waren.

«Ach du Scheiße!», sagte ich plötzlich. «Scheiße!»

«Was ist?», fragte Alkland verblüfft.

«Ich habe etwas vergessen», sagte ich schnell und nahm meine Jacke.

«Was?»

«Ich weiß es nicht. Ich habe einfach etwas vergessen, ich habe etwas zurückgelassen.»

«Stark, wovon reden Sie?»

«Ich muss nochmal zurück. Ich muss sofort nochmal zurück.»

«Wohin? Wohin zurück, Stark?»

«Dorthin, wo ich es verloren habe. Hören Sie», sagte ich drängend. «Ich muss gehen. Sie werden jetzt duschen. Ich werde zum Abendessen zurück sein.»

«Wohin gehen Sie?»

«Ich weiß es nicht! Ich weiß nur, dass ich nochmal zurück muss. Bis später.» Ich eilte zur Tür, ließ Alkland mit verblüffter Miene allein, schob den Vorhang zur Seite und hastete durch den Korridor. Ich lief durch die weiten steinernen Gänge und kam an kleinen Grüppchen von Edelleuten vorbei. Diener hetzten durch die Gegend, kreuzten meinen Weg, gingen in die andere

Richtung, trugen Tabletts mit Essen und Körbe mit Blumen. Ich wich ihnen aus und rannte, so schnell ich konnte, zum Haupteingang, während die flackernden Fackeln an den Wänden zu gelben Lichtstreifen wurden. Die riesigen Holztüren standen ein Stück weit auf, und ich schlüpfte hindurch. Niemand versuchte mich aufzuhalten, es schien sogar so, dass mich niemand bemerkte, als ich über den großen Innenhof lief.

Die Wehrmauern waren seltsam verlassen, und ich hastete sie an einer Ecke hinauf. Dann erinnerte ich mich an die Falltüren, kletterte zurück und öffnete eine, die in der Nähe war. Bevor ich mich hindurchließ, blickte ich noch einmal nach hinten. Es war ein langer Weg, aber ich musste ihn gehen. Ich musste zurückgehen und nach dem suchen, was ich vergessen hatte. Trotzdem würde ich bis zum Essen zurück sein, da war ich mir ganz sicher.

Ich ließ meine Beine durch das Loch baumeln und tastete mit den Zehen nach einem Halt am Pfeiler. Als ich einen Tritt gefunden hatte, schlüpfte ich vorsichtig hindurch und hielt mich fest. Dann kletterte ich den Pfeiler, so schnell ich konnte, hinunter.

Ich musste gehen. Ich musste zurück. Ich musste es finden, und sobald ich es gefunden hatte, musste ich wieder zurückkehren. Ich würde es finden und zurückkommen, und ich würde zum Abendessen zurück sein. Es würde so sein, als wäre ich kaum fort gewesen. Bis zum Essen war ich wieder zurück. Der Pfeiler war viel höher als beim Aufstieg, und er führte auch nicht mehr auf die Ebene hinunter, die wir überquert hatten. Sie führte nur immer tiefer nach unten, und ich fragte mich verzweifelt, wo sie aufhören mochte, denn ich musste den Boden erreichen und den Weg zurück zu dem Ort finden, wo ich verloren hatte, was immer es war. Ich musste es finden und zurückbringen.

Meine Hand rutschte ab, und bevor ich mich's versah, hielt ich mich nur noch mit den Füßen, während mein Gewicht mich langsam nach hinten zog. Ich wedelte mit den Armen und versuchte, das Gleichgewicht wiederzuerlangen.

Ich würde bald wieder zurück sein, rechtzeitig zum Essen.

Ich löste mich vom Pfeiler und stürzte ab. Ich fiel immer schneller dem Boden entgegen, aber es war nur wichtig, dass ich wiederfand, was ich verloren hatte, und dass ich bis zum Essen zurück war. Und ich fiel und fiel und fiel. Und gerade als ich dachte, dass ich jetzt doch so langsam mal den Boden erreichen müsste, kam ich mit einem heftigen Ruck zu mir und stellte fest, dass ich kerzengerade auf dem Sofa in meiner Wohnung in Farben saß.

15. KAPITEL

Eine Weile saß ich starr da und wusste überhaupt nicht, wo ich war. Als ich es endlich bemerkte, sprang ich auf und fluchte heftig und unflätig, während ich durchs Zimmer stampfte und die Fäuste ballte.

Bei meinem Wutanfall ging es im Wesentlichen darum, dass ich nicht glauben konnte, was geschehen war. Ich sagte das ein paar Mal und fasste es in Worte, über die selbst Ji entsetzt den Kopf geschüttelt hätte. Ich konnte es einfach nicht glauben.

Als ich mich etwas beruhigt hatte, sah ich mich schnell in der Wohnung um. Die Vordertür war nicht versiegelt, und draußen im Korridor war niemand. Das Zentrum hielt es offenbar nicht für nötig, die Wohnung zu überwachen, wenn alle Bahnstationen kontrolliert wurden. Es war möglich, dass sie für alle Fälle jemanden in der Eingangshalle postiert hatten, aber das war ein Problem, mit dem ich mich später beschäftigen konnte.

Ich angelte den WanzDetek™ aus der Schublade und ließ ihn die Wohnung scannen. Sie war sauber. Die Maschine verhielt sich während der Prozedur sehr höflich und unterwürfig und nannte mich sogar «Sir». Ich glaube, sie hat gemerkt, dass ich genau in der richtigen Stimmung war, meine Drohung wahr zu machen, ihr auf die rabiate Art das Fliegen beizubringen. In den

Trümmern der Küche erhitzte ich etwas Wasser, machte mir eine Tasse Jahavan-Kaffee und stapfte dann wutschnaubend ins Wohnzimmer zurück.

Ich konnte es einfach nicht glauben.

Sie müssen bedenken, dass ich Taumland sehr gut kenne, und es ist mir noch nie passiert, dass ich auf diese Weise rausgeworfen wurde. So etwas passiert in richtigen Träumen oder wenn jemand das erste Mal da ist. Mir hätte es eigentlich nicht passieren dürfen. Ich wusste verdammt gut, dass der Impuls zurückzukehren, um etwas zu holen, und die Überzeugung, dass bei meiner Rückkehr alles beim Alten wäre, völliger Unsinn war. In Taumland funktioniert das nicht so. Selbst wenn man zurückkommt, werden die Leute, mit denen man zusammen war, und die Situation, die man verlassen hat, verschwunden sein. Vielleicht kommt man sogar niemals zurück, oder man wacht auf. Ich war aufgewacht und hatte Alkland ganz allein zurückgelassen.

Doch das Schlimmste war, dass er dort festsaß. Ich hatte ihm die Wahrheit gesagt, als er davon sprach, eine Pause machen zu wollen. Normalerweise kann man nicht einfach aufwachen. Zumindest können das die wenigsten Leute. Dazu müsste man schon ein kompletter Vollidiot sein und sich von einem zufälligen Flackern im Kopf hinauswerfen lassen, wie es mir passiert war. Alkland war immer noch drüben, und ich war hier. Ein absoluter Fehlschlag.

Es hätte natürlich viel schlimmer kommen können, wenn es zum Beispiel im Dschungel passiert wäre, oder woanders, wo es noch gefährlicher war. Fürs Erste würde Alkland wohl einigermaßen in Sicherheit sein. Wenn ich jedoch nicht bei ihm war, um ihn zu führen, konnte er auf eine ganz neue, gefährliche Traumlinie geraten, auf der ich vielleicht große Schwierigkeiten hätte, ihn wieder aufzuspüren. Dazu reichte schon eine weitere Blase, die aus seinem Unterbewusstsein an die Oberfläche stieg, und er würde wieder eine Menge Ärger bekommen.

Es half alles nichts, ich musste so schnell wie möglich zurück.

In Taumland funktioniert das folgendermaßen: Wenn man das erste Mal eindringt, muss man über die Ebene und alles der Reihe nach erledigen. Wenn man dann zufällig aufwacht, kann man nur wieder hineinkommen, indem man einschläft und träumt. Das Problem besteht natürlich darin, dass das Einschlafen umso schwieriger wird, je stärker man sich darauf konzentriert. Drogen kann man dazu nicht benutzen, weil sie einem die Träume durcheinander bringen, und dann wird alles zu einer ziemlich unangenehmen Erfahrung.

Ich schloss die Augen und versuchte mich eine Weile lang auf nichts zu konzentrieren. Ich ließ meine Gedanken einfach nur an mir vorüberziehen. Aber es zeigte sich bald, dass es so auf keinen Fall funktionieren würde. Ich würde nicht einschlafen.

Also konnte ich genauso gut etwas Konstrukives tun. Ich nahm eine schnell und dringend benötigte Dusche und musste leicht grinsen, als ich daran dachte, dass Alkland vermutlich gerade dasselbe tat. Allerdings hatte er eine Duschdienerin dabei. Schade, dass mir das entgangen war. Je mehr ich darüber nachdachte, mit jemandem gemeinsam zu duschen, wie platonisch auch immer, desto mehr gefiel mir diese Idee. Das Duschen wird nach den ersten tausend Malen ziemlich langweilig, finden Sie nicht auch? Man steht dumm herum, allein mit dem Wasser, versucht zu vermeiden, gekocht oder gefroren zu werden, kämpft mit der glitschigen Seife, und das war's dann schon. Nicht sehr aufregend, interessant oder gesellig. Vielleicht waren die beiden ja gar nicht so blöd.

Ich behandelte die Kleidung, die ich getragen hatte, mit dem DressMan™, aber das Ding schien wieder richtig zu funktionieren, denn anschließend waren weder die Farben noch sonst was verändert.

Dann setzte ich meine konstruktive Phase fort und ging eine Weile im Wohnzimmer auf und ab, während ich immer noch ein bisschen vor Wut kochte und mir überlegte, was ich als Nächstes tun sollte. Einmal dachte ich, ich hätte draußen im Korridor ein

Geräusch gehört, und bezog mit meiner Waffe in der Hand hinter der Tür Posten, aber es war nur eine Nachbarin. Und zwar Zoe, ob Sie's glauben oder nicht, die Frau, die ein paar Türen weiter wohnte. Sie ist eine zweidimensionale Männerphantasie. Das meine ich keineswegs sexistisch. Das ist ihr Job. Es steht auch so in ihrem Ausweis. Ich erinnerte mich plötzlich daran, dass eine der Gemahlinnen des Königs ihr ein wenig ähnlich gesehen hatte, und einen Moment lang flackerte der Traum in meiner Erinnerung auf und verschwand wieder.

Falls Sie sich jetzt gewundert haben sollten – die Waffe gegen Alklands Monster einsetzen zu wollen wäre reine Zeitverschwendung gewesen, und gefährlich obendrein. Auch das weiß ich genau, denn ich habe es ausprobiert. Es ging voll daneben. Der Geist ist wie ein gemischtes Wohnviertel, in dem sich verschiedene Rassen und Religionen drängen und gelegentlich Faustkämpfe austragen. Wenn man versucht, die Konflikte mit Gewalt zu lösen, gibt es nur einen Bürgerkrieg. Und mentale Bürgerkriege sind die schlimmsten – sie machen zwar kaum Lärm, aber sie hinterlassen einen ganz schönen Trümmerhaufen.

Ich sah die Faxeingänge durch und fand eine Botschaft von Ji. Darin hieß es, ich solle mich bei ihm melden. Ich rief die Bar an, aber er war nicht da, also ließ ich ihm ausrichten, dass ich vorerst wieder im Lande wäre. Ich dachte kurz daran, Zenda anzurufen, aber ich wusste, dass ich das nicht tun durfte. Ihre Leitung wurde mit Sicherheit rund um die Uhr abgehört, und ich wollte sie nicht noch stärker in Verdacht bringen, als sie es bereits war.

Ich ging noch ein wenig unruhig auf und ab, bis ich mich dazu zwang, mich an den Schreibtisch zu setzen und es mit einer kleinen erprobten Methode zu versuchen. Dabei ging es darum, das Problem zu einem Vorteil zu machen, die Zeit zu nutzen, noch einmal durchzuchecken, was passiert war, und zu sehen, ob es etwas gab, über das sich nachzudenken lohnte. Auf diese Weise würde ich besser vorbereitet sein, wenn ich schließlich wieder zurückkehrte. Als ich auf die Uhr sah, stellte ich fest, dass ich erst eine halbe Stunde draußen war. In dieser Zeit konnte Alkland nicht viel zugestoßen sein. Zumindest hoffte ich das. Also setzte ich mich hin und dachte nach.

Er hatte die Babys gesehen. Das Erste, was ihm dort in die Quere gekommen war, waren die Babys gewesen. Das war nicht gut. Von diesem Augenblick an hatte ich gewusst, dass er in viel größeren Schwierigkeiten steckte, als uns beiden klar gewesen war. Die Babys sind etwas sehr Schlimmes, und darüber hinaus sind sie nicht einmal ein natürlicher Bestandteil von Taumland.

Die Tatsache, dass er Assoziationen im Stil von Megg Finda hatte, war dagegen recht ermutigend. Leute, die so was als Kinder gelesen, die sich mit netten Geschichten gebildet hatten, wo sich am Ende alles zum Guten wandte, solche Leute kamen in der Regel in Taumland etwas besser zurecht. Heutzutage erleben Kinder so was immer seltener, und deswegen haben sie es später so schwer. Heutzutage denkt jeder, dass Realismus für Kinder viel besser ist, dass sie nicht darüber hinweggetäuscht werden sollten, wie es in der Welt wirklich zugeht. Ich verstehe diesen Standpunkt, aber im Grunde ist er ein Haufen Scheiße. Wenn man einen so offenen Geist wie ein Kind hat, dann ist Realismus das absolut Letzte, was man gebrauchen kann. Bis zu einem gewissen Grad geht es in der Welt wirklich so zu, wie die meisten glauben, aber nicht mehr als in Taumland. Ich habe mal jemanden nach Taumland begleitet, der in einem der verschärften Bezirke von Dreh aufgewachsen ist – Junge, war das ein Affentanz!

Die größte Bedeutung hatte Alklands Monster. Monster haben immer die größte Bedeutung. Ich wusste nur so viel, wie ich davon mitgekriegt hatte, aber es gab keine Möglichkeit, zu beurteilen, wie nahe ich damit Alklands Empfindungen gekommen war und was es wirklich für ihn hieß. Eins war allerdings klar: Es gab etwas, das im stillen Wasser des Aktionisten vor sich hin faulte. Das, was hinter ihm her war, wusste davon. Ich beschloss, dass ich darüber mehr herausfinden sollte.

Meine Erinnerungen an die Jagd waren recht fragmentarisch.

Glauben Sie mir, wenn Ihnen so etwas auf den Fersen ist, dann schalten alle cleveren Bereiche Ihres Gehirns ab. Die Abteilungen für Speicherung und vernünftige Überlegung schicken alle verfügbare Energie ins Koordinationszentrum für «schnellstmögliches Abhauen». Ich wusste nur noch, dass Alkland sagte, irgendetwas sei nicht seine Schuld, und dass er es ständig wiederholt hatte.

Etwas sehr Schlimmes war mit ihm passiert. Etwas, mit dem er sich seit langer Zeit nicht mehr beschäftigt hatte. Womöglich erinnerte er sich selbst nicht einmal mehr daran. Leider konnte ich ihn im Augenblick nicht fragen, was schon etwas seltsam war. Wenn man gerade zweiundsiebzig Stunden damit verbracht hat, jemanden durch die Gegend zu scheuchen, ist es irgendwie komisch, plötzlich wieder allein zu sein und auf niemanden mehr aufpassen zu müssen.

Ich aktivierte das Terminal auf meinem Schreibtisch und wählte mich zum Daten-Mainframe für die Gäste des Zentrums durch. Ich habe dank der freundlichen Unterstützung von Diode IV ein paar Decknamen zur Verfügung, mit denen ich Zugang bekomme, aber trotzdem arbeitete ich schnell, falls der Name, den ich gerade benutzte, bereits aufgedeckt worden war. In dieser Datenbank stehen Informationen über das Zentrum, zu denen auch Außenseiter Zugang haben. Es ist nur ein Bruchteil dessen, was die Hauptdatenbank an Informationen hat, aber immerhin ist darin einiges Wissenswerte über die Aktionisten selbst enthalten, wenn auch das meiste davon ziemlich angeberisch ist.

Ich fand Alklands Familienstammbaum und ging eine Generation zurück. Seine Eltern waren beide tot. Sie starben vor mehr als zwanzig Jahren an Herzinfarkten. Das tun die meisten Aktionisten – entweder daran oder an Magengeschwüren. Das half mir nicht weiter, aber ich fand etwas Interessantes. Alkland hatte eine Schwester.

Das heißt, er hatte eine gehabt. Ihr Name war Suzanna, und sie war zwei Jahre nach Alkland geboren, womit sie jetzt sechzig gewesen wäre. Als ich jedoch das jüngste Bild aufrief, das die Datenbank zur Verfügung hatte, war das, was da auf dem Bildschirm erschien, etwas bizarr. Es war das Bild einer Dreijährigen. Ein hübsches, lachendes kleines Mädchen mit strohblondem Haar, das ihr von einer Brise, die schon vor langer Zeit ins Nichts entschwunden war, über das Gesicht geweht wurde. Sie stand in einem Park vor einem Spielplatz und hielt einen Teddybären fest an sich gedrückt, während ihre Mutter im Hintergrund kniete, die Mode von vor sechzig Jahren trug und stolz ihre Tochter anlächelte. Irgendetwas an dem Foto war seltsam, aber ich konnte nicht festmachen, was es war. Etwas daran machte mich traurig.

Suzanna erwies sich jedoch als Sackgasse. Nach dem Foto existierten keine weiteren Aufzeichnungen über sie. Vorsichtig, wie ich nun mal bin, loggte ich mich aus und unter einem anderen Namen wieder ein. Auf einer völlig anderen Route suchte ich noch einmal den Zugang zu Alklands Stammbaum. Doch anscheinend hatte er weder Cousins oder Cousinen noch sonstige Familienangehörige.

Ich lehnte mich zurück, schloss die Augen und versuchte mich an so viele Zeilen wie möglich von einem Gedicht zu erinnern, das ich als Kind mal auswendig gelernt hatte. Ich brauchte ziemlich lange, und dann war ich traurig, als ich merkte, wie wenig ich noch wusste. Aber es reichte.

Als mein Geist wieder klar war, wandte ich mich erneut Alkland zu und versuchte mich an alles zu erinnern, was ich über ihn wusste. Ich wusste, dass er in der Abteilung für Wirklich Grundlegende Sachen arbeitete. Es war möglich, dass einige der Leute dort etwas über ihn wussten, aber zurzeit war es unmöglich, mit ihnen Kontakt aufzunehmen. Ich konnte zu leicht an den Falschen geraten, und dann hatte ich sofort den AZGD am Hals. Ich konnte auch nicht ins Zentrum gehen und sie einzeln aufsuchen. Wenn ich meine Genehmigung benutzte, würde ich nirgendwohin kommen. Das heißt, ich würde schon irgendwohin kommen, aber nicht dorthin, wohin ich wollte. Das Zentrum war für mich im Augenblick tabu.

Dann hatte ich es. Ich ging noch einmal in Alklands Lebenslauf und blätterte ein paar Jahre zurück zu seiner frühen Schulzeit. Abgesehen von einem kurzen und unerklärlichen Schluckauf im Alter von sechs Jahren waren die Aufzeichnungen beispielhaft, aber danach suchte ich gar nicht. Die Kinder im Zentrum haben während ihrer Schulzeit zwei Klassen. Bis zum Alter von zehn Jahren werden sie in sechzehnköpfigen Klassen unterrichtet. Dann wird die Klasse in vier Vierergruppen aufgeteilt, die so lange zusammenbleiben, bis die Schüler mit sechzehn Jahren allmählich ins Arbeitsleben übergehen. Theoretisch sind sie noch, bis sie achtzehn sind, Schüler, aber da sich die meisten von ihnen dann bereits die Karriereleiter ihrer Abteilungen hinaufarbeiten, hat das nicht mehr viel zu bedeuten.

Ich besorgte mir die Namen all derer, die in Alklands ursprünglicher Klasse gewesen waren. Vermutlich gehörte die Person, nach der ich suchte, der späteren kleineren Klasse an, aber eine Suche nach sechzehn Namen dauerte nur unwesentlich länger als die nach vier, und ich wollte lieber alle Möglichkeiten in Betracht ziehen.

Als ich sämtliche Namen hatte, ließ ich den Computer nach biografischen Grunddaten suchen und eine Liste mit zusammengefassten Informationen zusammenstellen. Nachdem ich mit einer neuen Tasse Kaffee zurückgekehrt war, hatte er seine Arbeit getan.

Von Alklands ursprünglichen Klassenkameraden waren drei tot. Zwei waren an Altersschwäche gestorben und einer durch einen herunterfallenden Hund getötet worden, was sehr interessant klang. Von den übrigen dreizehn lebten alle noch im Zentrum, bis auf zwei, die sich nach Techno abgesetzt hatten. Ich verglich die Namen mit Alklands späterer Klasse und stellte fest, dass nur einer von den beiden in seiner Klasse geblieben war. Spock Bellrip war der Mann, nach dem ich suchte.

Ich holte meine Jacke. Meine Vermutung lief darauf hinaus, dass Bellrip derjenige war, der Alkland geholfen hatte, im Computergehäuse nach Status einzudringen. Wenn das der Fall war, mussten sie recht gute Freunde sein. Wenn es irgendjemanden gab, der mir mit Alkland weiterhelfen konnte, dann war es dieser Typ.

Ich brauchte fünf Stunden, bis ich den Eingang zu Techno erreicht hatte. Ich werde Ihnen die Details ersparen. Da ich nicht riskieren wollte, an den Ausgängen von Farben möglicherweise AZGD-Leuten zu begegnen, musste ich eine Station früher aussteigen und auf anderem Wege in das Fett-Viertel gelangen. Ich war sogar so vorsichtig, meinen Wohnblock über das Dach zu verlassen und unerschrocken über ein paar weitere Gebäude zu klettern, bevor ich klammheimlich über eine Feuerleiter hinabstieg und in die spätmorgendliche Menschenmenge trat. Fett ist ein ziemlich neues Viertel, in das die Menschen gehen, die vor Vorurteilen in Bezug auf die Figur flüchten wollen. Leute, die den kulturellen Vorgaben, wie schlank oder attraktiv man sein sollte, nicht entsprechen, hängen dort rum, ohne unter dem Druck zu stehen, sich mies fühlen zu müssen. Es ist eine großartige Idee, aber da jeder, der dort lebt, offenbar gerade eine Diät macht, glaube ich nicht, dass es besonders gut funktioniert. Wie gewöhnlich war der Bahnbetrieb gerade gestört: Ich habe den Verdacht, eine Reparatur kam deswegen nicht in Frage, weil man sich damit den kulturellen Vorgaben, wie ein nützliches Verkehrssystem beschaffen sein sollte, unterwerfen würde.

Der Zugang zu Techno ist eine reine Formsache. Sie lassen dort zwar nicht jeden rein wie in Farben oder in den wirklich entspannten Vierteln, aber es ist nicht sehr schwer. Man muss nur fünf berühmte Computer-Programmierer und vier Elementarteilchen nennen können und ein leichtes Interesse an den Seriennummern der Einschienenbahnen bekunden. An Letzterem habe ich überhaupt kein Interesse, aber ich weiß, was ich sagen muss. Ich kann mich anpassen.

Man gab mir einen Stadtplan und wünschte mir viel Spaß im Viertel. Sobald ich den Eingangsbereich verlassen hatte, schaltete ich den Plan ein und suchte nach Bellrips Adresse. Er wohnte nur etwa einen halben Kilometer entfernt, sodass ich zu Fuß ging. Die beliebteste Freizeitbeschäftigung in Techno besteht darin, sich neben die Einschienenbahn zu stellen und sich die Nummer und die Uhrzeit der vorbeikommenden Züge zu notieren. Abgesehen von der erschreckenden Dumpfheit einer solchen Aktivität finde ich persönlich es ziemlich nervend, wenn man immer wieder an Gruppen kleiner Männer und Frauen in weißen Kitteln vorbeikommt, die einem in den Wagen glotzen und sich dabei Notizen machen.

Die Stadtpläne sind hier wirklich geil – man sollte sie überall einführen. Es handelt sich um etwa fünf mal fünfzehn Zentimeter große Tafeln, in denen sich kleine Bildschirme befinden. Während man durch die Gegend läuft, rollt ein digitaler Plan über den Monitor. Dabei erfährt man, was die Läden verkaufen, an denen man vorbeikommt, wer in welchem Block wohnt und jede Menge anderer Dinge, die von kleinen Sendern an jeder Straßenecke laufend aktualisiert werden. Wenn man ein Ziel eintippt, zeigt der Bildschirm einem den Weg in Form einer roten Linie, der man nur zu folgen braucht, während das Gerät einem sogar noch zuflüstert, wann und wo man abbiegen muss. Ich tippte Bellrips Adresse ein und machte mich über die blitzblanke Straße auf den Weg. Techno ist ein sehr ordentliches Viertel. Überall sind irgendwelche kleinen Roboter unterwegs, um alles sauber zu halten.

Falls nichts Unerwartetes geschehen war, würde Alkland inzwischen bereits schlafen, es sei denn, er war noch aufgeblieben und fragte sich, warum, zum Teufel, ich nicht wiederkam. Ich hatte ihm gesagt, dass ich zurückkommen würde, und ich vermutete, dass er mir mittlerweile schon so weit vertraute, dass er meinen Worten Glauben schenkte. Doch auf der anderen Seite hatte ich ja auch gesagt, ich wäre zum Abendessen zurück, und das war nicht der Fall.

Seitdem ich meine Wohnung verlassen hatte, versuchte ich ständig, meine Gedanken zu entspannen, damit ich nicht mehr vom Schlafen abgehalten wurde. Aber es ging nicht, ich war auf geradezu lästige Weise hellwach. Dass ich mich nicht mit Zenda in Verbindung setzen konnte, um zu schauen, ob bei ihr alles in Ordnung war, ging mir ebenfalls auf die Nerven. Ich hätte ihre biographischen Daten überprüfen sollen, als ich im Netz gewesen war, um herauszufinden, ob sie immer noch als Leiterin von Verdammt Eilige Sachen in den Listen stand. Aber ich hatte es vergessen.

Alles in allem war ich ein richtiges kleines Nervenbündel, während ich mit dem Stadtplan als Souffleur diverse Straßen entlangspazierte, bis ich eine der Wohngegenden des Viertels erreichte. Ich hielt kurz an einem Kiosk an, um mir neue Zigaretten zu kaufen, und überflog eine Ausgabe der *Zentrums-Nachrichten,* um zu sehen, ob man Alklands Verschwinden irgendwo erwähnte, aber die ganze Sache wurde eindeutig gut unter Verschluss gehalten. Als ich wieder auf der Straße war, warf ich meine alte Zigarettenschachtel weg, worauf einer der Fang-Roboter in der Nähe einen beeindruckenden Satz machte, um sie fünf Zentimeter über dem Erdboden abzufangen.

«Gute Reaktion», sagte ich.

«Haben Sie noch mehr?», fragte die Maschine begeistert und zockelte näher an mich heran. Es war ein kleiner Metallzylinder mit einem roten Blinklicht obendrauf, der einen zierlichen Metallarm mit einer winzigen Schaufel am Ende besaß.

Ich wühlte in meinen Taschen.

«Ich glaube nicht.»

«Och! Buh!»

«Geh weg, Roboter», sagte der Stadtplan verärgert.

Ich fand eine alte Streichholzschachtel und hielt sie hoch.

«Phantastisch! Na los, aber jetzt mit Schmackes!», sagte der Roboter und hielt sich bereit.

Ich warf die Streichholzschachtel die Straße hinunter, und die Maschine hastete hinterher. Es war knapp, aber mit einem weiteren Hechtsprung schaffte sie es, die Schachtel mit ihrer Schaufel aufzufangen. Sie winkte mir noch einmal zu und düste dann los, weil etwa hundert Meter weiter gerade ein Blatt auf die Straße fiel. Zwei Kollegen trafen zur selben Zeit dort ein, und es gab ein lautes Scheppern, als sie zusammenstießen, aber einer hatte Erfolg und hüpfte triumphierend mit dem Blatt davon.

Zehn Minuten später erreichte ich WB-205-M und fand Bellrips Haus. Es blieb mir erspart, mich mit der Sicherheitstür auseinander zu setzen, weil gerade eine Horde Männer in weißen Kitteln herauskam, die sich fröhlich über Maschinencodes unterhielten und mir die Tür aufhielten. Aus irgendwelchen Gründen leben alle Technos in nach Geschlechtern getrennten Wohnblocks, wie in riesigen Schülerwohnheimen. Sie heiraten zwar und all das, aber selbst dann bleibt es so, und sie übernachten nur gelegentlich bei ihrem Partner. Kommt mir etwas seltsam vor, aber hier scheinen alle damit ganz glücklich zu sein. In der Eingangshalle hing ein schwarzes Brett mit kleinen Zetteln, die für Arbeits- und Hobbygruppen warben, und ein Schild, das den Weg zur Mensa wies. Ich hatte zwar ziemlichen Hunger, beschloss aber, noch zu warten. Vielleicht konnte ich Bellrip zum Essen einladen.

Deprimiert stellte ich fest, dass es keinen Aufzug gab, sodass ich sechs Stockwerke die Treppe hochsteigen musste. Als ich zu Bellrips Tür kam, drückte ich ziemlich lange auf den Summer in der Wand, aber es kam keine Antwort. Der Schweinehund war nicht zu Hause.

Ich seufzte und überlegte, was ich jetzt machen sollte. Ich fand einen Zettel in einer meiner Taschen und schrieb ihm eine Nachricht, dass er sich bei mir melden sollte. Ich hinterließ meine Adresse, die Telefonnummer meines Wohnungsanschlusses und die meines tragbaren Videofons, meine Faxnummer und sogar mein Sternzeichen. Ich musste wirklich sehr dringend mit dem Typen reden. Ich wollte so schnell wie möglich schlafen, und wenn dieser Stress so weiterging, würde ich noch tagelang wach sein.

Ich faltete den Zettel zusammen und bückte mich, um ihn unter der Tür durchzuschieben. Doch dabei geschah etwas völlig Unerwartetes. Die Tür bewegte sich.

Ich stand schnell auf und sah der Tür zu, wie sie langsam ein paar Zentimeter weit aufging.

«Äh, Mr. Bellrip?»

Es kam keine Antwort. Eigentlich hatte ich auch gar keine erwartet. Wenn, dann hätte es bereits auf mein Dauerklingeln hin eine Antwort geben müssen. Ganz offensichtlich war er nicht hier.

Ich sah mich schnell um und drückte die Tür ein Stück weiter auf, um hineinzuschlüpfen und sie hinter mir zu schließen. Vom kurzen Flur aus, in dem ich jetzt stand, sah die Wohnung fast genauso aus wie die von Brian Diode und war, gelinde gesagt, kompakt. Ich hustete einmal laut, erhielt wieder keine Antwort und ging auf Zehenspitzen zur Wohnzimmertür hinüber. Sie stand ein Stück weit offen, und ich lauschte einen Moment, hörte aber nichts. Während ich versuchte, mir eine erstklassige Ausrede einfallen zu lassen, falls sich der Typ als taub herausstellen sollte, stieß ich die Tür auf.

Das Licht im Raum wirkte irgendwie seltsam, und ich brauchte einen Moment, bevor mir klar wurde, warum. Bellrip saß mitten im Zimmer in einem Sessel, und seine Haare standen in einem recht ungewöhnlichen Winkel ab.

Was soll ich sagen? Er war wirklich taub. Und zwar, weil er tot war. Er war auch blind, weil man ihm die Augäpfel ausgebrannt hatte. Eins seiner Beine lag zwei Meter vom Sessel entfernt. Seine beiden Arme befanden sich noch an seinem Körper, waren aber nur an den Knochen damit verbunden. Die Muskeln waren in Streifen abgeschält worden und hingen wie schlaffe Tentakel von seinen Ellbogen herab. Der Bereich zwischen seinem Hals und seinen Hüften war kaum noch vorhanden. Es sah aus, als wäre sein Körper von innen heraus explodiert, und die Wände und Fenster waren voller Blut, wodurch das Licht, das in den Raum drang, abgedunkelt wurde. Ein Stück Eingeweide lag wie eine schlafende Schlange vor ihm auf dem Boden, und der ganze Raum war mit Blut, kleinen Teilen seiner inneren Organe, Knochensplittern und Klümpchen halbverdauter Nahrung übersät. Der Raum roch wie die hinterste Ecke eines Schlachthofs, in der niemals richtig sauber gemacht wurde.

Ich verzichtete darauf, meine Waffe zu ziehen. Das Blut an den Wänden war getrocknet, und Bellrips abgetrenntes Bein war bereits sichtlich in den Zustand der Verwesung übergegangen. Selbst in dieser Hitze bedeutete das, dass er schon seit mindestens fünf oder sechs Stunden tot war.

Vorsichtig stieg ich über die Überreste auf dem Fußboden hinweg und trat hinter den Sessel. Bellrips Haare standen im Nacken hoch, weil sich die Schädelpartien, die sie bedeckten, nicht mehr an den Stellen befanden, wo sie sich normalerweise befinden sollten. Sein Hinterkopf sah aus, als hätte eine 3-Zoll-Granate ihn von innen heraus durchschlagen.

Aber es war keine Granate, die das verursacht hatte, es war eine Hand gewesen, und ich erkannte, was ich schon viel früher hätte erkennen müssen. Was schon die ganze Zeit da gewesen und mir nicht ins Bewusstsein gedrungen war, weil ich es nicht hatte wahrhaben wollen. Plötzlich fügten sich die Teile auf erschreckende Weise zusammen, wie die Filmaufnahmen einer zerberstenden Glasscheibe, die rückwärts abgespielt werden. Ich wusste, wessen Hand das getan hatte, und ich wusste auch, wer hinter Alkland her war. Es ließ sich nicht mehr verleugnen, wie unwahrscheinlich es auch klingen mochte.

Es war Rafe.

DRITTER TEIL

Requiem

16. KAPITEL

Kurz nach vier kam ich in Jis Bar an. Ich beeilte mich so gut es ging, aber es war ein verdammt langer Weg, weil ich nicht durchs Zentrum konnte und weil die Bahn im Rot-Viertel kaputt war. Ich hastete durch die Trümmerstraßen und war froh, dass ich schwarze Kleidung trug. Die Leute blieben mir vom Leib, und das war gut so. Ich hätte als Erster geschossen, wenn sie es nicht getan hätten.

Ich entdeckte Jis Zeichen an einigen Wänden diesmal schon einen Kilometer früher als während meines letzten Besuchs in Rot. Die zwei Brüder waren offenbar ein ziemlich dicker Brocken für die anderen Gangs. Große Abschnitte des neuen Territoriums lagen in Trümmern, die Straßen waren aufgrund der vielen Bombenkrater kaum passierbar und die Straßenbeleuchtung noch kärglicher als gewöhnlich.

Sobald ich mich eindeutig auf Jis Gebiet befand, zog ich meine Kanone und hielt sie locker in der Hand, sodass sein Zeichen darauf gut zu erkennen war. Die Straßen waren nun belebter und erfüllt vom Lärm der Straßenkämpfe und der Schießereien zwischendurch zum Zeitvertreib. Die Bordsteine waren so dicht von Prostituierten gesäumt, dass ich mitten auf der Straße gehen musste. Die Gegend sah wie eine pervertierte Goldgräberstadt aus, was sie wohl auch war, nämlich die Bastion der gefährlichsten Verrückten in einem gefährlichen Viertel.

Die Ji-Bar war proppenvoll und die Rockmusik schon aus hundert Metern Entfernung ohrenbetäubend. Hier war die Straße noch überfüllter, sodass ich mich mit Gewalt durch die Menge schieben musste, und wenn jemand sich beschweren wollte, zeigte ich ihm nur meine Kanone. In Verbindung mit meinem Gesichtsausdruck, der vermutlich sehr grimmig war, hatte ich keine besonderen Schwierigkeiten durchzukommen.

Ich drängte mich in die Bar und sah mich nach einem Anzeichen von Ji oder Snedd um. Ich konnte sie zunächst nirgendwo entdecken, weil die Bar von Wand zu Wand mit schwitzenden Dopaz-Junkies voll gestopft war, die im orangefarbenen Licht schwankten und die Darstellerinnen auf der Bühne mit Obszönitäten anfeuerten. Jemand warf eine zerbrochene Flasche auf die Bühne, die eins der Mädchen ins Gesicht bekam. Wie üblich eins mit langen schwarzen Haaren wie ein Wasserfall. Das Mädchen taumelte und stürzte, stand aber wieder auf, und man sah, wie ihm das Blut aus einer Stirnwunde sickerte. Die Menge jubelte.

Dann sah ich die beiden, sie hatten sich an einem Tisch auf der gegenüberliegenden Seite breit gemacht. Fyd und ein zweiter Leibwächter saßen an einem Tisch hinter den Brüdern. Sie hielten ein wachsames Auge auf die Geschehnisse. Granatwerfer lagen in Griffweite, für den Fall, dass die Dinge noch weiter außer Kontrolle geraten sollten. Ich zwängte mich an der Wand entlang auf den Tisch zu. Ein Junkie fauchte mich an, als ich ihm den Blick auf die Bühne versperrte, und stieß mich rabiat gegen die Wand. Doch dann drückte ich ihm die Mündung meiner Kanone ins Genick, mit dem Finger am Abzug, und er wurde wieder friedlich.

«He, Stark, was, zum Teufel, treibst du denn hier?», rief Snedd begeistert.

«Was ist los?», fragte Ji, der die Lage sofort gepeilt hatte.

«Können wir nach oben gehen?»

Ji winkte Fyd zu, dass er bleiben sollte, wo er war, und ich folgte Ji und Snedd nach hinten. Die beiden Brüder schnitten durch die Menge wie eine Kettensäge durch Butter.

Oben war es etwas leiser, aber nicht sehr viel. Die Musik von unten dröhnte durch den Fußboden, und sie wurde gelegentlich von den Schreien der Leute übertönt, die in den Zimmern entlang des Korridors schlechte Dopaz-Trips erlebten. Einer der Schreihälse wurde immer lauter, und kurz bevor es eigentlich gar nicht mehr lauter ging, war ein Schuss zu hören, woraufhin der Schrei mit einem Gurgeln abbrach. Einer von Jis Mitarbeitern kam kurz darauf aus dem Zimmer und schleppte die Leiche zum Müllschlucker, der sie auf die Straße hinter der Bar befördern würde. Aus dem Zimmer waren immer noch Schreie zu hören, und er ging wieder hinein, nachdem er uns im Vorbeigehen mit erhobenen Augenbrauen angesehen hatte.

Snedd schloss die Tür, und Ji reichte mir einen Krug Alkohol. Ich nahm einen sehr großen Schluck und reichte ihn weiter.

«Also», sagte Ji ernst. «Was ist passiert?»

«Bevor wir dazu kommen, würde ich gerne wissen, warum du mich kontaktiert hast.»

«Um dich zu warnen. Jemand sucht nach dir.»

«Wer?»

«Das wissen wir nicht», sagte Snedd. «Die Tussi, für die du gearbeitet hast, rief Ji vor ein paar Tagen an, nachdem du Alkland herausgeholt hattest.»

«Von wo aus hat sie angerufen?»

«Vom Zentrum.»

«War alles in Ordnung mit ihr?»

«Ja, es sah so aus. Sie sagte, dass ihr beiden ziemlich viel Spaß in Farben gehabt habt.»

«So könnte man es nennen», sagte ich grinsend und erleichtert, weil zumindest Zenda heil nach Hause gekommen war.

«Sie hat uns von der Sache mit Alkland erzählt. Wahnsinn!»

«Ja.»

«Wo ist er jetzt?», fragte Ji.

«Moment noch: Jemand sucht nach mir, und weiter?»

«Nichts weiter. Das war's schon. Nachdem wir Shen Chryz' Territorium platt gemacht hatten, brachten wir ihn hierher, für den Fall, dass er irgendwelche Informationen aufgeschnappt hatte, von denen wir wissen sollten.»

«Und? Wusste er was?»

«Nö. Nur, dass jemand versucht hat, herauszukriegen, wo du steckst.»

«Noch etwas anderes, Stark», sagte Snedd. «Weißt du noch,

wie ich bei unserem letzten Treffen sagte, dass jemand wissen wollte, wie man nach Status reinkommt?»

«Ja.»

«Das kann eigentlich nicht Alkland gewesen sein, oder?»

«Nein», sagte ich. Das war mir auch schon klar geworden. Mit dem Computertrick im Ärmel hat Alkland gar keinen Grund gehabt, sich in Rot weitere Informationen zu beschaffen.

«Also sucht noch jemand nach euch beiden.»

«Ja.»

«Weißt du, wer das ist?»

«Ja. Deswegen bin ich hier.»

«Und wer, verdammt nochmal, ist es?», bellte Ji ungeduldig.

«Rafe.»

Ji starrte mich einen Moment lang ungläubig an.

«Lass den Schwachsinn, Stark! Rafe ist tot!»

«Ich weiß», sagte ich.

Im Zimmer war es mindestens eine Minute lang sehr still. Die Musik drang zwar immer noch von unten herauf, aber sie schien aus weiter Ferne zu kommen. Ich zündete mir während der Pause eine Zigarette an und nahm einen tiefen Zug. Ich spürte, wie der Rauch in dem, was noch von meinen Lungen übrig war, brannte. Ich rauchte zu viel. Aber ich machte mir keine Vorwürfe.

Ji und Snedd starrten mich die ganze Zeit mit aufgerissenen Augen an. Beide rieben sich auf genau die gleiche Weise gedankenverloren die Unterlippe. Normalerweise wäre das urkomisch gewesen, aber die ganze Sache war überhaupt nicht komisch.

Ji brach als Erster das Schweigen.

«Erzähl!», sagte er.

«Alkland ist in Taumland», sagte ich. «Und wisst ihr, was passiert ist? Ich bin aufgewacht.»

Ji starrte mich an.

«Du bist *was?*»

«Genau. Ich war in einer Burg. Wir wollten uns gerade ausruhen, nachdem wir ein paar ziemlich heftige Sachen erlebt hatten, und dann bin ich weggegangen. Es war diese ‹Ich-hab-was-vergessen›- und ‹Ich-bin-gleich-wieder-zurück›-Geschichte. Da hätte ich es eigentlich schon wissen müssen. Mist, ich hätte es schon vor Tagen wissen müssen. Ich glaube, irgendwo wusste ich es auch, aber ich habe es mir wohl immer wieder ausgeredet.»

«Was hast du gewusst?» Ji nahm sich eine von meinen Zigaretten und steckte sie sich geistesabwesend an.

«Ich hab Alkland mit rübergenommen, weil er Albträume hatte. Ziemlich schlimme. Zu Anfang habe ich nicht genauer darüber nachgedacht. Ich hielt es für einen Zufall und glaubte, dass ein Etwas einfach so durch Taumland tobte, nach jemandem suchte, dem es Schwierigkeiten machen könnte, und nun mal an ihn geraten war.

Als ich feststellte, dass Alkland gar nicht entführt worden, sondern freiwillig verschwunden war, und nachdem ich wusste, warum, nahm ich die Sache schon etwas ernster. Er sah zu diesem Zeitpunkt bereits ziemlich krank aus, und sein Zustand verschlechterte sich ungewöhnlich schnell. Ich hielt es auch zunächst für einen Zufall, dass er aus dem Zentrum abgehauen ist und ihm gleichzeitig ein Etwas auf den Fersen war.

Also nahm ich ihn mit rüber. Unterwegs war es nicht gerade lustig. Ich habe von Rafe geträumt, und Alkland hat die Babys gesehen.»

«Scheiße.»

«Ja. Das hätte mich stutzig machen sollen, aber dann – was soll ich sagen? –, so was kann schon mal passieren. Na ja, zu Anfang lief es eigentlich ganz gut. Wir wurden bewirtet, wir schliefen, und wir erreichten den Ort, nach dem wir suchten – in diesem Fall ein Dschungel. Da sah Alkland schon ganz schön fertig aus, und ich begann mich zu fragen, was eigentlich los war. Es hatte fast den Anschein, als hätte jemand dieses Etwas absichtlich auf ihn angesetzt. Außer mir gibt es jedoch niemanden, der dazu in der Lage wäre. Dann sahen wir einen Tiger.»

«Auch wir haben einmal einen gesehen, weißt du noch?», fragte Ji melancholisch.

«Ja», erinnerte ich mich. Es war schon sehr lange her.

«Das war vielleicht ein Ding! Er hat sich in ein Miezekätzchen verwandelt.»

«Dieser Tiger nicht», sagte ich. «Er ist explodiert. Und dann wurde ein Monster daraus.»

«Wessen Monster?»

«Alklands.»

«Schlimm?»

«Ich hab schon schlimmere gesehen. Aber nicht oft, und auch nicht in letzter Zeit. Seit acht Jahren nicht, um genau zu sein.» Ich sah Ji an. Er erwiderte meinen Blick mit angespanntem Gesichtsausdruck. In dieser Welt hatte Ji vor nichts Angst. Aber wir sprachen von Taumland, und dort ist alles anders. Er konnte sich gut erinnern.

«Dann kamen wir zur Burg. Das Übliche: Leute in Samt und Seide, die über Hexen und tote Königinnen rumsülzen und der ganze Scheiß. Wir wollten gerade unter die Dusche, als es passierte. Ich hatte keine Ahnung, wonach ich suchen oder wohin ich gehen wollte. Auf jeden Fall ging ich los und wachte auf. Zu Hause in Farben. Ich war ganz schön bedient.»

Ich schwieg und zündete mir eine neue Zigarette an. Wir sahen aus wie eine Elitetruppe in wichtiger Mission, die sich mit Rauchzeichen verständigte. Snedd reichte den Alkohol rüber, und ich nahm noch einmal einen großen Schluck. Ich war nicht sehr überrascht, als ich feststellte, dass meine Hände zitterten.

«Ich denke, spätestens da hätte ich es merken müssen. Ich meine, ich bin wegen dieser Lappalie aufgewacht! Ich bin voll drauf reingefallen!

Dann habe ich einige Erkundigungen über Alkland eingezogen, um seinem Monster vielleicht auf die Spur zu kommen. Viel habe ich nicht herausgefunden, aber dann hatte ich einen Hinweis auf jemanden, der unter Umständen etwas darüber wusste. Also ging ich nach Techno, um mit ihm zu reden.»

«Wer war es?»

«Sein Name war Spock Bellrip. Er hat die gesamte Schulzeit mit Alkland verbracht. Er ist tot. Deswegen bin ich hergekommen.»

«*Wie* tot?», fragte Snedd schulterzuckend. Wie Sie sich vielleicht denken können, ist der Tod als solcher für ihn kein besonderer Anlass zur Besorgnis.

«Zerstückelt und über die Wände verteilt. Mit einem Riesenloch im Hinterkopf.»

«O Scheiße, nein!», sagte Ji und stand auf. «Mist! So eine gottverdammte Scheiße!»

Snedd sah seinen Bruder einen Augenblick lang irritiert an, dann wandte er sich mir zu.

«Was?», sagte er.

Ich glaube, ich muss an dieser Stelle ein paar Informationen nachreichen. Ich vermute, das ist langsam überfällig.

Ji und ich sind schon seit langer Zeit recht gute Freunde. Er war schon in Taumland. Ich habe ihn mitgenommen, um ihm zu helfen, um ihm einen Dorn aus der Löwentatze zu ziehen. Im Gegenzug hat er mir bei einer großen Sache geholfen. Er versteht besser als jeder andere, was ich mache, sogar noch besser als Zenda. Er weiß auch über die Babys Bescheid, über das Etwas und über die Monster.

Snedd ist niemals dort gewesen. Ich habe ihn kurz nach Jis letztem Besuch in Taumland kennen gelernt, aber er hatte damit nichts zu tun und hat auch nie richtig erfahren, was eigentlich los war. Nur drei Menschen wissen das. Ji, Zenda und ich. Obwohl er mir in etwa folgen konnte, konnte er doch die Bedeutung dessen, was ich sagte, nicht verstehen. Er verstand nicht, warum die Vorstellung, dass jemand ein Loch in seinem Hinterkopf hatte, seinen Bruder, den harten Ji, dazu brachte, fluchend und zitternd im Zimmer herumzutoben.

Wie ich schon sagte, ist Taumland das, wozu man es macht, und Ji wuchs im finstersten Loch des Dreh-Viertels auf. Ji ist jetzt ein knallharter Schweinehund, ein sehr gefährlicher Mann, ein Bandenkönig, vor dem die anderen Bandenkönige verdammt viel Schiss haben. Aber wie jeder andere auch war Ji einmal ein Kind gewesen. Bevor man zu einem guten oder schlechten Menschen wird, zu einem Heiligen oder einem Psychotiker, bevor man die Person ist, die man zu sein glaubt, war jeder mal ein Kind.

Nehmen Sie zum Beispiel mich. Ich nehme die Dinge, wie sie kommen. Ich versuche sehr gelassen zu sein und Schwierigkeiten aus dem Weg zu gehen, was ich wohl noch nicht richtig betont habe. Doch bevor ich so war, bevor ich so sprach, wie ich jetzt spreche, bevor ich dachte, wie ich jetzt denke, bevor ich meine vielen Narben hatte, war auch ich ein Kind. Schwer zu glauben, aber wahr.

Können Sie sich noch daran erinnern? Können Sie sich erinnern, wie es war, ein Kind zu sein?

Ich fürchte, die Antwort lautet nein. Vielleicht glauben Sie, dass Sie es können. Aber das stimmt nicht. Alles, was Sie von diesen dunklen, intensiven Tagen noch wissen, sind die Teile, die Sie zu dem gemacht haben, was Sie jetzt sind. Sie erinnern sich an die Momente, als Sie sich lebendig fühlten, an ein paar Schnappschüsse von besonderen Tagen und an ein paar zufällige Eindrücke, aber das sind Dinge, die sowieso zu Ihrer Persönlichkeit gehören. An alles Übrige können Sie sich nicht erinnern. Sie können sich nicht daran erinnern, wie es wirklich war, ein Kind zu *sein,* so wie damals.

Außer in Taumland.

In Taumland können Sie sich erinnern, wie es war, einfach

ganz unbeschwert glücklich zu sein. Als das Glück noch nicht etwas war, nach dem Sie suchen mussten, sondern etwas, das von selbst zu Ihnen kam. Sie können sich erinnern, wie etwas ein Talisman sein konnte, den sie immer in Ihrer Nähe brauchten, wie dieses neue Spielzeug auf jeden Fall auf dem Nachttisch liegen musste, damit es noch da war, wenn Sie aufwachen würden. Sie können sich erinnern, wie es war, in den Armen Ihrer Mutter zu liegen, die Sie bedingungslos liebte, als Sie noch nicht alt genug waren, um das als peinlich zu empfinden. Sie können sich erinnern, wie es war, aus purer Freude an der Sache loszurennen, und wie Sie dabei scheinbar alle Energie der Welt in sich spürten, wie Sie davon überzeugt waren, dass Sie morgen dasselbe wie heute tun würden, dass sich niemals etwas ändern würde außer zum Guten und dass es kein Problem in der Welt gab, das sich nicht wieder richten ließe. Eine Weile lang können Sie sich wieder eins mit sich fühlen. Sie fühlen jedes Ihrer Jahre, fühlen in sich gleichzeitig das Kind und den Erwachsenen, die sich plötzlich die Hände reichen, einander festhalten und unzertrennbar erscheinen.

Und das tut so gut, weil das Kind immer in Ihnen lebt, jedoch in einem dunklen Verlies eingesperrt ist, wo es kein Licht sieht, wo es nichts zu tun gibt und wo niemand da ist, mit dem es reden könnte. Was ich Ihnen erzähle, hat nichts mit diesem Psychogefasel über «das Kind in uns» zu tun. Ich meine das ganz wörtlich. Das Kind hockt mutterseelenallein in Kälte und Feuchtigkeit Tausende von Kilometern tief in Ihnen und hofft immer noch darauf, dass Sie es eines Tages herausholen, es an die Hand nehmen und zum Licht führen, an einen Bach, wo Sie zusammen spielen können. Aber Sie werden es niemals tun.

Was sind Ihrer Meinung nach die wichtigen Dinge in Ihrem Leben, die Dinge, die Sie wirklich glücklich machen? Wie jemanden zu lieben, so sehr zu lieben, dass Sie voller Sehnsucht Ihre Arme ausstrecken und festgehalten werden wollen. Wie etwas Gutes zu essen und jeden Bissen zu genießen. Das sind keine rein biologischen Triebe. Sie müssen nicht lieben, um zu bumsen, und Sie können fast alles essen, sofern es nicht aus Metall besteht. Biologische Triebe sind die Ochsenpeitschen von gestern, sie wurden überflüssig, als wir aufhörten, auf Bäumen herumzuklettern, und stattdessen lernten, die Schwerkraft umzukehren. Die Natur weiß, dass wir nicht mehr unter ihrem Einfluss stehen, und sie lässt uns meistens zufrieden. Sie werkelt noch ein bisschen mit Käfern und Pflanzen herum und gibt sich damit zufrieden, gelegentlich einen Virus loszulassen, nur um uns daran zu erinnern, dass sie noch da ist.

Sie lieben, weil Sie jemanden nötig haben wollen, wie Sie ihn als Kind nötig hatten, und wollen auch, dass man Sie nötig hat. Sie essen gut, weil die Intensität des Geschmacks Sie an ein befriedigtes Bedürfnis oder einen nachlassenden Schmerz erinnert. Die schönsten Gemälde sind nicht mehr als eine rote Blume, die sich sanft in der Brise bewegte, als Sie zwei Jahre alt waren. Der aufregendste Film ist genau so, wie damals alles war, als Sie noch mit großen Augen auf das wirbelnde Chaos um Sie herum starrten. All diese Dinge dienen nur dazu, eine Weile lang den Erwachsenen zum Schweigen zu bringen und kurz ein Fenster zu öffnen, durch das das blasse Kind im Verlies einen hungrigen Blick nach draußen werfen darf, bevor es wieder dunkel wird.

Taumland öffnet dieses Fenster, reißt es weit auf und lässt das Kind hinaus. Daher hat es seinen Namen. Stellen Sie sich vor, Sie wären vier Jahre alt und versuchten, das Wort «Traumland» auszusprechen.

Aber das ist nicht alles, woran Sie sich in Taumland erinnern. Ein Kind zu sein war nicht nur wunderbar, hell und süß. Manches war düster, manches war verwirrend. Und manches war schrecklich.

Vielleicht sind Sie einmal in der Nacht aufgewacht, und Sie wussten, dass sich jemand über Sie beugte, und Sie wussten auch, was er tun würde. Vielleicht sind Sie wie Ji in einem Albtraum aufgewachsen, in dem Ihre psychotische Mutter vor Ihren Augen Ihren Vater tötete und die Leiche im Zimmer liegen ließ, bis sie kaum mehr als ein dreckiger Klumpen auf dem Fußboden war. Vielleicht wird alles, was Sie tun und fühlen, von etwas Schrecklichem berührt, an das Sie sich nicht erinnern wollen. Etwas, das aus gesagten oder ungesagten Worten entstand, aus geschehenen oder ungeschehenen Dingen, aus vielen winzigen Bruchstücken, die sich zu etwas Bösem vereinigten und ihm dunkles Leben einhauchten. Das ist das Wesen von Monstern, und deshalb können sie nie wirklich sterben, weil sie nämlich ein untrennbarer Teil von Ihnen sind, die Schatten hinter Ihren Augen, durch die Sie sich von anderen Leuten unterscheiden.

Wenn Sie geboren werden, erstrahlt ein Licht, das Ihr ganzes Leben lang leuchtet. Wenn Sie älter werden, dringt das Licht immer noch bis zu Ihnen vor, aber es wird stetig schwächer, weil Ihre Erinnerungen ihm im Weg stehen. Und wenn Sie auf Ihrer Reise durch die Zeit Glück haben, behalten Sie Ihr ganzes Ich bei sich, raffen bei jedem Aufbruch all Ihre Sachen zusammen und lassen nichts von sich zurück, was das Licht verdunkeln könnte. Aber wenn etwas Böses geschieht, brennt sich ein Teil von Ihnen fest und kann sich nie wieder von diesem Zeitpunkt lösen. Der Rest Ihrer Persönlichkeit bewegt sich weiter und beschäftigt sich mit dem Heute und Morgen, aber ein Teil von Ihnen bleibt zurück. Dieser Teil verdunkelt das Licht, verfärbt den Rest Ihres Lebens, aber was das Schlimmste ist – er lebt. Er ist für immer in diesem Augenblick gefangen, allein in der Dunkelheit, und er lebt.

Er lebt in Taumland, wie Sie sich vielleicht erinnern, und die Dinge sind vielleicht nie wieder so, wie sie waren. Sie werden auf Ihr jüngeres Ich treffen und erkennen, wie böse es darüber ist, dass Sie es im Stich gelassen haben, wie sehr es Sie jetzt hasst. Es hat keinen Zweck, sich damit zu rechtfertigen, dass es nicht Ihre Schuld war. Sein Schmerz ist zu groß, um Ihnen noch zuhören zu können.

Ich habe als Kind Glück gehabt. Die meisten meiner Fehlschläge habe ich mir für später aufgehoben. Vielleicht war es bei Ihnen genauso. Aber vielleicht haben Sie auch etwas anderes gesehen. Vielleicht haben Sie als Kind etwas gesehen, wovon Sie niemandem erzählen konnten, weil man Ihnen nicht geglaubt hätte. Etwas, das einfach unmöglich war. Etwas, an das Sie sich, als Sie größer wurden, niemals erinnern würden, weil es einfach nicht in die Welt passte, und doch ist es etwas, das für immer ein Teil von Ihnen sein wird.

Ist Ihnen so etwas passiert? Sie werden es niemals erfahren, weil Sie sich niemals daran erinnern werden. Zumindest die meisten Leute nicht.

Im Gegensatz zu mir.

Ji beruhigte sich allmählich und zitterte auch nicht mehr so heftig. Er hob die Hand, und fast unmittelbar darauf öffnete sich die Tür. Fyd kam herein und brachte neuen Alkohol. Ich fand das recht gespenstisch, bis ich begriff, dass der Raum wahrscheinlich per Video überwacht wurde.

«Okay», sagte Snedd, als er die Sache einigermaßen verstanden hatte. «Aber was ist mit diesem Loch im Schädel? Warum ist das etwas Besonderes?»

«Weil wir jemanden kennen», sagte ich, «der auf diese Weise zu töten pflegte, nicht wahr, Ji?»

Ji nickte, aber er schien seine Sprache noch nicht wieder gefunden zu haben.

«Taumland hat eine Geschichte», erklärte ich, «und diese Person ist ein Teil davon. Diese Person kann mehr Unheil anrichten als tausend Monster auf einmal.»

«Und diese Person ist Rafe?»

«War», sagte ich. «Rafe ist tot.»

«Bist du sicher?»

Ji blickte zu mir auf, und wir starrten uns in die Augen, während er seinem Bruder antwortete.

«Ja, weil wir ihn getötet haben», sagte er.

«Was machen wir jetzt?»

Ich sah Ji an und überlegte eine Weile.

«Ich weiß nicht genau», sagte ich. Ich schwieg erneut, während ich überlegte, was wir jetzt tun sollten, wie wir mit dieser Sache fertig werden könnten. Die zwei Brüder warteten. Snedd wusste, dass er hier mit seiner Weisheit am Ende war, und Ji hatte sich in allem, was Taumland betrifft, immer auf mich verlassen. Es war ihm auch gar nichts anderes übrig geblieben.

«Zunächst möchte ich, dass du dich bei Zenda meldest, Ji. Ich kann es nicht, das Zentrum sucht nach mir, weil es weiß, dass ich Alkland habe. Na ja, so in etwa jedenfalls», fügte ich zerknirscht hinzu. «Im Augenblick dürfte ich auf der Abschussliste des Zentrums jedenfalls ziemlich weit oben stehen.»

«Diese Diligenz-Sache», sagte Ji. «Sie ist ziemlich merkwürdig, oder?»

«Ja», sagte ich. Sie war mir von Anfang an merkwürdig vorgekommen, und nachdem ich jetzt einiges mehr darüber wusste, war sie noch merkwürdiger. Die Teile des Puzzles fügten sich zwar noch nicht zusammen, aber zumindest lagen sie alle nebeneinander.

Das Zentrum hat eine solche Schweinerei eigentlich nicht nötig. Ich meine, es wird immer einige Leute geben, die die Regeln verletzen müssen, um sich durch unangemessene Mittel Vorteile zu verschaffen. Aber das passt im Grunde gar nicht zum Zentrum, weil es dort eigentlich nur darum geht, dass man alles allein tut. Dabei muss es sich nicht unbedingt um moralisch einwandfreie Sachen handeln. Niemand ist sich dort zu fein für hinterlistige Machenschaften oder Lügen, wenn es der Karriere dient, aber an den Gehirnen anderer Leute herumzupfuschen hat doch einen recht ungewohnten Beigeschmack. Ein so verzweifeltes Streben nach Erfolg, eine so nachdrückliche Einflussnahme auf die Entscheidungen eines wichtigen Viertels roch nach einer sehr kitschigen Weltherrschaftsverschwörung, und so etwas interessiert heute eigentlich niemanden mehr.

Die Menschen haben sich nach innen gewandt, um dort ihr kleines Lager aufzuschlagen, wo sie so leben können, wie sie möchten. In einer Zeit, in der kaum jemand mehr Lust hat, Viertel zu besuchen, die mehr als zehn Kilometer weit entfernt sind, ist der emotionelle Antrieb zur Weltherrschaft einfach nicht mehr vorhanden. Die ganze Sache hatte etwas Anachronistisches, einen falschen Beigeschmack eben.

«Was soll ich Zenda sagen?»

«Rede nicht nur mit ihr. Hol sie raus. Sie ist in Gefahr, und ihr beide ebenfalls.»

«Glaubst du wirklich, die Dinge verhalten sich so, wie sie scheinen?»

Ich seufzte erschaudernd und versuchte ihn anzulächeln. In seinen Augen sah ich, dass es mir misslang, also ließ ich es bleiben.

Ji nickte langsam und düster.

«Mist», sagte er.

«Dann müsst ihr drei ein gutes Versteck finden, wo ihr in Sicherheit seid.»

Jis Angst explodierte in zielloser Wut.

«Komm schon, Stark, du weißt, dass das nicht geht. Wenn ... wenn ...» Er versuchte krampfhaft, den Namen auszusprechen, und Snedd sah seinen Bruder erneut fassungslos an. Ich glaube, allein der Effekt, den all das auf Ji ausübte, machte Snedd erst klar, dass hier etwas wirklich Schlimmes vorging. «Wenn Rafe dahinter steckt, verdammte Scheiße, sind wir nirgendwo sicher!»

«Ich weiß», sagte ich. «Aber was soll ich dir sonst sagen? Du und Zenda, ihr beide steckt tief in der Scheiße, und das wisst ihr. Ich versuche nur, mir den Kopf für die Frage, wer hinter alldem steckt, noch einigermaßen freizuhalten, weil die Antwort, die ich kenne, unmöglich ist.»

«Komm schon, es ist Rafe! Wer sonst? Heiliger Strohsack!» Ji durchquerte den Raum und blieb zitternd stehen.

«Also müsst ihr euch verstecken. Ihr müsst eure Ärsche hier rausbringen und irgendwo vergraben. Er weiß garantiert, wo ihr wohnt.»

«Aber wohin? Nach Idylle können wir nicht.»

«Nein», sagte ich schnell. «Nicht dorthin. Nicht jetzt.»

«Wohin dann? Mensch, Stark, das ist dein Fachgebiet. Das ist *dein* verdammter Albtraum! Was machen wir jetzt?»

Plötzlich hatte ich ein ganz mieses Gefühl. Ji sah meinen Gesichtsausdruck. Ich stand auf und Snedd ebenfalls, der mich mit einem seltsamen Blick ansah.

«Was ist los?»

«Ich kann euch nicht sagen, wohin ihr gehen sollt!», schrie ich.

«Warum?»

«Ich kann es einfach nicht. Wenn ich es tue, wird er es wissen!» Snedd und Ji starrten mich an, und ich erkannte in ihren Gesichtern, dass in ihnen etwas vorging. Sie wichen langsam vor mir zurück, wobei Snedd gegen einen Stuhl stieß. «Verschwindet einfach! Irgendwohin, wo es sicher ist, wo niemand euch sieht. Macht schon! Geht! Verpisst euch. *Sofort!*»

Snedd war bereits an der Tür und riss sie auf. Er blickte noch einmal kurz zu mir zurück, und ich begriff, dass sein Gesicht mir deswegen so seltsam vorgekommen war, weil ich zum ersten Mal Angst darauf gesehen hatte. Ich wusste, was er sah, und war nicht überrascht, dass er so aussah. Er sah jemanden, den er zu kennen geglaubt hatte, in einem völlig neuen Licht. Ich wusste, dass ich für ihn aussah, als würde ich mich vor einem düsteren Hintergrund abzeichnen, so wie sich Bäume mit ungewöhnlicher Schärfe vor Gewitterwolken abzeichnen.

Ji lief zur Tür und drängte seinen Bruder nach draußen. Bevor er ging, warf er mir noch einen Blick zu, der mir für einen Moment wieder Hoffnung gab. Inzwischen spürte ich, wie sich hinter mir der Sturm zusammenbraute, und ich wusste, dass ich in einem bleichen Licht glühte wie die Vision eines Evangelisten. Ji hatte Angst, aber er war da. Ji ist ein Fels in der Brandung, und hinter seiner Angst regte sich bereits eine alte Wut. Er nickte mir zu.

«Ich hole sie raus», sagte er. «Und wir werden warten. Viel Glück!» Dann lief er hinter seinem Bruder her. Ich wartete auf das, was kommen würde. Es dauerte nicht lange.

Ich drehte mich um und schob meine Hand unter das Kissen, wo es angenehm kühl war. Draußen vor dem Fenster zwitscherten bereits die Vögel, und ich wusste, dass es Zeit zum Aufstehen war. Ich genoss noch einen Augenblick die Wärme und Behaglichkeit unter der schweren Bettdecke, während es draußen morgendlich kühl war, und dann öffnete ich die Augen. Das dicke Glas im bogenförmigen Steinfenster in der gegenüberliegenden Wand hatte einen leichten Prismaeffekt auf das Morgenlicht, sodass es in farbigen Linien auf die Fußbodenfliesen fiel. Irgendwo unten in der Burg hörte ich eine Trompete und dann das begeisterte Jubeln von Soldaten im Hof.

Dann begriff ich. Ich war zurück in Taumland, aber ich war spät dran.

17. KAPITEL

Vor langer Zeit, als ich noch jung war und darauf hoffte, ein Musiker zu werden, wachte ich eines Morgens in einem Hotelzimmer auf. Ich stierte die Digitaluhr auf dem Nachttisch an und sah durch einen dicken Schleier aus schmerzhafter Müdigkeit und einem fürchterlichen Kater, dass es schon nach zehn Uhr war. Ich hatte den Wecker auf sieben Uhr gestellt und erinnerte mich dunkel, auch einen Weckruf bestellt zu haben.

Vor Schreck wurde ich sofort wach, stöhnte vor Verzweiflung und schwang mich, so schnell ich konnte, aus dem Bett. In meinem Kopf drehte sich alles, während ich wie eine verwundete Giraffe ins Badezimmer taumelte. Mein Schädel pulsierte schmerzhaft in einer Gewitterwolke aus Elend, als ich mit Überlichtgeschwindigkeit duschte, meine Sachen zusammensuchte, nach dem Telefon griff und den Busbahnhof anrief.

Man ließ mich zwanzig Minuten warten, während ich den gläsernen Aschenbecher mit zerquetschten Kippen füllte. Als ich endlich verbunden wurde, sagte man mir, was ich schon im Augenblick meines Aufwachens gewusst hatte. Ich hatte den Bus verpasst.

Um einen verpassten Bus sollte man doch nicht so einen Wirbel machen, sagen Sie jetzt? Gut, es bedeutete ja nur, dass ich jetzt in einer Stadt festsaß, wo ich niemanden kannte und wo ich nicht genug Geld hatte, um das Hotelzimmer für eine weitere Nacht zu bezahlen. Überhaupt kein Problem, oder? Es bedeutete auch, dass ich nicht dort ankommen würde, wo ich hinwollte, was recht peinlich war, weil ich mit Leuten verabredet war, die ich noch nie gesehen hatte und die mir freundlicherweise ihre Wohnung zur Verfügung gestellt hatten. Ich war nicht einmal sicher, ob ich ihre Telefonnummer besaß, um ihnen mitzuteilen, dass ich nicht aufkreuzen würde. Aber es gibt ja Schlimmeres.

Die Sache war die, dass ich in einem fremden Land war. Ich war das erste Mal ganz allein auf Reisen. Zum ersten Mal kümmerte sich niemand um mich, und niemand scherte sich darum, was mit mir geschah. Aber auch darum ging es eigentlich gar nicht.

Ich hatte die vorige Woche mit ein paar Freunden verbracht, die inzwischen die Stadt verlassen hatten, und ich fühlte mich sehr verwirrt und ziemlich mies wegen einer Sache, die mit einer Freundin passiert war. Sie war jetzt nicht mehr da, sodass ich ganz allein darüber rätseln musste, was passiert war und was es zu bedeuten hatte. Eins hatte es mit Sicherheit zu bedeuten, nämlich dass es jetzt Tausende von Kilometern entfernt jemanden gab, der zu Recht ziemlich sauer auf mich war. Jemand, der trotz allem der letzte Mensch auf der Welt war, dem ich etwas zuleide tun wollte.

Mit der Zeit erledigten sich die Probleme jedoch von selbst. Manchmal ist das so. Ich rief die Leute an, bei denen ich wohnen sollte, und ließ sie wissen, dass ich der letzte Idiot war. Ich fand jemanden, bei dem ich die nächste Nacht bleiben konnte, und erreichte mein Ziel am folgenden Tag. Eine Beziehung zu einem Menschen, für den ich sehr viel empfand, ging in die Brüche. Aber ich blieb mit ihr in Verbindung, und wir konnten für die kurze Zeit, die ich noch hatte, Freunde sein.

Aber als ich an diesem Morgen zitternd am Telefon saß, verspürte ich eine schreckliche Verzweiflung und fühlte mich unwiderruflich allein und verloren. Dieses Gefühl ist seitdem niemals vergangen. Es ist immer da, tief unter der Oberfläche aus spritzigen und zündenden Ideen. Als ich aufwachte und feststellte, dass ich nach Taumland zurückkatapultiert worden war, als ich intuitiv sofort wusste, dass Alkland verschwunden war, brach dieses Gefühl wieder durch. Einen Augenblick lang war ich wieder zweiundzwanzig, ein auf sich selbst gestellter Junge, der schon seit langem tot war.

Ich rannte aus dem Schlafzimmer. Das andere Doppelbett, das sich im Zimmer befand, war zerwühlt, und ich musste niemanden fragen, um zu wissen, dass Alkland darin gelegen hatte und dass er jetzt fort war. In Taumland weiß man so etwas einfach. Sie verstehen, was ich meine: Sie sind schon mal dort gewesen.

Ein weiß gekleideter Diener sprach mich an, als ich auf dem Weg zur Treppe den Korridor entlangsprintete. Was immer er zu sagen hatte, würde mich nur ablenken, also achtete ich nicht darauf. Ich musste Alkland finden, und zwar so schnell wie möglich. Andernfalls würde er sterben.

Dass Rafe irgendwie wieder aktiv geworden war, ließ sich

nicht länger leugnen, wie sehr ich mich auch dagegen sträubte, wie schwer es auch zu akzeptieren oder zu verstehen war. Nichts und niemand sonst hätte mich wieder zurück nach Taumland bringen können. Nur eine Person besaß auch nur ein Hundertstel der Macht und des Hasses, die dazu erforderlich waren. Kurz bevor es geschehen war, hatte ich ein ganz leichtes Kribbeln im Hinterkopf verspürt, eine leise Warnung, dass jemand versuchte, mich zurückzuholen, jemand, der mich sehr, sehr gut kannte. Es gibt nur einen Menschen, der mich so gut kennt, der mich schon vorher kannte. Es tut mir Leid, aber ich bin bisher nicht sehr offen zu Ihnen gewesen. Es gibt vieles, was Sie noch nicht über mich wissen, aber im Augenblick habe ich dafür keine Zeit.

Als ich das Erdgeschoss erreichte und dort, wo es zum Audienzsaal des Königs ging, um die Ecke kurvte, versuchte ich mich damit zu trösten, dass jetzt zumindest Ji überzeugt war, dass Rafe irgendwie wieder auferstanden sein musste. Ich konnte nur hoffen, dass er es schaffte, Zenda rechtzeitig herauszuholen, und dass er begriffen hatte, was mit dem sichersten Ort für sie gemeint war. Ich wünschte, ich hätte mehr Zeit gehabt, dafür zu sorgen, dass sie auch wirklich dort ankamen, und ich wünschte auch, ich hätte mich besser auf das hier vorbereiten können. Aber dazu wäre vermutlich alle Zeit der Welt nicht genug gewesen.

Ich raste in den Saal und bremste abrupt ab. Der König saß auf seinem Thron und rauchte wieder. Er schnippte wie zuvor die Asche in den frei stehenden Hotellobby-Aschenbecher. Sonst war niemand anwesend, und der König sah mich wohlmeinend an, während ich schwer atmend vor ihm stand. Ich bemerkte, dass der Aschenbecher mit einem Emblem versehen war, das ich fast wieder erkannt hätte, ein Emblem, das etwas im hintersten Winkel meines Gedächtnisses zum Klingeln brachte. Verwirrt trat ich näher, verbeugte mich und versuchte mich zu erinnern. Irgendwas mit einem Hotel, mit einer Schuld, mit einem Souvenir …

«Nun?»

Irritiert richtete ich mich auf. Der König blickte auf mich herab. Er sah aus, als wäre er mit irgendetwas außerordentlich zufrieden.

«Äh ... Guten Morgen, Eure Majestät», stammelte ich, während mir plötzlich sehr heiß wurde. Ein kleiner gläserner Aschenbecher mit einem Symbol darauf. Schuld. Eine Frau ...

«Habt Ihr eine Ahnung, wie spät es ist?», fragte der König mit glatter Selbstgefälligkeit. Ich hatte keine Ahnung. Ich hasse Uhren. «Es ist elf Uhr, Stark. Elf Uhr! Wisst Ihr, was das bedeutet?»

Ich schüttelte den Kopf, gleichermaßen um seine Frage zu beantworten wie auch meine Verwirrung zu vertreiben.

«Ihr habt Euren Bus verpasst», krähte der König triumphierend. «Er ist weg! Es ist aus und vorbei!»

Plötzlich begannen Hunderte von Menschen zu singen. Ich wirbelte herum und sah, dass sich überall im Saal in den Ecken und hinter den Vorhängen Leute versteckt hatten. Ich sah Obyrk, die Frauen in den weißen Gewändern, eine Gruppe Duschdienerinnen, Edelleute, Lakaien und Soldaten. Sie sangen: «Auf Wiedersehn, auf Wiedersehn.»

Als ich mich umdrehte, traten sie alle vor, zeigten auf mich und lachten mich aus. Bestürzt wandte ich mich wieder dem König zu, aber er lachte ebenfalls. Als ich mich erneut zur Menge umdrehte, lachten sie immer noch, und dann sangen sie plötzlich: «Wir können deinen Hintern sehn, wir können deinen Hintern sehn.» Als ich an mir herunterblickte, sah ich, dass ich nackt war. Ich hielt mir die Hände vor und drehte mich wieder zum König um. Er lachte immer noch, er lachte so heftig, dass sein Oberkörper auf und ab wippte und mir sein wackelnder Kopf vor den Augen verschwamm.

Eine der Duschdienerinnen zog ihr Gewand aus und warf es in meine Richtung, aber es kam nie bei mir an. Mitten im Flug löste es sich einfach in Luft auf, und alle lachten. Als ich ihren

Körper anstarrte, sah ich, dass ihr mit einem Messer ein Symbol in den Bauch geritzt worden war. Blut tropfte heraus und verwischte die Linien, aber ich erkannte, dass es dasselbe Symbol wie das auf dem Aschenbecher war.

Schuld.

Vereinzelte Rufe, die das Singen übertönten, kamen aus der Menge.

«Fräulein, ich kann Starks Pimmel sehen!»

Die Duschdienerin trat einen Schritt vor und stand ein paar Meter von mir entfernt, während sie mich anschrie und heulte. Ihr Gesicht war von Schmerz verzerrt, und ich spürte, wie die Jahre, die ich mit ihr verbracht hatte, von mir abglitten und nackt auf den Fußboden eines kleinen Pensionszimmers fielen. Ein Windhund an einer juwelenbesetzten Leine kam aus der Menge und hockte sich neben sie, um die Blutstropfen vom Boden aufzulecken.

«Du hast das Examen verpasst, Stark. Sie haben um neun mit den Prüfungen angefangen, wusstest du das nicht? Haben wir es dir nicht gesagt? Du hast es verpasst!»

Es gab ein trippelndes Geräusch, als mehrere kleine weiße Gegenstände neben dem Kopf des Hundes zu hüpfen begannen. Dem König fielen die Zähne aus dem Mund, während er sich vor Lachen schüttelte, ein brüllendes Lachen, das ihm die Kehle und die Lungen zerriss.

«Stark ist ganz scharf auf Euch, Fräulein!»

Unvermittelt hörte die Duschdienerin auf zu schreien und verstummte auf unheimliche Weise. Sie starrte mich mit einem Ausdruck extremer, Blödheit an. Dann begann sie sich mit einer Hand am Bein zu kratzen. Ihre langen Nägel rissen das Fleisch auf und gruben sich immer tiefer hinein. Dann führte sie die andere Hand zum Bauch, nahm den Rand eines Einschnitts zwischen die Fingernägel und zog daran. Langsam pellte sie einen Streifen bluttriefender Haut ab. Es war ein dicker Streifen aus mehreren Hautschichten, und sie hielt ihn dem Hund hin, der schnell danach schnappte. Sie begann einen weiteren Streifen abzulösen und entblößte eine fleckige Schicht aus glänzendem Unterhautfett, das noch an den gestreiften Muskeln klebte. Das Lachen des Königs war nun nicht mehr von Schreien zu unterscheiden, und je mehr ich mich zu bedecken versuchte, desto nackter fühlte ich mich. Plötzlich kreischte die Duschdienerin wieder los.

«Du kleiner Scheißhaufen! Du verdammter kleiner Scheißhaufen!» Ich trat erschrocken einen Schritt zurück und spürte, wie ein Zahn sich in meine Fußsohle bohrte. «Du mieser Perversling! Wie kannst du es nur wagen, dir vorzustellen, wie ich nackt aussehe? Ich hätte Lust, dich vor allen anderen Lehrern zu entblößen, vor der ganzen Schule! Vor den Mädchen! Wie würde dir das gefallen, du kleiner Scheißhaufen?»

Obyrk trat aus der Menge. Jetzt trug er eine Tweedjacke. Er rupfte ein Stück Fleisch aus dem Bauch der Duschdienerin und ließ es ihr in den offenen Mund fallen. Er war Miss Taylors Liebhaber und schwenkte lässig die Schlüssel zu einem MG-Sportwagen in seiner Hand. Er warf mir einen desinteressierten Blick zu, so wie ein Mann mit einem Auto einen liebeskranken Siebzehnjährigen eben ansieht.

Die Duschdienerin kaute hungrig auf dem Stück Fleisch und zog dann Obyrks Kopf zu sich heran, um ihm ihre blutige Zunge entgegenzustrecken. Dann drehten die beiden sich zu mir um, beugten sich über mich und schrien mir immer wieder ins Gesicht: «Er hat ein Auto!» Im Bauch der Duschdienerin war eine leichte Bewegung zu sehen, und mir kam bereits die Galle hoch, bevor mir bewusst wurde, was ich gesehen hatte. Eine winzige Hand streckte sich mir aus dem Riss in ihrem Bauch entgegen und winkte mir zu.

Und der König lachte immer noch, während sein Körper mit unmenschlicher Geschwindigkeit zuckte und wackelte und die Konturen seiner Arme und Beine verschwammen wie die schwirrenden Flügel eines Insekts. Die andere Hand der Duschdienerin kratzte immer noch an ihrem Bein. Ihre Finger waren jetzt voller Blut und kleiner Fleischstückchen, während ihre Nägel hörbar am bloßen Knochen schabten.

Als sie die Hand in das Loch in ihrem Bein steckte und das Ende des Oberschenkelknochens mit einem Plop aus dem Hüftgelenk zog, wurde ich ohnmächtig.

Sofort darauf kam ich wieder zu mir und stellte fest, dass ich auf einer Wiese stand. Ich zitterte so heftig, dass ich meine Knochen in den Handgelenken knacken hörte, aber zumindest war ich bekleidet. Ich griff in meine Jackentasche, ohne aufzublicken und zu sehen, wo ich war. Ich wollte es erst wissen, wenn ich mir eine Zigarette angesteckt hatte.

Ich stand auf einer kleinen Insel von etwa drei Metern Durchmesser. Die Insel war flach und mit dichtem tiefgrünem Gras bedeckt. Etwa zehn Meter weiter befand sich eine weitere Insel, die etwas kleiner war. Neben und hinter mir waren noch mehr davon. Ich ging an den Rand und blickte hinüber. Zwischen den Inseln sah man die Spitzen von steilen Felsnadeln, natürlichen Säulen, die Tausende von Metern tiefer im Nebel verschwanden. Der trübe Himmel wirkte wie aus Milchglas, ein Himmel, der nach Schnee aussah.

Kurze Zeit stand ich einfach nur da und blickte mich bestürzt nach allen Seiten um. Ich konnte nirgendwohin. Die Inseln setzten sich mit unterschiedlicher Größe und Entfernung in alle Richtungen fort, aber ich konnte nicht einmal die nächsten erreichen. Ich wusste, dass ich schon einmal hier gewesen war, in sehr frühen Träumen, aber ich hatte keine Ahnung, was ich tun konnte. Ich kam mir vor wie ein legendärer Rennfahrer, den man aus dem Altersheim geholt hatte und der nun lässig in ein Auto stieg, um festzustellen, dass er sich nicht einmal daran erinnerte, wie man den Motor anließ.

Ich ging unruhig auf der Insel hin und her und schlug mit den Armen gegen meinen Körper, um mich zu wärmen, während eine Kondenswolke mein Gesicht umhüllte. Ich konnte mich nicht erinnern. Ich hatte die Melodie vergessen.

Das Schlimmste daran war, dass ich wusste, dass die Burg nur ein Vorspiel gewesen war. Es war überhaupt nicht lustig gewesen, im Gegenteil, aber nach Rafes Maßstäben war das nur ein feuchter Traum. Es war acht Jahre her, seit ich mich zum letzten Mal mir selbst gestellt hatte, acht Jahre, in denen ich einige Patienten sicher durch Taumland führen konnte, weil ich wusste, dass ich relativ sicher war und nur auf die Monster anderer Leute Acht geben musste.

Das war nun vorbei. Ich war überhaupt nicht mehr sicher. Die Person, die ich so lange gewesen war, gab es nicht mehr. Sie war abgelaufen, von gestern, und der Schleier war zerrissen. Ich war nur noch ich, und ich hatte Angst. Ich war aus der Übung, ich zu sein, und während ich nervös auf der Insel auf und ab ging und darauf wartete, was als Nächstes passieren würde, durchforschte ich mein Gedächtnis. Ich musste ein ziemlich weites Stück zurückgehen und mich an die Person erinnern, die ich einmal gewesen war. Das Verlorene Paradies oder das Wiedergewonnene Paradies? Wer weiß?

Dann hatte ich plötzlich eine Eingebung und blickte hinter mich. Aber da war nichts.

Doch drei Minuten später war da etwas. Nicht auf meiner Insel, aber in der Ferne. Vielleicht zwanzig Inseln weiter kam, wie der Vorbote eines Sturms, ein Etwas auf mich zu. Ich konnte noch nicht erkennen, was es war, aber eins wusste ich mit Bestimmtheit. Ich wollte ihm nicht begegnen, wollte auf keinen Fall seine Bekanntschaft machen und wollte in keiner Weise etwas damit zu tun haben.

Was ist das eigentlich, so ein Etwas? Nun, ich weiß es auch nicht, daher der Name. Es sind einfach böse Dinge. Sie sind wie lästige kleine Rennboote, die das Wasser aufwühlen und große Wellen in Taumland schlagen. Man spürt eher ihre Auswirkungen, als sie tatsächlich zu Gesicht zu bekommen. Sie sind schon immer hier gewesen, obwohl ich den Eindruck habe, dass es jetzt mehr davon gibt als früher und sie eindeutig gefährlicher geworden sind. Die meisten der Leute, die ich nach Taumland geführt habe, haben die Auswirkungen eines Etwas erlebt, das sich zufällig an ihre Fersen geheftet und ihnen Ärger gemacht hatte. Es hat Fälle gegeben, in denen ein Etwas absichtlich auf jemanden gehetzt wurde, aber nicht sehr oft und auch nicht in letzter Zeit. Seit acht Jahren nicht mehr, um genau zu sein.

Unter normalen Umständen kann ich mit einem Etwas ganz gut umgehen, obwohl es sich dabei keinesfalls um eine exakte Wissenschaft handelt. Es ist auch nicht einfach, überhaupt nicht, und man ist hinterher ganz schön fertig. Das ist der Grund, warum ich nach einem solchen Job ein paar Tage lang zu überhaupt nichts zu gebrauchen bin. Sie sind wie klebrige Kugeln, die durch ein Zimmer voller Staub rollen. Je weiter sie rollen, desto mehr Staub lagert sich an, desto schwerer werden sie und desto schneller rollen sie. Der Clou besteht darin, sie davon abzuhalten, meine Klienten zu verfolgen, und im Besonderen davon, in ihrem Staub herumzurollen. Mit den Jahren bin ich immer besser darin geworden, während sie selbst mehr oder weniger unverändert geblieben sind.

Aber diesmal würde es ganz anders werden, denn jetzt waren sie stärker, klebriger, größer und schneller. Ich würde einem von ihnen früher oder später begegnen, aber es konnte sich ruhig noch etwas Zeit lassen. Nach der Sache in der Burg fühlte ich mich immer noch ziemlich am Boden. Ich blickte ständig an mir herunter, um zu sehen, ob ich noch meine Hose anhatte. Einem Etwas gegenüberzutreten erfordert eine Menge mentaler Stärke und Entschlossenheit, und obwohl ich mich wesentlich schneller, als andere Menschen das getan hätten, vom Erlebnis in der Burg erholte, wollte ich trotzdem nicht das Risiko eingehen, mich auf mehr einzulassen, als ich bewältigen konnte. Taumland gehört mir nicht mehr und nicht weniger als sonst jemandem. Es gibt hier keinerlei persönliche Ansprüche.

Weniger aufgrund einer vagen Hoffnung, als vielmehr um mich davon zu überzeugen, dass es keine machbare Alternative gab, legte ich mich am Rand der Insel auf den Bauch und sah nach unten. Die Felssäule, auf der ich festsaß, war ziemlich verwittert und wies etliche verlockende Vorsprünge und Einschnitte auf. Das Schwindelgefühl, das sich sofort bei mir einstellte, sagte mir jedoch etwas, das ich bereits geahnt hatte. Das hier war etwas ganz anderes als die Säule unter der Burg. Hier würde das Klettern wirklich zu einem Problem werden, und ich wusste, wenn ich es versuchte, würde die Schwerkraft mir Probleme bereiten. Der scheinbar leichte Abstieg war eine Illusion, ein Trick, der mich zum Hinunterklettern verleiten sollte.

Das hatte zwei Dinge zu bedeuten: erstens, dass mich dort unten nichts Gutes erwarten würde, und zweitens, was noch viel schlimmer war, dass Taumland von jemandem für seine eigenen Zwecke zurechtgebogen wurde.

Ich stand auf und blickte in die Ferne. Das Etwas war jetzt schon viel näher, nur noch fünf Inseln weiter. Noch immer war nichts zu erkennen, aber ich wusste, dass es kam. Man spürt es in der Luft, wenn ein Etwas in der Nähe ist, ein bestimmtes Gefühl im Genick. Es ist so, als würde man einen verfluchten Ort oder einen Friedhof bei Nacht ansehen, wenn einem das Kribbeln in den Daumen verrät, dass sich etwas Böses auf leisen Sohlen anschleicht.

Ich schloss die Augen und konzentrierte mich auf die Vorstellung, ganz woanders zu sein. Das ist nicht einfach, vor allem nicht, wenn man unter Druck steht, aber manchmal funktioniert es, wenn man die richtigen Erinnerungen ans Licht zerrt und die richtigen geistigen Knöpfe drückt. Als ich meine Augen öffnete, befand ich mich noch immer auf der Insel, und das Böse war wieder etwas näher. Ich versuchte es erneut, sah dann aber ein, dass es sinnlos war. Es fühlte sich an, als würde ich zu springen versuchen, während meine Füße am Boden klebten.

Auch gut. Immerhin war ich mit etwas Glück nicht allzu weit von Alkland entfernt, und ich wollte ihn schließlich wieder finden. Plötzlich wurde mir kalt.

«Ist das hier Ihre Insel, Sir?»

Als ich mich umdrehte, sah ich zwei Polizisten hinter mir stehen. Beide waren groß und in dunkelblaue Uniformen und schwarze Stiefel gekleidet. Sie trugen hohe, chromverzierte Helme. Sie sahen nicht im Geringsten freundlich aus. Sie hatten identische Schnurrbärte und stechende schwarze Augen und sahen nach Ärger aus, und ich fühlte mich sofort wieder schuldig.

«Äh … nein», stammelte ich und verfluchte mich selbst, dass ich nicht zu verschwinden versucht hatte, bevor das Etwas eintraf.

Einer der Polizisten hob seine Augenbrauen. «Nein, Sir?», sagte er und schaffte es irgendwie, das «Sir» vor Spott triefen zu lassen.

«Äh, nein.» Wovon redeten die überhaupt? Wie konnte das hier meine Insel sein? Der Polizist wandte sich an seinen Kollegen, dessen Augenbrauen ebenfalls erhoben waren. Sie sahen wie zwei sarkastische Eulen aus.

«Tja, Constable Perkins», sagte er. «Was sollen wir nun davon halten? Es ist nicht zu übersehen, dass dieser Herr auf einer Insel steht, und dann sagt er, dass es gar nicht seine ist.» Er verschränkte die Arme und sah mich mit einem süffisanten Grinsen an, während Constable Perkins schnaufte und kopfschüttelnd einen kleinen Notizblock aus der Tasche zog.

«Das ist sie nicht», sagte ich. «Ich meine, ich bin doch nicht der Eigentümer, oder?»

«Das möchten wir von Ihnen wissen», sagte Constable Perkins, trat einen Schritt vor und starrte mich an. «Stehen Sie nun auf einer Insel oder nicht?»

«Nun ja», sagte ich, wobei ich versuchte, nicht schuldig zu klingen, was mir aber nicht gelang. «In dieser Hinsicht ist es meine, ja.»

«Ach, jetzt auf einmal ist es doch Ihre!», sagte der erste Polizist scharf und trat ebenfalls einen Schritt vor. «Dürften wir dann bitte mal Ihre Bescheinigung sehen?»

«Was für eine Bescheinigung? Wovon reden Sie überhaupt?»

«Weigern Sie sich, mit uns zu kooperieren, Sir?»

«Nein! Ich habe keine Bescheinigung.»

«A-ha!», sagte der Polizist selbstgefällig, und Constable Perkins nickte dazu, als hätte er es schon die ganze Zeit gewusst. «Notieren Sie das bitte, Constable!»

«Aber selbstverständlich», sagte Perkins, befeuchtete die Spitze seines Bleistifts mit der Zunge und begann, sich Notizen zu machen. «Sind wie gewöhnlich Streife gegangen, als wir Verdächtigem begegneten, der definitiv und ohne den leisesten Zweifel auf einer Insel stand. Verdächtiger behauptete zunächst, es wäre nicht seine Insel, doch nach aufschlussreicher Befragung durch Constable Jenkins gestand er.»

«Vielen Dank, Constable Perkins.»

«Keine Ursache, Constable Jenkins, die Befragung wurde geschickt und äußerst wirkungsvoll durchgeführt.»

«Hören Sie mal», sagte ich. «Das hier ist nicht meine verdammte Insel, klar?»

Die Polizisten sahen sich mit gespielter Verwunderung an und kamen dann gleichzeitig einen Schritt auf mich zu. Ich ging einen Schritt zurück, um sie auf Abstand zu halten, wobei mir bewusst war, dass der Rand der Insel nur wenige Zentimeter hinter mir sein musste.

«Verdächtiger benutzte verdorbene und beleidigende Sprache gegen einen Beamten im Dienst», diktierte Constable Jenkins seinem Kollegen, und Perkins schrieb es auf. «Gut», sagte er und wandte sich wieder mir zu. «Ich denke, wir sollten jetzt ein paar Fakten feststellen. Ich gebe Ihnen den Rat, die

Wahrheit zu sagen, Sir. Damit ersparen Sie sich später viel Ärger.»

Ich seufzte und versuchte, entspannt zu bleiben und mir nichts zuschulden kommen zu lassen. Ein Etwas ist sehr hungrig auf Schuld.

«Gut», sagte Constable Perkins. «Fangen wir also ganz von vorne an. Wie groß ist Ihre Nase?»

«Was?»

«Sind Sie taub?»

«Nein, aber …»

«Also, wie groß ist sie?»

«Sie sehen doch, wie groß sie ist.»

«Ich möchte es gerne von Ihnen hören, Sir.»

«Was wollen Sie eigentlich von mir?», fragte ich, aber es war sinnlos. Ich wusste, was sie wollten. Sie waren so ein Etwas, und sie wollten mich fertig machen. Aber ich musste das Spiel mitspielen und es auf dieser Ebene halten. Wenn ich mich sträubte, würde es sich in etwas viel Schlimmeres verwandeln. Taumland hatte sich verändert, und auch ich hatte jetzt meine unschönen Erinnerungen. Ich habe hier meine eigenen Monster, wissen Sie, und meine eigenen Gasblasen, die manchmal aus meinem stillen Wasser aufsteigen. Das geht Sie nichts an, also erwarten Sie nicht, mehr darüber zu erfahren. Aber es gibt sie.

«Was wollen Sie von ihm?», fragte Constable Jenkins seinen Kollegen lang gezogen. «Was wollen wir nur?» Er drehte sich zu mir um und ruckte dabei seinen Kopf nach vorn. Ich musste wieder einen Schritt zurückgehen, um nicht mit seinem Gesicht in Berührung zu kommen. «Hören Sie, entweder ist es Ihre Insel, in welchem Fall Sie uns Ihre Bescheinigung zeigen müssen, die Sie angeblich nicht haben.»

«Nicht haben», echote Constable Perkins.

«Oder es ist nicht Ihre Insel, in welchem Fall Sie sie geklaut haben.»

«Geklaut haben.»

«Ganz gleich, wir haben dich in jedem Fall auf frischer Tat ertappt, nicht wahr, Bursche?»

«Nun, ich ...» Ich trat einen weiteren Schritt zurück, als der Polizist drohend näher kam.

«Nicht zu vergessen die unfeine Sprache gegenüber einem Beamten im Dienst», fügte er hinzu und begann theatralisch an den Fingern abzuzählen: «Weigerung, die Nasengröße anzugeben, und Kontaktaufnahme mit dem anderen Geschlecht ohne angemessene Sorgfalt und Aufmerksamkeit.»

«Wovon reden Sie eigentlich?»

«Ich glaube, du kommst mit uns mit», sagte Constable Perkins ernst und steckte seinen Notizblock weg. Er kam auf mich zu und wollte nach meinem Arm greifen, worauf ich den letzten möglichen Schritt zurücktrat.

«Widerstand gegen die Staatsgewalt», sagte Jenkins kopfschüttelnd. «Du steckst jetzt ziemlich tief in der Scheiße, Bursche.»

«Bis zum Hals.» Beide Polizisten rückten immer näher.

«Darüber müssen wir leider deinen Eltern Mitteilung machen.»

«Es wird ihnen das Herz brechen.»

«Das haben sie nicht verdient.»

«Trotzdem müssen sie davon erfahren.»

«Einen Augenblick», sagte Constable Jenkins plötzlich, als sein Gesicht nur noch wenige Zentimeter von meinem entfernt war. Die Poren in seiner Haut sahen riesig aus, sie wirkten wie Tausende kleiner Brunnen, und eine kleine, nach Minze riechende Atemwolke kam aus seinem dunklen Mund. Ich wollte verzweifelt weiter zurückweichen, aber es war kein Platz mehr. «Wir können es seinen Eltern gar nicht sagen!»

«Das ist richtig», stimmte Constable Perkins zu. «Das können wir nicht.»

«Weißt du auch, warum?», fragte Constable Jenkins hämisch. «Weißt du, *warum* wir es ihnen nicht sagen können?»

«Nein», sagte ich mit leiser, verängstigter Stimme, um sie nicht noch mehr zu reizen.

«Weil sie tot sind!», brüllte er mich an.

«Sie sind *tot*!»

«Nein», sagte ich. «Nein, sie leben noch.»

«Hast du sie etwa in letzter Zeit gesehen?»

«Nein, aber …»

«Mausetot sind sie.»

«Von Maden zerfressen.»

«Verfaultes Fleisch hängt an ihren bleichen Knochen.»

«Und du hast es nicht einmal gewusst. Also wirklich!»

Plötzlich wusste ich, dass sie die Wahrheit sagten. Meine Eltern waren wirklich tot.

Ich spürte, wie sich die Muskeln in meinem Nacken verkrampften, und mir wurde mit einem Mal schwindlig. Ich zwang mich dazu, es zu vergessen, das Problem auf später zu verschieben. Aber es klappte nicht, und ich sah die Gesichter meiner Eltern vor mir, die wie heißes Kerzenwachs zerliefen. Die Polizisten wussten, dass sie meinen wunden Punkt getroffen hatten, und stießen nach, wobei sie sich immer weiter zu mir hinüberbeugten.

«Muss jetzt … äh … drei Jahre her sein.»

«Mindestens.»

«Dürften mittlerweile schon ziemlich übel aussehen.»

«Ganz schön vergammelt, wirklich.»

«Und du hast es nicht einmal gewusst.»

«Niemals angerufen.»

«Niemals geschrieben.»

«Nie gesagt, wo du bist.»

«Nicht mal auf Wiedersehen gesagt.»

«Nicht mal zur Beerdigung gegangen.»

«Hast ihnen nie gesagt, dass du sie liebst.»

«Jetzt ist es zu spät.»

«Viel zu spät.»

«Junge, Junge!»

«Verpisst euch, ihr Scheißkerle!», schrie ich plötzlich. Sie wichen überrascht zurück, und der Ausdruck, der über ihre steinernen Gesichter huschte, tat mir gut.

Das Etwas zögerte einen Augenblick, als es merkte, dass ich noch ein wenig Kraft hatte, dass die Macht, die es von Rafe erhalten hatte, vielleicht nicht genügte. Dieser Augenblick war alles, was ich brauchte. Die Information, die sie so bereitwillig preisgegeben und mir ins Gesicht geschleudert hatten, konnte ich nun gegen sie verwenden. Rafe hatte gehofft, aus der Schuld, die ich über so viele Dinge empfand, Kapital zu schlagen, aber er hatte das Gegenteil erreicht. Später würde ich mich schuldig fühlen, sogar noch schuldiger als bisher, aber jetzt gewann der Schmerz, wo zuvor die geistige Anstrengung versagt hatte. Er öffnete einen kleinen Tunnel zu meinem jüngeren Ich, das viel härter und gefährlicher als mein jetziges war.

Als ich den beiden über die Schulter sah, erkannte ich am gegenüberliegenden Ende der Insel eine schmale Brücke aus fußlangen Holzbrettchen, die locker mit einem Seil zusammengebunden waren und wacklig bis zur nächsten Insel führten. Ich weiß, dass das sehr unwahrscheinlich klingt, etwa nach Rettung in letzter Sekunde, aber so läuft es hier nun einmal. Mit Ermittlungen und logischen Schlussfolgerungen kommt man hier nicht weit, das können Sie vergessen. Wissen Sie noch, wie ich sagte, dass von A bis Z durchdachte Pläne sinnlos sind, dass man nehmen muss, was sich anbietet, und zwar dann, wenn es sich anbietet? Ich wusste damals schon, wovon ich sprach. Das weiß ich meistens. Sie täten gut daran, mich ein wenig ernster zu nehmen.

Die Unsicherheit auf ihren Gesichtern währte nur eine Sekunde, aber als sie sich auf mich stürzen wollten, war es schon zu spät. Ich täuschte einen Sprung nach links vor, hielt kurz inne und setzte dann rechts an ihnen vorbei. Constable Perkins geriet bis an den Rand der Insel und stand dort einen Moment lang mit wirbelnden Armen. Constable Jenkins griff nach ihm, aber als sie sich wieder an meine Verfolgung machten, war ich schon auf halbem Weg zur Brücke.

Sie sah ganz schön unsicher aus, als würde sie eher von den Gesetzen des Zufalls als denen der Physik zusammengehalten, war jedoch das Beste, worauf ich unter den gegebenen Umständen hoffen durfte. Also betrat ich sie und hielt mich locker an den Führungsleinen fest. Die Bretter wackelten und schaukelten, während ich darüber hetzte, und mein Herz schien stehen zu bleiben, als eins der Halteseile riss. Mit zwei langen Sprüngen überwand ich die letzten paar Meter, und in dem Augenblick, als ich meinen Fuß auf die nächste Insel setzte, erschien auf der anderen Seite eine ebensolche Brücke. Ich lief darauf zu und warf schnell einen Blick zurück. Die beiden Polizisten waren jetzt auf der Brücke und folgten mir mit albtraumhaft kleinen Schritten, die jedoch so schnell waren, dass sie mit derselben Geschwindigkeit wie ich vorankamen. Ich rutschte auf dem feuchten Gras der Insel aus und ging in die Knie.

«Wir kriegen dich, du Schweinehund!»

Ich rappelte mich wieder auf, hörte Schritte auf nassem Gras und spürte die Feuchtigkeit an meinen brennenden Händen. Plötzlich hatte ich einen völlig zusammenhanglosen Gedanken, ein Gefühl, dass ich irgendwie zu spät dran sei. Ich lief weiter und konzentrierte mich intensiv auf diesen Gedanken. Ich habe eigentlich keine großen Probleme mit dem Zu-spät-dran-Sein, das ist keine meiner ernsthafteren Neurosen. Da gab es zwar dieses eine Mal im Hotel, aber das ist längst gegessen und Schnee von gestern. Der Albtraum in der Burg war schlimmer, als er hätte sein dürfen. Diese Ängste, die sich da entwickelt hatten, waren mir überhaupt nicht vertraut, sie gehörten eigentlich gar nicht zu mir.

Ich sprang auf die Brücke und rannte hinüber, wobei ich versuchte, dort etwas fester aufzutreten, wo das Gebilde vermutlich am stabilsten war. Die Brücke begann merklich zu schaukeln, sodass ich beinahe hinuntergeworfen wurde, aber ich schaffte es bis zur nächsten Insel, woraufhin dahinter eine weitere Brücke erschien. Als ich sah, dass die Polizisten noch auf der vorigen Insel waren, lief ich zur anderen Seite. Vor mir erstreckten sich die Inseln in die Ferne, und ich fragte mich, wie viele ich noch überqueren musste und wie viele Brücken noch erscheinen würden.

Plötzlich hatte ich das Gefühl, dass in unbestimmter Ferne, kurz hinter der letzten Insel, die ich noch erkennen konnte, ein Treffpunkt war, den ich zu erreichen hatte. Es war nicht meine Schuld, dass ich mich verspätet hatte. Etwas Schlimmes war passiert, das ich hatte aufhalten müssen. Ich schüttelte den Kopf, um dieses Gefühl zu vertreiben, weil es nicht von mir stammte. Dann huschte ein winziger Erinnerungssplitter vorbei, in einem Sekundenbruchteil leuchtete blondes Haar im Sonnenlicht auf, dann das Lachen eines kleinen Mädchens und ein eisernes Schaukelpferd mit einem merkwürdigen Kopf. Da wusste ich mit Bestimmtheit, was ich bereits vermutet hatte. Ich war auf dem richtigen Weg. Unsere Träume hatten sich vermischt, und ich wurde in die sterbenden Reste von Alklands Träumen verwickelt, die wie Rauch in einem dunstigen Raum in der Luft lagen.

Als ich auf die nächste Brücke trat, stellte ich fest, dass sie in einem wesentlich schlechteren Zustand als die anderen war. Sie bestand nicht mehr aus Brettern, sondern aus morschen Zweigen und trockener Rinde. Auf jeden meiner vorsichtigen Schritte folgte ein Knirschen oder Knacken, und ich musste langsamer gehen, um einen Rhythmus zu finden, der mich sicher über die morsche Brücke brachte. Das Licht, das niemals richtig hell gewesen war, wurde jetzt noch schwächer, und das Keuchen der rotgesichtigen Polizisten verfolgte mich wie das zweier Dampflokomotiven.

Ein Ast gab schneller als erwartet nach, und ich musste mich zur Seite schwingen, um nicht durch die Lücke zu stürzen. Dann bewegte ich mich auf die andere Seite, als weitere Äste brachen. Die Polizisten, deren Gesichter vor Wut in der Dämmerung glühten, waren jetzt auf der letzten Insel und kamen immer näher. Wieder brach ein Ast unter meinen Füßen, sodass ich mich nur noch an schwachen Überresten entlanghangeln konnte. Ich war immer noch etliche Meter von der nächsten Insel entfernt, als ein großer Mann vor mir auftauchte, der einen schwarzen Mantel trug und am Ende der Brücke stand. Er war leicht gebückt, als würde er mit jemandem sprechen, der nur knapp einen Meter groß war. Ich hörte ein paar Gesprächsfetzen und hielt einen Augenblick zu lange inne, wobei ich nicht mehr wusste, wer oder was ich war.

«Nein, bitte nicht!»

«Wer von euch beiden zuerst?»

«Ich werd's weitersagen!»

«Nein, das wirst du nicht, sonst bringe ich euch beide um!»

Der Lärm der Polizisten dröhnte mir in den Ohren. Dann spürte ich, wie das Gesetz des Zufalls, durch das die Brücke zusammengehalten wurde, allmählich seine Gültigkeit verlor. Was eben noch feste Materie gewesen war, löste sich in nichts auf, sodass ich haltlos durch die Luft flog, während ich glaubte, jemanden niesen zu hören.

Alles war blau und unscharf. Nein, nicht direkt unscharf. Es war eher so, als würden sich zwei Bilder überlagern. Diesiges Licht drang durch das Fenster, aber das Licht schien aus dem Nichts zu kommen, und es nahm die Dunkelheit nicht im Mindesten fort.

Mit einer vagen Vermutung, in welcher Richtung oben war, kam ich taumelnd auf die Beine. Dichter Nebel bedeckte den Fußboden. Er wirbelte herum und schoss offenbar aus eigenem Antrieb nach oben, da es in dieser Gruft keine einzige Luftbewegung gab. Mein Bein gab kurzzeitig nach, sodass ich herumfuhr, bis ich mich einem Mann gegenübersah, der mich anstarrte. Einen Augenblick lang war ich überzeugt, dass er keinen Kopf hatte, doch dann stellte ich fest, dass es nur ich selbst war. Der Spiegel war hoch, mindestens so hoch wie ein Türrahmen, und als ich darauf starrte, bemerkte ich im Hintergrund eine flüchtige Bewegung. Ich drehte mich um und sah gerade noch, wie jemand hinter einer Ecke verschwand, eine große Frau in einem weißen Gewand mit leichtem Blaustich, mit wallendem Haar, aber ohne Gesicht, mit trippelnden, spastischen Schritten. Ich stürmte zur Ecke, aber dahinter ging es nur tiefer in die Dunkelheit, bis an einer Wand Schluss war. Mit einer unaussprechlichen Trauer hämmerte ich gegen die Wand, aber sie gab nicht nach. Als ich mich umdrehte, sah ich, dass sich hinter dem Spiegel an der Wand ein Torbogen befand. Ich lief darauf zu und trat hindurch.

Hinaus auf eine Wiese, eine gewellte blaue Wiese aus hohem Gras mit weißen Punkten, die sich unter einem blauschwarzen Himmel erstreckte. Die Wiese war schön, aber tot, denn hier sang kein einziger Vogel. Ich bahnte mir schwankend einen Weg durch das hohe Gras und schnitt einen schlangenlinienförmigen Pfad in den dunklen Spätnachmittag.

Nach hundert Metern hielt ich an und drehte mich um. Hinter mir befand sich nichts mehr. Während ich mein Schwindelgefühl in der schweren Luft niederzukämpfen versuchte, begann Schnee zu fallen. Große Flocken aus vollendetem Weiß schnitten durch den bleiernen Himmel. Mit dem Schnee wurde die Luft etwas klarer, und ich kam wieder so weit zu Verstand, dass ich in meinen Taschen wühlen und eine Zigarette hervorholen konnte. Manchmal habe ich das Gefühl, mein Leben besteht nur darin, die Zeit auszufüllen, bis ich mir die nächste anstecken kann.

Als ich die Zigarette zitternd anzündete, dachte ich daran, als wie unangemessen ich es zu Anfang empfunden hatte, hier zu rauchen und künstliche Dinge wie Kippen auf einen Boden zu werfen, der aus Träumen gemacht war. Dann habe ich einmal eine Münze geworfen, womit ich die Lieblingsjacke eines Klienten hatte zurückerobern wollen, und als ich auf den Boden sah, war sie verschwunden. Es war eine Münze aus der Wirklichkeit, die Währung der City, und ich habe keine Idee, wohin sie verschwunden sein könnte.

Nach diesem Erlebnis machte ich mir keine großen Gedanken über Zigaretten oder Streichhölzer mehr. Wenn sich Metall hier nicht lange hielt, galt das erst recht für solche Sachen. Im Laufe der Jahre kam ich zu der Überzeugung, dass es keine große Rolle spielte, aus welchem Material die Dinge waren, dass sie einfach alle durch den substanzlosen Boden fielen und irgendwohin verschwanden. Und damals konnte ich noch nicht behaupten, dass Taumland sich in irgendeiner Weise durch unsere Anwesenheit verändert hatte und dass es nie wieder wie früher sein würde.

«Nein, bitte nicht!»

«Wenn du noch einen Laut von dir gibst, schneide ich dir die Kehle durch und schütte Spinnen hinein.»

Ich wandte mich wieder in meine ursprüngliche Richtung, wobei ich eine seltsame Anziehung verspürte. Die Stimme schwebte vorbei und wurde von den Schneeflocken verschluckt. Sie war so deutlich gewesen, als hätte der Sprecher direkt neben mir gestanden. Aber es war niemand zu sehen. Eine Sekunde lang fühlte ich einen abgrundtiefen Ekel, das Gefühl dunklen und warmen Schreckens, der mit Scham gemischt war und ölig durch die kühle Luft sickerte. Dann war es wieder fort und ließ mich mit einer schmutzigen Empfindung zurück, als wären sämtliche Lichter der Welt auf einmal besudelt worden. Ich nahm einen tiefen Zug von meiner Zigarette und folgte dem Gefühl.

Die Schneeflocken fielen immer dichter, während ich durch die gebeugten Grashalme stapfte. Ich lief schätzungsweise eine Stunde lang und folgte meinem Instinkt und lautlosem Gekicher hinter dem weißen Vorhang. Alkland konnte nicht mehr allzu weit von mir entfernt sein. Die Spuren seines Traums waren hier noch zu deutlich.

Ich habe hier schon öfter Leute verloren, und ich weiß, wie wenig ich tun muss, um sie wieder zu finden. Und glauben Sie mir, für mich ist es nicht unbedingt angenehm, sie wieder zu finden. Es ist keinesfalls so, dass sich alles auf wundersame Weise zum Guten wendet, wenn ich wieder bei ihnen bin, denn jeder ihrer bösen Träume wird dann auch zu einem Teil von mir. Ich kann Leute finden und führen, weil ich mich in ihre Träume einklinken kann. Wenn das wie irgendwelches Hippie-Gefasel klingt, kann ich auch nichts dafür. Und falls es keinen sehr kompetenten Eindruck auf Sie macht, wenn ich Leute verliere, haben Sie keine Ahnung, wovon Sie reden. Versuchen Sie doch mal, wenn Sie das nächste Mal träumen, auch nur irgendeine Winzigkeit aus eigenem Willen zu tun! Gar nicht davon zu reden, Leute mitzunehmen und deren Träume zu beeinflussen, während einem von allen Seiten die eigene Schuld ins Gesicht springt und man nur noch nach Hause will. Es gibt sonst niemanden, der dazu in der Lage ist, und ich mache es, so gut ich kann. Ich habe mich nicht darum gerissen. Ich wollte eigentlich etwas ganz anderes, aber ich bin darüber gestolpert. Und dabei habe ich alles andere verloren, wirklich alles, außer dem, was ich auf keinen Fall behalten wollte.

Dann stieß ich auf ein Auto. Es war ein altertümliches Modell mit geschwungenen Formen, das dreißig Zentimeter dick mit Schnee bedeckt war. Ich ging langsam darum herum und versuchte das Gefühl des Wiedererkennens zu ergründen, das es mir vermittelte. Erinnerungsfetzen begannen, die Luft um mich herum zu verdunkeln, weil Gedächtnis sehr dicht neben Taumland liegt und man sehr leicht hinüberkommt, wenn man weiß, wie.

Ich zerrte an einer der Türen, und mit einem ruckartigen Quietschen ging sie auf. Der Geruch nach altem Leder mischte sich mit dem des Schnees. Da war auch noch etwas anderes, ein leichter Geruch, der irgendwie braun und erregend wirkte. Ich steckte meinen Kopf in das Auto über einen der Ledersitze und versuchte die Erinnerung deutlicher werden zu lassen.

Sie kam recht schnell. Das hier war das Auto meines Großvaters, das erste und einzige Auto, das ich jemals besessen hatte. Der Geruch war der von Zigaretten in kalter Luft, von ersten Zigaretten. Jugend, Verrücktheit und Familie. Ich zog mich gerade noch rechtzeitig aus dem Auto zurück, bevor es in sich zusammenfiel. Es war niemals dort gewesen, sondern nur ein Haufen aus Schnee und Eis in zufälliger Anordnung. Der fallende Schnee bildete eine neue Gestalt, die Gestalt eines Mannes, der wie in einem Auto saß und mir den Kopf zuwandte. Das Gesicht war alt und faltig, ein Gesicht, an das ich mich kaum erinnern konnte. Dann fiel auch dieser Schnee in sich zusammen, und die Gestalt verschwand.

«Tu es!»

«Nein», und dann heftiges Schluchzen, auf das ein Schlag folgte.

Ich ließ den Schneehaufen zurück und stapfte, so schnell ich konnte, durch die Schneewehen auf die Quelle des Geräuschs zu.

Schließlich fand ich ihn.

Eigentlich stolperte ich buchstäblich über ihn. Als ich ganz in der Nähe den Schrei hörte, rannte ich los, auch wenn es der Schrei eines kleinen Mädchens und nicht der eines erwachsenen Mannes war. Ich lief zwanzig, dreißig Meter, während die kalte Luft in meinen Lungen brannte, rannte, so schnell ich konnte, bevor etwas geschah und wir erneut getrennt wurden. Normalerweise ist es gar nicht so schwer, Leuten auf der Spur zu bleiben. Aber jetzt war alles anders. Jetzt war Taumland ganz anders, war durch jemanden umgebaut und deformiert worden, den ich kannte. Jemand, den ich für tot gehalten hatte. Nein, verdammt, jemand, der wirklich tot war.

Ich wusste, dass ich jetzt alles so schnell und so gut wie möglich machen musste. Für einen zweiten Versuch blieb mir keine Zeit mehr. Rafe war ein böser Mensch gewesen, als er noch lebte. Jetzt, wo er tot war, konnte niemand sagen, wie er war.

Nach etwa hundert Metern begann ich an meiner Intuition zu zweifeln, lief etwas langsamer und blickte mich im Schnee um, der überall in dichten Flocken fiel. Dann entdeckte ich eine Schneewehe, die wie ein Spielplatzkarussell aussah, und lief darauf zu. Der Schnee wirbelte auf, und das Karussell verschwand. Mein Fuß blieb an irgendwas hängen, als ich zurückwich, sodass ich stolperte und beinahe flach hingeschlagen wäre. Es war eine in Embryonalhaltung zusammengekauerte Gestalt, die immer tiefer im Schnee verschwand. Es war Alkland.

Ich sah mich schnell um, ging neben ihm in die Knie und berührte ihn an der Schulter. Obwohl meine Finger eiskalt waren, konnte ich spüren, dass er noch kälter war.

«Alkland», sagte ich und rüttelte an seiner Schulter. Er reagierte nicht. Die Falten seiner Jacke waren steif gefroren, und es gab ein klirrendes Geräusch, als ich ihn umdrehte. Eine Seite seines Gesichts war verbrannt, und durch die andere ging ein tiefer Schnitt. Die Haut war dunkelgrün gefleckt wie etwas, das bald aufplatzen würde. Ich sah mir seine Hände an, die jetzt ebenfalls grün waren.

Plötzlich hörte ich ein Geräusch und blickte auf. Es war nichts zu erkennen, jedenfalls nicht innerhalb der paar Dutzend Meter, die der funkelnde Schnee mir an Sichtweite einräumte. Die glitzernde Fläche sah ein wenig so aus wie ein Wasserfall, und einen Augenblick lang hätte ich beinahe gelächelt, bis ich das Geräusch erneut hörte. Es war ein Niesen. Kurz darauf folgte ein Husten, das zu schnell kam, als dass es von derselben Person hätte stammen können.

«Kommen Sie, Alkland, es sind wieder die erkälteten Polizisten», sagte ich drängend und schüttelte ihn. «Zeit zum Aufstehen!» Immer noch keine Reaktion. Ich legte meine Hand über seinen Mund und drückte seine Nasenflügel zusammen. Eine ganze Weile geschah nichts, doch dann hatte ich das Gefühl, seine Hand hätte sich kaum merklich bewegt.

Aber er würde nicht aufwachen. Ich war nicht einmal sicher, ob er überleben würde. Dann hörte ich wieder ein Niesen, und ich wusste, dass ich etwas tun musste, das ich mir geschworen hatte, niemals wieder zu tun. Früher hatte ich es öfter ohne nachzudenken getan, bevor ich wusste, welchen Schaden ich damit anrichten konnte.

Ich legte mich neben Alkland in den Schnee und schlang meine Arme um ihn. Ich schauderte, als seine Kälte in mich eindrang. Als ich seinem Gesicht so nahe war, aber nicht die Spur von Atem bemerkte, geriet ich einen Moment lang in Panik. Ein gurgelndes Lachen in der Ferne verriet mir, dass dies registriert worden war. Ich schloss rasch die Augen und trieb meinen Geist an, versetzte ihm einen Kick mit dem Vorschlaghammer und trieb eine glühende Metallspitze hinein, bis es genug schmerzte, um mir die Kraft zu geben, die ich brauchte. Es war schon lange her, seit ich es zum letzten Mal versucht hatte, und beinahe hätte ich es nicht geschafft. Aber dann fühlte es sich an, als würde ich langsam aus dem Bett fallen – und ich wachte auf meinem Sofa auf.

18. KAPITEL

Ich habe gelogen, als ich sagte, niemand könne aus freien Stücken wieder aufwachen. Ich kann es durchaus.

Ich habe gelogen, als ich von dem Liebespaar erzählte, das Unsinn redend am Strand entlangspazierte. Es war tatsächlich ein Liebespaar, aber die beiden waren niemals am Strand. Sie hatten ein paar gemeinsame Nächte, und danach blieb nur Enttäuschung zurück.

Ich habe in vielerlei Beziehung gelogen, weil ich vieles ausgelassen habe.

Hauptsächlich habe ich jedoch über mich gelogen.

Ich hatte gehofft, auf diese Weise alles zusammenhalten zu können, aber manchmal läuft es im Leben nicht so, wie man es sich vorstellt.

Ist Ihnen das auch aufgefallen?

Die Wohnung war warm, richtig tropisch und behaglich. Ich öffnete die Augen, um nachzusehen, wo ich war, und schloss sie für einen erleichterten Moment wieder. Alklands Gewicht reichte, um mir zu versichern, dass ich ihn mitgebracht hatte. Ich lag eine Weile da und lauschte auf das leise Tropfen von schmelzendem Eis.

Irgendwann rappelte ich mich auf und schob Alkland zur Seite. Er sah so schlaff und leblos aus, dass ich bereits befürchtete, der Kampf sei verloren. Sein Gesicht war zwar nicht mehr grün, aber schrecklich verzerrt und entstellt, und die rechte Hälfte war knallrot. Seine Hände verschwanden fast unter lauter dunklen Flecken, die zuvor noch nicht da gewesen waren, und statt des Schnitts in der linken Wange hatte er dort jetzt eine offene Entzündung. Ich beugte mich über ihn, bis ich seinen schwachen Atem spüren konnte, und dann entspannte ich mich. Zumindest ein wenig, einen kurzen Augenblick lang. Die Uhr verriet mir, dass ich weniger als drei Stunden in Taumland verbracht hatte und dass es jetzt kurz nach sieben war.

Der AZGD war in der Zwischenzeit offensichtlich hier gewesen. Alle Wände waren schwarz, also war die Energieversorgung ausgeschaltet worden, womit meine Wohnung nicht mehr abgeschirmt war. Vielleicht hatten sie im Viertel herumerzählt, ich sei tot. Bücher waren überall auf dem Fußboden verstreut, und das Bücherregal lag zertrümmert in einer Ecke. Es sah ähnlich aus wie die Bescherung nach einem Gravitator™-Unfall, also kümmerte es mich nicht sonderlich. Ich kam mir selbst wie ein Einbrecher vor.

Als ich aufstand, schien mir die Unwirklichkeit meiner Wohnung geradezu ins Gesicht zu schreien.

Was soll das Ganze?, schrie sie. *Weißt du überhaupt, wo du bist? Ist das hier der Ort, an dem du wohnst?* Es war wie dieses Gefühl, das man hat, wenn man nach längerer Abwesenheit nach Hause kommt und die Dinge, mit denen man sich umgibt, in einem neuen, von ihrer irreführenden Vertrautheit entblößten Licht sieht.

Aber es war nicht nur das, bei weitem nicht. Eine Sekunde lang schien alles verblassen zu wollen, um mich ganz allein mit mir zu lassen. Das Gefühl wich nur zögernd, und als ich zum Schreibtisch hinüberging, kam ich mir allenfalls widerwillig geduldet vor. Die Welt nimmt es einem übel, wenn man zu viel in ihr herumpfuscht, und ich habe in dieser Beziehung schon eine ganze Menge auf dem Kerbholz.

Die Tür war von außen vernagelt worden. In Anbetracht meiner recht ungewöhnlichen Methode der Heimkehr war ich dadurch tatsächlich für eine Weile relativ sicher. Es sei denn ... Ich öffnete die Schreibtischschublade und holte den WanzDetek™ heraus.

«Hallo, Stark! Mensch! Du siehst ganz schön fertig aus!»

«Psst!»

«Was? Oh!»

Die Maschine schwieg eine Weile, und dann flackerte eine Nachricht über ihre Leuchtanzeige. «Keine Wanzen», hieß es, und dann: «Oh, warte mal ...» Nach einer kurzen Pause kam die Nachricht: «Lass mich mal kurz am Videofon schnüffeln!»

Ich trug das Gerät hinüber und schwenkte es vor dem Videofon hin und her. «Das ist nicht nötig», besagte die Leuchtanzeige. «Halt mich einfach still.»

«Ja, das Videofon wird abgehört», sagte die Maschine schließlich. «Standard-Frequenz-Anzapfung des Audio- und Video-

Bandes. Mikro ist aktiviert. Soll ich es killen? Ist gar kein Problem, außer du willst noch jemanden anrufen.»

«Werden sie feststellen können, dass es lahm gelegt wurde?», fragte ich.

«Äh, ja. Es gibt eine Selbstkontrolle. Kleiner Dämpfer, was?»

«Kannst du es vorübergehend aussetzen lassen?»

«Moment … ja, ich kann es mit weißem Rauschen füttern. Allerdings wird dann nach zwanzig Sekunden ein Alarmsignal gegeben.»

«Zwanzig Sekunden reichen mir völlig aus.» Ich tippte einen Code ein und wartete. Kurz darauf erhellte sich der Bildschirm, und Shelby wurde sichtbar.

«Stark, hallo! Mensch!»

«Ich weiß. Tief in der Scheiße, Shelby. Ganz tief.»

«Abholen?»

«Könntest du?»

«Dein Wunsch, Stark, absolut. Wo?»

«Meine Wohnung, Dach. Muss aufhören.»

«Zwanzig Minuten.» Der Bildschirm erlosch.

«Sehr zeitsparend», sagte der WanzDetek™ anerkennend. Es schien, als habe er sich in der Zwischenzeit selbsttätig eine neue Persönlichkeit verpasst. Er ärgerte mich nicht einmal halb so oft wie gewöhnlich.

«Bist du sicher, dass das alles ist?»

«Absolut.»

Ich ließ das Gerät auf dem Schreibtisch liegen und ging wieder zu Alkland hinüber. Nachdem jetzt das meiste Eis in seiner Kleidung und in seinen Haaren geschmolzen war, saß er inmitten einer kleinen Wasserpfütze. Sein Gesicht hatte wieder etwas Farbe angenommen, aber er sah immer noch sehr krank aus. Die Entzündung war schlimm, und ich bemerkte, dass sich unter seinem Auge noch eine weitere entwickelte. Er war, um es wirklich krass auszudrücken, in ziemlich schlechter Verfassung.

Aber er war am Leben, was bedeutete, dass er Rafe nicht begegnet war. Möglich, dass Rafe ihn in Ruhe gelassen hatte, damit er mich zu ihm führte, aber eine solche Zurückhaltung passte nicht zu ihm. Er hätte seinen Kopf auseinander nehmen können, und die schwachen Spuren von Alklands Träumen hätten immer noch meine Aufmerksamkeit auf sich gelenkt. Was war los? Was für ein Spiel spielte Rafe?

Ich rieb Alklands Hände, um sie zu wärmen, und wurde mit einem leisen Stöhnen belohnt. Er kam noch nicht an die Oberfläche, aber wenigstens würde er nicht sterben. Zumindest noch nicht.

Ich deckte ihn mit einer Decke zu und durchstöberte dann die Wohnung. Ich zog meine nassen Klamotten aus und tauschte sie gegen identische, aber trockene ein. Ich entdeckte noch ein paar Zigaretten und so weiter. Es dauerte nicht lange, und bald verspürte ich diese Nervosität, die einen überfällt, wenn man es eilig hat und plötzlich vor einem Haufen Zeit steht, mit dem man überhaupt nichts anfangen kann.

Damit ich irgendetwas zu tun hatte, machte ich mich auf den Weg in die Küche, um Wasser für ein paar Tassen Kaffee aufzusetzen. Ich kam niemals dort an.

Ich hatte das Wohnzimmer gerade zur Hälfte durchquert, als ich das unverkennbare Geräusch von abrupt abbremsenden Flugwagen hörte. Besorgt ging ich ans Fenster. Ich hob die Jalousie an und sah auf die dunkle Straße hinunter.

Drei Wagen des AZGD waren mitten auf der Straße vor dem Gebäude gelandet, und aus jedem stiegen zwei Männer aus. Sie blickten sich mit der Selbstgefälligkeit derer um, die über dem Gesetz stehen und Waffen tragen, und verschwanden dann im Eingang des Gebäudes.

«Wanzl, du Miststück!», zischte ich und drehte mich um. «Du hast gesagt, die Wohnung ist sauber!»

Die Maschine sagte nichts. Ich hob sie auf und schüttelte sie wütend.

«Gib auf, Stark», sagte sie kurz angebunden. «Das Spiel ist aus. Finito.»

Jetzt war mir klar, warum die Maschine anders als sonst geredet hatte. Die einzige Wanze in dieser Wohnung war die, die ich in der Hand hielt. Sie hatten den WanzDetek™ gefunden und umprogrammiert. Das blöde Ding hatte die Seiten gewechselt.

Ohne daran zu denken, dass ich jetzt viel dringlichere Sorgen hatte, marschierte ich zum Fenster zurück und machte mich bereit, der Maschine das Fliegen beizubringen. Dann kam mir eine andere Idee, und ich warf sie zurück auf den Tisch, bevor ich zum Sofa hinüberlief. Ich rief mehrmals Alklands Namen und erhielt wieder nur ein leises, unbewusstes Stöhnen als Antwort.

Mit einem heftigen Fluch packte ich den Schreibtisch und zerrte ihn aus seiner Ecke. Der WanzDetek™ rutschte herunter und landete auf dem Fußboden, aber ich stellte nüchtern fest, dass ich mir nicht viel daraus machte. Als ich den Tisch in Position gebracht hatte, schob ich meine Arme unter Alklands Schultern und hievte ihn hoch. Ich schleppte ihn zum Schreibtisch hinüber und ließ ihn vorsichtig mit dem Rücken darauf fallen. Dann nahm ich seine Beine und schob ihn weiter, sodass er schließlich ganz auf dem Tisch lag.

Ich hob den WanzDetek™ auf und lief ins Schlafzimmer, wo ich mir eine Minigranate vom Nachttisch schnappte. Mit beiden Geräten in der Hand bezog ich Stellung hinter der Tür. Ich entfernte die Rückenklappe des WanzDetek™ und schob die Minigranate hinein, nachdem ich sie auf maximale Empfindlichkeit eingestellt hatte. Dann platzierte ich das Gerät sorgfältig auf dem Türknauf.

«Moment mal, Stark», sagte die Maschine. «Was ist das? Was hast du mir da eingesetzt?»

«Eine Minigranate», sagte ich. «Viel Spaß noch!»

Ohne auf das Jammern der Maschine zu hören, lief ich zum Schreibtisch zurück und sprang hinauf. Ich suchte meinen Furzer und stellte ihn auf Schneiden ein, während ich unablässig in

Richtung Korridor lauschte. Noch war nichts zu hören, und auch das Pling des Fahrstuhls war noch nicht ertönt. Ich hoffte, dass sie mindestens eine halbe Minute brauchten, um ihre eigene Verriegelung von der anderen Seite der Tür zu entfernen. Es war zwar nicht viel Zeit, aber mehr hatte ich nicht.

Ich hielt mir schützend eine Hand vors Gesicht und richtete den Furzer gegen die Decke. Als ich ihn einschaltete, stach eine grüne Nadel aus Licht in den Plexigips. Ich war erleichtert, weil ich noch nie versucht hatte, Löcher in meine Decke zu schneiden, und nicht sicher gewesen war, ob es klappen würde.

Ich wusste, dass ich durch war, als ich einen überraschten Schrei aus der Wohnung über mir hörte. So schnell ich konnte und in der Hoffnung, dass die Leute über mir vernünftig genug waren, aus dem Weg zu gehen, beschrieb ich einen Kreis von einem halben Meter Durchmesser in der Plexigipsdecke. Kurz bevor der Kreis geschlossen war, hörte ich auf und boxte dann kräftig dagegen. Die Scheibe flog nach oben und in die Wohnung über mir.

Zwei Gesichter unterschiedlichen Geschlechts, aber ähnlich fortgeschrittenen Alters erschienen über dem Loch.

«Was, um Himmels willen, tun Sie da?», fragte der alte Mann entrüstet. Er trug eine Brille, hatte tiefe Falten im Gesicht und schütteres gelblich weißes Haar auf dem Kopf. Er sah aus wie die Illustration des Begriffs ‹alt› in einem Wörterbuch.

«Ich schneide ein Loch in Ihren Fußboden», sagte ich. Solche Gelegenheiten kommen sehr selten. Man muss sie nutzen, wenn sie da sind. Zumindest ich tue das.

«Werden Sie nicht frech, junger Mann! Sie hören jetzt sofort damit auf!»

«Das habe ich bereits», entgegnete ich schlagfertig. Er war ein ausgezeichneter Stichwortgeber. Ich wäre gerne geblieben, um noch den ganzen Tag lang mit dem alten Kauz zu plaudern. «Und jetzt werde ich meine Wohnung durch Ihre Wohnung verlassen.»

«Das werden Sie nicht tun!»

«O doch, das werde ich. Aber es kommt noch dicker. Ich brauche dazu nämlich Ihre Hilfe.» Ich bückte mich, packte Alkland und hob ihn hoch, sodass er stand. Das heißt, eigentlich hing er eher da. Bewusstlose Menschen sind nämlich verdammt schwer. Ich hob Alklands Arme durch das Loch in meiner Decke. Der alte Mann stieß sie zurück. Ich hob sie wieder hoch.

«Neville!», sagte die alte Frau tadelnd. «Sei nicht so ein sturer alter Bock! Nun pack schon die Hände dieses armen Kerls.»

«Nora!», zischte der Alte empört über diese Unterminierung seiner Autorität. Die Frau hörte nicht auf ihn, sondern griff in das Loch und packte Alklands Arm.

«Sie müssen meinen Mann entschuldigen», sagte sie. «Er ist schon sehr alt!»

Neville schwankte einen Augenblick, bevor er Alklands andere Hand nahm, obwohl er gleichzeitig deutlich machte, dass eine solche Handlungsweise ganz und gar nicht seiner Überzeugung entsprach.

«Das wird noch ein böses Ende nehmen», sagte er verdrossen. Ich verriet ihm nicht, dass er mit ziemlicher Sicherheit wahr gesprochen hatte. Ich fasste Alkland um die Hüften und schob ihn mit aller Kraft nach oben. Die Hilfe des alten Ehepaars war nicht gerade herkulisch, aber kurz darauf war Alkland durch das Loch, gerade als sich polternde Schritte draußen über den Korridor näherten.

Ich hüpfte vom Tisch, zerrte ihn wieder ein Stück weit in die Ecke zurück und sprang dann hoch, um mich an den Rändern des Loches hinaufzuziehen. Unterdessen hörte ich Warnrufe vor meiner Wohnungstür. Sobald ich im Wohnzimmer des alten Ehepaars war, fügte ich die Scheibe wieder ins Loch. Der gezackte Rand an der Stelle, wo ich sie herausgebrochen hatte, hielt sie davon ab, einfach nach unten durchzufallen. Okay, ich gebe zu, dass ich Glück hatte.

Ich warf mir Alkland über die Schulter und wäre fast gestürzt, bevor ich mein Gleichgewicht in den Griff bekam. Nachdem ich der alten Frau gedankt und Neville versichert hatte, ihn für alle Kosten zu entschädigen, die im Lauf der Fußbodenreparatur anfielen, öffnete ich die Wohnungstür. In diesem Augenblick verriet mir ein lautes Krachen von unten, dass der WanzDetek™ schließlich bekommen hatte, was er verdiente. Ein paar eindringliche Schreie deuteten darauf hin, dass einige der AZGD-Agenten wohl zu nah dran gewesen waren. Sollte ich mir deswegen Vorwürfe machen? Erstens: Glauben Sie vielleicht, Alkland und ich hätten meine Wohnung noch auf zwei Beinen verlassen, wenn die uns geschnappt hätten? Und zweitens ist es mir scheißegal. Ich bin jetzt da, wo ich bin, weil ich, als ich jung war, mehr wollte. Ich wollte wie im Film leben. Ich habe gesucht und gefunden. Jetzt lebe ich in diesem Film, und da sind bekanntlich alle, die gegen einen sind, die Bösen, und wenn sie draufgehen, macht man sich nichts draus.

Jetzt bin ich gar nicht mehr so scharf auf mein jüngeres Ich. Es wäre sogar mein größter Wunsch, wenn ich rückgängig machen könnte, was es damals getan hat. Aber das geht nicht. Ich habe getan, was ich getan habe, und ich war so, wie ich war. Genauso, wie ich der Teenager war, der Teenager, der einmal ein Rockstar werden wollte, oder wie ich das Kind war, dessen Finger warm und sicher in der Hand seines Vaters lagen und dem noch nie das Blut eines anderen ins Gesicht gespritzt war. Sie alle gehören zu mir und stehen irgendwo einsam und verloren in meiner Dunkelheit. Aber ich kann sie nicht wieder finden, weil sie sich verstecken, wenn ich nach ihnen suche. Sie wollen nichts von mir wissen, weil sie ahnen, dass da eigentlich nichts ist, was sich zu wissen lohnt.

Ach, was soll's? Hören Sie am besten überhaupt nicht mehr auf das, was ich sage. Ich bin nicht ich selbst. Oder vielleicht bin ich's doch. Es ist schon so lange her, ich weiß es nicht mehr. Je besser man jemanden kennen lernt, desto unsympathischer wird er einem. Wenn man ihn sehr gut kennt, hasst man ihn.

Und wer kennt mich besser als irgendjemand sonst?
Rafe.

Ich gab mich nicht der Illusion hin, dass sich die AZGD-Männer lange durch den ‹Loch-in-der-Decke›-Trick verwirren ließen. Während ich mich über die Treppe drei Stockwerke hinaufschleppte, konnte ich nur hoffen, dass Shelby zum zweiten Mal in ihrem Leben früher als erwartet eintreffen würde.

Möge Shelby den am wenigsten langweiligen und blöden Arzt, Rechtsanwalt oder Zahnarzt ihrer Generation heiraten. Mögen ihre Dinner-Partys die am meisten bewunderten und exklusivsten von ganz Brandfield werden. Mögen sie und ihr Mann die Mitglieder eines Golfclubs werden, der nur für sie allein gegründet wurde und in dem sie die einzigen Mitglieder sind.

Sie war pünktlich, will ich damit sagen.

Während ich zuletzt immer zwei Stufen auf einmal nahm und mein Rücken unter der Last eines bewusstlosen Beamten zusammenzubrechen drohte, hörte ich, wie die Tür zum Treppenhaus auf meiner Etage aufgerissen wurde. Sie hatten das Loch in der Decke gesehen. Oder Neville hatte mich verpetzt, was mir wahrscheinlicher erschien. Irgendwo hoffte ich sogar, dass es so war. Denn auf diese Weise würden er und seine Frau mit geringerer Wahrscheinlichkeit in Schwierigkeiten geraten.

Als ich durch die Dachtür stürmte und Shelby lässig im Lichtschein der Kontrollen auf ihrem Heliporter hocken sah, überwältigte mich die Erleichterung wie ein romantischer Sonnenaufgang. Ich stolperte bis auf drei Meter heran und ließ dann Alkland, so sanft ich konnte, von den Schultern gleiten. Allerdings war es nicht besonders sanft, und er gab ein leises Ächzen von sich, das erste Geräusch seit dem Verlassen meiner Wohnung. Ich schleifte ihn zum Heliporter hinüber und gab Shelby einen schmatzenden Kuss auf die Wange. Sie errötete und sah mich von der Seite an.

«Äh, hallo!», sagte sie.

«Shelby!», rief ich. «Ich freue mich jedes Mal, wenn ich dich sehe. Es ist mir immer ein großes Vergnügen. Heute jedoch, und ich beziehe mich einzig auf unsere, wie soll ich sagen, beruflichen Begegnungen, ist meine Freude größer als je zuvor.»

«Stark!»

«Mir fehlen die Worte, um meiner Freude angemessen Ausdruck zu verleihen. Ich habe in meinem Wörterbuch gesucht, doch vergebens. Ich muss dir ein Bild malen, eine Skulptur gestalten oder vielleicht versuchen, es in freiem Improvisationstanz auszudrücken.»

«Stark, du redest Schwachsinn», sagte sie. «Es ist sehr charmanter Schwachsinn, und ich bremse dich nur ungern, aber vielleicht solltest du erst dann wieder Schwachsinn reden, wenn wir in der Luft sind.»

«Du hast natürlich völlig Recht», sagte ich und spielte in meinem Kopf fünfzig verschiedene Möglichkeiten durch, wie ich mich und den bewusstlosen Aktionisten auf einem Sitz unterbringen konnte. Dann stieß ich auf eine, die nicht auf sofortigen Selbstmord hinauslief, und setzte sie in die Tat um. Sie bestand darin, mit einer Hand an der Mittelstrebe zu hängen, ein Bein neben Shelby zu platzieren und mit dem anderen Alkland an mich zu klammern. Ich war schon erschöpft, bevor ich mich richtig in Stellung gebracht hatte, aber anders ging es nicht.

Als ich damit fertig war, sprang die Dachtür auf und drei AZGD-Männer stürmten heraus. Einer von ihnen hatte Blut auf der Kleidung. Ein vierter Mann kam gleich nach den anderen heraus. Alle schrien mich gleichzeitig an, und zwei gingen in die Knie, um zu zielen. Der letzte schien sie aus irgendeinem Grund aufhalten zu wollen, aber er stieß auf taube Ohren.

«Uh», sagte Shelby und rümpfte ihre makellose Stupsnase, «die sehen aber außerordentlich aggressiv aus. Ich denke, wir sollten verschwinden.» Mit einer anmutigen Bewegung legte sie den Hebel um, und wieder einmal erlebten wir den einzigartigen

Anblick, wie Geschosse knapp unter uns vorbeijagten, während wir in die Luft katapultiert wurden. Falls Sie einmal eine höchst geschickte Fluchthelferin brauchen sollten, die außerdem mit den erlesensten Küchenchefs von Brandfield und Umgebung auf Du und Du steht, kann ich Ihnen ohne zu zögern Shelby empfehlen.

Alkland sackte unter der Beschleunigung zusammen, sodass ich fester zupacken musste. Als Shelby den Heliporter auf eine Höhe von zwanzig Metern über dem Dach gebracht hatte, schlang ich mein linkes Bein um Alkland und legte meinen Arm um seine Brust. Dann ging der Heliporter in Vorwärtsflug über, während es Geschosse hagelte – eine Form von Hagel allerdings, die sich von unten nach oben und rasend schnell bewegte. Mit leichten und präzisen Bewegungen ihrer manikürten Hände lenkte Shelby die Maschine im Slalom durch die Luft. Damit wollte sie offensichtlich weniger den Geschossen ausweichen als vielmehr ein schlechteres Ziel abgeben. Alkland grunzte plötzlich, und ich konzentrierte mich wieder darauf, ihn festzuhalten, während ich den Kopf zum Schutz vor dem Fahrtwind und den vorbeifliegenden Geschossen eingezogen hatte.

Der Heliporter wurde schneller, und nach ein paar langen Sekunden waren wir außer Schussweite. Während wir durch die Luft düsten, blickte ich zurück und sah, dass sie immer noch auf uns feuerten. Lauter kleine Lichtblitze in der Dunkelheit.

«Wohin?», fragte Shelby konzentriert.

«Richtung Geräusch», sagte ich keuchend. «Und geh nicht tiefer. Wie viel Saft hast du noch?»

«Tonnenweise», sagte sie grinsend. «Irgendwie kam ich nach unserem letzten Rendezvous auf die Idee, ich könnte sehr bald wieder von dir hören. Die Batterien sind randvoll.»

«Shelby, ich …» Ich sah sie an und wollte ihr danken, wollte ihr sagen, wie schön es war, jemanden zu haben, der immer da war, einen Freund. Jemanden, der mich mochte. Davon gibt es nicht sehr viele, wissen Sie. Zumindest nicht genug. Ich fand keine Worte, und der Anblick ihres freundlichen Gesichts war mehr, als ich ertragen konnte. Sie warf erst einen kurzen Blick nach vorn, und dann legte Shelby mir einen Arm um die Schulter. Ich weinte.

Mein Vater war Eigentümer eines Buchladens. Zu Anfang natürlich noch nicht – als ich sehr jung war, hat er nur in einem gearbeitet. Dann wagte er den Schritt, sparte sich etwas Geld zusammen und eröffnete seinen eigenen. Damals war ich etwa sechs, und ich kann mich noch gut daran erinnern, wie ich zum ersten Mal in seinen neuen Laden trat. Es ist die beste Erinnerung, die ich habe, eine Erinnerung, die ich mehr als alle anderen schätze.

Mein Vater glaubte fest daran, dass es für alles die richtige Zeit gibt. Wenn er die Abzüge seiner Urlaubsfotos abholte, blieb er nicht auf der Straße stehen, um sie durchzusehen und die, die nichts geworden waren, wegzuwerfen. Er ließ sie im Umschlag, bis er zu Hause war, bis er sich eine Tasse Tee zubereitet und es sich in seinem Sessel bequem gemacht hatte. Dann holte er die Fotos heraus und sah sie sich eins nach dem anderen genau an.

Genauso war es mit seinem Laden. Er ließ uns nicht etwa hinein, als der Vertrag unterzeichnet war, sondern wir mussten warten, bis er ihn renoviert hatte, sein Lager voller Bücher war und er sie ordentlich in die Regale gestellt hatte. Am Abend vor der Eröffnung holte er meine Mutter und mich ab, und zusammen gingen wir zum Laden. Wir gingen langsam wie eine Familie beim Einkaufsbummel durch die Stadt und näherten uns dem Laden so, wie es Kunden tun würden.

Als wir die dunkelgrüne Tür erreichten, lächelte er und zeigte auf das Schild über dem Fenster. «Stark» stand oben in der ersten Zeile in goldenen Buchstaben auf grünem Untergrund, darunter, in größeren Lettern, «Bücher», und ich verstand damals noch nicht, warum. Ich dachte, er sei einfach nur bescheiden, wie immer. Erst viel später begriff ich, warum er das Schild auf diese Weise hatte beschriften lassen, aber da war es schon zu spät, und ich verspürte eine bittere Traurigkeit, die nie wieder von mir wich. Er hatte «Stark» so klein schreiben lassen, damit sich später noch ein «& Sohn» hinzufügen ließ, wenn ich es wollte. Aber ich begriff es nie, und es kam auch nie dazu.

Wir warteten, bis er die unvertrauten Schlüssel herausgekramt hatte, und obwohl ich um einiges kleiner als meine Eltern war, erkannte ich, wie stolz und liebevoll meine Mutter meinen Vater ansah. Er öffnete die Tür weit und trieb uns hinein in den sanftgelben Lichtschein.

«Stark-Bücher» war ein wunderbarer Laden. Ich vermute, es hat nicht viele derartige Buchläden gegeben, und hierzulande gibt es mit Sicherheit keine mehr. Mein Vater liebte Bücher, liebte sie mit einer Leidenschaft, die nur wenige Menschen verstehen, und er hat mich gelehrt, sie ebenfalls zu lieben. Meine Mutter brachte mir das wenige bei, was ich über menschliche Güte wusste, und mein Vater zeigte mir, dass Bücher ein großer Zauber sind, dass sich zwischen zwei Buchdeckeln alles Mögliche verbergen kann, dass jedes Buch wie ein Tor ist, obwohl es so still und unscheinbar wirkt.

Sein Laden war weniger ein Ort, wo Bücher verkauft, sondern eher einer, wo sie aufbewahrt wurden. Der Teppich war dick und grün und die Bücherregale sattbraun. Während wir leise hindurchgingen, kam es mir vor, als würden wir den Ort besuchen, wo die Bücher lebten. Wir sahen in jede Ecke und verstanden, dass hier jeder Zentimeter das Reich meines Vaters war, und meine Mutter und ich hielten einander fester an den Händen. Je mehr wir sahen, desto mehr war ich davon überzeugt, dass das Leuchten, in dem wir gingen, nicht von Lampen stammte. Es waren meine Eltern, die leuchteten.

Wir beendeten den Rundgang im Hintergrund des Ladens vor einer Tür. Ohne große Umstände griff mein Vater nach dem

Knauf und öffnete sie. Wir gingen ins Büro. Es war gemütlich und warm wie der Laden, und als meine Mutter sich umsah, blieb sie mit offenem Mund stehen. Denn das hier war ihr Reich.

Meine Mutter war Buchhalterin. Bevor sie mich bekam, hatte sie für eine große Firma gearbeitet, und während ich aufwuchs, erledigte sie gelegentlich kleine Aufträge für andere Leute. Ich wusste, dass sie jetzt, wo ich alt genug für die Schule war, gerne wieder eine Vollzeitarbeit übernehmen würde, aber sie hatte bislang noch nicht ins Berufsleben zurückgefunden.

Im Büro befanden sich zwei Schreibtische. Auf dem einen stand ein Foto meiner Mutter. Auf dem Schreibtisch meines Vaters hat immer eins gestanden. Auf dem anderen lag ein großes rotes Rechnungsbuch, und dahinter hing ein Poster an der Wand. Es war das Foto eines Tiffany-Fensters und das Lieblingsposter meiner Mutter. Auf dem Schreibtisch befanden sich außerdem eine Porzellankanne, ein schwarzer, ein roter und ein grüner Kugelschreiber. Die Farben meiner Mutter, die Farben, die sie benutzte, wenn sie die Bücher anderer Leute mit ihrer atemberaubenden Ordentlichkeit führte.

Sie glitt mit der Hand über die Lehne des Stuhls, der ihrer sein würde, und dann steckte sie die Hand in ihre Tasche. Sie zog ein kleines Stück Speckstein heraus, eine winzige polierte Figur, und stellte sie auf den Tisch meines Vaters. Dann fielen sie und mein Vater sich in die Arme und drückten sich so fest, dass ich Angst hatte, ihre Knochen würden brechen.

Ich wünschte, in diesem Augenblick wäre ich gestorben. Das hätte mir genügt.

Aber jetzt war ich noch immer am Leben, und sie waren tot. Und während Shelby mit uns über Farben in Richtung Geräusch flog, die eine Hand an der Steuerung und den Arm um meine Schulter gelegt, weinte ich. Ich weinte, bis ich glaubte, mein Herz würde stehen bleiben.

Eine halbe Stunde später waren wir dem Tod so nahe, dass ich eine Weile lang jeden Gedanken an meine Eltern beiseite drängen musste. Das tat weh und kam mir wie ein Verrat an ihnen vor, aber während der folgenden Ereignisse waren sie ständig dabei, und ich sah alles wie durch einen grünen und goldenen Filter.

Das Erste, was ich bemerkte, nachdem ich mich wieder unter Kontrolle hatte, war Alklands Atem, den ich, da mein eigener so heftig ging, zuvor gar nicht wahrgenommen hatte. Er war flach und unregelmäßig. Ich wischte mir mit dem Handrücken über die Augen und drehte sein Gesicht zu mir, damit ich es betrachten konnte. Es war totenblass.

«Was fehlt ihm?», fragte Shelby und hielt mich am Arm fest, damit ich Alkland etwas ungehinderter untersuchen konnte.

«Ich weiß es nicht», sagte ich, aber dann sah ich es. Eigentlich spürte ich es zuerst nur. Ich spürte, dass sich mein Bein, das ich um Alkland geschlungen hatte, etwas kälter als mein übriger Körper anfühlte. Als ich hinuntersah, erkannte ich einen dunklen Fleck darauf.

«O nein! Scheiße!» Ich bewegte mein Bein, damit ich mir Alklands Bein genauer ansehen konnte. Es war von einer Kugel getroffen worden.

Ich griff nach unten und drehte das Bein vorsichtig um. Es gab keine Austrittswunde, also steckte die Kugel noch in seinem Schenkel. Sie musste sich in der Nähe der Oberschenkelschlagader befinden, das Blut sickerte in einem ständigen Strom aus der zerfetzten Eintrittswunde.

Shelby erbleichte, als sie das dunkle Blut an meinen Händen sah. Sie blickte schnell wieder nach vorn und schluckte.

«Wie schlimm?», fragte sie.

«Sehr schlimm», sagte ich.

«Er sah auch vorher schon nicht sehr gut aus.»

«Richtig. Mist!»

«Wohin soll ich fliegen, Stark?»

«Katzen», sagte ich. Sie sah mich an.

Ich nickte. «Es ist der einzige Ort, wo wir einigermaßen in Sicherheit sind.»

«Stark», sagte sie verwundert. «Es liegt mir fern, deine Anweisungen in Frage zu stellen, aber wie soll ein Haufen Katzen euch vor dem AZGD beschützen?»

«Der AZGD ist noch unser kleinstes Problem», sagte ich und brachte mich in eine Position, in der ich meine Jacke ausziehen konnte. «Es ist noch jemand hinter uns her.»

«Ach, und dieser Jemand hat eine Katzenphobie?»

«Nein.» Ich wickelte einen Ärmel meiner Jacke um Alklands dünnes Bein und machte einen festen Knoten hinein. Shelby unternahm eine leichte Kurskorrektur, sodass der Heliporter sich ein wenig nach rechts neigte und jetzt auf das Katzen-Viertel zuhielt. «Aber die Katzen sind auf meiner Seite.»

Shelby sah mich eine Weile an, bis ihr klar wurde, dass ich nicht gescherzt hatte, dann schüttelte sie den Kopf.

«Stark», sagte sie, «du bist ein seltsamer Mensch.»

Alkland erzitterte heftig. Ich verstärkte meinen Griff und sah ihm ins Gesicht. Wenn Sie jemals einen Schuss ins Bein abbekommen, sollten Sie folgenden Rat annehmen: Sorgen Sie dafür, dass Sie vorher bei bester Gesundheit sind und dass es nicht ausgerechnet dann passiert, wenn Ihnen eiskalt ist, Sie sich im Dunkeln und hundert Meter über dem Erdboden befinden. In einer solchen Situation sollten Sie lieber darauf verzichten. Das ist keineswegs so spaßig, wie es sich anhört, sondern überhaupt nicht gut für Sie. Vermutlich sogar noch schlimmer als Rauchen.

Alklands Haut sah zunehmend schlechter aus, während sie gleichzeitig ihre Konsistenz verlor. Über seinen immer stärker hervorstehenden Wangenknochen wirkte sie straff, doch seine Wangen fühlten sich schwammig an. Meine Finger hinterließen Dellen in der Haut, die nicht mehr verschwanden.

«Wird er sterben?»

«Ich bin überrascht, dass er überhaupt noch lebt», sagte ich.

Das war ich wirklich. Nach der Verfassung zu urteilen, in der er sich in Taumland befunden hatte, stand Alkland ohnehin schon an der Schwelle des Todes. Die Menge Blut, die er jetzt durch seine Schusswunde verlor, hätte ihn eigentlich längst umbringen müssen. Irgendwo tief in seinem sterbenden Körper musste der Aktionist sich immer noch sehr fest ans Leben klammern. Ich lockerte kurz die Aderpresse, damit frisches Blut in sein Bein strömen konnte, und zurrte sie dann wieder fest.

Danach starrte ich eine Weile blicklos in Richtung Erdboden, während ich mir vorzustellen versuchte, in welcher Hinsicht diese Situation alles noch schlimmer machen würde.

«Stark», sagte Shelby. Die unheimliche Ruhe in ihrer Stimme ließ mich sofort aufmerksam werden. «Ich glaube, wir haben da ein Problem.»

«Was?», sagte ich, aber sie antwortete nicht sofort. Stattdessen beugte sie sich vor, um nach unten zu sehen. Als sie sich wieder aufrichtete, war ihr Gesicht leicht gerötet, und ich bemerkte zum ersten Mal seit langer Zeit wieder einmal, wie hübsch sie war.

Wie als Antwort auf meine Frage begann eine winzige rote Lampe auf dem sparsam ausgestatteten Armaturenbrett des Heliporters zu blinken. Shelby sah sie an und dann mich, wobei sie ein furchtsames kleines Lächeln lächelte, als würde ihr zum ersten Mal klar werden, dass diese Aktionen, die ich veranstaltete, kein Spiel waren und dass wirklich schlimme Dinge dabei passieren konnten.

«Kein Saft mehr», sagte sie. «Nächste Haltestelle: Erdboden.»

«Was meinst du damit?», fragte ich ruhig. «Du hast doch gesagt, er sei aufgeladen.»

«Das war ich auch. Aber sein Bein war nicht das Einzige, was eine Kugel abbekommen hat.» Die Rotoren des Heliporters setzten kurz aus, und wir sackten einen Meter ab, aber dann begannen sie sich wieder ruckhaft zu drehen. So gut ich konnte, ohne Alkland loszulassen, beugte ich mich hinüber, um es mir selbst anzusehen.

Sie hatte Recht. In der zweiten Batterie war ein großes Loch, und die dritte war überhaupt nicht mehr vorhanden. Wir befanden uns knapp hundert Meter über dem Boden, waren einen Kilometer vom Katzen-Viertel entfernt und hatten keinen Saft mehr.

«Geh runter», sagte ich. «So schnell wie möglich.»

Shelby war bereits dabei. Die Rotoren setzten erneut aus, und wir sackten wieder ein paar Meter ab.

«Ich kann den Boden nicht sehen», sagte sie. «Wohin soll ich steuern?»

Ich sah mich schnell um. Das Tor zu Katzen befand sich ein Stück rechts von uns und vielleicht sechshundert Meter entfernt. Es war unwahrscheinlich, dass wir so weit kommen würden, und hinter die Mauer sowieso nicht. Geräusch hält nicht viel von Straßenbeleuchtung, sodass das Gebiet unter uns ziemlich dunkel war. Es gab nur ein paar vereinzelte, wenig hilfreiche Lichtpunkte.

«Halt auf das Tor zu», sagte ich. «Wir schaffen es nicht bis dahin, aber in der Gegend gibt es viele freie Flächen.»

«Stark», sagte sie plötzlich. «Wenn wir es nicht schaffen ...»

«Vergiss es», fiel ich ihr ins Wort. «Ich schulde dir noch ein Abendessen.»

Alkland stöhnte leise, und sein Arm zuckte, sodass ich ihn beinahe aus dem Griff verloren hätte. Ich will ehrlich sein und gebe zu, dass ich eine Sekunde lang dachte, so wäre es besser gewesen. Seine Chancen, das hier durchzustehen, schwanden von Minute zu Minute, und sein Gewicht machte dem versagenden Heliporter schwer zu schaffen.

Aber dieser Gedanke dauerte nur eine Sekunde, und wenn Sie mich deswegen jetzt für einen schlechten Menschen halten, zeigt das nur, dass Sie noch nie in einer ähnlichen Situation waren. Sie wären überrascht, wie *Sie* in gewissen Situationen reagieren und was Sie dabei über sich selbst und Ihren Selbsterhaltungstrieb erfahren würden.

Während wir immer tiefer auf Geräusch hinuntersanken und die Rotoren immer häufiger aussetzten, wurden die Straßen allmählich erkennbar. Es waren recht viele Leute unterwegs. Die Schreistunde war gerade zu Ende, und viele Schreier mit roten Köpfen waren pärchenweise auf dem Heimweg. Wenn wir eine Bruchlandung machten, hoffte ich, dass sie leise vonstatten gehen würde. Ärger von den Geräusch-Bewohnern konnten wir jetzt nicht gebrauchen.

Wir überquerten die Trasse der Einschienenbahn in knapp zwei Metern Höhe, und Shelby riss den Steuerknüppel herum, um auf eine offene Fläche zuzusteuern. Die Rotoren gaben endgültig ihren Geist auf, als wir uns noch drei Meter über dem Rasen befanden. Plötzlich wurde es sehr still, und wir stürzten auf den Boden zu.

«Lehn dich zurück», sagte ich schnell. «Zieh die Beine an und roll dich zur Seite.» Aber sie war wie gelähmt und starrte schreckerfüllt auf den näher kommenden Boden. Als wir noch einen Meter hoch waren, stieß ich sie an und rollte mich selbst weg, wobei ich Alkland mitzerrte.

Dann schlugen wir auf. Junge, war das eine harte Landung! Mir wurde sämtliche Luft aus dem Brustkorb gedrückt, und mein ganzer Körper erschütterte vom Aufprall, als sich meine Schulter in den Boden rammte. Ich hörte noch ein dumpfes Krachen und dann ein lautes Splittern, bevor es schwarz um mich wurde.

Zum Glück war ich nicht mehr als dreißig Sekunden lang abwesend, eine Ohnmacht, für die vermutlich eher der Sauerstoffmangel als eine Gehirnerschütterung verantwortlich war. Unter Schmerzen richtete ich mich halb auf und sah mich eilig um.

Der Heliporter lag drei Meter weiter wie ein zertretener Grashüpfer da. Zwei der Rotorblätter waren abgebrochen, aber davon abgesehen wirkte er weniger zerstört, als ich erwartet hätte. Shelby lag mir gegenüber in einem etwas ordentlicheren Haufen, und ich kroch keuchend auf sie zu. Sie hatte sich zusammengerollt und hielt sich ihre Schulter, während ihre Augen fest zugekniffen waren. Ich legte meine Arme um sie, wobei ich mich wieder einmal darüber wunderte, wie sperrig sich schlanke Mädchen anfühlen, und brachte mein Gesicht nah an ihres. Sie öffnete die Augen.

«Shelby?», sagte ich. «Alles in Ordnung?»

«Ich weiß nicht», sagte sie jammernd. «Wie sieht mein Haar aus?»

«Gut», sagte ich voller Freude, dass ich zumindest nicht für ihren Tod verantwortlich war. «Etwas zerzaust, aber das steht dir.»

«Das kann ich mir vorstellen», sagte sie und versuchte sich aufzurichten. «Autsch!»

«Beweg deinen Arm», bat ich und rieb ihre Schulter. Zögernd streckte sie den Arm aus. Sie zuckte zusammen, aber dann ließ sie vorsichtig das Gelenk kreisen.

«Sieh mal einer an», sagte sie, «es funktioniert noch.» Als sie den unverhohlenen Ausdruck der Erleichterung auf meinem Gesicht sah, lächelte sie und tätschelte meine Wange. «Mit mir ist alles in Ordnung», sagte sie. «Allerdings steigen meine Ansprüche an die Kosten und die Extravaganz des Abendessens, das du mir schuldest, erheblich.»

«Shelby, wir werden im Maxim eine Woche lang für jeden Abend einen Tisch bestellen.»

«Wenn», sagte sie, während ich ihr auf die Beine half. Ich sah sie verwirrt an. «Ich habe deutlich ein ‹Wenn› gehört», erklärte sie, «auch wenn du es nicht ausgesprochen hast.»

Alkland lag ein paar Meter weiter im Gras. In meiner Sorge um Shelbys Wohlergehen hatte ich überhaupt nicht mehr an ihn gedacht. Jetzt holte ich es nach und erinnerte mich auch an das dumpfe Knacken, das ich gehört hatte, als sein linkes Bein in einem Winkel aufgekommen war, für den es überhaupt nicht entworfen war.

«Ach du Scheiße!», stöhnte ich und ging neben ihm in die Knie. Die Atmung des Aktionisten erinnerte mich unangenehm an das Geräusch, das die Rotoren des Heliporters von sich gegeben hatten, kurz bevor sie aussetzten.

«Mein Gott», sagte Shelby. «Der Kerl hat einen wirklich unangenehmen Abend.»

Ich legte meine Finger unter Alklands Kinn. Der Puls war noch zu spüren, aber nur schwach und ungleichmäßig. «Ich komme ja nur ungern auf materielle Dinge zu sprechen», fügte sie hinzu. «Aber können wir den Heli irgendwie retten?»

«Man wird ihn konfiszieren», sagte ich, während ich versuchte, Alklands Bein in eine etwas weniger bizarre Position zu bringen. «Du kannst ihn später zurückfordern, und dann wird man ihn dir schicken.»

«Gut», sagte sie. «Es wäre mir gar nicht recht, ihn zu verlieren.» Etwas in ihrer Stimme ließ mich aufblicken, und ich nickte ihr lächelnd zu.

«Ja», sagte ich. Dann fluchte ich, weil ich aus nicht allzu weiter Entfernung Rufe hörte. «Komm jetzt. Wir müssen verschwinden.»

«Gehören die zu den Bösen?», fragte sie und bückte sich, um mir dabei zu helfen, Alkland hochzuheben.

«Nein, ich glaube nicht. Aber wir haben keine Zeit, mit ihnen zu diskutieren. Außerdem wird auch der AZGD unterwegs sein. Wir sollten gehen.»

Als Alkland sich in der Senkrechten befand, hob ich ihn über meine Schulter und lief sofort auf das massive Tor zum Katzen-Viertel zu, das sich knapp vierzig Meter weiter in der Dämmerung abzeichnete. Shelby spazierte gelassen neben mir her und verfiel nur ab und zu in Dauerlauf, um nicht den Anschluss zu verlieren. Ich versuchte, Alklands Bein festzuhalten, damit es nicht zu sehr hin und her schaukelte, aber vermutlich machte das überhaupt keinen Unterschied, da er ohnehin bewusstlos war.

«Äh, sie verfolgen uns jetzt, und sie laufen ziemlich schnell», stellte Shelby atemlos fest, nachdem sie sich umgeblickt hatte. «Bist du sicher, dass sie keine Gefahr für uns sind?»

«Soweit ich weiß», keuchte ich, doch dann fiel mir etwas auf. Sie hatten gerufen. Die Leute, die uns hinterherliefen, hatten gerufen! «Wenn ich es mir recht überlege, gehören sie vielleicht doch zu den Bösen. Beeil dich!»

Als wir den Torkomplex erreichten, warf ich einen raschen Blick zurück, bevor wir im Eingangsbereich verschwanden. Vier Männer in Anzügen liefen mit Besorgnis erregender Entschlossenheit auf uns zu. Es war zu dunkel, um sicher zu sein, aber sie sahen auf erschreckende Weise wie AZGD-Leute aus. Einer von ihnen bemerkte, dass ich mich umgedreht hatte, und rief etwas, aber ich packte Shelby am Arm und zerrte sie in den Tunnel. Unten erreichten wir die Treppe, die zum eigentlichen Tor führte, und hetzten hinauf. Oben liefen wir direkt auf das große gusseiserne Tor zu.

Es öffnete sich nicht.

19. KAPITEL

Ich hatte als Kind einmal einen Kampf wegen einer Katze. Zwei ältere Jungs hatten Jagd auf sie gemacht. Zuerst achtete ich nicht weiter darauf, denn eine Katze auf der Flucht kann mit ein oder zwei Jungs leicht fertig werden. Dann bemerkte ich, dass die Katze humpelte und einer der Jungen einen Behälter mit Feuerzeugbenzin bei sich hatte.

Ich lief, so schnell ich konnte, hinter ihnen her und warf mich auf den Jungen mit dem Benzin. Ich dachte überhaupt nicht nach. Sie nahmen sich so viel Zeit, mich zu verprügeln, dass die Katze entkam. Ich gebe zu, dass ich mich zu der Zeit gefragt habe, ob das die Sache wert gewesen war, aber seitdem haben die Katzen auf mich aufgepasst.

Bis jetzt.

«Hallo?», rief ich irritiert, während wir das Tor anstarrten. Ich bin schon oft im Katzen-Viertel gewesen, und bislang hat sich das Tor immer geöffnet. «Hallo?» Das Tor öffnete sich immer noch nicht.

«Du magst doch Katzen, oder?», fragte ich schließlich mit einem verzweifelten Blick auf Shelby.

«Ich verehre sie», sagte sie entrüstet. «Warum?»

«Weil man uns nicht reinlässt. Es wird niemand reingelassen, der keine Katzen mag.»

«Vielleicht mag Alkland keine Katzen.»

«Doch, tut er. Er hat Paillette am Ohr gekrault.» Ich hörte das Geräusch von Schritten im Tunnel und sah zum Tor hinauf.

«Komm schon, verdammt nochmal!», zischte ich. «Lass uns rein!» Ich wusste nicht, zu wem ich sprach. Es gibt hier keinen Computer, soweit ich weiß, aber irgendetwas muss das Tor ja bewegen.

«Gibt es keinen anderen Eingang?»

«Nein. Das hier ist der einzige. Und die Mauern sind sehr hoch und dick.» Das Geräusch der Schritte hinter uns veränderte sich. «Komm schon, Tor! Diese Leute wollen uns umbringen!»

Es folgte eine Pause, und dann glitt das Tor geräuschlos auf. Ich bugsierte Shelby hindurch, und wir zischten zur Seite, sobald wir drüben waren. Hinter uns schloss sich das Tor sofort wieder.

«Wo sind sie?», rief eine verärgerte Stimme.

«Weiß nicht. Sie müssen hier irgendwo sein.»

«Belag, das blöde Tor ist zu. Sie können hier nicht durchgegangen sein.»

«Wo sollen sie sonst sein? Wir sind ihnen doch bis hierher gefolgt!»

«Er hat Recht», sagte eine weitere Stimme, die mir bekannt vorkam. «Sie sind irgendwo da drinnen.»

«Aber Sie sehen doch, Sir: Das Tor ist verschlossen.»

«Das sehe ich», knirschte die Stimme, und ich erkannte sie. Es war Darv. Diesmal waren uns nicht nur Fußsoldaten auf den Fersen. Die Geschichte zog jetzt weitere Kreise. «Angeblich öffnet sich das Tor nur dann, wenn man Katzen mag. Vielleicht ist das Unsinn, vielleicht aber auch nicht. Mag hier jemand Katzen?»

«Nein.»

«Scheiße, nein.»

«Ich hasse diese Mistviecher.»

«Ich ebenfalls. Gut. Znex, du bleibst hier bei mir. Ihr zwei geht zurück nach Geräusch und sucht jemanden, der Katzen mag. Beeilt euch!»

Ich atmete schwer und verbittert auf. Darv war offensichtlich gar nicht so blöde, wenn er im Einsatz war. Es würde nicht lange dauern, bis sie jemanden gefunden hatten, für den sich das Tor öffnen würde, und dann mussten sie nur mit hindurchschlüpfen. Das Tor schien sich allerdings etwas merkwürdig zu benehmen, nach den Problemen zu urteilen, die es uns gemacht hatte. Vielleicht würde uns das helfen, vielleicht aber auch nicht.

«Stark, sieh mal!», flüsterte Shelby. In drei Metern Entfernung hockte im Schatten der Mauer eine schwarze Katze. Sie beobachtete uns ernst. Ich erwiderte eine Weile lang ihren Blick, dann stand ich auf und ging los, wobei ich mich in der Nähe der Mauer hielt.

«Folge dieser Katze!», sagte ich.

Während ich mir so idiotisch wie schon lange nicht mehr vorkam, folgten wir der Katze. Nach fünfzig Metern begann sie sich von der Mauer zu entfernen. Ich blickte mich nervös um, weil ich befürchtete, Darv und seine Truppe am Tor könnten uns sehen, aber die Katze schien genau zu wissen, welchen Weg sie einschlug. Je weiter wir uns seitlich vom Tor weg bewegten, desto weiter konnten wir uns von der Mauer entfernen, ohne vom Tor aus gesehen zu werden.

Ich teilte Shelby meine Überlegungen mit, die daraufhin nickte, dann über die Bedeutung des Gesagten nachdachte und schließlich mit verdattertem Gesichtsausdruck den Kopf schüttelte. Die Katze schien uns durch den weitläufigen Park, der den Zugangsbereich zum Tor umgab, zum ersten Gebäudeblock zu führen.

«Wohin bringt sie uns?», flüsterte Shelby.

«Zu Paillette, vermute ich.»

«Stark, es ist … ich meine, es ist doch nur eine Katze, oder?»

«Bist du schon mal hier gewesen?»

«Nein.»

«Oh.»

Ich informierte sie über die seltsamen Verhältnisse des Viertels, während uns die Katze zu Tabby 5 führte. Die Straßen waren menschen- beziehungsweise katzenleer, was ungewöhnlich war. Normalerweise gab es ein ständiges Kommen und Gehen von pelzigen Körpern, die sich bei Nacht um die Ecken des Katzen-Viertels schlichen. Heute waren auf dem Kopfsteinpflaster nur die Reste des Regens und die Spiegelungen der Straßenlampen zu sehen. Es war sehr still.

Zu meiner Überraschung durchquerten wir Tabby, wo sich Paillette gewöhnlich aufhält, wenn er hier ist, und gingen weiter nach Perser 1. Mein Rücken begann jetzt unter Alklands Gewicht heftig zu schmerzen, und ich verzichtete darauf, ständig nach seinem Gesicht zu sehen. Das würde mir ohnehin keine guten Neuigkeiten bringen.

Während wir so dahinwanderten, stellte ich fest, dass die Straßen hier sehr denjenigen ähnelten, durch die wir gegangen waren, als er und ich zum ersten Mal nach Taumland gekommen waren, als ich dem Einkaufswagen gefolgt war. Vermutlich hatte das nichts zu bedeuten, und ich dachte nicht weiter darüber nach. Wie ich schon sagte, würde ich verrückt werden, wenn ich all die losen Enden meines Lebens verknüpfen wollte. Ich habe schon genug Probleme damit, die Enden zu verknüpfen, die zusammenpassen.

Etwa zwanzig Meter vor uns blieb die Katze stehen und setzte sich aufs Pflaster. Als wir sie einholten, stand sie wieder auf und führte uns in einen Hauseingang an der Straße. Eine abgenutzte Treppe führte zu einer großen Holztür hinauf, die sehr alt aussah. Oben setzte sich die Katze erneut und sah zur Tür hinauf. Wir standen einen Augenblick reglos da und warteten ab, was als Nächstes geschehen würde. Dann lachte Shelby.

«Ich hatte doch tatsächlich einen Moment lang erwartet, dass die Katze die Tür öffnet», gestand sie unsicher und griff nach dem Knauf.

Die Tür ging auf, und ich brauchte eine Weile, bis ich begriff, was ich sah. Zuerst dachte ich, der Raum wäre voller Wolle aus verschiedenen Farben, die wahllos mit grünen Knöpfen besetzt war. Aber das war es nicht.

Vor uns lag eine Eingangshalle. Im Hintergrund befand sich eine breite, repräsentative Treppe, die in ein geräumiges Foyer führte. Der Fußboden der Eingangshalle und jedes verfügbare Plätzchen auf der Treppe war mit Katzen überfüllt. Katzen jeder möglichen Zeichnung und Varietät saßen aufgereiht nebeneinander. Es war völlig still.

Dann hörte ich Shelby schlucken und drehte mich zu ihr um.

«Wahnsinn!», sagte sie. Die Katze, die uns hergebracht hatte, trat über die Schwelle und verschwand in dem Gewirr aus Fell und Schnurrbarthaaren. Ich ging einen Schritt vor und stand jetzt auf der Türschwelle. Die Katzen rührten sich nicht. Ich schob mich ein paar Zentimeter weiter hinein. Sie rührten sich immer noch nicht. «Was ist denn hier los?»

«Ich weiß es nicht», murmelte ich verwirrt. Ich komme

eigentlich außergewöhnlich gut mit Katzen zurecht. Das ist eine meiner beeindruckendsten Fähigkeiten. Aber heute … zuerst das Eingangstor und jetzt das!

Plötzlich bewegten sich die Katzen in der Eingangshalle und gaben einen schmalen Weg frei. Ich trat in den sich öffnenden Raum und verlagerte gleichzeitig Alklands Gewicht, sodass jetzt ein anderer Teil meiner Schulter schmerzen konnte. Shelby folgte mir. Wir hatten die Halle zur Hälfte durchquert, als die Katzen damit aufhörten, uns den Weg frei zu machen.

«Was jetzt?»

«Die Tür», schlug ich vor. Shelby ging zurück und schloss sie. Daraufhin bewegten sich die Katzen auf den untersten Stufen der Treppe auseinander. Dann standen sie plötzlich alle ohne ersichtlichen Grund auf und begannen herumzulaufen, vielleicht zweihundert Katzen oder noch mehr, die die Stufen rauf und runter schlichen, durch die Eingangshalle streiften und wie ein Fluss mit leichten Stromschnellen herumwirbelten.

Als wir das Ende der Treppe erreichten, erschien unser Führer wieder aus dem Gewusel und brachte uns ins große Foyer. Es maß etwa dreißig Meter im Quadrat, und an der einen Seite befand sich ein abgetrennter Bereich, der von einem alten Tresen aus Holz begrenzt wurde. Es war eindeutig die Lobby eines ehemaligen Hotels. Auf der freien Fläche bewegten sich Hunderte, vielleicht Tausende von Katzen. Sie schienen uns keine besondere Aufmerksamkeit zu schenken, als wir hindurchgingen, sondern spazierten nur herum und rieben sich gelegentlich an unseren Beinen.

Shelby hielt meinen Arm, während wir uns langsam durch das Gewimmel schoben. Ich war beinahe froh, dass Alkland nicht bei Bewusstsein war und das hier sah. Er hätte sicher eine Erklärung verlangt, aber ich hatte keine.

Wir näherten uns einer Treppe auf der gegenüberliegenden Seite der Lobby, die ebenso breit wie die erste und ebenso mit Katzen übersät war. Als wir ein Stück weit die Treppe hinaufgestiegen waren, drehte ich mich kurz um und sah in die Lobby zurück, um irgendein Muster in den Bewegungen zu erkennen, irgendeinen Sinn.

Aber sie bewegten sich gar nicht mehr. Sie hockten alle wieder regungslos da und blickten in die Richtung, aus der wir gekommen waren, zur Tür, die auf die Straße hinausführte. Ich sah nur die Rücken von etwa tausend Katzen. Das Gleiche geschah, als wir weiter die Treppe hinaufstiegen. Sobald wir an ihnen vorbei waren, rührten sich die Katzen nicht mehr.

Ich hätte auf das vorbereitet sein sollen, was uns im ersten Stock des Hotels erwartete, aber ich war es nicht. Oben teilte sich die Treppe elegant in zwei Fluchten, die zu den beiden Flügeln des Stockwerks führten. Als unsere Köpfe sich auf der Ebene des Fußbodens befanden, sah ich, dass die Etage sich ziemlich weit erstreckte, vermutlich bis zur nächsten Straße. Zwischen den Treppen lag ein etwa drei Meter breiter Korridor, der von Türen gesäumt war, hinter denen vermutlich die Hotelsuiten lagen.

Dieser Korridor, Flur, dieses Mezzanin oder was auch immer die richtige architektonische Bezeichnung sein mochte, war ebenfalls mit Katzen überfüllt. Sie wieselten nicht herum, sondern hockten stumm da und beobachteten, wie wir zur Tür von Suite 102 geführt wurden. Ich blieb einen Moment davor stehen und warf noch einmal einen Blick auf die Katzen, wobei ich mich fragte, was sie vorhaben mochten. Es war gar nicht so sehr die Tatsache, dass sie alle hier versammelt waren, sondern vielmehr, dass sie alle so ernst wirkten. Die Katzen im Katzen-Viertel sind immer freundlich, denn das Viertel gehört ihnen, und sie haben nichts von den Leuten zu befürchten, die hierher kommen. Tausende von Augen starrten mich gelassen an.

Ich klopfte an die Tür.

Schon seit meiner Rückkehr aus Taumland, während der Flucht aus Farben und bei unserem merkwürdigen Eintritt ins Katzen-Viertel hatte ich so ein Gefühl gehabt. Es ist schwer zu beschreiben, außer dass es sich wie ein Muster anfühlte. Es war, als würden die Dinge irgendwie zusammenkommen, als würde etwas, das sich seit einiger Zeit am Horizont abzeichnete, nun endlich näher kommen. Ich mochte das Gefühl überhaupt nicht. Ich habe gelernt, Mustern zu misstrauen, weil sie in der Regel bedeuten, dass etwas vor sich geht, von dem man nichts weiß. Gegen dieses Gefühl hier hegte ich ein besonderes Misstrauen, weil es von innen zu kommen schien.

Als sich die Tür öffnete und Jis massige Gestalt vor mir aufragte, war ich ausgesprochen froh, ihn wieder zu sehen. Wir beide waren froh und starrten uns zuerst nur gegenseitig an. Dann machte er schnell einen Schritt nach vorn und nahm mir Alkland von der Schulter. Er nahm ihn so behutsam in die Arme, dass ich das Gefühl hatte, bei ihm wäre auch ein Baby völlig sicher.

Er drehte sich um und ging den Zimmerflur entlang bis zum Zimmer an dessen Ende. Ich folgte ihm, wobei ich jetzt, da ich nur noch mein eigenes Gewicht zu tragen hatte, stolperte, worauf Shelby mich einholte und sanft meine Schultern massierte.

Als wir das Hauptzimmer der Suite betraten, standen Zenda und Snedd auf. Genauso wie Ji schaffte es auch Snedd, selbst dann immer noch grobschlächtig und gefährlich auszusehen, wenn er sich in einer ehemaligen Fünf-Sterne-Suite aufhielt. Er nickte mir zu.

«Sieht so aus, als wären wir hier richtig, Ji», sagte er.

Ji brummte etwas und legte Alkland vorsichtig auf dem Sofa ab. Er zerriss die untere Hälfte seines Hosenbeins und beugte sich über ihn, um seine Verletzung zu untersuchen.

Ich sah Zenda an und sie mich. Statt der weiten Röcke und sportlichen Anzüge, in die sie sich in den letzten Jahren gekleidet hatte, trug sie jetzt eine abgenutzte schwarze Hose und einen langen dunkelgrünen Mantel. Ihr Haar war locker mit einem Gummiband zurückgebunden, und sie sah sehr jung und groß aus, wie immer.

Sie lächelte und kam auf mich zu. Ich vermute, dass ich ebenfalls wie immer aussah, denn ich trage ständig die gleichen Klamotten. Als sie mich umarmte, fielen zehn Jahre von uns ab und ich spürte das Muster und wusste, dass es richtig war. Es dauerte nur einen Augenblick, aber das genügte mir, um zu wissen, dass sich etwas würde ändern müssen. Dass es richtig war.

«Gebrochen?», fragte Snedd aus dem Hintergrund.

«Ja», sagte ich. Zendas Hand glitt meinen Arm hinab, und wir trennten uns voneinander. «Und angeschossen.» Ich ging zum Sofa hinüber, um mich neben Ji zu hocken, während Shelby und Zenda sich höflich begrüßten. Sie sind sich schon gelegentlich begegnet, aber nicht oft. Ich verstehe nicht, warum, aber zwischen ihnen schien es schon immer eine gewisse Spannung gegeben zu haben. «Wie schlimm ist es, Ji?»

«Schlimm. Er wird sterben.»

«Nein, du darfst mir nichts vorenthalten. Sag mir die Wahrheit.»

«Was soll ich dir sagen, Stark? Er wird draufgehen, verdammt nochmal. Sieh dich doch an.» Ich tat es. Ich war blutbesudelt. «Er hat eine ganze Wagenladung Blut verloren, und er ist sehr krank. Wenn er sofort auf die Intensivstation käme, hätte er vielleicht noch eine Chance. Aber hier gibt es keine, und bis zur nächsten wird er es nicht schaffen.»

Ich sackte zusammen und schlug mir die Hände vors Gesicht. Ich habe schon gelegentlich Klienten verloren, und ich denke, ein Arzt, der eine traurige Nachricht überbringt, dürfte sich genauso fühlen. Die Dinge gehen nicht immer gut aus. Wenn jemand stirbt, kann man sich noch so oft sagen, dass man alles Menschenmögliche getan und zu jedem Augenblick die richtigen Entscheidungen getroffen hat. Trotzdem fühlt man sich beschissen. Man hätte es nicht verhindern können, aber trotzdem fühlt man sich schuldig.

Ich wich vom Sofa zurück. Zenda, Shelby und Snedd beobachteten mich, und mir gefiel es überhaupt nicht, plötzlich im Mittelpunkt der allgemeinen Aufmerksamkeit zu stehen. Es war ein mieses Gefühl. Das hier war nicht irgendein Klient. Es war kein gewöhnlicher Auftrag. Die Suite kam mir wie eine Bühne mit gedämpfter Beleuchtung vor und meine neuen Freunde wie im Stich gelassene Schauspieler. Es gab kein Publikum und keinen Text. Als ich so dastand und die Blicke der Menschen, die wussten, wer ich war, auf mir spürte, erkannte ich endlich, dass nun alles zusammenkam, dass ich mich selbst wieder finden und etwas unternehmen musste.

Der Moment zog sich unerträglich in die Länge, und in der Sekunde, als ich zur Kaffeekanne griff, fragte Shelby im Plauderton: «Habt ihr eigentlich bemerkt, dass sich draußen die Katzen sozusagen bis zur Decke stapeln?»

Alle drehten und bewegten sich ein Stück, und das Zimmer war wieder ein ganz normales Zimmer.

«Ja», sagte Snedd mit einer leichten Nervosität. «Sie haben sich im Lauf der letzten paar Stunden angesammelt. Starks Katze ist auch irgendwo da draußen.» Er verstummte und sah Shelby an. «Wer sind Sie eigentlich genau?»

Zenda kam und nahm sich auch einen Kaffee.

«Warum diese Suite?», fragte ich. Sie zuckte mit den Schultern. Ich stellte fest, dass ich nach einem Feuerzeug suchte, meinen Kaffee beobachtete und ähnliche Dinge tat, nur um sie nicht ansehen zu müssen. Ich fragte mich, ob sie das bemerkte und ob sie dabei etwas empfand. Ich wünschte mir, ich hätte gewusst, ob dies alles allein mit mir geschah.

«Wir wollten nach Tabby 5», sagte sie. «Aber Paillette sprang mir dort aus den Armen und lief hierher. Wir folgten ihm.» Sie zuckte erneut die Schultern, diesmal etwas gezierter. Ich nickte. «Aber trotzdem», fügte sie ernsthaft hinzu. «Hier geht etwas Merkwürdiges vor sich.»

«Was du nicht sagst.»

«Ich weiß, aber hör mir zu. C bat mich um ein Gespräch, etwa fünf Minuten bevor Ji anrief.»

Als ich das hörte, erinnerte ich mich daran, dass Darv und drei weitere Agenten draußen vor dem Tor zum Viertel herumlungerten. Vielleicht waren sie inzwischen drinnen.

«Und?»

«Er sah müde aus. Sehr müde.»

«Was wollte er von dir?»

«Ich bin mir nicht sicher. Das war ja das Merkwürdige an der Sache. Er kam in mein Büro und sagte Hallo. Dann fragte er, wie es mir ginge. Viel mehr hatte er gar nicht zu sagen, aber er blieb noch eine Weile. Es war, als ob ...» Sie verstummte.

«Als ob was? Sag's mir!»

«Es war, als ob er mir etwas sagen wollte, aber nicht wusste, was es war. Er blieb ein paar Minuten und ging dann. Kurz bevor er die Tür schloss, sagte er doch noch etwas. Er sagte: ‹Es geschieht etwas sehr Seltsames, und ich weiß nicht, was es ist. Sagen Sie Ihrem Freund, er soll vorsichtig sein.›»

Bevor ich reagieren konnte, meldete sich Ji zu Wort.

«Stark, Alkland hat Probleme.»

Ich ging schnell zum Sofa hinüber und betrachtete den Aktionisten. Sein Atem ging sehr unregelmäßig und kam in keuchenden, aber flachen Stößen, und sein Gesicht erinnerte mich an das meines Großvaters im Schnee. Die nächsten dreißig Sekunden vergingen, als würden sie von einem Metronom getaktet. Snedd neigte plötzlich den Kopf zur Seite.

«Stark, ich höre etwas.»

«Wo?»

«Im nächsten Block.»

«Sind wir bewaffnet?»

«Zwei Pistolen.»

«Mach das Licht aus!»

Snedd sprang sofort und lautlos zu den Lichtschaltern, und die Szene in der Sekunde, als es dunkel wurde, brannte sich wie ein Foto in mein Gehirn ein: Ji, der sich aufrichtete und umdrehte, aber immer noch in Alklands sterbendes Gesicht ansah.

Shelby, die sich in ihre Jacke hüllte und verängstigt und einsam wirkte. Zenda, die sich neben das Fenster gekauert hatte, und Snedd an den Lichtschaltern.

Ich ging auf Zenda zu, und dann gingen die Lichter aus.

Es war sehr dunkel. Ein wenig Licht drang von der Beleuchtung im Korridor unter der Tür hindurch, aber dort gab es keine Fenster. Die Vorhänge hinter mir waren zugezogen und leuchteten sehr schwach im Licht einer Straßenlampe. Im Zimmer gab es ein paar hellere Schatten von Gesichtern und Möbelstücken. Mehr nicht.

Wir lauschten. Snedds Gehör ist geradezu übersinnlich, das weiß ich aus Erfahrung. Es vergingen mehrere Minuten, bis ich einen winzigen Geräuschfetzen vernahm. Er war mehrere Straßen weit entfernt.

«Können sie uns aufspüren?», fragte ich mit gedämpfter Stimme.

«Möglich», sagte Ji. «Die Straßen sind nass. Ist die Tür unten verriegelt?»

«Nein», sagte Shelby tonlos. «Nur geschlossen. Was machen wir jetzt?»

«Warten.»

«Worauf?»

Dann gab es hinter einer der Türen in unserer Suite ein Geräusch. Es war beinahe zu hören, wie fünf Köpfe gleichzeitig herumfuhren.

«Was befindet sich dort?», flüsterte ich.

«Badezimmer.»

«Was ist das für ein Geräusch?»

Es wiederholte sich, und diesmal wurde mir klar, dass es sich um einen Ton handelte. Es war eine Stimme, die einen Ton sang, ein «La», so leise, dass es kaum zu hören war.

Das «La» erklang noch einmal, in derselben Tonhöhe, und dann wieder. Ich spürte, wie sich mir in der Dunkelheit das Nackenhaar sträubte und meine Augen feucht wurden. Ich konnte nicht blinzeln. Zenda hielt meinen Arm fest umklammert, so fest, dass sie mich beinahe verletzte, und ihr Arm zitterte heftig. Niemand von uns atmete.

«La, la, la.»

Es klang wie das unbewusste Singen eines Kindes, das mit etwas ganz anderem beschäftigt war und vermutlich überhaupt nicht bemerkte, dass es sang.

Dann gab es ein leises Geräusch, als würde ein Badvorleger über einen Fliesenfußboden geschoben, und die Tür des Badezimmers begann sich langsam zu öffnen. Ich musste blinzeln, um meinen Blick zu klären, und ich musste auch irgendwann wieder atmen, aber jetzt noch nicht. Ich konnte einfach nicht.

Die Tür ging langsam nach innen auf. Dahinter lag ein Raum, in dem es noch dunkler als in unserem war. Eine Weile lang rührte sich in der Finsternis nichts, doch dann bewegte sich ein Schatten. Ich glaubte, ein leises Geräusch vom Sofa her zu hören, als würde Alkland tiefer durchatmen. Der Schatten trat aus dem Türrahmen und nahm Gestalt an, während er mitten in die Suite trat.

Es war ein kleines Mädchen, ein kleines Mädchen mit einem hübschen runden Gesicht und blondem Haar, das in alle Richtungen abstand: eine Frisur, über die eine Mutter sofort hergefallen wäre, aber die so, wie sie war, wunderschön aussah. Unter dem Arm hielt das Mädchen einen ramponierten Teddybären.

«La, la, la», sang das Mädchen leise, «la, la, la.» Alklands Atem wurde erneut heftiger, und das Mädchen trat mit wackligen Babybeinen einen Schritt auf ihn zu. Es grinste, als hätte es einen Hund gesehen, der mit dem Schwanz wedelte. Es legte die Hand auf Alklands Arm und rüttelte daran. Es wartete einen Moment und rüttelte dann noch einmal, etwas fester, aber immer noch sanft und liebevoll wie ein kleines Mädchen, das seinen Bruder auf sich aufmerksam machen will, und dann wusste ich plötzlich Bescheid.

Langsam und lautlos begann das Mädchen zu weinen, während es das Gesicht verzog und den Mund öffnete, ohne dass es irgendwelche Laute fand. Es zerrte noch einmal verzweifelt an Alklands Arm und drehte uns das Gesicht zu, doch sein Blick sah nicht uns, sondern suchte nach einer Mutter, die nicht da war, nach einem Vater, der vor Jahren gestorben war. Sein Atem ging gleichzeitig mit dem von Alkland, als es den Schmerz auszudrücken versuchte, das schreckliche Unverständnis, das ihm das Herz zerriss, genauso wie vor sechzig Jahren. Sein Bruder konnte ihm auch jetzt nicht helfen, war genauso verletzt, litt immer noch unter dem alten Schmerz und unter der Schuld, seine Schwester nicht beschützen zu können; unter dem Schock, der sich in ihrem Gesicht zeigte, auf dem nie wieder ein Lächeln entstehen konnte, und unter dem Wissen, dass eine Hand an ihrem strohblonden Haar gezerrt und ihre Babybeine verletzt hatte.

Sie waren gemeinsam an jenem Tag im Park gestorben, als jemand das Lachen des Mädchens genommen und gegen die Wand geschmettert hatte, so lange, bis es blutete und nur noch Schweigen übrig war, ein Schweigen, das zwischen Alkland und Suzanna immer größer wurde, weil so viele Dinge nie gesagt und so viele Gefühle nicht mehr gefühlt werden konnten.

Ich hörte, wie Zenda hinter mir in meine Jacke schluchzte, und blinzelte ein paar Mal. Ich erinnerte mich an das Foto, das ich gesehen hatte, und an das Gefühl. Und als das kleine Mädchen in lautlosem Schrecken wie hinter einer Glasscheibe weinte, roch ich den Schmerz in Alklands tiefen Wassern.

Man glaubt nie, dass es einem selbst passieren kann, man versteht nie, wie es dazu kommen kann. Wenn ein lächelnder Vater seine Tochter beim Spielen im Garten beobachtet, die ausgelassen unter dem Himmel herumtobt, wie soll er wissen, dass seine kleine Prinzessin einmal als brabbelnde Verrückte enden wird, als flohverseuchtes Bündel in verpissten Lumpen in einem Pappkarton unter einer Brücke? Wenn man sich all die Familienalben mit den Fotos von kleinen Mädchen ansehen könnte, die fröhlich in ihre pummeligen Hände klatschen, ihre hübschesten Kleidchen tragen, unter der Sonne glücklich sind und von Müttern beobachtet werden, die unglaublich jung aussehen, wie könnte man da sagen, wie viele von ihnen sich eines Tages die Gesichter zerkratzen, um die Spinnen zu verscheuchen, die es gar nicht gibt?

Und wenn man selbst der Bruder dieses kleinen Mädchens ist und man sie nicht beschützen konnte, ihr nicht helfen konnte und sie nie wieder zum Lachen bringen konnte, kann man sich dann jemals selbst verzeihen?

Alkland hustete heftig, seine Brust bäumte sich auf, als würde von innen etwas dagegen stoßen, und plötzlich wurde es eiskalt im Zimmer. Es gab ein splitterndes Geräusch, und an der Decke erschien ein intensiver gelber Lichtschein, der aus einem Riss in Alklands Brust drang.

«Stark!», kreischte Shelby und drängte sich schluchzend gegen die Wand.

Ich stand auf und spürte, wie meine Zähne vor Wut klapperten. Ich hörte einen Schrei von der Straße, aber das war jetzt überhaupt nicht wichtig. Ich schrie selbst, schrie den wachsenden Riss an.

«Ich *komme*!»

Steif ging ich zum Sofa, am schluchzenden Kind vorbei. Alkland riss erschrocken die Augen auf, als er den Tod auf sich zukommen sah, als er das Böse spürte, das ihn seit Wochen oder Monaten verfolgt hatte und ihn nun wie etwas Nutzloses auf den Boden schmetterte. Ji sprang auf und warf Snedd seine Waffe zu.

Dann gingen wir, wie wir es schon einmal getan hatten, gemeinsam darauf zu. Alklands Brust brach auf, und wir traten ins Licht.

20. KAPITEL

Ein Geist sagte einmal: «Ich bin kein himmlisches Wesen.»
Auch ich bin kein himmlisches Wesen.

Ich habe meinen besten Freund getötet. Ich sah, wie seine Stirn aufplatzte, wie seine hellgrünen Augen von Schädelsplittern zerfetzt wurden, während sein Hirn durch das Zimmer spritzte. Daran war überhaupt nichts Heldenhaftes, kein großartiger Höhepunkt, keine romantische Konfrontation titanischer Kräfte des Guten und Bösen mit Tausenden von Schergen. Ji und ich verfolgten seine Spur, hetzten ihn durch Taumland und die City und trieben ihn im Dreh-Viertel in die Ecke. Rafe versuchte zurückzuspringen, sich einen Weg zurück nach Taumland zu bahnen, aber ich hielt ihn fest. Damals war ich noch stärker, viel stärker. Das war in der guten alten Zeit, als ich gelegentlich noch ich selbst, als ich noch mehr oder weniger bei Bewusstsein war.

Ich zwang ihn in die Knie, und er flehte nicht um Gnade. Er starrte nur mit seinen eisgrünen Augen zu mir auf, während Ji die Waffe zog und sie gegen seinen Schädel drückte. Dann betätigte Ji den Abzug und verspritzte Rafes Gesicht über drei Quadratmeter verwitterten Beton, in einem dunklen Raum, der nach Scheiße roch.

Natürlich kamen wir in der Stadt heraus, in der staubigen Geisterstadt. Ji und ich standen mitten auf einem verlassenen Platz, der von der schwachen Nachmittagssonne beschienen wurde. Der Wind heulte durch eine kaputte Tür, und Kreosotsträucher rollten desinteressiert an uns vorbei. Die Sonne spiegelte sich in den zerbrochenen Fensterscheiben der Gebäude rund um den Platz, und hinter den Ruinen der Stadt begann – für uns unsichtbar – die Wüste.

«Da wären wir also wieder», sagte Ji. Da waren wir also wieder, nach acht Jahren, die keinen von uns beiden wesentlich älter gemacht hatten. Acht Jahre, in denen wir uns verändert hatten, aber dieselben geblieben waren.

Ein plötzliches Scheppern ließ uns herumfahren, aber es war nur ein Fensterladen, der vom Wind gegen die Wand geschlagen wurde. Wenn wir einfach nur reglos mitten auf dem alten Platz stehen blieben, würde nichts geschehen. Wir mussten ihm entgegengehen. Das war unsere Aufgabe, und wieder mussten wir sie angehen.

Ich sah Ji an, und er wusste es ebenfalls. Er war kein starker Träumer gewesen, bevor jemand sich in seine Träume gedrängt hatte, aber er weiß Bescheid. Wir konnten einfach hier stehen bleiben und uns jung fühlen, als wären all die Jahre gar nicht vergangen. Der Platz würde sich nicht verändern, sondern für immer in diesem kostbaren Moment erstarrt sein. Ich spürte ein Zucken im Genick, hielt meinen Kopf aber ruhig und bemühte mich, einen klaren Gedanken zu fassen. Ji stand einfach nur da und wusste, dass er niemals alles verstehen und niemals erfahren würde, wie dieser Platz ausgesehen, wie er sich angefühlt hatte, bevor alles schief gegangen war.

Es dauerte nicht lange. Ich schluckte einmal und nickte dann. Wir begannen über den Platz zu gehen, und als Ji mir plötzlich einen Blick zuwarf, sah ich etwas in seinen Augen. Er schien zu ahnen, was uns bevorstand. Es konnte sich nur um eine Intuition handeln, aber er griff nach meiner Hand und sah mir kurz in die Augen. Dann ließ er mit der leisesten Andeutung eines Lächelns wieder los, und wir gingen weiter.

Der Wind lebte auf, während wir gingen, und der Staub zu unseren Füßen wirbelte hoch, so hoch, dass wir die Sonne nicht mehr sehen konnten und der Himmel dunkel vor Staub wurde. Wir konnten die Ecke des Platzes, auf die wir zugingen, nicht mehr erkennen, aber das war nicht wichtig, weil es gar nicht um eine bestimmte Ecke ging. Wir bewegten uns überhaupt nicht durch den Raum, nicht einmal durch den von

Taumland. Es wurde immer dunkler, und während der wirbelnde Staub das Licht verdüsterte, wandelten wir mitten am Nachmittag im Mondschein.

Ich spürte, wie sich meine Nackenhaare sträubten, und wünschte mir einen kurzen, bedeutungslosen Augenblick lang, dass wir uns nicht von der Stelle bewegt hätten, sondern in der Sonne stehen geblieben wären. Aber das hätten wir nicht tun können. Heute musste alles ein Ende finden, und diesmal musste es wirklich für immer sein.

Der Staub wirbelte um uns herum, und der Platz war fast unsichtbar geworden. Die Gebäude waren nur noch zu erahnen. Das Licht kam jetzt aus dem Staub, ein schwarzes und schmerzendes Rot, und überall waren leise Geräusche. Ich spürte, wie Ji immer angespannter wurde, und wusste, dass er das nicht mehr lange würde ertragen können. Er kannte einige von den Dingen, die passieren würden, und wollte nicht länger warten.

Ich glaubte nicht, dass er es würde tun müssen.

Ich traf Ji, nachdem ich ein paar Jahre lang in der City gelebt hatte. Ich war viel herumgezogen und hatte versucht, herauszufinden, was ich tun wollte, wie ich den Rest meines Lebens verbringen wollte. Damals übernahm ich schon Aufträge in Taumland und brachte den Mist in Ordnung, den ich selber mit angerichtet hatte. Dadurch lernte ich ein paar merkwürdige Leute kennen. Ich sackte immer tiefer ab, würden Sie vielleicht sagen.

Ich hatte kein Büro mit meinem Namen auf einer Milchglastür, aber das machte keinen großen Unterschied. Ich war ein Schwachkopf. Ich bin schon immer ein Schwachkopf gewesen, aber damals war es am schlimmsten. Ich hatte gefunden, wonach ich suchte, und saß dann ziemlich auf dem Trockenen. Ich hatte noch keine Charakterstärke entwickelt, auf die ich mich hätte stützen können. Ich war nur ein heulender kleiner Junge, der herumzog und nach Entschuldigungen suchte, um sich selbst Leid zu tun. Wenn man jemanden, wie gesagt, gut kennt, hasst man ihn irgendwann, und ich kannte mich selbst viel zu gut. Ich hatte mein Innerstes gesehen, mich selbst auseinander gerissen und tobte nun zwischen den Fetzen herum, weil ich hoffte, etwas zu finden, woran ich mich festhalten konnte, aber da war nichts mehr. Von mir war nichts mehr übrig. Ich hatte nur noch meine Erinnerungen, und der leere Raum dazwischen war mit ekligem Matsch erfüllt.

Damals flehte ich zu Gott, dass ich einen kleinen Auftrag annehmen würde, etwas ganz Gewöhnliches, an dessen Ende ich entmannt und entwaffnet in einem Hinterzimmer säße, um mir von jemandem das Gesicht zerschmettern zu lassen, der nicht einmal wusste, wer ich war, und dem das auch völlig gleichgültig wäre. Lange Zeit war das das Einzige, was ich wollte: dass mir jemand wehtat. Ich habe mir immer wieder vorgestellt, wie ich zusammengeschlagen wurde oder mich selbst verstümmelte. Dann hörte ich damit auf, weil mir alles egal war, sodass ich mich nicht einmal mehr hassen konnte.

Das Einzige, was mir damals ein gutes Gefühl geben konnte, waren Rafes Machenschaften, weil er das Böse war. Wenn er in der Nähe war, konnte ich so tun, als wäre ich auf der Seite der Guten. Dann konnte ich mir ein weißes Pferd herbeizaubern und darauf reiten. Jeder braucht das Gefühl, in seinem eigenen Leben der Held zu sein. Jeder braucht das Gefühl, auf der Seite der Guten zu stehen, auch wenn dazu viele Lügen nötig sind. Doch die Wahrheit ist, dass man einfach nur das tut, was man tun will, dass man sich selbst schützt und die Leute umzubringen versucht, die einem in die Quere kommen wollen.

Ich habe niemals behauptet, dass ich zu den Guten gehöre. Es gibt keine Guten.

Ji hatte einfach nur Pech gehabt, dass ich gerade mit ihm zusammenarbeitete, als die Krise ihren Höhepunkt erreichte, als Rafe beschloss, die Schleier wegzureißen. Rafe hat ihm wirklich übel mitgespielt, also musste Ji auf meiner Seite sein und mir helfen, wenn er weiterleben wollte. Ich hatte Ji das Leben gerettet und er mir. Und jetzt wollte Rafe uns beide.

Dann hörte ich, wie irgendwo ein Auto angelassen wurde, wie ein Hund bellte und eine Flasche zerschmettert wurde. Alles bedeutungslos, alles nur Fragmente wie Schritte auf Steinpflaster. Wir hörten ein nasses Geräusch und blickten zur Seite. Ein Mann mit grünem Lidschatten und blauem Lippenstift hockte neben den Resten einer Leiche und kaute mit mahlenden Kiefern.

«Ein Etwas?», fragte Ji.

«Ja», sagte ich. «Sie versammeln sich.»

Etwas anderes huschte in der Dunkelheit knapp außerhalb unseres Gesichtsfelds vorbei, und Jis Mimik zuckte.

«Dieses verdammte Diligenz II gibt es überhaupt nicht, stimmt's?»

«Richtig», sagte ich. «Keine Spur.»

«Glaubst du, Alkland hat das gewusst?»

«Nein. Er war nur ein unbeteiligter Passant, der selber genug Probleme hatte. Er hatte keine Ahnung, was gespielt wurde. Sogar ich hatte keine Ahnung. Ich habe ihn nach Katzen getragen, weißt du noch? Ich habe Rafe hineingebracht. Darum wollte sich das Tor nicht öffnen. Als Alkland mir von Diligenz II erzählte, hätte ich ihm eine Frage stellen müssen. Ich hätte ihn fragen sollen, wie er es entdeckt hat.»

«Warum hat sich Rafe nicht eher gezeigt? Ich meine, wenn er schon seit Wochen in Alkland steckt, warum ist er nicht sofort hervorgekommen, um dich zu holen?»

«Ich glaube nicht, dass es so war. Ich denke, er war nur kurz in ihm, um ihm die Idee mit Diligenz II einzupflanzen und dann Alkland als Köder auszuwerfen. Dann dürfte er zurückgekommen sein, während Alkland allein in Taumland festsaß. Warum er da noch gewartet hat, weiß ich nicht. Vielleicht war er nicht stark genug. Vielleicht wollte er nicht nur mich, sondern auch dich. Ich weiß es nicht, Ji.»

«Was ist drüben im Hotelzimmer passiert?»

«Auch das war ein Etwas. Es muss eins gewesen sein.»

«In der City? Wie, zum Teufel, ist es da hingekommen?»

«Ich weiß nicht. Durch Rafe vermutlich. Das hat er auch beim letzten Mal versucht, weißt du noch? Die Mauer niederzureißen.»

«Wo ist er jetzt?»

«Ji, ich weiß es wirklich …»

Plötzlich war überall Lärm, eine tosende, schreiende Geräuschexplosion. Von einem Augenblick auf den anderen wich die Dunkelheit einem grellroten Licht. Hunderte von Gesichtern umringten uns in übereinander liegenden Reihen in einem vierzig Meter durchmessenden Kreis, und jedes Gesicht zeigte dieselbe anklagend schreiende Fratze. Das schreiende Elend türmte sich über uns auf wie ein Stroboskoplicht in Bild und Ton, und dann war es ebenso plötzlich wieder dunkel und still.

«Scheiße», sagte Ji zitternd. Ich musste ihm zustimmen.

Wir gingen eine Weile etwas langsamer weiter, und dann blitzte das Licht erneut auf, während die Schreie noch lauter und schrecklicher dröhnten. Daraufhin verschwanden sie wieder. Wir blickten uns nervös in der Dunkelheit um, und als wir gerade einen Schritt weitergehen wollten, ging das Spektakel von neuem los. Das Kreischen hämmerte sich wie eisige Fäuste in unsere Schädel. Blut schoss Ji aus der Nase und tropfte auf das Steinpflaster.

Dann herrschten wieder Dunkelheit und Stille, aber wir hatten kaum die Zeit, uns zu rühren, bevor die Gesichter aufs Neue erschienen. Dunkelheit und Schrecken wechselten sich in immer schnellerer Folge ab, bis alles in ein ständiges Flackern aus Lärm und Zorn mündete. Dann lief auch mir Blut aus der Nase und tropfte auf mein Hemd, und wir pressten uns die Hände auf die Ohren, obwohl wir wussten, dass es nichts nützen würde. Wir krümmten uns unter dem Gewicht des Lärms und der Schmerzen, und da jetzt mehr Licht als Dunkelheit herrschte, konnten wir sehen, wie sich hinter dem Ring aus Gesichtern mehrere dunkle Türme erhoben. Die Türme waren völlig konturlos und standen vor einem Himmel aus wirbelndem Schwarz, einem Himmel, der nicht hinter den Gebäuden blieb, sondern sich jetzt wie ein dunkler Schatten strudelnd nach vorn bewegte.

Als das Flackern immer heller wurde, begann sich der Ring aus Gesichtern zu nähern. Alles Licht war jetzt in ihnen, ein widerliches rotes Glühen, das mit bleichgelben Streifen durchmischt war. Dahinter herrschte ein trübes Zwielicht aus verlaufenden Farben, die sich spiralförmig nach oben schraubten, um sich mit dem Himmel zu vereinen.

Es war Dreh, eine Albtraumversion des Dreh-Viertels, und während wir weiterstolperten, versuchte ich Ji nach unten zu drücken, damit er es nicht sah.

Der Kreis wurde immer enger, und die Gesichter kamen immer näher. Jedes Augenpaar gehörte zu jemandem, den ich kannte. Zendas war da und Shelbys, und das meines Vaters und meiner Mutter, und sie sprangen von einem austauschbaren leeren Gesicht zum nächsten, die allesamt von der Gewalt der markerschütternden Schreie verzerrt waren.

Plötzlich lag ein Baby auf dem Boden. Es hatte keinen Unterkiefer. Sein Gesicht war mit braunen entzündeten Stellen übersät, und Blut tropfte aus seinem Mund auf die Steine, während es auf uns zukroch und eine schmierige Spur aus sich lösenden Fleischfetzen hinter sich herzog.

Ji und ich schrien hilflos, brüllten gellende Schreckenslaute, nahezu gleichzeitig mit den Lichtblitzen. Gedankenlose, unkontrollierte Schreie, Körper ohne Geist, die im Takt eines Metronoms ihr hilfloses Grauen hinausschrien. Der Oberkiefer des Babys sackte in sich zusammen und fiel heraus, als es nach Jis Hand langte und er mit einem Reflex zurücksprang, an dem sein Wille keinen Anteil hatte.

Wir wussten inzwischen gar nicht mehr, wer der andere war,

und nahmen uns gegenseitig nur als Gestalt wahr, die sich ebenfalls in dieser Dunkelheit befand. Jis Augen starrten blicklos an meinen vorbei zum Himmel hinauf. Er öffnete heulend den Mund, als er sah, wo er war. Er heulte noch einmal, und die Sehnen in seinem Nacken spannten sich bis zum Zerreißen an, während jeder Muskel an ihm sich verkrampfte und sein Körper in alle Richtungen gleichzeitig fliehen wollte. Sein Gesicht huschte an meinem vorbei, und er hatte überhaupt keine Ahnung, wer ich war.

Er machte einen Satz auf die Mauer aus Gesichtern zu, wobei sein Fuß durch den Rücken des Babys brach und ihn unter seinem Gewicht zerquetschte. Er schlug wahllos auf die Gesichter ein, die unter seinen Händen zerplatzten. Schillernder Schleim quoll ihnen unter der Haut hervor. Ji stürmte durch die Mauer, und als er sein Bein hob, riss er das Baby mit hoch, das von seinem Fuß aufgespießt worden war. Als ich auf die Mauer zutaumelte und Ji folgen wollte, sah mich das Baby an und gluckste.

«Es wäre eine Tochter geworden, Stark», sang es düster. «Es wäre eine Tochter geworden.»

Ich versetzte ihm einen Fußtritt, der ihm den Kopf abtrennte und ihn dann gegen die Wand klatschen ließ, und als die Sauerei daran hinunterlief, bildete sie ein Muster, das Muster eines Baumwollkleides von vor langer Zeit.

Zu Anfang waren Rafe und ich Partner. Wir waren die einzigen Leute, die wussten, wie die Sache funktionierte, die einzigen, die in die Träume anderer Leute einsteigen konnten. Taumland gehörte uns, und wir durchstreiften es, lernten es kennen und entdeckten, wie es funktionierte. Es war wunderbar. Wie ein Abenteuerspielplatz. Wir waren wieder jung und erinnerten uns, wie es damals war. Wir badeten in einer Sonne, die so war wie früher, als wir noch wussten, dass der morgige Tag nur eine aufregende Version des heutigen sein würde, als die Sommer noch ewig zu dauern schienen.

Bevor wir den Weg hinaus fanden, wussten wir natürlich nicht wirklich, was es war. Es kam uns wie eine Traumwelt vor, und es ging zu wie in einer Traumwelt, aber wir wussten es nicht wirklich. Dann entdeckte Rafe, dass wir die Mauer durchstoßen konnten. Es war immer Rafe, der etwas entdeckte, außer beim ersten Mal. Er führte an, und ich folgte ihm, wie ich es schon immer getan hatte. Wenn ich an den Rafe jener Zeit denke, erinnere ich mich nur an seinen Rücken und an meinen keuchenden Atem, während ich mit ihm mitzuhalten versuche.

Mit der Zeit hielt ich mich jedoch immer länger in der City auf. Ich war zu lange ziellos durch die Gegend getobt, und ich war ausgebrannt. Ich brauchte eine Grundlage, irgendetwas Vertrautes. Ich wusste damals schon, dass ich es von zu Hause nicht mehr bekommen konnte, aber ich brauchte es von woanders. Ich glaube, das war der Punkt, an dem Rafe mir entglitt, als ich allem, was wir entdeckt hatten, den Rücken zukehrte, als ich meinen Mut verlor und mein Bedürfnis nach Abenteuer, koste es, was es wolle. Und dann traf ich Zenda.

Ich traf Zenda und verlor sie wieder. Sie hatte mir eigentlich nie gehört, und daran erkannte ich, dass ich im Grunde genommen immer noch dieselbe Person war, dass die Flucht und die Entdeckungen mich überhaupt nicht verändert hatten.

Das tat weh. Es tat höllisch weh. Zenda war alles, was ich jemals gewollt hatte, aber ich habe nie versucht, es mir zu nehmen und ihr zu zeigen, was ich empfand, außer einmal.

Ich vermute, sie war traurig. Nach einer Weile hörte sie auf, neben mir zu stehen und sich zu fragen, ob wir uns auf eine gemeinsame Zukunft freuen sollten. Sie wandte sich ab und setzte ihr eigenes Leben fort. Sie bewegte und entwickelte sich weiter, aber nicht weg von mir, und ließ mich allein in dem Sarg stehen, den ich mir selbst gezimmert hatte. So weit gekommen und doch am selben Ort geblieben zu sein war mehr, als ich ertragen konnte, und als ich erfuhr, was Rafe mir zu sagen hatte, zerbrach ich. Alles, was ich erreicht hatte, war, mich selbst zu zerfetzen und meine Wurzeln zu kappen. Jetzt wuchs nichts mehr nach, und ich erlebte, wie lange ein Baum noch gesund aussehen konnte, nachdem er innerlich bereits tot und ausgetrocknet war.

Rafe hatte unterdessen Fortschritte gemacht. Es war nicht mehr derselbe Mensch, er hatte seine Zeit nicht verplempert. Er war weitergegangen und hatte sich verändert wie jeder andere auch. Jeder außer mir, und als ich ihn betrachtete, stellte ich fest, dass ich ihn überhaupt nicht mehr kannte, den einzigen Menschen auf der Welt, der wusste, wer ich war.

Ich weiß nicht, was damals seine Absichten waren. Ich sah ihn nur noch selten, und nach einer Weile begegneten wir uns nur noch in unseren Träumen. Und da war bereits alles auseinander gefallen, und wir hassten uns so sehr, dass wir in unserer gegenseitigen Mordlust beinahe die Welt zerstört hätten. Ich schwöre, dass ich damals dachte, ich sei derjenige auf der rechten Seite, und ich glaube immer noch daran.

Aber das ist sehr schwer zu beurteilen, und als es zur Sache ging, war es völlig unwichtig, wer von uns beiden Recht hatte. Wir hatten Taumland verändert, und Taumland hatte uns verändert. Ich tötete Rafe, um Taumland zu retten, um die Erinnerung an die vergangene Kindheit zu bewahren. Ich tötete ihn auch, weil ich seinen Tod wollte. Aber wir waren starke Träumer, Rafe und ich, also habe ich ihn am Ende gar nicht getötet.

Er war schon immer schneller als ich gewesen, war mir immer einen Schritt voraus. Wie auch jetzt. Da war ich, trieb mich immer noch wie eine armselige Philip-Marlowe-Karikatur in der City herum, wollte cool sein, wollte witzig sein, wollte irgendwas sein. Und er hat mich zum Narren gehalten.

Ja genau, schnapp dir jemanden aus dem Zentrum, damit Zenda eingeschaltet wird und Stark ruft. Dann sag, dass Idylle in Gefahr ist, Zendas Heimat-Viertel, damit er ihretwegen die ganze Sache auf sich nimmt. Dann gib Alkland schlimme Albträume, damit Stark sich an Dinge erinnert, derentwegen er lieber sterben würde, nur um sie vergessen zu können. Ja genau, denn Stark wird nichts merken, weil er einfach zu blöde ist.

Und warum hatte er all dies tun können? Weil ich es zugelassen habe.

Sobald ich aus dem Ring heraustrat, stürzte ich und knallte mit der Wange auf das heiße Kopfsteinpflaster. Das Baby an Jis Fuß versuchte mich immer noch anzusingen, obwohl es gar keinen Kopf mehr hatte, und das rasselnde Geräusch seines Atems verstärkte das Rauschen in meinen Ohren. Ich rappelte mich auf und folgte Ji. Ich rief ihm nach, schrie ihm nach, er solle aufhören. Aber er konnte mich nicht hören und erinnerte sich wahrscheinlich nicht einmal daran, dass ich noch hier war.

Ich schlitterte über die rutschige Straße und folgte blind nur dem Geräusch von Schritten. Die Luft war zu dick, als dass ich noch etwas sehen konnte. Sie war giftgrün. Außerdem war es heiß, viel heißer als in Dreh, und während ich lief, wurde die Luft zähflüssig, gerann zu Gestalten, die gegen mich stießen und fester wurden, bis ich mich durch einen lockeren Berg aus Fleisch kämpfte, der sich wand und dehnte. Es war, als würde ich in der Dunkelheit durch ein Meer aus abgetrennten Gliedmaßen laufen, durch Arme und Beine, die mich vollständig einschlossen und die beiseite glitschten, während ich mich durch sie hindurchzwängte. Ich konnte nichts mehr hören, und ich sah nur noch Dunkelgrün, als wären meine Augen geschlossen, aber ich kämpfte mich weiter, um Ji einzuholen, obwohl ich in gewisser Weise bereits bei ihm war.

Ich prallte gegen etwas sehr Hartes und stellte fest, dass es eine Wand war. Ich tastete ein wenig herum und fand dann eine Tür, die ich gegen das Gewicht der herabsinkenden Luft aufdrückte. Ich stürmte hindurch und stolperte erneut, weil ich jetzt auf eine Treppe stieß. Ich kroch, so schnell ich konnte, die Stufen hinauf, wobei ich das Gefühl hatte, ein Teil meines Geistes wäre an den Boden genagelt und mein Fleisch würde mit jedem

Schritt, den ich machte, auseinander gerissen. Es war, als wären meine Sehnen zum Zerreißen gespannt.

Als ich oben ankam, stand ich wieder auf und trottete über schmierige Fliesen weiter, während die sirupartige Luft immer heißer wurde und ich Ji langsam einholte. Er war mir immer noch ein paar Meter voraus, aber ich spürte ihn zerren, spürte, dass ganz Taumland sich in dem vermoderten Korridor dieses toten Gebäudes zusammenballte. Es trieb mich erbarmungslos weiter, und jeder Schritt fühlte sich an wie die Nachricht, dass ein geliebter Mensch gestorben war, jeder Atemzug war wie der Schlag eines heißen Bügeleisens ins Gesicht. Ich hörte einen Schrei und kämpfte mich noch verzweifelter durch die schleimig zähe Luft, die jetzt aus Fleisch zu bestehen schien. Ich hatte jegliches Gefühl für Zeit und Raum verloren. Mein Kampf hätte Minuten oder Stunden dauern können. Er hätte Jahre dauern können.

Dann stieß ich wieder unvermittelt gegen etwas Hartes. Ich tastete nach einer Tür, fand aber keine, sondern nur raue Steinfugen.

Ich blickte nach oben. Ein paar Meter über mir keuchte rasselnd die Luftröhre des Babys, und dann verschwand sie schmatzend in der Wand. Aber es war gar keine Wand. Es war der Fußboden, und Ji kroch ein Stück vor mir, er kroch auf etwas zu, das in der Ecke des Raumes heulte. Ich brach mir die Fingernägel in den Steinfugen, als ich hinter ihm herkroch. Aufzustehen war undenkbar, völlig undenkbar. Selbst die Vorwärtsbewegung fühlte sich an, als würde man seinen Kopf durch Stein bohren.

Ich spürte eine trockene, warme Hand auf der meinigen und zog sie zurück, noch bevor ich das Gefühl wieder erkannt hatte. Als ich den Dreck an meinen Fingern bemerkte, wusste ich, dass ich eine väterliche Hand gespürt hatte. Und als ich den Gestank des Schleims roch, durch den ich kroch, wusste ich, was es war und wo ich war. Ich war schon einmal hier gewesen und hatte Ji zurückhalten können. Doch damals war ich stärker als jetzt.

«Ji, nein!», schrie ich. Ich schüttelte das verweste Fleisch von meiner Hand und stemmte meinen Rücken gegen das Gewicht in meinem Kopf. Ich konnte nicht aufstehen, aber ich bewegte mich jetzt etwas schneller und sah, wie Ji sich vor den Füßen einer Frau auf die Knie erhob. Sie hatte wallendes schwarzes Haar und schwabbelte wie Pudding, und ihre Augen waren ebenfalls schwarz, weil ihr Kopf voller Spinnen war.

Sie lächelte Ji an, der die Arme nach ihrem Schoß ausstreckte und sich zu ihr hinaufzog, und ihr Lächeln war das Schlimmste, was ich jemals gesehen habe. Ji wandte ihr sein Gesicht zu, in dem all die Schmerzen standen, die er seit ihrem Tod durchlebt hatte, und all die Leiden des Erwachsenen, die sie nicht hatte lindern können. Sie streckte ihre Arme aus und strich mit ihren Händen über sein Gesicht, und ich wusste, dass ich ihn diesmal nicht würde retten können.

Denn sie streichelte ihn nicht, sondern kratzte mit ihren Fingernägeln unter seinen Augen über die Wangenknochen. Sie riss die Haut auf, und als die Schnitte tief genug waren, schob sie ihre Finger hinein, arbeitete sich bis zum Knochen vor und lockerte die Haut. Ji schrie, versuchte aber nicht zu entkommen. Er wollte gar nicht fliehen. Er wollte bei seiner Mutter sein.

Als ihre Finger tief genug vorgedrungen waren, stand sie auf, stemmte die Beine auseinander und zerrte an Jis Kopf, bis sie ihn mitsamt dem Hals wie einen Zahn aus dem Körper rupfte. Als sie ihn hochhob und dann zu Boden schleuderte, bewegten sich seine Lippen noch. Das Letzte, was er schrie, galt mir.

«Du bist es, Stark! Du hast es getan!»

Die Worte zerschellten vor mir auf dem Boden, und plötzlich konnte ich wieder stehen. Ich konnte stehen, weil ich endlich verstanden hatte. Es war nicht Ji, der das gesagt hatte, aber es stimmte. Ich hatte es getan. Ich war für alles verantwortlich.

Ich lief auf Jis Mutter zu und stürzte mich auf sie. Sie verschwand, noch bevor ich sie erreichte, sodass ich über Jis Körper stolperte und stürzte. Noch während ich flog, sah ich im Augenwinkel etwas Schwarzes, den schwarzen Mantel, dem ich immer gefolgt war, den Mantel des Mannes, der mir immer vorausgegangen war. Ich erkannte die Beschaffenheit des Materials, die Naht in der Mitte des Rückens und wie sich der Stoff hinter jemandem bauschte, der pausenlos unterwegs war. Ich hörte seinen Atem und seine Fußtritte auf dem Stein, und ich erinnerte mich, dass es ein heldenhaftes Geräusch war, damals, als wir noch Helden waren, als wir noch Freunde waren. Und ich erinnerte mich, wie sehr ich dieses Geräusch und diesen Mantel geliebt hatte. Die letzten Schlammablagerungen wurden aus mir hinausgespült, und alles, was übrig blieb, waren Erinnerungen.

21. KAPITEL

Ich lernte Robert Afeld kennen, als ich acht war. Zu der Zeit lief «Stark-Bücher» recht gut. Der Laden florierte auf die stille Weise, wie mein Vater es gewollt hatte, und wir waren in ein Einzelhaus in der Vorstadt umgezogen. Ich war ein ruhiger Junge, ernsthaft und bücherversessen, der immer sein Zimmer aufgeräumt hielt und höflich zu Besuchern war.

Als Rafe auf meine Schule kam, hatte ich mir dort mein eigenes Leben eingerichtet. Ich war der Stille und Fleißige. Das war alles, was die meisten von mir wussten, und es gab nur wenige, die mehr wissen wollten.

Rafe war ganz anders. Rafe war der böse Junge, der immer im Gang stehen musste, der offenbar keine Stunde verstreichen lassen konnte, ohne etwas zum Lehrer zu sagen, an dem dieser Anstoß nahm. Er war nicht dumm, nur ungeduldig, aber Schulen mögen keine ungeduldigen Kinder.

Unsere Freundschaft begann durch Zufall und gegen jede Wahrscheinlichkeit. Ich spielte mit ein paar Klassenkameraden

Murmeln auf dem Pausenhof, und Rafe befand sich in einer zweiten Gruppe ein paar Meter weiter. Die Gruppen auf dem Pausenhof verhielten sich zueinander wie unabhängige Staaten, die überhaupt nicht auf die Anwesenheit des Nachbarn achteten. Zu dem Zeitpunkt hatte ich noch nie mit Rafe gesprochen, nicht ein einziges Wort. Obwohl wir seit ein paar Monaten in dieselbe Klasse gingen, hatten sich unsere Wege noch nie gekreuzt. Wir waren wie zwei Stücke Treibholz, die auf verschiedenen Seiten eines Flusses trieben. Das Komische daran ist, dass es für immer so geblieben wäre, wenn es nicht diese Delle im Asphalt des Pausenhofs gegeben hätte. Dann wäre all das nie passiert.

Ich kann mich heute nicht einmal mehr daran erinnern, wie man Murmeln spielt. Ich habe nicht die leiseste Ahnung, was das für Spielregeln waren, die uns damals so wichtig erschienen. Ich erinnere mich nur, dass eine von mir geworfene Murmel über diese Delle im Asphalt sprang, in das Nachbarspiel rollte und dort die Murmeln durcheinander brachte.

Ich war sofort aufgesprungen, um mich zu entschuldigen, guter kleiner Junge, der ich war, aber Rafe wollte davon nichts wissen. Er hob meine Murmel auf und warf sie über den Zaun. Das war dumm und kindisch, aber Rafe hatte ein paar schwere Monate in der Schule durchgemacht, und es zeichnete sich bereits ab, dass er für den Rest seines Lebens der böse Junge sein würde. Ich stellte fest, dass er eine durchaus nachvollziehbare Reaktion gezeigt hatte, denn bevor ich wusste, was ich tat, schnappte ich mir wütend eine von seinen Murmeln und warf sie ebenfalls über den Zaun.

Rafe starrte mich einen Augenblick lang verblüfft an. Dann holte er sich eine Hand voll Murmeln aus unserem Spiel und warf sie weg. Inzwischen hatten sich die Jungen, mit denen wir gespielt hatten, auf eine sichere Entfernung zurückgezogen, sodass wir beide ganz allein dort am Zaun standen und abwechselnd unsere hart erkämpften Murmeln mit dem Zorn von Göttern über den Zaun warfen.

«Was, zum Teufel, treibt ihr denn da?»

Als wir das brüllen hörten, drehten wir uns gleichzeitig um und sahen Mister Marchant wie einen Hurrikan auf uns zustürmen. Plötzlich waren wir nur noch zwei kleine Jungen, die man erwischt hatte. Und als der Lehrer uns anbrüllte und wissen wollte, was wohl passiert wäre, wenn jemand hinter dem Zaun gestanden hätte, schämten wir uns und kamen uns wie Volltrottel vor. Wir wurden ins Schulgebäude geführt und mussten auf der Bank vor dem Büro des Schuldirektors warten.

Dort wurde unsere Freundschaft besiegelt. Der gute und der böse Junge, die wegen desselben Verbrechens auf derselben Bank saßen. Wir hatten uns nichts zu sagen, aber während wir dort saßen, standen wir die Sache gemeinsam durch, und Rafe lächelte mich an, als ich ins Büro gerufen wurde. Er hatte ein gutes Lächeln.

Anschließend nickten wir uns immer zu, wenn wir uns in den Gängen trafen, und irgendwann redeten wir auch miteinander. Mit zehn Jahren waren wir die besten Freunde.

Ich bin schon einmal in Gedächtnis gewesen, vor langer Zeit. Eigentlich unterscheidet es sich gar nicht so sehr von Taumland. Es ist nur einfacher und solider.

Wie gigantische Redwoods standen große Bäume beiderseits des Weges und erstreckten sich, so weit ich sehen konnte, in die Dunkelheit. Sie wirkten wie der Wald, durch den Alkland und ich gekommen waren, nur majestätischer und schlichter.

Ich liebte Redwoods. Die Stämme waren mehrere Meter dick und ragten in den Himmel hinauf. Sie begannen sich erst dreißig Meter über meinem Kopf zu verzweigen. Ganz weit oben befand sich das dichte und undurchdringliche Blätterdach, das kein Licht hindurchließ. Ich ging den Weg geradeaus weiter, ohne mich darum zu kümmern, was hinter mir lag. Es ging nicht anders.

Ich bildete mir gerne ein, dass ich Rafe vor etwas gerettet habe, dass er ein schlimmes Ende genommen hätte, wenn er nicht mein Freund geworden wäre, dass er vermutlich durchgefallen und von der Schule geflogen wäre. Vielleicht ist das sogar die Wahrheit. Aber die Wahrheit ist auch, dass Rafe mich ebenfalls gerettet hat.

Was ich hatte, waren Gedanken, Reflexionen und ein Interesse an Dingen, die über das Hier und Jetzt hinausgingen. Ich hatte schon immer viel gelesen, was ja kein Wunder war, bei meinen Eltern. Ich wusste, dass es Welten jenseits der Welt gab, in der wir lebten, Welten, die man auf dem Papier entdecken konnte.

Aber ich war kein ‹Mann der Tat›. Ich war ein Sessel-Romantiker, jemand, der dasaß und nachdachte und der das vielleicht mit zunehmender Sinnlosigkeit bis ans Ende seiner Tage getan hätte. Rafe war das Gegenteil, er war ein Wirbelwind an Aktivität und unbändigem Willen. Er war immer unterwegs, ging irgendwohin und tat irgendetwas.

Mit der Zeit wuchsen wir immer enger zusammen. Wir verstrickten uns ineinander, bis wir zwei Hälften eines Ganzen wurden. Rafe brachte mir bei zu handeln, und ich brachte ihm bei zu denken. Ich war jemand, den er mitreißen konnte, und er war jemand, an dem ich meine Ideen ausprobieren konnte. Mit der Zeit lernte ich, auch ihn gelegentlich mitzureißen, und manchmal hatte auch er Ideen.

So war es Rafes Idee, Musik zu machen. Er bequatschte seine Eltern, ihm eine Gitarre zu kaufen, als er vierzehn war, und meine Eltern mussten bald nachziehen. Ich muss lächeln, wenn ich jetzt an ihre damalige Nachsicht denke. Steht es irgendwo im Elternvertrag, dass man sich neben allem anderen auch noch mit abartig lauten und grässlich stümperhaft gespielten Elektrogitarren arrangieren muss?

Wir entdeckten dieselben Bands, lernten dieselben Griffe und quälten uns mit denselben Melodien ab, und als wir sechzehn waren, sahen wir darin unsere Zukunft. Wir wollten in einer Band spielen und berühmt werden. Wir glaubten an uns und daran, dass uns nichts davon abhalten konnte. Wir hatten einen gemeinsamen Willen, und wir wollten die Welt nach unserem Willen verändern.

Natürlich geschah nichts von alledem. Nach all der zusammen verbrachten Zeit, nach all den Gemeinsamkeiten waren wir immer noch verschieden. Meine Freundinnen waren intelligent, seine einsilbig, und unsere Prüfungsarbeiten fielen genauso aus. Als die Schule zu Ende war, hatte ich einen Studienplatz und Rafe nicht.

Also ging ich weg, und wir sahen uns nur noch in den Semesterferien und gelegentlich an Wochenenden, wenn Rafe sich aufraffte und mich in der Stadt besuchte. Dann dröhnten wir uns zu und redeten die ganze Nacht lang. Wir konnten nicht mehr üben, und allmählich verblasste die Idee von einer gemeinsamen Band, obwohl wir ab und zu noch davon träumten, während wir auf dem Fußboden meines Zimmers lagen, weil wir zu bekifft waren, um noch aufrecht sitzen zu können.

Also entwickelten wir statt der Musik eine neue Gemeinsamkeit. Eine Idee.

Was bringt die Menschen dazu, sich immer wieder andere Welten vorzustellen, andere Realitäten hinter der, die jeder wahrnehmen kann? Es kann nicht nur vom Lesen kommen, denn viele Leute lesen, und nur wenige glauben und fühlen irgendwann das, was ich glaubte und fühlte. Ich glaube, manchen Menschen passiert etwas, wie es auch mir passiert ist, eine zufällige Wahrnehmung oder ein unerklärliches Ereignis, das ihnen eine Überzeugung gibt, die sie nie wieder verlieren, auch wenn sie sich gar nicht mehr daran erinnern, was der ursprüngliche Auslöser gewesen ist. Ich kann mir nicht vorstellen, dass viele von ihnen einen kopflosen Mann vor der Tür gesehen haben, als sie noch Kinder waren, aber irgendetwas müssen sie erlebt haben, das ihnen diese Überzeugung vermittelt hat. Manche Leute werden dadurch verleitet, seltsamen und verworrenen Religionen zu folgen, in verdunkelten Zimmern im Lotussitz zu hocken und sehnsüchtig nach etwas zu streben, was ihrer Ansicht nach irgendwo da sein muss. In meinem Fall entwickelte es sich ganz anders, und ich nahm Rafe mit auf diesen Weg.

Ich gelangte zu der Erkenntnis, dass das Bewusstsein, das man tagsüber hat, dasselbe ist wie während der Nacht. Das klingt vermutlich nicht wie ein bahnbrechender Gedanke, aber trotzdem hatte er bedeutsame Konsequenzen, wie sich im weiteren Verlauf zeigte. Das Bewusstsein, das im Traum scheinbar aus dem Nichts Szenen und Ereignisse entstehen lässt, ist dasselbe Bewusstsein, das nur auf äußerst dürftige Weise phantasieren kann, wenn man wach ist. Ich überlegte mir nun Folgendes: Wenn man sein Bewusstsein darauf trainieren könnte, im Wachzustand genauso zu funktionieren wie im Schlaf, dann müsste man träumen können, während man wach ist, und eine ganz andere Welt wahrnehmen.

Rafe und ich haben es im Laufe der Jahre immer mal wieder versucht. Wir haben Konzentrationsübungen gemacht und unsere Phantasie trainiert. Aber es funktionierte nicht, sodass wir das Interesse verloren und wieder mal eine New-Age-Erleuchtung den Bach runterging.

Ich weiß jetzt, dass wir uns schon damals auseinander entwickelten, dass unsere ehemals nahtlose Verbundenheit schon zu diesem Zeitpunkt Risse bekommen hatte. Gemeinsame Erlebnisse und eine Freundschaft seit Kindertagen können einen ziemlich lange zusammenhalten, aber all das kann sich nicht gegen den Rest der Welt durchsetzen und auch nicht gegen einen selbst.

Als ich mein Studium beendete, war ich immer noch ein Junge, nur älter und trauriger. Ich lebte eine Zeit lang wieder bei meinen Eltern, während ich zu überlegen versuchte, was ich mit meinem Leben anfangen wollte. Rachel setzte das Studium fort, um noch einen weiteren Abschluss zu machen.

Ich lernte Rachel im ersten Semester kennen, und wir verliebten uns ineinander. Es war wirklich ganz einfach und wundervoll. Wir ließen uns Zeit und kamen uns vorsichtig näher, als hätten wir damals schon gewusst, dass es so das Beste sein würde. Erst nach Monaten geschah das Unvermeidliche, doch als es geschah, kehrten wir unseren alten Partnern sofort den Rücken.

Wie soll man es anstellen, wenn man jemandem sagen will, dass man ihn liebt? Ich kann mich an so viele Augenblicke erinnern, an so viele Bilder. Wir sitzen auf dem Oberdeck eines Busses und grinsen uns gegenseitig an, während dieses überwältigende Gefühl uns sprachlos macht. Wir hocken an einem dunklen Winternachmittag in einem warmen Zimmer, und nur die grünen Lämpchen der Stereoanlage in der Ecke und die weißliche Straßenbeleuchtung spenden etwas Licht. Wir gehen Arm in Arm und ich spüre die Festigkeit ihres Körpers an meinem, als wir um eine Ecke biegen. Wir sitzen an verschiedenen Arbeitstischen und drehen uns im selben Augenblick um, um uns anzulächeln und uns zu zeigen, dass wir da sind. Ich liege hinter ihr im Bett, sie drückt meinen Arm fest gegen ihre Brust, und ich horche auf ihren gleichmäßigen Atem im Schlaf.

Jeder kann die schlechten Augenblicke aufzählen, aber wie soll man die guten vermitteln? Ich kann Ihnen das alles hier erzählen, und Sie werden es doch nie sehen. Ich kann Ihnen eine Postkarte schicken, aber Sie können nicht herkommen, um es sich anzuschauen.

Ich habe sie geliebt. Ich liebe sie immer noch. Ich werde sie immer lieben.

Es ging während unseres letzten Studienjahres schief. Rachel war ein sehr hübsches Mädchen, das bei weitem schönste Mädchen, mit dem ich jemals zusammen gewesen war. Leider wurden auch andere Leute auf sie aufmerksam. Ich war unsicher und hatte viel zu tun. Wir sahen uns nicht mehr so oft an, und unsere Arme lagen nur noch locker auf den Schultern des anderen.

Wir beide haben Fehler gemacht, wir haben beide Nächte erlebt, in denen jemand anderer kam, um die Kontrolle über unseren Körper zu übernehmen und sich zu nehmen, was verfügbar war. Und wir dachten nicht daran, wie es am Morgen sein würde. Wir liebten uns immer noch sehr und blieben zusammen. Wir flickten und reparierten, aber das funktioniert nicht, wissen Sie, nicht wirklich. Man kann die Risse mit Reden und Versprechungen zukleistern, sich entschuldigen und Besserung geloben, sich streiten und Tränen vergießen, aber wie unsichtbar und stark der Kleister auch sein mag, es ist eben Kleister. Darunter ist immer noch der Riss.

Es war noch viel schlimmer, als ich ging. Zu der Zeit war ich so unsicher, so verbittert und misstrauisch, dass ich in allem nur schlechte Vorzeichen sah. Ich lebte in einer selbst geschaffenen Welt, deren Wände in den Farben der Treulosigkeit und des Schmerzes tapeziert waren. Damals war ich von Rachel und von unserer Beziehung besessen. Ich konnte mir nicht vorstellen, ohne sie zu leben, konnte mir nicht vorstellen, wie ein Leben ohne sie aussehen sollte. Ich versuchte mit allem, was geschah, fertig zu werden, es zu verzeihen und es unter mildernden Umständen zu betrachten. Ich kämpfte einen endlosen, verzehrenden Kampf gegen das Unvermeidliche, genauso wie sie, da auch ich nicht vollkommen war. Und trotzdem blieben wir zusammen, bauten weiter an unserer tristen Welt, überhäuften uns gegenseitig mit unserer geronnenen Liebe und schwankten auf den Stelzen unserer Erinnerungen.

In meiner zunehmenden Verzweiflung brauchte ich etwas anderes, wohin ich mich flüchten konnte, woran ich glauben konnte. Ich brauchte jemanden, der mich umwarf, aber das konnte niemand, weil ich im Innern viel zu schwer und träge war. Ich war gefangen, an die Erde gefesselt, und ich wusste, dass Rafe genauso empfand. Keine Frau hatte ihn verletzt oder zugelassen, dass sie verletzt wurde, aber die Welt hatte es getan, hatte immer wieder versucht, ihn in die Knie zu zwingen. Sie hielt eine kleine Kiste für ihn bereit, und während alles, was er anfasste, fehlzuschlagen schien, rutschte er immer tiefer hinein.

Ich erinnere mich noch an die dunklen Nächte, die wir damals zusammen verbrachten, auf der Suche nach etwas in uns selbst. Wir redeten immer noch gelegentlich von der Band, von der wir jetzt wussten, dass es sie niemals geben würde. Die Gitarren, die einst die Talismane unseres Erfolgs gewesen waren, wurden nun zu Symbolen unseres Versagens, und wir stellten uns vor, wie es wirklich sein würde, wie es sein würde, wenn wir sie in zwanzig Jahren beim Aufräumen unserer Rumpelkammern wieder fänden, wie sie verstaubt und vergessen unter den trockenen Jahren lagerten.

Es mag nicht sehr bedeutsam klingen, und wir sprachen es auch niemals aus, aber wir wussten, dass dies eine schwere Belastung unserer Freundschaft war, ein Verrat an den Träumen, die wir gemeinsam entwickelt hatten. Für jeden von uns stellte der andere den lebenden Beweis dafür dar, dass das Leben anders war, als wir es uns erträumt hatten. Solange man ein Kind ist, übt die Welt noch Nachsicht, erlaubt sie einem die Flüge der Phantasie und die Illusion, etwas Besonderes zu sein. Aber früher oder später gelten diese Privilegien nicht mehr, und bald steht man mit der bitteren Erkenntnis da, dass man genauso wie jeder andere ist.

Wir beide hatten das Bedürfnis, alles um uns herum abzulehnen. Wir brauchten einen Film, in dem wir die Stars waren, wir brauchten Sigourney Weaver, die an unserer Seite kämpfte, während wir uns in einem immer währenden Showdown über zusammenbrechende Brücken zurückzogen. Es war ein Bedürfnis, das im Laufe der Jahre des Verstehens verstärkt worden war durch das Drehmoment einer Freundschaft, die unter der Fliehkraft der Enttäuschung zu zerreißen drohte. Und ich glaube, dass es schließlich dieses Bedürfnis war, das uns das erreichen ließ, was wir bisher nicht geschafft hatten.

Das und noch etwas anderes.

Der Wendepunkt kam, als ich gerade Ferien hatte. Oder zumindest kurz danach. Ein Studienfreund wollte in New York heiraten, und ich überquerte den Atlantik, um ihn in sein Eheglück zu begleiten.

Eigentlich war es eine schöne Zeit. Ich entspannte mich wirklich, etwas, zu dem ich in England offenbar nicht mehr in der Lage war. Zu Hause fühlte ich mich ständig in einem Netz aus Tatsachen und Gewohnheiten gefangen, ich dachte ständig dieselben Gedanken und flickte und zerriss immer wieder dieselbe Liebe, immer wieder. Während der Hochzeit entkam ich alldem für eine Weile, und trotz allem, was dann geschah, bin ich froh, dass es so war, weil es mein letztes wirkliches Erlebnis war.

Während des Fluges sah ich zufällig auf den Ozean hinaus, als ich darauf wartete, dass eine der Toiletten frei wurde. Ich starrte auf das Meer hinunter und bemerkte, dass es fast so aussah, als wäre es eine riesige Schlammebene mit Buckeln und Wellen, die sich unendlich weit erstreckte. Ich war fasziniert und fragte mich, was wohl geschah, wenn man jemanden an einem Seil hinunterließ. Würde man einfach ins Wasser fallen, oder würde man sich auf dieser Ebene wieder finden, in einem Land aus einer anderen Welt?

Ich musste Rafe wegen irgendetwas anrufen, als ich drüben war, und dabei erzählte ich ihm davon. Er war sehr interessiert, wie ich es erwartet hatte. Ich sagte ihm, wann ich zurückflog, und er alberte herum, dass er sich dann auf den Weg zur Küste machen und nachsehen würde, was geschah, ob meine Wahrnehmung die Welt veränderte. Ich hätte niemals gedacht, dass er es wirklich tun würde.

Auf der Hochzeitsfeier traf ich dann jemanden, der etwas Besonderes hatte, eine Person, die ich wirklich registrierte. Während der ganzen Zeit, in der Rachel und ich uns abwechselnd nah und fern gewesen waren, war das nie passiert. Ich hatte mit Gespenstern und Phantomen geschlafen, mit Mädchen, die an mir vorbeigingen, ohne mich wirklich zu berühren, obwohl das nicht ihre, sondern meine Schuld war. Einige hatte ich durch betrunkene körperliche Zusammenstöße kennen gelernt. Es waren diese traumatischen sexuellen Unfälle, nach denen man sich wünscht, es gäbe eine Versicherung gegen emotionale Verirrungen. Bei dem Rest hatte es sich einfach um Ereignisse gehandelt, die auf ihre Verwirklichung warteten und einen Teilnehmer brauchten, und ich war daran nur insofern beteiligt, als sich der umherirrende Teil meiner Seele, der niemals wusste, was er wollte, davon mitreißen ließ, jener Teil, dem alles durch die Hände rann, weil er sich selbst nicht gut genug kannte, um zu wissen, was er festhalten sollte.

Wenn man nicht weiß, was man will, klammert man sich an allem Möglichen fest. Man glaubt, dass es besser ist, weil es neu ist, und erkennt nicht, dass bloß ein Niemand mit nichts glücklich sein wird. Aber während der Hochzeit war es anders. Diesmal bedeutete es etwas. Das war nicht nur die übliche Besessenheit meines Bewusstseins durch den Poltergeist, der einen ins sexuelle Abenteuer treibt. Ich war selbst daran beteiligt.

Und ich war es selbst, der anschließend in einem Hotelzimmer aufwachte, den Bus verpasst hatte und sich fragte, was er nun machen sollte. Theoretisch waren Rachel und ich immer noch zusammen. Als wir das letzte Mal miteinander gesprochen hatten, hatte ich von ihr sogar eine Wärme gespürt, die ich seit langem nicht mehr erlebt hatte. Ich hatte den Eindruck gehabt, dass die Liebe endlich zu mir zurückkehren würde, statt nur irgendwo in meiner Nähe zu lauern. Jetzt hatte ich es vermasselt, und ich schien unterm Strich mit leeren Händen dazustehen. Ich hatte keine Ahnung, was ich tun sollte.

Als die Hochzeitsfeier zu Ende war, flog ich nach Hause. Auf dem Rückflug stand ich wieder an dem Fenster hinten im Flugzeug. Befriedigt stellte ich fest, dass das Meer wieder genauso aussah wie auf dem Hinflug. Ich fragte mich sogar, was wohl geschehen würde, wenn Rafe tatsächlich an die Küste gefahren wäre und wir zufällig zur gleichen Zeit auf das Wasser hinaussahen, ich von hier oben und er von unten.

Das Erste, was ich nach meiner Rückkehr tat, war, Rachel zu besuchen. Ich musste es einfach. Damals konnte ich noch keine Geheimnisse für mich behalten, ganz anders als heute. Ich ging zu der kleinen Wohnung, die sie gemietet hatte, und sie sah so schön und glücklich aus, wie sie in ihrem weißen Baumwollkleid mit dem Muster aus roten und blauen Streifen dastand und leuchtete. Sie freute sich so sehr, mich zu sehen.

Eine Stunde später verließ ich sie, und wir sahen uns nie wieder. Hinterher gab es für uns keine Freundschaft mehr. In der Beziehung habe ich gelogen.

Das war der Wendepunkt. Oder zumindest der Anfang davon.

Als ich zu Hause ankam, fand ich elf Nachrichten von Rafe, in denen er abwechselnd bat, ihn ganz dringend zurückzurufen, und fragte, wo ich verdammt nochmal steckte. Doch an diesem Nachmittag verfolgte mich nur Rachels Gesicht mit den verweinten roten Augen, und ich konnte mich nicht überwinden, ihn zurückzurufen. Ich wollte mit niemandem reden. Ich hatte nichts zu sagen. Nun war das Band, das Rachel und mich bisher trotz allem zusammengehalten hatte, zerrissen, brutal zerschnitten worden. Ich war es gewesen, der es durchtrennt hatte, und jetzt wusste ich überhaupt nicht mehr, was von mir noch übrig war.

Eine Stunde später kam Rafe. Nachdem mein Vater ihm die Tür geöffnet hatte, marschierte er an ihm vorbei und stapfte schnurstracks die Treppe zu meinem Zimmer hinauf. Ich konnte nur kurz darüber nachdenken, wie lange es schon her war, seit er das letzte Mal hier gewesen war, und dass mein Freund jetzt kein Junge mehr, sondern ein Mann war. Er erzählte mir sofort von der Sache.

Er hatte das getan, was er angekündigt hatte. Er war an die Küste gefahren und hatte drei Stunden lang mit dem Rücken zum Wasser dagestanden, um sich immer wieder umzudrehen. Als er sich allmählich schon wie ein Idiot vorkam und bereits einige verwunderte Blicke auf sich zog, spürte er plötzlich irgendwo in seinem Kopf ein Kribbeln. Er schloss einen Moment lang die Augen und versuchte festzustellen, was das für eine Empfindung war. Als er die Augen wieder öffnete, war der Strand menschenleer, der Himmel war kohlegrau, und ein seltsamer Wind zerrte an seinen Beinen. Ganz langsam hatte er sich umgedreht, um aufs Meer hinauszublicken.

So hat alles angefangen. Auch in dieser Beziehung habe ich gelogen. Es gab kein Liebespaar, sondern nur Rafe und mich. Die Liebespaar-Version ist für meine Klienten.

Aber auch das ist nicht die Wahrheit. Die Liebespaar-Version ist meine Wunschvorstellung. Ich hatte mir gewünscht, dass es Rachel und mir passiert wäre, aber so war es nicht.

Rafe und ich starrten uns in meinem Zimmer an, und tief in mir spürte ich, wie sich etwas veränderte. Ich wusste, dass er die Wahrheit sagte. Es gab keinen Grund, warum er lügen sollte. Was ich schon immer geglaubt und gewusst hatte, war eine Tatsache.

Können Sie sich vorstellen, was das für ein Gefühl war? Können Sie sich vorstellen, wie wir beide dastanden und nicht wussten, was wir tun sollten, wie wir uns nicht einmal rühren konnten? Die Welt war aus den Angeln gehoben, und wir waren die Einzigen, die davon wussten.

Wir hatten unseren Film gefunden.

Während ich den Weg entlangging, wusste ich, dass er irgendwann zu Ende sein würde. Ich näherte mich einem Treffpunkt, solange ich in der Zeit zurückging, und das Ende der Erinnerung lag in nicht allzu weiter Ferne. Die dunklen Stämme, zwischen denen ich hindurchging, waren ein Teil von mir, die architektonischen Pfeiler meines Gedächtnisses. Ganz oben befand sich mein Gesicht, die Außenwelt, die Blätter, die von meiner Vergangenheit gestützt wurden. Zwischen den Bäumen war nichts, nur Leere.

Wir brauchten ein paar Tage, um uns vorzubereiten. Wir kauften Rucksäcke, Proviant und Stiefel und erzählten unseren Eltern, dass wir ein paar Tage unterwegs sein würden. Zumindest sagte ich das meinen. Wir wollten noch niemandem verraten, was wir entdeckt hatten. Einerseits wollten wir uns nicht ohne jeden Beweis lächerlich machen, andererseits glaube ich, dass wir es einfach nur eine Weile für uns behalten wollten. Wir wussten noch nicht, was es war, aber es würde uns gehören.

Wir verschwendeten keine großen Gedanken daran, wie wir es noch einmal geschehen lassen könnten. Diesmal würde niemand hoch oben in einem Flugzeug sitzen, der uns beim Öffnen des Tores half. Wir glaubten, dass es reichen würde, wenn wir beide davon wussten.

Vielleicht hatten wir Recht. Allerdings geschah noch etwas anderes, das für mich endgültig die Wende brachte. Etwas, das mich von allem trennte, was ich zuvor gewesen war, das mich in die Welt hinausstieß und mir ein ‹Geschlossen›-Schild vors Herz hängte.

In der Nacht vor unserem Aufbruch war ich zu Hause und dachte über das nach, was wir tun wollten. Ich überprüfte noch einmal, ob ich alles dabeihatte, was ich gebrauchen könnte, und legte einen Film in meine Kamera. Rafe meinte, dass es vermutlich nicht auf einem Foto erscheinen würde, selbst wenn wir es noch einmal geschehen lassen könnten, aber ich dachte, dass die Sache zumindest einen Versuch wert wäre. Das Telefon klingelte, aber ich ging nicht ran. Meine Eltern waren in der Nähe, und außerdem wusste kaum jemand, dass ich zu Hause war. Dann rief Dad herauf, es sei für mich.

Es war Rachel. Als ich ihre Stimme hörte, wurde ich sofort von einer verwirrenden Gefühlsmischung überwältigt. In Anbetracht von Rafes Entdeckung und unseren Plänen hatte ich versucht, jeden Gedanken an Rachel aus meinem Kopf zu verbannen, und der Klang ihrer Stimme war wie das Öffnen einer Kiste voller Würmer. Ich fragte mich, was sie mir noch zu sagen hatte, ob sie ihre Aufforderung, ich solle zum Teufel gehen, zurücknehmen wollte, und wie ich darauf reagieren würde. Rachel hatte schon immer diese Wirkung auf mich gehabt. Irgendwie konnte ich jedes Mal einen neuen Strohhalm hervorzaubern, selbst wenn alle Schuld auf meiner Seite lag.

Sie nahm ihre Aufforderung nicht zurück. Sie fragte mich nur, wie es mir gehe, aber mit einer eisigen Stimme, bei der sich meine Nackenhaare sträubten. Ich hatte sie noch nie so sprechen hören. Ich sagte, dass alles okay sei, und fragte sie dasselbe. Ohne jede Ankündigung sagte sie mir, dass es da etwas gäbe, das ich wissen solle.

Sie erzählte mir, dass sie, als wir uns das letzte Mal gesehen hatten, schwanger gewesen war und dass sie jetzt abgetrieben hatte. Dann machte sie eine Pause, in der ich den Telefonhörer auflegte. Ich wollte sie damit nicht verletzen. Ich wollte nur nicht mehr darüber hören.

Dann saß ich in meinem Zimmer und weinte. Ich weinte, bis ich glaubte, mein Kopf würde zerplatzen. Nach ein paar Stunden gingen meine Eltern ins Bett, und mein Vater klopfte an die Tür, um mir eine gute Nacht zu wünschen. Wie gewöhnlich öffnete er die Tür nicht. Wenn er draußen noch eine Sekunde länger gewartet hätte oder zur Abwechslung doch hereingekommen wäre, hätte ich ihm alles erzählt.

Ich hätte versucht, ihm zu erklären, was es für ein Gefühl war, zu wissen, dass das Mädchen, das ich vier Jahre lang geliebt hatte, schwanger gewesen war und dass sie wegen etwas, das ich getan hatte, eine Abtreibung gehabt hatte. Ich hätte versucht, ihm zu erklären, dass ich bis heute Abend nicht erkannt hatte, dass ich bereit dazu war, ein Vater zu sein, und dass ich mir eine Tochter gewünscht hätte. Vielleicht hätte ich ihm auch gar nichts erzählt, sondern nur seine warme, trockene Hand gehalten, und das wäre auch schon etwas gewesen.

Aber er kam nicht herein, und als ich hörte, wie er den Korridor hinunterging, verschloss sich mein Herz. Ich drehte mich um und blickte aus dem Fenster, wo ich eine Nacht sah, die auch heute noch in meinem Kopf existiert.

Als Rafe am nächsten Morgen um zehn Uhr eintraf, fragte er mich sofort, was los sei. Ich habe ihm nichts erzählt, sondern erst später im Verlauf des Tages, als wir kurz vor der Küste waren. Er wirkte schockiert, und das bedeutete mir viel. Es war gut, jemanden zu haben, der wusste, wie ich mich fühlte.

Es war ein seltsamer Tag, als wir im Zug saßen und in Richtung Küste fuhren. Es schien, als wäre alles zum Stillstand gekommen, als wäre das Kapitel oder das ganze Buch zu Ende. Ich glaube, dass es meine innere Leere war, die uns bei dem half, was wir uns vorgenommen hatten. Aber ich glaube auch, dass sie alles verändert hat. Vor allem den Ort, den wir fanden.

Wir waren sehr aufgeregt und sprühten vor Begeisterung, sodass uns die Leute nachstarrten, als wir vom Bahnhof zum Strand liefen. Wir sahen wohl wie das junge Leben selbst aus.

Nach den ganzen Vorbereitungen war die Sache selbst schließlich unglaublich einfach. Rafe zeigte mir, wo er gestanden hatte. Wir wussten nicht, was geschehen würde, aber wir wussten, dass es ein Abenteuer oder *das* Abenteuer überhaupt war. Wir hielten uns an den Händen und schlossen die Augen. Es war 16 Uhr 05 am Samstag, dem 17. September 1994.

22. KAPITEL

Nach ein paar Minuten sah ich ein Licht vor mir. Nicht direkt ein Licht, sondern eher eine Helligkeit. Gedächtnis war bald zu Ende, und einige hundert Meter vor mir war die Außenhülle. Der Weg zwischen den Bäumen führte geradeaus weiter, und als ich in die Ferne starrte, glaubte ich, einen Blitz Dunkelheit gesehen zu haben, etwas wie einen vorbeihuschenden schwarzen Mantel.

Als wir die Augen öffneten, erstreckte sich vor uns die Ebene, und eine Minute lang konnten wir nur dastehen und staunen. Ich dachte nicht einmal daran, meine Kamera hervorzuholen. Irgendwie wäre es unangemessen gewesen. Irgendwo habe ich die Kamera noch. Darin liegt immer noch derselbe alte Film.

Und dann jubelten wir, machten begeisterte Luftsprünge und liefen zum Strand hinunter. Wir gingen weiter, bis die Hügel uns irgendwohin zu führen schienen, und dann wurde es plötzlich kalt und schwer, und wir wachten auf einem staubigen Platz im Dämmerlicht auf, in einer Geisterstadt mitten in einer Wüste.

Ein paar Tage lang streiften wir nur herum, marschierten, schliefen und fanden heraus, wie diese Welt funktionierte. Es dauerte nicht lange, bis wir merkten, dass es wie Träumen war, und wir erinnerten uns an wilde Spekulationen in betrunkenen Nächten und staunten, wie Recht wir gehabt hatten. Und aus den Tiefen meiner Erinnerung holte ich den passenden Namen für diesen Ort hervor. Diese paar gemeinsamen Tage waren die letzten Tage des Sommers, die letzte Zeit, in der wir wirklich Freunde waren, zwei Hälften eines Ganzen. Ich könnte noch wochenlang über die Dinge erzählen, die wir entdeckten, und wie es sich anfühlte, aber ich werde es sein lassen. Sie würden nie verstehen, wie es wirklich war.

Es war eine andere Welt, und sie gehörte uns.

Es dauerte nicht lange, bis wir entdeckten, dass diese Welt nicht nur aus Schönheit und Licht bestand. Als wir uns am zweiten Tag einer Burg näherten, ganz ähnlich der, die Alkland und ich gesehen hatten, bemerkte ich etwas im Augenwinkel und ging hinüber, um es mir genauer anzusehen.

Es war ein Baby, ein kleines Mädchen, und es hockte fröhlich brabbelnd unter einem Strauch, ganz allein auf einer Ebene, die die Größe von Dänemark hatte. Es war unheimlich und schmerzte mich ein wenig, aber damals waren die Babys noch erträglich und nicht so unangenehm. Sie haben sich erst später geändert. Ich habe mich oft gefragt, ob es bereits Babys in

Taumland gegeben hat, bevor wir den Weg dahin fanden. Ich bin mir nicht sicher. Ich glaube, wir haben Taumland von Anfang an verändert, schon bevor Rafe begonnen hatte, es absichtlich zu tun.

Zwei Tage später sahen wir unser erstes Etwas, und wir sahen auch, wie es sich in ein Monster verwandelte. Es war Rafes Monster und sah seinem Vater sehr ähnlich. Ich bin dieser Sache niemals richtig auf den Grund gegangen, aber ich glaube, dass ich es mir in etwa denken kann. Rafes Vater war kein besonders netter Kerl. Er war nichts gegen Jis Mutter, aber nach gewöhnlichen Maßstäben war er sicherlich ein ziemliches Arschloch.

Das hat Rafe verändert, glaube ich. Nach dem Monster hatte er eine andere Einstellung zu Taumland, und Taumland offenbar auch zu ihm. Ich glaube nicht, dass alles genauso gekommen wäre, wenn wir Taumland nicht entdeckt hätten. Taumland hat uns beide ebenso sehr verändert, wie wir Taumland verändert haben. Für Rafe galt das in viel stärkerem Ausmaß, und ich glaube, dass er deswegen durchgedreht ist und ich deswegen zu dem geworden bin, was ich heute bin. Ich habe keine Ahnung, wer von uns beiden das bessere Los gezogen hat.

Am Abend nach dem Monster begann ich darüber nachzudenken, wieder nach Hause zurückzugehen. Ich hatte meinen Leuten erzählt, dass wir nur ein paar Tage lang weg sein würden, und wie Alkland auf seinem ersten Trip hatte ich das Gefühl, ich müsste wieder etwas Realität nachtanken.

Rafe hatte sich in den letzten Stunden irgendwie seltsam verhalten. Er blieb immer wieder stehen und schien auf etwas zu horchen, sagte aber, dass alles in Ordnung sei. Er erklärte erst, was los war, als ich erwähnte, dass ich gerne nach Hause gehen würde.

Rafe hatte das Gefühl, dass hier noch etwas anderes war, eine Art zweite Schicht. Es war dasselbe Gefühl, das ich schon immer in der normalen Welt gehabt hatte, das Gefühl, dass es da noch etwas gab. Und er wollte wissen, was das war.

Also konzentrierten wir uns, öffneten unser Bewusstsein und tasteten nach etwas anderem, nach mehr. Wir waren niemals mit dem Erreichten zufrieden.

Als wir die Augen wieder öffneten, waren wir in der City. Es dauerte eine Weile, bis wir erkannten, dass es nicht nur ein weiterer Teil von Taumland war. Und dann war es, als ob man am Weihnachtsabend noch ein weiteres Zimmer voller Geschenke entdecken würde, und ich dachte überhaupt nicht mehr daran, wieder nach Hause zu gehen. Schon nach wenigen Stunden wusste ich, dass ich hier glücklicher als in Taumland war, dass dies der Ort war, zu dem ich in den nächsten Jahren immer wieder zurückkommen würde. Es war, als hätte man einen Science-Fiction-Film ganz für sich allein, eine fremdartige Welt, in der man die Regeln gut genug kennt, um darin klarzukommen. Es war die Art Welt, nach der ich immer gesucht hatte: interessant, aber durchschaubar, ein Ort, an dem ich ein rätselhafter Fremder sein konnte.

Rafe wurde es nach ein paar Tagen langweilig, und er wollte nach Taumland zurück. Ich wusste, dass ich dringend nach Hause musste, also folgte ich ihm. Rafe verstand nicht, wieso ich wieder in mein Elternhaus in der Vorstadt zurückkehren wollte, nur damit meine Leute wussten, dass es mir gut ging, aber er wurde durch die Tatsache beschwichtigt, dass ich entschlossen war, sofort wieder zurückzukehren.

Wir stießen wieder nach Taumland vor und suchten uns ein ruhiges Plätzchen. Dann machten wir es genauso wie bei unserem Eintritt, schlossen die Augen und konzentrierten uns auf unsere Freundschaft und unser Wissen, erinnerten uns an zu Hause und richteten unsere Gedanken darauf, dorthin zurückzukehren.

Als wir die Augen öffneten, waren wir immer noch in Taumland.

Wir versuchten es wieder und wieder. Wir wechselten unseren Standort und versuchten es erneut. Wir drangen wieder in die City ein und versuchten es von dort aus, landeten aber ebenfalls in Taumland. Anderthalb Tage lang versuchten wir es jede Stunde einmal, bis wir Kopfschmerzen hatten und uns gegenseitig in die blutunterlaufenen Augen starrten.

Wir schafften es nicht. Wir konnten nicht mehr zurück.

Wir redeten uns ein, dass es sich um ein vorübergehendes Problem handelte und dass wir einfach zu müde und erschöpft wären. Ich kehrte in die City zurück, um mich an einem halbwegs vernünftigen Ort ein paar Tage lang auszuruhen. Rafe ließ ich in Taumland zurück.

Es war das erste Mal, dass wir uns seit unserem Vorstoß trennten, aber ich hatte fürs Erste genug. Ich brauchte dringend etwas Beständiges. Ich kann mich noch an Rafes Blick erinnern, den er mir zuwarf, bevor ich hinüberwechselte. Er nickte, und es war ein Nicken, das ich schon unzählige Male gesehen hatte, in der Schule, auf den Straßen, in irgendwelchen Bars. Aber seine Augen waren anders, sie waren ganz woanders. Seine Augen hatten begonnen, den Blick nach innen zu kehren.

In den nächsten paar Wochen versuchten wir es wieder und wieder. Ich sagte Rafe, wo er mich in der City finden konnte, und alle paar Tage kam er herüber, um mich zu holen. Aber es klappte nicht.

Als aus den Wochen Monate wurden, versuchten wir es immer seltener. Nachts träumte ich von meinen Eltern. Ich nahm sogar ab, weil ich daran dachte, wie viel Sorgen sie sich um mich machen mussten. Ich versuchte, ganz ruhig zu sein und mich zu entspannen. Immerhin gab es keinen logischen Grund, warum wir nicht auf demselben Weg zurückkehren sollten, auf dem wir gekommen waren. Warum erschien es mir dann mit jedem Tag unwahrscheinlicher? Vielleicht, weil ich jedes Mal, wenn ich Rafe sah, das Gefühl hatte, ihm weniger nah zu sein, weil ich erkannte, dass er sich von mir fortbewegte.

Zenda habe ich ganz zufällig getroffen. Ich hatte gerade das Katzen-Viertel entdeckt und war dazu übergegangen, dort meine Wochenenden zu verbringen. Die Katzen schienen nichts dagegen zu haben, dass ich mich dort aufhielt, und ich habe Katzen schon immer gemocht.

An einem Wochenende saß ich draußen auf dem Rasen in der Nähe von Tabby 5 und hatte ein paar Kätzchen etwas aufregend Neues gezeigt, auf dem sie herumklettern konnten, als ich sah, wie ein großes, schlankes Mädchen den Weg entlangkam. Einen Augenblick lang dachte ich erschrocken, dass es Anjali wäre, das Mädchen, das ich in New York getroffen hatte, aber als sie näher kam, sah ich, dass sie ganz anders war. Später wurde mir bewusst, dass die einzige Ähnlichkeit zwischen ihr und Anjali die wichtigste überhaupt war und dass sie darin auch Rachel ähnelte. Ich registrierte sie. Sie hatte etwas Besonderes.

Sie sah mich, grüßte mich, und wir redeten miteinander. In den nächsten paar Wochen trafen wir uns immer wieder. Inzwischen war es sechs Monate her, seit Rafe und ich nach Taumland gekommen waren. Ein Weihnachtsfest war gekommen und vergangen, das ich allein als kleines Häufchen Elend in meiner Wohnung verbracht hatte, während ich an zu Hause und meine Eltern dachte. Ich hatte Rachel noch nicht verwunden, aber ich war bereit, damit anzufangen, es zu versuchen.

Dann besuchte ich eines Tages Zendas Heimatviertel. Ich hatte schon von Idylle gehört, es mir aber noch nicht angesehen. Es gefiel mir, sobald ich meinen Fuß über die Schwelle setzte. Es hatte etwas sehr Seltsames, etwas sehr Nettes.

Ich holte Zenda in ihrer Wohnung ab, und wir gingen ein Stück spazieren. Wir genossen den Ausblick, und dann nahm sie mich am Arm und führte mich in eine schmale Gasse. Am Ende befand sich ein großer Platz, der so mit Pflanzen überwuchert war, dass er wie ein Dschungel aussah. Das sei der älteste Platz von Idylle, sagte Zenda stolz, der Platz, der sich am wenigsten verändert hatte. Die Mitte war eingezäunt, und innerhalb des Zaunes lag eine große zerbrochene Steinsäule. Wir gingen daran entlang, bewunderten sie und stellten uns vor, wie sie wohl ausgesehen hatte, als sie noch aufrecht stand.

Als wir das andere Ende der Säule erreichten, blieb ich stehen und starrte sie fassungslos an. Ich starrte so lange, bis ich glaubte, ich müsste ohnmächtig werden. Am letzten Stück der Säule befand sich eine säurezerfressene Statue. Sie stellte einen Mann auf einem Pferd dar.

Es war die Nelson-Säule.

Als ich mich dem Licht näherte, sah ich, dass ich mich nicht getäuscht hatte. Am Ende des Weges stand jemand in einem schwarzen Mantel. Ich glaube, wenn ich vorher darüber nachgedacht hätte, wie ich mich in einem solchen Augenblick fühlen würde – vorausgesetzt, ich hätte so etwas jemals für möglich gehalten –, hätte ich vermutlich erwartet, Furcht zu empfinden oder Wut oder Hass. Aber ich ging einfach nur schneller und lief auf ihn zu.

Zenda brachte mich in ein Café. Sie musste mich praktisch tragen.

Ich sagte es ihr. Ich musste es tun. Ich musste es irgendjemandem sagen.

Zuerst dachte sie natürlich, ich sei völlig durchgedreht. Also brachte ich sie nach Taumland. Ich musste mich sowieso mit Rafe treffen, um ihm zu erzählen, was ich entdeckt hatte. Ich brauchte ein paar Wochen, bis ich einen Weg gefunden hatte, wie ich sie mitnehmen konnte, aber dann schaffte ich es. Sie hatte nicht denselben spirituellen Hintergrund wie Rafe und ich, also musste ich einen anderen Weg finden, um sie zu überzeugen. Ich ging an die Küste und fand Villig. Es funktionierte, und ich brachte sie hinüber. Sie sah es.

Wir gingen eine Stunde lang durch einen Wald aus schlanken Bäumen, bis wir an einen Wasserfall kamen. Es war Zendas Wasserfall. Sie hatte als Kind davon geträumt, und ihre Freude, ihn wieder zu sehen, machte mich so glücklich, machte mich wieder so stolz auf Taumland.

Es war ein wunderbarer Nachmittag, der letzte wirklich schöne. Wir saßen am Ufer im Gras, wurden von den Sonnenstrahlen umspielt und redeten. Ich erkannte endlich, dass sie die andere Hälfte von mir war, nach der ich schon immer gesucht hatte. Sie strahlte im Licht wie ein Engel, und ich fand den Mut, ihre Hand zu nehmen.

Dabei blieb es. Ich bin niemals näher dran gewesen, ihr meine Gefühle zu gestehen.

Dann plötzlich hörten wir hinter uns ein Lachen, und als ich mich umdrehte, sah ich Rafe am Waldrand stehen. Es war kein freundliches Lachen, und als ich aufstand, um ihn vorzustellen, hatte ich das seltsame Gefühl, dass die Dinge sich verschoben hatten.

Einen Moment lang kannte ich ihn überhaupt nicht. Ich sah nur einen Mann, der nicht so aussah, als würde er mich mögen.

Ich habe Taumland niemals so gut verstanden wie Rafe, denn mit der Zeit hat er mehr davon in sich aufgenommen. Vielleicht war es ein Zufall, dass er an diesem Ort auftauchte, vielleicht auch nicht.

Ich erzählte ihm von Idylle und von der zerbrochenen Steinsäule. Er verstand, was das bedeutete. Es gab eigentlich gar keine andere Möglichkeit.

Die City war gar keine andere Welt, keine zweite, alternative Realität. Es war die Realität, aus der wir ursprünglich gekommen waren. Es war die reale Welt, nur zu einem späteren Zeitpunkt, zu einem viel späteren.

Wir sahen uns eine ganze Weile lang an, und ich glaube, da erkannten wir, dass alles vorbei war, dass wir nicht mehr nach Hause zurückkehren konnten. Es ist sehr schwer, etwas als die Zukunft zu akzeptieren, wenn man sie nicht auf dem üblichen Weg erreicht hat, aber so war es, und wenn man sich einmal vorwärts bewegt hat, kann man nicht mehr zurück. Wir waren für immer von unserer Kindheit abgeschnitten, und in diesem Augenblick zerriss das Band zwischen uns. Die Sonnenstrahlen verblassten, und Zenda hüllte sich in ihre Jacke, denn es wurde plötzlich kalt.

Während wir uns wie Fremde anstarrten, kicherte Rafe und drehte seinen Kopf ruckartig in Zendas Richtung.

«Hast 'ne Neue gefunden, was?», sagte er in anzüglichem Tonfall. Ich sagte nichts. «Halte nicht sehr viel von ihr», fügte er hinzu, und ich schwieg immer noch. Ich spürte, dass er auf etwas hinauswollte. Es überraschte mich nicht, dass er Zenda nicht mochte. Sie sah aus, als hätte sie zu viele eigene Ansichten. Sie ließ sich nicht herumschubsen, nicht einmal in dieser Situation. «Nein, die kannst du behalten», sagte er schließlich und zwinkerte mir zu.

«Wovon redest du überhaupt?», fragte ich ruhig. Mir war sehr kalt. Rafe starrte mich an und bezog dann Zenda in das Gespräch mit ein. Die Bewegungen seines Kopfes waren ruckartig und unkontrolliert.

«Weißt du, dass er mir sogar von ihrem Baby erzählt hat? Ich sollte ihm sagen, dass alles okay ist.»

Zenda zuckte zusammen, als hätte man ihr ins Gesicht geschlagen, und Rafe grinste wild. Dann wandte er sich mit einem Ruck wieder mir zu und schrie mir ins Gesicht: «Was meinst du wohl, wie beschissen *ich* mich gefühlt habe?»

Sie kennen das vielleicht auch, dass man manchmal schon eine Ahnung hat, was jemand sagen wird, noch bevor er es ausgesprochen hat, eine Intuition, was als Nächstes passiert. Ich hatte so ein Gefühl, aber bevor es mir richtig klar wurde, hatte er es schon ausgesprochen.

«Das war *mein* Baby, Stark! Nicht deins. *Meins!*»

Rafe hatte eine Affäre mit Rachel gehabt. Sie dauerte sechs Wochen. Vier Wochenenden, um genau zu sein. Sie hatten achtmal miteinander geschlafen. Sie hat ihm zuerst von dem Baby erzählt. Sie war sich nicht sicher, von wem es war, aber sie hatte sich für mich entschieden und wollte mir sagen, dass es meins sei. Rafe glaubte, es sei von ihm. Vielleicht hatte er Recht. Vielleicht wollte sie es mir bei ihrem letzten Anruf sagen. Vielleicht hatte sie schon damit angefangen, als ich auflegte. Wer weiß?

All dies schrie mir Rafe in Zendas Beisein ins Gesicht. Er schlug mir ins Gesicht und in den Magen, und ich fiel hin. Ich wehrte mich nicht. Ich konnte nicht. Ich wusste nicht, wie ich mich wehren sollte. Er versetzte mir noch zwei Fußtritte, dann ging er weg.

Ich brachte Zenda zurück in die City. Wir sahen uns noch gelegentlich, aber in mir war etwas gestorben. Ich hatte immer gedacht, dass ich zumindest meine Welt kennen würde, die, in der ich aufgewachsen war. Aber das stimmte nicht. Ich hatte sie überhaupt nicht gekannt. Ich hatte immer gedacht, dass Lügen irgendwie anders klingen, dass man beim Zuhören feststellen kann, was die Wahrheit ist.

Ich lag völlig falsch. Mehr als Taumland oder die City hatte Rachels Baby mir etwas bewiesen: Man weiß überhaupt nichts über die Welt, die reale Welt, die, auf die es ankommt. Ich konnte nicht verstehen, wie Rachel und Rafe das hatten tun können. Ich meine das nicht mal gefühlsmäßig, sondern ganz praktisch. Ich konnte nicht verstehen, wie sie es angestellt hatten, wie sie die Zeit dazu gefunden hatten, ohne dass ich etwas bemerkt hatte. Man glaubt, man sieht die Welt so, wie sie wirklich ist, man glaubt, man erkennt die Lücken und die Zeit so, wie sie wirklich sind. Aber es gibt noch andere Lücken, von denen man nichts weiß, und in diesen Lücken treiben die Teufel ihr Unwesen. Man weiß überhaupt nichts über die Welt. Man hat nicht den blassesten Schimmer.

Also zog ich mich aus ihr zurück. Ich habe mich nicht umgebracht, obwohl ich mehr als einmal zitternd mit einer zerbrochenen Flasche in der Hand dastand. Ich verschloss mich einfach nur für eine Weile, und als ich den Laden wieder eröffnete, war ich nicht mehr derselbe. Ich hatte eine neue Persönlichkeit gefunden. Sie haben sie kennen gelernt.

Ein Jahr verging, bevor ich nach Taumland zurückkehrte, und das hatte einen ganz bestimmten Grund. Die Freundin einer Freundin hatte sehr schlimme Albträume, die sie langsam umbrachten. In ihren Träumen begegnete sie immer wieder einem Mann, dessen Beschreibung ziemlich genau auf Rafe passte.

So fing es an. Das nächste Jahr verbrachte ich damit, herauszufinden, was Rafe in Taumland trieb, aber ich konnte nicht mit ihm mithalten. Er war verrückt geworden, scheuchte die Monster auf und machte sie stärker, hetzte sie verschiedenen Leuten in die Träume und tötete sie sogar damit. Aus Spaß. Nur um etwas zu tun.

Er war genauso verloren wie ich, aber er war ganz von Taumland erfüllt. Es hatte meinen Freund genauso getötet, wie Rachels Baby seinen Freund getötet hatte. Der Rafe, den ich kannte, hätte sich niemals darauf verlegt, Leute umzubringen, indem er ihnen von innen die Faust durch den Schädel schlug. Je mehr Zeit ich in Taumland verbrachte, um ihn zu suchen, desto mehr hasste ich ihn, und als er beschloss, die ganze Sache mit einem großen Knall zum Abschluss zu bringen und die Mauer zwischen Taumland und der City einstürzen zu lassen, bestieg ich mein Ross und zog in den Kampf.

Ji und ich fanden ihn und töteten ihn. Der Unterschied zwischen den Welten, der Abschluss von zwanzig gemeinsamen Jahren, das Ende von allem fand in einem versifften Raum in der Zukunft statt, mit dem niederträchtigen Hass zweier Menschen, die den Schmerz des Lebens nicht mehr ertragen konnten. Ji betätigte den Abzug, aber das war nur eine Formsache. In Wirklichkeit war ich es, der ihn tötete, und ich verspürte eine wilde Freude.

Und nachdem ich jahrelang in der City herumgezogen war, um die Monster aufzumischen, die acht Jahre nach Rafes Tod noch immer ihr Unwesen trieben, kam ich an das Ende eines Waldweges, wo ich feststellte, dass diese Monster nicht die einzigen waren, für die er niemals gestorben war.

Die Veränderung von Taumland, die Alkland umgetrieben hatte, das Etwas, das Bellrip auf Rafes unverkennbare Weise getötet hatte, die Schattengestalt, die in Rot Fragen gestellt und mich in Royle angeschossen hatte, der gesamte Albtraum, das war ich. Ich habe all das getan.

Als ich nur noch ein paar Meter von der Gestalt entfernt war, blieb ich kurz stehen, bevor ich einen weiteren zögernden Schritt vorwärts ging. Der Mantel sah genauso aus, wie ich ihn in Erinnerung hatte, das Haar, die Haltung, alles. Es war Rafe.

Er drehte sich langsam um. Eine dunkle Haarlocke fiel ihm über die gebräunte Stirn, und sein Gesicht sah müde aus. Seine Augen wirkten ebenfalls müde. Müde, aber lebhaft, so wie immer, und diesmal konnte ich die Tränen nicht zurückhalten, die aus mir herausdrängten. Ich wischte mir mit dem Ärmel über die Augen, weil ich klar sehen wollte, weil ich meinen Freund deutlich erkennen wollte. Sein Gesicht.

Ich versuchte zu lächeln, und er lächelte zurück. Sein Lächeln war wie immer. Es war das Lächeln, das er schon als kleiner Junge gehabt hatte, damals, als wir vor über vierhundert Jahren gemeinsam auf der Bank vor dem Büro des Schuldirektors saßen. Es war genau so, wie ich es in Erinnerung hatte.

Es konnte nicht anders sein, denn es war meine Erinnerung, mehr nicht. Zum Schluss hatte ich stärker geträumt, als es je ein Mensch zuvor getan hatte, so stark, dass ich mein Monster wieder zum Leben erweckt hatte, nur um ihm am Ende wieder gegenüberzutreten.

Rafe, der immer noch grinste, wandte seinen Kopf ruckartig der Mauer zu. Ich trat zögernd vor, und Seite an Seite blickten wir durch die durchsichtige Hülle auf einen Septembertag des Jahres 1994, auf ein Haus in einer herbstlichen Straße. Die Tür ging auf, und wir kamen zusammen heraus. Wir sahen furchtbar jung aus, aber so viel mehr wie wir selbst. Wir standen auf dem Weg, und Mutter und Vater winkten uns zum Abschied zu, ohne dass sie wussten, dass sie mich nie wieder sehen würden.

Ich konnte ihre Gesichter deutlich erkennen, wie sie Arm in Arm auf der Schwelle standen und gemeinsam winkten. Ich spürte einen Stich in der Brust, und ich hob meine Hand und winkte zurück. Rafe winkte ihnen ebenfalls zu, und während wir so dastanden, flüsterte er mir selbst all die Dinge zu, die ich ihnen niemals hatte sagen können. Es war nicht dasselbe, aber es war das Mindeste, was ich tun konnte.

Dann hörten sie auf zu winken, und Vater drehte sich zu Mutter um. Bevor sie hineingingen, sagte er ihr noch etwas, worüber sie lachte. Und genau dieses Bild ist es, das ich von ihnen im Gedächtnis behalten habe. Es ist ein gutes Bild, ein Schnappschuss vom letzten Tag, den ich mit ihnen verbracht habe, und ich bin froh, dass sie an diesem Tag glücklich waren.

Als sie die Tür geschlossen hatten, wandte ich mich Rafe zu, und wir sahen uns lange an, nahmen eine allerletzte Gelegenheit wahr.

Denn Rafe war tot, er lebte nur noch in mir. Ich hatte ihn all die Jahre am Leben erhalten, ihn verdammt, ihn gehasst, bis die Säulen meiner Erinnerung so sehr verwittert waren, dass sie nichts mehr tragen konnten. Das Licht des Lebens strahlt vom Augenblick der Geburt an, und ich hatte unterwegs so viel von mir zurückgelassen, dass ich jahrelang im Zwielicht stand, einsam und allein, während die Person, die ich einst gewesen war, immer noch wutschnaubend tobte, das Licht blockierte und die Sonne vergiftete. Die Welt konnte mich nicht mehr erreichen, und meine Vergangenheit war alles, was mir noch geblieben war, eine Vergangenheit, in die ich nicht mehr zurückkehren und die ich nicht mehr ändern konnte.

Alles, was man getan hat, gesehen hat und geworden ist, all das bleibt. Man kann nie zurück, nur nach vorn, und wenn man dabei nicht seine gesamte Persönlichkeit mitnimmt, wird man nie wieder die Sonne sehen.

Ich streckte unbeholfen meine Arme aus und klammerte mich an ihm fest. Auch er umarmte mich. Das musste genügen, um alles wieder gutzumachen. Wir wussten es und lagen uns an der Mauer in den Armen, während wir uns gegenseitig die Mäntel voll heulten. Wir umarmten uns, weil wir einst Freunde gewesen waren und weil wir hätten Freunde bleiben sollen, um der miteinander verbrachten und der verlorenen Zeit willen. Wir lehnten uns eine Weile zurück und lachten zitternd, weil wir einfach glücklich waren, noch einmal das Gesicht des anderen zu sehen, und dann umarmten wir uns wieder. Und als ich meine Augen öffnete, war er verschwunden.

Etwas später ging ich langsam über den Weg zwischen den Bäumen zurück. Ich würde nie wieder hierher kommen, also ließ ich mir Zeit und versuchte mich zu erinnern, was er für ein Mensch gewesen war. Zwischen den Bäumen war immer noch nichts, aber jetzt fühlte es sich anders an. Da war keine Leere mehr, sondern Raum, und ein Raum kann gefüllt werden.

Irgendwann war ich dann wieder in Taumland. Ich machte mir nicht die Mühe, nach Jis Leiche zu suchen. Ich wusste, dass ich sie niemals finden würde, und ich überlegte, wie weit er wohl gehen müsste, bevor er den Wohnblock wieder fand, in dem ich als Kind gelebt hatte, und was wohl mit ihm geschehen war, nachdem er mit mir gesprochen hatte. Ich erreichte wieder den alten Platz und blieb noch einmal stehen, um mich zu erinnern. Zum ersten Mal war es ein gutes Gefühl, an diese Zeit zu denken.

Ich spürte, dass ich nicht oft nach Taumland zurückkehren und dass ich mit den Jahren immer seltener und unregelmäßiger kommen und vielleicht eines Tages nie wiederkehren würde. Das war in Ordnung.

Dann schloss ich die Augen und wachte auf.

«Mein Gott, Stark! Alles in Ordnung?»

«Ja», sagte ich.

DAS ENDE

Sie erzählten mir, was passiert war.

Irgendwann war der AZGD aufgetaucht. Paillette hat sie hereingelassen, die Suite war bis zum Bersten voll mit Katzen für den Fall, dass es Probleme gab. Aber es gab keine. Der AZGD warf mir nichts mehr vor.

C hatte wirklich geglaubt, dass Alkland entführt worden war. Erst hatte er jemand anderen in Verdacht gehabt, dann mich. Der Kerl, der die Bombe gelegt hatte, hatte aus eigenem Antrieb gehandelt, weil er auf diese übereffektive Weise seine AZGD-Karriere hatte beschleunigen wollen. Jetzt war er Bahnangestellter im 43. Dienstgrad, was ihm ganz recht geschah. C hatte lediglich versucht, Alkland zu schützen. Er hatte überhaupt keinen Dreck am Stecken.

Es stellte sich heraus, dass Diligenz ein Pflanzenextrakt war. Offensichtlich wird es von niemandem mehr benutzt, denn es hat überhaupt keine Wirkung. Ich erzählte Snedd von Ji, und er nickte. Ich glaube, er hatte es schon vorher geahnt. Ich wollte noch etwas sagen, aber er winkte ab. Er verstand.

Dann verließen wir das Katzen-Viertel. Die AZGD-Leute trugen Alklands Leiche. Er wurde im Zentrum neben seiner Schwester begraben. Snedd kehrte ins Rot-Viertel zurück. Er hat jetzt fast das gesamte Gebiet unter Kontrolle und schickt mir ständig widerlich detaillierte Presseerklärungen. Shelbys Heliporter wurde nach Brandfield zurückgeschickt, und ich reparierte ihn für sie in derselben Woche, in der wir jeden Abend ins Maxim essen gingen. Ich zahle noch heute die Rechnungen ab.

Und Zenda? Sie arbeitet immer noch im Zentrum und ist immer noch die hyperaktive Powerfrau. Aber sie hat von C eine Sondergenehmigung bekommen und lebt jetzt bei mir in Farben. Seit einem Jahr schon, und es läuft ziemlich gut. Ich glaube, dass es so bleiben wird. Ich hoffe es. Jeder hat ein Happy End verdient.

Sogar ich.